JOSÉ SARAMAGO (1922) es uno de los novelistas portugueses modernos más conocidos y apreciados en el mundo entero. En España la publicación en 1985 de *El año de la muerte de Ricardo Reis* es el inicio de un éxito que ha ido creciendo con cada novela. Otros títulos importantes son: *Manual de pintura y caligrafía* (1977), *Alzado del suelo* (1980), *Memorial del convento* (1982), *La balsa de piedra* (1986), *Historia del cerco de Lisboa* (1989), *El evangelio según Jesucristo* (1991), *Ensayo sobre la ceguera* (1996).

Vive actualmente en Lanzarote, desde donde participa activamente en la vida cultural española.

Cuadernos de Lanzarote
(1993-1995)

Cuadernos de Lanzarote (1993-1995)

José Saramago

Traducción de Eduardo Naval

textos de escritor

ALFAGUARA

ALFAGUARA M.R

CUADERNOS DE LANZAROTE

Título original: *Cadernos de Lanzarote, Diário I; Diário II; Diário III*

De la edición española:

Torrelaguna, 60-28043. Madrid, España

De esta edición:

Av. Universidad 767, Col. del Valle
México, 03100, D.F. Teléfono 688 8966

- Distribuidora y Editora Aguilar, Altea, Taurus, Alfaguara, S.A. de C.V.
  Calle 80 10-23. Santafé de Bogotá, Colombia.
- Santillana S.A., Avda San Felipe 731. Lima.
- Editorial Santillana S.A.
  Av. Rómulo Gallegos, Edif. Zulia 1er. piso
  Boleita Nte. Caracas 1071. Venezuela.
- Editorial Santillana Inc.
  P.O. Box 5462 Hato Rey, Puerto Rico, 00919.
- Santillana Publishing Company Inc.
  2043 N. W. 86 th Avenue Miami, Fl., 33172 USA.
- Ediciones Santillana S.A.(ROU)
  Javier de Viana 2350, Montevideo 11200, Uruguay.
- Aguilar, Altea, Taurus, Alfaguara, S.A.
  Beazley 3860, 1437. Buenos Aires.
- Aguilar Chilena de Ediciones Ltda.
  Pedro de Valdivia 942. Santiago.
- Santillana de Costa Rica, S.A.
  Apdo. Postal 878-1150, San José 1671-2050 Costa Rica.

Primera edición en Alfaguara: mayo 1997
Primera edición en México: octubre de 1998

ISBN: 968-19-0523-7

Proyecto de Enric Satué

Con autorización de Ray-Güde Mertin,
Literarische Agentur, Bad Hamburg, Alemania.

Impreso en México

Índice

Prólogo

Stephen Daedalus, ese maestro inepto que podría ser perfectamente un heterónimo de su creador irlandés, comentaba que la personalidad del artista era primeramente un grito, una canción, una humorada, más tarde una narración fluida y superficial, llegando por fin como a evaporarse fuera de la existencia, a «impersonalizarse». Para Daedalus, la forma narrativa ya no era algo puramente personal, y la propia personalidad del autor se diluía en la narración misma, «fluyendo en torno a los personajes y a la creación». Maurice Blanchot habla de la soledad que produce la creación de toda obra literaria, pues el que la escribe es «apartado» y el que la escribió es «despedido». De ahí que muchos autores recurran al diario, al memorial, para recordarse a sí mismos, al que se es cuando no se está imbuido en la ficción literaria. Pero el medio que utiliza para esto es curiosamente «el elemento mismo del olvido: escribir». El diario, al que el pensador galo califica como libro solidario —el autor habla de sí a los demás, los escucha y anota—, se redactaba por angustia y miedo a la soledad a la que lleva la obra a su creador, el recurso al diario indicaba que quien escribía no quería romper con la felicidad, «la conveniencia de que los días sean verdaderamente días y que se continúen de verdad. El diario arraiga el movimiento de escribir en el tiempo, en la humildad de lo cotidiano fechado y preservado por su fecha. Tal vez lo que se escribe allí ya no sea más que insinceridad, tal vez esté dicho sin preocupación por lo verdadero, pero está dicho bajo la salvaguarda del acontecimiento; eso pertenece a los asuntos, a los incidentes, al comercio del mundo, a un presente activo, a una duración quizás absolutamente nula, insignificante, pero al menos sin retorno, trabajo de lo que se adelanta, va hacia mañana, y va definitivamente».

José Saramago identifica, sin ningún tipo de dudas, estos *Cuadernos de Lanzarote* con el género del diario, y en muchos aspectos, a la hora de calificarlos, coincide con las opiniones del autor de *El espacio literario.* Un diario es un ejercicio narcisístico, un ejercicio «exhibicionista» que busca la presencia de los demás ahuyentando la soledad. Es una forma particular de autocomplacencia que asume el riesgo de falta de sinceridad: «Conducido por las circunstancias a vivir lejos, invisible de alguna manera ante los ojos de aquellos que se habituaron a verme y a encontrarme donde me veían, sentí (siempre empezamos por sentir, después pasamos al raciocinio) la necesidad de juntar a las señas que me identifican una cierta mirada sobre mí mismo. La mirada del espejo. Me atengo, por lo tanto, al riesgo de falta de sinceridad por buscar su contrario...».

El diario, en su identificación como género literario, pertenece al grupo de los géneros didáctico-ensayísticos, aquellos que se configuran con un material más doctrinal que ficcional, aunque esto último tampoco tiene por qué estar ausente del todo. La expresión lingüística y literaria sirve para la comunicación del propio pensamiento literario, social, político, científico, religioso, filosófico y cultural en general. Sin estar ausente el contenido estético, se sobrepone lo ideológico, es decir, la manifestación del conjunto de ideas fundamentales que componen el pensamiento de una persona (en este caso el propio autor) y, a través de él mismo, la de una parte de la colectividad, una época o un tiempo. Pero estos *Cuadernos de Lanzarote* no son solamente un diario, un registro de «ideas domésticas», de «sentimientos cotidianos», de circunstancias «medias y pequeñas» a través de las cuales cree el autor que así puede retener el tiempo y hacerlo pasar más despacio sólo «porque voy describiendo algo de lo que en él sucede», sino que también abarca otras clasificaciones incluidas en ese mismo género didáctico-ensayístico al que pertenecía el diario: la autobiografía, la epístola, las memorias, la confesión, el ensayo, el diálogo, el libro de viajes, el discurso y la historia. Todo esto engloban los *Cuadernos de Lanzarote* bajo esa denominación abarcadora que Saramago identifica parcamente como diario. Pero además estas páginas están salpicadas de sagaces pensamientos fragmentarios, también familiares a los anteriores: algunas sentencias, algunas máximas e incluso, como en muchas de sus obras de ficción estricta, aforismos.

José Saramago habla de diario, pero también de autobiografía, identificando varios aspectos distintos como algo similar o al menos complementario: «Un día escribí que todo es autobiografía, que la vida de cada uno de nosotros la estamos contando en todo cuanto hacemos y decimos, en los gestos, en la manera como nos sentamos, como miramos, como volvemos la cabeza o cogemos un objeto del suelo. Quería yo decir, entonces, que, viviendo rodeados de señales, nosotros mismos somos un sistema de señales». El diario atiende a esa relación de hechos cotidianos en los que está presente el Yo, pero en menor medida que en la autobiografía ya que no puede —día a día— presentar la panorámica total de una vida como en el caso de esta última. En la autobiografía, el Yo hace la historia de sí mismo. Se diferencia de la memoria y del diario en que en ellos está más presente un diálogo entre la propia identidad y la necesidad de verse como otro. En las memorias y en el diario es muy decisiva la presencia de la realidad exterior del Yo y de los otros. Saramago, en algunas páginas de estos *Cuadernos de Lanzarote,* nos deleita contando el porqué de su apellido, que era sólo un mote familiar y cuya inscripción en el registro se debió a una broma burocrática; también nos relata algunas de sus primeras lecturas y descubrimientos literarios en las bibliotecas públicas (la revista *Athena* y en ella los poemas de un poeta que ignoraba que hubiera existido en Portugal, Ricardo Reis, que publicaba unas odas conmovedoras); o si no, hace asimismo una descripción de sus primeros trabajos profesionales en un taller de cerrajería mecánica, mientras compartía sus nacientes inquietudes intelectuales. Saramago habla también de experiencias personales y culturales, a las que califica de memorias. Parte de su gran labor literaria ha sido la de acarrear y trabajar sobre esos confusos materiales de la memoria, sobre esa memoria «que voy teniendo de aquello que, en el pasado, ya fue memoria sucesivamente añadida y reorganizada». En otro lugar, Saramago se detiene para preguntarse: «¿Qué inquietante memoria es la que a veces me asalta de ser yo la memoria que tiene hoy alguien que ya fui, como si en el presente fuese finalmente posible ser memoria de alguien que hubiese sido?».

Diario, memorias, autobiografía, pero el autor de estos *Cuadernos de Lanzarote,* en otro texto, habla de confesión, aunque lo haga de una manera aparentemente despectiva: «Por mucho que se diga, un diario no es un confesionario». La confesión, aunque como escribió María Zambrano, es también un género literario (así lo clasificamos anteriormente), se filtra también en el diario y en estos *Cuadernos.* La confesión como expresión de la más descarnada realidad interior del Yo, la confesión que es una autobiografía espiritual en la que se encuentra un estado de crisis interior temporal o permanente. Para la autora de *El hombre y lo divino,* la confesión era el relato de un fracaso sin aceptarlo, mientras que la autobiografía era el relato de una complacencia sobre sí mismo, sobre su fracaso, pero trascendiéndolo a una experiencia personal y colectiva. En la confesión la vida se acerca a la verdad, «saliendo de sí sin ser notada, huida de sí en espera de hallarse. Desesperación por sentirse oscuro e incompleto y afán de encontrar la unidad. Esperanza de encontrar esa unidad que hace salir de sí buscando algo que lo recoja, algo donde reconocerse, donde encontrarse. Por eso la confesión supone una esperanza: la de algo más allá de la vida individual, algo así como la creencia, en unos clara, en otros confusa, de que la verdad está más allá de la vida». Por lo tanto, para la pensadora, debería existir algún tiempo sin la angustia del tiempo presente. La angustia, a la que se refirió Kierkegaard, como la pureza del corazón. Saramago consigue algunas de sus más brillantes y emotivas páginas contando ese silencio interior: sus reflexiones sobre Dios, no sobre la religión («Dios es el silencio del universo y el hombre el grito que da un sentido a ese silencio»); sus reflexiones cuasipanteísticas sobre la naturaleza: «El placer profundo, inefable, que es andar por estos campos desiertos y barridos por el viento, subir un repecho difícil y mirar desde allí arriba el paisaje negro, desértico, desnudarse de la camisa para sentir directamente en la piel la agitación furiosa del aire, y después comprender que no se puede hacer nada más, las hierbas secas, a ras de suelo, se estremecen, las nubes rozan por un instante las cumbres de los montes y se apartan en dirección al mar y el espíritu entra en una especie de trance, crece, se dilata, va a estallar de felicidad. ¿Qué más resta, sino llorar?». Y Saramago manifiesta más tarde su estoicismo práctico en sus varias y a veces frecuentes alusiones a la propia muerte: «Estar sentado frente al mar. Pensar que ya no quedan muchos años de vida. Comprender que la felicidad es apenas una cuestión personal, que el mundo, ése, no será feliz nunca. Recordar lo que se hizo y parecer tan poco. Decir: si tuviera más tiempo..., y encoger los hombros con ironía porque son palabras insensatas. Mirar la piedra volcánica que está en mitad del jardín, bruta, áspera y negra, y pensar que es un buen sitio para no pensar en nada más. Debajo de ella, claro». Y en otro momento exclama: «La noche de Lanzarote es cálida, tranquila. ¿Nadie más en el mundo quiere esta paz?». El tiempo es otro de los personajes claves de estos *Cuadernos.* Para Saramago el tiempo presente no tiene el sentido fundamental que él le da al pasado, su tiempo «reconocible», «el tiempo que viene no se detiene, no queda presente. Por lo tanto, para el escritor que soy yo, no se trata de "recuperar" el pasado, y mucho menos de querer hacer con él lección para el presente. El tiempo vivido (y apenas él, desde el punto de vista humano, es tiempo de facto) se presenta unificado a nuestro entendimiento, simultáneamente completo y en crecimiento continuo». Para el autor de *El año de la muerte de Ricardo Reis,* de ese tiempo que se acumula es del que somos producto infalible, no de un inaprensible presente. En éstas y otras muchas confesiones de estos diarios, el autor muestra su escepticismo radical. También hay otras abundantes confesiones literarias, por ejemplo aquella que le provoca la relectura del *Doctor Fausto* de Thomas Mann: «¿Vale la pena después de esto?».

La confesión de estas páginas lleva a su redactor por el camino de la reflexión; el ensayo, sin embargo, lo conduce por la erudición —en mayor o menor medida—, lo didáctico y lo provisional, pues todos los juicios científicos (apliquemos este término al campo de la literatura) lo son. Giorg Lukács en *El alma y la forma* (en el apartado «Sobre la esencia y forma del ensayo») comentaba que este género servía para expresar aquellas vivencias que no encontraban otra manifestación, la intelectualidad, la conceptualidad como vivencia sentimental, como realidad inmediata, como principio espontáneo de la existencia, «la concepción del mundo en su deseada pureza, como acontecimiento anímico». Estos *Cuadernos de Lanzarote* están repletos de pequeños diamantes ensayísticos, no sólo de carácter literario, sino también referidos a la política en general (la ibérica y la internacional); sobre la cultura y la función presente y futura de los medios de comunicación, sobre las creencias religiosas y los diversos integrismos en nuestro mundo contemporáneo, además de otros infinitos asuntos de carácter social, histórico, estético, etcétera. Saramago nos apunta además muchas y varias reflexiones sobre la técnica literaria, la técnica narrativa, la ficción literaria e histórica, así como explica esta inclinación de interés predominante, en relación a su género por excelencia, la novela, de la que es un consumado maestro. Luego, pasa a referirse a otras expresiones no menos reconocidas en su trayectoria creadora, tales como la poesía, el teatro, el artículo periodístico o la narrativa viajera. Saramago reflexiona sobre el tiempo en el relato y muestra su preocupación por profundizar e igualar el pasado, presente y futuro en una sola unidad temporal, «inestable, simultáneamente deslizante», para así intentar condensar o «inventariar» el mundo. El mismo Saramago, en otra página, citando a Benedetto Croce, certifica este asunto de una manera rotunda: «Toda Historia es Historia contemporánea». Sus opiniones sobre el papel del narrador, osadas y heterodoxas, según las directrices de la mayor parte de la teoría literaria contemporánea, también son de suma utilidad. Para nuestro autor, la figura del narrador no existe y es únicamente el autor quien desempeña la función narrativa real en la obra de ficción, «cualquiera que ésta sea: novela, cuento, teatro». Saramago habla de un narrador inestable: «Conocemos al narrador que procede de manera imparcial, que va diciendo lo que sucede, conservando siempre su propia subjetividad fuera de los conflictos de los que es espectador y relator. Hay, sin embargo, otro tipo de narrador, mucho más complejo, un narrador en todo momento sustituible, que el lector reconocerá a lo largo de la narración, pero que muchas veces le dará la impresión extraña de ser otro. Este narrador inestable podrá incluso ser el instrumento o el soplo de una voz colectiva. Será igualmente una voz singular que no se sabe de dónde viene y rehúsa decir quién es, o utiliza el arte suficientemente para llevar al lector a identificarse con él, a ser, de algún modo, él. Y puede, finalmente, pero no explícitamente, ser la voz del propio autor: es que éste, fabricante de todos los narradores, no está reducido sólo a saber lo que sus personajes saben, él sabe que sabe y quiere que eso se sepa». De esta manera, Saramago resuelve otra de sus preocupaciones: la de la siempre difícil participación del lector, que lo hace gracias a una continua provocación. Igualmente, comenta una de las características más llamativas de su estilo: la falta de puntuación. Esta forma propia la justifica y basa en la narración oral, en la cual el narrador no usa puntuación, habla como si estuviese componiendo música y usa los mismos elementos que el músico: sonidos y pausas.

El asunto de la ficción literaria y la Historia es una permanente obsesión, y lo hace poniendo como ejemplo dos de sus más importantes novelas: *Memorial del convento* e *Historia del cerco de Lisboa.* Saramago rechaza la reputación que algunos le han creado de novelista histórico. Nada existe fuera de la Historia, por lo tanto toda ficción es, al fin y al cabo, histórica, «... estaría ante la necesidad de averiguar qué parte de ficción entra, visible o subterránea, en la sustancia, ya de por sí composita, de lo que llamamos Historia y, también, cuestión no menos seductora, qué señales profundas la Historia como tal va dejando, a cada paso, en la literatura en general y en la ficción en particular».

En relación a la poesía, Saramago hace unos comentarios también muy acertados con respecto a algunas diferencias entre este género literario y la novela. La novela es una fórmula reconocible y teórica en cuanto que se puede recomponer su estructura formal y argumental, mientras que la poesía es una manifestación de más difícil identificación. Al poeta no se le debe exigir que explique los motivos y señalar sus propósitos; el poeta, según avanza en la construcción de la arquitectura de sus versos, borra las huellas que ha de reconstruir el lector según sus propios criterios, y ya no los del poeta mismo que los desconoce: «Una ruta suya, personal, que mientras tanto jamás coincidirá, jamás se yuxtapondrá a la del poeta. El poeta, viendo barridas las señales que durante un momento marcaron no sólo la vereda por donde vino, sino también las dudas, las pausas, las mediciones de la altura del sol, no sabría decirnos por qué camino llegó a donde ahora se encuentra, parado en medio del poema o ya al final del mismo. Ni el lector puede repetir el transcurso del poeta, ni el poeta podrá reconstruir la senda del poema: el lector interrogará al poema hecho, el poeta no puede sino renunciar a saber cómo lo hizo».

Saramago, en los otros asuntos enunciados anteriormente, se manifiesta como un crítico europeísta, como un defensor de la paz allí donde esté amenazada, y como un comunista convencido a pesar de los fracasos de los países del Este y de la antigua URSS, preocupado ante el avance del capitalismo más radical, e inconformista con aquellos que piensan que la política es el arte de no decir la verdad. Saramago es un luchador febril contra las ideas inquisitoriales de los integrismos de cualquier tipo, religioso, político, racial, etcétera. Al integrismo religioso —habido en todas las épocas— le dedica muchas páginas desde su siempre inalterable fe ateísta, desde su agnosticismo espiritualista. Su preocupación puede resumirse en esta cita de Hans Küng: «No habrá paz en el mundo si antes no hay paz entre las religiones». Su compromiso social como escritor lo aclara de manera tajante, el compromiso no es o no debería ser del escritor como tal, sino de éste como ciudadano. El escritor sirve para escribir, que no es poco trabajo, y más allá de su escritura se le añadirán otras obligaciones o corresponsabilidades como las de cualquier ciudadano, aunque él no sea un ciudadano común.

En estos *Cuadernos de Lanzarote* hay muchas opiniones contundentes, no sólo contra algunos escritores (portugueses o no) contemporáneos, sino, y sobre todo, a la hora de ser crítico con su país. No contra la totalidad del mismo, pero sí contra algunas capas socio-político-culturales que dominan la capital. Una Lisboa que no es la idílica ciudad para turistas sino, como cualquier otra gran capital del mundo, es un centro de poder no siempre justamente repartido. Saramago habla desde un exilio extraterritorial, desde un aislamiento voluntario, y de la misma manera que critica, defiende con tesón su verdadera patria: la lengua portuguesa. De ahí también todo el espacio que le dedica al asunto del acuerdo ortográfico.

A lo largo de estas páginas, el autor mantiene un fluido diálogo con muchos de sus lectores. Esta relación epistolar sirve igualmente para descubrir aspectos íntimos, cuyo relato nos revela zonas ocultas de la personalidad artística y de sus obras (origen, desarrollo, influencia, intenciones, motivos). El libro que mayor densidad epistolar provoca es, sin lugar a dudas, *El Evangelio según Jesucristo.* Saramago entabla con sus lectores y corresponsales —adeptos o no— un coloquio valiosísimo de carácter sociorreligioso y teológico.

Diario, memorias, autobiografía, confesión, epístola, ensayo... Todo esto y más lo abarcan estos *Cuadernos de Lanzarote,* pero también, y por qué no, una novela, dado que, como escribe Bajtin, una novela por naturaleza no es algo estrictamente canónico, cerrado, sino un género que se autoinvestiga constantemente. Los géneros literarios no se escriben por necesidades literarias, sino por la necesidad que la vida tiene de expresarse a través de estas formas. La novela, el diario, la confesión, son expresiones de seres individualizados a quienes se les concede historia. Saramago también tiene esta clarividencia instintiva de gran creador, al afirmar nada menos que un diario es una novela con un solo personaje, con lo cual da cabida —como en muchas de sus novelas, y en esto también vuelve a ser una vez más coherente— a la ficción dentro de la propia historia cotidiana, algo realmente sugerente. Para Saramago, un diario es una manera incipiente de hacer ficción, una novela si la función de su único personaje no fuese la de enmascarar al autor, «tanto en lo que declara como en lo que reserva, sólo aparentemente aquél coincide con éste». «De un diario se puede decir que la parte protege al todo, lo simple oculta lo complejo», subraya. Y, para él, una novela es un género en sí mismo antagónico, camaleónico y mestizo, acogedor de otros géneros como la filosofía, el ensayo, el drama, la poesía, la ciencia...

En estos textos hay muchas referencias a sus obras, de manera especial a las últimas. Por ejemplo, se nos va contando el origen y el desarrollo de su, hasta ahora, última obra narrativa, *Ensayo sobre la ceguera.* Pero igualmente hay otras muchas referencias a amigos escritores y a lecturas que van desde Althusser a Canetti o Magris, pasando por el ya citado Mann o Shakespeare. De entre sus devociones ibéricas yo quisiera destacar aquí las que siente por Unamuno, Machado y Gonzalo Torrente Ballester, por parte española; y las de Queiroz, Pascoaes y Pessoa, entre otras, por parte lusitana. Con Unamuno (en efigie sobre una ladera de una montaña de Fuerteventura, isla en la que estuvo desterrado por la dictadura del general Primo de Rivera) se identifica desde ese sentimiento del exilio. Sobre Antonio Machado escribe otras páginas memorables reinterpretando el pensamiento de Juan de Mairena y relacionándolo y contraponiéndolo a otro ilustre heterónimo, Ricardo Reis. De Gonzalo Torrente Ballester hace una lectura inteligente y sagaz de su obra máxima, *La saga/fuga de J. B.*, estableciendo relaciones entre Quijano y Quijote, entre Pessoa y los heterónimos, entre José Bastida y sus cuatro complementarios: Bastid, Bastide, Bastideira y Bastidoff; así como se refiere a ella como una manera de leer el universo. Son importantes los diferentes matices que expone para diferenciar el realismo mágico de la narrativa hispanoamericana, y el mundo ficcional de Torrente Ballester. Sobre Pessoa, que no debe ser considerado como el escritor típico o tipo de la literatura portuguesa, pues este país a lo largo de su historia ha tenido una buena piña de grandes autores universales, sentencia algo fundamental: «Nunca llegó a tener verdaderamente la seguridad de quién era, pero a causa de esa duda es por lo que nosotros vamos consiguiendo saber un poco más quiénes somos».

María Zambrano decía que el drama de la cultura moderna había sido la falta inicial de contacto entre la verdad de la razón y la vida, «porque toda vida es ante todo dispersión y confusión, y ante la verdad pura se siente humillada. Y toda verdad pura, racional y universal tiene que encantar a la vida». Saramago siempre ha dicho que su obra podía quedar resumida en cuatro palabras: meditación sobre el error. En estos *Cuadernos* hace una aclaración muy importante a este respecto: una meditación sobre el error y no sobre la verdad, siendo la Historia el lugar donde han combatido la duda y la mentira, el individuo y la Historia. Cuando, por mi parte, escribí la crítica de *Historia del cerco de Lisboa* incidí en este conflicto de engaños del propio protagonista como creador, recreador, instigador o paciente de los mismos. Error, errar. El errante no tiene su patria en la verdad, sino en el exilio. Y Blanchot lo enumeraba: el exilio de la ciudad, de las ocupaciones regladas y de las obligaciones limitadas, de lo que es resultado, realidad palpable, poder. El ensayista galo tomaba al poeta, más que al creador de otro género literario —y Saramago es fundamentalmente un poeta— como ejemplo máximo de este exilio, de esta no complacencia en él, sino en su insatisfacción por estar siempre fuera de sí mismo, fuera de su lugar natal, perteneciendo siempre al extranjero del mundo tal cual han querido que fuese. Error, errar, extravío, el artista no pertenece a la verdad porque la obra es lo que escapa del movimiento de lo verdadero, que de algún modo siempre pone en duda, se sustrae a la significación designando esta región donde nada permanece, donde lo que tuvo lugar no ha tenido, donde lo que recomienza aún no ha comenzado nunca, «lugar de la indecisión más peligrosa, de la confusión de donde nada surge y que, afuera eterno, es muy bien evocado por la imagen de las tinieblas exteriores en las cuales el hombre somete a la prueba de aquello que lo verdadero debe negar para convertirse en la posibilidad y la vía», subraya asimismo el autor de *El espacio literario.* Casi todos los personajes de las obras más representativas de José Saramago participan de ese mismo exilio que su autor, no pueden permanecer allí donde están porque les faltan las circunstancias de un aquí decisivo: son actores de un acontecimiento que mientras se produce no ocurre tal cual se ha producido, y cuando se ha producido no ha sido tal cual ocurrió, nunca es superado, llega y regresa sin cesar en una repetición e incertidumbre eterna. «Libros de paso», «actos de paso», califica Saramago a sus novelas: «De paso de una conciencia se trata en el *Manual;* del paso de una época a otra creo estar hecho mucho del *Memorial;* en pasos de la vida a la muerte y de la muerte a la vida pasa Ricardo Reis su tiempo; paso en sentido total es la *Balsa;* paso, más que todos radical, es el que quise dejar inscrito en el *Cerco;* finalmente, si el *Evangelio* no es el paso de todos los pasos...».

El arte, la escritura, para Saramago como para Nietzsche ¿sería la ilusión que nos protege de la verdad mortal? Un epígrafe en *Historia del cerco de Lisboa* decía: «Mientras no alcances la verdad no podrás corregirla. Sin embargo, si no la corrigieres, no la alcanzarás». Una verdad que no es posible guardar para uno solo, pues cuando se encuentra, se encuentra ya compartida.

Saramago, en este excepcional mosaico de géneros, en este gran escenario de su comedia humana, sabe que su gloria literaria ya está consumada, pero es consciente de que sólo a través de estos *Cuadernos* se ha ido descubriendo a sí mismo, y ése es el único camino posible para llegar a la verdad. Estos escritos magistrales en el complejo y difícil arte de la poligrafía están hechos con la materia con la que se hacen los sueños que no se han soñado.

CÉSAR ANTONIO MOLINA

Nota: sobre Saramago hay dos largos ensayos que se incluyen en mis libros *Sobre el iberismo y otros estudios sobre literatura portuguesa* y *Nostalgia de la nada perdida*, publicados respectivamente por Akal y Endymión.

Yo soy yo y mi circunstancia.
ORTEGA Y GASSET

Este libro, que en habiendo vida y salud no faltando, tendrá continuación, es un diario. Gente maliciosa lo verá como un ejercicio de narcisismo en frío y no seré yo quien vaya a negar la parte de verdad que haya en el sumario juicio, si lo mismo he pensado algunas veces ante otros ejemplos, ilustres ésos, de esta forma particular de autocomplacencia que es el diario. Escribir un diario es como mirarse en un espejo de confianza, adiestrado para transformar en belleza la simple y natural apariencia o, en el peor de los casos, tornar soportable la máxima fealdad. Nadie escribe un diario para decir quién es. Con otras palabras, un diario es una novela con un solo personaje. O aun con otras palabras, y finales, la cuestión central siempre suscitada por este tipo de escritos es, así lo creo, la de la sinceridad.

¿Por qué, entonces, estos cuadernos, si en el umbral se están proponiendo ya sospechas y justificadas desconfianzas? Un día escribí que todo es autobiografía, que nuestra vida cada uno la vamos contando en todo cuanto hacemos y decimos, en los gestos, en la manera como nos sentamos, como andamos y miramos, como volvemos la cabeza o cogemos un objeto del suelo. Quería yo decir, entonces, que, viviendo rodeados de señales, nosotros mismos somos un sistema de señales. Ahora bien, conducido por las circunstancias a vivir lejos, invisible de alguna manera ante los ojos de aquellos que se habituaron a verme y a encontrarme donde me veían, sentí (siempre empezamos por sentir, después pasamos al raciocinio) la necesidad de juntar a las señas que me identifican una cierta mirada sobre mí mismo. La mirada del espejo. Me atengo, por lo tanto, al riesgo de falta de sinceridad por buscar su contrario.

Sea como sea, que los lectores se tranquilicen: este Narciso, que hoy se contempla en el agua, deshará mañana con su propia mano la imagen que lo contempla.

Isla de Lanzarote, febrero de 1994

PRIMER CUADERNO
(Diario I-1993)

A Pilar

15 de abril de 1993

En enero, todavía estaba acabándose la casa, mis cuñados María y Javier, con la participación simbólica pero interesada de Luis y Juan José, me trajeron de Arrecife un cuaderno de papel reciclado. Les parecía que yo debía escribir sobre mis días de Lanzarote, idea, por lo demás, que coincidía con la que ya me andaba por la cabeza. El regalo tenía, sin embargo, una condición: que no me olvidase, de vez en cuando, de mencionar sus nombres y sus hechos... Las primeras palabras que escribo son, por lo tanto, para ellos. En cuanto a las siguientes, tendrán que hacer algo para eso. El cuaderno queda guardado.

Empecé a escribir el cuento del capitán del puerto y del director de la aduana. La idea me venía acompañando hace unos cinco o seis años, desde el encuentro de escritores que, por esa época, se realizó en Ponta Delgada, con Urbano Tavares Rodrigues, João de Melo, Francisco José Viegas, Luís Coelho. Por allí estaban Emanuel Félix, Emanuel Jorge Botelho, José Martins Garcia y Daniel de Sá. El caso parece haber sucedido (por lo menos así me lo dijo Ângela Almeida), y me sorprende que nadie, que yo sepa, lo haya recogido hasta hoy. Veremos lo que seré capaz de hacer con él: apenas estoy en el primer párrafo. La historia parece fácil de contar, de esas que se despachan con dos frases, pero la simplicidad es engañosa: no se trata de una reflexión sobre un *yo* y un *otro,* sino de la demostración, anecdótica en este caso, de que el *otro* es, finalmente, el *propio.* La historia acabará por convertirse en tragedia, pero una tragedia, en sí misma, cómica.

José Luís Judas no da señales de vida. Los recados quedan en el contestador pero no hay ninguna respuesta. Y no sé si, rematado el proyecto en nada, como preveo, mi sentimiento final llegará a ser de decepción o de alivio. De hecho escribir para la televisión una historia sobre Don Juan II no ha sido cosa que en ningún momento me haya entusiasmado, pero la remuneración del trabajo, en los términos y condiciones que propuse y que, en principio, fueron aceptados, me habría librado de preocupaciones materiales, y no tan sólo para los tiempos más próximos. Después de todo, y ante el silencio de Judas, recelo que triunfe mi escepticismo habitual, quedándose con la pérdida aquel que lo tiene, yo.

En *Schopenhauer y los años salvajes de la filosofía* de Rüdiger Safranski, me encuentro con una frase que me gustaría haber escrito: «El hombre es el más perfecto de los animales domésticos»... El autor de la misma (si otro no la dijo antes) fue un profesor de la Universidad de Göttingen, de nombre Blumenbach. Otra frase, magnífica, pero ésta de Schleiermacher, que habría puesto como inicio del *Evangelio,* sin más: «El que tiene religión no es el que cree en una Escritura Sagrada, sino el que no necesita de ella y sería, él mismo, capaz de hacerla». (Traduzco de traducción.)

El arte no avanza, se mueve.

16 de abril

Ocurrió lo que preveía. Contestando a la carta en la que me desligaba del jurado del Premio Stendhal, me escribe Dorio Mutti rogándome (la palabra no es exagerada) que continúe. Alega que no encuentra a nadie para sustituirme, que sin mí el premio perderá mucha de su importancia y de su credibilidad, que participa de mis preocupaciones respecto a Europa y, finalmente, que el Premio Stendhal necesita de personas que estén por encima de toda sospecha. Imagínese: yo, por encima de toda sospecha... Todo esto confirma lo que algunas veces he pensado: que Portugal y, por lo visto, ahora también Europa, deben andar muy mal de gente, para que esta simple persona que a fin de cuentas soy, sin nunca haberlo querido y sin justificarlo, pueda estar ofreciendo la apariencia de importante e indispensable... Siendo el *ego* lo que sabemos, lo más seguro será que continúe en el jurado.

17 de abril

Carta de agradecimiento de una profesora de filosofía, y de sus alumnos, de la Escuela Secundaria de Padrão da Légua, en Matosinhos, por un trabajo hecho sobre el artículo «Contra la tolerancia», que apareció hace un tiempo en *Público.* Lo divertido es que me han puesto a dialogar con Kant, lo cual, siendo un abuso intelectual del que soy inocente, puede comprenderse y aceptarse, si pensamos que el dicho Kant, a lo largo de su vida, tuvo necesidad de dialogar con muchísima gente, alguna sublime, otra no tanto, la mayor parte así así, y todos ellos podrían decir: «Kant habló conmigo...». Gracias a Padrão da Légua he hablado con Kant.

Vinieron a visitarnos Jaime Salazar Sampaio y Raquel, su mujer. A ella no la conocía, a él poco, por eso la conversación fue difícil al principio. No se habló de literatura, menos mal. Hace mucho tiempo que no leo nada suyo y no quería recurrir a las antigüedades que tengo ahí: de poesía

Em Rodagem, 1949 (que es su primer libro), y *Poemas Propostos,* 1954; de teatro *Os Visigodos e Outras Peças,* 1968, y *A Batalha Naval,* de 1970. El tema perfecto —Lanzarote— estaba, por decirlo así, servido, y gracias a él se hicieron los gastos de la conversación. Señal de la edad que tengo es esta preocupación nueva de buscar en la cara de los demás los estragos que supongo aún no han marcado la mía: cuando volví a casa, después de acompañarlos a la carretera que va a Yaiza, fui a ver en qué año nació Salazar Sampaio: 1925. Pues no hay duda: para los pocos años que tiene Jaime está un poco estragado.

18 de abril

La película no tuvo a su favor una dirección de primera clase (¿quién es Valerian Borowyczyk?), no contó con actores famosos (ni un único nombre conocido), la producción (Francia, Alemania e Italia), si tenía dinero no lo gastó aquí —y, con todo, esta *Lulu* de 1979, tosca, ingenua, casi primitiva (¿intencionalmente?), híbrida de un expresionismo mal recuperado y de un erotismo que no se decide o se limita a sí mismo, llega a ser, muchas veces, perturbadora. La ostentosa desnudez de Lulú, total y exhibida sin ambages, se transforma, a mi ver, en demostración de una pureza recóndita, esencial, que va a resistir todas las degradaciones y a la que la muerte dará el amargo sabor de una pérdida irremediable: Lulú apareció en el mundo, pero el mundo no la reconoció, la usó como usaría a otra cualquiera. No he leído nunca la obra de teatro de Wedekind, y la ópera de Alban Berg sólo la conozco (y mal) por disco, pero esta película de Borowyczyk me hizo notar que Lulú, más que un mero símbolo de fascinación sexual, es una representación angustiosa de la inaccesibilidad irreductible del ser.

19 de abril

Judas llamó finalmente. Que mañana será fijada la fecha de la firma del contrato. Que. Y que. No fui capaz de decirle cuánto me entristece que haya aceptado ser candidato en las listas del PS. Duró poco el luto.

20 de abril

Esta mañana, cuando me desperté, me vino la idea del *Ensayo sobre la ceguera* y, durante unos minutos, todo me pareció claro excepto que del tema pueda llegar a salir alguna vez una novela, en el sentido más o menos consensual de la palabra y del objeto. Por ejemplo: ¿cómo meter en el relato personajes que perseveren en el dilatadísimo lapso de tiempo narrativo del que voy a necesitar? ¿Cuántos años serán necesarios para que se encuentren sustituidos por otras, todas las personas vivas en un momento dado? Un siglo, digamos que un poco más, creo que será bastante. Pero en este mi *Ensayo,* todos los videntes tendrán que ser sustituidos por ciegos y éstos, todos, otra vez, por videntes... Las personas, todas ellas, empezarán por nacer ciegas, vivirán y morirán ciegas, a continuación vendrán otras que serán sanas de la vista y así van a permanecer hasta la muerte. ¿Cuánto tiempo requiere esto? Pienso que podría utilizar, adaptándolo a esta época, el modelo «clásico» del «cuento filosófico», insertando en él, para servir a las diferentes situaciones, personajes temporales, rápidamente sustituibles por otros en caso de no tener la consistencia suficiente para una presencia mayor en la historia que esté siendo contada.

21 de abril

Llegó un ejemplar de la segunda edición de *In Nomine Dei.* Cinco mil ejemplares más que se van a juntar a los diez mil de la edición inicial. Pregunto: ¿qué pasa para que una obra de teatro atraiga a tanta gente? ¿No es apenas la novela lo que interesa a los lectores? ¿Tendrá esto que ver, tan sólo, con la simple fidelidad de quien se habituó a leerme? ¿O será que, en este tiempo de violencia y frivolidad las «cuestiones grandes» continúan royendo el alma, o el espíritu, o la inteligencia («machacar el juicio» es una expresión con mucha más fuerza) de aquellos que no quieren conformarse? Si es así espero que lleguen a sentirse bien servidos con el *Ensayo sobre la ceguera...*

22 de abril

¿Cómo aprende un periodista a entrevistar? El método antiguo era el de las «tablas», la experiencia ayudada por un carácter natural para dirigir la conversación. Ahora imagino que habrá clases de psicología aplicada, quién sabe incluso si de hipnotismo, pues de otro modo no encuentro explicación para lo que pasó hoy con una de las chicas* que vinieron a hacer un reportaje sobre Lanzarote: las preguntas hechas por Elena Butragueño fueron de lo más sencillo, de lo más directo, del tipo «qué piensa de esto» y, sin embargo, me encontré hablando de mi relación con Lanzarote en términos totalmente nuevos, diciendo cosas en las que hasta ese momento no había pensado nunca, incluso ni todas ellas sinceras, y que me surgían como pensamientos, ideas, consideraciones que fuesen, simultáneamente, mías y ajenas. En lo que se puede llamar una sesión de *dribbling* mental, me

* En español en el original.

pareció mucho más eficaz esta Elena que su homónimo Emilio, con la pelota, en el campo...

23 de abril

Terminé *El cuento burocrático del capitán de puerto y del director de la aduana.* Quitando la cuestión, relativamente insignificante, de saber si lo que escribí es de hecho un cuento, creo que he puesto en la historia mucho más de lo que la anécdota original prometía. Interesante fue haber repetido, en relato de espíritu tan diferente, aquel juego de mostrar y de esconder que usé en las primeras páginas de *Centauro,* hablando, alternativamente, del hombre y del caballo para demorar la información de que, al final, se trataba de un único ser: el centauro. En este caso del *Cuento burocrático,* el *otro* era, simplemente, el *mismo.*

Gracias a las tan alabadas y tan calumniadas tecnologías, ahora el inefable fax (¿por qué no decimos, a la manera antigua, facsímil?), pude leer hoy mismo el artículo que Eduardo Prado Coelho publicó hoy en *Público.* La inteligencia de este hombre —irritante a veces, gracias a una especie de claridad de visión y de exposición (agresivas por la eficacia, pero nunca pedantes) que es capaz de hacernos parecer todo obvio desde el principio, cuando lo que nos gustaría sería compartir con él las dificultades de nuestro propio entendimiento— ha sabido leer, como nadie lo ha hecho hasta ahora, *In Nomine Dei.* Se estiman aquí las alabanzas, además, como es norma suya, siempre discretas («un texto que ecuaciona con medios poderosamente pedagógicos todos los problemas de la estructura religiosa del pensamiento», «con una de esas fórmulas envolventes y certeras de las que Saramago tiene el secreto», «una contribución preciosa para aquellos que consideran fundamental la defensa de la sociedad civil contra los fanatismos y fantasmas de los fantásticos»), pero lo que Prado Coelho dice de más importante y, sin ambigüedades, pone el dedo en la llaga que yo pretendía mostrar y desembridar con esta obra, se condensa en dos preguntas finales: «¿Cómo conciliar el principio de la creencia con el principio de la tolerancia? ¿Seremos capaces de vivir en creencia, para ser un poco más que cosa alguna, y aceptar la pluralidad inconciliable de las creencias?». Pues bien, si mi libro fue capaz de suscitar en Prado Coelho estas preguntas, me doy por satisfecho. Queda demostrado —y que me sea perdonada la presunción— que algunas interpelaciones fundamentales también pueden ser hechas del lado *de acá.* No dejo, con todo, de pensar que fue necesario que yo hubiese escrito algunos millares de páginas y, después de ellas, éstas de *In Nomine Dei,* para que nuestro «consejero cultural» (consejero en todos los sentidos, no sólo en el diplomático) se dispusiese a ojear con alguna atención un texto mío.

24 de abril

Paseo con Elena Butragueño y Gloria Rodríguez que es la fotógrafa. Javier, pacientísimo, fue chófer y guía. Visitamos a una mujer llamada Dorotea, anciana de noventa y cuatro años, antigua alfarera de obra gruesa, una especie de Rosa Ramalho más rústica. Ya no trabaja, pero la dinastía (su abuela ya estaba en este arte) continúa en la persona de un yerno que, firmando con su propio nombre las piezas que hace, también usa, algunas veces, el nombre de la suegra... Entre los objetos que producen, generalmente utilitarios (aunque sea dudoso en esta era del plástico triunfante que alguien vaya a utilizar formas tan primitivas y pesadas), hay dos figuras humanas, una de hombre, otra de mujer, desnudas, con los órganos sexuales ostensivamente modelados y a las que llaman los Novios. Parece (pero quizá sea demasiado hermoso para ser verdadero) que los novios *conejeros,* antes, intercambiaban estas figuras, la novia daba al novio la efigie femenina, el novio a la novia la efigie masculina, era como si estuviesen diciendo: «Éste es mi cuerpo, aquí lo tienes, es tuyo». Los compramos, están ahí, delante de mí, al lado de un atril de mesa, probablemente del siglo XVIII, que exhibe una figurita hecha de maderas taraceadas representando el Cordero de Dios: «Éste es mi cuerpo, tomadlo...». Por idea de Pilar (¿cómo podría no serlo?), ofrecimos a Gloria y a Elena dos aguamaniles, del mismo tipo de aquel que ya habíamos comprado, hace tiempo, en Mirador del Río y, para nosotros, un jarro de boca baja y larga que aún tiene cenizas dentro, vestigios de la lumbre en la que fue cocido. Estos artesanos no usan horno, las piezas son cocidas al aire libre, sobre rejas de hierro. Cuando Elena preguntó a la vieja Dorotea si le gustaba ver por allí a los turistas, respondió que sí, que tanto daba entenderlos como no... La jornada terminó con un rápido paseo por El Golfo, pero antes habíamos estado con un personaje extrañísimo, un Enrique Díaz de Bethancourt, descendiente, por lo que se dice y él confirma, de la antigua familia fundadora, a principios del siglo XV. Vive en una finca* medio abandonada, entre suciedad, trapos viejos, basura por todos sitios, como un anacoreta descuidado de los primores del cuerpo, salvo la barba, bien tratada, en un estilo entre el profeta y el sátiro. Por detrás de la casa, en la pendiente, hay un níspero cuyos frutos deben de ser los más dulces del mundo. En el fondo de una cueva, agachado sobre la tierra negra como un enorme animal escondido, el árbol chupa de las arterias secas de los volcanes los depósitos alquímicos con los que elabora la sustancia última de la dulzura. Se ponía el sol cuando regresamos de

* En español en el original.

El Golfo. Una enorme nube color de fuego casi tocaba lo alto de una montaña que refulgía con el mismo color. Era como si el cielo no fuese más que un espejo y las imágenes sólo pudiesen ser las de la tierra.

25 de abril

Carmélia telefoneó por la mañana, con el grito «¡25 de Abril, siempre! ¡25 de Abril, siempre!». Me acordé de aquella otra llamada, hace diecinueve años, en mitad de la noche, cuando una de las hijas de Augusto Costa Dias me avisó que la revolución estaba en la calle. Ahora el entusiasmo de Carmélia, un entusiasmo de superviviente, me dejó lamentablemente frío. Después hablamos de la marcha de la ópera: que Corghi ha desistido de los ballets (óptimo), que también renunció a Liszt (óptimo), pero que de cualquier manera se las ha apañado para hacerlo aparecer al final (paciencia) aprovechando la circunstancia de que hay un órgano en el escenario del teatro de Münster. Según parece se confirma el interés del Teatro Alla Scala por participar en la producción.

26 de abril

Entrevista a Plínio Fraga, de la *Folha de São Paulo*. Una de las cuestiones era que António Houaiss, hace un tiempo, habría apostado por dos nombres para el Premio Nobel de este año: João Cabral de Melo Neto y este servidor. Se me pedía que comentase la declaración de Houaiss y recordé a Plínio lo que Graham Greene respondió a un periodista que le preguntó lo que pensaba de la atribución del Premio Nobel a François Mauriac. Fue ésta la frase histórica: «El Nobel me honraría a mí, mientras Mauriac honra al Nobel». Ahí tiene, dije, yo soy el Graham Greene de esta historia y João Cabral es Mauriac. Pero, en seguida, agotada mi capacidad de abnegación y modestia, y también para no aparecer a los ojos de los lectores de la *Folha* como un sujetito hipócrita, añadí, de esta manera curándome en salud: «En todo caso me parecería justo que el primer Nobel de Literatura para la lengua portuguesa fuese dado a un portugués porque, en verdad, hace casi novecientos años que estamos esperándolo, mientras vosotros ni siquiera dos siglos de esperanzas frustradas lleváis...».

28 de abril

Giovanni Pontiero me invita a ir a Manchester y a Liverpool, en otoño, y también a Edimburgo, para dar unas conferencias. Dice él que «van a recibir una ayuda del Gobierno portugués para promover varias actividades de carácter cultural» y que «desean iniciar el programa con una conferencia y la presencia de una figura de peso en el mundo lusobrasileño». Aunque no sea claramente dicho, parece quedar entendido que la tal figura, para uso inmediato, soy yo... ¡Ah, patria, patria, qué irónica es la vida! Aquel inefable Gobierno, todo entero, va a dar gritos cuando les llegue la noticia de que están gastando su dinero en esta execrada persona.

29 de abril

A propósito de la publicación en Francia de su *Requiem* Antonio Tabucchi concede una entrevista a *Le Monde*. A cierta altura el entrevistador, René de Ceccaty, informa a sus lectores que Tabucchi es el principal introductor de la literatura portuguesa en Italia, aserto que no pretendo discutir, pero que, desde luego, sería bastante más exacto si, donde se dice es, se hubiese dicho fue. Lo que sobre todo me interesa aquí es lo que viene a continuación, puesto en francés para que no pierdan ni el sabor ni el rigor: *«Toutefois, si l'on évoque José Saramago, Tabucchi prend un air absent et détourne le regard. Manifestement, c'est vers une autre littérature que ses affinités le dirigent».* ¿Por qué René de Ceccaty pasó de inmediato a otro tema, por qué, por distracción o delicadeza, no preguntó a Tabucchi la razón profunda de aquel «aire ausente» y de aquel «desvío de la mirada»? Debo de haber perdido la gran ocasión de conocer, por fin, los motivos de la hostilidad mal disimulada y de la evidente frialdad que Tabucchi manifiesta siempre que tiene que hablar de mí o conmigo. Sucede en mi presencia, puedo imaginar, a partir de ahora, cómo será en mi ausencia. He dicho que he perdido la ocasión, pero quizá no sea así. Toda la entrevista se desarrolla en el terreno de la relación vivencial e intelectual de Tabucchi con Pessoa, y fue justamente esto, este discurso cerrado, este ritornelo obsesivo, lo que, de repente, me hizo funcionar la intuición: Antonio Tabucchi no me perdonará nunca haber escrito *El año de la muerte de Ricardo Reis.* Heredero, él, como se presenta, de Pessoa, tanto en lo físico cuanto en lo mental, vio aparecer en las manos de otro aquello que habría sido la corona de su vida, si se hubiese dado cuenta a tiempo y hubiera tenido la voluntad necesaria: narrar, en verdadera novela, el regreso y la muerte de Ricardo Reis, ser Reis y ser Pessoa, por un tiempo, humildemente, y después retirarse porque el mundo es vasto en demasía para estar siempre contando las mismas historias. Admito que la verdad pueda no coincidir, punto por punto, con estas presunciones mías, pero reconózcase, al menos, que se trata de una buena hipótesis de trabajo... Como si ya no fuese suficiente carga tener que llevar a las espaldas la envidia de los portugueses, me sale ahora al camino este italiano que yo tenía por amigo, con un airecito falsamente ausente, desviando los ojos, fingiendo que no me ve.

Cuando *Blimunda* fue representada en Lisboa escribí unas pocas líneas para el programa, texto éste al que di un título: *El destino de un nombre.* Ahora dos cartas recientes, una de mi hija, otra de mi nieta, me hacen volver a reflexionar en eso de los nombres de las personas y sus respectivos destinos. He contado ya cómo y por qué me llamo Saramago: que Saramago no era el apellido de la familia, sino sólo el apodo; que yendo mi padre a declarar en el registro civil el nacimiento del hijo, sucedió que el empleado (se llamaba Silvino) estaba borracho; que por su propia iniciativa, y sin que mi padre se diese cuenta del fraude, añadió Saramago al simple nombre que yo debía llevar, que era José de Sousa; que, de esta manera, gracias a un destino de los hados, se preparó el nombre con el que firmo mis libros. Suerte mía, y gran suerte, fue la de no haber nacido en cualquiera de las familias de Azinhaga que, en aquel tiempo y por muchos años más, ostentaban los arrasadores y obscenos apodos de Pichatada, Culorroto y Caralhana... Entré en la vida con este nombre de Saramago sin que la familia lo sospechase, y fue más tarde, cuando para matricularme en la instrucción primaria tuve que presentar una partida de nacimiento, que el antiguo secreto se descubrió, con gran indignación de mi padre que detestaba el mote. Pero lo peor fue que llamándose mi padre José de Sousa, la Ley quiso saber cómo tenía él un hijo cuyo nombre completo era José de Sousa Saramago. Así intimado y para que todo quedase en lo propio, en lo sano y en lo honesto, mi padre no tuvo más remedio que hacer un nuevo registro de su nombre, por el cual pasó a llamarse también José de Sousa Saramago, como el hijo. Habiendo sobrevivido a tantos sucesos, baldones y desdenes, habría de parecer a cualquiera que el viejo mote, convertido en apellido dos veces registrado y homologado, iría a gozar de una vida larga en las vidas de las generaciones. No será así. Violante se llama mi hija, Ana mi nieta y ambas firman Matos, el apellido del marido y del padre. Adiós pues, Saramago.

30 de abril

Me pregunto si estaré soñando: la mayoría socialdemócrata de la Cámara Municipal de Mafra votó contra una propuesta del CDU para que me fuese atribuida la medalla de oro del concejo, alegando que «corrompí el nombre de Mafra» y que *Memorial del convento* es «un libro reprobable desde todos los ángulos». Otro motivo, no menos importante, habrá sido que «no convenía» distinguir a un escritor comunista. Quiere decirse: se tolera (con dificultad) que existan comunistas, se consiente (porque no es posible evitarlo) que algunos de esos comunistas sean escritores, pero que no se les ocurra escribir *Memorial del convento,* incluso cuando en dos siglos y medio de iluministas y árcades, de románticos y realistas, no se haya encontrado ninguno que lo hiciese. Pido, por lo tanto, a los habitantes de Mafra que, hasta las próximas elecciones locales, consideren ese libro como no existente, toda vez que, por una razón o por otra (por no ser dignos de él, o por ser indigna de ellos la decisión tomada), no lo merecen. Después, contados los votos, corregido o no por las urnas el atentado que ahora ha sido cometido, contra la inteligencia, más que contra mí, entonces veré si debo restituir a Mafra el *Memorial* que le ofrecí hace once años, o retirar su nombre del mapa de Portugal que aún conservo dentro del corazón.

1 de mayo

Hace muchos muchos años, antes de 1830, Victor Hugo pasó por una pequeña aldea del País Vasco llamada Hernani. Le gustó el nombre, al punto de haber bautizado con él la tragedia que en aquel año se estrenó en París, en el Théâtre Français. Ahora, en Hernani, la viuda de Gabriel Celaya, durante un acto de homenaje al poeta, fue insultada y agredida con tomates y huevos por jóvenes políticamente ligados a Herri Batasuna, según información de la prensa, que añade que la pobre de Amparitxu Gastón se tuvo que abrazar, sollozando, al busto de Celaya, que allí se inauguraba. Claro está que el primer episodio nada tiene que ver con el segundo, ha entrado aquí por simple asociación de ideas. También por asociación de ideas, aunque no corra yo el riesgo, sin duda terrible, de llegar a tener instaladas efigies de mi persona en ningún lugar, doy por consejo a Pilar que no se le ocurra nunca ir a Mafra. No tendrá ningún busto al que abrazarse y, además de los tomates y de los huevos, bien podría suceder que a la Juventud Socialdemócrata se le ocurriese tirarle unas cuantas piedras del convento.

Tengo la pena suspendida durante quince días. José Luís Judas acaba de comunicarnos que dio a la RTP plazo hasta el día 15 de este mes para responder, definitivamente, si sí o no quiere el *D. João II.* Si responden que sí, me condenan y me absuelven, si responden que no, me absuelven y me condenan. No es una charada judicial, es una demostración, por así decir, matemática.

2 de mayo

¿Cómo será posible creer en un Dios creador del Universo, si el mismo Dios creó a la especie humana? Con otras palabras, la existencia del hombre, precisamente, es lo que prueba la inexistencia de Dios.

3 de mayo

En mi época de escuela primaria algunas crédulas e ingenuas personas, a quienes dábamos el respetuoso nombre de maestros, me enseñaron que el hombre, además de ser un animal racional era, también, por gracia particular de Dios, el único que de tal fortuna se podía enorgullecer. Pues bien, siendo las primeras lecciones aquellas que más perduran en nuestro espíritu, aunque, muchas veces, a lo largo de la vida creamos haberlas olvidado, viví durante muchos años aferrado a la creencia de que, a pesar de tantas contrariedades y contradicciones, esta especie de la que formo parte usaba la cabeza como aposento y oficina de la razón. Cierto era que el pintor Goya, sordo y sabio, me afirmaba que es en el sueño de la razón donde se engendran los monstruos, pero yo argumentaba que, no pudiendo ser negado el surgimiento de esos espectros, ello sólo acontecía cuando la razón, pobrecita, cansada de la obligación de ser razonable, se dejaba vencer por la fatiga y se sumergía en el olvido de sí misma. Llegado ahora a estos días, los míos y los del mundo, me veo delante de dos probabilidades: o la razón, en el hombre, no hace sino dormir y engendrar monstruos, o el hombre, siendo indudablemente un animal entre los animales, es, también indudablemente, el más irracional de todos ellos. Me voy inclinando cada vez más hacia la segunda hipótesis, no por ser yo morbosamente propenso a filosofías pesimistas, sino porque el espectáculo del mundo es, en mi débil opinión, y desde todos los puntos de vista, una demostración explícita y evidente de lo que llamo la irracionalidad humana. Vemos el abismo, está ahí, delante de los ojos, y a pesar de todo avanzamos hacia él como una multitud de *lemings* suicidas, con la capital diferencia de que, de camino, nos vamos entreteniendo en despedazarnos los unos a los otros.

4 de mayo

Conferencia de Alfredo Bryce Echenique en Arrecife. El lugar del acto fue el auditorio de la Sociedad Democracia, fundada en 1858 por trabajadores, obreros y pescadores. Todo lo que pude sacar en limpio, de la breve explicación que me dio uno de los directores, es que sus orígenes tuvieron raíz masónica. La Sociedad se vio obligada a cambiar de nombre durante el franquismo —pasó a ser llamada Mercantil— porque, según consta en el acta donde el cambio quedó registrado, la denominación de origen iba contra los principios del Movimiento Nacional... La conferencia —*La dificultad de ser latinoamericano*—, trabajo académico y no literario, según las palabras iniciales de Bryce Echenique, fue interesante en su desarrollo, sobre todo en lo referido a la relación e interpretación de los hechos históricos, sociales y culturales, subsecuentes al descubrimiento, pero, en su parte final, se presentó como una demostración de aquella misma «dificultad», cuando el conferenciante manifestó la convicción de que los medios de comunicación de masas y la apertura a una modernidad vehiculada por el Norte (entiéndase: Estados Unidos) están sirviendo para la formación y consolidación de una identidad latinoamericana general y común, por lo tanto uniformizadora y supranacional. Es curioso que, no habiendo hecho Alfredo antes ninguna tentativa para integrar el Brasil colonial y postindependencia en el cuadro de las transformaciones sociales, económicas y políticas de la «restante» América, eligió Brasil para ejemplificar esa supuesta nueva identidad: el urbanismo y la arquitectura de Lúcio Costa y Oscar Nyemeyer (por la luminosidad y por la transparencia, por el uso de formas abiertas) le parecen expresiones plásticas propias de América Latina, sin determinantes exteriores. Independientemente de una reflexión (no posible aquí, ni por quien esto escribe) sobre la pertinencia de tal afirmación, quiero decir, saber hasta qué punto aquel urbanismo y aquella arquitectura serán, de hecho, en términos de identidad cultural, una expresión latinoamericana, me parece que evidencia, una vez más, la compleja y dramática relación que los intelectuales del otro lado del Atlántico mantienen, aún hoy, con Europa. En su mayoría hijos espirituales de ella, por lo menos hasta esta última generación, intentan desembarazarse en razón directa de su propia dificultad en reconocerse como latinoamericanos. Afirmar que la obra de un Lúcio Costa y de un Oscar Nyemeyer (cuya importancia aquí no se discute) es, por definición, finalmente latinoamericana, es una manera, entre muchas, de decir algo muy diferente: «No queremos tener nada que ver con Europa, a ella debemos nuestra dificultad de ser»..., incluso cuando el paso siguiente sea caer, y no sólo culturalmente, en los brazos de Estados Unidos. Lo más probable, viendo bien las cosas, es que América Latina no alcance nunca a ser América Latina...

5 de mayo

Estaba buscando en el diccionario de José Pedro Machado información sobre una cierta palabra, cuando, desde el fondo de la memoria, aparentemente sin motivo, me surgió otra, y con ella una frase entera, no oída desde hacía muchos años, «farfullar», «¿qué estás farfullando?», decía mi madre en las ocasiones en que me oía protestar contra una orden suya o cuando, castigado, me desahogaba refunfuñando por lo bajo contra la desaforada autoridad materna. Ni entonces, ni después, busqué en el diccionario el significado del término. Pero hoy, cuando las palabras portuguesas —tal vez por estar viviendo tan fuera de ellas en esta isla de Lanzarote— se me aparecen como si acabasen de ser creadas en el mismo instante en que las leo, o las digo, o las evoco, dejé la palabra que necesitaba para mi trabajo y fui a satisfacer la curiosidad: saber, a ciencia cierta, qué «farfullar» era aquel que yo, de niño y mozo, empíricamente estaba practicando. Encontré «murmurar, hablar mucho, hablar con jactancia, mentir, rezongar, murmurar de la vida ajena, hacer moralina, reprender, sermonear, imponer normas morales, hablar entre dientes, murmurar, hablar bajo criticando» —lo suficiente para descubrir, después de tantos años, que mi madre, a pesar de ser analfabeta, sabía mucho de lengua portuguesa... Después, pensando, me pareció, por causa de aquel «hablar con jactancia», que quizá «farfullar» no fuese más que una corruptela de «alardear», palabra trabajosa de decir, con esa vuelta de lengua demasiado difícil para el pueblo simple de Azinhaga. No lo era: «alardear» viene de «alarde», y «alarde» (todo esto son sabidurías de José Pedro Machado, no mías) viene del árabe *al-ardh.* A pesar del revés perseveré y me fui al *Dicionário etimológico* del mismo Machado, con la tranquila certeza de que iba a encontrar, desarrollada y explicada, en ese mismo lugar, la genealogía del intrigante vocablo. Pues no la encontré, no, señores. Lo que el *Etimológico* dice con desarmante laconismo es lo siguiente: «Farfullar, v. de *alano,* raza de perros». Al final iban a ser mis protestas y rezongos, a los oídos de mi madre, como aquel monótono, continuo y obsesivo ladrar que realmente nos obliga a decir: «¿Qué estás ahí, perro, farfullando*?». Puede ser. Lo peor es que allá en la aldea, en la época en que viví, no recuerdo rastro, sombra

---

* Juego de sentido intraducible. Farfullar es *alanzoar* en portugués, alano es *alão. (N. del T.)*

o memoria de un solo alano, esa especie canina del grupo de los pesados, el moloso de otras geografías. En Azinhaga, a lo sumo, lo que había era unos perdigueros sin casta, unos sabuesos sin olfato, unos perrazos sin porte, todos ellos muy competentes en farfullar sin duda, pero no tanto ni tan bien que pudiesen haber dado nombre a la palabra.

El escenificador de la ópera (un alemán de quien nada sé hasta ahora, ni siquiera el nombre) propuso que se eliminasen del final del primero y del tercer actos las proyecciones que Azio Corghi había ideado y que representarían, respectivamente, los Cuatro Jinetes del Apocalipsis (Knipperdollinck, Rothmann, Matthys y Van Leiden) y las Cuatro Mujeres de la Esperanza (Madre, Divara, Hille y Else). Azio quería saber mi opinión. Pues bien, como la idea de las proyeccciones, por redundante, nunca me había satisfecho, es fácil imaginar con qué calor aplaudí la propuesta. La salida de Liszt, primero, la exclusión de los ballets, después, la retirada, ahora, de las dos proyecciones permitirán, espero, que el episodio histórico que en el escenario se narrará manifieste, sin superfluidades ni adornos retóricos, su brutalidad original y la tragedia de una demencia.

6 *de mayo*

Maridos y mujeres de Woody Allen. La misma historia, los mismos diálogos, las mismas pérdidas y hallazgos, la misma infalible previsibilidad. Una cámara trémula, inestable, como un vídeo de familia, constantemente atrasada en relación al principio del plano, corriendo después para alcanzar el tiempo, dividida entre la ansiedad de registrar integralmente el momento, antes de dejarlo irse, y el imposible deseo de volver atrás, en busca del gesto, de la mirada, de la palabra que quedaran por captar y sin los cuales, ahora, parece falto de coherencia y de sentido lo que se está contando. Estos hombres y estas mujeres de Woody Allen, siempre idénticos en los encuentros y desencuentros de su vida, me hicieron pensar en los átomos de Epicuro. Inmersos en el mismo vacío, cayendo, cayendo siempre, pero súbitamente derivando en la direccción de otros átomos, de otros hombres y mujeres, tocándolos superficialmente o reuniéndose con ellos, y después otra vez libres, sueltos, solitarios, o cayendo juntos, simplemente...

Horas demasiado lentas, días demasiado rápidos.

Leo *El porvenir es largo,* la autobiografía de Althusser, carente de piedad y descarnada, como sólo la podría haber escrito quien, como él, tras pasar por la experiencia de *una nada* psiquiátrica, se preparase, lúcidamente, para la entrada en la muerte, en la *nada absoluta,* después de una vida durante mucho tiempo asombrada por la conciencia angustiante de *ser nada.* Leo e, inevitablemente, mi pensamiento se encamina hacia *El libro de las tentaciones,* siempre anunciado y siempre pospuesto: que no será un libro de memorias, respondo yo, cuando me preguntan acerca de él, pero sí, como declaré a José Manuel Mendes, en la entrevista a *Setembro,* un libro del cual pueda llegar a decir: «Ésta es la memoria que tengo de mí mismo». La cuestión está en saber si me contentaré con devanear apaciblemente por la superficie lisa de la memoria aparente o si, como Althusser ha hecho, seré capaz de remover y barrer esa capa neutra, compuesta de recuerdos, de imágenes y de sensaciones, de condescendencias y disculpas, de distorsiones intencionales o involuntarias, para cavar a fondo y continuar cavando, hasta la médula oculta de los hechos y de los actos. Probablemente la mayor de todas las tentaciones, hoy, es la de callarme.

7 de mayo

Sobre la memoria: «La memoria es un espejo viejo, con fracturas en el estaño y sombras detenidas: hay una nube sobre la cabeza, un borrón en el lugar de la boca, el vacío donde los ojos debían estar. Cambiamos de posición, ladeamos la cabeza, buscamos, por medio de yuxtaposiciones o por movimientos laterales sucesivos de los puntos de vista, recomponer una imagen que sea posible reconocer como todavía nuestra, encadenable como ésta que hoy tenemos, casi ya de ayer. La memoria es también una estatua de arcilla. El viento pasa y le arranca, poco a poco, partículas, granos, cristales. La lluvia ablanda las facciones, hace decaer los miembros, reduce el cuello. Cada minuto lo que era dejó de ser, y de la estatua no restaría más que un bulto informe, una pasta primaria, si también cada minuto no fuésemos restaurando, de memoria, la memoria. La estatua va a mantenerse de pie, no es la misma, pero no es otra, como el ser vivo es, en cada momento, otro y el mismo. Por eso deberíamos preguntarnos quién de nosotros, o en nosotros, tiene memoria, y qué memoria es ésta. Más aún: me pregunto qué inquietante memoria es la que a veces se impone de ser yo la memoria que tiene hoy alguien que ya fui, como si al presente le fuese finalmente posible ser memoria de alguien que hubiese sido». (Fragmento, con modificaciones, de un texto que publiqué en algún sitio, no sé cuándo. ¡Ah, esta memoria!)

8 de mayo

Jorge Amado escribe desde Brasil: «Aquí el sofoco es grande, problemas inmensos, atraso político increíble, la vida del pueblo da pena, es un horror». Me dice que hasta fin de mes estará en Bahía, que pasará por Lisboa antes de seguir hacia París. Esta vida de Jorge y Zélia parece de lo más fácil y ameno, una temporada aquí, una temporada allí, viajes por medio, en todas partes amigos esperándoles, premios, aplausos, admiradores: ¿qué más pueden desear estos dos? Desean un Brasil feliz y no lo tienen. Trabajaron, esperaron, confiaron durante toda la vida, pero el tiempo les dejó atrás y, a medida que va pasando, es como si la propia patria, poco a poco, se fuese perdiendo también ella, en una irrecuperable distancia. En París, en Roma, en Madrid, en Londres, en el fin del mundo, Jorge Amado recordará Brasil y, en su corazón, en vez de aquella lenitiva pena de los ingenuos, que es la saudade, sentirá el dolor terrible de preguntarse: «¿Qué puedo hacer por mi tierra?»... y encontrar como respuesta: «Nada». Porque la patria, Brasil, Portugal, cualquiera, es sólo de algunos, nunca de todos, y los pueblos sirven a sus dueños creyendo que es a ella a quien sirven. En el largo y siempre crecido rol de las alienaciones, ésta es, probablemente, la mayor.

9 de mayo

Subí ayer a la Montaña Blanca. El alpinista del cuento tenía razón: no hay ningún motivo serio para subir a las montañas, salvo el hecho de que ellas están *ahí.* Desde que nos instalamos en Lanzarote venía diciéndole a Pilar que subiría a todos estos montes que tenemos detrás de la casa, y ayer, para empezar, me atreví con el más alto de ellos. Es cierto que son apenas seiscientos metros por encima del nivel del mar, y en la vertical, a partir de la falda, serán unos cuatrocientos, ni siquiera, pero este Hilary ya no es ningún niño, aunque sea todavía muy capaz de suplir por la voluntad lo que le vaya faltando de fuerzas, pues verdaderamente no creo que sean tantos los que, con esta edad, se arriesgasen, solos, a una ascensión que requiere, por lo menos, unas piernas firmes y un corazón que no desista. La bajada, hecha por la parte de la montaña que da hacia San Bartolomé, fue dificultosa, bastante más peligrosa que la subida, dado que el riesgo de resbalar era constante. Cuando, por fin, llegué al valle y a la carretera que va para Tías, las tan firmes piernas mías, con los músculos endurecidos por un esfuerzo para el que no habían sido preparadas, más parecían tarugos que piernas. Aún tuve que caminar unos cuatro kilómetros para llegar a casa. Entre ir y volver habían pasado tres horas. Me acuerdo de haber pensado, mientras subía: «Si caigo y aquí me mato, se acabó, no haré más libros». No hice caso del aviso. La única cosa realmente importante en aquel momento era llegar a la cima.

10 de mayo

Un día perdido. Aburrimiento, indolencia, ideas negras, repugnancia por la vida. Silencios tensos, explosiones de súbita irritación siempre contra el blanco más fácil: Juan José. Esta estúpida espera parece no tener fin, y sólo me faltan cinco días para conocer la decisión final de la RTP: sí o no al *D. João II.* Me va mal estar sin trabajar. Lo que hago es agitarme, pues no es verdadero trabajo este coger papeles y desecharlos, estas cartas que escribo, ni siquiera todas necesarias, estas lecturas inquietas que me llevan del libro de Althusser a un ensayo de Javier Sádaba, *Dios y sus máscaras,* felizmente más que interesante. Me gustaría acostarme hoy y mañana despertar en el día 15 para poder lanzarme a un trabajo: o este *D. João II* en el que ya no creo, si alguna vez creí, o el *Ensayo sobre la ceguera.* Pero no vale la pena hacerse ilusiones. Durante un mes no tendré condiciones de hacer sea lo que sea en serio, en el sentido, digo, de disciplinado, de continuo: a partir del 21 o 22 estaremos en Madrid, para la *Semana de autor,* durante la cual, por algunos días, me ponen en berlina, después, el 28 un pasaje rápido por Badajoz, para un coloquio y, finalmente, hasta el 13 de junio las ferias del libro patrias, en Lisboa y en Oporto, por lo menos. Quien espera desespera, dice el dicho, y yo aún tengo un mes entero para esperar, desesperar y decirlo.

Pienso que no es para desdeñar que este súbito derrape psicológico, real, costoso de aguantar de la manera como se ha presentado, haya sido agravado por la fuerte sacudida física causada por las proezas alpestres que describí: más que los dolores musculares con los que ya contaba, lo que traigo conmigo es la insólita sensación de tener los dos fémures partidos a la altura de la mitad del muslo y, para colmo, como si las puntas de los huesos, bamboleantes, amenazasen con desencajarse a cada momento...

11 de mayo

No desperté en el día 15, pero muevo las piernas mucho mejor. Los fémures han vuelto a su íntegra y aplomada naturaleza y, por lo tanto, dejé de caminar como si necesitando de muletas intentase andar sin ellas. Por la mañana fuimos de compras al *pueblo.* La Montaña Blanca estaba allí, parda, alta, seca, con su embozo de rocas agujereadas, y yo dije, contento como un chavalín a quien hubiesen dado el juguete deseado: «Aquélla ya la conozco». Respuesta de Pilar: «Pues sí, y ya que quisiste empezar por la más alta ya no necesitas escalar ninguna más». Es capaz la andaluza de tener razón: está claro que Hillary, el otro, el auténtico, después de haber puesto el pie en la cima del Everest, no se rebajaría a venir a Lanzarote para subir la Montaña Blanca...

Javier me trajo del correo de Arrecife un paquete más de libros provenientes de Lisboa: lo abro y son el João de Barros, el Damião Góis, el Rui de Pina, el Zurara, y el *Príncipe Perfeito* de Oliveira Martins, y la *História da Sociedade em Portugal no Século XV* de Costa Lobo, y los *Itinerários* de Veríssimo Serrão, e incluso (nunca se sabe) el *Reinado Trágico* de João Grave... Jamás un libro mío, de esos que la gente apresurada llama «novelas históricas», tuvo el favor del apoyo estratégico y táctico de tan gruesa y variada artillería. Mucho me temo, sin embargo, que esta vez todo termine en pólvora seca, o en sonido de petardo, para decirlo menos respetuosamente.

12 de mayo

Carta de Cuba, escrita a lápiz, de un joven poeta, Almelio Calderón, a quien conocí en Mollina (Málaga) en el encuentro que reunió, a la sombra del tema *Literatura y transformación social,* a ochenta escritores «jóvenes» y una docena de escritores «viejos»: «Aquí en Cuba se lee mucho, a veces se publican obras que no satisfacen los deseos de los lectores. Nuestra política editorial es muy lenta, llevamos años de atraso en cuanto a las obras universales. En estos momentos hay una gran crisis con el papel (no hay), casi todas las editoriales se encuentran paradas, se están editando una especie de *plaquet* que no satisfacen las demandas. [...] Aquí se están viviendo momentos históricos, muy únicos, muy importantes, muy intensos que espero que la historia sepa recibirlo en sus páginas. [...] Aquí le mando toda mi esperanza y mi fe hacia ustedes»*.

---

* En español en el original.

Noticia de Lisboa: Cavaco Silva ha invitado a Zita Seabra, personalmente, dicen, a ocupar el lugar de António Pedro de Vasconcelos en el Secretariado para lo Audiovisual. Después de verlo y sufrirlo en el Gobierno durante estos años parecía que ya deberíamos saber todo respecto a Cavaco: sus maldades y sus bondades, sus tics y manías, la listeza y la estupidez, la cartilla económica y la ignorancia literaria. Santo engaño el nuestro. Aún nos faltaba conocer hasta qué punto era capaz de demostrar su desprecio por alguien. Ahora lo ha hecho. Salvo si... Salvo si yo estoy confundido y todo esto, siendo farsa, va en serio. Caso en el que no tendremos más remedio que despreciarlos nosotros. A ambos.

14 de mayo

De Bernard Genton leo un ensayo cuyo título —*Une Europe littéraire?*— me trae el recuerdo, irresistiblemente, de aquel otro no menos inefable tema —*La littérature portugaise est-elle européenne?*—, sobre el que, por imposición liviana de la organización del Carrefour me vi obligado a discurrir en Estrasburgo, hace algunos años. Digo «imposición» porque la criatura me fue puesta tal cual en los brazos, y «liviana» porque los organizadores no tuvieron antes la delicadeza elemental de preguntarme qué pensaba yo del asunto. La respuesta más propia habría sido volverles las espaldas y dar un portazo, pero allí, con toda Europa mirando hacia mí, qué remedio tenía sino digerir la irritación y defender la reputación de la patria, europea, sí, señores, sea por la literatura, sea por la emigración...

Parece que es manía incurable de los franceses esto de leer deprisa y mal y entender aún peor, sobre todo cuando el uso y la tradición no los enseñaron a mostrar respeto por lo que se tiene delante de las narices. A determinada altura escribe este señor Genton: «*Les oeuvres directement inspirées par la construction européenne sont encore rares. Dans son* Radeau de pierre, *le portugais José Saramago détache son pays du continent que menace de l'anéantir par intégration, et imagine un Portugal flottant, à la dérive dans l'Atlantique...»*. Exceptuando el hecho de que la *Balsa* no haya sido, ni directa ni indirectamente, inspirada por la construcción europea, exceptuando la circunstancia de no ser apenas Portugal quien se separa de Europa, sino toda la península, exceptuando que no haya deriva ninguna, pero sí una navegación siempre firmemente orientada hacia el Atlántico sur, donde, finalmente, la ibérica isla *se detiene,* todo lo demás es cierto...

Llegamos al final del plazo que Judas había dado a la Televisión (es viernes, el fin de semana empieza) y como si no sobrasen motivos para creer que se perdieron las esperanzas, aún hoy estuve trabajando en la recogida y coordinación de datos para un trabajo que probablemente no llegará a ser hecho, por lo menos por mí, pues no hay que excluir la posibilidad de que, con la propuesta de la serie en la mano, la RTP busque a alguien más del gusto de quien manda en Portugal. Mi idea (una especie de huevo de Colón, una nueva demostración de que algo puede ser olvidado precisamente por ser tan obvio: acordémonos del convento de Mafra, que esperó doscientos cincuenta años) sería utilizar la acción del *Retablo de San Vicente,* que se sitúa de lleno en la época, como una de las llaves de la narrativa. En lo esencial, me proponía retomar las tesis de Dagoberto Markl, que me parecen las más coherentes y estimulantes. Contra la iconografía oficial, en este malogrado *D. João II,* el hombre del sombrero de ala ancha sería Don Duarte, y el infante Don Henrique el caballero de rodilla en tierra que aparece en el llamado «panel del arzobispo»... Y el rostro del santo sería retocado después de 1491, para quedar como el retrato del infante Don Afonso...

15 de mayo

Verifico, con discreta pero justificada satisfacción, que se mantienen en estado de buen funcionamiento, para no decir que me parecen del todo intactos, los dones de imaginación e ingenio con los que vine al mundo, gracias a los cuales pude llegar a donde felizmente he llegado. Ahora, de modo súbito, sin embargo no inesperado, teniendo en cuenta los antecedentes, se abren ante mí perspectivas nuevas, posibilidades de nuevos triunfos, no limitados a esta fatigante trivialidad de escribir y publicar. El caso se cuenta en pocas palabras. Cuando fue necesario decidir cómo debería ser revestida una parte importante del suelo de la casa, escogí unas losas de color castaño oscuro, de superficie brillante e irregular, que en el catálogo del fabricante italiano se presentaban con el prestigioso y evocativo nombre de Brunelleschi. Hay que decir que el proveedor aplaudió el gusto. Llegaron los ladrillos (atención: los españoles llaman *ladrillo* a lo que nosotros llamamos *tijolo*) y se procedió a su colocación. Sin embargo, por un error que hasta hace pocos días parecía no tener remedio, la argamasa salió más clara de lo que convenía, de donde resultó que la indiscutible belleza de mis losetas se vio afectada por el casi blanco y obsesivo cuadriculado formado por las junturas. A la familia no pareció importarle mucho ya que, en el fondo, decían, no quedaba mal del todo, no obstante Pilar, a solas conmigo, reconociese que Brunelleschi, realmente, no merecía aquel tratamiento. Añadiendo que mi ojo izquierdo, por defecto de la mácula, tiende a ver dos imágenes donde sólo existe una, se puede imaginar qué suelo he andado pisando. Pero bien cierto es que nunca se proclamará demasiado que la necesidad aguza el ingenio. Después de mil y una preguntas a otros tantos supuestos entendidos sobre cómo podrían ser decentemente oscurecidas las agresivas junturas, respondidas todas ellas, las preguntas, unas veces con un ofensivo encogimiento de hombros, otras con una perentoria declaración de imposibilidad, fue un simple escritor, para colmo nunca escuchado en tales materias, quien tuvo la fortuna, y por qué no, el mérito, de encontrar la solución: el té. Sí, el té. Tomaba yo, una de estas mañanas mi desayuno habitual compuesto por tostadas, zumo de naranja, té y yogur, cuando de repente, con la evidencia deslumbrante de la pura genialidad comprendí que la solución estaba en el té. Como la vida, no obstante, enseña a ser prudente, y el mundo de los inventores está lleno de frustraciones inmerecidas, resolví hacer secretamente la primera experiencia y, en un rincón del despacho, temiendo a cada instante ser sorprendido por el risueño escepticismo de Pilar, vertí en unas pocas junturas el té que a propósito había dejado para el caso. El resultado fue espléndido. Ahora, como un obrero escrupuloso que no repara apenas en sacrificios, de rodillas en el suelo, indiferente al ridículo, hago avanzar cada día este trabajo dos veces loable: el de mejorar la apariencia de la casa y, gracias al té, dar a Brunelleschi el marco que merece. La familia no sabe bien cómo comportarse: les gustaría, creo, aplaudir el hecho, pero aún no se han conformado con esto de que un mero escritor de libros se permita más ideas que las literarias...

17 de mayo

Por increíble que pueda parecer fuimos ayer a la playa por primera vez desde que nos instalamos aquí. Hemos tomado algún sol en la azotea de casa, concienzudamente untados de aceites protectores y sin más testimonios que las aves del cielo y los ángeles del Señor, pero la verdad es que una hora de exposición en estas condiciones no llega a valer ni diez minutos al lado del mar. Pensé que iríamos a Famara, pero había que recoger en Playa Blanca a Juan José, que había estado acampado en la isla de Lobos durante el fin de semana. Después, si todo hubiese sucedido como estaba previsto, habríamos pasado el resto del día en la playa del Papagayo. A causa de una confusión, y consecuente pérdida de tiempo, sobre el lugar donde deberíamos encontrarnos, acabamos por quedarnos allí mismo, en la playa del Flamenco, por lo que, finalmente, se podrá decir que se ha cumplido el programa, dado que permanecimos en el dominio de la ornitología tropical...

«La tierra es pequeña, y la gente que en ella vive tampoco es grande.» Esta feroz y dolorosa frase de Alexandre Herculano se me vino una vez más a la memoria mientras leía una noticia sobre el coloquio de filósofos realizado en Oporto para conmemorar el medio siglo de publicación de *O Problema da Filosofia Portuguesa* de Alvaro Ribeiro. No estuve allí, no puedo hacer juicios sobre la excelencia del evento, y, por lo demás, la llamada «filosofía portuguesa» me deja totalmente frío, lo que no me impide reconocer que algunos viejos escritos de José Marinho supieron, ocasionalmente, vencer una indiferencia que el tiempo, por otro lado, sólo vino a reforzar. Pero yo, excusado será decirlo, de filosofías no entiendo nada, ni siquiera de las portuguesas, que deben de ser de las más fáciles... A cierta altura, cuenta el *Público,* se armó una violentísima guerra verbal por causa de Nietzsche y de la «viva repulsa» que, en palabras de Orlando Vitorino, el alemán causaba a Alvaro Ribeiro... Caprichos de filósofos, imagino. En el fragor de los insultos hubo quien se acordó, con la mejor de las intenciones, supongo, de invocar la lección de tolerancia de la más reciente novela (¡!) de Saramago, *In nomine Dei.* Parece que unos pocos de los presentes aplaudieron, pero un congresista juvenil, Gonçalo Magalhães Colaço (¿de los Magalhães Colaço?), indignado, alegó: «Nunca puede ser Saramago blandido como ejemplo de tolerancia». Este muchacho aún tendrá que blandir mucho, aún tendrá que comer mucho pan y mucha sal y andar por muchos congresos antes de notar (si lo nota alguna vez) qué mundo de tolerancia se podría construir con esta intolerancia mía... Gonçalo no sabe de lo que habla, sólo leyó los insultos del *Diablo** y ésa es su filosofía.

18 de mayo

Así son las cosas. Apenas hace diez días escribía aquí unas líneas acerca de Jorge Amado y acabo de saber que tuvo un infarto. Hice lo que estaba a mi alcance, le mandé dos palabras de ánimo: «Una torre como ésa no cae tan fácil», dije, y realmente espero que no caiga. Se muere siempre demasiado pronto, aunque sea a los ochenta años. Pero Jorge escapará de ésta, tengo la seguridad. Ahora, con la convalecencia y el obligado reposo no podrá hacer el viaje a París que había aplazado para principios de junio (nos íbamos a encontrar en Lisboa, durante su paso). Si no puede ser antes, volveremos a estar juntos en Roma, en el Premio de la Unión Latina.

Rebuznan los Laras, los Lopes y los Cavacos del Gobierno de Portugal, cocean los asambleístas socialdemócratas de Mafra, y una mujer de Venezuela me escribe esta conmovedora carta: «Gracias por el pan de sus palabras. Acabo de terminar su *Evangelio* que a pesar de ser según Jesucristo prefiero llamarle según José. ¿Cómo, con cuáles palabras, una mujer lectora de toda su obra traducida puede tratar de agradecerle cada una de sus palabras? Sería como agradecer

* Semanario ultraderechista.

la dulce miel a las abejas y el aceite y el vino y las estrellas. Imposible. Nos regale todavía sus palabras, nos llene todavía de un poco de vida; ignoro si su fatiga tendrá una recompensa, pero "...y esta luna, como un pan hecho de luz" [del *Evangelio*] queda para siempre». Nada es para siempre, decimos, pero hay momentos que parecen quedar suspendidos, pairando sobre el fluir inexorable del tiempo. Esta carta, estos decires, esta recompensa.

19 de mayo

Ray-Güde me informa que recibió de Polonia reseñas acerca del *Evangelio* y que éste se encuentra en la lista de las obras de mayor venta. Lamenta no ser capaz de traducirme las opiniones de la prensa polaca, pero adelanta que al escritor Andrczej Sczcipiorski, el más importante de los autores polacos publicados por la misma editorial, le gustó mucho el libro... Oyendo esto me pongo a imaginar lo que más me gustaría hacer a esta altura de la vida (sin perder nada de lo que tengo, claro está) y, simplemente, descubro que sería perfecto poder reunir en un solo lugar, sin diferencia de países, de razas, de credos y de lenguas, a todos cuantos me leen y pasar el resto de mis días conversando con ellos.

Más sobre la carta de Jorge Amado. Pienso que el mal de los pueblos, el mal de todos nosotros, es sólo aparecer a la luz del día en carnaval, sea el propiamente dicho, sea la revolución. Quizá la solución se encontrase en una buena e irremovible consigna: pueblo que salió a la calle, de la calle no se va jamás. Porque la lucha fue siempre entre dos paciencias: la del pueblo y la del poder. La paciencia del pueblo es infinita y negativa por no ser más que eso, mientras que la paciencia del poder, siendo igualmente infinita, presenta la «positividad» de saber esperar y preparar los regresos cuando el poder, accidentalmente, fue derrotado. Véase, para no ir más lejos, el caso reciente de Portugal.

20 de mayo

El «Sí» de Dinamarca me ha encontrado desinteresado. No lo recibí como una derrota, y la victoria, en verdad, no sé a quién pertenece ni para qué va a servir. Cuando los europeos asisten con los brazos cruzados, impotentes o indiferentes, a la carnicería balcánica, ¿qué significado puede tener este «Sí»? ¿Y el «No» qué habría significado si hubiese sido ése el resultado? La culta Europa, la civilizada y democrática Europa tiene, en sus tejidos profundos, un tumor que puede ser mortal y gasta el tiempo en trabajos de cosmética, de maquillaje, como una vieja cortesana que aún alimentase la esperanza de que alguien la mantenga.

Noticias de José Luís Judas: un fax de la Televisión, firmado por Ricardo Nogueira, que dice creer que la RTP tomará una decisión en lo referente al *Príncipe Perfeito* al principio de la próxima semana. Veremos si y veremos cuál. Interesante, más que todo esto, que ya va siendo un caldo recalentado, es el modo como Judas se refiere a la inefable Zita Seabra: «Como ya debes saber, nuestra ex camarada Zita Seabra es la nueva comisaria de lo audiovisual». Dice «ex camarada» y se olvida de que él también lo es. Me recuerda a mi madre que llamaba viejas a las amigas y conocidas que tenían su edad, los mismos setenta u ochenta años. Hay razones que la razón no conoce y si yo entendía exactamente lo que mi madre quería decir para sí, ¿cómo no entendería ahora lo que Judas dice?

21 de mayo

A Madrid, para la *Semana de autor.* En el avión leo el *Expresso* llegado esta mañana y encuentro recogida una curiosísima declaración de Carlos Queirós, el seleccionador nacional de fútbol, que nuevamente me hace pensar en cómo andan de desconcertadas las opiniones en este mundo y en lo difícil que será llegar a un acuerdo sobre las cuestiones fundamentales cuando ya en las otras, mínimas, nos vemos desencontrados. Dice al *Diablo* nuestro especialista en tácticas en cuatro líneas: «Las personas que no son capaces de percibir la belleza del fútbol, o del juego, son exactamente las mismas que no son capaces de leer Astérix ni notan la belleza que existe en unos Beatles. Ésos son los intelectuales. Son capaces de estar en casa viendo una película de *cow-boys* y oyendo a los Bee Gees. Si tocaran el timbre cambian a Chaicovsqui y cogen un libro de Saramago». No dudo que el estimable Carlos Queirós sepa muchísimo de fútbol, pero de intelectuales parece saber bien poco y, siendo cierto que yo mismo no me puedo enorgullecer de conocerlos de raíz (viví la mayor parte de mi vida entre gente mecánica o asimilada), creo disponer hoy de algunas luces sobre los usos y costumbres de esa nata en la que, como préstamo, también nado yo o sobrenado. Intelectuales conozco que se deleitan con las películas de *cow-boys,* que adoran a los Beatles y aborrecen a los Bee Gees y, en lo que se refiere al autor del *Evangelio según Jesucristo,* supe de fuente segurísima que siempre fue fanático de Astérix y que jugó al tenis en tiempos que ya han pasado. Y también supe que no quedó nada satisfecho al verse apareado con Chaicovsqui, que no es músico de su predilección ni de ninguno de los intelectuales que conoce...

En el aeropuerto de Madrid nos esperaba Julián Soriano, que conocemos desde Mollina, en febrero, cuando el Foro Joven, al que, como responsable de las actividades culturales del Instituto de Cooperación Iberoamericana, fue a invitarme para la *Semana de autor.* Llevaba consigo un ejemplar del libro *Racismo y xenofobia,* editado por la Fundación Rich, en el que colaboré. De camino al hotel noté que mi texto aparecía en portugués, y en apéndice la respectiva traducción. Me extraña la novedad, pero dejo en seguida de extrañarme al saber que la sugestión fue de Pilar y una sugestión de Pilar tiene, como sabemos, fuerza de ley... Apenas estoy instalado ya me esperan, para entrevistarme, periodistas de tres periódicos y, atendiendo al programa que Soriano me entregó a la llegada, es apenas el principio de una larga serie que continuará en los próximos días, hasta el último. Nada más terminar la tercera conversación corremos a un concierto de Maria João Pires. Me agasajo con los aplausos como si fuesen cosa mía. Conocí a Maria João hace muchos años, allá por los finales de los sesenta, y nunca más volví a verla. En el descanso, guiados por Mário Quartin Graça, fuimos a saludarla al camerino y, ahí, de boca de una mujer que ha acumulado arte y triunfos oigo, en respuesta a mis agradecimientos y felicitaciones, estas palabras completamente inesperadas: «Mire, que los libros es lo que más me gusta...».

22 de mayo

Xanana Gusmão* ha sido condenado a cadena perpetua. Portugal no sabe qué hacer con este hombre. Empezamos por considerarlo una especie de *pharmacos,* un espejo de nuestras culpas y también un pequeño remordimiento

---

* Dirigente de la guerrilla de Timor condenado a cadena perpetua en Indonesia.

particular, llevadero, tranquilizador de nuesta indiferencia y cobardía. Después fue la prisión y el desmoronamiento de una personalidad que creíamos, nosotros, abúlicos, nosotros, débiles, tallada en una sola pieza. El resistente ejemplar se convirtió en despreciable traidor. Ahora, inicuamente juzgado y condenado, es más que seguro que se va a iniciar uno de aquellos «procesos de beatificación» tan queridos a la suavísima alma portuguesa, siempre dispuesta a disculpar las responsabilidades ajenas esperando que de esa manera le sean perdonadas las propias... Xanana Gusmão de quien, en el fondo, nadie quiere saber, va a servir para esto.

23 de mayo

Me bastó esperar con paciencia y ahí está: Eduardo Lourenço cumple hoy setenta años, y me pilló. Cenamos juntos: Annie y Eduardo, Luciana, Pilar y yo. El restaurante se llama El Callejón, también conocido como Rincón de Hemingway, cuyos recuerdos (fotos, nada más que fotos) se muestran dentro. Espero que Hemingway haya tenido la suerte de comer mejor que nosotros: estos restaurantes que se enorgullecen de las celebridades que un día por allí pasaron, generalmente, sirven mal. Nos divertimos como chiquillos en vacaciones. Alguna maldad risueña. En cierto momento, ya cerrando el capítulo de bromas, se habló de Manuel de Oliveira, de Agustina y de *Vale Abraão,* esa variación norteña sobre el tema de Bovary, y fue entonces cuando salí con una intuición de genio, a la que sólo faltan ahora demostración y pruebas: que la Gouvarinho habría sido, para Eça, la caricatura burlesca y lisboeta de Emma Bovary. A mí me parece el caso claro como el agua: Bovary, Gouvarinho, ¿no os suena a lo mismo?

24 de mayo

Lunes, empezó la «Semana». El tema de hoy, directamente de Ricardo Reis, fue: *¿Es sabio quien se contenta con el espectáculo del mundo?* Moderó Basilio Losada, mi constante amigo y traductor, y presentaron comunicaciones Miguel García Posada, Javier Alfaya y Julio Manuel de la Rosa. Público muy numeroso e interesado. La conclusión sólo podía ser una: no puede ser sabio quien con el espectáculo del mundo se contente. Excelentes las participaciones de todos. Ayudé a la fiesta como podía y salí satisfecho. Le gustó a esta gente.

25 de mayo

Comida con Gabriel García Márquez que nos hizo llegar un recado, a pesar de estar medio de incógnito en Madrid. Casi tres horas a la mesa, una conversación que parecía no querer acabar. Se habló de todo: de las elecciones españolas, de la situación social y política portuguesa, del estado del mundo, de libros, de editores, de Paz y Vargas Llosa, etcétera. Mercedes y Pilar estuvieron de acuerdo en pertenecer al Departamento de los Rencores, dejando a sus respectivos maridos el papel simpático y superior de quien está por «encima de eso». García Márquez contó un episodio divertido relacionado con la película de su cuento *La santa.* Como se sabe, al final de la historia el padre de la niña muerta le dice que se levante y ande, y ella ni anda ni se levanta. Pero a García Márquez, que andaba a vueltas con el guión, no le satisfacía ese final hasta que vino a encontrar la solución: en la película la niña resucitaría de verdad. Telefoneó entonces al realizador (salvo error, Ruy Guerra) para informarle de lo que había decidido y se encontró con un silencio reticente, seguido por una oposición firme. Que no, que no podía ser, una cosa era hacer volar a una mujer envuelta en aleteantes sábanas, otra resucitar un cuerpo hace tiempo muerto, incluso habiendo ya indicios milagreros como no oler mal y no tener peso. Respuesta de García Márquez: «Está claro que vosotros, los estalinistas, no creéis en la realidad». Otro silencio, sin embargo diferente, del otro lado de la línea. Por fin la voz se oye: «De acuerdo». Y la niña resucitó.

Segundo día de la «Semana». Tema: *El escritor como lector del tiempo y medidor de la Historia.* Moderó César Antonio Molina y participaron Ángel Crespo, Carlos Reis (que hoy mismo llegó de Portugal) y Juan Rivera. A éste no lo conocía. Menos público, interés igual. Eduardo Lourenço se sorprende con el conocimiento que estos españoles tienen de mis libros. Casi le digo que es una buena compensación para la relativa indiferencia de la crítica y de la ensayística portuguesa que, salvo las excepciones conocidas, no ha conseguido concertar sus pasos de danza con mi música. Para mucha gente mayor y menor, mi existencia en el cuadro de la literatura portuguesa actual continúa siendo una cosa incomprensible y dura de roer, de modo que van comportándose como si aún alimentasen la esperanza de que, por artes de prestidigitación, venga a desaparecer un día de éstos, deshecho en polvo, humo o niebla, llevándome conmigo los libros que escribí y dejando todo como estaba antes.

26 de mayo

Lleno total para la mesa redonda de hoy: *Reivindicación del compromiso: derechos y deberes del escritor,* señal, quizá, de que está llegando al final aquella recidivante opinión, en estos últimos tiempos soberana, de que los escritores sólo tienen que estar comprometidos con su obra, idea, por lo demás, ardorosamente defendida por una buena porción de los jóvenes escritores que en febrero se reunieron en Mollina con unos cuantos veteranos de visiones más o menos anticuadas en esta materia y de la que aquí resuelvo dejar constancia: Jorge Amado, Augusto Roa Bastos, Ana María Matute, Abel Posse, Lasse Söderberg, Tariq Ali, Wole Soyinka, Mario Benedetti, Juan Goytisolo, Edwar al Kharrat, Juan José Arreola y quien esto está escribiendo. Sin percibir la contradicción en que caían, a esos mismos jóvenes escritores les parecía que la literatura es capaz de cambiar el mundo, idea esa en la que no abundaban, o frontalmente negaban, en su gran mayoría, los viejos, a su vez divididos entre un radical escepticismo y la afirmación ética de un compromiso simultáneamente intelectual y cívico. Estas inquietudes volvieron a ponerse sobre la mesa en la «Semana». Moderó el debate Raúl del Pozo y participaron Felipe Mellizo, José Luis Sampedro y Raúl Guerra Garrido. No creo ser exagerado calificando de entusiasta la reacción del público que llenaba la sala.

27 de mayo

Terminó la «Semana» —*Las maneras y los fines* fue el tema—, y terminó con un olorcito a santidad en el aire. Asustado con lo que allí estaba sucediendo, decidí inclinarme hacia el lado de la ironía, hablando del escándalo de verme «beatificado» contra mi voluntad, que a eso me parecían determinados Fernando Morán que *no moderó* el debate, sino que *ayudó en la misa,* Luciana Stegagno Picchio y Eduardo Lourenço, magníficos en lucidez, sensibilidad y brío, cada uno en su estilo propio, Luciana como una flecha apuntada en línea recta a la diana, en una trayectoria tensísima, Eduardo, como siempre, gozando con sus propias dudas y circunloquios y, súbitamente, reuniendo en un solo haz las diversas líneas de rumbo del discurso, y ahí tenemos el pensamiento ganando una intensidad estremecedora, casi insoportable para espíritus paisanos. Debo a todos cuantos participaron en la «Semana», a todos cuantos trabajaron en la organización, una de las alegrías más auténticas de mi vida. Que me haya sido ofrecida por España sólo viene a confirmar mi derecho a la ibericidad.

28 de mayo

En coche a Badajoz. Feria del Libro, autógrafos. Conferencia en el auditorio del ayuntamiento. Local lleno. Una mala noticia nos dejó preocupados: Julio Anguita tuvo un infarto. Es un serio golpe para la campaña de Izquierda Unida.

29 de mayo

En coche a Lisboa. Después del almuerzo, Feria del Libro. Recibido como el hijo pródigo por el personal de la editorial Caminho (Zeferino, Vítor Branco, Esmeralda, Rita, Paula). Más de una hora autografiando ininterrumpidamente, apenas levantando la cabeza para ver la cara del lector y preguntarle el nombre.

30 de mayo

Feria del Libro. El mismo asedio, la misma amistad.

31 de mayo

En tren a Oporto. En el vagón nos encontramos con Chico Buarque, que va a dar un recital. Nuestras fechas, nos enteramos en seguida, estarán desencontradas, no será posible ir a oírlo. Pero, por la noche, Chico, acompañado de Sérgio Godinho, se me apareció en el Palacio de Cristal, donde la feria ahora se ha instalado, para darme un abrazo. Nada le obligaba, no le faltarían cosas más interesantes que hacer, y fue allí para abrazarme...

1 de junio

Mesa redonda en la Feria, con Inês Pedrosa, Mário Cláudio y José Manuel Mendes. Un tema asaz extravagante, pero que acabó por llevar a un debate animado: *¿Deben los escritores ser buenas personas?* Que sí, que no, que quizá, que no es con buenos sentimientos que se hace buena literatura, que los sentimientos malos, por su parte, no parecen ser condición suficiente. Pero era visible una inclinación general para desdeñar la bondad, como atributo bastante fuera de uso, tropiezo en la vida práctica, obstáculo en el triunfo personal y colectivo y, sobre todo, debilidad indigna de un hombre (o mujer) que se precie de moderno. Fue entonces cuando resolví poner un granito de arena en el desenvuelto y lubrificado engranaje del consenso, sugiriendo que, existiendo y actuando, de hecho, la bondad sería tal vez, en este mundo, la más inquietante de todas las cosas... Me dio placer verificar que el público se puso inquieto. Supongo que a mis colegas también, aunque no les pareció oportuno reconocerlo.

2 de junio

Vuelvo a Lisboa. José Augusto Seabra que, como nosotros, subió al tren en Vila Nova de Gaia, me cuenta un caso que viene a demostrar que todo cuanto no ha sucedido hasta hoy, incluyendo lo absurdo y lo que parecía imposible, tendrá forzosamente que suceder un día. Es cuestión de tener paciencia y esperar: más tarde o más temprano llegará la hora elegida, más temprano o más tarde vendrá a nuestro mundo el personaje predestinado. Por ejemplo, cuando Pedro Santana Lopes nació no se podía saber en qué iba a convertirse, pero el tiempo y las circunstancias lo revelaron después con abundancia, si no exceso, de pormenores. Sin embargo, aún no sabíamos todo. Éste es el caso: cuando José Augusto Seabra estuvo de embajador en la Unesco, entre los varios actos que promovió, relacionados con la cultura portuguesa, organizó también un encuentro sobre António Nobre, para el cual fueron invitados, entre otras personas, algunos lusistas franceses. Todos juntos oyeron, incrédulos, asombrados, la lectura del telegrama que presurosamente nuestro conocido secretario de Estado de Cultura había enviado. Decía, más o menos, el papel: «En nombre del Gobierno portugués y en el mío propio me asocio al justo homenaje prestado al poeta de Arrábida»*. En verdad éste es el único Lopes del mundo con carácter natural e ignorancia adquirida suficientes para ir por la vida confundiendo a António Nobre con Sebastião da Gama... ¿O sería fray Agostinho da Cruz?

3 de junio

Universidade Nova. Los temas de costumbre: la historia como ficción, la ficción como historia y además el tiempo como una inmensa pantalla donde todos los acontecimientos se van inscribiendo, todas las imágenes, todas las palabras, el hombre de Auschwitz al lado del hombre

---

* En el ambiente cultural portugués es comúnmente sabido que António Nobre era de Oporto. *(N. del T.)*

de Cro-Magnon, Ignacio de Loyola al lado de Francisco de Asís, el negrero al lado del esclavo, la sombra al lado de la sustancia y, llegado el tiempo, este que escribe al lado de su abuelo Jerónimo. Como también va siendo costumbre fue muy alabada mi sinceridad, pero creo que, por primera vez, esta insistencia y esta unanimidad me hicieron pensar si realmente existirá eso a lo que damos el nombre de sinceridad, si la sinceridad no será apenas la última de las máscaras que usamos, y, justamente por ser la última, aquella que finalmente más esconde.

Recital de Paco Ibáñez. Mientras lo oía me decía a mí mismo: «Este hombre me parece bueno, ¿pero lo será de hecho?». No es que la pregunta resultase de una actitud de desconfianza sistemática de la que Paco fuera, en aquel momento, objeto inocente, sino por esta preocupación en la que ando, de querer saber lo que se encuentra por detrás de los actos que se ven y de las palabras que se oyen. El público aplaudió al cantante y se aplaudió a sí mismo: todos habíamos sido, en nuestro tiempo, más o menos resistentes, restos de un pasado cargado de esperanza, los mismos que fuimos y, a pesar de todo, tan diferentes, cabezas blancas o calvas en lugar de las cabelleras al viento de antaño, como dice Pilar, arrugas donde la piel había sido lisa, dudas en vez de certidumbres. Sin embargo, lo que son estas cosas, durante dos horas, por obra de una voz que los años corroyeron pero a la que no robaron la expresión, por obra de unas poesías y de unas músicas, los sueños parecieron volverse otra vez posibles, como realidades, no como sueños.

4 de junio

En la Feria aparece una persona a comprar todos mis libros. Los pone todos delante de mí para que los autografíe, los gruesos y los finos, los caros y los baratos, treinta mil escudos de papel, conforme supe después, y lo que me desconcierta es que el hombre no es un convertido reciente al «saramaguismo», un adepto de fresca fecha, un neófito dispuesto a las más locas osadías, al contrario, habla de lo que de mí ha leído con gusto y discernimiento. Me atrevo a preguntarle la razón de la ruinosa compra y él responde simplemente con una sonrisa donde aflora una rápida amargura: «Los tenía todos, pero se quedaron en la otra casa». Comprendí. Y después de irse él, oprimido bajo la carga, me puse a pensar en la importancia de los divorcios en la multiplicación de las bibliotecas...

Una de dos: o yo sufro de manía de persecución, o de hecho hay una jauría de sabuesos ladrándome a las canillas y mordiendo cuando puede. Estaba puesto en sosiego en la Feria, firmando mis libritos, cuando se me acerca Armando Caldas que, pasado un rato, empieza a contar una historia. Que él y su grupo de teatro —el Intervalo— participarán en la organización del homenaje a Manuel Ferreira, aquel para el que, a pedido de Orlanda Amarílis, escribí un pequeño texto. Que, como todo cuesta dinero, y cada vez más, pidió a la Secretaría de Estado de Cultura un subsidio, el cual, milagro de los milagros, fue concedido. Un millón de escudos, mejor que nada. Creyendo ser de buena diplomacia, Caldas quiso colocar una guinda en la tarta, esto es, pedir también a Santana Lopes una declaración para ser leída en el homenaje, sin pensar que el dicho Lopes podría, a su vez, pedirle la lista de las personas que igualmente habían sido invitadas a escribir. Veinticuatro horas después de comunicados los nombres —Maria Velho da Costa, António Alçada Baptista, Urbano Tavares Rodrigues y éste vuestro servidor— recibía el desolado Caldas la noticia de que el subsidio había sido cancelado. ¿Causa? No fue dicha. Parece que más tarde la Secretaría de Estado quiso enmendar el desastre, prometiendo trescientos mil escudos, pero entonces Armando Caldas se llenó de brío y los envió a paseo. Con dineros sacados de aquí y de allí el homenaje no dejará de hacerse. Y ahora la pregunta: ¿que fue lo que llevó a Lopes a cancelar el subsidio gubernamental y a no escribir la declaración? ¿Recelo de llamar a Manuel Ferreira el escritor de Terra Nova que también es isla? ¿O, como es más probable, asco de mezclarse con los declarantes, de aparecer a su lado, de uno de ellos? ¿Y cuál, si es éste el caso? ¿Fátima?*. No creo. ¿Alçada? Tampoco. ¿Urbano? Lo dudo. Siendo Lopes aquel buen católico que todos sabemos, su confesor debe saberlo...

Andaba hace tanto tiempo queriendo decir que el D. João II estaba muerto y nadie me quería creer. Ahora no ha habido más remedio que enterrarlo, a él y al olor que ya desprendía: Judas admitió, finalmente, que la Televisión no hará nada conmigo. Como para mí no era novedad, me quedé tranquilo como estaba antes. Y, en el fondo, con una enorme sensación de alivio.

6 de junio

Una lectora en la Feria: «Cuando leí *Alzado del suelo* me dije: este escritor es diferente a los demás». Acertó de lleno. No dijo «mejor que los demás», dijo «diferente», y no imagina hasta qué punto le quedé agradecido. Sepa que, entre los muchos millares de palabras que hasta hoy se escribieron a mi respecto, nunca había encontrado ésa. Diferente. Tienen razón, diferente. Y no aspiro a más.

---

* Se refiere a Maria Velho da Costa.

8 de junio

Sonriente, cordialísimo, Tabucchi me abraza. Estamos en la Feria, cada uno de nosotros, por los altavoces, sabía de la presencia del otro, pero fue él quien vino a buscarme. Me veo reaccionar como si hubiese sido cogido en falta (la falta sería lo que aquí escribí acerca de él...), pero respondo en el mismo tono a sus expansiones. Todo parece más o menos falso, más o menos hipócrita. ¿Lo será? ¿Sabrá él que me ofendió? ¿Cuál de los dos Tabucchis es el verdadero? ¿Éste o el otro? Quizá ambos, quizá ninguno, tal vez nos hayamos perdido de una vez en este mar de equívocos y de desconfianzas...

9 de junio

Por la mañana, Escuela Secundaria Gil Vicente. Dos horas hablando, de pie. Creo que los alumnos quedaron satisfechos, pero no puedo impedir la sospecha de que, en el fondo, nada de esto —libros, escritores— les interesa mucho. El programa manda, hágase lo que dice el programa, pero los gustos de estos chicos están en otro sitio. Me preguntaron (nunca falla) qué consejo daría a un joven aspirante a escritor, y yo respondí como siempre: no tener prisa (como si yo no la hubiese tenido nunca) y no perder el tiempo (como si yo no lo hubiese perdido jamás). Y leer, leer, leer, leer...

Final de la tarde, camino de Beja para un coloquio en la Biblioteca Municipal. Buenas instalaciones, el sector de los libros para niños excelente: no se entiende cómo de aquí saldrán futuros indiferentes a la lectura. Durante la sesión me salió un profesor de Filosofía (¡pobre filosofía!) católito integrista, discípulo del fallecido monseñor Lefèvre. Furibundo se declaró intolerante en relación a mí (el tema del coloquio era, precisamente, la Intolerancia), y todo por causa del *Evangelio.* Todavía. Protestaba la criatura contra la concepción de Jesús como yo la describí, carnalísima, ofendiendo el dogma de la virginidad de María, y yo le respondí que si era verdad que Jesús nació como pura luz, entonces el Hijo de Dios no tendría ombligo, dado que no necesitó de cordón umbilical ni de placenta, y en cuanto al útero de la madre, si lo tenía, no necesitaba comportarse biológicamente como tal. Quiso responder, pero entonces resolví ser tan intolerante como él y rehusé oírle. Llegué a casa exhausto. ¿Vale la pena?

14 de junio

Regreso a Lanzarote. Hoy hace siete años que conocí a Pilar. Entro en casa con alegría.

15 de junio

El río de correo que desaguaba en la Rua dos Ferreiros empieza a desviar un brazo hacia aquí. Encontré de todo: dos tesis (una de Adriana Martins, en Coimbra —*História e Ficção - Um Diálogo*—, otra de Roberto Mulinacci, de Florencia —*Il Discorso Religioso nel Romanzo Saramaghiano*—), libros, periódicos, cartas. Y, de éstas, dos que me dejaron conmovido y confuso. Conmovido por expresar, una y otra, de diferente manera, una especie de veneración encaminada tanto a la obra como a la persona que la escribió, y confuso porque esa expresión sobrepasa, largamente, sea en el contenido, sea en la forma, lo que es común en cartas de lectores, en este caso también escritores. Una carta viene de Honduras, de Leonel Alvarado, que apenas si me acuerdo de haberlo conocido en Mollina, la otra viene de Manuel Sorto, un salvadoreño que vive en Bayona. (He ido a buscar ahora entre los libros y los originales que algunos de los jóvenes del Forum me ofrecieron en Mollina y encontré, además de un poema inédito de Alvarado —*El reino de la zarza*—, un ensayo —*Sombras de hombres*— con dedicatoria a Pilar. En la contracubierta hay una foto suya: se me hizo la luz en la memoria.) Este cuaderno no es el espejo de la Reina Mala de *Blancanieves,* no tiene la obligación de decirme que soy, de hecho, la estupenda persona que a veces se quiere ver en mí, y por eso dejaré las palabras de Manuel Sorto y de Leonel Alvarado allí donde están. Aquí sólo me permito consignar, no una señal cualquiera de autocomplacencia, sino el sentimiento de avasalladora responsabilidad que cartas de éstas hacen nacer y crecer en mí. ¿Qué diré, por ejemplo, de otra carta, enviada a Lisboa, del director general del Instituto de Cooperación Iberoamericana, Javier Jiménez-Ugarte, quien escribe, a propósito de lo que sucedió en la «Semana de autor»: «Aunque sólo sea con carácter paradójico, y quizá sacrílego, querría afirmar para terminar que "si Saramago existe, existe Dios"». ¿Qué ocurre? ¿Toda esta gente ha enloquecido, o yo soy realmente eso que andan diciendo, *bueno, en el buen sentido de la palabra,* como escribió Antonio Machado? ¿Será entonces verdad lo que dije en Oporto, que, existiendo y actuando «la bondad sería la cosa más inquietante del mundo»? ¿Quién me echa una mano? ¿Quién me ayudará a explicarme a mí mismo?

16 de junio

Compramos hoy la parcela de terreno que está enfrente de la casa, del lado del mar. Hice lo que estaba a nuestro alcance para proteger la vista que teníamos cuando construimos la casa. Ahora sólo espero que el dueño de la parcela siguiente no levante en ella una torre para vivir. Ya nos excede esa mezcla de castillo y mezquita con que Rachid nos vino a tapar la vista del Puerto del Carmen. Para quien nunca tuvo nada, como es mi caso, da mucho que pensar este celo de propietario novel que no soporta vecindades.

17 de junio

En esto de los ordenadores, la regla de oro, acabo de aprenderlo, es no avanzar un paso sin tener la certidumbre de poder volver atrás. Por imprudencia mía, se me escapó el icono WRITE, impidiéndome el acceso a lo que escribí. Me impresiona saber que existe, no sé dónde, algo que me pertenece y a lo que no puedo llegar... Ni siquiera sé dónde está la puerta que allí me llevaría.

18 de junio

Recuperado (con algunos pequeños arreglos) de una entrevista dada a un periodista francés y nunca publicada: «Un libro aparece con el nombre de la persona que lo escribió, pero esa persona, el autor que firma el libro, es, y no podría nunca dejar de ser, además de una personalidad y de una originalidad que lo distinguen de los demás, *el lugar organizador* de complejísimas interrelaciones lingüísticas, históricas, culturales, ideológicas, sea de las que son sus contemporáneas, sea de las que lo precedieron, unas y otras conjugándose, armónica o conflictivamente, para definir en él lo que llamaré *una pertenencia.* Entendida la cuestión así y asumidas todas las consecuencias de lo que acabo de decir, el primer "protagonista" de Proust, por muy singular que parezca, es Francia, y sólo tras Francia, a pesar de haber "principiado" mucho antes, es cuando viene el Mundo y Europa».

19 de junio

Carta de Jorge Amado. Que está bien, en plena recuperación del infarto. Sin embargo, no podrá asistir a la reunión del 29 de este mes, en París, en la Academia Universal de las Culturas, donde iría a presentar las candidaturas de Oscar Niemeyer, Ernesto Sábato, yo mismo, y también de Jack Lang, ahora que ha dejado de ser ministro. Pasó, por ello, su representación a Yashar Kemal, aquel mismo novelista turco (las vueltas que la vida va dando) que yo publiqué hace muchos años, cuando trabajaba en la editorial Estúdios Cor... Ignoro si hay otros portugueses candidatos, o incluso si alguno es ya «académico». En lo que a mí se refiere, la idea fue de Jorge pero, hablando francamente, no espero mucho de la acogida de la magna asamblea. Pero, si los caprichos del voto, al contrario de lo que preveo, se tornaran benévolos para mí, tendré que empezar a influir en el sentido de que entren en tan universal academia aquellos portugueses que de hecho lo merecen: un Eduardo Lourenço, un José Mattoso, un Siza Vieira, un Pomar, un Óscar Lopes, un Mariano Gago...

21 de junio

Clara Ferreira Alves llegó ayer, ha venido para la entrevista que habíamos combinado, sobre Europa. Lo que ya ha visto de Lanzarote la tiene deslumbrada. La llevamos a la Montaña de Fuego, la excursión obligatoria que nunca nadie hará como desearía, esto es, solo. Hoy percibí que la plaga turística sería más soportable si a esta gente, que ya no puede vestirse como los antiguos exploradores, de caqui y sombrero de corcho, no le gustase tanto ir vestida con estas camisas y estas bermudas, de colores chillones, de diseño estrambótico, capaces de ofender el más agredido y resignado ya de los paisajes. Todos, sin excepción, fulminaban las montañas con las cámaras de vídeo y las máquinas fotográficas, pero esto puede comprenderse, porque sabemos bien cómo la memoria es olvidadiza y con qué frecuencia, cuando la invocamos, empieza a decir una cosa por otra. Mientras íbamos recorriendo los caminos laberínticos del parque y se sucedían los valles y los repechos cubiertos de cenizas, las calderas abiertas de par en par como agallas, en el interior de las cuales imagino que el silencio tendrá la espesura del propio tiempo, me preguntaba a mí mismo por qué habrían venido aquí estos hombres y estas mujeres, en su mayor parte groseros de palabras y de maneras, y si mañana, después de haber visto lo que vieron, notarán algún cambio en su manera de ser y de pensar. Sin embargo, más tarde, en la Fundación César Manrique, leyendo un poema magnífico de Rafael Alberti sobre Lanzarote, sentí que me volvía un poco menos intolerante hacia la grotesta vestimenta de la generalidad de los turistas y mucho menos convicto en cuanto a la lógica de la deducción que me había llevado de las camisas a las mentalidades: como todo el mundo sabe, no hay, en todo el mundo, camisas más disparatadas que las de Alberti, y si él, habiendo vestido una camisa de ésas, escribió un poema así, entonces... Dejo las reticencias calladas y en suspenso, que sólo para eso sirven y vuelvo al autobús de la Montaña de Fuego, para lanzar una pregunta que había quedado en el aire: ¿qué sintieron aquellas personas cuando les contaron la historia de un hombre —Hilario se llamaba— que durante cincuenta años vivió en lo alto del Timanfaya teniendo como única compañía un camello? ¿Qué fibra del cuerpo, qué tejido del espíritu se estremeció en ellas cuando oyeron cómo Hilario plantó allá en lo alto una higuera y cómo el árbol nunca pudo dar fruto porque su flor no podía alimentarse de la llama?

Dificultad resuelta. No es necesario que los personajes del *Ensayo sobre la ceguera* tengan que ir naciendo ciegos, unos tras otros, hasta sustituir por completo a las que tienen vista: pueden cegar en cualquier momento. De esta manera queda recortado el tiempo narrativo.

22 de junio

Acabé la entrevista exhausto. Y con la desconfianza de que no haya valido la pena que Clara viniese desde tan lejos para llevarse de aquí este caldo recalentado de unas cuantas repetidas opiniones, tal vez sensatas, tal vez inteligentes (no digo siempre, digo que alguna vez), pero de cuya consistencia y adecuación a la realidad actual yo mismo ya voy dudando. Mi escepticismo sobre la Europa comunitaria no se ha modificado, sin embargo no consigo dejar de pensar que la Europa de hoy ya poco tendrá que ver con aquella otra Europa que imaginé conocer y de la que me he permitido hablar. Seguramente existen dificultades infinitamente más graves de las que un simple escritor (éste) sería capaz de nombrar. ¿Cómo se puede, por ejemplo, creer en la buena fe de Delors, que ahora, en la cumbre de Copenhague, salió con una llamada a la solidaridad de los pueblos europeos para la resolución del problema del desempleo? ¿Fue la falta de solidaridad la que produjo en Europa dieciocho millones de desempleados, o ellos son solamente el efecto más visible de la crisis de un sistema para el cual las personas no pasan de productores en todo momento dispensables y de consumidores obligados a consumir más de lo que necesitan? Europa, estimulada a vivir en la irresponsabilidad, es un tren disparado, sin frenos, donde unos pasajeros se divierten y los restantes sueñan con eso. A lo largo de la vía van sucediéndose las señales de alarma, pero ninguno de los conductores pregunta a los otros y a sí mismo: «¿Adónde vamos?».

25 de junio

Terminada la conferencia que voy a llevar a Vigo, al Encuentro sobre Torrente Ballester. Dudé entre escribir algo nuevo o aprovechar el prefacio a la traducción francesa de la *Saga/Fuga,* posteriormente publicado en la edición portuguesa. Me daba pena dejar atrás dos o tres ideas no del todo banales, principalmente esa (que, por lo que sé, nadie expuso hasta hoy) de que Alonso Quijano no enloqueció, sino, simplemente, tomó la decisión (Rimbaud: *La vraie vie est ailleurs*) de ser otra persona, de vivir una vida diferente (el prefacio fue publicado con un título que no deja dudas: *Alguien que no sea yo, un lugar que no sea éste*), como si le hubiese dicho a la familia: «Voy a comprar cigarrillos», y desaparece. Ponderadas las ventajas y desventajas, el texto que leeré en Vigo es el resultado de una lectura nueva del prefacio, reescrito, mejorado en la forma, desenvuelto en algunos puntos, pero asentado siempre en la relación entre Quijano y Quijote, entre Pessoa y los heterónimos, entre José Bastida y sus cuatro complementarios: Bastid, Bastide, Bastideira y Bastidoff. Haciendo, también, explícito lo que en el prefacio apenas si aflora: que la *Saga/Fuga* es un tejido complejísimo de planos cruzados, de interacciones de todo orden o, como digo ahora, todo en la *Saga/Fuga* está unido a todo, exactamente como un cuerpo vivo, un sistema biológico, el esqueleto unido a los circuitos sanguíneos, el cerebro a la médula espinal, la química digestiva a la química asimilatoria, el corazón a los pulmones, el acto al pensamiento. Si la *Saga/Fuga* contiene en sí su propia metáfora, creo poder encontrarla en el «Homenaje tubular», esa construcción triplemente irradiante, tan capaz de volverse hacia dentro de sí misma y ocupar todos los espacios vacíos dejados por la sucesión de sus devenires, como de prolongarse por los dos infinitos, el infinito superior y el infinito inferior, hasta alcanzar, como dice el personaje que la inventó, tanto el Trono del Altísimo como los dominios de Satán. Así, unida por todos los nervios y venas que hay en el cuerpo humano, cielo e infierno agarrados por la mano izquierda y la mano derecha, me parece la *Saga/Fuga*, lectura del universo.

27 de junio

Fin de semana en Fuerteventura. Más árida, más agreste que esta isla de Lanzarote, en cuyo paisaje, si reparamos bien, es posible reconocer alguna cosa de teatral, una maquinaria de rompimientos y bambalinas que distrae la mirada y hace viajar el espíritu, como si estuviésemos delante de un ciclorama en movimiento. Fuerteventura es todo sequedad y brutalidad, al tiempo que Lanzarote, incluso cuando nos parece inquietante, amenazadora, muestra un cierto aire de dulzuras femeninas, el mismo que, a pesar de todo, tendría Lady Macbeth mientras dormía. Las montañas de Lanzarote están desnudas, las de Fuerteventura fueron taladas. Y si, en Lanzarote, exceptuando las Montañas de Fuego por ser parque nacional, las poblaciones se suceden unas a otras, en Fuerteventura que es tres veces mayor, se puede andar kilómetros y kilómetros sin encontrar alma viva, ni ciudad, ni señal de cultivo. Fuerteventura da la idea de que es una tierra muy vieja que ha llegado a sus últimos días. Los alemanes están por todas partes, son pesados, macizos, ocupan como cosa suya los hoteles, las urbanizaciones turísticas, los restaurantes, las piscinas, las calles. Se han habituado a comportarse como dueños de la isla desde la Segunda Guerra Mundial, cuando Fuerteventura estuvo a punto de ser base de submarinos de Alemania, si otro hubiese sido el resultado de la batalla de El Alamein. Se dice que, después del fin de la guerra, vinieron a esconderse aquí unos cuantos nazis importantes. Y que compraron, por una bicoca, tierras que son como latifundios. Fue la época en que a la entrada de los establecimientos de propietarios alemanes se colocaba un cartel redactado en estos términos: «Prohibida la entrada a perros y a canarios». Los canarios en cuestión no eran las aves, que probablemente estarían animando los teutónicos oídos, sino los propios habitantes de las Canarias, de esta manera (ironías del destino) emparejados con los canes que dieron nombre al archipiélago. A lo largo de la costa aún se ven casamatas arruinadas, nidos de ametralladoras. Están allí desde la guerra civil. Desde hace mucho más tiempo, tal vez desde el siglo XV o XVI, se encuentra, al sur de la capital, en una aldea turística llamada El Castillo, una fortaleza baja y pesada, en forma de tronco cónico, de piedras negras, singularmente evocadora. Dominando el mar, la rodean las instalaciones de un club de vacaciones con piscinas de diferentes tamaños y características y una cosa de plástico verde, a la que se da el nombre de césped artificial. Por encima de la puerta un cartel avisa que sólo están autorizados a entrar los poseedores del carné del club. Pobre torre. Allí, con las bombardas apuntadas al mar, y los piratas atacando por la retaguardia...

Entrevista al cura Vítor Melícias para el *Diário de Notícias*. Pregunta del periodista: «¿Ya ha leído el último libro de Saramago, *In Nomine Dei?*». Respuesta: «No, pero según creo trata del comportamiento inhumano para con otros hombres por motivaciones ideológicas, nacionalistas, partidarias o religiosas. Todas las injusticias que se hagan en nombre de un dios, o sea de lo que sea, tienen efectos negativos. En ese sentido el libro es siempre positivo». Nueva pregunta del periodista: «¿Y *El Evangelio según Jesucristo?*». Respuesta: «Leí la mitad, y no tuve paciencia para leer el resto. Está bien escrito, Saramago es un excelente escritor, sólo que los buenos escritores pueden hacerlo bien, pero no siempre escriben lo bueno». No voy a detenerme en la diferencia entre *hacerlo bien* y *hacerlo bueno,* que daría paño para mangas. Lo que sobre todo me impresiona es la cándida declaración del cura Melícias de que no tuvo paciencia para ir más alla de la mitad del *Evangelio.* ¿No tuvo la paciencia porque la lectura le estaba fastidiando? Imposible. A un cura el *Evangelio* le puede indignar, enfurecer, puede incluso, en el mejor de los casos, llevarlo a rezar por el autor. Fastidiarlo, nunca. Pero está escrito que el cura Melícias perdió la paciencia, lo que significa, conforme me lo está diciendo aquí el diccionario de José Pedro Machado, que al digno sacerdote, al llegar a la página doscientos veintidós, le faltó súbitamente la «virtud que hace soportar los males, las contrariedades, los infortunios, etcétera, con moderación, con resignación y sin murmullos o quejas». Espero que el grave desfallecimiento haya sido sólo momentáneo y que el cura Melícias, aliviado de las doscientas veintitrés páginas que quedaron por leer, haya recuperado prontamente la paciencia, virtud cristiana por excelencia, si en materia de virtudes una puede ser más excelente que las otras. En todo caso la recuperación no debe haber sido completa, dado que no lo llevó a que leyera *In Nomine Dei.* O mucho me engaño o anda por aquí un gato que se escaldó y ahora tiene miedo del agua fría... Y pensar que este padre Melícias es de los mejores...

29 de junio

A Lisboa para grabar una entrevista con Carlos Cruz. La azafata de a bordo pasa con los periódicos, le pido dos o tres para ir entreteniéndome durante el viaje (no me gusta leer libros en los aviones) y voy pasando los ojos por las noticias que, siendo de ayer, ya me parecen tan viejas como el mundo. De repente me quedo detenido ante una fotografía que llena la página casi entera. Sólo algunos minutos después, cuando salí de la especie de estupor en el que había caído, reparé que se trataba de un anuncio de Amnistía Internacional. La fotografía muestra a dos jóvenes chinos (se adivina la presencia de un tercero que no se ve) arrodillados, con las manos atadas a las espaldas. De pie, por detrás de ellos, flexionando la rodilla, tres soldados, que deben tener más o menos la misma edad, les clavan literalmente las bocas de los fusiles a la altura del corazón. No se trata de escenificación, la fotografía tiene una realidad aterradora. En pocos segundos los jóvenes estarán muertos, despedazados de parte a parte, con el corazón deshecho. El texto dice que hay en China millares de presos políticos, que debemos hacer alguna cosa para salvarlos. Dejo de mirar, pienso que esto es banal, que todos los días nos ponen delante de los ojos imágenes que en nada quedan por debajo de ésta (para no hablar de las torturas y muertes fingidas que las televisiones sirven a domicilio), y llego a una conclusión: que todos esos horrores repetidos, cansadamente vistos y revistos en variaciones máximas y mínimas, se anulan unos a los otros, como un disco de colores, girando, se va aproximando, poco a poco, al blanco. ¿Cómo evitar que quedemos, nosotros, también inmersos en otra especie de blancura, que es la ausencia del sentir, la incapacidad de reaccionar, la indiferencia, la alienación? Tal vez escogiendo deliberadamente una de estas imágenes, una sola, y después, evitando que otras nos distraigan de ella, tenerla siempre allí, ante los ojos, impidiéndole que se escondiera por detrás de cualquier otro horror, que es la manera mejor de perder la memoria de todos. Para mi parte, me quedo con esta fotografía de los tres chinos que van a morir (que ya están muertos) reventados por tres chinos a quien, simplemente, alguien que no aparece en la imagen dijo: «Matadlos».

30 de junio

Fernando Venâncio escribe en el *Jornal de Letras* un artículo —«El hombre que oyó abatirse el mundo»— sobre Vergílio Ferreira, a propósito de *Conta-Corrente**. A cierta altura dice: «Afirmé, un día, livianamente, que la ascensión de Saramago se había mantenido invisible al diarista Vergílio. Hoy me doy cuenta de que, bajo la referencia inofensiva, bajo el propio silencio, es esta jugada del destino uno de los motores del sufrimiento. Vergílio Ferreira jamás perdonará eso a los hados. (¿Y quién, en su lugar, lo perdonaría? En nuestra historia literaria son casos excepcionales las bienvenidas. Las dio António Vieira a Manuel Bernardes, supo darlas Filinto a Bocage. No hay memoria de muchas más.) Pero las auténticas cuentas de Vérgilio con su tiempo, si engloban esa desgracia cósmica que le correspondió, son bien vastas y más crueles. Los considerandos podrán ser complicados, pero la tesis es limpia: los tontos aún no se han enterado de que la novela se acabó. No es que Vergílio lo sepa por observación, porque escasamente lee. "La obra de los otros, incluso la de aquellos muy ahondados por el panegírico, *no me interesa absolutamente nada*" (pág. 73, subrayado ori-

---

* Título de los diversos tomos de diario que publicó Vergílio Ferreira en los últimos años. *(N. del T.)*

ginal). Las hay peores: "De vez en cuando una página u otra de un autor me entusiasma y me ofende incluso por entusiasmarme *(ibíd)*"». No lo comento. Digo apenas que Vergílio Ferreira, en el fondo, no hace mal a nadie. Le duele y muerde donde le duele para que le duela aún más, y eso quizá sea una forma de grandeza.

2 de julio

El Premio Camoens, rotativo como una mula sacando agua con la noria, estaba obligado, este año, a recaer en un escritor brasileño. La elegida fue Rachel de Queiroz y otra vez quedó fuera Jorge Amado. Lo que prueba cómo son infatigables los odios viejos. La rotatividad y la comparación con la mula no es por desdén, falso o verdadero, que aquí son llamadas: sé que no seré nunca citado en la hora de las deliberaciones. Lo que me choca es la falta de sentido diplomático de los responsables de este honor de escasa fortuna: dividen las literaturas de lengua portuguesa, a bulto, entre Portugal, Brasil y PALOP* (en el infierno esté quien inventó tal sigla), sin inclinarse a la incomodidad de reparar que los países africanos son cinco y que, por lo tanto, la rotación, para merecer tal nombre y ser equilibrada en oportunidades, tendría que tomarse siete años en dar la vuelta completa... Si Rachel de Queiroz ganó este año por la literatura brasileña, y Vergílio Ferreira, hace dos, por la portuguesa, José Craveirinha, antes, tuvo que cargar con la representación de todos los PALOP, lo cual, pudiendo haber sido una honra para él, me huele a paternalismo neocolonialista del lado de quien el premio atribuye, esto es, los estados portugués y brasileño. Se dirá que sufro demasiado del mal de escrúpulos. Quizá sí.

---

* *PALOP:* Países Africanos de Lengua Oficial Portuguesa. (N. del T.)

En todo caso mucho me gustaría saber lo que pensarán de esto los escritores africanos. (A propósito, me acabo de acordar en este instante: ¿qué diablo pasa con el dinero del premio de la APE, al que renuncié? ¿Se habrán enviado los libros por ese valor a África? ¿Continúan las conversaciones entre la APE, la SPA y el PEN para encontrar la fórmula? Y, de reflexión en reflexión, una sospecha se me ocurre en este momento: ¿aquella decisión mía, por entonces tan alabada, no desprenderá, también ella, a pesar de la honrada sinceridad con que fue tomada, el mismo nauseabundo olor?)

3 de julio

Carta de Manuel Fraga Iribarne, presidente de la Xunta de Galicia, invitándome a participar en el LX Congreso Internacional del PEN en Santiago de Compostela, entre el 6 y el 12 de septiembre: que «mi voz no solamente engrandecerá la ocasión, sino también ayudará a poner de manifiesto que Santiago continúa siendo lugar de encuentro de grandes personalidades». Política, a cuánto obligas... Del PEN Club de Galicia ya me había llegado una invitación igual y dije que no podría aceptar debido a la operación de cataratas marcada, por entonces, cuando estuve en Lisboa, para los días quince o dieciséis. No sé qué decidiré. Los días del Congreso serán exactamente entre la Fiesta de *Avante!* y la operación: ¿valdrá la pena hacer el viaje? ¿Aguantaré una semana de parloteo, recepciones, comilonas e hipocresías?

4 de julio

Dios, definitivamente, no existe. Y si existe es, rematadamente, un imbécil. Porque sólo un imbécil de ese calibre se habría dispuesto a crear la especie humana como ésta ha sido, es... y continuará siendo. Ahora mismo, aquí, en la vecina isla de Hierro, cuatro poblaciones se liaron a golpes porque todas ellas se creían con el derecho de llevar a las espaldas un pedazo de madera al que llaman Virgen de los Reyes. Y en Sivas (Turquía) una pandilla de criminales de «derecho religioso», llamados integristas islámicos, incendiaron el hotel donde vivía Aziz Nesin, editor de algunos capítulos de los *Versículos satánicos* en el periódico de izquierda *Aydinlik.* De la hazaña de los dilectos hijos de Alá resultaron cuarenta muertos y sesenta heridos. Nesin fue salvado por los bomberos, esos abnegados «soldados de la paz», que después quisieron enmendar la mano y lincharlo cuando lo reconocieron. La intervención de un policía salvó la vida al hombre. Estos dos casos, tan parecidos en su sustancia, acabaron por decidirme a ir al Congreso del PEN Club. Y, así, he de hacer lo que nunca imaginé: escribir una carta a Manuel Fraga Iribarne...

6 de julio

Maria do Sameiro Pedro me envía la grabación de la lección pública que dio en el ámbito de un curso de maestría en literatura portuguesa contemporánea en la Facultad de Letras de Lisboa, sobre el *Manual de pintura y caligrafía.* Me pide que le dé mi opinión, y esto va a costarme torturas, pues cualquier maria-do-samerio de este mundo sabe infinitamente más que yo respecto a esas cuestiones de análisis e interpretación de textos, para las que me faltan la técnica y el lenguaje. Me canso de insistir en que no paso de un práctico de la escritura, pero las universidades me encuentran gracioso cuando allá voy y les llevo unas cuantas ideas simples, bastante pedestres, que por lo visto suenan a cosa nueva, como si las estuviese diciendo Candide. También me escribió, por intermedio de la editorial, un profesor de la

Escuela Secundaria de Mogadouro, que vive en la aldea de Brunhosinho, que me trata como Excelentísimo Señor Doctor, a mí, que nací en Azinhaga. Se llama Jacinto Manuel Galvão, frecuentó el curso de doctorado de la Universidad de Salamanca, y ahora piensa hacer una tesis sobre mi «obra» (como nunca me habituaré a pronunciar esta palabra con naturalidad, la pongo entre comillas) por lo que le gustaría cambiar algunas impresiones conmigo. Dice que vive lejos de Lisboa, pero que tendrá el mayor placer en hacer el viaje. Vamos a ver cómo se resuelve el problema: él parece no saber lo lejos que vivo, también yo, de Lisboa...

Recibí una tercera carta, llegada de Badajoz, de alguien que firma Mario Ilde Velasco de Abreu Alves. Sobre todo a causa de los apellidos portugueses, me acuerdo de haberle autografiado algunos libros cuando allí estuve, en la Feria del Libro. No por complacencia, sino arriesgándome a la acusación de falta de pudor intelectual, he transcrito, una y otra vez, en este cuaderno, fragmentos de cartas que recibo. Recaigo hoy en la misma debilidad, resistiendo la tentación fuertísima de copiar la carta entera, cuatro extraordinarias páginas que me dejaron sin respiración. Quede aquí el último párrafo como muestra:

«Ahora sé que estaba equivocado; no me invade ya la angustia de haber perdido de mi memoria ese Saramago que no daba conferencias, que no firmaba autógrafos o estampaba sellos, como quiera llamarse; sí lo sé, porque él me presentó a Blimunda y me hizo viajar en Dos Caballos —que no en el dos caballos— por la Península, o en el aparato Volador de Bartolomeu Lourenço por el cielo de Mafra, el que me acompañó varias veces por la escalera del Bragança, el que me guiñó el ojo azul de las estirpes alentejanas —condenadas, ellas también, no a cien, sino a mil años de postración— que es una situación que abarca la soledad, pero en peor postura; o el que me sorprendió primeramente con el final del mar y el principio de la tierra y, finalmente, con el mar acabado y la tierra esperanzada, en medio de lo cual Lídia y Ricardo jugaban al escondite con Pessoa; el que, en fin, me describió tan poligónicamente el grabado de Durero como incisiva y velozmente sus particulares fotos de Portugal, cuyas imágenes me son tan conocidas —éstas portuguesas, aunque también aquellas del cráneo del Gólgota—, que de familiares casi todas ellas, se transforman en ocasiones con el breve pie que las glosaba. Sí, lo estaba, porque aquel portugués que me fascinó no subió al estrado, ni firmó mis libros, ni pronunció una sola palabra: él, como mi Proust, como nuestro Cervantes, como mis ciudades y mis amores más queridos, no se ha movido de mi biblioteca: está, vigilante, en mis estantes y en mi mesilla de noche».

Con gran sigilo me telefonea Giovanni Pontiero, para decirme que me va a ser atribuido el premio del periódico inglés *The Independent,* para el cual, desde hace un año, estaban siendo seleccionadas novelas extranjeras traducidas al inglés, una cada dos meses. La primera, en agosto del año pasado, fue *El año de la muerte de Ricardo Reis,* que, a lo que parece, primera acabará siendo. La noticia es buena y, de todas las posibles, la menos previsible, por no decir inesperada del todo. Un premio de Inglaterra a un libro de un escritor portugués es algo a lo que ninguna imaginación se atrevería, incluso en estado de delirio. Curioso, una vez más, tener que forzarme para mostrar alguna satisfacción. Pilar dice que estoy empezando a tener «piel de elefante», pero, de verdad, no creo que se trate de esto. Es más bien la sensación extraña de que estos vítores no se dirigen a mí, sino más bien a otra persona que, siendo yo, al mismo tiempo no lo es. Cuando ayer, con sigilo idéntico, me dijeron desde Lisboa que son muchas las probabilidades de que el Premio Vida Literaria, de la Asociación Portuguesa de Escritores, venga este año para mí, también tuve que espolear a *Rocinante* para que se resolviese a hacer algunas cabriolas. E incluso así, en lo que mientras tanto iba pensando es en la decepción de aquellos que se creen con el derecho a recibirlo, sin lugar a dudas con motivos suficientes y en su opinión más que los míos. También pensaba en las envidias, intrigas y maledicencias que este premio, confirmándose la información, me va a costar. Me son difíciles estas alegrías, y además las pago con un insoportable malestar. Giovanni Pontiero vuelve a decirme: «Ni una palabra, José»..., y él no sospecha lo que para mí va a significar ese silencio que me es impuesto en nombre de las conveniencias publicitarias: durante algunos días el premio del *Independent* (lo demás también, si llega) será sólo mío, no sufrirá los reveses de la calle, agredido por rencores, escupido por envidias, ofendido por despechos. Estaremos, durante estos días, él y yo, limpios e inocentes.

Un día lleno, a rebosar.

7 de julio

La noticia de que el Premio Juan Rulfo fue para Eliseo Diego me dejó contento. Conozco a Eliseo desde hace algunos años, sin embargo no somos amigos, no sé por qué diablo de timidez, suya o mía, nunca cambiamos más que media docena de palabras formales durante las veces que he estado en Cuba. No es por lo tanto la amistad la que se siente lisonjeada. Lo que sucede es que tengo por Eliseo Diego una admiración que empezó el día mismo en que leí poemas suyos y que, después, con el tiempo, no hizo más que crecer. Le considero uno de los grandes poetas de este siglo y lo dije dentro y fuera de Cuba, siempre que se presentó la ocasión. Si los premios, además de dar dinero, hacen justicia, de éste se puede decir que ya estaba tardando. Que Maria Alzira Seixo formase parte del jurado, que yo la hubiese animado a aceptar la invitación que le hicieron, son otros motivos más de mi contento. Probablemente, nadie reparó que entre los votos a favor de Eliseo había uno que no se sabía de dónde venía. La revelación queda aquí: era mío.

8 de julio

Ayer, suavemente, insinué a Giovanni la posibilidad de no ir a Londres. Hoy llegó un fax arrasador: el rol de los actos previstos es tal que no tengo otro remedio. Aún así, lo que me divirtió mucho en la larga lista de compromisos que me esperan fue la información de que «el personal de la embajada portuguesa está invitado». Pues bien, lo mínimo que se podrá decir de ese «personal» es que no se ve que haya hecho grandes cosas en beneficio de la cultura portuguesa, allí en las británicas tierras donde nos representa (¿o rechazan esas tierras las ortigas lusitanas?). En fin, este viaje me ofrece, entre otras cosas, una ocasión excelente para, sin abrir la boca, dar al consejero cultural Eugénio Lisboa la respuesta a la pregunta que me consta que hizo él, no hace mucho tiempo, a Alexander Fernandes, que fue o continúa siendo profesor de la Universidad de Estocolmo: «¿Qué es lo que Saramago ha estado haciendo después de los poemas que escribió?». Cuando en Londres nos encontremos, Eugénio Lisboa no podrá evitar leer en mis ojos aquello que durante todos estos años quiso saber: «Estuve ganando el premio del *Independent,* señor consejero...».

10 de julio

En los *Poemas Possíveis,* que fue publicado en 1966, aparecen unos versos —«Poema a boca fechada»—, escritos allá por los años cuarenta y conservados hasta aquella altura por una especie de superstición que me impidió darles el destino sufrido por tantos otros: no la papelera, pues a tanto no llegaban mis lujos domésticos, sino, simplemente, el cubo de la basura. De ese poema las únicas palabras aprovechables o, para decirlo de otro modo, aquellas que lo pusieron a salvo de la tentación destructiva, son las siguientes: «Que quien se calla cuanto me callé / no podrá morir sin decirlo todo». Desde el día en que fueron escritas han pasado casi cincuenta años y si es cierto que me acuerdo de cómo era mi silencio de entonces, ya no soy capaz de recordar (si lo supe) que *todo* era aquello que me impediría morir mientras no lo dijese. Hoy ya sé que tengo que contentarme con la esperanza de haber dicho *alguna cosa.*

12 de julio

Últimas noticias de la Academia Universal de las Culturas. Que los nombres de Ernesto Sábato y el mío serán propuestos al plenario, pero no el de Oscar Niemeyer. La razón de la exclusión, me dice Jorge Amado, es la de haber sido entendido que Brasil ya se encuentra representado en la Academia —por Amado. ¿Dónde se ha visto tamaño disparate? ¿Querrá esto decir que, suponiendo que a mí me aprueben, Portugal no podrá llegar a tener otro representante? Además de estar clarísimo que este pobre no tiene merecimientos ni armazón para aguantar solo la carga, ¿van a quedar fuera nombres portugueses como los que aquí ya dejé escritos? ¿La Academia es por méritos o por cuotas?

13 de julio

«Sinceramente lo felicitamos», me dice en una carta Eugénio Lisboa. El plural no es mayestático, como a primera vista podría parecer. Eugénio Lisboa habla en nombre de la embajada, me felicita en nombre de ella y, ahora, en nombre del ministro consejero, me invita a un almuerzo, o una cena, o una recepción. Y todo, felicitación e invitación, por haber ganado el premio del *Independent.* Probablemente no aceptaré. Respondí diciendo que aún no tengo informaciones sobre el programa (lo que es verdad), pero que, fuese como fuese, mi estadía en Londres sería corta. Daría alguna cosa por estar en la cabeza de Lisboa, asistiendo al desfilar de sus desconcertados pensamientos, la pregunta para la que nunca encontrará respuesta: «¿Cómo ha sido esto posible?».

14 de julio

En Vigo. Gonzalo Torrente Ballester no ha asistido a las sesiones del congreso sobre su obra. Está en su casa de La Romana, convaleciendo de la neumonía que le llevó al hospital. Se espera que pueda aparecer uno de estos días. Nos hospedamos, Pilar y yo, en el Hotel de Las Tres Luces, donde me dicen que se piensa en dar el nombre de Torrente a la habitación en la que acostumbra alojarse cuando tiene que venir a la ciudad. Son pequeños homenajes, con tanto de respeto y sinceridad como de interés comercial. Pero no será de aquí que le vendrá mal al mundo.

15 de julio

Zeferino, que vino de Lisboa para estar con Torrente y aprovechar del paseo, me trae el *Público* de hoy, donde viene la noticia de mi «candidatura» al premio del *Independent,* y la información de que soy uno de los favoritos. Sin embargo, a pesar de esto, la noticia ha sido redactada de modo que sugiere alguna cosa más... Finalmente supe quiénes han sido mis competidores: ni más ni menos que Günter Grass, Yvan Klima, Ismail Kadaré y Juan Goytisolo... A estas horas, en la patria, no faltará quien ande repitiendo, en otros tonos, aquella pregunta que imaginé para Eugénio Lisboa: «¿Cómo lo ha conseguido este tipo?». Les doy alguna razón. Yo mismo, hablando en serio, tengo cierta dificultad en entender cómo ha sido posible que este lusíada de la infantería hombrease y, esta vez, pasase por delante de caballeros tan excelentes.

A la entrada del auditorio unas estudiantes de la universidad se encargan de la venta de los libros de Torrente. Escojo media docena de títulos y me quedo esperando a que me hagan las cuentas y digan cuánto tengo que pagar. Seis libros, seis parcelas de una suma simple, ninguna de ellas con más de cuatro dígitos. La primera tentativa falló, la segunda no fue mejor. Yo miraba, asombrado, el modo como la chica iba sumando, decía siete más seis, trece, y llevo uno, escribía tres en la suma, uno al lado, y proseguía sumando por escrito los que iban a los que estaban, como, en los viejos tiempos, un estudiante del primer curso antes de aprender a usar la memoria. Una colega me explicó con una sonrisa medio avergonzada: «Es que falta la máquina». Ante aquella florida e ignorante juventud me sentí, de súbito, infinitamente sabio en aritmética: pedí el papel y el lápiz y, con un aire de triunfo condescendiente, rematé la suma en un instante mentalmente. Las pobres chicas se quedaron aplastadas, confusas, como si, habiéndoles faltado las cerillas en mitad de la selva, les hubiese aparecido un salvaje con dos palitos secos y el arte de hacer fuego sin calculadora.

16 de julio

Cuando leí los *Cuadernos* de Torrente, imaginé La Romana como una especie de Subiaco gallego, una ermita medio enterrada en una cueva húmeda, entre musgos milenarios y nieblas de Elsinor, donde el escritor, como otro encadenado Prometeo, estaría luchando contra el buitre de la soledad y del reumatismo. La culpa la tenía Torrente que, página sí, página no, irritadamente, se quejaba de su destino y de la mala idea que había tenido de recogerse en la Ramallosa, que ése es el nombre de la aldea. Finalmente, La Romana es, en casa, lo más normal que se puede encontrar, burguesamente adosada, discreta, rodeada de buganvillas y, por lo menos en estos días de verano, un apacible lugar para vivir, sin más brumas que aquellas, vaporosas, gracias a las cuales se puede, aún hoy, ver bailar a las hadas. Encontramos a Torrente delgado, pálido, torcido el cuerpo más que de costumbre, menos fuerte la voz, pero con la tranquila e íntima certeza de que la enfermedad no pasa de un mal rato, como otros que vivió antes, y que no tardará en echar manos al trabajo. Por la tarde, en el auditorio, amparado por dos de los hijos, le aplauden con lágrimas. Yo leí mi breve conferencia y me conmoví como todo el mundo.

18 de julio

En El Escorial, para el encuentro sobre «El futuro de la edición en Europa», asunto que está, obviamente, fuera del alcance de quien, en conocimiento directo de la materia, se quedó en los ingenuos años sesenta, cuando el precio de los libros se fijaba a ojo por los editores, diez escudos por cada cien páginas, con fracciones de cinco escudos cuando era necesario, y el resto en la misma conformidad, menos que artesanal. Estaré aquí dos días para ayudar con mis débiles luces la dulce ilusión cultural a la que se reducen los cursos de verano. El programa de la Complutense parece una Biblia, el índice de los conferenciantes, de distintos grados, ocupa más de treinta páginas a dos columnas. Dudo que los resultados lleguen a estar a la altura del dinero gastado.

19 de julio

La gente conversa, se divierte, cuenta historias, soporta chistes. Y, una vez que otra, consigue decir u oír cosas con un grado suficiente de inteligencia. Fue el caso del texto que leyó Juan José Millás en la mesa redonda de hoy, irónico, corrosivo, sobre las vacas y los escritores en Europa... También algunas ideas interesantes, aliñadas con un saludable pesimismo, en la intervención del representante de Gallimard, Jean-Marie Laclavetine, en contraste con el casi beatífico optimismo de Peter Mayer, presidente de la Penguin Books, a quien los negocios deben de estar yéndole muy bien para desdeñar tanto la crisis.

20 de julio

Otra mesa redonda, pésimamente orientada por un moderador que cada cuatro palabras metía dos citas. Participé también, a pedido de Juan Cruz, y el hecho le debió de parecer extraño al dicho moderador, tanto así que fui anunciado en los siguientes términos: «Fulano ya estuvo ayer en una mesa redonda, pero vamos a oír lo que tiene que decirnos...». Le respondí que tenía aliento para entrar en treinta mesas redondas seguidas y que, cuando las ideas nuevas me faltasen, intentaría, por lo menos, hacer que las viejas pareciesen renovadas. Al público le pareció gracioso, supongo que por ver en mí al vengador del enfado que les estaba causando el diccionario de frases célebres. Una de ellas había sido aquella, desafortunadísima, «navegar es necesario, vivir no es necesario», que incluso ya ha dado una canción y que según él, Antonio Machado glosó en «vivir para ver». Claro que toda la gente se mostró de acuerdo con la sentencia machadiana, pero sólo hasta el momento en el que me atreví a decir que Antonio Machado se había equivocado, como había estado equivocado Julio César, el presumible autor del primer dicho, pues lo que es necesario es vivir... para poder navegar. Al público le gustó. Después de la mesa redonda un coloquio sobre el *Ricardo Reis* y el *Evangelio.* Todos contentos.

21 de julio

Regreso a casa exhausto de poco dormir y mucho hablar. Apenas acabo de entrar sale de la máquina del fax una carta de Zeferino: que la TSF dio esta mañana la noticia del premio. La fuente de la información tendría que haber sido Londres, con petición de reserva hasta el día 29, que la TSF, claro está, no respetó... (Menos mal que no fue por indiscreción de ninguna de las poquísimas personas a quienes yo, bajo juramento, había revelado el secreto.) No tardó mucho que tuviese que responder, por teléfono, a un periodista de la TSF, que pretendía, a tirones, arrancarme una declaración: «No me fue hecha ninguna comunicación oficial, por lo tanto no tengo nada que decir». Aún intentó llegar por otro camino a lo que le interesaba, pretendiendo que le dijese cuáles habían sido mis pensamientos y emociones cuando fue publicado *Ricardo Reis* en 1984. Le respondí que una palabra mía, cualquiera que fuese, a estas alturas, sólo serviría para aumentar la confusión, y en esto quedamos, yo defendiendo una mentira de la que no soy responsable, él aparentando que confiaba en mí. Así va la vida. Una hora después supe que Mário Soares, en declaraciones a TSF, se había congratulado con la noticia, añadiendo que este premio debería ser entendido como la «reparación de una injusticia». Fue una pena que al periodista no se le ocurriera preguntar al presidente a qué injusticia se refería: ¿a la censura contra el *Evangelio* el año pasado?, ¿o a los desdenes de los señores miembros del jurado de la APE en 1985?...

22 de julio

Ya basta de premios y de historias de premios. Ahora llega Maria Alzira Seixo y me dice, palabra a palabra, sobre el Premio Juan Rulfo, que fue atribuido a Eliseo Diego: «... que eras tú el gran favorito, que no ganaste por poco, y, sobre todo, porque apareció por allí un miembro del jurado, un calco del Rafael Conte del Premio de Literatura Europea, sólo que además era maleducado y no tenía vergüenza en insultar a los miembros del jurado que se opusiesen a sus embestidas venezolanas». Jamás habría imaginado que el nombre de José Saramago pudiese haber sido barajado en los debates de un premio tan distante, allí donde mis lectores no deben ser muchos, salvo si Seix-Barral no me está haciendo las cuentas reales de las ventas en la América Hispánica.

Pues no, no se acaba con los premios... Al final del día me telefonea José Manuel Mendes para decirme que el Premio Vida Literaria, prácticamente, ya es mío, y hasta quizá por unanimidad de votos de los directores de la APE, que son nueve. El miércoles se sabrá. ¿Y ésta? ¿Qué buenas estrellas estarán cubriendo los cielos de Lanzarote? La vida, esta vida que inapelablemente, pétalo a pétalo, va deshojando el tiempo, parece, en estos días míos, haber parado en el sí me quiere...

24 de julio

El placer profundo, inefable, que es andar por estos campos desiertos y barridos por el viento, subir un repecho difícil y mirar desde allí arriba el paisaje negro, desértico, desnudarse de la camisa para sentir directamente en la piel la agitación furiosa del aire, y después comprender que no se puede hacer nada más, las hierbas secas, a ras de suelo, estremecen, las nubes rozan por un instante las cumbres de los montes y se apartan en dirección al mar y el espíritu entra en una especie de trance, crece, se dilata, va a estallar de felicidad. ¿Qué más resta, sino llorar?

26 de julio

Graça Almeida Rodrigues, la consejera cultural de la Embajada de Portugal en Washington, me escribe para agradecer las informaciones que yo, sí, agradecido, le había dado acerca de las entidades tanto de Italia como de Portugal, con las cuales la National Gallery of Art tendrá que entenderse para obtener el material sobre *Blimunda,* incluyendo un vídeo del espectáculo (el del Teatro de San Carlos es mejor que el de Milán), destinado a la exposición sobre el arte barroco en Portugal que se va a realizar allí no sé cuándo. Espero para bien que la dirección de la National Gallery, en el momento propio, me haga el favor de invitar a la inauguración al Sr. Cavaco y al Sr. Lopes para que ellos experimenten el gusto de encontrarme donde para nada me esperaban, pudiendo hasta llegar a ocurrir, si no es esperar demasiado de mi buena estrella, que el Sr. Cavaco, en vista de las dificultades asiduamente manifestadas para la lectura y comprensión del portugués, se deje persuadir por la edición norteamericana del *Memorial,* que estará a la venta... Así sea.

27 de julio

Mañana vamos para Londres, al premio del *Independent.* La embajada insistió en señalar el evento con un almuerzo y yo, buen chico, no tuve el valor de decirles las dos verdades que la actitud de Eugénio Lisboa para conmigo se merece. A lo que parece, si comprendí bien unas medias palabras de Pontiero, la embajada ha puesto de lado sus buenos propósitos primeros de providenciar el pago de los pasajes, y es el propio *The Independent,* por lo visto, quien toma cuenta del encargo. Intentaré tirar del ovillo, a no ser que la intriga, que adivino de bajo coturno, me asquee tanto que prefiera no enterarme. Lo peor es que me las cuentan, más tarde o más temprano, siempre hay alguien para contar estas historietas miserables...

Están en Lanzarote, desde ayer, dos periodistas de la SIC para entrevistarme. Estuvieron aquí en casa y les gustó, después los llevé al Timanfaya y se quedaron deslumbrados. El resto es ya archiconocido: las sempiternas preguntas, las sempiternas respuestas. Empiezo a sentirme como un disco rayado, uno de aquellos de setenta y ocho revoluciones de la época de Maricastaña, repitiendo infatigablemente (¿o ya cansado?) los mismos tres o cuatro compases de la misma vieja canción.

1 de agosto

Conviene no perder la cabeza: *The Independent* no es Inglaterra e Inglaterra no es el Reino Unido. No obstante (ah, cómo estas reservas, por lo regular tan restrictivas, consiguen ser, a veces, confortadoras y generosas...), el recibimiento no pudo ser más expansivo, la simpatía más cordial, la admiración más demostrativa, hasta el punto de encontrar lícita la duda, tan grande estaba siendo mi perplejidad, de si serían ingleses de verdad aquellos escritores, aquellos editores, aquellos periodistas. Incluso pienso que el propio personal de la embajada —Seixas da Costa, Lisboa y Knopfli—, a la par de sus propias y más o menos sinceras razones para festejar al premiado compatriota, se dejó llevar por la corriente, posponiendo para el rescoldo del día siguiente el análisis del inaudito hecho y de las reacciones al mismo, tanto las manifiestas, como las ocultas.

La entrega del premio al autor y al traductor (me conmovió la alegría de Giovanni Pontiero) se hizo en la Academia Italiana, en Kensington, en el más insólito y desconcertante escenario que sería posible imaginar, aunque supongo que ninguna imaginación se atrevería a ir tan lejos: una exposición de sujetadores (muchas decenas, tal vez dos o tres centenas), desde aquellos que sólo la celebridad de los senos que ampararon algún día (caso de Brigitte Bardot o de Anita Ekberg) distinguía del común, hasta las formas más discordantes, agresivas, estrambóticas, hilarantes, humorísticas, amenazadoras, sadomasoquistas —alambre de púas, grifos, globos oculares, globos terrestres, banderas, armarios, bocinas, plumas, cuchillos, martillos, manos, cabezas de animales, etcétera, etcétera—, un no acabar de disparates interrumpidos de vez en cuando por un dibujo súbitamente poético, un contorno suave, un movimiento de caricia tierna. Debo confesar que tuve temor. Vi a los chocarreros de nuestra plaza afilando la lengua ante la inesperada pitanza, ofrecida en bandeja (es el término) a su talento de maledicentes y de escarnecedores, pero después, mirando en torno la delirante exposición, murmuré para mí mismo: «Ya he estado en peores compañías», y en un minuto retomé mi naturalidad, tranquilo como si estuviese rodeado por mi propia biblioteca, y no por tantas «encuadernaciones» de aquello que más vale sea mostrado como un libro abierto.

La ceremonia (si así tengo que llamarla) transcurrió con simplicidad y buena disposición. Luego fuimos a cenar a un restaurante cercano. Había gente del jurado (Doris Lessing, Michael Wood, Gabriel Josipovici), del *Independent* (Robert Winder, también jurado, Isabel Hilton, Pippa Baker), de la editorial Harvil (Christopher Maclehose y su mujer) y unos cuantos más que no llegué a identificar. Con el vino y la animación las voces subieron como si estuviésemos en un bar de Sevilla. Doris Lessing quería hablar ruso conmigo, después con Pilar y, ante nuestra ignorancia, sacudía la cabeza y sonreía (tiene una sonrisa magnífica), como si quisiese consolarnos: «Dejadlo, no tiene importancia...».

Al día siguiente almuerzo con el personal de la embajada. Se habló, todos muy a gusto, como si nunca hubiésemos hecho otra cosa en la vida, y yo hablé más de lo que es mi costumbre. Estaba también Paula Rego, feliz por haber acabado de comprar un *atelier*, el primero para su uso exclusivo, lo cual, siendo ella quien es, me pareció imposible. Pero lo mejor de la fiesta fue cuando se me acercó un empleado del restaurante, portugués, que expresó la pena que sentía por no tener allí ninguno de mis libros, él, que es mi lector y mi admirador... El personal de la embajada se quedó fulminado, con el tenedor en el aire, a medio camino entre el plato y la boca: si hubiera escogido yo el restaurante, no me libraría de la sospecha de haber combinado previamente el episodio, con el fin de convertirme en más importante de lo que soy a los ojos de la patria, poniendo como testigos de esa acrecentada grandeza, imagínese, a nuestros propios e imparciales representantes diplomáticos...

En Londres estaba, en el hotel, al principio de la tarde del veintinueve, cuando llegó el fax de Zeferino, diciendo que la Lusa estaba difundiendo la noticia de que me había sido atribuido, por la APE, el Premio Vida Literaria. Pilar lo leyó primero, y yo lo supe antes de leerlo, por la alegría de sus ojos.

2 de agosto

Escribí las primeras líneas del *Ensayo sobre la ceguera.*

Un telegrama de Mário Soares, felicitándome por los premios, fechado el veintinueve y enviado para acá, apenas hoy me lo entregaron... Ya nos había, a Pilar y a mí, extrañado el silencio del presidente, tan fuera de lo que es su procedimiento habitual en estos casos. Matasellado en Arrecife en esa misma fecha, el telegrama ha tardado cuatro días en recorrer los once kilómetros de buena carretera que nos separan.

3 de agosto

Dos trechos de la carta de agradecimiento a Mário Soares. El primero: «Si bien reparamos, los agradecimientos pueden ser tan formales e indiferentes como son, no raras veces, las felicitaciones, mera obligación protocolar o social, nada más. Sé, de ciencia ciertísima, que las palabras que tuvo la delicadeza de escribirme no sufren de esa banalización, y me gustaría que supiese que mi reconocimiento y mi gratitud no les quedan atrás en sinceridad, y llevan con ellos, por añadidura, un pequeño mundo de sentimientos que quizá un día pueda intentar desenredar: el de mi compleja relación con un hombre llamado Mário Soares...». El segundo trecho: «Desde hace dos semanas quería agradecerle su libro *Intervenções* 7, pero los viajes que he tenido que realizar fueron retrasando lo que tampoco sería una simple formalidad. Por dos razones: la primera, para sonreírme con usted de aquel nuestro intercambio de cartas que con tanto humor recuerda en la entrevista que dio a Baptista-Bastos; la segunda, para felicitarlo por la inteligencia de su "Prefacio", excelente relación de las contradicciones de este confuso tiempo y análisis lúcido de los problemas creados por las "generaciones perdidas" que se despiden con el milenio y que son las nuestras. Apenas eché en falta, si me permite que lo diga, una denuncia frontal de aquel factor que, por lo menos a mis ojos, se presenta como el gran obstáculo a una existencia humana, social y éticamente digna: el poder financiero mundial, ese que, precisamente por no tener ideología, ha llegado a perder todo el sentido de humanidad».

Un crítico brasileño, Alberto Guzik, escribiendo sobre *In Nomine Dei,* dice que yo, siendo, como novelista, «notable, único», no parezco tener noción de las exigencias específicas del teatro y que, para llevar a escena una pieza como ésta, sería necesario el talento de un Peter Brook. Antes, para expresar de la manera más viva sus dudas sobre la especificidad teatral de la obra, había dicho que recuerda más la estructura de un libreto de ópera y que es más un poema dramático que teatro... La confusión es manifiesta. Si *In Nomine Dei* no es teatro, ni Peter Brook la salvaría y, ciertamente menos aún (con el debido respeto) los brasileños Antunes Filho y Gabriel Villela, uno «sintético», otro «barroco», como sugirió y clasificó el crítico. Lo que Alberto Guzik no dijo es que la posibilidad de representación de mi pieza depende menos de encontrar un director genial que de, simplemente, encontrar los actores capaces de enfrentar un texto con la densidad conceptual de éste...

4 de agosto

Para *Letras & Letras* escribí un artículo sobre José Manuel Mendes, del que cito aquí una parte:

«Quien lee poesía, ¿para qué lee? ¿Para encontrar o para encontrarse? Cuando el lector asoma a la entrada del poema, ¿es para conocerlo o para reconocerse en él? ¿Pretende que la lectura sea un viaje de descubridor por el mundo del poeta, como tantas veces se ha dicho, o, incluso, sin querer confesarlo, sospecha que ella no será más que un simple pisar de nuevo sus propias y conocidas veredas? ¿No serán el poeta y el lector como dos mapas de carreteras de países o regiones diferentes que, al sobreponerse, uno y otro convertidos en transparencia por la lectura, se limitan a coincidir algunas veces en trozos más o menos largos del camino, dejando inaccesibles y secretos espacios de comunicación por donde apenas circularán, sin compañía, el poeta en su poema y el lector en su lectura? Más brevemente: ¿qué comprendemos nosotros, de hecho, cuando buscamos aprehender la palabra y el espíritu poéticos?

»Es corriente decir que ninguna palabra es poética por sí misma, y que son las demás palabras, sean las próximas, sean las distantes, las que, intencionadamente, pero igualmente de modo inesperado, pueden tornarla poética. Significa esto que, a la par del ejercicio voluntarista de la elaboración del poema, durante el cual no es raro buscar en frío efectos nuevos, o se intenta disfrazar la presencia excesiva de los antiguos, existe también, y ésa será la mejor suerte de quien escribe, un aparecer, un situarse natural de palabras, atraídas unas por las otras, como los diferentes mantos de agua, provenientes de olas y energías diferentes, se ensanchan, fluyendo y refluyendo, en la arena lisa de la playa. No es difícil, en cualquier página escrita, sea de poesía sea de prosa, encontrar señales de estas dos presencias: la expresión lograda que resultó del uso consciente y metódico de los recursos de oficio de una sabiduría poética, y la expresión no menos lograda de los que no teniendo, como es obvio, en su hacerse o encontrarse hecho, abdicado de aquellos recursos, se vio sorprendido por una súbita y feliz composición formal, como un cristal de nieve reunió en la perfección de su estrella unas cuantas moléculas de agua y sólo ésas.»

6 de agosto

Ha muerto Armindo Rodrigues. La última vez que lo vi fue en el Hospital de Santa María, no recuerdo hace cuántos meses. Ya era casi el fantasma del hombre robusto que había conocido, pero la fuerza de la mano, que durante todo el tiempo que estuve allí apretó la mía, estaba todavía intacta. Cuando me vio entrar en la habitación volvió la cabeza para el otro lado, como si pudiese evitar que me percatase de que no había podido retener las lágrimas. Era una sombra, digo, mas sus ojos claros conservaban la recta firmeza de siempre. Después, para vergüenza mía, no volví a ir por ahí. Me daba a mí mismo la disculpa de costumbre: que me dolía ser testimonio de la decrepitud a la que había llegado un hombre que había sido, hasta los últimos años de su vida, la propia imagen de la entereza moral y del valor físico. En el fondo, un vulgar caso de cobardía ante el sufrimiento ajeno. ¿O deberé decir, simplemente, egoísmo? Todavía continuaré por aquí algún tiempo, hasta que llegue mi vez de saber cuántos de mis amigos de hoy desertarán porque sus corazones, tan sensibles como el mío, no podrán soportar verme en un estado que... Etcétera, etcétera, etcétera.

Cuando hace catorce años organicé una antología de los poemas de Armindo Rodrigues, a la que di el título algo insólito de *O Poeta Perguntador,* coloqué al final, como habría hecho si de un libro mío se tratase, la «Elegía por anticipación a mi muerte tranquila». Aquí la dejo hoy con un voto que ya no servirá para nada: que el amigo al que yo abandoné haya podido morir como deseó:

> *Ven, muerte, cuando vengas.*
> *Donde las leyes son viles, o tontas,*
> *no eres tú quien me amedrentas.*
> *Cambié por penas placeres.*
> *Cambié por confianza afrentas.*
> *Tengo siempre echadas las cuentas.*
> *Ven, muerte, cuando quisieres.*

7 de agosto

Felicitaciones de Jorge Amado y Zélia por los premios. Que otros vendrán, aún mayores, añaden, aludiendo a lo que consta haber sido dicho por Torrente Ballester: que uno de estos días me llegará una llamada telefónica de Estocolmo... Si esta gente cree realmente en lo que dice, ¿por qué tengo yo tanta dificultad en creérmelo? ¿Alguna vez se vio un Nobel después de otro Nobel? ¿Vivir con Pilar y llamarme Estocolmo? ¿Será lo imposible posible?

8 de agosto

El correo me trajo hace días las *Actas del Congreso Internacional «Antonio Machado hacia Europa»*, que en febrero de 1990 se realizó en Turín y del que fueron director general y secretario general, respectivamente, Pablo Luis Ávila y Giancarlo Depretis. Me acuerdo de haber discutido vehementemente con ellos el mote del congreso —«Antonio Machado hacia Europa»—, que me parecía una concesión más a la poco feliz moda de entonces que era la de relacionar todo con Europa. Convidado a participar, llevé conmigo un pequeño texto —«Acerca de un "apunte" de Juan de Mairena»—, más glosa que comunicación, que, por su extensión, tendría, por lo menos, la ventaja de ocupar por poco tiempo la fatigada atención de los congresistas. Pues no fue así. Sucedió que, por aquellos días, había reventado en España el escándalo del hermano de Alfonso Guerra, y el diablo de mi papel parecía hecho a propósito para atizar la hoguera, como hecho por encargo. Los periódicos españoles dieron noticia de lo que, en otras circunstancias, pasaría *sin pena ni gloria,* y yo mismo tuve que dar entrevistas en las cuales me atreví a afirmar que Antonio Machado, si estuviese vivo, habría condenado el procedimiento de los hermanos Guerra, como fácilmente se concluía del *apunte* que yo glosaba. Tres años han pasado, Juan Guerra está siendo juzgado, la corrupción política en España se ha convertido en una cuestión nacional, y yo no resisto la tentación de copiar aquí esas páginas que escribí. El texto empezaba con una cita de Juan de Mairena, que era, evidentemente, lo mejor de la historia. En cuanto a lo que me pertenece, sólo digo que no retiro ni una coma a los comentarios que hice. Sigue la transcripción:

«*(Sobre la política y la juventud.)*

»*La política, señores —sigue hablando Mairena—, es una actividad importantísima... Yo no os aconsejaré nunca el apoliticismo, sino, en último término, el desdeño de la política mala, que hacen trepadores o cucañistas, sin otro propósito que el de obtener ganancia y colocar parientes. Vosotros debéis hacer política, aunque otra cosa os digan los que pretenden hacerla sin vosotros y, naturalmente, contra vosotros. Sólo me atrevo a aconsejaros que la hagáis a cara descubierta; en el peor caso con máscara política, sin disfraz de otra cosa: por ejemplo: de literatura, de filosofía, de religión. Porque de otro modo contribuiréis a degradar actividades tan excelentes, por lo menos, como la política, y a enturbiar la política de tal suerte que ya no podamos nunca entendernos.*

»Y a quien os eche en cara vuestros pocos años bien podéis responderle que la política no ha de ser, necesariamente, cosa de viejos. Hay movimientos políticos que tienen su punto de arranque en justificada rebelión de menores contra la inepcia de los sedicentes padres de la patria. Esta política, vista desde el barullo juvenil, puede parecer demasiado revolucionaria, siendo, en el fondo, perfectamente conservadora. Hasta las madres —¿hay algo más conservador que una madre?— pudieran aconsejarle con éstas o parecidas palabras: "Toma el volante, niño, porque estoy viendo que tu papá nos va a estrellar a todos —de una vez— en la cuneta del camino".

»La cita ha sido larga pero del todo necesaria. Cuando Antonio Machado escribió esto en uno de aquellos remotos años de 1934 a 1936, tenía, de sus propias edades de hombre, bastante experiencia vivida y aprendida para hablar de jóvenes y de viejos con la mezcla de escepticismo y de ilusión que podemos reconocer en esta página actualísima de Juan de Mairena. Sesenta años son suficientes para empezar a entender ciertos mecanismos del mundo, incluso cuando se viva fuera de sus ventajas y servidumbres, como es regla general entre los poetas, y lo fue en éste en particular. Considérense, por otro lado, las circunstancias de la vida pública de la España de entonces —crisis económica, conflicto institucional, inestabilidad política, agitación social—, y encontraremos definido el cuadro ideológico propicio a aquellas manifestaciones de enfado y desencanto que se dice son características de la vejez, pero que, no raramente, expresan mucho más la profunda pena, cívicamente experimentada, de tener que asistir al derrumbe, ya no diré de los sueños ideales, sino de las simples esperanzas de una vida justa. En el horizonte de España se perfilaba el espectro de la guerra civil, Europa y el mundo contaban las armas y los hombres.

»A pesar de todo, Juan de Mairena aún quiere presentarse como confiado ante nuestros ojos. Divide salomónicamente la política en buena y mala y, habiendo condenado con severidad a los políticos de la política mala, que son, a su juicio, y no por coincidencia, los viejos, llama a los jóvenes para que se decidan ellos a hacer la política buena, aquella que definitivamente irá a ser, se supone, portadora de la salvación de la patria y de la felicidad de los ciudadanos. Es verdad que, siendo Juan de Mairena un irónico, es un buen consejo leerlo siempre dos veces, no tanto para descubrir en sus palabras segundos y terceros sentidos, sino para desenredar las sutilezas del tono, entender las mudanzas del registro estilístico, seguir el dibujo elocuente de la sonrisa. Es que, de súbito, la lectura de un texto como éste provoca una gana irresistible de preguntarnos si Juan de Mairena cree, de hecho, en lo que acaba de escribir. No me refiero, claro está, al sarcasmo desdeñoso con que trata a los oportunistas —esos *trepadores o cucañistas* para quienes el ejercicio político no pasa de un medio de ganar dinero y colocar parientes, con el pretexto del servicio público—, pero es dudoso que en Mairena no estuviese presente, al reflexionar sobre estas cuestiones, la propia vida de su creador Antonio Machado quien, cuando joven, sin duda habría esperado del mundo bastante más y bastante mejor que aquello que el mismo mundo, con la indomable fuerza de los hechos, ahora le estaba imponiendo. Treinta años después sería la vez de los jóvenes del sesenta y ocho quienes, de un modo aparentemente revolucionario, se negaran a aceptar y repetir los caminos que les habían sido preparados por los padres, esos mismos (hablo de generaciones, no de países o de pueblos) de quien Juan de Mairena, en este su *apunte,* parecía esperar tantas y tan diferentes acciones. Hoy, y no creo que haya exageración criticista en este juicio, padres e hijos de todo el mundo, unidos, están finalmente de acuerdo sobre los objetivos útiles de la política, en el plano de los aprovechamientos personales que ella siempre facilitó, pero que actualmente exalta: *obtener la ganancia, colocar parientes.*

»A pesar de un comportamiento escéptico, desengañado por cinismo indulgente, filósofo de raíz quizá estoica (sin embargo, si lo sabemos leer, ingenuo y simple de su natural), Juan de Mairena imaginaba posible hacer política a cara descubierta o, si alguna máscara tuviese que usar el político, que ésta fuese, precisamente, la máscara política. Ahora bien, nosotros sabemos, y me sorprende que no lo supiese él entonces, que nadie usa nunca su propia máscara, y que la política necesita no sólo de una máscara, sino de todas, cambiando de cara, de figura y de ademanes, conforme las necesidades tácticas y estratégicas, llegando incluso al punto, en los casos reconocidamente geniales, de usar más que un disfraz al mismo tiempo, lo que, como es obvio, no significa que se reconozca de igual manera en cada uno de ellos. La más elemental lección de la Historia ahí está para decirnos que la máscara fue religiosa mil veces, que en algunos casos se adornó con guiños filosóficos, y en estos modernos tiempos nuestros se va volviendo escandaloso ver con qué frecuencia la política se aprovecha de la literatura. Ni siquiera es necesario hablar del espectáculo de la comunicación de masas: qué indignadas y sarcásticas páginas escribiría hoy Juan de Mairena si pudiese ver cómo es utilizado, en la mayor parte de los casos, ese poderoso medio de información y cultura que es, o debería ser, en principio, la televisión.

»Espero que no se vea en estas reflexiones, de explícita tinta pesimista, el disolvente propósito de persuadir a la juventud a volverse de espaldas a la política. No prohíjo la filosofía de vida de un Ricardo Reis, el heterónimo de Fernando Pessoa a quien me atreví a dar una vida suplementaria y que un día escribió: "Sabio es el que se contenta con el espectáculo del mundo". Muy por el contrario. Lo que yo desearía, sí, sería que esos esperanzadores jóvenes llegasen a practicar, llegando a viejos, una política tan buena como la que Juan de Mairena parece dispuesto a esperar de ellos a partir del momento en el que, aún jovencísimos, y habiendo apartado del volante al padre senil e irresponsable, nos condujesen con el rumbo derecho por el camino, llevando con ellos nuestra gratitud infinita y el justificado orgullo de todas las madres del mundo. Ahora bien, también en este punto, parece haberse engañado Juan de Mairena: los jóvenes, hoy, conducen sus propios coches, generalmente en dirección a sus propios y mismos desastres.

»*Sin embargo...*

»*No toméis, sin embargo, al pie de la letra lo que os digo. En general, los viejos sabemos, por viejos, muchas cosas que vosotros, por jóvenes, ignoráis. Y algunas de ellas —todo hay que decirlo— os convendría no aprenderlas nunca. Otras, sin embargo, etcétera, etcétera.*

»Al final, Juan de Mairena no guardaba extremadas ilusiones sobre el aprovechamiento que sus alumnos eran capaces de extraer de las lecciones de Retórica y Poética que les iba propinando. Este otro *apunte,* con su irónico remate —etcétera, etcétera—, repone en su lugar aquella saludable dosis de escepticismo que consiste en esperar que cumpla cada uno con su deber —ayer, hoy, mañana, en la juventud y en la vejez, hasta el final—, para entonces tener una idea más o menos clara de lo que hemos sido o de lo que hemos estado haciendo. Verdaderamente hay razones para pensar que Juan de Mairena, al contrario de lo que de sí mismo dijo, o Antonio Machado dijo por él, fue el menos apócrifo de los profesores...»

10 de agosto

La entrevista del *Expresso* salió equilibrada, pero el mérito se debe a Clara, que fue capaz de organizar aquellas dispersas y mal alineadas ideas que yo, penosamente, fui expresando desde la cabeza y vertiendo sobre el magnetófono, en un día que había nacido, todo él, para el silencio. Así son las cosas: ahora releo estas frases, las reconozco mías, encuentro apropiadamente formulados pensamientos que son míos y todo me parece, finalmente, bastante razonado y razonable. De donde concluyo que a estas alturas estamos, en gran parte, en las manos de los periodistas. Él querría, por profesionalmente malo, o humanamente de mal carácter, dejar en situación lastimable a su entrevistado, y hubiera podido conseguirlo con la simple y escrupulosa observación de aquello que es, por otro lado, más que un deber elemental, la propia condición de su profesión, deontológicamente hablando: el respeto de la fidelidad... Como decía, así las cosas. Así están, digo ahora, las contradicciones de este mundo...

11 de agosto

Tenemos un perro en casa, llegado no se sabe de dónde. Apareció así, sin más, como si hubiese andado buscando dueños y finalmente los hubiese encontrado. No tiene las maneras del vagabundo, es jovencito y se le nota que fue bien enseñado donde vivió antes. Se asomó primero a la puerta de la cocina mientras almorzábamos, sin entrar, mirando apenas. Luís dijo: «Hay ahí un perro». Movía levemente la cabeza a un lado y a otro, como sólo saben hacerlo los perros: un verdadero tratado de seducción disfrazada de humildad. No soy entendido en animales caninos, sobre todo si pertenecen a razas menos comunes, pero éste tiene todo el aire de ser un cruce de perro de aguas y fox terrier. Si no aparece el legítimo dueño (otra posibilidad es que el animal haya sido abandonado, como sucede tantas veces en esta época de vacaciones), vamos a tener que llevarlo al veterinario para que lo examine, vacune y clasifique. Y hay que darle un nombre: yo he sugerido *Pepe* que, como se sabe, es el diminutivo español de José... Mañana será lavado y espulgado. Ladra bajito, por lo pronto, como quien no quiere incomodar, pero parece tener ideas claras en cuanto a sus intenciones: mi casa es ésta, de aquí no me muevo.

13 de agosto

Continúo trabajando en el *Ensayo sobre la ceguera.* Tras un principio dubitativo, sin norte ni estilo, en busca de las palabras como el peor de los aprendices, las cosas parecen querer mejorar. Como sucedió con todas mis novelas anteriores, cada vez que me enfrento con ésta, tengo que volver a la primera línea, releo y enmiendo, enmiendo y releo, con una exigencia intratable que se modera en la continuación. Por eso el primer capítulo de un libro es siempre aquel que me ocupa más tiempo. Mientras esas pocas páginas iniciales no me satisfacen, soy incapaz de continuar. Tomo como una buena señal la repetición de esta obsesión. Ah, si las personas supieran el trabajo que me dio la página de apertura del *Ricardo Reis,* el primer párrafo de *Memorial,* cuánto tuve que penar a causa de lo que luego sería el segundo capítulo de la *Historia del cerco,* antes de saber que tendría que principiar con un diálogo entre Raimundo Silva y el historiador... Y otro segundo capítulo, el del *Evangelio,* aquella noche que aún tenía mucho que durar, aquella vela, aquella grieta de la puerta...

15 de agosto

He decidido que no habrá nombres propios en el *Ensayo,* nadie se llamará António o Maria, Laura o Francisco, Joaquín o Joaquina. Soy consciente de la enorme dificultad que será conducir una narración sin la habitual, y hasta cierto punto inevitable, muleta de los nombres, pero justamente lo que no quiero es tener que llevar de la mano esas sombras a las que llamamos personajes, inventarles vidas y prepararles destinos. Prefiero, en esta ocasión, que el libro sea poblado por sombras de sombras, que el lector no sepa nunca de *quién* se trata, que cuando *alguien* se le aparezca en la narrativa se pregunte si es la primera vez que esto sucede, si el ciego de la página cien será o no el mismo de la página cincuenta, en fin, que entre, *de facto,* en el mundo de los demás, esos a quienes no conocemos, todos nosotros.

16 de agosto

Tenía unos dieciséis o diecisiete años cuando descubrí en mi cara (de todo lo demás ya estaba habituado) algo que irremediablemente no cuadraba con un cierto patrón de perfección masculina (no digo belleza, digo perfección) que entonces me parecía encarnarse en un actor de cine, Ronald Colman, norteamericano (¿o sería inglés?). Hay que tener en cuenta que esto sucedía allá por los finales de los años treinta, en la prehistoria de esta humanidad moderna, científica y desenvuelta que somos hoy, en que los viejos imitan a los jóvenes y los jóvenes a sí mismos. En esa época, la cosa más normal del mundo era que un adolescente, mirándose al espejo, se entristeciese por verse diferente a un hombre maduro, y muy lejos de llegar a parecerse a él alguna vez. A Ronald Colman, por ejemplo, le caían un tanto los párpados, lo que le daba a la cara una interesante expresión de cansancio, tal vez del último duelo a espada, de la última noche de amor o de la vida en general. Mis párpados, por el contrario, se pegaban estúpidamente a los globos oculares y, por más que yo tirase y volviese a tirar, volvían siempre al mismo sitio, dejándome con un aire de ser inacabado, sorprendido de existir, todavía a la espera de los primeros reveses de la vida para empezar a ganar algún sentido de hombre. De todo esto me acordé ayer, por la tarde, mientras veía a Ronald Colman interpretando, con poco talento y ningún espíritu, el papel de François Villon en la película *Si yo fuera rey,* de Frank Lloyd. Con mis débiles ojos lo vi, y mis párpados caídos...

17 de agosto

Entender de perros, nada. Ni perro de agua ni fox terrier. *Pepe* es caniche, cruzado con no sé qué, y en esta incógnita vive aún mi última esperanza de acertar en lo que, con toda propiedad, se podría llamar aproximación, esto es, que uno de sus antepasados haya cedido a la tentación del desvío genético que explicaría las manchas negras que tiene en el pelo, cuando se sabe que los caniches puros tienen el pelo de color uniforme, blanco, castaño o negro. Y *Pepe* ya no está en su primera juventud, tiene cuatro años. La salud, buena, veterinario *dixit.* En cuanto a la edad, creo que se equivoca. Tendrá un año.

18 de agosto

Para el *ABC Cultural* escribí, sobre Sarajevo, estas líneas que me fueron pedidas:

«Paul Valéry dijo, un día: "Nosotros, civilizaciones, sabemos ahora que somos mortales". Importa poco, para el caso, averiguar cuál sería el *ahora* de Valéry: tal vez la Primera Guerra Mundial, quizá la Segunda. De lo que nadie tiene duda es de que la civilización que hemos sido no sólo era mortal, sino que está muerta. Y no sólo está muerta, como decidió en sus últimos días demostrar hasta qué punto fue inútil. La proclamación de esa inutilidad está siendo hecha en Sarajevo (¿y en cuántos Sarajevos más?) ante la cobardía de la Europa política, ante, también, el egoísmo de los pueblos de Europa, ante el silencio (salvadas queden las excepciones) de aquellos que hacen del pensar oficio y ganapán. La Europa política enseñó a los pueblos de Europa el refinamiento del egoísmo. Compete a los intelectuales europeos, volviendo a la calle, a la protesta y a la acción, escribir aún una última línea honrada en el epitafio de esta civilización. De este inmenso Sarajevo que somos».

19 de agosto

En treinta años que ya llevo de escritura (son exactamente treinta si los cuento a partir de la altura en la que, sin sospechar adónde eso me llevaría, empecé a escribir *Os Poemas Possíveis*) nunca había sucedido que trabajara en más de un libro al mismo tiempo. Para mí era como ley sacrosanta que mientras no llegase al final de un libro no podría ni debería principiar el siguiente. Pues bien, hete aquí, de un momento al siguiente, quizá porque, en Lanzarote, cada nuevo día me parece como un inmenso espacio en blanco y el tiempo como un camino que por él va discurriendo lentamente, paso con toda la facilidad de estos *Cuadernos,* también destinados a ser un libro, al *Ensayo sobre la ceguera,* y de éste a *El libro de las tentaciones,* aunque en el último caso, se trate más de registrar, por lo pronto sin gran preocupación de sucesión cronológica (sin embargo, con un irresistible frenesí), casos y situaciones que, puestos en movimiento por una potencia memorizadora que me asombra por inesperada, se precipitan hacia mí como si irrumpiesen de un cuarto oscuro y cerrado donde, antes, no hubiesen podido reconocerse unos a otros como pasado de una misma persona, ésta, y ahora se descubren, cada uno de ellos, condición de otro y, todos ellos, de mí. Y lo más asombroso es la nitidez con que, letra a letra, se están reconstituyendo en mi cabeza las palabras y los rostros, los paisajes y los ambientes, los nombres y los sonidos de ese tiempo remoto que fue el de mi infancia, de mi segunda infancia, hasta la pubertad. Si fuese supersticioso empezaría a dudar de que una tan súbita y radical mudanza de procedimientos que parecían irremovibles, no sea, simplemente, la naturalísima consecuencia de un miedo hasta ahora más o menos inconsciente: el de ya no tener tiempo para escribir todos estos libros, uno por uno, sin prisas, como quien aún tiene por delante toda la vida.

20 de agosto

Una hipótesis: quizá esta necesidad imperiosa de organizar un recuerdo coherente de mi pasado, de esa siempre, feliz o infeliz, única infancia, cuando la esperanza todavía estaba intacta o, al menos, la posibilidad de tenerla, se haya constituido, sin que lo pensase, en una respuesta vital para contraponer al mundo espantoso que estoy imaginando y describiendo en el *Ensayo sobre la ceguera.*

22 de agosto

Empiezo a entender mejor la relación que la gente joven tiene con los juegos de ordenador y cómo es fácil quedarse aprisionado por el teclado y por lo que va aconteciendo en la pantalla. En los últimos dos días, poco atraído por el *Ensayo,* lleno de espinas, que todavía va por el primer capítulo, me he dedicado a investigar un poco más en una máquina (llamo máquina al ordenador...) que hasta ahora sólo me ha servido para escribir. Así ha sido como me encontré los juegos incluidos en el programa que le fue instalado. Uno de ellos exige mucho de la perspicacia y de la paciencia del jugador, que tiene que escaparse (si puede) de un campo de minas. El otro es el archiconocido *solitaire.* El campo de minas pide tiempo y reflexión, no es cosa para *rambos* aventureros. Lo dejo para otra ocasión. Me sumerjo en el solitario como quien regresa al pasado, pues hace muchos años ya que no lo jugaba. Aquí se acabaron las cartas, no podemos barajarlas, distribuirlas, gozar estéticamente con su ordenación, en colores y valores. El ordenador no tiene manos, manipula no sé el qué y el cómo, es velocísimo, en menos de un segundo escoge y presenta las cartas. Con el sagaz y ágil «ratón», voy retirando de la baraja, arriba, a la izquierda, las figuras de las cartas que pueden entrar, cambiando las posiciones y, como en el antiguo juego, alterno los valores y los colores (en este ordenador mío todo sucede entre el blanco y el negro). Entonces, más aún que con las reales y efectivas cartas, el ordenador se apodera del jugador, le desafía, y cuando le vence nunca se olvida de preguntarle si quiere continuar. Su rapidez de ejecución provoca y estimula nuestra propia rapidez. Pero lo más divertido de todo, y eso sí hace de mí un niño deslumbrado, es cuando se completa el solitario, reunidas las cartas conforme los naipes en cuatro «montoncitos». Mientras jugamos el ordenador nos va atribuyendo una cierta cotización (oscilante en el transcurso del juego) en puntos y contando el tiempo que gastamos y, al final, si completamos el solitario, nos da un «bono», representado por una cantidad variable de cartas que, en mi caso, cuatro veces, sobrepasaron los dos millares. Teniendo como punto de partida, sucesivamente, todas las cartas de la baraja, éstas irrumpen en arcos, a veces de dos tramos apenas, a veces de tres, pero también de cinco, seis, siete, ocho, en espacio que se torna cada vez más estrecho, tal como sobre el agua salta la piedra que contra ella fue tirada en un ángulo casi raso. Confieso que, cuando me enfrento con este nuevo *solitaire,* ya no pienso tanto en la satisfaccción de concluir el juego, sino en la expectativa de aquellos saltos magníficos que, dibujando arcos continuos, se van superponiendo unos a los otros. Y si lucho para obtener más puntos en menos tiempo, no es a causa de un resultado meramente aritmético, sino para gozar una vez más del espectáculo de aquellos soberbios vuelos, de aquellas fugaces arquitecturas. Cuando todo acaba y la pantalla se oscurece, se siente una cierta tristeza.

23 de agosto

Dos cartas más de lectores (¿podré llamarles así?) que me conminan a salvar el alma antes de que sea tarde. Uno de ellos llega al punto de aconsejarme lecturas espirituales: San Juan de la Cruz y Santa Teresa de Jesús..., que fueron escritores, santos y creyeron en Dios. Si Pilar fuese francesa, se deduce de la carta que el consejo sería leer un santo escritor francés, no me imagino cuál. El otro epistológrafo es más patriota: me conjura a que tome rápido conocimiento de uno de esos varios opúsculos con los que, a causa del *Evangelio,* algunos ciudadanos portugueses tienen ejercido sus apetitos de escritura y su sabiduría teológica. Ya no sé cuál de los dos remata la carta diciendo que rezará por mí. Gracias.

25 de agosto

Otro lector me escribe y éste merece el título. Me cuenta que vivió en China cinco años y que, desde hace un año estudia en una universidad norteamericana para doctorarse en química. Se declara gran admirador de Proust y me pregunta si, tal como hace el autor del *Temps Perdu,* debe utilizar su vida rica en experiencias, palabras suyas, para escribir, pues ser escritor es su sueño. Le digo que tengo serias dudas de que *A la Recherche du Temps Perdu* sea un libro autobiográfico y, si lo hubiese querido ser, concluiríamos que el autor no había ido más allá de la intención... El hecho de que Proust escriba sobre el medio familiar y social en el que vivió, el hecho de introducir en el libro lo que parecen ser episodios de su vida, más o menos traspuestos, pero sobre todo reelaborados por la memoria, no quita un átomo a la evidencia del carácter ficcional y ficcionante de la narrativa. Proust, siendo el escritor que era, nunca se habría sentido satisfecho con lo que se encuentra más a mano, eso que llevó a Alexandre O'Neill a recomendarnos que no contásemos «la vidita...». Proust no escribió una autobiografía, sólo fue en busca del tiempo perdido, no con el designio de dejar recuerdo de una vida, sino para dejar constancia de un tiempo retenido por la memoria. Proust no está interesado en los hechos, sino en la memoria de los mismos. Este mismo lector me confiesa que, por causa de una grave depresión, llegó a intentar suicidarse, pero que hoy ama profundamente la vida. Le respondí que no sé si la vida merece que la amen profundamente, que creo más que es el amor por nosotros mismos lo que nos hace amarla, principalmente si otra vida (alguien a quien amemos y que nos ame) nos va ayudando a encontrar para la existencia un sentido suficiente.

27 de agosto

El último número de un periódico de católicos progresistas, palabra ésta que, en los tiempos que corren, es más o menos sinónima de marginales, llamado *Fraternizar,* publica la carta de un párroco que pide sigilo sobre su nombre y firma, simplemente, Sacerdote en Portugal. El motivo es, y parece ser que no acabará tan pronto, el *Evangelio.* Este cura vio la entrevista que di a Margarita Marante, y le pareció que el entrevistado había mostrado «claridad de ideas y delicadeza en la manera de hablar», que «denotaba cultura y comprensión del misterio de Dios y del hombre» y se puso a leer el libro. Y, habiéndolo leído, escribió la carta. Después de producir algunos comentarios pertinentes (a pesar de ser elogiosos...), dice que «Saramago no es hereje, solamente osó dar voz a los sin voz, a los temerosos de la inquisición moderna, a los medrosos de los "castigos" de Dios». Y añade: «Él [el autor] supone —y en esto es riquísimo— la visión de los no creyentes sobre la Iglesia, vista por dentro, pero desde fuera. Es valioso porque traduce el pensamiento de los que no están en ella sobre lo que es la Iglesia. Es la voz de las personas que se sienten "heridas" por el comportamiento de muchos miembros de la Iglesia y también la condena del comportamiento de la misma, en el sentido de sacrificar las personas a las estructuras». La carta termina: «Es la visión del mundo ante los misterios de la Fe... Quién sabe si un SOS (de la propia dimensión subconsciente del autor que se niega a vivir sin Dios, pero que no lo consigue encontrar...) para que la Iglesia despierte a la novedad y originalidad del pensamiento que no ofende pero pretende un poco más de respetuosa libertad??!!».

Palabras, ¿para qué? Es un sacerdote en Portugal...

28 de agosto

En la parte de la casa que llamamos galería tenemos una planta grande a la que le han nacido ahora dos nuevas hojas. No sé cómo se llama (y tendré que averiguarlo), si da flor (sospecho que pertenece a la clase de las criptogámicas). Su carácter ornamental le viene precisamente de las hojas que son enormes, achatadas, profundamente recortadas y con orificios redondos, en general elipsoides, en lo poco que les queda de tejido continuo. Nunca había pensado en cómo nacerían, pero si alguien me lo hubiese preguntado antes, habría respondido que de la raíz, primero lisas y enteras y, con la edad, tomando el aspecto que finalmente presentan. Pues bien, no es así. Nacen, claro está, de la raíz, pero no separadamente de las otras hojas. Cada hoja nueva se desarrolla al abrigo de la cavidad que recorre, como una cuna, todo el tallo de una hoja adulta y, tras un proceso lento y continuo, de desenrollamiento, que me hace recordar la eclosión y la salida de la mariposa de dentro del capullo de la crisálida, aparece a nuestros ojos enteramente formada, apenas un poco más pequeña que su «ama de leche» y distinguiéndose del verde oscuro de ésta por un verde tiernísimo, casi translúcido. Evidentemente cualquier jardinero conoce estas banalidades, cualquier botánico las explicaría mejor, pero yo acabo de saberlo, y por lo tanto escribo mi carta de descubrimiento.

29 de agosto

Me pregunto si sueño. Desde hace tal vez un año, una señora que vive en Suiza y dice haber sido editora de una revista científica andaba queriéndome visitar en Lisboa, con el pretexto del interés que le merecía mi trabajo. A ella y a un compañero suyo, físico de profesión. Dos o tres veces llegó a estar fijado el encuentro, pero siempre, por una razón u otra, acabó por quedar sin efecto. Aparecieron hoy, finalmente, aquí, en Lanzarote. Les invitamos a comer y ya de entrada supimos que no comían carne de cerdo ni nada en que hubiese mezclados, como fuese, carne y leche. Eran judíos. Verdaderamente no sabíamos a qué venían, qué es lo que les había llevado a hacer un viaje de éstos, pero tras el exordio de una discusión, que yo pretendí llevar en tono de humor, sobre las presumibles culpas de los cerdos, las reales y las simbólicas, noté que el tema central —¡oh, Dios!— iba a ser Dios. Durante más de tres horas, primero en la mesa (conteniendo el plato principal un poco de carne de cerdo fue preciso prepararles deprisa una pasta *al pesto*), después, durante el café, bajo la mirada consternada de Pilar, tuve que dar con ellos la vuelta al universo y a su creador, terminando, vengativamente, por hacerles aterrizar en el mundo y sus miserias, sin olvidar los palestinos. Dicen que los judíos aman la discusión por la discusión, hoy sé que es así: estas dos personas hicieron este viaje y este gasto (miles de kilómetros, hotel, coche alquilado) sólo para saber (él más que ella) lo que pienso de algunos asuntos, como si tal valiese la pena, y me dispenso de jurar que no la vale... No sabría resumir el debate. Si el caos puede volverse más caótico todavía, éste lo fue y en eso se volvió. Él habló en un inglés nada claro, yo el portugués que sé, ella tradujo gracias a lo poco que pudo aprender en Coimbra, hace años, en un curso para extranjeros. Si alguno de nosotros llegó a enterarse de algo del pensamiento de alguno de los otros, entonces Dios hizo un milagro. Cuando se marcharon estaba exhausto. Pilar, fresca como una rosa y, en el fondo saludablemente divertida con todo lo que había pasado, me dijo: «¿Por qué no te acuestas?». Fui derecho a la cama y dormí dos horas. ¿Habré soñado?

30 de agosto

Acabé el primer capítulo del *Ensayo.* Un mes para escribir quince páginas... Pero Pilar, lectora emérita, dice que no me ha salido mal la empresa.

31 de agosto

Pál Ferenc, que enseña literatura portuguesa en la Universidad de Budapest, me anuncia la publicación reciente de *El año de la muerte de Ricardo Reis* en Hungría. Elogia, aunque con algunas reticencias, la traducción de Ervin Székely y recuerda que en el «pasado año académico» (¿el último?) mi visión de la historia portuguesa «tuvo un éxito». Añade, y esto es lo más importante, que «en este momento húngaro nosotros podríamos aprender mucho de su ideario y sus obras y es por eso, además del valor artístico, que cada vez más aprecio sus novelas». Me gusta saberlo, pero me dan ganas de decir que sería más provechoso que estos chicos se dirigiesen a Dios en vez de rezar en el pequeño altar de este santo o, con otras palabras, leyesen directamente ciertos historiadores —los de los *Annales,* los de la *Nouvelle Histoire,* nuestro José Mattoso— en lugar de gastar su tiempo en desenredar la historia que se encuentre en mis novelas. Pero con seguridad habrá para el gusto de ellos una razón: quizá porque de los historiadores sólo se espera que hagan historia y ellos, de una manera u otra, sin sorpresa, siempre la hacen, mientras que el novelista, de quien se espera que no haga más que su ficcioncita de cada día, acaba por sorprender, y por lo visto mucho, si guió esa ficción por los caminos de la historia como se lleva una pequeña linterna de mano que va iluminando los rincones y las esquinas del tiempo con simpatía indulgente e irónica compasión.

1 de septiembre

Cenamos en Puerto del Carmen con Margot y Yechezkel, que así se llaman nuestros visitantes. Continúo sin saber el porqué de este viaje. Yechezkel parece haber decidido que yo soy una autoridad en temas bíblicos, y me hace preguntas inimaginables. Yo me mantengo dentro de los límites de la llamada cultura general. El mero de Los Marineros no merecía esta conversación, si no es antes verdad que la conversación es la que no merecía el mero. A cierta altura, llegué a insinuarles que los judíos son, al final, ateos. Después, habiendo pensado mejor, auxiliadas las facultades cerebrales por el calor de la discusión y por los vapores de vino blanco El Grifo, llegué a una conclusión, osada y, por ventura, definitiva: la de que los judíos pusieron la historia del pueblo judío en lugar de un Dios que no esperan llegar a conocer, y viven contentos así, tanto en los triunfos como en las desgracias, sin miedos de infierno ni ansias de paraíso.

3 de septiembre

En Lisboa. Por la mañana en la RDP para grabar un diálogo con Vasco Graça Moura. El título del programa tiene espíritu, es logrado: «Verdades y otras invenciones». La idea de la entrevistadora, Cristina Ferreira, es simple y estimulante. Consiste en colocar frente a frente a dos invitados que se presume tienen opiniones diferentes, y cuanto más discordantes mejor, sobre cuestiones relacionadas con sus (también presumiblemente comunes) actividades. En este caso y al contrario de lo que yo esperaba, se habló poco de literatura, pero, conforme a lo que prevía, muchísimo de política y de las posturas ideológicas de cada uno de nosotros. Salieron a colación el comunismo, la socialdemocracia, el mundo y su gobierno, el país y quien lo gobierna. Otra vez Lara, otra vez el *Diário de Notícias,* y también, ya que estábamos con las manos en la masa, los ediles de Mafra, en fin, los asuntos selectos de estos últimos meses. Pero algo de nuevo, inesperado y asombroso sucedió: Vasco Graça Moura es de la opinión de que, bien vistas las cosas, yo acabé por obtener beneficios (materiales, claro está, dinero, libros vendidos) en virtud del procedimiento del Gobierno en el caso del Premio Literario Europeo. Me quedé estupefacto y consternado, pero, aun así, conseguí manifestar mi protesta en términos moderados. Desgraciadamente lo absurdo no se quedó en esto. La actitud de Vasco Graça Moura cayó imprevistamente en el escándalo cuando afirmó, palabra por palabra y con toda la convicción, que también Salman Rushdie se ha beneficiado con la condena a muerte: vio aumentadas las tiradas de los *Versículos satánicos,* se hizo conocido en todo el mundo... No consigo entenderlo. Graça Moura es un hombre inteligente, culto, educado, mamó (como dice un autor que él conoce mejor que yo) de la leche de la bondad humana y, a pesar de tantas dotes naturales y tantas gracias culturales, ¿es capaz de producir, con el aire más natural de la vida, una enormidad de éstas?

4 de septiembre

A veces me dan ganas de izar la bandera blanca, subir a las almenas y decir: «Me rindo». No es que yo me vea como una fortaleza, más bien lo contrario, pero sé, como si ella fuese o en ella estuviese, que me andan cercando dos cercos: uno, ya se sabe, es el de los odios, envidias y mezquindades que voy aguantando; el otro, que se va sabiendo, es el de los afectos de muchos que me leen, y ése es el que me derrota. Si este tiempo de mi vida tuviese que llevar un título, bien podría ser el de la película de Pedro Almodóvar: «¿Qué he hecho yo para merecer esto?». Me dirán los más simpáticos: «Bueno, alguna cosa habrás hecho...». ¿Pero esto, unos cuantos libros, valdrá tanto que merezca la cuarteta que me fue dedicada por un pastor de ovejas (seiscientas, parece que tiene el rebaño) del Alentejo? Ésta, leída ayer en la fiesta del *Avante!* y que reza así:

Ten en cuenta la luz de la mente
Cada uno es como es.
Y no puede ser toda la gente
Aquello que cada uno es.

Y como si no fuese bastante, como si no transbordase ya, estaba después firmando libros (tres horas ininterrumpidas de dedicatorias...), cuando se aproximan dos personas, marido y mujer, que colocan delante de mí, con el libro que habían comprado, un cuadernito, un cortapapeles y una nota donde uno y otro estaban explicados... El librito, hecho de papel de sacos de cemento, había sido escrito por Silvino Leitão Fernandes Costa en el campo de concentración de Tarrafal y estaba dedicado en estos términos: «Ofrezco al camarada y amigo T., como prueba de consideración». «T.» era la abreviatura de Teixeira, apellido del hombre que estaba delante de mí, de nombre completo José de Sousa Teixeira, preso, también, como él, en Tarrafal. En cuanto al cortapapeles, lo había hecho Hermínio Martins, ex marinero de uno de los barcos que se rebelaron el 8 de septiembre de 1936. Fue ayudante en la cerrajería de Bento António Gonçalves y murió antes del 25 de Abril, en un sanatorio de la metrópolis. Pensé que todo esto estaba simplemente para serme mostrado y, al devolver el libro firmado, restituí también los objetos. Que no, me dijeron, que eran para mí, como recuerdo y prueba de amistad... Imaginaos cómo me quedé. Agradecí como pude, rodeado por las decenas de personas que esperaban su turno para pedirme una firma y, con palabras o sin ellas, decirme que me quieren bien.

El librito tiene dos títulos y se compone de cuatro partes. El primer título, en la tapa, es «¿Qué será?...», el segundo título, en la página siguiente, anuncia «Cosas de la vida y propias de los hombres». La primera parte la transcribo hoy, las otras en los próximos días (es lo mínimo que puedo hacer en señal de gratitud y para que no se pierda —si algún día estos cuadernos llegan a ser publicados— el recuerdo de un conflicto entre amigos y su algo extraordinaria resolución). Actualizo la ortografía y la puntuación:

«Los libros son cosas preciosas tanto por aquello que dicen como por el esfuerzo de raciocinio necesario para hacerlos.

»Después de hechos, sirven de auxilio al desarrollo cerebral del hombre.

»Se concluye, pues, que es en los libros donde nosotros aprendemos cuanto deseamos. Todo depende de aquello que más nos interese.

»Son además ellos quienes traen hasta nosotros, de una forma concreta y abreviada, toda la experiencia vivida por nuestros antepasados, de la cual nos servimos y serviremos siempre para encarar el futuro.

»Cuando poseemos uno o más libros, significa eso que se encuentran a nuestra disposición y ciertamente los leeremos cuantas veces queramos o necesitemos para la comprensión del sentido que encierran.

»Mientras tanto, incluso aquellos que a veces leemos, aunque su contenido poco nos interese —quiero decir novelas de 4.50 la docena, o cosa parecida—, alguna cosa nos queda grabada en la mente, a pesar de todo.

»Todos nosotros sabemos que es verdad tal hecho.

»Bien, ya va siendo hora de cambiar el "disco".

»Mi objetivo no es hablar sobre libros. Ni siquiera hacerlos o incluso discutir.

»Hasta aquí, simplemente, pretendo subrayar el valor de las cosas escritas.

»Sin embargo, para concretar mejor, haré un paralelo entre la escritura y la palabra.

»Supón que entiendo de electricidad a "Potes" y estuve durante dos horas hablándote del asunto. Seguramente no podrías haber aprendido todo cuanto dije. Pero si escribiese quedaría a tu alcance el asunto y le darías las vueltas que necesitases.

»Ahora dirás tú:

»—¿Pero a cuento de qué viene esto, no me lo decís?

»Después añadirás:

»—¡Hay siempre cada uno...!

»¿Qué mal he hecho yo...?

»Calma..., el resto viene a continuación.»

5 de septiembre

Segunda parte del librito de Silvino Costa:

«Antes de proseguir, te diré más cosas.

»Yo antiguamente, y aún hoy, solía escribir los hechos que me ocurrían. Simplemente nunca, que yo recuerde, los di a leer a otros. No porque eso me costase mucho o chocase con mi manera de ser. Quizá fuera por comodidad. No obstante, como vas a ver, ya he cambiado un poco, aunque ahora ponga mucha atención en los casos, etcétera.

»Por lo demás tú sabes tanto como yo. Un individuo solo nunca podrá analizar acertadamente lo que hace o escribe. Se hace necesario, en la mayoría de los casos, recurrir a la crítica. Bien entendido: a otros que estén a la altura de criticar con justicia.

»Pues bien, siendo así, yo también quedo a tu disposición para oír lo que te parezca acerca de estas mis simples líneas que tratan simplemente de contar un hecho pasado y al mismo tiempo criticarlo.

»Desde luego, deseo que no me confundas con algún "tipo" que tiene o pretende tener aspiraciones literarias. Por lo demás tú verás.

»Es muy natural que encuentres errores tanto en la construcción como en la forma de redactar y aun ortográficos o de puntuación. Pero eso es fruto de la pereza a la que me dediqué durante algún tiempo. De ello tengo pena, pero no lamento. El futuro, después de analizar el pasado, es lo que interesa. Ahora las literatadas las detesto.

»Además de eso, elaboré este trabajo en mucha soledad y lo hice al correr de la pluma.

»Por otro lado no supongas que te voy a dar consejos; no los necesitas.

»Solamente haré esto: narraré un hecho y lo comentaré con lo que me plazca decir.

»Al narrarlo no supongas que lo hago resentido. No. Me di a este trabajo, simplemente, para darte a conocer de un modo franco y claro los malos efectos que producen ciertas acciones que a veces ponemos en práctica, todos, y que nos colocan en un grado casi comparable al de los animales irracionales.

»Claro está, todo esto es natural. Todos somos hombres. No obstante, muchas veces nos olvidamos de que poseemos raciocinio. Y esto es tan notorio como es cierto que el medio en que vivimos es muy diferente de aquel otro de fuera, también aún, imperfecto.»

Vimos ayer *El sol del membrillo* de Víctor Erice. Lento, como es lenta toda la creación (Dios fue un caso excepcional). La película es, toda ella, una reflexión sobre el arte de componer, así se trate de espacios, de volúmenes, de tiempos, de colores o de palabras. La cámara rodea al modelo (las hojas, los frutos), al pintor (más el rostro que las manos), la ocupación metódica de la superficie de la tela o del papel. No conocía nada de Antonio López, apenas lo sabía un paisajista y casi naturalista, lo que, para mí no era precisamente una recomendación... Pero viéndolo en su trabajo, fue creciendo en mí un enorme respeto que, probablemente, deberá ser el sentimiento más importante en toda la contemplación. Decidimos, Pilar y yo, que vamos a plantar en Lanzarote dos membrilleros. A uno le daremos el nombre de Antonio López, al otro el de Víctor Erice.

En Santiago de Compostela para el Congreso del PEN Club Internacional. Hasta ahora no he visto a ninguno de los portugueses a los que el programa menciona: Ana Hatherly, Matilde Rosa Araújo, Casimiro de Brito, Wanda Ramos. Quitando a Matilde, los mismos de siempre, los «apoderados» del PEN... Camilo José Cela vino a la sesión solemne de apertura y se fue. Torrente aún no llegó, igual que Sábato. Pero ya estuvimos con Jorge Amado y Zélia. Él parece estar en camino de una buena recuperación.

Llueve en Santiago.

7 de septiembre

Tercera parte de los desahogos de Silvino Costa:

«Entrando, finalmente, en el asunto.

»Tú te acuerdas, sin duda, del camino que diste a la tabla. La quemaste, ¿no es cierto?

»—Pero ¿qué tiene que ver este hijo de puta con la tabla? ¿Acaso era suya?

»¡Ya viene otro a meterse en mi vida!

»¡So cabrones! ¡Dejadme en paz...!

»Soy yo quien supone que dirás esto, mientras tanto disculpa la exageración.

»Por lo demás, de esto de aquí no va a nacer ningún juicio. La cosa en sí no tiene importancia, ni yo se la di, como podrás suponer.

»Sin embargo, continúa leyendo: esta historia pasó, se podría decir, sin que yo tuviera la culpa directamente. Ya lo verás.

»Para encuadernar, o poner tapas, necesité de una tabla y utilicé para eso aquella donde los chavales se divierten jugando al dominó. Pero a cierta altura salí; y cuando volví continué con mi trabajo. Pasados unos instantes, ya el mal estaba hecho, verifiqué que la tabla no era la misma. Me la habían cambiado para jugar. Les pregunté: ¿esta tabla es de fulano? Respondieron afirmativamente. Y yo un poco enfadado les dije: ¡buen servicio, so cabrones! ¡Ahora va a haber una discusión por causa de esto, y vosotros sois los responsables...!

»Pasados unos instantes pensé en el caso y hallé un remedio, la tabla tiene que ser aplanada y después se pule y queda nueva. Él ni se dará cuenta. Descansé con esta solución.

»Sin embargo después tuve cosas que hacer y no volví a acordarme. Descansé, de hecho.

»Pasados unos días —uno o dos—, te das cuenta de los desperfectos, estabas irritado y zas. La tabla al fuego.

»Yo no sabía.

»Al entrar en la barraca me pusieron al tanto y hasta de una manera que me chocó.

»Claro, no creerás que yo soy tan sentimental que hasta haya llorado. Eso no. Es más fácil que reviente.

»Sólo con un violento ataque de nervios sería fácil que se me suelten las lágrimas.

»Pero en este caso me conmoví al ver que los chavales me comunicaban el caso con tristeza o entonces era uno de aquellos momentos en los que no se tienen ganas de reír. ¡Pero no! Se quedaron afectados momentáneamente.

»Pues bien. Está el hecho relatado. Ahora vamos al capítulo de las conclusiones.

»Yo no te dije nada en aquel momento porque vi que estabas un tanto alterado y, además, porque ya había reconocido, y esto desde el principio, mi abstracción para no ver que la tabla era más pequeña.

»Intenté ensayar un nuevo proceso de solución. Fui a ver a un carpintero y le llevé un papel —que tú debías haber visto— con las dimensiones de la tabla, más o menos; pero el carpintero me dijo que sí y hasta hoy. Esto a pesar de haberle dado a entender que tenía urgencia.

»Intentaba decirte algo a esas alturas. Pero hasta hoy no apareció la tal tabla y no he querido esperar más tiempo.

»Y ahora repara, ¿no habrías hecho mejor si hubieses guardado la tabla? Primero, buscabas quién había sido el caballero o el granuja, y después le decías: amigo, quiero estos desperfectos fuera y para otra vez más respeto por aquello que es de los demás. Yo entonces te daba la razón y la dejaría como nueva.

»De esta manera no solucionaste nada. Reaccionaste como una chispa, repentinamente, y la acción es condenable.

»Claro está, el "auto de fe" fue hecho a la tabla e íntimamente no sé si a mí. Sin embargo, como no ardí fue la tabla quien sufrió.

»Yo también tuve ese comportamiento aunque de un modo diferente y con mucha menos frecuencia. Recuerdo además situaciones semejantes, sólo en circunstancias de no poder partirle la cara al causante de mi alteración nerviosa.

»Pero repara que la prisión me ha modificado algo en ese aspecto, no obstante sienta de vez en cuando aquí dentro la "bestia".

»Sin embargo hoy me quedo enfadado cuando dejo que se note que estoy tenso.

»¿Y por qué?

»Porque sé que nuestros compañeros, esto es, nuestros camaradas, se preguntan en seguida a sí mismos: "¿Qué ha sido?", "¿qué pasa?", "¿hoy está malhumorado?"

»Y esto, que podrá parecer un embrollo, no lo es.

»Y tú sabes, también como yo, lo que es.

»Es una realidad forzada.

»Y para qué, analiza.

»Aquí, en el campamento, se encuentran camaradas presos, hace cuatro, cinco, seis, siete, ocho, nueve años, por lo tanto conviviendo unos con los otros y resulta que existe una familiaridad muy grande entre todos ellos. Todos, bien entendido. En aquella parte, que es la mayoría, que ha sabido portarse con dignidad en las horas en que el "Colete" aprieta, sabiendo unirse a las convicciones que posee para, con valor, soportar toda la casta de bajezas que ciertas bestias fieras, que por aquí han pasado, nos han infligido.

»En consecuencia, está bien claro. No seremos perfectos, pero poseemos ya algo que es necesario para perfeccionarnos más.

»Y ahora dime: ¿te parece razonable, nosotros que somos jóvenes y que seremos mañana futuros hombres, que estemos cultivando la neurastenia o por lo menos dándole coba? ¡Indudablemente no!

»Claro que todo depende de la manera de ser, se nos dirá. Pero repara que si no andamos ya con predisposición para los actos repentinos creo que tendremos tiempos de ponderar.

»Cuántas veces dan ganas de echar fuera la bilis, pero por otras razones mucho más justificables y hombres mucho más duros que nosotros se encogen.

»Mira que no es por miedo. Es porque se acuerdan de que somos camaradas.

»Es cierto, esta palabra camarada está muy generalizada. Pero tómalo en cuenta, tú que lo sabes bien.

»Su significado es cualquier cosa más altiva y digna que aquello que ciertos zapateros de la política dicen o aun lo que otros imbécilmente puedan decir.

»Por eso, querido amigo, la vida y el papel que dentro de ella tenemos que desempeñar es mucho más importante que estas pequeñas acritudes de las que a veces somos víctimas.

»No te preocupes con tales niñerías y haz cuanto sea posible para desviarte de esos momentos de descontrol que el tiempo de prisión nos ocasiona y en los que dejamos de ver a nuestros camaradas, para ver en ellos a los hombres vulgares, de allí afuera, de los cuales muy equivocadamente Albino Forjaz de Sampaio hace consideraciones.»

Danza por el Ballet Gallego Rey de Viana. Mezcla de folclore y muchos de los tópicos más cansinos de la danza clásica. El resultado no es brillante, y algunas veces llega a ser deprimente. La culpa no la tienen los bailarines, en general tanto cuanto puedo apreciar, con una preparación razonable. La culpa la tiene la incoherencia del proyecto artístico, agravada por una invención coreográfica que no va más allá de lo elemental.

Llueve en Santiago.

8 de septiembre

Cuarta y última parte del cuadernito de Silvino Costa:

«Ahora casi estoy obligado a pedirte disculpas, reconocer que ya he sido muy extenso. Es lo que sucede a quien poco conoce sobre la redacción.

»Llegué, finalmente, a las conclusiones, como te había dicho. Estoy convencido de que es mejor esta forma que si me expresase verbalmente.

»Tiene el objetivo, además de hablar de cosas que por todos nosotros pasan, también de darte a conocer de una forma honesta y concreta mi opinión. Te parecerá justa o injusta.

»Segundo: me ha servido de ejercicio de redacción. Aunque yo no pretenda ser abogado o cosa semejante.

»Tercero: te dará la facilidad de concluir concretamente mi propósito y creo que no encontrarás, en él, aspectos destructivos.

»Encontrarás carencia de buen portugués en la redacción, etcétera. Sin embargo el asunto no está fuera de lugar ni es presuntuoso.

»Y, para finalizar, porque ya va siendo hora, añadiré que nunca constituirá forma de proceder resolver nuestros asuntos, incluso los más íntimos, por la brutalidad.

»Nadie mejor que nosotros podrá darse cuenta de sus delitos y corregirlos. Es una cuestión de voluntad y de disposición.

»Supongo que he sido claro y, además de eso, espero no haber usado formas imperativas que hubiesen dado origen a una mala interpretación de lo que me había propuesto hacer.

»Y es todo.»

Es todo. Se dirá que es la historia de una insignificancia. ¿Pero habrá, en un campo de concentración, insignificancias?

En la cena ofrecida por Carmen Balcells y en la que estuvieron presentes, además de nosotros, Jorge Amado y Zélia, Nélida Piñon, João Ubaldo Ribeiro y Berenice, Alfredo Conde y Mar, António Olinto y su mujer, y también

Pilar Vázquez Cuesta, Jorge, desde el otro lado de la mesa, quiso saber dónde estaré hacia mediados de octubre... A buen entendedor pocas palabras. ¿Pero creerá Jorge, de hecho, en lo que quería sugerir? Felizmente nadie se enteró ni de la pregunta ni de la respuesta, en la que hice lo posible por mostrarme desentendido.

En estos viajes hay siempre libros regalados por las llamadas entidades oficiales. Pienso que estos libros sólo existen para eso, para ser regalados. El ofrecimiento viene normalmente acompañado por la tarjeta de visita del ofertor, con o sin añadido de palabras amables. Ya me ha ocurrido recibir libros con dos tarjetas, quizá tres, pero con nueve, como hoy, nunca. Éste de ahora se llama *Santiago, camiño de Europa,* y debe de ser bonito. Está aún por abrir. En cuanto a las tarjetas empezando del menor hacia el mayor, vinieron de las siguientes personas a quienes, evidentemente, agradezco: Salvador Domato Bua, secretario general del arzobispado; Iago Seara Morales, director general del Patrimonio Histórico y Documental; Félix de la Fuente Andrés, vicecomisario; Fernando López Alsina, vicecomisario; Serafín Moralejo, comisario general; Jaime Terceiro Lomba, presidente del Patronato de la Fundación Caja de Madrid; Daniel Barata Quintas, consejero de Cultura y Juventud; Antonio María Rouco Varela, arzobispo de Santiago de Compostela; y, finalmente, Manuel Fraga Iribarne, presidente de la Junta de Galicia... Guardaré para siempre la tarjeta del arzobispo, que ni se imagina a qué manos ha venido a caer el nombre de su sagrada persona, con mucha coherencia impreso en color violeta...

Llueve en Santiago. Llueve mucho en Santiago.

9 de septiembre

El gran acontecimiento de hoy fue la llegada de Salman Rushdie, aquel escritor que, en opinión de Graça Moura, sacó ventajas sustanciales de su condena a muerte... Estuvimos con él media hora, por detrás de una muralla de seguridad. Rushdie me pareció un hombre sencillo, sin señal de sofisticación o vedetismo. Si ya era así antes de que Alá lo hubiese fulminado, no sé. Me agradeció la carta que le escribí hace dos años, citó pasajes de la misma. Manifestó su esperanza de que las dificultades políticas y económicas con que Irán se debate actualmente contribuyan para la anulación de la sentencia, pero insiste en que la presión de la solidaridad internacional continúa siendo tan necesaria como en los primeros días. Soy menos optimista que él en cuanto a las probabilidades de un desenlace feliz de esta absurda historia. Aunque el Gobierno y las autoridades religiosas de Irán anuncien el cancelamiento de la *fatwa,* Rushdie quedará siempre a merced de un fanático deseoso de entrar en el cielo por la puerta principal. Sin olvidar que los riesgos de un atentado pasarán a ser mayores a partir de ese día: despedida la seguridad, Salman se volverá más vulnerable que cualquier ciudadano común...

Continúa lloviendo en Santiago.

10 de septiembre

Se contaba con que Rushdie hablase en la asamblea del PEN Club y así fue. De improviso, con tranquilidad, como quien nunca tuvo dudas sobre el fondo y las formas de la cuestión. Fue aplaudidísimo. Los delegados que después pidieron la palabra para preguntas tampoco dejaron dudas en cuanto a su solidaridad personal e institucional. Pero la ironía trágica vino a continuación. Como si la situación de Rushdie no estuviese allí para servirles de lección o fuese una mera hipótesis académica, los escritores serbios, bosnios y croatas presentes se comportaron como enemigos mortales. Manda la verdad decir, sin embargo, que los provocadores fueron los serbios cuando pretendieron que pasase en silencio una proclamación de dos de ellos (no presentes en Santiago) llamando a la muerte de millones de adversarios. Y después me dicen que exagero cuando afirmo que el hombre no tiene remedio...

Coloquio con Torrente. El mano a mano se desarrolló como se esperaba. Dijimos algunas cosas serias y, de camino, nos divertimos y divertimos a la asistencia que llenaba el auditorio del Hostal de los Reyes Católicos. Torrente es adorado, pero yo me pregunto si también lo sería en el caso de que su novela *Los gozos y las sombras* no hubiese sido adaptada a televisión...

Llueve en Santiago.

11 de septiembre

Cena de clausura del congreso en el Convento de San Lorenzo, donde, según los decires de una lápida, Carlos V habitó algunas veces. Para mi sorpresa teníamos nuestros lugares en la mesa de Fraga Iribarne. Estaban también Torrente y Fernanda, el presidente del PEN Club Internacional, Ronald Harwood, y su mujer, una Natacha alta y elegante, rusa, pero sólo por haber nacido allí, y el rector de la Universidad de La Coruña, con quien mantuve una larga conversación, tan variada que hasta tocó el tenis... Después me dijeron que pertenece al Opus Dei... Harwood, cuando nos despedíamos, me dijo que Rushdie le había hablado del encuentro que tuve con él. Curioso. No pensé que hubiese sido cosa para recordar...

Mañana volvemos a Lisboa. Llueve en Santiago. «Llovió» en Santiago de Chile hace veinte años.

13 de septiembre

Un tal José Manuel escribió en *O Dia* del 4 de este mes: «José Saramago, diviértase, que la vida son dos días. Me queda la esperanza de que, cuando muera, muera de una vez. Su cadáver no hará falta alguna, excepto a los saprofitas de la literatura que generalmente sólo sirven para polucionar la atmósfera cultural del país».

Este Jose Manuel sin apellidos de familia, si pudiese, hacía «llover» en Lisboa.

14 de septiembre

Mañana operación de cataratas.

15 de septiembre

Operación pospuesta para noviembre. Los enfermeros del Instituto Gama Pinto, disgustados por haber sido obligados a gozar las vacaciones en agosto, resolvieron, con notable unanimidad democrática, darse de baja por enfermedad. Que los enfermos propiamente dichos padezcan por causa de estos pobres egoísmos corporativos es indiferente a los denominados profesionales de la enfermería...

Leo con preocupación la noticia de que estaré en Estrasburgo entre el 4 y el 8 de noviembre para la primera sesión del Parlamento Internacional de Escritores. Veo ahora que, en la cabeza de Christian Salmon, mi palabra de aceptación, hace tiempo, fue tomada como una garantía de presencia, hipótesis en la que yo nunca había pensado y de la que ahora no sé cómo huir, tanto más cuanto que tomó mi nombre y lo puso en el «comité» que apadrinó la idea de fundar este parlamento. El único modo de satisfacer un compromiso que no acepté sería hacer una parada en Estrasburgo después de Münster, pero de ello resultaría inevitablemente un nuevo aplazamiento de la operación, dado que tendré que estar en Roma entre el 17 y el 19 para el Premio de la Unión Latina, con un posible desplazamiento a Turín, antes o después. Y el día 27 partimos para Manchester, Edimburgo, Liverpool y Londres... Empieza a parecerme absurda esta manera de vivir.

17 de septiembre

Frustrada la operación, pensé en seguida que podría escaparme a Lanzarote y quedarme allí estos días hasta el viaje que tendré que hacer a París el día 28. No puede ser. Hubo dificultades de comunicación con la editora Seuil cuando se trató de alterar los pasajes, y aquí estoy yo, contrariado, irritable, aparentemente como un niño a quien le hubiesen quitado el juguete preferido. No es esto, sin embargo. La verdad verdadera, por mucho que me cueste reconocerla, es que no me siento bien en Lisboa, como si no fuese la ciudad que, mejor o peor, veía como mía. Ése es el problema: no la veo, no la siento.

Un súbito pensamiento: ¿será Lanzarote, a estas alturas de la vida, la Azinhaga recuperada? Mis deambulaciones inquietas por los caminos de la isla, con su algo de obsesivo, ¿no serán repeticiones de aquella ansiosa búsqueda (¿de qué?) que me llevaba a recorrer por dentro las represas del Almonda, los olivares desiertos y silenciosos al atardecer, el laberinto de Paul de Boquilobo?

24 de septiembre

El ordenador ha estado averiado durante estos días. No sé si por causa de su falta anduve de humor intratable toda la semana. Sobre todo por sentirme incapaz de escribir de otra manera. Hoy ya pude adelantar la conferencia para Tenerife. El trabajo no es nada sin las herramientas.

26 de septiembre

Comida con Torrente Ballester. Estaba Fernanda, su mujer, también Zeferino, Vítor Branco y Filomena, y Rui Rocha, del *Expresso.* Después vinimos a casa, sólo con Zeferino, y nos quedamos charlando hasta las diez de la noche. La memoria de Torrente no es, por cierto, un pozo sin fondo, sin duda Fernanda ya ha oído infinitas veces los mismos recuerdos, sin embargo, nosotros, sólo ahora iniciados, nos sorprendemos a cada momento con la nitidez de las evocaciones, la gracia de un discurso que, por el tono, puede, de vez en cuando, parecer sentencioso, pero que, escuchado con atención es, todo él, un proceso de autodesconstrucción. Tenía razón Jorge Luis Borges cuando un día dijo en Buenos Aires, a propósito de una conferencia de Torrente, improvisada: «Ahora sé que una conferencia puede ser una obra de arte».

27 de septiembre

Con Torrente, presentación de la *Muerte del decano* en el Instituto Cervantes. Doscientas personas en la sala, doscientos fervores. Hablé más tiempo del que debía y menos rigurosamente de lo que deseaba. Aún así dos o tres frases pueden haber quedado en la memoria de los asistentes. A pesar de que un poquitín por los pelos conseguí introducir aquella idea mía, luminosa de tan obvia, que es que los muertos en guerra no sirven para novelas policiales porque nadie está interesado en saber quién los mató ni por qué...

29 de septiembre

En París, para el lanzamiento del *Evangelio,* hecho según los modelos franceses: unas cuantas entrevistas para la prensa y para la radio, en este caso también la grabación de un programa de televisión con el esperanzador nombre de *Jamais sans mon livre.* Estuvieron conmigo otros tres autores, franceses todos ellos, y todos a propósito de libros que más o menos tienen que ver con Jesús. Uno de ellos, André Frossard, ya lo conocía por haber leído *Dieu en questions.* Aparentemente es un viejecito simpático (pocos más años debe de tener que yo, pero podía ser mi abuelo...), derramando amor y comprensión universal, pero por detrás de esta máscara se notaba la dureza del católico absoluto y absolutista que cree detentar la única razón y se toma a pecho mostrarlo de una manera que llega a rayar en la insolencia. Otro, Jean-Claude Barreau, autor de una *Biographie de Jésus,* es un antiguo cura, un *défroqué,* que dejó la sotana por amor. Me avisaron de que es bastante «fascista». Fue consejero de Mitterrand y hoy es asesor de Charles Pasqua en los asuntos de inmigración. Expuso unas cuantas generalidades sobre Jesús y la Iglesia, y en cuanto a lo de «fascista», no quedó claro: de cualquier manera estar al lado de Pasqua no es, propiamente, lo que se puede llamar una buena recomendación. De los tres el más capaz, inteligente y sensible me pareció ser Jean-Claude Carrière, que ha escrito una novela con el título de *Simon le mage.* Trabajó durante veinte años con Luis Buñuel. No hablamos mucho, pero ese poco bastó para entendernos. Al despedirnos me dijo: «Continuemos...». En lo que a mí respecta reconozco que no estuve en mis mejores días: acabado de llegar, con mi escaso francés oxidado por la falta de uso, me defendí como pude. Ojalá haya sido, al menos, suficiente.

30 de septiembre

Nicole Zand, que trabaja para *Le Monde,* persona, por lo que se dice, muy capaz y crítica sutil, me deja siempre la impresión de que no oye lo que le dicen y, encima, hace esfuerzos porque se note. Para quien, como yo, pone cuanto sabe en una entrevista y de la misma, invariablemente, sale cansado, las ganas de sacudir a la señora y hacerla mirar de frente y preguntar de frente es casi irresistible. Diferente fue un joven marroquí, Marti Kabal, del periódico libanés publicado en Londres *El Ayat,* que hizo preguntas serias con un rostro atento y serio, preguntas políticas (sobre Europa, sobre todo), a quien procuré responder sin rodeos porque el hombre merecía toda la sinceridad. Sin embargo, lo mejor de todo fue lo de la Radio Suisse Romande, con Isabelle Ruff, yo en París, ella en Lausanne, un largo y denso diálogo que me dejó agradecido e intelectualmente gratificado...

1 de octubre

El día empezó bien, con Antoine de Gaudemar, de *Libération*. Este Gaudemar es hoy, tanto cuanto puedo saber, uno de los mejores periodistas culturales franceses, de París, por lo menos. Ya de entrada me dijo que, desde su punto de vista, el *noyau dur* de mi libro es el episodio del templo, cuando el joven Jesús va a interrogar a los doctores (le sale un escriba, para el caso tanto daba) sobre la culpa y la responsabilidad. No faltó mucho para que mi gratitud transbordase más de lo que la discreción permite... Fue, y espero que en la publicación se note, una espléndida entrevista. Después, en un taxi, bajo la lluvia y en medio de un tránsito infernal, fui con un fotógrafo de *Lire* a hacerme unas fotografías en el Sacré-Coeur, en el interior mismo, mientras se desarrollaba un oficio religioso, entre beatos y turistas, la música vulgar, la palabra melosa, la máquina católica funcionando a todo tren, aquella arquitectura odiosa, aquel odioso espíritu. La idea era hacer una fotografía muy provocadora, y no dudo que se haya conseguido: apenas podía dominar la sonrisa irónica que me descomponía los labios cuando, entre cirios ardiendo, ante una estatua sansulpiciana de Santa Teresa de Lisieux, iba siendo bombardeado por el *flash*. Viéndome allí, una pareja francesa de media edad se aproximó para preguntarme si yo era quien vendía las velas... Que no, que disculpasen no tener esa suerte. Volví deprisa al hotel, fui a comer con otro periodista, Manuel de Carcassone, que me exprimió bien exprimido, casi sin zumo para el resto de la tarde: una entrevista para la Radio Belge, con Marc Rombaud, otra no sé bien para dónde, con Bruno de Cessone. Acabé exhausto.

2 de octubre

Lo imposible sucede. Desde Lisboa me llegó la voz del inefable Artur Albarran con una invitación para participar en un programa sobre los portugueses que más gustan a los portugueses, según empezó diciendo, para después enmendarlo en «los portugueses que a los portugueses les parecen más populares». Como estaba medio dormido pospuse la respuesta para el lunes. Por lo visto mis colegas en celebridad son el industrial Belmiro de Azevedo, el político Carlos Pimenta, el animador Herman José, el corredor Pedro Lamy y el futbolista Futre. Con esa su risa fina e inteligente a Albarran le hacía mucha gracia el hecho de que aparezca en la televisión de la Iglesia, que es la del programa. La gracia será mucho mayor cuando le diga que, una vez que a la TVI le pareció entender como un deber prohibir la publicidad del *Evangelio,* el autor del libro entiende que tiene el deber de rechazar la invitación...

Almuerzo con Zélia Gattai y Jorge Amado, cena con Prado Coelho. Me despedí de París hablando en portugués.

4 de octubre

Ni Yeltsin, ni Rutskoi. Tambor uno, caja de sonido el otro. Los muertos fueron muchos, la locura total. ¿Dónde están los hombres nuevos prometidos por la Revolución de Octubre?

Pilar me pidió tanto que no diese a Albarran la razón verdadera de mi negativa que no tuve más remedio que decir, simplemente, que no podía estar presente. El desconcierto fue total. Inmediatamente me telefoneó Baptista-

Bastos (que por lo visto trabaja en la TVI), usando la influencia que un amigo puede tener. Aguanté firme. Y por la noche, otra persona volvió a llamar, una mujer cuyo nombre no se me quedó, para sugerirme que podría participar en el programa vía satélite. Evidentemente rehusé, no ya a causa de las razones que tengo y mantengo, sino porque me pareció ridículo, absurdo, idiota, ocupar tiempo de un satélite para decir media docena de banalidades.

Mañana volvemos a Lanzarote. ¡Uf!

6 de octubre

En una entrevista que dio a la revista *Ler.* Eduardo Prado Coelho hace una declaración curiosa (es lo menos que se puede decir) como respuesta al reparo de Francisco José Viegas de que yo «tenía razón cuando decía que los pequeños países europeos van a ser perjudicados por los grandes, en relación con la CE...». Dice Eduardo: «Yo tuve, varias veces, tanto a la mesa de almuerzos y cenas, como en actos públicos, ocasión de debatir con José Saramago —siempre en términos simpáticos, amables y con aquel sentido de diálogo, de apertura de espíritu y de tolerancia que Saramago siempre mostró en las conversaciones que tuvimos— la cuestión europea. Y, de hecho, Saramago tenía opiniones que, a veces, me irritaban y con las cuales discordaba profundamente. Quizá algunos de sus argumentos debiesen ser más tenidos en cuenta. No digo para estar de acuerdo con ellos, sino para, de cierto modo, avanzar hacia la construcción europea de una manera más sólida y más eficaz». ¿Dormitaban la inteligencia, la lucidez, de Prado Coelho, normalmente tan despiertas, cuando estas palabras le salieron de la boca? ¿Se dará cuenta ahora, ante la página impresa, de que lo que dice no tiene sentido ninguno? Dejando de lado su cauteloso y diplomático «quizá», parece claro, para Eduardo, que algunos de mis argumentos debieron tomarse en cuenta. Ahora bien, si merecían esa atención (¿de quién?, ¿de Cavaco Silva?, ¿de Delors?, ¿del propio Eduardo?), no se entiende cómo, en la misma frase, se insinúa que «tener en cuenta» no es lo mismo que «estar de acuerdo». ¿O es posible, en fin, «no estar de acuerdo» y «tomar en cuenta»? Parece, en todo caso, que mis modestos argumentos, nacidos no de lo alto de coturnos intelectuales de los que no presumo, sino del simple sentido común y de la simple observación de la Historia, podrían haber servido para tornar la construcción europea «más sólida y más eficaz»... En fin, sólo tengo que dejar pasar el tiempo. Llegará el día en que Eduardo descubrirá la dimensión de su engaño. Ojalá entonces no sea demasiado tarde para Portugal. Si eso tiene alguna importancia. Mientras tanto, alguna cosa se ha ido ganando: Eduardo ya se irrita menos...

7 de octubre

El Nobel ha sido para una escritora norteamericana negra, Toni Morrison. Ignorante como soy de lo que se hace literariamente en el mundo de lengua inglesa, su nombre me era totalmente desconocido. Pero, valorando las declaraciones de la premiada y por lo que he podido saber ahora de su vida, el premio ha sido muy bien dado. Hay traducciones de libros suyos en España: voy a intentar ponerme al día.

8 de octubre

Un semanario francés, *France Catholique*, me envía unas preguntas sobre el *Evangelio*, el mío. Quieren saber cuáles fueron los criterios que adopté en relación a las informaciones contenidas en los Evangelios, bien tomándolos literalmente, bien modificando los actos, las palabras, la cronología, los lugares, y por qué inventé no sólo en los «silencios» del texto, sino también en el cuerpo de lo que fue «auténticamente transmitido». También quieren saber si ignoré ciertamente aspectos esenciales de la tradición judaica, particularmente la Ley recibida en el Sinaí, que «no es un catálogo de promesas, sino un contrato *reçu et conclu* entre el Pueblo y Dios». Y preguntan más: qué experiencia me llevó a dar, en Dios como en los hombres, tan gran lugar al mal, al pecado, al remordimiento, y ninguno al perdón; si considero las guerras nacionalistas y las luchas políticas como medios menos nocivos o alienantes que la profesión de fe de los creyentes; si, significando evangelio *buena nueva,* pienso que el título es adecuado al libro; y, finalmente, por qué razón retiré a María de la cruz.

¿Qué voy a responder? Primero, en cuanto a los criterios, que usé los del novelista, no los del teólogo o del historiador. Segundo, que un contrato decente debe expresar y armonizar la voluntad de las dos partes. Tercero, que antes de Jesús ya los hombres eran capaces de perdonar, pero los dioses no. Cuarto, que no se deben confundir las guerras (nacionalistas u otras) con las luchas políticas y que, por encima de todo, es necesario respetar la «santidad de la vida». Quinto, que el título nació como nació, y que no hay nada que hacer. Sexto, que sólo en Juan la madre de Jesús está presente, Mateo, Marcos y Lucas ni siquiera la mencionan.

9 de octubre

Un tanto más desenvueltas las respuestas definitivas fueron las siguientes:

Primera: ¿Qué debo entender por un cuerpo «auténticamente transmitido»? Entre los evangelios de Mateo, Marcos, Lucas y Juan hay diferencias y contradicciones universalmente reconocidas. Si se considera que esas mismas contradicciones y diferencias forman parte del «cuerpo», entonces no debería ser motivo de escándalo que alguien, interpretando los documentos evangélicos, no como una doctrina, sino como un texto, intente encontrar en ellos una nueva coherencia, problematizante y humana. Mis criterios fueron, por lo tanto, los del novelista, no los del historiador o del teólogo.

Segunda: Un contrato verdaderamente digno de ese nombre y mucho más si va a condicionar radicalmente la vida de un pueblo, como la Ley recibida en el Sinaí, tendría siempre que respetar y conciliar la voluntad de las dos partes concernidas. No creo que se pueda afirmar que sea éste el caso: Dios impuso sus condiciones —el Viejo Testamento es, todo él, una demostración de poder divino— y el pueblo judío las aceptó. A eso no lo llamaría yo un contrato, sino un *diktat*.

Tercera: Simplemente el espectáculo del mundo. Jesús, hijo de un Dios y padre de un Dios (¿será necesario decir que el Dios del que hoy hablamos está hecho a imagen y semejanza del Hijo?), no inventó el perdón. El perdón es humano. Y el único lugar de la trascendencia es, quizá, la más inmanente de todas las cosas: la cabeza del hombre.

Cuarta: No es legítimo confundir las guerras (y no tan sólo las nacionalistas) con las luchas políticas. Lo que llamamos lucha política es una consecuencia lógica de la vida social. Por otro lado yo no considero nociva o alienante la profesión de fe de los creyentes. Tan sólo entiendo que es mi derecho y mi deber debatir cuestiones que formaron y continúan formando, directa o indirectamente, la sustancia misma de mi vida. Como he dicho, no soy creyente, estoy fuera de la Iglesia, pero no del mundo que la Iglesia configuró.

Quinta: El título de mi libro nació de una ilusión óptica. Estando en Sevilla, al atravesar una calle en dirección a un quiosco de periódicos, *leí,* en medio de la confusión de las palabras y de las imágenes expuestas, *El Evangelio según Jesucristo.* Este título, por lo tanto, me fue *dado,* y como tal lo mantuve, siendo, no obstante, consciente de su doble inadecuación: primero, porque mi libro no es realmente una *buena nueva* para quien estuviera más atento al «cuerpo» que al espíritu; segundo, porque Jesús no escribió nunca su propia vida. Quizá si la hubiese escrito (perdonado me sea ahora este pecado de orgullo) encontrásemos en ella algo de lo que yo mismo escribí: por ejemplo, la conversación con el escriba en el Templo...

Sexta: Sólo en el *Evangelio según San Juan* la madre de Jesús está presente en el martirio y muerte del Hijo. En los otros evangelios las mujeres (y entre ellas nunca es mencionada María) asistían de lejos. Yo no estaba allí, pero estoy dispuesto a jurar que Jesús murió solo, como *solos* tenemos que morir todos.

Punto final. Todavía acabo dando en teólogo. ¿O ya lo soy?

10 de octubre

En el mismo número de la revista *Ler,* en el que salió la entrevista con Eduardo Prado Coelho, se publican los resultados de una encuesta que intentó averiguar, en un universo de «dos mil encuestados, de ambos sexos, seleccionados aleatoriamente entorno a un conjunto de individuos de edad comprendida entre los quince y los sesenta y cinco años, residentes en el Continente y distribuidos por todas las regiones del territorio», los siguientes puntos: 1) ¿leyó algún libro el año pasado?; 2) ¿cuál es el libro que leyó el año pasado?; 3) identifique tres autores contemporáneos que conozca; 4) ¿cuáles son los tres autores portugueses que considera más importantes?

Los resultados me dejaron confundido, incrédulo y agradecido, una mezcla de reacciones donde, a pesar de todo, encuentro lugar para un cierto sentimiento de irritación porque *esto* no puede ser verdad o, siéndolo (se acostumbra decir que los números no mienten...), es una verdad que me da malestar y ganas de esconderme. Así me entero de que soy el «autor que disfruta de mayor popularidad», que el *Evangelio* fue «el libro contemporáneo más leído en el último año» y que, como si estas demasías aún fuesen poco, me consideran «el autor más importante», por delante (¡oh, Dios mío!) de Pessoa, Eça de Queiroz, Torga, Camilo Castelo Branco, Camoens, Namora, Vergílio Ferreira, Garrett, Júlio Dinis, Agustina Bessa-Luís, Aquilino Ribeiro, Cardoso Pires, Manuel da Fonseca, Esteves Cardoso, Natália Correia, Florbela Espanca y Herculano, lo cual demuestra que los números, en resumen, mienten con cuantos dientes tienen en la boca...

Sin duda más importante de lo que ahí ha quedado es el artículo también publicado en *Ler* por José Augusto Mourão, con el título «Ética y literatura». José Augusto Mourão, que es universitario y dominico, analiza el *Evangelio* desde un punto de vista al mismo tiempo «teológico» y «académico», mezcla que llega a ser fascinante, pues tuve que preguntarme algunas veces quién estaría escribiendo, si el profesor o el monje. Por todos los motivos no me atrevería a discutir con él: el libro *sabe* más que yo, que se defienda... Agradecido, sí, transcribo el último párrafo del artículo: «A los perros del Señor (incluso a los dominicos) no compete ladrar a la luna de un texto inmóvil, hecho fetiche *(noli me tangere)* que sangraría porque lo tocábamos. Su función es la crítica, no la ordalía. Es porque reconocemos que hay interferencias entre este tipo de discurso y el discurso creyente, que debemos argumentar, dialogar, estableciendo la buena distancia que la crítica instaura para que la iniciativa semántica no nos esté ya en el bolsillo y nada pudiésemos recibir de nuestro interlocutor. La partición de las voces es necesaria, aunque eso pese a las castas del poder sacerdotal y teológico. Transportamos una memoria, sin duda. Pero la memoria suscita un cuerpo, un contexto sensible donde decirse. Y es ese contexto que exige una palabra nueva. Y no hay palabra nueva que no venga marcada por el fuego o por el viento».

11 de octubre

El editor noruego de los *Versículos satánicos,* William (¿?) Nygaard, de la editorial Aschehoug, fue alcanzado por tres tiros y se encuentra en estado grave. Alá tiró a matar, pero parece haber fallado esta vez.

13 de octubre

Ayer, en Puerto de la Cruz (Tenerife), una conferencia en el Instituto de Estudios Hispánicos. Sala llena, mucha gente interesada en oír lo que tenía para decirles el escritor portugués residente en Lanzarote. El tema *Descubrir al otro, descubrirse a sí mismo,* un pequeño recorrido reflexivo que empezó en los descubrimientos y acabó en la intolerancia, cayó bien en una asistencia que ya venía predispuesta a gustar del orador. Los aplausos fueron fuertes y prolongados. En verdad, las cosas que digo no tienen nada de extraordinario, pero tocan fondo en las conciencias, de una manera que me sorprende. También me sorprendió, y mucho, el remate de la sesión. Estaba anuncido el Coro de la Universidad de La Laguna y yo, resignado, deseaba que no me agrediesen demasiado los oídos ni durante mucho tiempo. Agresión no hubo y el tiempo pareció cortísimo. El Coro de La Laguna tiene voces excelentes, una afinación impecable, un sentido de tiempo que no se encuentra muchas veces en profesionales. Quizá porque yo estaba presente, prometieron dos composiciones portuguesas, y resultaron ser brasileñas... Después confesaron que nunca habían tenido la oportunidad de estudiar música portuguesa. Les prometimos que les enviaríamos algún material. Vamos a ver lo que se podrá encontrar: aparte de canciones populares, algo de Luiz de Freitas Branco, de Cláudio Carneyro, de Jorge Croner de Vasconcelos, de Lopes-Graça. Y el *Lusitano* que está perfectamente en su línea.

14 de octubre

António Abreu me envía desde Lisboa la respuesta del comisario João de Deus Pinheiro a las preguntas hechas hace tiempo en el Parlamento Europeo por los diputados Klaus Wettig, Miranda da Silva y Coimbra Martins sobre el caso tristísimo de la prohibición que cayó sobre el *Evangelio* de la mano católica e imbécil de Sousa Lara. La prosa es burocrática, gris, produce bostezos, como sería de esperar. He aquí la parte final del documento: «Las autoridades portuguesas modificaron su posición en cuanto a la exclusión de un libro de José Saramago de la lista propuesta al jurado europeo. Este incidente aislado y ya rectificado no puede servir para justificar una actitud de desconfianza de cara a los procesos de selección fijados por las autoridades nacionales. En lo que respecta a una eventual revisión de los procesos de atribución de los premios, las reglas de organización prevén que: "Antes de finales de

1992, el Comité de los Asuntos Culturales analizará, a la luz de la experiencia adquirida, las eventuales adaptaciones que consideren necesario introducir en las presentes reglas". El Comité de los Asuntos Culturales dio, en efecto, inicio a los debates a finales de 1992, considerando más oportuno aguardar hasta el final de 1993 para tomar una decisión definitiva».

¡Santísima hipocresía! João de Deus Pinheiro bien podía haber añadido que manifestó su caluroso apoyo a Sousa Lara con ocasión de un banquete de homenaje y desagravio ofrecido por los amigos y correligionarios del aprendiz de Savonarola...

Me telefonea Isabel Colaço para informarme que fue firmado antes de ayer por la RTP el contrato para la producción del documental sobre mi persona, con destino a «Artes y Letras». Nunca creí que esta historia saliese adelante: ahora sólo falta que Judas telefonee también, diciendo que el *D. João II* ha recibido la bendición de José Eduardo Moniz... El realizador que Isabel Colaço piensa invitar es João Mário Grilo y, como responsable por la definición y concepción del programa, a Clara Ferreira Alves o, no pudiendo ella, a Torcato Sepúlveda. Les respondí que con esos nombres quedaré tranquilo.

17 de octubre

Javier y María «inauguraron» ayer su casa, festejando al mismo tiempo el reciente cumpleaños de Javier, cuarenta y un años, una juventud. (Al escribir este número me acordé, súbitamente, de que por esa misma edad escribí un poema, *Lugar-comum do quadragenário,* que no resisto a transcribir aquí. Era así:

Quince mil días secos que han pasado,
Quince mil ocasiones que se perdieron,
Quince mil soles inútiles que nacieron,
Hora a hora contados
En este solemne, pero grotesco gesto
De dar cuerda a relojes inventados
Para buscar, en los años que olvidaron,
La paciencia de ir viviendo el resto.

¿Cómo veo esto treinta años después? Sonrío, encojo los hombros y pienso: «Qué cosas se dicen a los cuarenta años...».) Cerrado el paréntesis vuelvo al asunto. María y Javier resolvieron invitar amigos para la fiesta y la casa se llenó de gente, a la mayor parte de la cual yo no conocía ni de vista. Pero no es ésta la cuestión. La cuestión es que confirmé la tremenda dificultad que tengo para convivir con personas a las que aún no he tenido tiempo de conocer, y más cuando el ambiente hierve en música alta y palabras que tienen que ser gritadas. Me sentí la persona más sin gracia, más sin espíritu, que es posible imaginar, y no me restó otra salida que desaparecer discretamente e ir a hacer compañía al perro que, en nuestra casa, sufría de abandono como sólo creo que pueden sufrir los perros.

19 de octubre

Del Smith College, de Massachusetts, me llega una invitación para ir allí en abril. Habrá un encuentro sobre las relaciones culturales entre España y Portugal, para el cual piensan invitar también a Luis Mateo Díez. Dicen que lo ideal sería que cada uno hablase de su propia obra y después nos uniésemos en una mesa redonda para hablar de las relaciones culturales. La invitación viene firmada por Alice R. Clemente, profesora de español y portugués y de Literatura Comparada, que no deja saber, por el nombre, si es portuguesa o española. Añade que habló con otras universidades y que tanto la Brown University (donde enseña Onésimo de Almeida) como la Vanderbilty University se mostraron «muy entusiasmadas».

¿Qué hago yo? Protesto que no quiero salir de Lanzarote, que ya no aguanto más una vida de literato viajante, que estoy dispuesto a rechazar todas las invitaciones que se me aparezcan... e inmediatamente, a continuación, ante una llamada de éstas (digo «llamada» porque es así como lo entiendo), la firmeza vacila, la muralla abre brechas. Apenas hace unos días había recibido una invitación para la Feria del Libro de Buenos Aires, a finales de marzo, y ahora se me aparece ésta, más atractiva aún. ¿Qué decido?

20 de octubre

Les dije que sí, señor, que iré, siempre y cuando paguen el viaje a Pilar. Las negativas, si llegan, como preveo, resuelven el problema, porque a ella no le gusta viajar, y me dan a mí el mejor de los motivos para rechazar las invitaciones.

23 de octubre

Eppure si muove. Mañana nos vamos a Alemania: presentación y lecturas del *Evangelio* en Colonia y Frankfurt. Después Amsterdam, entrevistas, después Amberes, atribución y entrega del Premio Stendhal, después Münster, estreno de la ópera, después Lisboa, operación, Premio Vida Literaria, curso en el Centro Nacional de Cultura, lanzamiento del libro de José Fernandes Fafe, después Roma, Premio Unión Latina. Sólo volveremos a Lanzarote el día 20 de noviembre. Mientras tanto queda todo a la espera: la conferencia para Sevilla, la novela aún en sus principios, la correspondencia que se va acumulando...

24 de octubre

En Düsseldorf estaban esperándonos, para llevarnos a Colonia, una pareja joven a la que después no volveríamos a ver. Ella hablaba un francés fluido, lo que facilitó la comunicación. Mejor que no hubiese sido así. Cansado del viaje, desinteresado por cualquier asunto que no se relacionase con una habitación de hotel, me gustaría haber hecho el camino en silencio. Pero ella debe de haber pensado que no sería una buena «relaciones públicas» si no hablase sin parar: la tortura duró casi una hora.

25 de octubre

Lectura del *Evangelio,* con Ray-Güde, en una librería cerca del hotel. Recinto lleno, personas sentadas en el suelo, otras que no consiguieron entrar. Unos cuantos portugueses y brasileños, en su mayoría residentes en Colonia, pero algunos vinieron de localidades próximas. Una portuguesa de edad, con un gorro en la cabeza, me besó las manos llorando. Sólo decía: «Gracias, gracias».

26 de octubre

En tren a Frankfurt. El Rin, bajo un cielo gris, no pudo lucirse mucho. Los castillos iban desfilando, uno a uno, negros como cuervos, los bosques ablandaban convenientemente las montañas, el peñasco de Lorelei, cuando apareció, quiso tomar un aire romántico, las barcazas se deslizaban en silencio al ras del agua imágenes sin sorpresa, ya vistas antes, y a las que, probablemente, sólo la imaginación puede dar todavía alguna vida. Era como si no hubiese en aquello ninguna realidad, como si fuesen piezas de un museo sólo a duras penas mantenidas en sus lugares.

Nos instalaron en uno de esos hoteles que a cada paso se encuentran en Alemania, antiguas casas de familia que conservan la atmósfera, el olor y el alma de otro tiempo. El huésped tiene la llave de la puerta de la calle, vuelve a sus horas y sube a la habitación con la impresión de estar en casa. El único inconveniente es que, en general, no hay ascensor: esta vez fue necesario subir las maletas cuatro empinados pisos, y siendo la confianza tal —estamos aquí como en familia—, no hay en el cuadro del personal un empleado para hacer ese servicio, por muy cansado que el viajante se declare. Como ángel protector, Teo Mesquita ayudó a izar el equipaje hasta el cuarto que estaba reservado para el matrimonio Saramago. Teo ayuda siempre, le parece que nació para eso.

La lectura, en la Literaturhaus, fue magnífica. Tuve la suerte de contar con la colaboración de un actor, Jochen Nix, y el resultado me dejó rendido y agradecido. Quizá la lengua alemana sea dura, áspera, gutural, quizá tenga realmente esos defectos, si lo son. Lo que sé es que las palabras del *Evangelio* dichas de aquella manera (yo iba siguiendo la lectura en el original), resonaron en mis oídos con una energía nueva, no apenas leídas, sino anunciadas, allí mismo nacidas y proclamadas. Las cerca de doscientas personas que llenaban la sala oyeron, durante dos horas, en un silencio total, cortado de vez en cuando por murmullos de aprobación, algunos pasajes de la vida que inventé para Jesús. Los aplausos fueron muchos y prolongados. Una hermosa noche. (Entre los libros que autografié había un ejemplar de la edición de *Memorial* en hebreo...) El diálogo que siguió a la lectura no se limitó a cuestiones literarias: también se habló de intolerancia, de racismo, de cosas mucho más duras que la lengua alemana. A cierta altura metí una frase de efecto que espero haya quedado en algunas memorias. Se hablaba del imparable flujo de inmigrantes a Europa y yo dije: «Si el centro no va a la periferia, irá la periferia al centro». Con otras palabras: Europa está hoy «cercada» por aquellos a quienes abandonó después de haberlos explotado hasta las propias raíces de la vida.

27 de octubre

En un desayuno con periodistas me pidieron que comentase la denominada «muerte del comunismo». Me lancé a una respuesta que prometía ser larga y probablemente confusa a aquella hora de la mañana, pero de repente interrumpí el discurso y resumí de esta manera: «En Francia, en los tiempos de la monarquía, cuando el rey moría, aparecía siempre un cierto dignatario de la corte que anunciaba y al mismo tiempo proclamaba: "*Le roi est mort! Vive le roi!*". Creo, señores míos, que no van a faltar razones para que empecemos a pensar en decir: "¡El comunismo ha muerto! ¡Viva el comunismo!"». Los periodistas, todos ellos, pusieron aire de germánicamente entendidos...

Cinco horas de automóvil de Frankfurt a Amsterdam. Una estafa para Teo, mal servido por una generosidad que nunca se cansa, pero que no puede dejar de cansarlo a él: a aquellas cinco horas iba a tener que añadir, por lo menos, otras tantas, puesto que, después de dejarnos en el hotel, regresó en seguida a Frankfurt. Y todo por causa de *una* entrevista... Decididamente, los editores (en este caso Aberderspers) abusan de los pobres escribas, siempre con volteretas absurdas, y ésta lo ha sido como pocas. Al final, gracias a este mi carácter que sólo es rudo aparentemente, acabó por parecerme que el viaje había valido la pena: el editor, Roland Fagel, es un muchacho simpático y sencillo, reencontré a Herrie Lemmens, mi traductor, y el restaurante donde cenamos —*Le Restaurant tout court,* así se llama— tiene un óptimo cocinero, que es el padre de Roland... Pero el cansancio que yo llevaba dentro de mí cuando regresamos al hotel no es explicable con palabras.

28 de octubre

Herrie y su mujer, Ana Maria, portuguesa, nos llevaron en coche a Amberes a través de un paisaje sin alma, monótono, de un lado y del otro el *plat pays* de Jacques Brel. Cuesta trabajo creer que estos lugares hayan producido aquellos fabulosos pintores paisajistas del siglo XVII. Salvo si —y eso es lo más probable— los campos de hoy tienen poco que ver con lo que entonces fueron. Es verdad que algunas veces la pintura sirvió para reconstruir ciudades arrasadas (Varsovia, por ejemplo), pero no creo que ningún paisaje haya sido reconstruido según una imagen pintada. Sin hablar, claro está, que la fidelidad de los pintores a los modelos, humanos o no, siempre fue menos que relativa...

En Amberes reunión del jurado del Premio Stendhal. Me divierto con el aire compenetrado del Lord Presidente, debutante en estas andanzas, pero no queriendo que se note. Los relatores comunican las razones de los jurados de cada sección, después sigue un debate que no sirve para nada, porque las decisiones ya están tomadas. Trastorné esta dulce paz cuando quise saber los motivos por los cuales el premio «Realidad y Sociedad Europea», para la prensa, sólo contempla el tratamiento de temas económicos y políticos relacionados con la CE, sin ninguna sombra de preocupación por las consecuencias de la integración en el plano cultural. Acababa de poner, evidentemente, un huevo de Colón, pero les tomó un tiempo comprenderlo. Después quedó más o menos aceptado que se iba a pensar en eso.

29 de octubre

Una sorpresa llegada de Francia: Dominique Wolton, un *directeur de recherche* del CNRS, que, con mucha más claridad y fundamentación repitió, ante una platea de eurócratas pequeños y medios, las preocupaciones que he ido manifestando estos últimos años acerca de la integración europea, de las entidades nacionales y de los nacionalismos. Fue una corriente de aire fresco que barrió el interior nebuloso de aquellas endurecidas cabezas. Y, una vez más, a tal punto es obvia la inquietud que viene royendo la aparente placidez de los discursos institucionales, los asistentes rompieron en aplausos, como en circunstancias semejantes, con perdón de la inmodestia, se ha aplaudido a este portugués. Hablando después con Wolton supe que en breve saldrá un libro suyo en el que se desarrollan las tesis que acababa de exponer resumidamente. El libro se llama *La dernière utopie: la naissance de l'Europe democratique*, y, sobre la marcha, decidí recomendarlo a la editorial portuguesa Caminho, incluso sin haberlo leído. A ver si se empiezan a comprender unas cuantas cuestiones elementales.

Por la noche, después de cenar, cambio de gabardinas. Dentro de la mía todas nuestras llaves. Hablaré con alguien de la Fundación Adelphi para que traten de averiguar quién fue el que me dejó con una gabardina donde cabrían dos como yo.

30 de octubre

Llegamos a Münster para el estreno de *Divara,* mañana. Por la noche, en el café del teatro, una lectura más del *Evangelio.* Mucho público. Una portuguesa vino a propósito de Heidelberg para asistir al espectáculo. La lectura fue muy bien: la presentación de Ray-Güde, como de costumbre, sobria y eficaz, mis intervenciones eficaces también, aunque bastante menos sobrias (no consigo privarme del placer de las digresiones: lo que vale es que al final acaba por encajar todo), y la participación de un actor, Starcke-Brauer, que hizo un trabajo magnífico.

31 de octubre

Triunfo. Quince minutos de aplausos. El espectáculo es arrasador, tanto por la música de Azio Corghi (superior a la de *Blimunda,* en opinión de este simple oyente), cuanto por la puesta en escena de Dietrich Hilsdorf, que lleva la acción dramática a un paroxismo que llega a rozar lo insoportable. Confieso que habría preferido menos «invasiones» de la sala, porque no creo que la participación del público sea más viva por el hecho de que se le «agreda» directamente por el contacto o por la proximidad inmediata de los actores. Pero esta incomodidad no disminuye en nada la grandeza del espectáculo. Digo grande en todos los sentidos: musical, plástico, interpretativo.

Me informaron que el Teatro de San Carlos de Lisboa fue invitado, pero ni siquiera respondió. Ah, patria querida, héroes del mar, nación valiente e inmortal...

1 de noviembre

En Lisboa para la operación y la entrega del premio. También el coloquio en el Centro Nacional de Cultura y la presentación de un libro de José Fernandes Fafe.

2 de noviembre

Reenviado desde Lanzarote, recibo un fax de Eugénio Lisboa en el que transcribe un billete de Georges Steiner con afirmaciones tan extraordinarias como la de que *El año de la muerte de Ricardo Reis* es mejor que *Os Maias* de Eça de Queiroz... Está visto que la calidad del paño no evita las manchas. Me parece, francamente, que *El año...* es un libro que el tiempo va a respetar, pero de ahí a decirse que es superior a los *Maias* me parece una falta de respeto.

4 de noviembre

Regreso a casa. La operación fue bien, pero todavía tendré que esperar mucho antes de recuperar la visión que, por otra parte, dudo que me sirva de gran cosa, teniendo en cuenta que los problemas de la mácula no tienen remedio.

Llegaron de Italia críticas a *Divara,* todas favorables. Compensan la noticia de *El País,* totalmente imbécil.

8 de noviembre

Días sombríos, con el ojo tapado y el humor cerril. Pero hoy sucedió algo a lo que se podrá llamar, cuando sea iniciado el proceso de mi canonización, «el milagro de las llaves»...

El caso fue el siguiente: salí con Pilar, por la mañana, para unos recados (Instituto Gama Pinto, editorial Caminho), y después nos separamos, yo para comer con Luiz Francisco Rebello, ella para ir al *Expresso,* llevándose Pilar las llaves de la casa (las otras, las que están en poder de Maria do Céu cuando estamos fuera), puesto que yo debería llegar más tarde. Sin embargo no fue así, ella no había vuelto, retenida en el periódico. Para entretener la espera recogí el correo en la tienda de al lado, que el cartero siempre deja allí, al cuidado del señor Manuel y de doña Irene. Había algunas cartas, periódicos, la rutina de todos los días, y un pequeño paquete, de esos almohadillados por dentro, que contenía (se notaba palpándolo) una pequeña caja. Los sellos eran belgas, el matasellos de Bruselas. Inmediatamente bajó sobre mí el Espíritu y me secreteó al oído: «Son tus llaves». Y lo eran. En el exacto momento en que yo las necesitaba para entrar en casa, allí las tenía, en una cuna de porexpán para que no hiciesen ruido por el camino. El desconocido que se llevó mi gabardina me abría, desde lejos, la puerta de mi casa.

Pero la historia no para ahí, puesto que los milagros nunca vienen solos. Apenas había acabado de entrar, suena el teléfono y ¿quién era? La secretaria de la Fundación Adelphi, para informarme que ya había conseguido comunicarse con el hombre de la gabardina y que... La interrumpí para contarle lo que acababa de suceder, anunciándole al mismo tiempo que al día siguiente despacharía la gabardina cambiada, ahora que ya tenía la dirección de su legítimo propietario. Nos reímos mucho. Sólo me queda esperar que el belga, tan solícito enviándome las llaves, me restituya con igual prontitud mi gabardina...

11 de noviembre

Coloquio en el Centro Nacional de Cultura. Hicimos —Lídia Jorge, Cardoso Pires y yo— lo mejor que sabíamos y podíamos, pero el público no quiso ayudar: pocas preguntas y ninguna interesante. A cierta altura faltó la luz, tuvieron que encender velas. Al final fuimos a cenar a Bénard: una buena cena y una conversación aún mejor. Para no variar, cuando nos despedimos, nos preguntamos los unos a los otros: «¿Por qué no nos vemos con mayor frecuencia?».

12 de noviembre

Entrega del Premio Vida Literaria. Manuel Frexes, subsecretario de Cultura, hizo declaración pública de que «José Saramago es una gran figura de la cultura portuguesa», añadiendo: «Ésta es nuestra posición». Como el plural, en persona tan sencilla como él parece ser, no podría ser mayestático, se entiende que «nuestra» se refiere a la Secretaría de Estado, incluyendo, supongo, al secretario de Estado en carne y hueso... Así corren los tiempos y el descaro. Cuando Manuel Frexes vino a saludarme, tuve el cuidado de decir, muy claramente, esto: «Saludo a la persona que usted es, no a la persona que aquí representa». Y él: «¿Por qué?». Como la explicación completa iría a atrasar el inicio de la sesión, me limité a responderle: «Porque con el secretario de Estado Santana Lopes ni una miga de pan». Puso una cara desolada, murmuró: «No diga eso...», y allá se fue a ocupar su lugar, a la izquierda de Mário Soares. No hubo oportunidad para que yo aclarase que aún sería capaz de compartir con Santana Lopes *mi* última miga de pan, pero no aceptaría nada del *suyo*...

Hubo animación en los discursos. En lo que a mí corresponde, hablé de respeto y de falta de respeto, dije que ceremonias como ésta son muy bonitas, pero que es más allá de la puerta donde se conocen y juzgan los comportamientos. Sobre Lara, ni una palabra, pero recordé al público que el secretario de Estado había puesto un proceso a José Blanc de Portugal por haberle llamado, cuando la metedura de pata de los «conciertos de violín de Chopin», imbécil musical. Mucha gente no lo sabía. En ese momento Manuel Frexes secreteó a Mário Soares que la queja había sido retirada... Y como David Mourão-Ferreira, en las hermosas palabras que pronunció, de homenaje a Zé Gomes (Urbano Tavares Rodrigues había evocado antes a Manuel Ferreira), aludió a una frase escrita por él en el primer numero del boletín de la APE («Entre personas de calidad, las diferencias sólo sirven para unir»), me permití llamar la atención de los circunstantes hacia la condición *sine qua non* expuesta por José Gomes Ferreira, esto es, que las personas indicadas fuesen «de calidad». Como todos los asistentes tenían cara de buenos entendedores me paré ahí, pero no haría lo mismo Mário Soares quien, con ese su aire fingidamente distraído del alcance de las palabras que va profiriendo, exprimió complacidamente la herida que yo había abierto, declarándose satisfecho por la «autocrítica» del subsecretario de Estado y por el «reconocimiento público de una injusticia» allí expresado... Una noche plena.

Cenamos en el Varina de Madragoa con Carlos do Carmo y Judite. Me dijeron que hay un productor (otro más) interesado en llevar el *Memorial* al cine. Y que el realizador en que están pensando es Bertolucci... Cuando la limosna es grande, ya se sabe, el pobre desconfía. Pero si esto llegase a confirmarse (lo que dudo francamente), ¿tendría fuerzas suficientes para resistir la tentación?

16 de noviembre

Viaje a Roma. Por tercera vez cumplo años en el aire, entre Roma y Lisboa. La primera en el 90, fue cuando el desprendimiento de retina, con el ojo vendado y camino de una operación de pronóstico dudoso y, por lo tanto, imaginando lo peor, pero, en el fondo, con este velo de optimismo incurable que recorre felizmente la masa oscura de mi congénito pesimismo, si del mismo puede ser prueba, sólo para dar este ejemplo, el hecho de que nunca fui un niño alegre.

17 de noviembre

Reunión del jurado del Premio Unión Latina. Ganó Torrente Ballester, pero fueron duros los trabajos para convencer de la bondad de la elección a un Antonio Tabucchi, que defendía con uñas y dientes la candidatura de Luigi Meneghelo, escritor más que estimable, pero sin la dimensión de Torrente.

Cena en casa de Rita Desti. Allí fui sorprendido telefónicamente por Maria Luisa Cusati: me invita a ir a la Universidad de Nápoles en febrero. Y, ya en el hotel, Pablo Luis Ávila preguntándome, desde Turín, si quiero ir, en abril o mayo, a la primera universidad que me hizo doctor *honoris causa*... Que un «doctor» tiene, para con su universidad, obligaciones, que yo aún no he empezado a cumplir...

19 de noviembre

Por la mañana, en Campidoglio, en el Palazzo dei Conservatori, encuentro de Torrente Ballester con la juventud de las escuelas. Pero hablaron tanto los que, debiendo hablar, bien podían haber sido más comedidos, que el tiempo casi no dio para el premiado. En cierto momento (ya había sucedido lo mismo el año pasado) nos salió un profesor con aires de Catón mal dispuesto queriendo saber por qué motivo a Torrente y a mí nos caía tan bien lo «fantástico», baldón que, a su entender, denunciaba nuestro temor ante las duras realidades de lo presente. La culpa de la diatriba fue mía, pues antes había intentado demostrar las diferencias entre el «realismo mágico» latinoamericano y el mundo ficcional de Torrente. Gonzalo le respondió secamente. Mientras él hablaba, me pasó por la cabeza una imagen que después traduje más o menos así: «Lo real es el mar. En él hay escritores que nadan y hay escritores que se sumergen. Pero el agua es la misma». El profesor se fue con el rabo entre las piernas, pero el público no aplaudió tanto cuanto yo había esperado...

Por la noche, en la Academia de Romania, Torrente pudo por fin brillar. De pie, amparado por el inseparable bastón, hizo un discurso sabio y humanísimo, como ya no se estila. Habló de Dante, de Ariosto, de su Galicia natal, de Sertorio («Donde yo, Sertorio, esté, estará Roma»), evocó a los soldados romanos que se reunían en los peñascales de Finisterre para oír el ruido del sol al caer en el mar... La platea lo escuchó fascinada, los aplausos no querían acabar.

Cena en la embajada. Estuvieron Carmélia, Jorge y Zélia, el matrimonio Lozano de la Academia Española, Rita Desti y, milagro de los milagros, en atmósfera de armisticio tácito, llegando incluso al diálogo, Giulia, Beppe* y Luciana Stegagno Picchio... Bajo mi ala protectora, pero probablemente también por razones que ellos conocen, parece haber principiado el deshielo de los representantes máximos de los dos clanes de lusitanistas enfrentados desde la

* Se refiere a Giulia Lanciani y a Giuseppe (Beppe) Tavani, ambos profesores de la Universidad de Roma. *(N. del T.)*

noche de los tiempos. Estaba igualmente Maria Barroso, esposa de Mário Soares, que había venido para una reunión en el Vaticano sobre la situación de los niños en el mundo. Y también estaba el embajador ante la Santa Sede, António Patrício, que, sin mucha sutileza, me preguntó cuál iba a ser mi próximo tema religioso. Le respondí que no era la religión lo que me interesaba, sino el poder, y que Dios, y quien en su nombre jura, sólo me preocupaban como exponentes superiores, máximos, y de algún modo inalcanzables, del Poder. Entonces, este embajador, que ciertamente cuenta con todos los beneplácitos de la Iglesia, los formales y los otros, se atrevió a decir, contrariando su estatuto de impersonalidad, que, más que ir a los orígenes del cristianismo, como fui en el *Evangelio,* por lo que debería interesarme era por el poder efectivo, real, cotidiano, de la Iglesia católica, hoy. Que sí, respondí, que si fuese embajador ante la Santa Sede, como él es, con seguridad sabría cosas que serían útiles para una novela con papas y cardenales. Con finísimo espíritu António Patrício dijo: «¿Quién sabe? Quizá lo llegue a ser un día», demostrando de esta manera cuán fácil es para un diplomático no decir lo que piensa. De otra madera está hecho Nunes Barata, que hizo una bellísima (y sincera, hay cosas que no se pueden fingir) salutación. Tampoco yo estuve mal en el agradecimiento. Jorge Amado se conmovió. En el remate dejé un recado a los italianos discordes: hagan las paces y trabajen juntos, qué diablos. No fue tan directo como eso, pero se entendió.

20 de noviembre

Regreso a Lanzarote. La impresión, intensísima, de estar volviendo a casa.

21 de noviembre

Telefoneó desde Nueva York una profesora universitaria, Yvette Biro, que quiere hacer un guión cinematográfico sobre *La balsa de piedra.* Me dice que envió, por correo urgente, hace un mes, una carta en la cual me explicaba sus ideas, pero que esa carta acababa de serle devuelta con la indicación de «no reclamada», o algo por el estilo. Que va a reenviármela. Insistió en que el asunto tiene para ella una gran importancia, tanta que se dispone, estando yo de acuerdo, a venir a Lanzarote en enero para charlar. Le dije que sí, que puede venir cuando quiera, hablar no compromete y satisface la curiosidad.

Mone Hvass, la traductora danesa, está aquí. La habíamos invitado hace tiempo. Vino a descansar y trabajar en los puntos dudosos del *Evangelio.*

23 de noviembre

El tiempo está horrible, con viento y grandes chaparrones. Los meteorólogos dicen que se trata de una gota fría. (Informa el *Larousse* que «gota fría es el nombre dado a las corrientes frías que quedan aisladas de su origen en el frente polar. Cuando son envueltas por una capa más caliente generan fuertes depresiones atmosféricas que a su vez provocan lluvias intensas y vientos fuertes».) Mone, que venía contando con el sol, encuentra su Dinamarca en Lanzarote.

24 de noviembre

Llegó la carta de Yvette Biro que es, ahora me he enterado, profesora de la New York University Graduate

Film School. No sé qué haré. Cuando acabé de leer me dieron ganas de coger el teléfono y decirle: «Empiece a trabajar». Y no porque ella hubiese hecho desaparecer mis viejos miedos a las versiones, transposiciones y adaptaciones de obras literarias (de las mías hablo, claro está) al cine. El impulso nació del tono particular de la carta, escrita por alguien de obvia sensibilidad e inteligencia, cualidades éstas que son, con la bondad, las que más me gusta encontrar en las personas. Esta mujer, húngara de nacimiento, tiene detrás de sí una hoja de servicios seria: trabajó con Zoltan Fabri, Márta Mészaros y, sobre todo, con Miklós Jancsó, el realizador del *Salmo rojo* que recuerdo haber visto en París. Me envió un libro suyo, *Mythologie profane - cinéma et pensée sauvage,* que ya hojeé y me parece muy interesante. Vamos a ver. Si ella quiere conversar, conversaremos. Y, quién sabe, quizá yo me deje convencer.

También llegó, vía fax, un proyecto de contrato de opción de derechos para la adaptación de *Memorial.* Viene del productor que me prometió a Bertolucci... ¿Cómo iría a poner una firma en un papel cuyo contenido sustancial enteramente desconozco? Lo más que haré es decirles: «Primero aseguren la participación de Bertolucci, después hablaremos».

25 de noviembre

¿En qué punto está el *Ensayo sobre la ceguera?* Parado, durmiendo, a la espera de que las circunstancias ayuden. Pero las circunstancias, incluso cuando parecen propicias, no pierden su volubilidad natural, necesitan de una mano firme y buena consejera. Hasta final de año (por causa del viaje a las tierras del Más Antiguo Aliado, y después las fiestas, con la casa llena de gente), no tendré más remedio que dejarlas a su aire (hablo de las circunstancias, claro) pero a continuación trataré de atarlas corto. Mientras tanto voy escribiendo unas cuantas cosas como esta que la revista *Tiempo,* de Madrid, me pidió, sobre la anunciada creación del Parlamento de Escritores:

«No es raro que el destino de una buena idea, por faltar los medios necesarios para ponerla en práctica, acabe siendo el de las buenas intenciones que no fueron atendidas por una voluntad fuerte. Tengo, evidentemente, motivos para creer que la voluntad no faltará a los impulsores y apoyantes del Parlamento de Escritores, entre los cuales me cuento, y que la idea de su creación, siendo también una buena intención, no prolongará la lista de frustraciones y malentendidos en que ha sido fértil la intervención cívica (¿o deberemos decir política, en sentido pleno?), de aquellos a quienes se designa por intelectuales. Con una condición: que este Parlamento Internacional de Escritores se considere reunido en sesión permanente, esto es, que el hecho de su existencia sirva para estimular una participación cotidiana y efectiva de los escritores en la sociedad, al mismo tiempo que va recibiendo alimento y sustancia de esa misma participación. El buen Parlamento no es aquel en el que se habla, sino aquel en el que se oye. Los gritos del mundo llegaron finalmente a los oídos de los escritores. Vivimos los últimos días de aquello que, en nuestro tiempo, se llamó «compromiso personal exclusivo con la escritura», tan querido por algunos, pero que, como opción de vida y de comportamiento es, esencialmente, tan monstruoso como sabemos que es el compromiso personal exclusivo con el dinero y el poder...»

28 de noviembre

Llegada a Manchester. Me pregunto cómo irán a ser estos días, entre ingleses y escoceses desconocidos, salvo mi precioso Giovanni, que estaba esperándonos en el aeropuerto. Nos instalaron en Didsbury, en Broomcroft Hall, en una casa para profesores de paso e invitados de la universidad. La habitación es sobria y suficiente, la calefacción central sofocante. Al final de la tarde hubo una recepción ofrecida por el rector. Bastante gente: portugueses, los lectores, Lígia Silva y Luís Vilela, y unas cuantas personas más, además de los catedráticos de portugués, español y francés. Clive Willis, jefe del departamento de Estudios Hispánicos, me ofreció, con algunas postales, «para ayudar a los recuerdos», una fotocopia de un dibujo de William Blake representando a Camoens antes de Ceuta, esto es, aún con los dos ojos intactos... Como todo el mundo, me he habituado tanto a la imagen canónica de nuestro épico que debo haber acabado por tomar su media ceguera como marca de la genialidad. Sólo así se explica el sobresalto que experimenté al ver aquella cara banal, igual a la de todo el mundo. Pero había también un sentimiento de enternecida compasión, como si ambos estuviésemos en la víspera de la batalla en la que él va a perder el ojo y yo lo supiese, pero él no. La recepción duró tres horas. Me cansé de sonreír, del esfuerzo de parecer inteligente. El tiempo es frío, gris. La noche empieza a las cuatro y media de la tarde.

29 de noviembre

El viento corre en todas direcciones en las calles de Manchester, pero el frío avanza en una sola dirección: la de los huesos de cualquier ser vivo que se atreva a poner el pie en estas calzadas. Mientras esperábamos a Luís Vilela, que nos daría una transida vuelta por la ciudad, entramos en el museo. Pequeño, desarreglado y en obras. Si toda la pintura que tiene es la que estaba a la vista, la visita no vale la pena, salvo para escapar de las asperezas del tiempo en invierno. Curioso, no obstante, observar cómo los pintores ingleses menores del siglo XIX y de los primeros años de éste trataban el desnudo femenino: por debajo de una materia lisa, que parece proteger el cuerpo de las concupiscencias del pincel, se nota algo así como una sensualidad mal refrenada, capaz de cebarse furiosamente en el modelo a la menor distracción. Fue quizá esta duplicidad (ésta y otras) lo que caracterizó a la Inglaterra victoriana y a sus tortuosas maneras de vivir, tanto las públicas como las subterráneas.

Conferencia en la Witworth Art Gallery. Para sorpresa general, y la mía mayor que la de todos, había más de cien personas asistiendo. Entre ellas Alexandre Pinheiro Torres y Eugénio Lisboa, venidos, respectivamente, de Cardiff y de Londres. Y había gente que había venido de Leeds, de Liverpool, de Birmingham. El invitado Saramago fue presentado por Clive Willis, excesivamente, como es regla en estos casos. Leí con satisfacción de la asistencia, aquel texto ya publicado, *Del canto a la novela, de la novela al canto.* Cenamos después, Pilar y yo, en casa de Jeremy Lawrance, un simpático, caluroso y competente medievalista que, irresistiblemente, a proposito de todo, nos daba señales de cuánto le habría gustado vivir en la época en la que se especializó. Jeremy se resigna a este tiempo mientras espera que el mundo, por el camino que lleva, entre en una nueva Edad Media.

30 de noviembre

Cuando el Premio Vida Literaria me fue entregado dije, en el discurso de agradecimiento, que, no habiendo facultades de Literatura que produzcan escritores, como otras producen médicos, abogados o ingenieros, sólo les queda a los aspirantes del oficio de escribir intentar aprender con el trabajo de quien antes de ellos escribió, y que ésa es una buena manera. Por lo visto estaba equivocado. Hoy, aquí en Manchester, en la universidad, tuve un encuentro con unos cuantos escritores (algunos jóvenes, otros no tanto), postgraduados, en vías de preparación de tesis. Ahora bien, la tesis (aún no me he recuperado de la estupefacción) consiste en la redacción (no veo otro modo de llamarlo) de una novela... Manifesté mi desconcierto a Giovanni Pontiero, que se limitó a encogerse de hombros y a poner en mí unos ojos piadosos: comprendí que tampoco él concordaba con la peregrina idea de atribuir un título universitario a partir de una materia tan fluida y, por definición, tan antiacadémica, como es la escritura novelesca. Así confortado respondí a las preguntas: creo haber justificado mi propio derecho a ser escritor, aunque no titulado.

1 de diciembre

Visita a Liverpool para conocer a los profesores y lectores del Departamento de Estudios Portugueses y Españoles. El tiempo era breve, la conversación fue breve y traída por los pelos. Después fuimos a las arquitecturas, dos pesadillas en forma de catedrales, la anglicana y la católica, ésta, aún así, soportable, a pesar del mal gusto de la iluminación tirante a lo celestial. En cuanto a la otra, inmensa, en estilo neo-neogótico, si se le puede llamar así, se parece a un palacio de *Citizen Kane.* Inerte y fría, como un escenario, esta aberración me hizo recordar, por contraste, la Basílica de San Antonio, en Padua, aquellos cirios, aquellas confesiones en cadena, el exhibicionismo del personal eclesiástico de turno. Un no creyente, como yo, no puede dejar de preguntarse dónde diablo conseguirá meterse Dios si alguna vez viene por aquí. Lo que salvó la visita a la catedral anglicana fue una orquesta de jóvenes que estaba ensayando un concierto de flauta. Los instrumentos sonaban con una limpidez rara, lo que significa que, a final de cuentas, el pésimo arquitecto de esta obra fue un excelente ingeniero acústico.

Lo mejor, la pintura que está en la Walker Art Gallery, hacia donde nos habíamos precipitado apenas salimos de la estación de tren. Da qué pensar una tabla de Simone Martini, mostrando el episodio del encuentro de Jesús con los padres (insisto en llamar padres a José y María) después de haberse quedado él en el templo haciendo preguntas a los doctores. María está sentada, con un libro abierto en el regazo y su mano derecha, extendida en dirección al hijo, muestra que lo está amonestando, mientras José mira al chiquitín con una expresión al mismo tiempo reprensiva y angustiada. Con respecto a Jesús, no hay en él ninguna señal de pesar o de arrepentimiento por la escapada. Con los brazos cruzados, ceño que se adivina fruncido, las comisuras de la boca caídas, es el vivo retrato del muchachito mal educado que no acepta consejos ni riñas. Lo que aquí se describe es una escena de familia, las aureolas y los ropajes de aparato de los personajes no convencen a nadie... Qué diferente es la *Pietà* de Ercole de Roberti. María no tiene en el regazo un libro, sino al niño muerto, un cadáver de hombre que ella casi no consigue amparar. El rostro de él apenas se ve, pero puede percibirse en su expresión una especie de indiferencia. No la resignación del «todo está cumplido», la serenidad del «en tus manos entrego mi espíritu», la revuelta del «¿por qué me has abandonado?». Apenas indiferencia, una inexplicable y terrible indiferencia. No se quedan en esto las bellezas del museo de Liverpool: una *Deposición en el túmulo* del Maestro de la «Virgen entre vírgenes», el *Retrato de mancebo* de Jan Mostaert, la *Ninfa de la fuente* de Lucas Cranach, el viejo, un *Autorretrato* de Rembrandt, a los veinticuatro años... Pero aquel Cristo, con la cabeza caída hacia atrás, la barbilla apuntando al cielo, reduce el resto a simples pinturas. En el suelo está la corona de espinas, una corona que serviría a la cabeza de un gigante. No sorprende. Había sido puesta en la cabeza de un dios, acabó cayendo de la cabeza de un hombre.

3 de diciembre

Edimburgo (¿y para qué lo digo yo, si tantos lo han dicho ya?) es una ciudad bellísima. Y más lo sería si en el lugar de la estación de tren aún estuviese aquel lago que la naturaleza puso allí un día y que los hombres otro día secaron. Incluso así, con un pequeño trabajo de imaginación, podemos decidir que la cobertura gris de la estación es el agua sombría que refleja el tiempo cubierto y la lluvia que hemos encontrado. En Edimburgo anochece más temprano que en Liverpool: a las cuatro ya las farolas están encendidas. Perdimos una parte de la mañana buscando un transformador para el ordenador (esta malvada máquina sólo me da disgustos) que resolvió no funcionar en Didsbury y después visitamos el castillo. Llovía finamente, una polvareda de agua, como suspendida, confundía el horizonte con la tierra y el cielo, pero la belleza de la ciudad, toda hecha de torres, altos tejados de dos aguas, grandes masas arquitectónicas, de tan viva e intensa, casi se hacía angustiante. No sé cómo será vivir en Edimburgo, pero sé, si la vida o la muerte no dispusieran otra cosa, que volveré aquí un día y que subiré hacia el norte, donde me dicen que permanece aún la Escocia profunda. Fuimos, después del castillo, a la Catedral de San Giles. Entre esta hermosura, de los tiempos en que la fe, incluso si no removía montañas, creaba obras primas, y los fenómenos teratológicos de Liverpool, va la distancia que separa lo banal de lo excepcional.

La conferencia —*Iberia entre Europa y América Latina*— fue bien. Menos gente que en Manchester, pero todos interesados. David Frier leyó un extenso ensayo —*Ascent and Consent: Hierarchy and Popular Emancipation in the Novels of José Saramago*— donde encuentro cosas tan inesperadas como la asociación del padre Bartolomeu de Gusmão del *Memorial* con Mefistófeles y de Baltasar Mateus, el Siete Soles, con Fausto... Tendré que leer con atención el texto (cuando sepa el inglés suficiente...), para ver hasta qué punto la osadía se justifica. Giovanni Pontiero habló espléndidamente de *El año de la muerte de Ricardo Reis.* Digo espléndidamente porque, aun con alguna dificultad, fui acompañando la lectura (cuando se habla de nosotros para bien, conseguimos entender todo, incluso si el discurso es en húngaro...), y la impresión del público no fue para menos. Al final de la sesión hubo una recepción. Parte del tiempo la consumí hablando con estudiantes: me gustó a mí y parecía que les había gustado a ellos.

4 de diciembre

En Londres. En la estación de King's Cross nos esperaba Luís de Sousa Rebelo, sabio y discreto hombre a quien debo algunas de las páginas más inteligentes y sensibles que se han escrito sobre mis libros. Será la primera vez que vamos a tener la ocasión de charlar con tiempo y descanso. Cenamos con él y su mujer, María Dolores, española, como del nombre se supone, persona que, o me equivoco mucho, o esconde por detrás de unas maneras secas, cortantes, casi agresivas, aquel zorrito del *Petit Prince* que imploraba: «*Apprivoise-moi, apprivoise-moi...*». Aunque supongo que este animalillo empezaría, irresistiblemente, por morder la mano que se dispusiese a acariciarla...

5 de diciembre

Con Luís y María Dolores, comemos en casa de Christopher Maclehose, mi editor. En cierto momento de la conversación afirmé que la novela ya no tenía por qué seguir contando historias, que las historias de nuestro tiempo las cuentan el cine y la televisión y que, siendo así, a la novela y al novelista no le resta sino regresar a las tres o cuatro grandes cuestiones humanas, quizá sólo dos, vida y muerte, intentar saber, ni siquiera «de dónde venimos y hacia dónde vamos», sino simplemente «quién somos». Kukla, la mujer de Christopher, una francesa inteligentísima, defendió la necesidad de la historia y yo estuve de acuerdo, pero solamente como soporte útil, no como fin en sí.

Informado de mis dificultades con el ordenador, Christopher se aprontó a encontrarme el transformador. Si el problema no se resuelve en Londres, aún tengo Lisboa, ciudad donde a cada paso se encuentran artefactos prehistóricos...

6 de diciembre

Por mucho que yo insista en que el *Evangelio* es una novela, y por lo tanto literatura, todo el mundo apuesta por saber lo que pienso (si me atrevo a pensar todavía más) sobre Nuestro Señor Jesucristo, el Cielo, el Infierno (a propósito del castigo eterno, me salió ésta: «Un Dios capaz de inventar el infierno no merece nuestro respeto») y toda la consiguiente prendería teológica. De acuerdo con Eugénio Lisboa llevé a la conferencia de la embajada el texto de Manchester, y fue como si hubiese hablado de dieta cárnica para una asistencia de vegetarianos. Oyeron con atención bien educada, pero no hicieron ningún caso de aquella ambiciosa idea mía de hacer volver la novela al canto original, de convertirla en suma del conocimiento, en «poema que, siendo expansión pura, se mantuviese físicamente coherente», como ahí se dice. Y tampoco pidieron una explicación más precisa de lo que pretendía decir con eso de «un tiempo poético, perteneciente al recitado y al canto, aprovechando todas las posibilidades expresivas del andamento, del compás, de la coloratura, melismático o silábico, largo, breve, instantáneo». Al público de Londres (cerca de ciento cincuenta personas, según después me dijeron) lo que le interesó fue el lado polémico del libro, la herejía, el sacrilegio, la impiedad. En eso nos detuvimos casi todo el tiempo, pero no me quejo: en el decir de todos la reunión fue un éxito y hubo incluso quien afirmase que había hecho resucitar la Anglo-Portuguese Society que, como el King's College y la embajada, tuvo parte en la organización del evento. Christopher Maclehose, que asistió, me prometió que para Navidad recibiré en Lanzarote el maldito transformador. Quiere decir: ni siquiera la megalópolis Londres parece con recursos para proveer, cuando le piden, un accesorio eléctrico tan simple. Empieza a formarse en mi espíritu una duda: ¿existirá realmente la Philips?

Cenamos en el Café Rouge, nosotros, el matrimonio Rebelo, Eugénio Lisboa, Hélder Macedo y Suzete, Fernanda y Bartolomeu dos Santos, queridos anfitriones en Sintra. Conversación animada y cordial. Pero como ando en marea de curiosidades metafísicas, me pregunto: «¿Quién soy yo para estas personas?». Aunque, probablemente, debiese empezar por buscar la respuesta a otra pregunta: «¿Quiénes son ellos para mí?».

7 de diciembre

En Sevilla una vez más, ahora para una conferencia en la Biblioteca Pública con la que se cerrará el ciclo «El mito y lo sagrado en la literatura contemporánea». Como de literatura contemporánea no sé mucho y aún menos en un área particular y tan rigurosamente definida, propuse a los organizadores del ciclo hablar de lo que mejor conozco: lo que hago. Estuvieron de acuerdo. Con algunas ideas bebidas en Jacques Vidal y unas vistas más o menos personales, armé un texto con un título que de modesto no tiene nada: *Pecado, culpa, poder en la estructura trágica del Evangelio según Jesucristo.* No dará para más de media hora, pero confío en que las preguntas de los asistentes ayuden a redondear el tiempo.

10 de diciembre

Terminó bien, por no decir mejor, esta vuelta por Manchester empezada. El auditorio de la biblioteca estaba repleto, el interés fue grande, viva la participación de los asistentes, y la sesión, que había empezado a las ocho, apenas terminó a las diez. Una vez más no se habló de literatura: con este libro, no hay más remedio que dejarse ir detrás del público, posiblemente cansado, a saber, de oír hablar sólo de libros cuando de libros se habla. Al menos esta novela tiene la virtud de sacar a las personas al redondel de la discusión. No se trata tanto de tomar partido a favor o en contra del libro, pero sí de situarse cada cual ante su propia vida, su mentalidad y su cultura, impregnadas, todas ellas, de cristianismo, hasta la médula. Las personas se sienten interpeladas y hablan. Lo malo de esto, como decía hace días Luís de Sousa Rebelo, es que empiecen a verme como una especie de *guru*...

11 de diciembre

El avión para Lanzarote no quiso despegar. Ya lanzado a no sé cuántos kilómetros por hora en la pista, súbitamente la velocidad disminuyó. Se había parado un reactor. La avería, se supo después, era seria, no podía ser reparada allí, tuvimos que esperar a otro avión que nos llevase. Son cosas que suceden, nos dijeron. Pero si ésta hubiese acontecido un minuto más tarde, con el avión ya en el aire, necesitando aún de toda la potencia para ganar altura, probablemente nos habríamos estrellado...

12 de diciembre

Leo un ensayo que me fue regalado por su autor, Adrián Huici, en Sevilla, antes de la conferencia. Se llama *Historia y ficción en la «Historia del cerco de Lisboa»*, y me deja simultáneamente estupefacto y agradecido: es, sin ninguna duda, el más agudo, el más inteligente estudio hecho hasta ahora sobre este libro. Me dijo Huici que espera publicarlo en una revista (no dijo cuál, quizá *Renacimiento,* de Sevilla), pero sería óptimo que el texto pudiese ser conocido en Portugal. Hablaré con Zeferino cuando venga.

16 de diciembre

De una carta de Zeferino Coelho, recibida hoy: «Quiero testimoniarle mi alegría por la manera como todo se desarrolló: la *inesperada* afluencia de público, llenando la sala, las espléndidas intervenciones de Saramago, la seguridad de las mismas, la inteligencia que reveló en ellas, el tono cautivador (en extremo) con que supo presentar sus ideas». [...] «En veintiocho años completos de Inglaterra nunca vi llegar aquí a un compatriota nuestro que tanto *convenciese* de que FINALMENTE tenemos una *literatura.*» Las palabras, las cursivas y las versalitas son de Alexandre Pinheiro Torres. Para que no se diga que ando escribiendo mentiras y cultivando narcisos en este cuaderno...

17 de diciembre

Volví —tímidamente— al *Ensayo.* Modifiqué unas cuantas cosas, y el capítulo quedó bastante mejor: la importancia que puede tener usar una palabra en vez de otra, aquí, más allá, un verbo más certero, un adjetivo menos visible, parece nada y finalmente es casi todo.

18 de diciembre

Un mes y medio después de que Monsieur Le Belge dice haberla expedido, la gabardina aún no ha llegado... si llega alguna vez. Por lo menos me enteré de en qué consiste la diferencia entre un portugués y un belga: el portugués, preocupado con la falta que estaría haciéndole a aquel señor el manteo, lo despacha por correo urgente; el belga, con tanto de egoísta como de avaro, la envía tranquilamente por ferrocarril. Qué sarcástica canción habría hecho Jacques Brel, si estuviese vivo y conociese esta historia...

Carmélia telefonea para decirnos que *Divara,* viento en popa, permanecerá en cartel hasta febrero, un mes más de lo que se preveía. Y que va gente de Holanda, en autobús, para ver la ópera... Portugal, ése, no sabe nada. Y Lisboa, capital cultural de Europa, presentará dieciocho óperas durante el año que viene. Los organizadores del programa musical no oyeron hablar de *Blimunda* ni de *Divara,* esas insignificancias.

20 de diciembre

Llegó la familia para pasar la Navidad con nosotros: Violante, mi yerno Danilo, los dos nietos, Ana y Tiago. Salvo unos primos que nunca veo, el resto se fue quedando por el camino.

21 de diciembre

En dos días tres larguísimas y fatigantes entrevistas por teléfono, dos para periódicos de Israel, otra para São Paulo. Una de las periodistas, de Tel Aviv, al final de la conversación me dijo que se había acabado de publicar allí una antología de Fernando Pessoa y que el libro era anunciado como siendo de un autor del país de Saramago... Espero que los israelitas lean rápidamente a Pessoa para invertir los términos de la impropia frase, pasando Saramago a ser del país de Pessoa. Por dos razones, ambas igualmente obvias: la primera, porque Pessoa nació antes; la segunda... Ah, la segunda...

24 de diciembre

Llamaron a la puerta de la calle, pensé que sería el cartero y fui a abrir. Me encontré con cuatro inesperados portugueses: Sérgio Ribeiro y Maria José, Manuel Freire e Iva. Pocas visitas me han dado tanta satisfacción, no sólo por la amistad que, por razones más o menos próximas, me une a todos ellos, sino porque súbitamente se me aparecía allí un Portugal del que ya casi me había olvidado: esa tierra que nunca fue tan nuestra como cuando la vivimos como el presente sufridor que era, pero con un futuro que habría de tener por lo menos el tamaño de nuestra esperanza... Mientras charlábamos pensé en el largo y persistente trabajo de Sérgio, paciente como un benedictino, esa incansable manera que tiene de volver a las cuestiones que le preocupan, con la idea obsesiva de que es necesario dejar todo claro y de que si para eso hubieran faltado algunas palabras, ésas no serán las suyas. Y Manuel Freire, una especie de hermano gemelo de Assis Pacheco, tanto en lo físico como en la disposición de quien decidió un día no tomarse demasiado en serio y rehusarse a dar cuentas de eso a los entrometidos. Pero la *Piedra filosofal* va a tener que regresar un día de éstos, siento que se aproxima el tiempo en el cual iremos a necesitar de ella otra vez.

25 de diciembre

No es pequeña contradicción estar dotado de tan poco sentimiento familiar y tener tanta necesidad de una familia. Y esto sé que no tiene remedio. Se dirá que tengo a Pilar, pero Pilar no es familia, es Pilar. Sólo por ella no me siento en un desierto.

28 de diciembre

Unos parten, otros llegan. Se fue la familia, se fueron los portugueses inesperados (pude, por fin, hablar portugués hasta hartarme) y ahora llegarán Zeferino y Ana, y otra Ana, González, una amiga que es profesora de matemáticas en el Instituto Español de Lisboa. Me apartan del trabajo pero, como las ganas de hacerlo no han sido grandes en estos días, el prejuicio tampoco lo es. Hago cuenta de que estoy de vacaciones, sin deberes que aburran ni devociones que distraigan. Pero se vuelve cada vez más claro que o decido aislarme brutalmente (salió esta palabra, la dejo ahí), o los libros de aquí en adelante necesitarán doble o triple tiempo en ser escritos.

30 de diciembre

Continúan lloviéndome en casa las invitaciones. De Bernard-Henry Lévy, en nombre de la *chaîne* franco-alemana ARTÉ, para un encuentro en París, del 5 al 7 de mayo, sobre el tema *L'Europe: et si on recommençait par la culture?*; de José Sasportes, de la Fundación Calouste Gulbenkian, para participar, el 19 de marzo, en un coloquio sobre el tema *El descubrimiento;* Marta Pessarrodona, de Barcelona, viene a recordarme que respondí afirmativamente a la invitación, entonces informal, que ella me había hecho hace tiempo, en El Escorial, para participar en el séptimo encuentro de la Comissió Internacional de Difusió de la Cultura Catalana, del 16 al 20 de marzo; y, ahora mismo, de la Universidad de Salamanca, me escribe Joaquín García Carrasco invitándome a formar parte del jurado del Premio Reina Sofía de Poesía Iberoamericana... Ya tomé la decisión: me quedo con París y Salamanca, no iré a Lisboa y, en cuanto a Barcelona, paciencia, rompo mi palabra. Por lo demás, no siendo como San Antonio, no podría estar en dos sitios al mismo tiempo. Debo decir, sin embargo, que Lisboa me interesaría: el texto explicativo de los propósitos del coloquio, escrito por Paulo Cunha e Silva, del Instituto de Ciências Biomédicas Abel Salazar, es altamente estimulante. Tendría, como compañeros de mesa redonda (*La hipótesis* es el título), a personas a quienes estimo, como Teresa Beleza y Cláudio Torres...

31 de diciembre

Ray-Güde nos envió las fotografías del coloquio de Frankfurt y de la ópera en Münster, que me hicieron apetecible tomar un avión e ir a ver el espectáculo otra vez.

Con las fotografías venía una carta de una lectora italiana, Gabriella Fanchini, de la que aquí dejo constancia no por los loores que, por hiperbólicos, no transcribo, pero si por causa de dos o tres palabras reveladoras de un sentimiento que creo ser capaz de comprender, pero que sería trabajoso analizar: dice que la lectura de *Alzado del suelo* la dejó «melancólicamente» feliz... Creo que nunca se dijo nada tan bonito sobre un libro.

SEGUNDO CUADERNO
(Diario II-1994)

A Pilar
A Zeferino Coelho
A la memoria de Vítor Branco

3 de enero de 1994

Zeferino Coelho volvió hoy a Lisboa. Mientras estuvo aquí leyó todo cuanto he escrito en los últimos tiempos: los *Cuadernos,* el capítulo del *Ensayo,* las notas para las *Tentaciones.* Me propuso llevarse los *Cuadernos,* para publicar en abril un primer volumen. El trabajo que tuve para que desistiera de su idea no necesitó ser muy grande, pero me obligó a pensar sobre lo que quiero hacer, o mejor, sobre el orden en que habrán de salir estos libros, mientras aún son todavía promesa de tales. Concluí que debo lanzarme de cabeza al *Ensayo* y no ir buscando disculpas cómodas con el tiempo que las *Tentaciones* y los *Cuadernos* continuarán tomándome. En estas dos semanas poco podré adelantar (primero viene José Manuel Mendes, después aparecerá João Mário Grilo con el equipo de filmación), pero, pasadas éstas, tendré que volver al trabajo, desviar los ojos de este cielo, de este mar, de estas montañas. Contra mi deseo, duramente. (Hace días me salió «brutalmente»... En fin, palabras.)

Hay que reconocer, no obstante, que las circunstancias no me han ayudado nada a instituir y mantener la disciplina sin la cual escribir una novela se vuelve la más penosa de todas las tareas. Ahora, por ejemplo, me han llegado de Italia, de Massimo Rizzante, colaborador de la revista *L'Atelier du Roman,* las preguntas de la entrevista que les prometí. No se apartan de lo habitual (el asunto de la novela histórica, el de los personajes, el asunto del narrador...), pero son nada menos que dieciséis y todas exigiendo respuesta desarrollada: además, muy simpáticamente, me informan que tengo quince páginas de la revista a mi disposición... Hubiera preferido que me pidiesen concisión, síntesis, pocas y claras palabras. Me apetece mandarles treinta páginas de vengativas respuestas.

4 de enero

Me escribe António de Macedo, en nombre de su productora de películas, la Cinequanon, para saber si estoy interesado en escribir el argumento de un audiovisual (me cuesta entender exactamente lo que hay de efectiva novedad por detrás de esta palabra de moda: si es audio es para oír, si es visual, es para ver: ¿pero no es eso lo que ya era antes, cuando lo llamábamos simplemente documental?) sobre los veinte años del 25 de Abril. El proyecto viene de Alemania y, según las palabras de António de Macedo, «es voluntad expresa del coproductor alemán [está también metida en esto la red de TV francesa ARTÉ, la misma que coorganiza el coloquio de París, en mayo] que el texto sea escrito por un portugués de renombre, y fueron ellos mismos los que sugirieron el nombre de José Saramago». Quitando el «renombre», lo que esto quiere decir es que no me dejan respirar. ¿Acepto? ¿No acepto?

¡Piedad!... Al final del día me telefonearon de Cuba: la UNEAC me invita a participar en la Feria del Libro de La Habana, ya en febrero. (He abusado mucho de las reticencias en estos últimos días, yo que protesto contra éstos y semejantes adornos del arte de identificar las huellas gramaticales.) Repito las preguntas de antes: ¿acepto?, ¿no acepto? Mi voluntad es decirles que no, que no puedo, pero aquella gente necesita tanto de ayuda que me pregunto si no será mi deber ir hasta allá.

5 de enero

De Niterói me escribe Katia da Matta Pinheiro, que está preparando su disertación de maestría en Historia en la Universidad Federal de Río de Janeiro. Dice que escogió como tema de investigación el *Memorial del convento,* desarrollando la hipótesis, palabras suyas, de que esta novela encierra posibilidades como obra historiográfica. Me cuenta de las resistencias que encontró por parte de los profesores de literatura y de historia, unos porque se estaría reduciendo la dimensión de obra de arte que es la novela, los otros porque se trata de una ficción y, como tal, no se identifica con la Historiografía. Argumentan éstos (continúo usando las propias palabras de Katia) que la novela, en tanto obra de ficción, no mantiene compromisos con lo «real», ni tendría «credibilidad» científica para tanto. Finalmente, una historiadora, en la defensa preliminar del proyecto, puso en duda que la sociedad portuguesa del siglo XVIII esté efectivamente relatada en el libro. A pesar de tantas y tan severas reservas el proyecto acabó por ser aprobado como «prometedor». Katia me hace preguntas que responderé lo mejor que pueda.

Los profesores tienen razón, el autor de *Memorial* no escribió un libro de historia y no tiene ninguna certidumbre de que la sociedad portuguesa de la época fuese, *realmente,* como la retrató, aunque, hasta el día en que estamos, y ya han pasado once años completos, ningún historiador haya apuntado al libro grandes errores de hecho o de interpretación. Queda por saberse si es ahí donde se encuentra el problema, si no sería necesario averiguar antes qué parte de ficción entra, visible o subterránea, en la sustancia, ya de por sí compósita, de lo que llamamos Historia y, también, cuestión no menos seductora, qué señales profundas la Historia, como tal, va dejando a cada paso en la Literatura en general y en la ficción en particular. En el presente estado de cosas está claro que Katia se atrevió demasiado, pero no es menos patente la timidez de estos profesores, asustados con la amenaza de ver borrada la frontera que, en opinión suya, separa y siempre ha de separar la Historia y la Literatura. Empiezo a pensar que sería interesante incluir la Historia en los estudios de Literatura Comparada, para que después pudiese escribirse una Historia Literaria de la Historia... A saber lo que saldría de allí.

El viaje a Cuba, en estas alturas, me complicaría la vida. No tuve más remedio que avisar a la UNEAC que no podré ir. Con pena, con mucha pena. Y no puedo evitar pensar que ésta quizá habría sido la última oportunidad de volver a la Cuba socialista que respeto y admiro.

6 de enero

Por segunda vez lo imposible ha sucedido. (La primera fue cuando Artur Albarran me telefoneó a París.) Si llega a acontecer una tercera, no sé lo que le sucederá al viejo orden del mundo. Se dio el caso de que en la revista *Cambio 16* apareció un artículo firmado por Mário Ventura, de esos que es costumbre escribir en esta época acerca de los deseos y votos para el año que entra. O ya entrado. A cierta altura se pregunta el articulista si será en este año de 1994 cuando la literatura portuguesa se verá contemplada con el Nobel, lo que, evidentemente, no es novedad (me refiero a la pregunta), porque todos los años alguien aparece haciéndola, sin resultado que se vea. Lo insólito de la historia consiste en presentarse el artículo ilustrado con una fotografía mía, para colmo adornada con un pie en el que se me asocia al suspiradísimo premio. ¿Cómo se explica el inaudito acontecimiento? Excluida terminantemente, por todas las razones conocidas y por conocer, la posibilidad de que la inclusión de la fotografía haya sido por iniciativa del autor del artículo, queda apenas, con todos los visos de plausibilidad, la hipótesis de que haya sido colocada allí por la redacción de la revista en Madrid, porque la edición portuguesa de *Cambio 16* se imprime en España. José Manuel Mendes, que vino aquí para hacerme una entrevista, dice que lo sucedido prueba la existencia de Dios. Para el articulista probará con certeza la existencia del diablo...

7 de enero

Reminiscencias histórico-melancólicas. Durante siglos, como si hubiesen sido testigos presenciales del milagro, los portugueses creyeron píamente que Cristo se le apareció a D. Afonso Henriques antes de la batalla de Ourique, garantizándole no sólo ayuda inmediata sino también protección para el futuro, tanto para él como para sus descendientes. Los cronistas dicen que éramos poquísimos en comparación con la multitud de moros, afirmación que después ganó raíces, porque en general, en las guerras posteriores hasta nuestros días, siempre fue punto de honor que nosotros fuésemos menos que los adversarios. Nuestra fuerza y nuestro valor no necesitan, por lo tanto, de mejor demostración. En lo referente a la batalla de Ourique, quitándole el Cristo, habrá sido igual a las demás: unos murieron, otros no. Parece que la sangre derramada fue mucha, lo que no es de extrañar. Si me preguntan cómo veo el formidable y teológico combate, creo que fue una lástima que Cristo se apareciera solamente a nuestro primer rey. Podía haberse aparecido igualmente a los infieles moros, persuadiéndolos con buenas maneras de su error y trayéndolos a la verdadera fe, entonces aún en la pujanza de su primer milenio. Convertidos al cristianismo, los antiguos secuaces de Mahoma pasarían a engrosar nuestras huestes y a colaborar en la multiplicación de los portugueses, gracias a lo cual no habríamos comenzado una patria con ese plañido lastimoso de que somos pocos. Ya sé que los patriotas acuden siempre a rectificar: «Pocos, sí, pero buenos». Y yo digo, suspirando: «¡Qué bueno sería si pudiéramos ser mejores...».

8 de enero

Me llegaron ecos del desastre que ha sido la participación de Zita Seabra en el programa de Manuela Moura Guedes. Me entristece verificar cómo al final valía tan poco, intelectual y éticamente hablando, alguien a quien las casualidades y las necesidades políticas colocaron en funciones y confiaron misiones de responsabilidad dentro y fuera del Partido. Que Zita Seabra se haya desenvuelto en ellas, durante ese tiempo, con valor y dignidad, no puede servir para disimular ni disculpar su comportamiento actual. Zita Seabra es hoy el ejemplo perfecto y acabado de la arribista, palabra sucia que significa, según los diccionarios y la opinión de la gente honrada, «aquel que para llegar a los fines no mira los medios ni duda en humillarse y cometer bajezas». Oigo, leo, y llego a una conclusión: esta mujer va a acabar mal.

9 de enero

Así son las cosas. Me enorgullecí aquí de no haber gastado mucho tiempo en disuadir a Zeferino Coelho de su voluntad de llevarse los *Cuadernos* para publicarlos ya, y al final José Manuel Mendes se tomó aún menos para convencerme de lo contrario. Usó un argumento para el cual no encontré respuesta: que mis dudas y escrúpulos en cuanto a la oportunidad de la publicación no serían aclarados ni resueltos por el tiempo, dado que el libro continuaría siendo, en éste y en todos los futuros, aquello que es hoy: un comentario sin prejuicios sobre casos y gente, el discurrir de alguien que quiere echar la mano al tiempo que pasa, como si dijese: «No vayas tan deprisa, deja una señal de ti». Comprendí que el rechazo provenía sólo de un temor no confesado a enfrentarme con reacciones suscitadas por referencias hechas en estas páginas a personas y procedimientos. Verdaderamente, aún tengo mucho que aprender de los escritores de barba dura, a quienes nada hace dar marcha atrás, como Vergílio Ferreira...

10 de enero

Desde Jerusalén me telefonea mi traductora, Miriam Tivon, para darme noticias del *Evangelio* (excelentes), pero sobre todo para informarme de que un fotógrafo de Israel (de los mejores, según Miriam) quiere invitarme a escribir algo sobre fotografías suyas, y de todo, imágenes y palabras, hacer después un libro. Si recuerdo que ya tengo un compromiso con Arno Hammacher, el amigo holandés que pasó aquí todo el mes de febrero haciendo fotografías para un libro suyo y mío sobre Lanzarote, empezaré a desconfiar de que los fotógrafos de este mundo andan, siniestramente, pasándose recados los unos a los otros...

11 de enero

José Manuel Mendes partió hoy, llevando unas cinco o seis horas de grabaciones. No le envidio la suerte, tener que desenredar de un discurso siempre digresivo y a veces caótico unas cuantas ideas más o menos aprovechables que entre las cintas se encontrarán. Los entrevistadores implacables no son los que nos ponen contra la pared, son aquellos que reproducen ce por be las incoherencias, las contradicciones, las ambigüedades de un hablar cuyas defensas formales y cuyas reservas mentales se van desmoronando a medida que la fatiga avanza. Lo que va a valer, en este caso, es la amistad de José Manuel Mendes, dispuestos ella y él, a enderezar un concepto torcido o aplanar una oración empinada.

Llegó carta de Jorge Amado. El Instituto de Letras de la Universidad de Bahía organiza en mayo un encuentro de traductores y un seminario de enseñanza y aprendizaje de traducción para el que serán invitados los más importantes traductores de portugués a otras lenguas y unos cuantos escritores dichos de renombre (otra vez la palabra), entre los cuales se espera a García Márquez y este portugués de Lanzarote. Pilar y yo leímos la carta al mismo tiempo y, cuando llegamos al final, ella me preguntó: «¿Qué viajes tenemos en mayo?». Aunque no parezca decididamente explícito, fue una manera de decir que sí...

12 de enero

Conversación con João Mário Grilo y Clara Ferreira Alves sobre el documental —formato «Artes y Letras»— que Isabel Colaço tuvo la idea de producir. Habrá la inevitable entrevista, entrarán los planos de Timanfaya, aparentemente ninguna sorpresa, sin embargo, mientras oía a João Mário, me iba maravillando ante un discurso en el que las palabras, en el propio momento de su enunciación, y sin perder nada de su específica autonomía, se me proponían al mismo tiempo como traducción de imágenes, no porque las describiesen, sino porque las «convocaban». Creo empezar a entender mejor cómo funciona la cabeza de los realizadores de cine: saben que lo real no es uno, que se compone de infinitos fragmentos, que nos mira con el ojo mil veces facetado de la mosca, y entonces proceden según reglas que parecen tener mucho de aleatorio, escogiendo, alternando, yuxtaponiendo, constantemente oscilando entre la exigencia de una razón organizadora y la fascinación del caos.

Hay días de suerte. Tuve hoy —12 de enero— la grata satisfacción de recibir del Gabinete de Relaciones Culturales Internacionales de la Secretaría de Estado de Cultura un fax que se hacía acompañar de una carta de la Fundación del Libro, de Buenos Aires, datada del 13 de septiembre del año pasado, en la que me invitaban a participar en la Feria del Libro que se realizará en marzo. Dejo pues aquí, por muy merecido, un caluroso y entusiasta loor a dicho Gabinete de las Relaciones por haberse tomado apenas cuatro meses en hacerme llegar a las manos la carta de los argentinos. No sueña el Gabinete que la Fundación del Libro, perpleja por no recibir respuesta mía, consiguió, por sus propios medios, descubrirme aquí, motivo por el que la Secretaría de Estado de Cultura puede continuar su interrumpido sueño, una vez que el asunto fue resuelto sin ella.

13 de enero

Dice el Gabinete de Relaciones Culturales Internacionales de la Secretaría de Estado de Cultura que no tuvo la culpa. Dicen que la invitación les fue comunicada por el Ministerio de Asuntos Extranjeros el 2 de noviembre y que inmediatamente la transmitió al Instituto de la Biblioteca Nacional y del Libro, «entidad encargada de las cuestiones relacionadas con las ferias del libro y los contactos con escritores». Se trata obviamente de un encargo fallido, una vez más, puesto que dicho Instituto no dio un paso para comunicarse conmigo y, por lo visto, fue el propio Ministerio de Asuntos Extranjeros el que insistió, el 6 de enero, en una respuesta, tomando finalmente el Gabinete de Relaciones la iniciativa de enviarme directamente copia de la carta de la Fundación del Libro. Gracias, Gabinete, gracias. Aun así, quedará por averiguar (pero esto ya sería enigma para un Poirot) cómo una carta enviada el 13 de septiembre a la Embajada de Portugal en Buenos Aires (como me informó la Fundación) sólo el 2 de noviembre hizo mover los engranajes del Ministerio de Asuntos Extranjeros.

17 de enero

Durante cuatro días la casa estuvo transformada en un pequeño estudio de cine, con cables eléctricos extendidos por el suelo, focos que encandilaban, objetivos hipnotizantes, trípodes, placas reflectoras, afinaciones de sonido y de imagen, mediciones de luz, cambio de muebles y de ropas, descolocamientos de cuadros, *«silence, on tourne»*. En medio de todo, obediente, dócil como un actor poco seguro de su talento, yo respondiendo a las preguntas de Clara, escuchando las recomendaciones de João Mário, esforzándome por parecer inteligente con la palabra, el gesto, la expresión. Se han ido hoy, llevándose a Lisboa no sé cuántas horas de grabaciones —sólo los tiempos de entrevista, sumados, dan más de siete horas—, y me pongo a imaginar el resultado de todo este trabajo. ¿Habrá valido la pena? No es que dude de la sensibilidad y del saber de João Mário Grilo, lo que me pregunto es si habré hecho bien en abrir no tanto las puertas de la casa, que ésas siempre estarán abiertas para gente honesta, sino las de mi vida, que hasta ahora apenas he dejado entreabrir...

18 de enero

Una entrevista que di a Antena 3 Radio, de España, apareció citada en el *Público* hace días. El tema era Lisboa Capital Cultural Europea. Por razones muy semejantes a las que me llevaron, tiempos atrás, a cuestionar la moda de las Casas de Cultura, que, empezando por presentarse como estímulo de ambientes culturalmente abatidos, acabaron, con rarísimas excepciones, por volverse solipsistas y autofágicas, manifesté en aquella entrevista mi desacuerdo de fondo: las capitales culturales —operación política que encara efectos mediáticos y poco más— no sólo no muestran la situación cultural efectiva de una ciudad y de un país, sino que, por el contrario, la disfrazan con falsos brillos, una delgada capa de pintura que no tardará en resquebrajarse para poner a la vista la gris realidad cotidiana. Olfateando un escándalo, aunque de tan poca monta, el *Público* dio su ayuda, poniendo a la noticia un título con tanto de verdad cuanto de engaño: *José Saramago contra Lisboa Capital Cultural.* Así se desinforma al mundo y desorientan a los lectores...

Evidentemente, a Vítor Constâncio y Jorge Sampaio no les habrán gustado nada las declaraciones del aguafiestas, pero el tiempo y los hechos les demostrará que una cosa es que tengan que hacer lo que están haciendo, por deber de oficio, y otra que crean en su propia y necesaria campaña publicitaria. Mientras tanto, gracias a la entrevista que di a Juan Arias y que salió en *El País* del día 15, la patria tendrá algo más con lo que entretenerse: ahí digo que es difícil que pueda haber cultura viva en un país muerto, como es el caso de Portugal, ahí pregunto para qué sirve un país que depende, para vivir, de todo y de todos... A estas horas ya los patrioteros de costumbre deben andar murmurando contra el indigno y el ingrato. O entonces, nada: tanto cuanto la tristeza de que hablaba Camoens, también la beata satisfacción de sí mismo, esa en que se regodea la mitad de la población, puede ser vil y apagada.

Propuesta para un debate: desde un punto de vista cultural serio, sin confundir habas con tocino, ¿qué proyección efectiva tiene Lisboa en el país del que es capital?

19 de enero

Una carta fechada en Oporto. Al contrario de lo que hago en general, no mencionaré nombres, sea el de quien la escribió, sean los de las personas mencionadas en ella. No es la primera vez que aparece alguien sugiriéndome que escriba una novela sobre historias que mi correspondiente, por una razón u otra, considera merecedoras de ser pasadas al papel. Son episodios de antiguas familias aristocráticas (ciertamente por influencia del *Memorial* y de la subsecuente reputación de «novelista histórico» que me crearon), son casos de vidas más o menos ejemplares, más o menos venturosas, y hubo hasta un católico furioso que me desafió a escribir una vida de Lenin con la misma negra tinta, decía él, con la que había escrito la vida de Jesús...

Esta carta también viene a pedirme que escriba un libro. La diferencia, en relación a otras, la noté súbitamente cuando, al terminar la lectura, me sentí como si tuviese la irrecusable obligación de escribirlo, como si algún día hubiera asumido ese compromiso y la carta reclamara el cumplimiento de mi palabra. La historia es, simplemente, la de un hombre que ya murió. De él me dicen que era «delgado, alegre, cínico, feroz, poeta», que quien lo conoció no lo olvidará nunca. Que su vida fue hermosa. Me dicen también: «Alguien tendría que contar esto. Usted sabría, ¿qué le parece? ¿Cómo se hace un libro? ¿Cómo se recrea un personaje? ¿Existe? ¿Se inventa? ¿O se toman pequeñas nadas de otras gentes y se hace nacer un príncipe?». Y además: «Así esta vida quedaría flotando en el tiempo, como su balsa de piedra, otro Cristo evangelizador casero, sin las conmovedoras subidas a los cielos del catecismo». Y sugiere que si yo me decidiese a escribir el libro, si éste fuese un éxito, si ganase dinero, podría dar algo a la familia necesitada... Termina diciendo: «Esta idea mía es loca, pero no tengo otra —grande— para recordar y homenajear a mi amigo. No sé escribir, no tengo dinero, no sé esculpir ni pintar el dolor y el vacío».

Leí la carta con un nudo en la garganta y casi no creía en lo que leía. ¿Cómo se puede esperar tanto de una persona, ésta, además con la inconfesada esperanza de ser atendido? Claro que no haré ese libro (¿y cómo lo haría yo?), pero sé que voy a vivir durante un tiempo con el remordimiento absurdo de no haberlo escrito y de ser la causa inocente de una decepción sin remedio. Inocente porque estoy sin culpa, pero entonces ¿por qué esta impresión angustiosa de faltar a un deber?

Tomé algunas notas para la conferencia que daré en Segovia, el mes de marzo. Tendrá por título *Lecturas y realidades* y de eso mismo constará, de las «lecturas de la realidad», sean éstas las de la Literatura, del Arte o de la Historia. Llevaré para enseñar una acuarela de Durero, leeré la crónica que sobre ella escribí en tiempos y diré, como conclusión, «La acuarela de Durero intenta responder a la pregunta que la realidad le hizo: "¿Qué soy yo?". El texto intenta responder a la pregunta de la acuarela: "¿Qué soy yo?" y, a su vez, se interroga a sí mismo: "¿Qué soy yo?". Y todo, como los ríos van al mar, desemboca en la pregunta del hombre, la misma, la de siempre: "¿Yo, qué soy?"». Ahora bien, quiso la casualidad que estuviese oyendo, mientras escribía, el conjunto de los *Estudios* de Chopin, que me gustan muchísimo y a los que vuelvo regularmente. Me detuve unos minutos para poner atención a uno de ellos y, de súbito, pensé que si alguien, en aquel momento, me preguntase con qué pieza musical me identifico más, respondería sin dudar: «Con el *Estudio opus 25, n.º 12, en do menor* de Chopin, ahí está mi retrato...». Reconozco que la pretensión es insoportable, pero no llega al escándalo que habría sido responder: «Con *La pasión según San Mateo,* de Bach, ni más ni menos»...

20 de enero

Los perros ya no ladran a los automóviles. Ahora ladran a quienes van a pie.

Micha Bar-Am es el nombre del fotógrafo israelí de quien me habló Miriam Tivon hace una semana. Trabaja para la Magnum desde 1967, fue durante veintidós años fotógrafo del *New York Times,* fue o es todavía Conservador de Fotografía del Museo de Arte Moderno de Tel-Aviv y está organizando una exposición retrospectiva, además de un álbum para el que pide mi colaboración, lo que él llama «reflexiones textuales» sobre imágenes... Me telefoneó hoy para decirme que está dispuesto a venir a Lanzarote para conversar, mostrarme su trabajo e intentar convencerme. Confieso que este tipo de ejercicio literario no me desagrada, aparte de que no sería la primera vez: el más reciente fue el libro de Carlos Pinto Coelho; el más remoto, que recuerde, tiene ya veinticinco años de edad, en el periódico *A Capital.* Y los pies del *Viaje a Portugal,* en el fondo, no son otra cosa. Le dije que viniese.

21 de enero

Carmélia sólo trae buenas noticias. Ahora nos informa de que el Teatro de Münster dará cuatro recitales más de *Divara,* añadidos a la prolongación de la temporada que había sido decidida ya antes. Y que los billetes para todos ellos, puestos a la venta un día a las dos de la tarde, estaban agotados a las seis... Que se suceden los locales llenos, que es la primera vez (quizá no, pero así le apetece decir) que el teatro gana dinero con un espectáculo de este tipo. De puro entusiasmo, Carmélia apenas podía hablar. Y yo, melancólicamente satisfecho, pensaba en Portugal...

Creía que la ingenuidad era característica de los ignorantes que, por saber poco, iban sin malicia por la vida, crédulos ante todas las patrañas, y siempre inocentes como en su primer día. Verdad sea dicha que en estos tiempos últimos empecé a sospechar que las cosas no eran del todo así, tantos han sido los competentes profesores a los que vi dar lo dicho por no dicho, intentando ajustar apresuradamente opiniones nuevas sobre los hechos de siempre, después de habernos intentado convencer, durante años y años, de que un hecho, por más sólido e irrefutable que se propusiese, no podría resistir ninguna opinión que simplemente lo negase. La historia de la denominada «construcción europea», por ejemplo, es riquísima en éstos y en otros semejantes equívocos. Sin embargo, nunca pensé que leería declaraciones como las que Claudio Magris hace en *El País* de ayer. Interpelado sobre la situación balcánica, mi amigo Magris, después de expresar su desconcierto ante lo que llama «la febril y delirante exigencia de identidad en que vivimos, de la búsqueda de raíces, del establecimiento de fronteras», remata: «Todos creíamos que era muy fácil superar rápidamente la Historia, pero la crisis será larga. Necesitamos más humildad, necesitamos saber que el peso de la Historia es mucho más intenso de lo que pensábamos». Leo y me cuesta creer en lo que leo. ¿Tanta inteligencia, tanto estudio, tanto saber, tanta erudición, para esto? ¿Tendré que responder a Claudio Magris que no todos creían que fuese fácil superar rápidamente la Historia? Y que algunos, humildes por naturaleza, pero con los pies bien asentados en el suelo concreto de la realidad, por el contrario, pensaban y piensan que la Historia no es superable, que el hombre no puede existir fuera de la Historia que hace y de la Historia que es. ¿Será necesario, finalmente, saber mucho menos para comprender un poco más?

22 de enero

Tres en una: llegó el *Evangelio* en hebreo, llegó una carta de un judío de Israel que lo había leído en castellano, llegó Micha Bar-Am. Apenas hace dos días que le había dicho que viniese y ya está aquí. Me cuenta que estuvo en Lanzarote hace treinta y cinco años y que apenas reconoce la isla, y yo le sugerí que vuelva a Timanfaya, donde el tiempo debe haber pasado mucho más despacio. Trajo, para enseñarme, dos cajas de fotografías sobre las que pretende que escriba tres o cuatro páginas para el álbum que va a publicar con motivo de la exposición retrospectiva que está organizando en el Museo de Arte Moderno de Tel-Aviv. Las fotografías son realmente buenas. Me costó entender por qué hace tanto hincapié en que participe en el libro, a pesar de la abundancia de explicaciones que dio, siendo la principal la impresión que le había causado la lectura del primer capítulo del *Evangelio,* aquel mismo que un crítico del terruño dice que no tiene nada que ver con lo que viene después. Más o menos me comprometí a escribir. Como no puedo hacer un texto que abarque toda la diversidad temática de la colección (hay paisajes, escenas de guerra, multitudes, rostros), le pedí que me enviase una serie de ellas donde tuviesen mayor relieve y presencia las manos. Quizá a partir de ahí consiga escribir cualquier cosa suficientemente interesante. No hablamos de dinero: ni él lo propuso ni yo lo pedí. De los dos soy yo, sin duda ninguna, en cuestiones de negocios, el peor. Mientras le oía iba pensando: «Este hombre ha hecho todo este viaje. ¿Cómo voy a pedirle dinero?».

23 de enero

David Hurovitz se llama el israelita que me escribió. Me envía un libro suyo publicado en castellano por una editora de Tel-Aviv, y, por la información biográfica que incluye, me entero de que nació en Argentina en 1924 y vive desde 1951 en Israel. Aún en Argentina estudió durante tres años en un seminario hebreo. Después cambió de rumbo, se licenció como técnico mecánico y más tarde como ingeniero. En Israel estudió matemáticas y educación en la Universidad de Tel-Aviv, donde también cursó historia del pueblo judío. En la carta, igualmente escrita en castellano, dice: «Supongo que es lícito apreciar a una persona sin conocerla personalmente. Ése es el caso de mi sentimiento a su persona, después de haber leído su libro *El evangelic según Jesucristo.* Me ha encantado la forma en que usted encara el problema de la personalidad histórica de Jesucristo, las ideas filosóficas que pregona y la doctrina teológica que se descubre en las páginas del libro. Revela usted un profundo conocimiento de la "Ley" judaica y del espíritu de este pueblo, que así debía de haber sido en tiempos de Jesús, como también de las doctrinas cristianas que se desarrollaran desde entonces. Bajo la influencia espiritual de su libro fui automáticamente empujado a escribirle».

Creo que habría sido capaz de resistir a la complaciente tentación de transcribir tan desmedidas alabanzas si el libro que David Hurovitz me envió no fuese el que es: *¿Ma-*

taron los judíos a Jesús?..., se llama. Aún no lo he leído, pero la conclusión, si no fuese la que sigue, debería serlo: «¿Cómo podrían saber los judíos que estaban matando a alguien que, tiempos más tarde, unas cuantas personas afirmarían que es, simultáneamente, Dios e Hijo de Dios?». ¿Permitiría Dios, si existiese, que en su nombre se creasen estas confusiones y estos conflictos, estos odios absurdos, estas venganzas demenciales, estos ríos de sangre derramada? Pregunto. No aparecería él por ahí, con una sonrisa triste, diciendo a la gente: «Miren que no vale la pena. La muerte es cierta y después no puedo hacer nada por vosotros».

24 de enero

Micha Bar-Am volvió hoy para hacerme algunas fotografías y conversar un poco más sobre el proyectado álbum. En cierto momento, sin que yo lo esperase, me preguntó cuánto quiero cobrar por lo que iré a escribir. Le respondí que no es mi costumbre poner precios a los trabajos que hago y que prefiero fiarme de él para que, según el presupuesto general de la obra, me pague lo que le parezca justo. Efectivamente soy lo que siempre he sido: un hombre de negocios durísimo...

25 de enero

Cuando estuve con Pilar en Santiago de Compostela, con motivo del Congreso del PEN Club, en septiembre pasado, Carmen Balcells, que también se encontraba allí, me dijo que me iba a escribir una carta. Ya antes, hace ahora unos dos años, y también en Santiago, me había dicho lo mismo. La carta llegó ayer, vía fax, esa maravilla tecnológica que hace aparecer las palabras ante nuestros ojos como si estuviesen naciendo en aquel mismo instante, una tras otra. La carta que, francamente, ya no esperaba, recuerda cómo, hace unos diez años, le escribí proponiéndole que me representase, y cómo ella, ocupada con mudanzas y escéptica (esto lo digo yo) en cuanto a las posibilidades de que el desconocido autor llegase a ser alguien en el mundo de las letras y, sobre todo, de las ediciones, dejó sin respuesta la petición. Después se empezó a hablar de mí y ella sintió «la terrible impresión de haber perdido un cliente extraordinario» (palabras suyas). Como igualmente son palabras suyas las que transcribo y que constituyen el remate de la carta: «Este verano que tuve el placer de compartir contigo y tu mujer momentos encantadores, me sentí muy desgraciada y he querido que lo sepas. Los días de octubre pasado me decía: "No has escrito a Saramago y ahora le darán el Nobel". Te escribo ahora cuando aún es tiempo de expresarte mi pena, porque me siento castigada por mi propia culpa. Pongo esta carta en el correo y ya podré llenarte de flores cuando te den el Nobel, en parte redimida de mi culpa por el propio castigo que me inflige reconocerlo».

Es una hermosa carta, bien sentida y bien escrita. Responderé a Carmen que en el mundo hay desgracias mucho peores, que de errores, equívocos y engaños se hace también la vida, y que si después de todo esto nos encontramos con una amistad en los brazos para cuidar, no hemos perdido nada, ni ella, ni yo.

26 de enero

Escribí, para un periódico sueco, un artículo a propósito del aniversario (uno mas...) del *caso Rushdie.* Lo titulé *Herejía, un derecho humano* y es, simplemente, un ejercicio de razón y de buen sentido. Digo que en el pecado y en la herejía se expresan una voluntad de rebelión, por lo tanto una voluntad de liberación, sea cual sea el grado de conciencia que la defina. Que a lo largo de la historia de la Iglesia, las herejías, manifestadas por la negación o el rechazo voluntario de una o más afirmaciones de fe, no hicieron sino *escoger,* de un conjunto autoritario y coercitivo de supuestas verdades, lo que encontraron más adecuado, simultáneamente, a la fe y a la razón. Que no debemos olvidar la facilidad y la comodidad con que los más encarnizados defensores de heterodoxias ideológicas y políticas se concilian, en nombre de intereses prácticos comunes, que no de Dios, con los aparatos institucionales y las manipulaciones «espirituales» de las diversas Iglesias del mundo que pretenden mantener y aumentar, por la condena de las herejías antiguas y modernas y por el castigo de los pecados de siempre, su poder sobre una humanidad absurda más dispuesta a pagar multiplicadas sus supuestas ofensas a Dios, que a reconsiderar las culpas y los crímenes contra sí misma de los que es responsable.

27 de enero

Hans Küng es aquel teólogo holandés que en 1979 perdió la docencia de la sección eclesiástica de la Universidad Civil de Tübingen, en Alemania, por haber cuestionado entonces la infalibilidad papal. Hace pocos días estuve en Barcelona, donde presentó la declaración del Parlamento de las Religiones, que el año pasado reunió a seis mil quinientas personas en Chicago, incluyendo representantes de la Iglesia católica. Esa declaración se asienta en dos principios que, según afirmó, son aceptados por todas las religiones: el primero, que todo hombre debe ser humanamente tratado; el segundo, que no debemos hacer a los otros lo que no queramos que nos hagan a nosotros. Silenciando ahora la curiosidad por saber si efectivamente las religiones, cualquiera de ellas, aceptaron siempre estos principios básicos de una convivencia racional entre los hombres, observo que el magno ayuntamiento de teólogos y gente similar no hizo más que producir dos verdades elementales. Para la primera, Marx y Engels, en *La sagrada familia,* ya habían encontrado una fórmula próxima a la perfección: «Si el hombre es formado por las circunstancias, entonces será preciso formar las circunstancias humanamente»; en cuanto a la segunda, nunca oí decir en mi familia que la abuela Josefa, que la repetía tantas veces, la hubiese aprendido de Confucio... No refiere la noticia si en la reunión de Chicago estuvo representada la gran tribu mundial de los ateos, escépticos y descreídos. Lo más seguro es que no. A pesar de la falta que allí harían. En cuanto a mí, discretísimo miembro de esa tribu, estoy de acuerdo con Hans Küng cuando afirma que «no habrá paz en el mundo si antes no hay paz entre las religiones», lo que equivale a decir que las religiones fueron en el pasado, y continúan siéndolo en el presente, un obstáculo para la unión de los hombres. Y también estoy de acuerdo con él cuando proclama la necesidad de la creación de un nuevo código ético mundial, «imprescindible», palabra suya, para la supervivencia del mundo. Ahí mismo es donde yo quiero llegar cuando digo que estamos todos necesitados de una buena Carta de los Deberes Humanos.

29 de enero

Llegaron las pruebas de los *Cuadernos.* Tengo delante de mí, desde abril, el año que pasó, releo los comentarios que hice al correr de los días, los desahogos, algunas quejas, no pocas indignaciones, unas cuantas alegrías, y veo regresar todas las dudas que me hicieron vacilar sobre el interés y la oportunidad de la publicación. No temo las vanidades ofendidas o los legítimos melindres de las personas aludidas (es de los libros aquello de que donde las dan las toman), pero temo, eso sí, que este registro de ideas domésticas, de sentimientos cotidianos, de circunstancias medias y pequeñas, no gane en importancia al diario de un colegial, en la época en que los colegiales escribían diarios. Yo mismo me pregunto por qué me habrá dado por este ejercicio un tanto complaciente. O tal vez no lo sea, tal vez crea que así retengo el tiempo, que lo hago pasar más despacio sólo porque voy describiendo algo de lo que en él sucede. Veremos lo que resulta. En dos meses el libro saldrá, entonces sabré mejor lo que he de pensar, cuando empiece a saber lo que piensan los otros.

Arno Hammacher llegó a Lanzarote. Tenemos una idea para un libro sobre la isla, él con las fotografías, yo con el texto. Charlamos y sentimos en seguida que estábamos de acuerdo: ni yo interferiré su trabajo, ni él interferirá el mío.

30 de enero

Fuimos a comer a El Golfo. Un día magnífico, con una luz al mismo tiempo viva y suave, por muy contradictorio que parezca. Cuando me iba a sentar a la mesa se aproximó una mujer que me preguntó si yo era quien soy. Le respondí que sí, que era quien ella parecía pensar que yo fuese, y entonces se presentó: periodista de la revista *Stern.* Que los compañeros de *El País* le habían dado mi teléfono y si podría darle una entrevista. «Usted es, ahora, muy conocido», dijo. Tengo que confesar que no aprecié el adverbio: ¿está un hombre hace setenta años en el mundo y sólo ahora es cuando lo conocen?...

31 de enero

Me llega de Madrid una invitación para participar en lo que es llamado «Convivencia en Sarajevo», un encuentro sobre la situación de la ex Yugoslavia y de Europa en general: los nacionalismos, el racismo, la xenofobia, la panoplia completa de las inquietudes más recientes. En resumen, entre españoles, serbios, bosnios y croatas, son unos treinta los invitados. Además de ellos estarán también cuatro «personalidades europeas»: Bernard Henry-Lévy, Günter Grass, Claudio Magris y el sujeto a quien la periodista alemana pidió la entrevista. Nadie me convencerá de que esto sea verdad. Personalidad europea, ¿yo? ¿Con el trabajo que me da ser escritor y las dudas de que lo sea suficientemente? En fin, junto a las curiosidades insatisfechas con las que he vivido, me aparece ahora ésta: ¿cuándo, cómo y por qué se pasa de persona a personalidad?

2 de febrero

No me acuerdo de haber leído nunca sobre los motivos profundos que nos llevan a amar una ciudad más que otras y, a veces, contra otras. Sin hablar de los casos de amor a primera vista (así fue con Siena, apenas entré en ella), que en general no resisten la acción conjunta del tiempo y de la repetición, creo que el amor por una ciudad se hace de cosas ínfimas, de razones oscuras, una calle, una fuente, una sombra. En el interior de la gran ciudad de todos está la ciudad pequeña en la que realmente vivimos.

Habitamos físicamente un espacio, pero, sentimentalmente, habitamos una memoria. Cuando necesité describir el último año de la vida de Ricardo Reis tuve que volver atrás cincuenta años en mi propia vida para imaginar, a partir de los recuerdos de aquel tiempo, la Lisboa que habría sido de Fernando Pessoa, sabiendo de antemano que en poquísimo podrían coincidir dos ideas de ciudad tan diferentes; la del adolescente que yo era, cerrado en su condición social y en su timidez, y la del poeta lúcido y genial que frecuentaba, como un derecho de naturaleza, las regiones más altas del espíritu. Mi Lisboa fue siempre una Lisboa de barrios pobres, como mucho medianos, y si las circunstancias me llevaron, más tarde, a vivir en otros ambientes, la memoria más grata y más celosamente defendida fue siempre la de la Lisboa de mis primeros años, la Lisboa de gente de poco tener y mucho sentir, aún rural en las costumbres y en la idea que se hacía del mundo.

Hoy, tan lejos, me doy cuenta de que la imagen de la Lisboa del presente se va distanciando poco a poco de mí, se va convirtiendo en memoria de una memoria, y preveo, aunque sepa que nunca seré en ella un extraño, que llegará un día en que recorreré sus calles con la curiosidad perpleja de un viajero a quien hubieran descrito una ciudad que debería reconocer en seguida y que se encuentra no precisamente con una ciudad diferente, sino con la impresión de estar ante un enigma que tendrá que resolver si no quiere partir con el alma triste y las manos vacías. Haré entonces lo mismo que el perplejo viajero: buscaré pacientemente hasta reencontrar el espíritu de la ciudad, ese que se oculta en la sombra verde de los jardines, en el color desmayado de una fachada que el tiempo castigó, en la fresca y penumbrosa entrada de un patio, el espíritu que fluctúa desde siempre en las aguas del Tajo y en sus mareas, que habla en los gritos de las gaviotas y en el ronco mugido de los barcos que parten. Subiré a los puntos altos para mirar los montes de la otra orilla y también, del lado de acá, el declive suave de los tejados rojos en dirección al río, la súbita irrupción de los mármoles barrocos de las iglesias, mientras de los edificios y de las calles invisibles crece el sordo e imperioso rumor de la vida.

Lisboa, ya lo sabemos, se transformó en los últimos tiempos. Decadente, abandonada hasta días bien recientes, terremoto lento como llegaron a llamarla, levanta poco a poco la cabeza, sale lentamente de la indiferencia y del marasmo. En nombre de la modernización o de la modernidad, se ponen muros de cemento encima de sus viejas piedras, se perturban los perfiles de las colinas trastornándose panoramas y perspectivas. Probablemente no se podía evitar o no quisieron evitarlo. Pero el espíritu de Lisboa sobrevive, e incluso no sabiendo nosotros lo que espíritu sea, es él quien torna eternas las ciudades.

3 de febrero

Autran Dourado afirma que el Acuerdo Ortográfico es contrario a los intereses brasileños. La noticia no es clara en cuanto a la naturaleza de esos contrariados intereses, pero uno de los argumentos esgrimidos por Autran, ciertamente de los de mayor peso, a juzgar por el espacio que ocupa en la información, es el siguiente: «Tenemos que aceptar que la lengua que hablamos y escribimos se viene distanciando velozmente de la lusitana. No es la ortografía lo que separa lingüísticamente a los dos países. Son las diferencias semánticas y sintácticas. Hay frases de escritores portugueses que yo no entiendo, cuyo sentido no consigo alcanzar».

Quien no entiende el argumento soy yo. Si no se pretende ni se pretendió nunca, que yo sepa, abolir, en beneficio de cualquiera de los dos países, las «diferencias semánticas y sintácticas» que obviamente separan el portugués de un lado del portugués del otro, ¿por qué se indigna tanto Autran Dourado? ¿Cómo y en qué circunstancias unificar la ortografía significaría reducción o eliminación de esas diferencias?

¿O se dará el caso de que en la cabeza de Autran esté germinando la «revolucionaria» idea de que lleguen a producirse en la ortografía brasileña tantas y tan veloces mudanzas como las que están a la vista en la sintaxis y en la semántica, transformándose entonces el portugués de Brasil, decididamente, en otra lengua? Como quiera que sea, es ya alarmante que Autran Dourado diga (alábesele en tanto la sinceridad) que hay frases de escritores portugueses cuyo sentido no consigue alcanzar... ¿Ahí llegamos? ¿Comprende mejor Autran Dourado el inglés, por ejemplo? ¿Y si no lo comprende, qué hace? ¿Va a los periódicos a protestar que no entendió, o va humildemente a estudiar lo que le falta?

Se realizó en Luanda, hace pocos días, una mesa redonda afrolusobrasileña sobre la Comunidad de Países de Lengua Portuguesa. No pude estar presente, pero envié, a petición del embajador de Brasil en Angola, aquello a lo que se suele llamar un mensaje, éste: «Hace algunos años, en Maputo, declaré que las fronteras de mi libertad empezaban en Angola y Mozambique. No tengo la seguridad de que repitiera hoy estas palabras, por lo menos del modo perentorio como las dije entonces. Lo que sí sé es que el futuro del portugués, como lengua de comunicación y de cultura, está radicalmente ligado a las fronteras de los mundos africano y brasileño. Ninguno de nosotros es propietario exclusivo de la lengua portuguesa, pero todos podemos hacer por ella lo que ella hace por nosotros: construirnos todos los días».

Ahora añado: no destruirla. Sin querer estar aquí alabándome ¿no será ésta la manera más sensata de ver las cosas?

4 de febrero

Aún no me he rehecho de la sorpresa. La revista mexicana *Plural,* que está dirigida por Jaime Labastida y tiene como jefe de redacción a Saúl Ybargoyen, un buen amigo desde que nos encontramos en La Habana hace ya unos años, se propone dedicar un número a mi trabajo. Quieren textos míos, inéditos o no, cuento, ensayo o fragmentos de novelas, trabajos críticos o ensayísticos sobre mis libros, una entrevista, un total de páginas que puede llegar a las doscientas cincuenta, para seleccionar después. Como la revista no publica fotografías, la parte gráfica quedaría a cargo de un dibujante o grabador portugués. Todo esto parece demasiado bonito para ser verdad: un número completo de una revista como *Plural* dedicado a tan novel autor es cosa que nunca me hubiera pasado por la cabeza. Pedí a Pilar que se encargase de las diligencias que de nuestra parte tuvieran que ser hechas: atar los hilos, poner a las personas en comunicación unas con otras, en una palabra, ayudar. Pongo a mi mujer en mi lugar, quizá por parecerme, sin querer confesarlo demasiado, que ella tratará mejor de mis intereses de lo que yo mismo haría... Claro que lo conveniente sería decir que es el pudor, que son los escrúpulos y, sin duda, no estaban ellos del todo ausentes cuando pasé el encargo a Pilar, pero manda la sinceridad reconocer que, probablemente, habrán prevalecido las razones prácticas y la eficacia.

5 de febrero

Me enfadé hace un tiempo, y del enfado aquí dejé registro, por el título que el *Público* dio a la noticia que reproducía las declaraciones que hice a una estación de radio española, transformando en oposición a la Lisboa Capital Cultural Europea lo que era, y es, una posición crítica de principio a la concepción de las capitales culturales. Ahora, transcribiendo parte de una entrevista que di a *El País,* y que se publicó con el título «Mi Lisboa ya no existe», el periódico italiano *La Repubblica* no encontró nada mejor que titular *«Adio Lisbona, città morta»*... Cuando un día de éstos escribí que la peor jugada que se podría gastar a un entrevistado sería reproducir con fidelidad absoluta todo cuanto hubiese dicho, no pensé en estas habilidades periodísticas, que ni sutiles son, gracias a las cuales se convierte en general lo que era particular, o se dramatiza lo que era simple, o se promete liebre al lector para después servirle gato.

Dígase, no obstante, que hay ocasiones en que cambios como éstos son bienvenidos. Un artículo sobre la intolerancia y el racismo, apelando a la intervención, no apenas literaria, sino también cívica de los escritores que, con el infelicísimo título (un auténtico lugar común) de «Es necesario destruir Cartago» envié a *L'Unità,* apareció a la luz del día bajo el amparo de palabras felizmente más explícitas y contundentes: *«Scrittori non disertate. Il razzismo minaccia il mondo»*. Lo que había sido una banalísima cita clásica se convirtió en imposición y grito de alarma, precisamente lo que el artículo había querido ser y había sido ahogado por el título original.

7 *de febrero*

Harrie Lemmens, mi traductor al holandés, me envía críticas aparecidas en periódicos de Amsterdam, elogiosas todas, una de ellas traducida en parte por Ana Maria, su mujer, y que remata de esta manera: «Tal vez este evangelio desencantado esté menos animado por un espíritu comunista y mucho más por una anarquía radical y desesperada. Como mensajero de las peores noticias, a pesar del tono hilarante e irónico que las domina, acaba por dejar un sabor amargo en la boca». El crítico lleva razón; hay desesperación en el *Evangelio,* el desespero de quien ve la explicación del universo entregada, todavía hoy, para consumo popular, a los dogmas absurdos y a las creencias irracionales de todas las Iglesias.

Arno Hammacher, que cenó con nosotros, leyó las críticas y me felicitó con su forma personalísima, una mezcla de voz que parece desprovista de afecto y unos ojos que se derriten de una ternura casi infantil. En la carta que acompañaba las críticas, Harrie se sorprende con mi paciencia para hablar con periodistas, andar de hotel en hotel, etcétera. Voy a decirle que son gajes del oficio, que todos los tienen, hasta éste, que parece que todo son fiestas y satisfacciones, cuando lo que muchas veces apetece es poner un letrero en la puerta: «No estoy para nadie». Así es la vida: acaba provocando tedio lo que empezamos aceptando como necesario.

Manos amigas me hicieron llegar... Antes se usaba mucho esta expresión, sobre todo en cartas dirigidas a los periódicos cuando alguien que se sentía tocado por alusiones en general desfavorables pretendía justificarse. Así se hacía creer que había por ahí unas buenas almas cuya mayor preocupación, por lo visto, era informar (hacer llegar a las manos) lo que a otras, pese a ser las únicas o principales interesadas, hubiese pasado inadvertido. Lo que sucedía, en muchos casos, era que la persona en cuestión no quería que se supiese que ella misma era la que encontró la noticia calumniosa o menoscabante, probablemente por considerar indigno de su importancia tomar directo conocimiento de las cosas inferiores del mundo.

No es éste el caso. Las manos amigas son reales y verdaderas, son las de Iva y Manuel Freire, gracias a quienes, aquí, en este Lanzarote donde vivo, pude leer un artículo de Ângela Caires publicado en un periódico —*Fiel Inimigo*— de cuya existencia no tenía noticia. El artículo se llama «Un muchacho llamado Saramago» y es de los más divertidos textos en los que alguna vez puse los ojos. No resisto la tentación, con la debida venia, de traerlo a colación:

«Suelo recibir unos libros de portada amarilla, habitados por personajes de nombres esdrújulos, que tienen en común el hecho de ir firmados por un chaval llamado Saramago. Ante la duda de si tendría que sacrificarles mi tiempo, frente a un volumen que levanté del suelo, pregunté a un editor amigo mío si tal libro sería merecedor de atención. Que no, me garantizó. Aduciendo argumentos demoledores: su editorial había rehusado publicarlo. Por superabundantes razones: el escribiente, que usa y abusa de comas, raramente sabe dónde colocarlas. Los puntos y aparte, ni los ve. Daría un trabajo de mil diablos transformar aquella masa informe de texto en prosa correcta. Por esa razón el original fue a parar a una editorial de comunistas, donde, además, el sujeto se refugia, políticamente hablando.

»Los camaradas le hicieron la primera faena, dando a la estampa un volumen con el nombre enrevesado de *Alzado del suelo* que, según creo, pasó completamente inadvertido. Para no hablar del chasco total de otra tentativa, *Memorial del convento,* de quien seguramente nadie guarda memoria. Los editores, seguros de que esta aventura les conduciría a la quiebra, no invirtieron mucho en el producto: no gastaron ni unos reales en ilustrar las portadas, reproduciéndolas en cartón liso de color desmayado.

»El candidato a escritor podría haberse detenido ahí. Pero la prueba de que el autor no tiene el menor sentido de la humildad es que reincidió. Raro es el año en el que no pone en la calle más volúmenes de tapa amarilla, siempre con títulos desabridos y engañadores.

»Nunca más me vi libre de él. Por un cumpleaños me llegó a las manos, camuflada con cintas de celofán, una *Balsa de piedra,* que no era más que una narrativa alucinada de la experiencia vivida por un perro con terror a los terremotos. Una Navidad me tocaron siete ejemplares de la *Historia del cerco de Lisboa,* que no es historia de un cerco ni de Lisboa, pero sí de un corrector de pruebas preocupado con una rarísima sinalefa llamada *deleatur.* Por no hablar del día en que regalé a un sobrino con tendencia a las bellas artes un *Manual de pintura y caligrafía* que nada tenía que ver con pinceles ni pluma. La última afrenta, cualquier cosa como *El evangelio según Jesucristo,* es la prueba concreta de su total falta de recursos creativos. Ni plagiar la Biblia sabe el sujeto. E incluso después de los consejos del señor Sousa Lara ("hombre, váyase a su casa, lea, estudie"), continúa escribiendo. Continúa. Continúa.

»Como nadie le compra libros, me parece que vienen todos a parar a mis estantes, por vía de amigos y familiares encantados en jugarme malas pasadas; no sé por qué la editora insiste en publicar sus mal compuestas prosas, arruinándose, con seguridad. Cosas de comunistas.

»Además de eso, como escritor, el hombre es un peligro. Imagínese que sus textos vayan a parar a las escuelas. Adiós al denodado esfuerzo de Couto dos Santos, de Roberto Carneiro, de Deus Pinheiro, y de otros intrépidos ministros de Educación, para que las criaturitas aprendan el buen portugués de Edite Estrela.

»Aterrador, ¿no os parece? Lo peor es que la criatura encima se ríe de nosotros. No sé por qué. Nunca le dieron el Premio Nobel. Vive exiliado en una isla en el fin del mundo. Casado con una española. Y como si esto no bastase, hace un montón de años que está desempleado. Por causa de aquel su mal genio, la testarudez propia de quien no distingue de qué lado sopla el poder, nunca será funcionario del señor Santana Lopes, ni presidente de la Cámara de Cascais. Bien hecho.»

En todo Ângela Caires sabe de lo que habla. Hasta sabe que Bertrand rehusó publicar *Alzado del suelo...* Bien que nos reímos. Las carcajadas de Carmélia y de Pilar deben haberse oído en Fuerteventura. Espero que no hayan faltado en Portugal, mezcladas con algunas sonrisas tan amarillas como las tapas de mis libros...

8 de febrero

Pensé en la Historia y la vi llena de hombrecitos minúsculos como hormigas, unos que no caben por las puertas que hicieron, otros que arrancaron a la cantera el mármol con que Miguel Ángel hizo su *David,* otros que a esta hora están contemplando la estatua y dicen: «Quizá todavía no hayamos empezado a crecer».

Abordar un texto poético, cualquiera que sea el grado de profundidad o amplitud de la lectura, presupone, y oso decir que presupondrá siempre, una cierta incomodidad de espíritu, como si una conciencia paralela observase con ironía la inanidad relativa de un trabajo de destape que, estando obligado a organizar, en el complejo sistema capilar del poema, un itinerario continuo y una univocidad coherente, al mismo tiempo se ve obligado a abandonar las mil y una probabilidades ofrecidas por los otros itinerarios, a pesar de que es consciente de antemano de que sólo después de haberlos recorrido todos, éstos y aquel que escogió, accederá al significado último del texto, pudiendo suceder que la lectura alegadamente totalizadora así obtenida sirva sólo para añadir a la red sanguínea del poema una ramificación nueva, imponiendo por tanto la necesidad de una nueva lectura. Todos nos lamentamos de la suerte de Sísifo, condenado a empujar montaña arriba una sempiterna piedra que sempiternamente rodará hacia el valle, pero tal vez el peor castigo del desafortunado hombre sea el de saber que no llegará a tocar ni una sola de las piedras del entorno, innumerables, que esperan el esfuerzo que las arrancaría a la inmovilidad.

No preguntamos al soñador por qué está soñando, no requerimos del pensador las razones de su pensar, pero de uno y de otro querríamos conocer adónde os llevaron, o llevarán ellos, el pensamiento y el sueño, aquella pequeña constelación de brevedades a la que solemos llamar conclusiones. Sin embargo —sueño y pensamiento reunidos—, al poeta no se le ha de exigir que nos explique los motivos, desvele los caminos y señale los propósitos. El poeta, en la medida que avanza, apaga los rastros que fue dejando, crea detrás de sí, entre los dos horizontes, un desierto, razón por la que el lector tendrá que trazar y abrir, en el terreno así alisado, una ruta suya, personal, que jamás coincidirá, jamás se yuxtapondrá a la del poeta, única y finalmente inescrutable. A su vez, el poeta, barridas las señales que durante un momento marcaron no sólo la vereda por donde vino, sino también las dudas, las pausas, las mediciones de la altura del sol, no sabría decirnos por qué camino llegó a donde ahora se encuentra, parado en medio del poema o ya en el fin. Ni el lector puede repetir el recorrido del poeta, ni el poeta podrá reconstruir el recorrido del poema: el lector interrogará al poema acabado, el poeta tendrá que renunciar a saber cómo lo hizo.

9 de febrero

Delante de la casa plantamos ayer dos membrilleros con nombre de personas: uno que se llama Víctor Erice y el otro Antonio López. Así se cumplió lo que estaba prometido. Ahora sólo tendremos que esperar a que los árboles crezcan y fructifiquen. Dudo, no obstante, que en este clima, lleguen a alcanzar alguna vez la fuerza irradiante de *El sol del membrillo.*

Alfonso de la Serna, diplomático español jubilado, me escribe de vez en cuando a propósito de las lecturas que va haciendo de mis libros y siempre de su amor a Portugal, nacido cuando estuvo destinado en la Embajada de España en Lisboa entre 1949 y 1955. Con la carta que hoy recibí me envía fotocopias de tres artículos que publicó en el periódico *ABC,* en 1988, 1989 y 1992, titulados «Entre Douro y Miño», «Camino de Portugal» y «Saudade del Chiado». Son textos, como él dice, anticipándose así a lo que cree que será mi juicio, propios de la «retórica nacionalista portuguesa». Se justifica de este modo: «Los españoles, como decía Machado, de la Castilla empobrecida y vencida, "desprecian cuanto ignoran", y yo creo que una buena parte de los sentimientos de muchos españoles hacia Portugal —incluyendo a los españoles que viajan al "país vizinho" y hasta aquellos que se dicen "amigos"— procede de la más absoluta ignorancia de lo que ha sido, y *por tanto es,* Portugal. Así que, aun a riesgo de bordear la literatura retórica, yo he querido siempre contar a mis ignorantes y queridos compatriotas qué es lo que ha hecho Portugal en el mundo. Y en todo caso he querido dar testimonio de que algunos españoles nos interesamos hondamente por ese pequeño-grande, querido, admirable país, que tenemos al lado, al lado izquierdo: el lado del corazón».

Sin embargo el motivo principal de esta carta fue la entrevista que di a *El País,* esa amarga conversación que dejó a mis no menos queridos compatriotas totalmente indiferentes, a juzgar por el nulo eco que tuvo. Alfonso de la Serna me pide que no abandone del todo Lisboa, «porque hombres como usted», dice él, «son los que han dado una parte de su alma a Lisboa». Y añade: «Siga usted escribiendo sobre Lisboa, o quizá *hablando a Lisboa,* desde sus escritos, pero no se aleje demasiado en su "balsa" canaria del país quizás hoy irritante para usted pero siempre adorable que es Portugal».

Alfonso de la Serna es un hombre de derechas a quien no da sombra hablar tan llanamente al hombre de izquierdas que él sabe que soy yo. Pesa mucho esta certeza en el gusto que siempre me dan sus cartas.

10 de febrero

Tenemos delante de la puerta el contenedor en el que vienen los libros y los muebles de Lisboa. Son más de ciento cincuenta cajas y envoltorios de todos los tamaños. Los que más abultan son los de los libros y los estantes que los acogerán. La casa está volviendo a casa.

Quien hubiera acompañado con alguna atención lo que vengo escribiendo desde *Manual de pintura y caligrafía* sabrá que mis objetivos, como ficcionista, y también (¡allá va!) como poeta, y también (¡séase!) como autor teatral, apuntan a una definición final que puede ser resumida, creo, en apenas cuatro palabras: meditación sobre el error. La fórmula corriente —meditación sobre la verdad— es, sin duda, filosóficamente más noble, pero, siendo el error constante compañero de los hombres, pienso que sobre él, mucho más que sobre la verdad, nos conviene reflexionar. Ahora bien, siendo la Historia por excelencia el territorio de la duda, y la mentira el campo de la más arriesgada batalla del hombre consigo mismo, lo que propuse en la *Historia del cerco de Lisboa,* por ejemplo, fue una confrontación directa entre individuo e Historia, un conflicto en el que una persona común, forzada por las circunstancias a indagar tanto las falsedades como las alternativas de la Historia, se encuentra frente a frente con sus propias mentiras, sean las que comete para con los otros, sean las que organiza para con él mismo. Al buscar una alternativa, lúdica en este caso, para una cierta lección de la Historia, se confronta con la necesidad, ya no apenas lúdica, sino vital, de reconocerse a sí mismo como alternativa posible a lo que antes había sido, esto es, pasar a ser otro manteniéndose idéntico. Si no me equivoco, tanto sirve esto para el individuo como para la Historia, caso en el que, contrariando profecías y fantasías, la Historia no sólo no ha llegado al final, sino que no ha empezado...

12 de febrero

Dos días de esfuerzo arrasador. Por todas partes cajas y cajones de donde salen de vez en cuando objetos olvidados que aparecen a nuestros ojos con un aire de novedad total, como si, durante el viaje entre Lisboa y Lanzarote, alguien de la patria, queriendo sorprendernos con unos últimos regalos, se hubiese entretenido en esconder en la carga memorias, gestos, la cantiga del adiós, un murmullo que dijese: «No nos olvidaremos de ti, ahora tú no vayas a olvidarte de nosotros». Esta noche, con la ayuda de María y Javier, una parte del nuevo arreglo de la casa quedó terminada. Pilar está exhausta, pero feliz. A mí me duelen todos los músculos. Pienso: «Una vida entera para llegar aquí». Pero aquí estoy, como aquel día en el que, transportado de alegría, puse el pie en lo alto de la Montaña Blanca.

El destino, eso a lo que damos el nombre de destino, como todas las cosas de este mundo, no conoce la línea recta. Nuestro gran engaño, debido a la costumbre que tenemos de explicar todo retrospectivamente, en función de un resultado final, por lo tanto conocido, es imaginar el destino como una flecha apuntada directamente a una diana que, por así decir, la estuviese esperando desde el principio sin moverse. Sin embargo, por lo contrario, el destino duda muchísimo, vacila, le lleva tiempo decidirse. Tanto así que antes de convertir a Rimbaud en traficante de armas y marfil en África lo obligó a ser poeta en París.

15 de febrero

Historias de aviación. Primera historia. Aeropuerto de Madrid. El avión partirá dentro de tres horas. Busco un sitio tranquilo para leer, sin niños que a la vista parecen sosegadísimos y en un santiamén entran en trance turbulento, sin adolescentes que, como los niños, no son muy de fiar, pues pasan repentinamente del ensimismamiento más profundo a comportamientos de estadio de fútbol. Soy un señor respetable que oyó demasiado ruido en su vida y le gusta el silencio y la palabra justa. Allí hay una pareja ya de edad, con el aire inconfundible de quien no se habla desde la noche de nupcias. Me siento de espaldas a ellos y suspiro de bienestar. Ingenuidad mía. Pasados dos minutos tengo delante de mí al caballero mayor (continúo sin aceptar que yo tenga la edad de los señores de edad) que me pregunta si voy a Buenos Aires. Que no, respondí, que voy a Roma. Después quiso saber si yo era argentino y le dije que era portugués, nada lisonjeado por el equívoco: si me confunden con un argentino es porque no tienen ninguna idea de lo que es el castellano hablado por un portugués, lo que, a su vez, significará que no tienen idea de lo que sea el portugués. En este caso no era así del todo: el señor mayor, que era paraguayo, conocía Brasil... Siguió una conversación con vocación de interminable, locuaz por su parte, lacónica por la mía, que empezó con la prometedora información de que la pareja regresaba a su país después de viajar durante tres meses por Europa. A ver los palacios, a conocer los restaurantes y los hoteles, dijo el compatriota de Roa Bastos. A continuación habló del desarrollo de América Latina, con la ayuda de Estados Unidos, precisó, a lo que respondí, secamente, que de ser así no estaba mal que Estados Unidos, después de haber robado tanto, devolviesen finalmente alguna cosa. Dicho esto di ostensivas muestras de sueño y el señor mayor tuvo que retirarse, anunciando *pro forma* que iba a dar una vuelta. Vuelta que apenas llegó a empezar porque se percató de que su mujer se encontraba en animada conversación con una dominicana que había estado en Austria y que tenía una hija de dos años que quería que la cogiesen en brazos en el intervalo de las arrebatadas correrías a que se entregaba. La dominicana, que había venido acompañada por un austriaco, que después desapareció (ella tuvo el escrúpulo de decir que había acabado de conocerlo), habló también de palacios, en particular del de la infeliz Sissi... Con excepción de los adolescentes, todo me había sucedido. Llevé el equipaje hacia una especie de corredor por donde nadie pasaba y allí me quedé el resto del tiempo que aún faltaba, meditando en las virtudes del silencio y de las palabras bien empleadas.

Segunda historia de aviación. El asiento anterior al mío lo ocupa una italiana, entre muchacha y *jeune femme.* (Al final tantas palabras en el diccionario y nos faltan las que expresarían, con precisión, las diversas y diferentes edades que van de la adolescencia a la vejez.) Apenas acabó de sentarse dislocó bruscamente el respaldo del sillón hacia atrás, señal, para mí, de insensibilidad y mala educación: sin pretender dar lecciones de buenas maneras a nadie, creo que se debe empezar por reclinar un poco el respaldo del asiento y, sólo después, en uno o dos movimientos, ponerlo en la posición más inclinada, si es eso lo que se pretende. Me pongo a leer los periódicos, me olvido de la italiana, hasta que, de súbito, percibo una alteración en la ocupación del espacio... Al lado de la italiana se había sentado un español que cambió de lugar con la intención de trabar conocimiento, y la conversación, sin pasar aún de generalidades, ya estaba lanzada. Son tácticas conocidas. Pero hete aquí que ya no era un español, sino dos, ya no eran dos, sino tres, ya no eran tres, sino cuatro, todos hablando con la italiana (oigo que la llaman Bárbara, que trabaja en la televisión), y el espectáculo se vuelve rápidamente deprimente, con aquellos gallos tontos profiriendo frases de doble sentido, frenéticos, bebiendo whisky y fumando nerviosamente, con la cabeza perdida. La italiana se reía, respondía a la letra, quiero pensar que estaría divirtiéndose a costa de aquellos cuatro machos idiotas que me hacían tener vergüenza de ser hombre. A la llegada salieron juntos del avión, hablando de ir a un bar. ¿Cuál de ellos habrá ido con ella a la cama, si es que fue? ¿Cuál de ellos se enorgullecerá de ello? ¿O se van a enorgullecer todos, habiendo combinado que no se desmentirán los unos a los otros?

Regreso a un tema recurrente. Todas las características de mi técnica narrativa actual (yo preferiría decir: de mi estilo) provienen de un principio básico según el cual todo lo *dicho* se destina a ser *oído*. Quiero con esto señalar que me veo como un narrador oral cuando escribo y que escribo las palabras tanto para ser leídas como para ser oídas. Ahora bien, el narrador oral no usa puntuación, habla como si estuviese componiendo música y usa los mismos elementos que el músico: sonidos y pausas, altos y bajos, unos breves, largos otros. Determinadas tendencias que reconozco y confirmo (estructuras barrocas, oratoria circular, simetría de elementos) supongo que me vienen de una cierta idea del discurso oral tomado como música. Me pregunto a mí mismo si no habrá más que una simple coincidencia entre el carácter inorganizado y fragmentario del discurso hablado de hoy y las expresiones «mínimas» de cierta música contemporánea...

16 de febrero

En Roma, de paso hacia Nápoles. Fui a Bompiani para hablar con Laura Revelli, la responsable de las relaciones públicas, con quien, desde el primer día, creamos una excelente amistad. Me dijeron que ella estaría en un hotel de la Via Veneto custodiando a un escritor norteamericano que iba a dar allí una entrevista. Como aún era temprano di una vuelta por las inmediaciones de la Piazza di Spagna e inevitablemente fui a la iglesia de Santa Maria del Popolo, a ver los Caravaggios, sobre todo el inagotable *Conversión de San Pablo.* Cuando llegué al hotel, Laura aún no había llegado. Apareció sin aliento, venía de Bompiani, donde le habían dicho que la buscaba. Y ahora allí estaba, simple y afectuosa como es. No pudimos conversar más que unos cinco minutos, la periodista y el fotógrafo esperaban que el norteamericano bajase. Entonces tuve la impresión de experimentar la extrañísima impresión de estar viviendo del otro lado momentos míos anteriores: también a mí me ha sucedido estar en la habitación de un hotel, bajar para una entrevista y encontrarme con una periodista y un fotógrafo. Pero ahora podía observar el distanciamiento de éstos, la indiferencia, como quien está ahí para cumplir una obligación aburrida, trabajo de rutina, un escritor, a fin de cuentas, no merece más.

Nápoles, inauguración de la Galaxia Gutenberg, un Salón del Libro que aspira a competir un día con el de Turín. Más simple, estructuralmente más modesto. La ceremonia de apertura fue caótica. Reencontré al *beau parleur* que es Stefano Rolando, el presidente del jurado del Premio Unión Latina. Alguien me dijo que lo había sorprendido cambiando los lugares de la mesa, con el fin de quedar más cerca del *Sindaco* de Nápoles, que presidía... La víctima fue el embajador Nunes Barata, desplazado casi hasta la punta de la mesa por la vanidad del italiano. Después fuimos a cenar a un *risto-pub,* una cosa llamada Bounty con motivos náuticos de adorno. Una alumna de Maria Luisa Cuisati cantó fados y canciones napolitanas. De los fados no quedará ninguna historia, el fantasma de Amália Rodrigues andaba por allí. Pero las canciones napolitanas eran bellísimas, sobre todo una de ellas, llamada más o menos *Tuorna Maggio.* De repente, y como va siendo costumbre, pasé del cien por cien de animación al cero. Y cuando caigo en el cero lo mejor es que me retire. Antes, sin embargo, manifesté a la directora de la Biblioteca Nacional, Maria Leonor Machado de Sousa, mi extrañeza por el silencio de tres años con que ha sido acogida mi oferta a la Biblioteca de unas cuantas cartas y pruebas tipográficas revisadas por José Rodrigues Miguéis. Se quedó perpleja, creía que el asunto estaba resuelto. En fin, parece que va a ser esta vez.

17 de febrero

Mañana temprano doy una entrevista a *Il Mattino.* Un periodista simpático e inteligente. Y, cosa rara, informado. Pensé en el episodio del hotel de la Via Veneto e intenté adivinar qué expresión tendría él en la cara cuando venía a encontrarse conmigo. Nápoles está fría, helada, la lluvia es la misma que en Santiago de Compostela. Asistí, como si estuviese en una cámara frigorífica, a una mesa redonda sobre la Biblioteca Nacional. Estaba también Nuno Judice, tan transido de frío como yo. Tuve después el valor de ir a Pompeya. Estuvieron en la cena Luciana Stegagno Picchio, Eduardo Lourenço y Helena Marques.

18 de febrero

Por la mañana en la RAI Uno, con Maria Luisa Cusati, para grabar una entrevista que sólo será reproducida en abril, que es cuando empieza el programa. Para no variar se llamará *La biblioteca ideal.* Terminada la grabación, carrera a la Galaxia para llegar a tiempo a la mesa redonda que iba a reunir a los escritores portugueses. Helena Marques habló de las mujeres escritoras, Nuno Judice y yo de lo que hacemos y hemos hecho. Eduardo Lourenço, como si nunca hubiera escrito una línea, comentó generosamente las obras de los demás. Cuando por la noche nos despedimos, después de la cena ofrecida por el embajador Nunes Barata, dijo Eduardo: «Bueno, pues hasta mañana». Le respondí que no, que partía tempranísimo, suponía que lo sabía, y él dijo un «¡Ay!» desconsolado, una expresión de tristeza que reflejó la mía. Antes me había dicho unas palabras muy bonitas que me llegaron dentro: que yo era el hermano mayor que él no tuvo.

Lo imposible continúa aconteciendo. En la novela *Jazz* de Toni Morrison hay un personaje que mata a la mujer a quien amaba. Por amarla demasiado, explicó. Parece absurdo, pero los novelistas son así, ya no saben qué más inventar para captar la fatigada atención de los lectores. Estas cosas, en la vida, no suceden. Suceden otras. Ahora, en Francia, un muchacho de veintipocos años preguntó a su novia, más joven que él, si sería capaz, para probar su amor, de matar a una persona. Ella respondió que sí. Ocurría esto en un café. En una mesa cerca estaba otro chico, éste de dieciocho años. Los novios entraron en conversación con él, poco después era como si fuesen amigos de siempre. Ella, con señales que hasta un ciego entendería, empezó a seducir al muchachito. Salieron juntos. A cierta altura ella dijo al novio: «No vengas con nosotros. Nos vamos al jardín». El de dieciocho años adivinó la aventura fácil y se fue con la chica. En un rincón escondido ella sacó una pistola del bolso de mano y mató al muchacho. Toni Morrison no sabe nada de la vida. Lo imposible sucede siempre, sobre todo si es horrible.

19 de febrero

Tercera historia de aviación. De Madrid a Lanzarote tuve que soportar la vecindad de veinte franceses, entre masculinos y femeninos, las más groseras criaturas que Dios tuvo el mal gusto de echar al mundo. Las carcajadas, las burlas, las manifestaciones de desprecio por todo cuanto veían, oían y probaban, desde la lengua castellana a la comida, desde las azafatas a los aviones, daban ganas de vomitarles en la cara. Estuve a punto de hacer de Quijote lusitano, pero ellos eran demasiado brutos, ellas ferocísimas. Me harían trizas y España no agradecería la valentía. Me contenté con mirarlos reprensivamente, sin resultados, como un gato puede mirar a un tigre. Cuando el avión aterrizó en Lanzarote fui el primero en salir, rogando a los cielos que no me hiciesen encontrar otra vez a esos bárbaros mientras estén por aquí.

Después de tres días de ausencia encuentro la casa transformada. Más que transformada, transfigurada. Pilar trabajó como sólo ella es capaz, con toda el alma. La ayudaron la madre, María y Javier, Carmélia y hasta los más jóvenes de la familia, Luis y Juan José, además de dos compañeros suyos, Óscar y Raúl. Mi despacho lucía las maderas barnizadas, los libros arreglados (no exactamente como los arreglaría yo, ¿pero qué importa?), los cuadros en los lugares que les había destinado, dispuestas las alfombras en el suelo. Mozart tocaba cuando entré y *Pepe* me hizo una acogida grandiosa. ¿Cuántas maneras habrá de ser feliz? Empiezo a creer que las conozco todas.

20 de febrero

Pasamos la tarde en el valle de Guinate, entre montañas verdes. En el cielo azul, como una aparición benevolente, la luna diurna brillaba en silencio. Comimos costillas de cordero y entrecot, patatas en salsa de almendras. Dormí al sol.

21 de febrero

María, que hoy se fue a Granada, a continuar durante dos meses sus estudios de Historia de Arte, me preguntó si yo sabía qué aplicación en arquitectura podía dársele a los términos «sístole» y «diástole». Que había leído u oído una referencia (no recuerdo ahora precisamente) y que no conseguía encontrar ninguna especie de analogía con las archiconocidas expansiones y contracciones cardiacas. No tuve otra respuesta que darle que acompañarla en la ignorancia y en la perplejidad. Pero como de perplejidades e ignorancias es de lo que la curiosidad se alimenta, me puse a consultar diccionarios y enciclopedias, para finalmente llegar a la conclusión de que la sístole y la diástole eran, de hecho, movimientos exclusivos del corazón que ni figuradamente tenían cabida en la arquitectura. Me acordé entonces de una venerable reliquia que tengo por ahí, el *Dictionnaire Général des Lettres, des Beaux-Arts et des Sciences Morales et Politiques,* en dos volúmenes, editado en 1862 en París (perteneció a la biblioteca de Raimundo Silva, como es fácil comprobar en la página veintisiete de la *Historia del cerco de Lisboa...*) y fui a arrancarlo del sueño profundo en el que dormía. Tal vez en aquel tiempo, pensaba yo, o en otros más antiguos que ese diccionario diese noticia, la arquitectura hubiera sido hecha tanto con el corazón que quien una cosa dijese, otra estaría diciendo. Penas perdidas: la diástole, informaba el *Dictionnaire,* es un término de gramática, por lo demás tan extensamente aplicado que no es posible transcribir aquí la definición completa, aconteciendo lo mismo con la sístole, ésta enriquecida con ejemplos tomados de Virgilio y Horacio. Desanimado, noté que la arquitectura me cerraba las puertas en la cara. Fue entonces cuando reparé que a continuación de *systole* venía una palabra que parecía pertenecer a la familia. *Systyle* se llamaba y decía así: «(Du grec *syn,* avec, et *stylos,* colonne) c.-a-d. a *colonnes serrées,* se dit en Architecture d'un edifice dont les colonnes sont distantes les unes des autres de deux diamètres ou quatre modules». Se aceleraron mis propias sístoles y diástoles y fui a ver si en *diástole* había un vecino igualmente generoso. Lo tenía y se llamaba, con toda semejanza, *diastyle,* descrito con estas palabras: «Entre-colonnement de trois diamètres, le plus large qui pût, chez les Anciens, porter une architrave de pierre ou de marbre». Me levanté agradecido al *Dictionnaire* y fui a dar parte de mi descubrimiento a María; una vez más la ley (lingüística) del menor esfuerzo había hecho triunfar unas palabras sobre otras. Ahora sólo me falta saber si María va a tener el valor de decir al profesor que está equivocado cuando él diga que la sístole y la diástole son reconocibles en la columnata de la Plaza de San Pedro, en Roma...

22 de febrero

Alguien tuvo un día la idea de llamarme «escritor de Lisboa» y ese calificativo se transformó en moneda corriente en el peculio informativo de los periodistas apresurados. Verdaderamente, no he escrito acerca de Lisboa, pero sí de algunas «pequeñas Lisboas» que son los barrios, que son las calles, que son las casas, que son las personas, microcosmos en la ciudad universo que no necesitan conocerla toda para ser, ellos mismos, virtualmente infinitos. En *Ricardo Reis* no fue de Lisboa de lo que hablé, sino de unas pocas calles y de un cierto itinerario que, si no me engaño, comporta y expresa un sentimiento de infinitud. En cuanto al *Cerco,* hasta el lector menos atento observará que la Lisboa de hoy es la Lisboa del siglo XII, en el sentido de que el autor de ese libro no pretendió expresar una visión de extensión, pero sí, si a tanto puede llegar, algo a lo que llamaría un presentimiento de profundidad. Sí, el tiempo como profundidad, el tiempo como la tercera dimensión de la realidad en dos dimensiones en que vivimos.

23 de febrero

Llevaron a Dios a todos los lugares de la tierra y le hicieron decir: «No adoréis esa piedra, ese árbol, esa fuente, esa águila, esa luz, esa montaña, que todos ellos son falsos dioses. Yo soy el único y verdadero Dios». Dios, pobre de él, estaba cayendo en flagrante pecado de orgullo.

Dios no necesita del hombre para nada, excepto para ser Dios.

Cada hombre que muere es una muerte de Dios. Y cuando muera el último hombre, Dios no resucitará.

Los hombres, a Dios, le perdonan todo, y cuanto menos lo comprenden más le perdonan.

Dios es el silencio del universo y el hombre el grito que da un sentido a ese silencio.

Dios: un todo arrancado a la nada por quien es poco más que nada.

24 de febrero

El desperdicio más absurdo no es el de los bienes de consumo, sino el de la humanidad: millones y millones de seres humanos naciendo para ser machacados por la Historia, millones y millones de personas que no poseen más que sus simples vidas. De poco les va a servir ésta, pero nunca falta quien de tales menudencias se aproveche. La debilidad alimenta la fuerza para que la fuerza aplaste a la debilidad.

Parece que hay en mí como una balanza interior, un patrón marcador que me ha permitido vigilar, de una manera que llamaría intuitiva, la «economía» de los pormenores narrativos. En principio el «yo lógico» no rechaza ninguna posibilidad, pero el «yo intuitivo» se rige por unas leyes propias que el otro aprendió a respetar, incluso cuando tiene reluctancia a obedecerlas. Evidentemente, no hay aquí ninguna ciencia, salvo si este aspecto tan particular de mi trabajo se nutre de otra especie de ciencia, involuntaria, infusa, ilocalizable que, por puro práctico que soy, me limito a seguir como quien se va dando cuenta del cambio de las estaciones sin saber nada de equinoccios y solsticios.

25 de febrero

Domenico Corradini, profesor de la Universidad de Pisa, que tradujo al italiano *El año de 1993,* me invitó hace tiempo a formar parte de un grupo de cuatro personas que orientarían la elección y la publicación de pequeños textos en una colección que recibió el nombre de *La sapienza dei miti.* Era tal su empeño que no tuve alma para decirle que soy poco entendido en la materia y que por lo tanto sería de utilidad escasísima para los fines deseados. Por eso caí de las nubes cuando hace pocas semanas, al recibir los dos primeros volúmenes de la colección, verifiqué que soy presentado como director, y tengo como colaboradores a Luigi Alfieri y Claudio Bonvecchio, además del propio Corradini. Puesto que sería falto de delicadeza protestar contra el «abuso», me limité a agradecer la generosidad, al mismo tiempo que comprendía que mis responsabilidades habían crecido, eso sí, teniendo presente una lección de todos los días: la de que no siempre los directores son los que dirigen... De todos modos, ya no podría contentarme con un papel de simple cuerpo presente, disimulando mi incompetencia singular en la pluralidad del grupo. Me puse a revisar mentalmente autores portugueses con posibilidades de entrar en dicha colección y acabé por fijarme en Teixeira de Pascoaes, a pesar de no morir de gusto por él. Empecé por pensar en el *Regresso ao Paraíso,* pero era demasiado largo, en *Marânus,* pero era demasiado local y, de posibilidad en posibilidad, di con el *Jesus e Pã.* El mito estaba allí, si no se prefiere decir que estaban allí los mitos todos. Sospecho, sin embargo, que la verdadera razón por la que propuse esta obra de Pascoaes para «mi» colección se encuentre en tres versos definitivamente subversivos que estallan en el interior del poema: «¡Las ninfas besarán a los ángeles del Señor / María llamará a Venus su hermana / Y el tronco de una cruz he de verlo florecer». Lo que Sousa Lara no haría si Pascoaes le hubiese caído entre las manos... Felizmente en 1903, cuando el poema fue publicado, no había Secretaría de Estado de Cultura...

26 de febrero

A Autran Dourado no le gustó mi comentario. Me llama polemista de segunda clase, lo que es hacerme un gran favor, toda vez que siendo de segunda mano poco me falta para ser de primera, si a tal ascenso quisiese aspirar. Y como le parece que le llamé ignorante (lo que dos veces no es verdad: ni él lo es, ni yo se lo llamé), equilibra un insulto imaginario con otro real: dice que soy un burro, olvidándose de que, hasta que haya prueba de lo contrario, pertenecemos ambos a la misma especie. Así van las polémicas en el mundo de la lengua aún portuguesa. ¿O ya brasileña? Autran Dourado dijo lo que le apeteció y debe estar satisfecho. Sólo le faltó responder a las preguntas simples que le había hecho, a saber:

«Si no se pretende ni se pretendió nunca, que yo sepa, abolir, en beneficio de cualquiera de los dos países, las "diferencias semánticas y sintácticas" que obviamente separan el portugués de un lado del portugués del otro, ¿por qué se indigna tanto? ¿Cómo y en qué circunstancias unificar la ortografía significará reducción o eliminación de esas diferencias?»

A esto es a lo que Autran Dourado debería haber atendido. Si ahora se decide a responder, de lo cual dudo, que no me responda a mí, que nunca tuve paciencia ni gusto para discusiones de burros. Que se responda antes a sí mismo, que las dudas, quien las tiene, es él y no yo. Da mucho que pensar la facilidad con que los denominados intelectuales y artistas resbalan hacia las fanfarronadas cuando se dan cuenta de que les hablamos de razones. Y se sorprende la gente, y se escandaliza, y se echa las manos a la cabeza (¡a qué estado ha llegado el mundo!) cuando leemos en un periódico la noticia de que a causa de una insignificancia un sujeto clavó el cuchillo en la tripa de otro. Literalmente hablando los escritores no se apuñalan unos a otros, pero es sólo literalmente.

27 de febrero

Me pregunto si lo que mueve al lector a la lectura no será la secreta esperanza o la simple posibilidad de llegar a descubrir, dentro del libro, algo más que la historia contada, la persona invisible, pero omnipresente, que es el autor. La novela es una máscara que oculta y al mismo tiempo revela los trazos del novelista. Si la persona que el novelista es no interesa, la novela no puede interesar. El lector no lee la novela, lee al novelista.

¡Ah, la memoria! Hace tres años, cuando la amistad de Javier Pérez Royo, entonces rector de la Universidad de Sevilla, me convirtió allí en doctor *honoris causa,* pretendí citar, en mi discurso de agradecimiento, ciertas palabras leídas y que así rezaban: «Somos cuentos de cuentos contando cuentos, nada». Rebuscando en la memoria encontré que eran de Quevedo, pero llegado el momento de escribir el nombre me entraron las dudas y, con mucho trabajo, fui a verificar: no, no eran de Quevedo. Volví a la memoria y ella, bastante menos segura, me propuso otro nombre: el de León Felipe. Apenas repuesto del cansancio que la búsqueda quevediana me había causado, acogí la sugestión con alivio, pues la obra del autor de *El payaso de las bofetadas,* comparada con la del autor de *Los sueños,* es brevísima. Tan breve que bastaron pocos minutos para confirmar que las misteriosas palabras no habían salido de su pluma. La memoria había vuelto a engañarme. Dejé por lo tanto de fiarme de ella y me dediqué a preguntar a amigos y conocidos, tanto portugueses como españoles, si alguno sabría darme fe de quién había sido el escritor que, por lo visto, no parecía haber dejado otra señal de su pasaje por este mundo. Uno de esos amigos me sugirió que mirase en Shakespeare y yo fui, obediente y alborozado, a buscar en *Macbeth,* puesto que ahí, según él, se debía encontrar mi pepita de oro. Pues no, no, señor, no estaba en *Macbeth,* no estaba en *Hamlet,* Shakespeare, por muy genial que haya sido, no había conseguido llegar a tanto. Perdido en medio de la biblioteca universal, sin guía ni derrotero, sin índice ni catálogo, no tuve más remedio que rematar de esta manera coja mi discurso en el Paraninfo de la Universidad de

Sevilla: «Alguien (¿quién?, la memoria no me lo dice) escribió un día: "Somos cuentos de cuentos contando cuentos, nada". Siete palabras melancólicas y escépticas que definen al ser humano y resumen la historia de la Humanidad. Pero, si es cierto que no pasamos de cuentos ambulantes, cuentos hechos de cuentos, y que vamos por el mundo contando el cuento que somos y los cuentos que aprendimos, igualmente me parece claro que nunca podremos llegar a ser más que eso, seres hechos de palabras, herederos de palabras y que van dejando, a lo largo del tiempo y de los tiempos, un testamento de palabras, lo que tienen y lo que son». La asistencia, simpática, aplaudió, y yo bajé de la tribuna saboreando la miel del grado que me habían atribuido y amargado por la cicuta de una pregunta para la que no había encontrado respuesta. Y así nos quedamos, ella y yo, tres años, hasta hoy.

Estaba aquí clasificando y arreglando algunos de los miles de papeles llegados de Lisboa, cuando me salió al paso un libro grueso que reunía fotocopias y artículos publicados cuando las Belles Étrangères, aquel viaje de veinte escritores portugueses a Francia, en el que, según la opinión más o menos unánime, no nos portamos mal, honramos la patria y hablamos francés... «Han pasado seis años, ¿qué voy a hacer con esto?», me pregunté. Decidí arrancar lo que me interesase directamente y tirar el resto, pensando que mis colegas y compañeros en ese viaje, sin duda, ya habrían hecho lo mismo. Ahora bien, entre los salvados, ¿qué encontré? Una entrevista dada a Antoine de Gaudemar, de *Libération,* y de la cual, absolutamente, no me acordaba. Me puse a leerla y de repente me salta a los ojos la misteriosa frase tantas veces buscada y nunca hallada. La había citado yo, sí, no como la memoria la había conservado, pero evidentemente era la misma: «Somos cuentos contando cuentos, nada», y en francés, sin gracia ninguna y sin culpa mía: *«Nous sommes de contes contant des contes, le néant»*... El nombre del autor, escrito con todas las letras, estaba también allí: Ricardo Reis.

Tanto había buscado por fuera y al final tenía en casa lo que buscaba. ¿Tiempo perdido? ¿Memoria débil? Quizá no. A pesar de todo el respeto que debo a Ricardo Reis, oso afirmar que el verso que la memoria me había ofrecido —«Somos cuentos de cuentos contando cuentos, nada»— dice más y dice mejor lo que Reis quiso decir. Ahora sólo tengo que esperar a que la memoria de alguien, sucesivamente olvidando y recordando, a su vez añada a lo que yo añadí la palabra que aún falta. El testamento de las palabras es infinito.

28 de febrero

Helena Carvalhão Buescu llamó desde Lisboa para decirme que *In Nomine Dei* ganó el Gran Premio de Teatro de la APE. Fue por unanimidad, añadió, y el jurado estaba compuesto por Carlos Avilez, Maria Eugénia Vasques y Maria Helena Serôdio. Evidentemente la pieza no es mala y si le dieron el premio es porque entendieron que lo merecía, pero quizá no lo hubiese obtenido si hubiese más gente escribiendo para el teatro en Portugal. Si encomendasen las compañías piezas (si pudiesen encomendarlas) la situación sería diferente. Valga mi teatro lo que valga, *In Nomine Dei* no existiría si de Münster no me lo hubiesen pedido.

Somos la memoria que tenemos y la responsabilidad que asumimos. Sin memoria no existimos, sin responsabilidad quizá no merezcamos existir.

1 de marzo

El presidente Mário Soares estuvo hoy en Lanzarote. Cuando hace un año Pilar y yo fuimos al Palacio de Belém, para comunicarle que nos mudábamos a las Canarias, le dijimos: «Si alguna vez tiene que viajar a esos sitios...». La respuesta, simpática: «Iré por allí». En aquel momento pensé que se trataría de una promesa política como tantas otras destinadas al cesto roto de los olvidos desde su nacimiento, pero me equivoqué. Mário Soares aprovechó una invitación para venir a un encuentro de juristas en Tenerife y dio un salto a nuestra isla. Lo acompañaba su mujer, Maria Barroso, a quien, acaso por efecto de su conversión al catolicismo, me encontré tratándola familiarmente como Maria de Jesus: ya en la cena de la embajada en Roma se me había escapado, una o dos veces, el confiado tratamiento, pero disfracé el lapso protocolario pasando inmediatamente al «doctora Maria Barroso» de siempre. Lo más seguro, sin embargo, es que la conversión no haya tenido nada que ver en el asunto (la ironía sin maldad es de este momento en que escribo), y que mi «Maria de Jesus», simplemente, fuera la retribución natural y equilibrada de su amistoso «Zé».

Con ellos vinieron Manuel Alegre (que quería saber, por cuenta propia y ajena, por qué había yo decidido vivir en Lanzarote: lo que vio le dio la respuesta), Maryvonne Campinos (el encuentro en Tenerife había homenajeado a Jorge Campinos), el embajador Leonardo Matias, Estrela Serrano, Alfredo Duarte Costa. Les llevamos a Timanfaya y a la Fundación César Manrique porque no había tiempo para más: Javier fue un magnífico cicerone con las fechas y los hechos en la punta de la lengua. Comieron después en nuestra casa, con algunos problemas de logística causados por dos invitados no previstos, pero todo acabó por resolverse. Se habló de Lisboa Capital Cultural (repetí y aclaré mis críticas), de Europa inevitablemente (tuve la melancólica satisfacción de oír decir a Mário Soares que comparte hoy algunas de mis reservas antiguas y recientes sobre la Unión Europea: «¿Qué será de Portugal cuando se acaben los subsidios?» fue su pregunta, no mía). Aproveché la ocasión y me permití sustituir la pregunta por otras más inquietantes: «¿Para qué sirve un país que depende de todo y de todos? ¿Cómo puede vivir un pueblo sin una idea de futuro que le sea propia? ¿Quién manda realmente en Portugal?». No obtuve respuestas, pero tampoco contaba con ellas. La sombra vino y pasó, la conversación mudó a temas menos encrucijados. Pasadas estas horas aún me cuesta creer que Mário Soares haya estado aquí en casa. Qué vueltas ha tenido que dar el mundo, qué vueltas hemos tenido que dar nosotros, él y yo, para que esto haya sido posible.

2 de marzo

No ha llegado a ser una historia más de aviación: en el aeropuerto de Madrid dos brasileños sólo me preguntaron si yo era Saramago. No tengo otro remedio, fue lo que me apeteció responderles, pero sería, además de maleducado, desagradecido. Estuvimos charlando unos minutos y me recordaron una entrevista que di hace tres años a Jô Soares, unas declaraciones mías, pesimistas, sobre Europa. Curioso: no es la primera vez que noto que la Unión Europea preocupa a los latinoamericanos, tal vez porque quieren saber lo que les espera cuando la lógica del mercado y del apetito imperial de Estados Unidos les obliguen a aceptar en su continente una planificación económica en comparación con la cual, como ya he escrito algunas veces, la planificación soviética no pasó de un experimento de malos aprendices.

3 de marzo

El ojo izquierdo, el que fue operado de cataratas, está perfecto, el otro, el del desprendimiento de retina, no acusa mal nuevo, Mâncio dos Santos *dixit.* Me pareció, sin embargo, que no se habría quedado nada sorprendido, ni yo, me doy cuenta ahora, tendría por qué sorprenderme, si en el ojo derecho me hubiese aparecido, como sucedió hace un año a su vecino de al lado, una primeriza señal de catarata. Ya debía saber que de ojos no hay que fiarse. Por lo menos desde *El evangelio según Jesucristo,* aquella famosa ilusión óptica que me hizo ver lo que no existía: unas cuantas palabras portuguesas en mitad de una confusión de periódicos españoles y de otros lugares...

Buenas noticias en la editora: *Cuadernos de Lanzarote* saldrá a principios de abril y en estos meses próximos se reeditará finalmente la *Historia del cerco de Lisboa,* que parece haber nacido en mala hora, ya que le ha tomado cinco años para agotar los cincuenta mil ejemplares de la primera edición. También va a ser reeditado el *Memorial...* Zeferino me cuenta la historia de aquel editor portugués que en Frankfurt le explicó por qué es un peligro editarme. Como muestra de raciocinio tortuoso será difícil encontrar alguno mejor: considerando que mis libros se venden mucho, la editorial Caminho se ha convertido en dependiente de mí para toda la vida, a merced de mis caprichos. Uno de estos días me da la ventolera, entro como vendaval puertas adentro de la editora y le impongo mi ley, condiciones leoninas que los pobres directores, aterrorizados con la amenaza de perderme, tendrán que resignarse a aceptar, aplastados por la pata de un escritor de éxito, para usar un lenguaje grato al impagable Cavaco Silva. Realmente no comprendo cómo es que tal idea, tan simple, tan eficaz, nunca se me había pasado por la cabeza. Para rematar dígase que este editor tiene un padre que también es editor pero, por lo visto, heredó poco del progenitor. Me refiero a la sensibilidad, evidentemente.

4 de marzo

En Braga, dos horas de conversación con alumnos de la Escuela Secundaria Carlos Amarante. Hicieron «lecturas» de unas cuantas crónicas de *De este mundo y del otro,* presentaron ingenuas teatralizaciones de otras. Lo que más me sorprendió fue la seriedad y la generosidad con que estos niños y niñas se enfrentaron a textos literarios formalmente bastante simples, sin duda, pero urdidos con sutilezas de otro tiempo, de un mundo de ideas y de valores que ya suenan anacrónicamente en los modos y contenidos de la comunicación actual. Al final me regalaron una pluma de plata (los símbolos permanecen, a pesar de todo) y un libro (hojas sueltas apiladas en una caja) que reúne el conjunto de los trabajos, ilustraciones incluidas, sin que falte un retrato mío, copiado de una fotografía del tiempo en que aún usaba patillas...

Cena con Manuel Vázquez Montalbán, que vino también a la Feria del Libro y que mañana lanzará su *Galíndez.*

5 de marzo

En la apertura de la Feria, a propósito del tema de *In Nomine Dei,* hablé de tolerancia e intolerancia, de lo mal que vivimos unos con otros y de lo poco que hacemos para vivir mejor. Usé las palabras más sencillas (descubro todos los días la eficacia de la simplicidad) y creo haber alcanzado bastante fondo en el entendimiento y el corazón de quienes allí estaban.

Por la noche cantó Paco Ibáñez. Su voz está reducida a un hilo tenue, pero nunca fue tan expresiva, tan capaz de delicadas modulaciones, al punto de poderse preguntar si existirán, en todas las escalas conocidas, notas capaces de reproducir en la pauta lo que de la garganta le va saliendo. A Montalbán y a mí Paco nos dedicó, con sonriente astucia, la canción que hizo sobre el poema de Rubén Darío *Juventud, divino tesoro, ya te vas para no volver,* y a Pilar un poema de Lorca, *Canción del jinete,* cuya interpretación dejó al público sin respiración. Sin respiración había quedado yo cuando, entrando un poco atrasado en el auditorio, pero antes aún de empezar el recital, fui recibido con los aplausos de las mil personas presentes. Mário Soares, que vino a la inauguración de la Feria, fue magnánimo: «Esto es para usted».

6 *de marzo*

Pasando por Oporto, camino de la estación de Campanhã, vi estas palabras pintadas en una pared: «Poder nacional blanco», adornadas con una cruz en el interior de un círculo. Me pregunto ¿contra quién estará este «Poder nacional bruto»: contra los obreros caboverdianos, o contra los capitalistas japoneses?

7 *de marzo*

Entro en un taxi para ir a la editorial y el taxista me pregunta (otra vez) si yo soy quien él cree. Le respondo que sí, lejos de adivinar lo que iba a suceder. Se presentó el hombre: «Soy Manuel Campestre, de Azinhaga». Calculando por la edad que aparentaba, podría muy bien haber sido uno de mis compañeros de juegos infantiles y de descubrimientos adolescentes, pero los Campestres, aunque no pertenecieran al linaje exclusivo de los grandes y medios propietarios, estaban, por su estatuto de arrendatarios habituales, bastante por encima del nivel social en el que penaba la generalidad de mi familia, tanto por el lado paterno como por el lado materno. Yo oía hablar de un tal José Campestre a mis abuelos y a mis tíos, pero creo que nunca llegué a verlo, sólo me quedó en el recuerdo el tono con el que se referían a él, una mezcla de respeto y temor para los que nunca encontré explicación. No era éste el momento para averiguaciones de éstas, el deber y el gusto mandaban que me interesase por la vida de un patricio que tanto parecía saber de la mía. Se lamentaba de no tener allí un libro para que se lo autografiase y yo le dije que eso se resolvería en cuanto llegásemos a la editora. Después, ante la risueña curiosidad de Pilar, pasamos a la evocación de los viejos tiempos y, al cabo de unas cuantas memorias comunes, aunque no coincidentemente vividas, Manuel Campestre contó un episodio de cuando era pequeño, del cual había sido parte y víctima mi abuelo João Saramago, padre de mi padre. Fue el caso que este misterioso abuelo (misterioso, digo yo, porque se cuentan con los dedos las veces que hablé con él) era guarda de una gran propiedad, por lo tanto, siempre que había algo que defender de la codicia de los furtivos, tenía que pernoctar en una cabaña en mitad del campo (costumbre y necesidad de todos los guardias, como lo fue también, por ejemplo, mi tío Francisco Dinis). Ahora bien, este mi abuelo, por pereza de levantarse a mitad de la noche para verter aguas, como entonces se decía, usaba, para satisfacer las urgencias nocturnas de la fisiología, una caña larga que atravesaba el enramado de la cabaña y por medio de ella, aliviado, hacía escurrir hacia fuera la meada. Tenía rasgos de inventor este João Saramago... ¿Qué se le ocurrió al malvado Manuel Campestre cuando descubrió la habilidad del viejo? Tapó el orificio de salida de la improvisada conducción y el resultado fue que se empapó entero João Saramago cuando la caña empezó a devolver a su origen lo que ya no le cabía dentro... Los críos son una peste, ni el diablo quiere nada con ellos. Éste se llevó una paliza del padre, a quien el ofendido y mojado patriarca se fue a quejar, y nosotros, aquí, sesenta años más tarde, dentro de un taxi de Lisboa, reímos de buena gana con esta antigua y sabrosa historia de una época mítica que la distancia, milagrosamente, parecía haber vuelto inocente. Cuando llegamos a la editorial ofrecí al Manuel Campestre dos libros y él, a su vez, no quiso que yo le pagase la carrera. Nos despedimos con un abrazo fortísimo como si durante toda la vida hubiésemos sido uña y carne.

Katia Lytting, la cantante sueca que en Milán interpretó por primera vez el personaje de Blimunda, tiene un padre, y ese padre, con la más buena facha que se pueda imaginar a pesar de la edad, se casó, recientemente, por tercera o cuarta vez. Del matrimonio (me dicen que la mujer es una jovencísima noruega) nació un retoño, una niña. Acabo ahora mismo de saber que a la niña le ha sido dado el nombre de Blimunda y que, en la ceremonia del bautizo, Katia cantó un aria de la ópera... Blimundas en este mundo, más allá de la del *Memorial,* ya son dos: la hija de Katia también se llama así. Y yo, que sólo tengo una hija, que no es Blimunda, sino Violante, veo con asombro cómo me va aumentando la descendencia...

Cena de fiesta con Manuel Vázquez Montalbán. No me acuerdo de haber visto alguna vez a Manolo tan feliz. Los brindis fueron muchos, todos referidos al lado izquierdo, el del corazón y el de la política. En cierto momento vino a cuento el 25 de Abril y entonces los portugueses se dividieron en optimistas y pesimistas, unos diciendo que habíamos tenido lo que merecíamos, otros que fue una pena no haber merecido más... Las fiestas, en general, y ésta no podía ser la excepción, me ponen melancólico, pues al volver le dije a Pilar: «Si yo hubiese muerto a los sesenta y tres años, antes de conocerte, habría muerto mucho más viejo de lo que seré cuando me llegue la hora».

8 de marzo

Parecía que no iba a suceder nada hoy y vi *La lista de Schindler* de Spielberg. Después de tantas y tantas películas sobre el holocausto, me imaginaba que ya no habría nada más que decir. En tres horas de imágenes arrasadoras, Spielberg hace volver todo al principio: el hombre es un animal feroz, el único que verdaderamente merece ese nombre. Mañana habrá más.

9 de marzo

Segovia. Por Ángel Augier, poeta cubano, supe que Eliseo Diego ha muerto. Cuando la fama y el reconocimiento público, con el Premio Juan Rulfo, fueron a tocarle, por fin, en la modesta puerta, murió. La vida es capaz de jugadas innobles.

Conferencia de Arrabal —una insoportable exhibición de presuntuosidad que llegó a la abyección: pero el público, casi todo de jóvenes, llenaba la sala— sobre aquello que él denominó la «explosión de la razón». Confieso que lo habría entendido mejor si hubiese tenido la debilidad de presentarse como un ejemplo perfecto y acabado de esa misma explosión... Mañana será el turno de Fernando Sánchez Dragó que, por lo que de él sé, «místico» y antirracionalista, deberá de navegar en las mismas o semejantes aguas. En la cena estuvo María Kodama.

10 de marzo

Por la mañana, visita a la casa donde durante trece años vivió Antonio Machado, profesor de francés. Está en la Calle de los Desamparados y era en aquel tiempo una pensión para huéspedes de pocos haberes, como convenía a un poeta pobre. Emoción como la que experimenté aquí, sólo recuerdo la que me arrasó cuando entré por primera vez en la casa de Teixeira de Pascoaes. El mismo escalofrío, la misma irreprimible gana de llorar. Claro que el buen sentido intentaba explicarme que, tantos años pasados, lo más seguro era que no fuesen ya los mismos muebles, que Machado no reconocería el paisaje que hoy se ve desde la estrecha ventana del que fue su cuarto, pero la emoción, indiferente a las razones, barría todo y hacía de mí un desamparado más entre los que dieron nombre a la calle. Imaginándola por lo que mis ojos hoy ven, esta habitación habría servido de celda ejemplar a un fraile de una orden religiosa: aquí, el cuerpo, que no se podía beneficiar de comodidades, no tenía más remedio, para sobrevivir, que abrir las puertas al espíritu.

Acabada la visita bajamos todos (Eduardo Lourenço y Annie, Nuno Júdice, Zeferino Coelho, María Kodama y nosotros) por el camino que tiene el nombre de otro poeta, hasta la iglesia que fue de los templarios, frente al convento cerrado donde se encuentra la tumba de San Juan de la Cruz, él es el poeta, y la capilla donde el santo acostumbraba recogerse para orar y contemplar. Por este mismo camino descendía Juan de Yepes, así lo dice el letrero de la calle, pero el suelo de la habitación de Antonio Machado estaba mucho más cerca del suelo verdadero que él pisó de lo que está este empedrado y este asfalto del polvo natural y del barro que pisaron los pies de Juan de la

Cruz. Antonio Machado no necesitó que lo llamasen, San Juan de la Cruz no pudo llegar a donde lo esperábamos.

Conferencia por la tarde. La llamé *Lecturas y realidades.* Lo que quise decir fue que, no pudiendo saber qué es, *realmente,* la realidad, lo que vamos haciendo son meras «lecturas» de ella, «lecturas de lecturas», infinitamente. Arte y Literatura son «lecturas». Después de la conferencia hubo una mesa redonda con Eduardo Lourenço, José Cardoso Pires, Nuno Júdice y Zeferino Coelho. Se portó bien en el campo la selección portuguesa.

11 de marzo

En Madrid, en el Círculo de Bellas Artes, se reúnen cuarenta personas para oír lo que unas pocas tienen que decir de la situación en la ex Yugoslavia o, con más precisión, de Sarajevo. Identifico mal a los escritores oriundos de aquellos parajes, pero me doy cuenta de que son casi todos bosnios. La sala, desierta, asusta. Una ciudad con tres millones de habitantes no dio más que para esto. Los discursos son largos, arrastrados. Dan ganas de preguntar: «¿Sarajevo existe aún?». En un intervalo Pilar me dice que la organización admite la posibilidad de repetir el encuentro en Sarajevo. ¿Repetir esto? ¿Para qué? ¿Para ser echados a pedradas?

Llegó Yvette Biro. Hablamos de la posible adaptación de la *Balsa de piedra* al cine. Al final de la conversación, lo posible empezaba a convertirse en probable. ¿Dónde está, dónde se metió aquel mi pregonado deseo de no permitir adaptaciones? No he cedido al dinero, porque ni siquiera se habló de él. ¿A qué he cedido entonces? Al entusiasmo, a la pasión con que esta mujer habla del libro, a la inteligencia con que lo entendió, a la sensibilidad que la conduce, en tres palabras, a lo esencial. Claro que en cualquier momento podré decir que cambié de idea, pero me pregunto si tendré el valor para desilusionar esta confianza.

12 de marzo

Las aguas tibias acabaron por hervir. La culpa fue mía al anunciar que, no teniendo, sobre la situación de la ex Yugoslavia, informaciones suficientes para poder hablar de ella con conocimiento de causa, leería algunas páginas de reflexión sobre el problema del racismo y las obligaciones morales y cívicas de los escritores (era de escritores el encuentro) en este momento de Europa y del mundo. Se me echaron todos encima, como jauría, que no, señor, que lo que yo tenía era que optar, decir allí y ya, si estaba a favor de los serbios o de los bosnios. Está claro que estos abencerrajes de un izquierdismo irresponsable me conocían mal: hacerme una exigencia en esos términos, ésta u otra cualquiera, equivalía a encontrarme, como me encontraron: duro como una piedra. Intercambiamos palabras agrias y, cuando el coloquio terminó, no me reprimí de decirles lo que pensaba de semejantes métodos. Se disculparon con grandes manifestaciones de respeto y admiración, pero el mal estaba hecho. Los procesos de intención continúan, cualquier pretexto sirve.

14 de marzo

A Murcia, vía Lisboa, me llegan noticias de Alemania e Italia. Está contratado, firmado y confirmado que *Divara* será representada en el Festival de Ferrara del año que viene, por la época de Semana Santa. Con otras dos óperas insignificantes: *Fidelio* y *La flauta mágica*... Y tenemos buenas razones para creer que *Blimunda,* con una puesta en escena diferente, será vista y oída por el público de Stutgart en la próxima temporada... No pienso convertirme en italiano o alemán, pero la evidencia de ciertos hechos me obliga a concluir, por mi cuenta y a mi costa, que muchas y sentidas razones tenía aquel que dijo, por primera vez, que nadie es profeta en su tierra.

Leitor de Pessoa, autor de Ricardo Reis fue el título, a propósito ambiguo, de la conferencia que di en la universidad. No creo estar engañándome si digo que conseguí interesar a los asistentes, casi todos ellos estudiantes. Con la exageración ya observada en otras ocasiones fui presentado por la joven profesora Sagrario Ruiz, la misma que, en Vigo, cuando el homenaje a Torrente Ballester, me invitó a venir aquí. Antes del almuerzo (quien quiera comer bien, vaya a Murcia), me llevaron a una concurridísima rueda de prensa, donde me encontré con una inusitada abundancia de micrófonos, grabadoras y cámaras de televisión, como si el que venga este escritor portugués a la ciudad hubiese sido considerado un acontecimiento importante...

15 de marzo

Repetida en Albacete la conferencia de Murcia. Salió mejor, como notó, risueño, con fingido aire de celos, Victorino Polo, profesor de la Universidad de Murcia, que de allí vino expresamente para estar con nosotros. Tanto en aquella ciudad como en ésta tuvimos el privilegio de conocer gente amable y simpática, disponible para la amistad desde el primer momento.

Habíamos comido bien en Murcia, pero Albacete en nada le quedó atrás.

17 de marzo

En Lisboa, antes de la asamblea general de la Sociedad Portuguesa de Autores, Fernando Lopes me dijo que la estación de televisión franco alemana ARTÉ acababa de comprar el documental de João Mário Grilo. También ésta es una excelente noticia, para todos, empezando por la productora, Isabel Colaço, que había recibido de la RTP un subsidio de cinco millones apenas, gastado hasta el último céntimo.

21 de marzo

Miguel García-Posada, uno de los mejores críticos literarios españoles actuales, escribe sobre libros y ordenadores un artículo interesante: *Más allá del libro electrónico.* Hablando de los escritores que se niegan a emplear el ordenador y de la relación entre palabra y pensamiento que debe presidir la escritura artística o reflexiva, observa: «Es una realidad que la velocidad de la palabra electrónica conspira contra esa relación y bombardea la fértil soledad de la página en blanco. El ordenador alimenta insidiosos enemigos: la visualización de la pantalla y la supresión de las correcciones crean la ilusión del texto perfecto, un texto que se ve más de lo que se lee. Impura ilusión: confrontado con la realidad de la impresión, el escrito manifiesta lagunas e insuficiencias: de orden sintáctico, de desvertebración formal». Y, más adelante: «El escritor que prescinda de la fría, dolorosa, revisión a mano de sus originales está condenado sin remedio a la mediocridad. La palabra creadora necesita del silencio, de la reflexión, del alto amor que en la palabra se consuma y eso sólo lo da el papel o sólo a través de él se alcanza».

Leo y me veo dividido entre el reconocimiento de las evidencias que García-Posada, lúcidamente, expone y una cierta idea de que tal vez las cosas no sean sólo así. En primer lugar porque deberíamos entender la pantalla como lo que de hecho es: la más blanca de todas las páginas, dispuesta a recuperar su blancura original siempre que la voluntad (o la inhabilidad...) del escribiente lo determine; en segundo lugar porque, dócil a todas las enmiendas, es también el lugar sobre el cual más activamente se puede ejercer la reflexión, una especie de incruento campo de batalla donde las palabras heridas, consideradas inválidas para la ocasión, van siendo sucesivamente retiradas para dar lugar a refuerzos frescos. La paciencia del ordenador es infinita, la del papel tiene sus límites, sea por la dimensión, sea por la resistencia física del soporte. Personalmente confieso que me cuesta algún trabajo recordar cómo compuse (el verbo es intencional) tantos millares de páginas en la máquina de escribir, teniendo que elaborar primero una frase, un pensamiento, para después pasarlo al papel y a continuación comprender que iba a ser necesario corregirlo, penosamente, golpeando una y muchas veces la letra *x* (que para poco más servía), o escribiendo entre líneas, en espera del momento, también éste inevitable, en el que, retirada la hoja de la máquina, nuevas enmiendas surgiesen.

Dígase, no obstante, que no soy persona para fiarme de ordenadores. No sé dónde se encuentran las palabras (el disquete es un objeto tosco, sin personalidad, lo menos parecido que hay con un libro), por eso, apenas termino una página la imprimo. Ya corregí mucho en la pantalla, volveré a corregir en el papel. Al final soy un escritor a la antigua. García-Posada tiene razón: ¡viva el papel!

22 de marzo

Por Jorge Amado, siempre atentísimo con los amigos, supe que fui admitido como miembro de la Academia Universal de las Culturas, de París, en compañía de Ernesto Sábato y de algunos otros para mí desconocidos. Y porque la «felicidad», tal como se acostumbra decir de la «desgracia», cuando viene nunca viene sola, me llegó también hoy, de la Fondation Adelphi, la grata noticia de que mi ya casi olvidada gabardina, después de mil aventuras y perdiciones arrancada a la burocracia de los ferrocarriles belgas, está finalmente camino de Lanzarote...

23 de marzo

Hace días me escribió Jean Daniel, director del *Nouvel Observateur*, invitándome a participar en un número especial de la revista, en el cual unos cuantos escritores (dice que los principales de nuestro tiempo...) describirán cómo fue (va a ser) su día 29 de abril. La primera idea de este género la tuvo, según parece, Máximo Gorki, en agosto de 1934, proponiendo la publicación de un libro colectivo sobre el tema *Un día del mundo,* con el fin de mostrar (traduzco la carta) «la obra artística de la Historia un día cualquiera». Respondí que sí porque realmente no pude resistir la tentación (si la carne es débil, el espíritu es más débil aún) de figurar, al menos una vez, y gracias a la liberalidad de Jean Daniel, entre los principales del tiempo... Tengo, sin embargo, algunas sospechas sobre la entera verdad de los futuros relatos. ¿Dirán los escritores invitados lo que de hecho les va a suceder ese día? ¿No decidirán hacer de él, conscientemente, un día especial, repleto de actos interesantes e ideas interesantísimas? Si yo fuese a pasar el día a la playa,

¿tendría la honestidad de confesar simplemente: «Estuve en la playa, me bañé, comí, dormí al sol, leí una novela policiaca»? Dice Jean Daniel que en el libro organizado por Gorki colaboraron, entre otros, Stefan Zweig, Bertolt Brecht, H. G. Wells, André Gide y Romain Rolland. Pues mucho me gustaría a mí saber cómo describieron estos ilustres personajes su día 27 de septiembre de 1935, que fue entonces el escogido. Quizá entre las verdades que allí se encuentren (no dudo que las haya) sea hoy posible reconocer, con la criba de sesenta años pasados, lo que apenas se debió a la fantasía, si no a la vanidad de los escritores a quienes fue concedida la facilidad de creer que su día era un día del mundo. Un día del mundo... Espero que el *Nouvel Observateur* no cometa la imprudencia de retomar el título en el número que irá a conmemorar su trigésimo aniversario: en los tiempos que vivimos, «un día del mundo» tendría que ser, ni más ni menos, la descripción del infierno...

26 de marzo

En Buenos Aires, para la Feria del Libro. Viaje agotador, horas que parecen no tener fin. En Madrid fue preciso esperar a que apareciese (y apareció, por suerte) una maleta que se había quedado en Lanzarote. Después absurdos problemas por causa de los billetes, puestos a nombre de dos criaturas inexistentes: Mrs. Saramaguo y Mrs. Saramaguo, probablemente casadas con dos hermanos de una familia Saramaguo, donde quiera que ésta esté... Con la prisa —sólo recibimos los billetes prácticamente en la hora de partida— no habíamos reparado en el disparate. En Lanzarote no nos habían puesto dificultades (siendo el vuelo nacional, no se piden los pasaportes), pero de Madrid no habríamos salido a no ser por encontrarse un alma bondadosa de funcionario, tan confiada que fue capaz de creer que no queríamos emigrar clandestinos a Argentina, con nombres falsos y sexos cambiados. Se sustituyeron los billetes y finalmente pudimos embarcar. En viajes así, hechos de noche, no duermo. Espero que las horas pasen y asisto, resignado, al sueño de los demás. Pilar, más o menos, descansó. Intenté atraer al menos la somnolencia viendo *El fugitivo* sin los auriculares puestos, con la vana esperanza de que las imágenes acabasen por hipnotizarme: fueron ilusiones perdidas, el sueño no vino. La historia de este *Fugitivo* es conocida: el eterno acusado inocente, el eterno policía obstinado y, en este caso, un desenlace que sólo no puede ser totalmente *happy* porque el realizador no se atrevió a resucitar a la víctima. Harrison Ford repite su papel de Indiana Jones: nadie le pedía más.

27 de marzo

Después de ser meteóricamente recibidos por una «azafata» de la Feria del Libro y dejados en un hotel de escaso gusto y ninguna comodidad, acudieron a tomar providencialmente cuenta de nosotros los directores de Espasa Calpe —Guillermo *Willy* Schavelzon, Ricardo Ibarlucía, Alberto Díaz—, que nos transfirieron a más benignos parajes. Nuevamente creo haber tenido suerte con los editores: éstos me parecen gente de la mejor, simpáticos, cultos, inteligentes. Hablamos de literatura, de Argentina, del mundo. Nos contaron historias del presidente de aquí, Carlos Menem, parecidísimas a los prodigios intelectuales obrados en tierras lusitanas por Cavaco Silva y Santana Lopes. Por ejemplo: hace un tiempo, Menem, hablando en un acto cultural cualquiera, resolvió introducir en el discurso, que obviamente no había sido escrito por él, algo de su propia cosecha, y no encontró nada mejor que declarar que su vida había sido influida de manera profunda por la lectura de las novelas de Jorge Luis Borges... Y en otra ocasión, valientemente, afirmó que su libro de cabecera era la Obra Completa de Sócrates... Si un día de éstos Menem se va de este mundo, podemos despachar para allí a nuestro Santana Lopes: los argentinos no notarían la diferencia.

28 de marzo

Entrevistas, entrevistas, entrevistas. Pablo Avelluto, el encargado de las relaciones con la prensa, casi no me dejó una hora de descanso. Mi comportamiento es absurdo: no sé defenderme, me entrego a cada entrevista como si me fuese la vida en juego. A veces me parece sorprender en la cara de los periodistas una expresión de asombro. Imagino que estarán pensando: «¿Por qué se lo tomará tan a pecho?».

El vicepresidente de la Academia Argentina de Letras, Jorge Calvetti, viene a decirme dos cosas: la primera, que será él mi presentador en la conferencia que daré en la Feria del Libro; la segunda, a preguntarme si yo aceptaría ser miembro correspondiente de dicha Academia... Aturdido por la sorpresa (nada, desde que estoy en Buenos Aires, me había hecho esperar tal cosa), me oí responder que sí, señor, que agradecía el honor y que haría todo para merecerlo. Cuando se fue, me desahogué con Pilar: «Este mundo está loco». Y mañana voy a tener que preguntar a los amigos qué Academia es esta de la que me comprometí a ser miembro. No es que dude de la bondad de los cofrades que me van a recibir en su seno, claro está, pero es normal que le guste a uno saber en qué compañía va.

29 de marzo

Empiezo a sospechar que existe por ahí una central de información especializada en la difusión de noticias falsas contra las más inocentes personas del mundo. En casi todas las entrevistas he tenido que aclarar que, al contrario de la firme convicción de los entrevistadores, no he dejado de ser comunista ni he abandonado el Partido. Encima me miran como si fuese su obligación dudar siempre de la buena fe de gente de mi especie política, pero, ante la cara seria que les pongo, parecen quedarse convencidos. Algunos no fueron capaces de disimular que preferirían que la verdad fuese la otra, pero a otros se les iluminaron los ojos. Uno de éstos, al final, me pidió permiso para abrazarme...

Con unas cuantas necesarias modificaciones repetí aquí la conferencia que había dado en Tenerife: *Descubrir al otro, descubrirse a sí mismo.* Tema demasiado «duro» para una ocasión como ésta, pero el coloquio que siguió, volcado casi todo hacia cuestiones más literarias, acabó por equilibrar la balanza. Después firmé libros. Un cariño extraordinario. Gente joven. Reencontré a uno de los «chicos» de Mollina: Manuel Lozano. Una mujer me pide un autógrafo y me dice que su vida cambió después de haber leído el *Evangelio.* Me acordé en seguida de Menem, pero decidí creer... Si hubiese podido habría llevado a esa persona aparte y le habría preguntado: «¿Cambió cómo? Explíquemelo».

30 de marzo

En una mesa redonda sobre *El futuro de la novela* retomé la idea (tal vez merecedora de una exploración que no está a mi alcance) de que la novela debería abrirse, de cierta manera, a su propia negación, dejando transfundir, hacia dentro de su inmenso y fatigado cuerpo, como afluentes revitalizadores, revitalizados a su vez por el mestizaje consecuente, el ensayo, la filosofía, el drama, la misma ciencia. Sé bien que en los tiempos de hoy, de frenéticas y micrométricas especializaciones, sonará a descabellada utopía este ideal neorrenacentista de un texto englobante y totalizador, una «suma», en fin. Sin embargo, como no faltan voces anunciando la inminente entrada de Europa en una nueva Edad Media, lo que hago no es más que anticipar el Renacimiento que a ella (fatalmente) tendrá que seguir.

Cenamos en la Feria: el embajador Maimoto de Andrade y la mujer, Irene Lawson, el vicepresidente de la Academia, Jorge Calvetti (su mujer, en la despedida, me llamó Saramaguísimo), Erik Orsenna, el autor de *L'Exposition Coloniale,* a quien el ministro consejero de la embajada de Francia presentó de este modo ridículo: «Erik Orsenna, premio Goncourt». La sonrisa torcida de Orsenna pedía disculpas.

31 de marzo

Entre las nueve y media de la mañana y la una de la tarde, cuatro entrevistas. No sé qué diablos de interés puedan tener aún declaraciones tantas veces repetidas. Comimos con María Kodama y Ricardo Ibarlucía. No me acuerdo ya por qué vinieron a la conversación las premoniciones, los presentimientos, las supersticiones y otros similares misterios de lo desconocido, del alma y del más allá. Todos más o menos contra mí, o mi humilde razón contra sus fantasías. Cuando ya nos habíamos cansado de no estar de acuerdo, el tema siguiente —inevitablemente— fue Jorge Luis Borges. Ricardo intentó explicar las actitudes de Borges durante la dictadura militar. Confirma que tuvo un momento de debilidad, o de buena fe, cuando creyó que los militares podrían resolver los problemas del país, pero que no tardó en comprender que había caído en un error e inmediatamente pasó de apoyante a crítico. Ricardo expuso ejemplos. Cuando la guerra de las Malvinas, durante una entrevista, preguntaron a Borges lo que pensaba de la legitimidad de la reivindicación argentina, y él respondió: «¿Por qué no se las dan a Bolivia que no tiene salida al mar?». El escándalo fue de aúpa, pero empeoró cuando, tiempo después, sarcásticamente, afirmó que los generales argentinos nunca habían oído silbar una bala. Le respondió uno de ellos, furibundo, protestando que había estado en tal y tal parte, en tal y tal batalla, y Borges cerró el asunto: «Sí, señor, el general Fulano ha oído silbar una bala».

Fuimos a la Plaza de Mayo. Sabíamos lo que íbamos a encontrar, pero no adivinábamos lo que íbamos a sentir. Parece simple y fácil de decir, unas cuantas mujeres de edad —las Madres de la Plaza de Mayo— andando en círculo, en una larga fila, con sus pañuelos blancos en la cabeza y su dolor infinito, pero la conmoción, irreprimible, nos aprieta la garganta, de repente las palabras faltan. Entran otras personas en el círculo, algunas jóvenes, nosotros entramos también. Una de estas mujeres, Laura Bonaparte, perdió al marido y seis hijos, desaparecidos entre 1975 y 1977. Me pidió un autógrafo para llevárselo a un nieto, me dijo cuánto le había gustado leer el *Evangelio,* y finalmente se quitó el pañuelo que llevaba en la cabeza y me lo dio como agradecimiento por la lectura del libro y como recuerdo de una «madre de la plaza de Mayo». Nos abrazamos llorando. Los nombres, escritos en el pañuelo, son: Mario, Noni, Irene, Víctor, Santiago, Adrián, Jacinta. Ninguno está vivo.

Cena en la embajada. Gente por lo general simpática, pero toda mujer bella tiene su pero: alguien —un antropólogo argentino— dijo a Pilar que Franco y Salazar habían sido dos caballeros, y ella respondió que sí, sin duda, pero que a esos dos, para ser enteramente justos, había que juntar otros dos de la misma caballeresca especie: Adolfo Hitler y Benito Mussolini... El argentino enmudeció.

1 de abril

Almuerzo con Adolfo Bioy Casares. Un auténtico y genuino encuentro, como ya va siendo raro. Bioy Casares, que tiene ochenta años, sufrió hace tiempo un accidente del que aún no se ha restablecido ni, probablemente, llegue a restablecerse por completo, pero lo que le nubla los ojos de tristeza, lo sabemos, es la muerte reciente de una hija en circunstancias trágicas. Este hombre tiene una personalidad en verdad extraordinaria: discreta, suave, increíblemente seductora. En cierto momento se habló de Octavio Paz y estábamos todos de acuerdo en que no nos gustaba el hombre. Bioy sonreía al decir que era la primera vez que almorzaba con personas que no se declaraban admiradoras fanáticas de Paz... Para no quedar atrás en ironía, adelanté la sospecha, quizá más acertada de lo que parece, de que Octavio Paz, a pesar de tan alabado y citado, debe de ser el escritor menos leído del siglo XX.

5 de abril

Apenas repuesto del viaje de regreso, tuve que decidirme a responder, finalmente, las encuestas de *Público* y de *Expresso,* ambas sobre el vigésimo aniversario del 25 de Abril. A Vicente Jorge Silva, que invitó a «veinte personalidades representativas de los más variados sectores y cuadrantes de la vida nacional» a escoger «los diez mejores y los diez peores acontecimientos, situaciones y fenómenos registrados» desde la revolución, le respondí brevísimamente que lo peor del 25 de Abril fue el 25 de noviembre; que lo peor de Otelo fue Saraiva de Carvalho; que lo peor de Vasco Gonçalves fue Vasco Lourenço; que lo peor del Primero de Mayo fue el Dos de Mayo; que lo peor de la Reforma Agraria fue António Barreto; que lo peor de la Descolonización fue el Ahora Apáñenselas; que lo peor de las Nacionalizaciones fue el Sálvese El Que Pueda; que lo peor de la Reforma de la Enseñanza fue No Haber Enseñanza; que lo peor de la Libertad de Expresión fue la Libertad sin Expresión; que lo peor de la Democracia (hasta ahora) ha sido Cavaco Silva. Y a Joaquim Vieira, que me había pedido ciento veinticinco palabras sobre las circunstancias en las que recibí «la noticia de que estaba en curso el derrumbamiento del Estado Novo» y «los recuerdos más sobresalientes del periodo que siguió, hasta finales de 1975», le di rigurosamente las palabras pedidas que así rezan: «En ese mes dormí algunas noches en casas de amigos no señalados por el régimen. Varios camaradas míos habían sido presos, mi turno podía no tardar. Pasé unos días en Madrid, pero como la policía no se "manifestó" regresé a Lisboa. Supe después que mi prisión estaba marcada para el día veintinueve... En una reunión de la revista *Seara Nova* (se oían aún tiros por las calles) fui encargado de escribir el editorial para el primer número "libre" de la revista». Y rematé: «No olvidaré el Primero de Mayo, ni el 26 de septiembre, ni el 11 de marzo, ni la Asamblea del MFA en Tancos, ni los meses en que fui director adjunto del *Diário de Notícias*. No olvidaré el Alentejo ni el Cinturón Industrial. No olvidaré lo que entonces llamábamos Esperanza».

Sospecho que no habrán apreciado las respuestas ni el tono en el que fueron dadas. El caso es que encuestas de éstas me irritan por su inutilidad. Sirven para llenar papel.

6 de abril

Por el andar de la carreta en que vamos, los correos del siglo XXI serán la perfecta imagen del caos. Estaba extrañándome que hubiera sido necesaria la atención cariñosa de Jorge Amado para saber que en diciembre del año pasado me habían admitido en la tal Academia Universal de las Culturas, de París, cuando lo cierto fue que su presidente, Elie Wiesel, me había escrito el 18 de enero informándome de que había sido cooptado, añadiendo, fórmula diplomática consagrada, pero gentil, que esperaba que aceptase unirme a ellos. Simplemente esa carta nunca llegó y si tengo conocimiento de ella es porque la secretaria general de la Academia, extrañándose de mi silencio, decidió manifestarse, enviando copia de la comunicación del presidente. Simplemente, una vez más, su carta, puesta en el correo, en París, el día 4 de marzo, apenas ayer llegó a mis manos... Se preguntarán qué diablos de importancia encuentro en un episodio, al parecer irrelevante, para venir corriendo a registrarlo aquí, y yo respondo que le encuentro toda la importancia, por la muy evidente razón de que esto es un diario y estos acontecimientos están aconteciendo. Diariamente.

7 de abril

Palabras oídas en Buenos Aires a Fernando Vizcaíno Casas, escritor de mucha venta y popular consideración en España, Dios le bendiga: «Buenos Aires está muy bien, parece Barcelona o Madrid, y además de eso no hay aquí negros, ni indios, ni sucios». Con esto se demuestra que un escritor no tiene que ser, forzosamente, un ser humano. También declaró esta persona importante y ya mayor que venía con la esperanza de ser diana del asedio sexual de las «muchachas porteñas», pero esta presunción siempre se puede perdonar: la esclerosis mental no escoge profesiones ni edades, un imbécil es un imbécil, incluso cuando escribe libros.

9 de abril

Empiezan a aparecer reacciones a los *Cuadernos.* En una entrevista, José Carlos de Vasconcelos había querido saber si a mí no me parecía que hay un cierto narcisismo en el libro, y ahora Clara Ferreira Alves, en *Expresso,* retoma el mote casi en los mismos términos. Me pregunto de qué se les habría ocurrido preguntarme a estos excelentes amigos, si yo mismo, en la introducción que escribí, no sólo hubiese sólo mencionado, sino asumido conscientemente el riesgo. Muy claro lo dije: «Gente maliciosa lo verá [el libro] como un ejercicio de narcisismo en frío, y no seré yo quien vaya a negar la parte de verdad que haya en el sumario juicio, si lo mismo he pensado algunas veces ante otros ejemplos, ilustres éstos, de esta forma particular de complacencia propia que es el diario». Y dije también: «Que los lectores se tranquilicen: este Narciso que hoy se contempla en el agua deshará mañana con su propia mano la imagen que le contempla». Respondí a la pregunta de José Carlos que «toda escritura es narcisista» y que «la escritura de un diario, sean cuales sean sus características aparentes, es narcisista por excelencia». (El título de la entrevista en el *JL* se retorció todo para salir así: «José Saramago: la escritura narcisista por excelencia...».) Espero que Clara, leyendo esto, lo entienda y pase, en adelante, a distribuir por igual sus pedradas. Acataré todas las razones objetivas que crea tener para no gustar del libro, menos ésa. Y, ahora, ¿por qué la crueldad fría con que trata la persona y la obra de Torga? ¿Y por qué el mal gusto de ese título —*La muerte del artista*—, cuando se sabe que Miguel Torga está gravísimamente enfermo, en la fase terminal de un cáncer?

11 de abril

Llegaron los primeros ejemplares de los *Cuadernos*. Tomo uno, lo hojeo, voy de página en página, de día en día y buscando los defectos que Clara Ferreira Alves le apunta (autocomplacencia, sequedad, falta de frescura, aún algunos más, no tan fácilmente condensables en la brevedad de fórmulas como éstas), y lo que encuentro es a alguien (yo mismo) que habiendo vivido toda su vida con las puertas cerradas y atrancadas, las abre ahora, impelido, sobre todo, por la fuerza de un descubierto amor de los otros, con la súbita ansiedad de quien sabe que ya no tendrá mucho tiempo para decir quién es. ¿Será esto tan difícil de entender?

12 de abril

Una lectora brasileña que me escribe de Minas Gerais dice en cierto momento de la carta: «No hay nada más sabroso que el portugués de Portugal...». Aquí queda la opinión, para la consideración de Autran Dourado...

13 de abril

Esto está volviéndose cómico. De Antena 2 de Lisboa me preguntan qué comentario me merece el hecho de que los *Cuadernos* estén siendo objeto de una «crítica negativa», ejemplificada esa negatividad con la acusación de «narcisismo» que me ha sido hecha. Respondí que, felizmente para Rembrandt, no fueron suficientes los muchos retratos que pintó de sí mismo para que le llamasen «narciso». Después remití a la simpática entrevistadora a la introducción del libro, donde está todo explicadito, y ésta sería la última referencia que aquí haría del recreativo caso si no se me hubiese ocurrido la idea de ir al diccionario, para saber lo que éste tenía para decirme sobre «narcisismo». Reza así: «Amor excesivo y morboso a la propia persona, y particularmente al propio físico. En psicoanálisis, estado psicológico en el que la libido es dirigida al propio ego». Respiré aliviado: es verdad que tengo una cierta estimación por la persona que soy, no lo niego, pero se trata de una estimación sana, normal y respetuosa, sin demasiadas confianzas. En cuanto a la libido, juro y volveré a jurar, con la mano sobre la Constitución u otro libro sagrado cualquiera, que no es a mi propio ego a quien ella se ha dirigido en tantos años de vida... En lo que respecta al futuro, ya sabemos, por la insistente lección del almanaque *Borda d'Agua,* que *Deus super omnia,* pero creo que los psicoanalistas tendrán que resignarse a ganar su dinero con otros pacientes...

14 de abril

Una estación de televisión española enseñó hoy unos cuantos minutos de imágenes, algunas de las cuales, según el presentador, habían provocado intensa polémica en Italia, lo que casi extraña, teniendo en cuenta que no faltan allí motivos de debate. Se vieron escenas de la fuga de oficiales alemanes de Roma, entre pasillos de lo que llamaríamos «multitud enfurecida», si esta furia se expresase con algo más que palabras que no se oyen, en puñetazos de pasada, en escupitajos. Se vieron los cadáveres de Mussolini y de Clara

Petacci, en el suelo mezclados con otros, rodeados por una multitud que se desahoga, unos escupiendo, otros dando puntapiés, otros saltando por encima, como en un juego. Pero lo que desató la polémica fue la muerte de un italiano, por fusilamiento o, mejor, una declaración hecha por alguien a propósito, ignoro si en la prensa o en la televisión italianas, según la cual el muerto debería ser considerado como un mártir del nacionalsocialismo italiano... Todo llega en su tiempo, una afirmación así sólo estaba esperando a Berlusconi...

Vi las imágenes del fusilamiento. Un poste clavado en el suelo, atado a él un hombre joven, vestido con unos pantalones oscuros y una camiseta, el pelo muy corto. Dos o tres oficiales norteamericanos están cerca, uno de ellos enciende un cigarrillo, después se aproxima un cura que dice no se sabe qué, mientras el condenado, con el cigarrillo sujeto por los labios, aspira y suelta una bocanada de humo. Unos segundos más y se apartan todos, no vemos a los soldados que van a disparar, se diría que la cámara de filmar está en mitad del pelotón de fusilamiento, de repente el cuerpo es sacudido por las balas, resbala un poco a lo largo del poste, pero no está muerto, se agita débilmente, los oficiales se aproximan, uno de ellos parece llevar la mano a la pistola, quizá va a darle el tiro de gracia, no se llegará a saber, la imagen acabó. Se dijo que el italiano no era soldado, que había sido, con otros, lanzado en paracaídas tras las líneas norteamericanas para actos de sabotaje, que las llamadas leyes de guerra parecen no perdonar. Todo esto es horrible, pero, no sé por qué, se me fija más en la memoria el ritual escénico del último cigarrillo del condenado a muerte, como si cada uno de aquellos hombres estuviese representando un papel, el cura para dar la absolución, el condenado que pide o acepta el cigarrillo, la mano que lo enciende, probablemente la misma que disparará el último tiro. El otro lado de la tragedia es muchas veces la farsa.

15 de abril

Ya se sabe que no somos un pueblo alegre (un francés aprovechador de rimas fáciles fue quien inventó aquella de que *les portugais son toujours gais*), pero la tristeza de ahora, la que Camoens, para no tener que buscar nuevas palabras, quizá llamase simplemente «apagada y vil», es la de quien se ve sin horizontes, de quien va sospechando que la prosperidad prometida ha sido un engaño y que las apariencias de ese engaño se pagarán muy caras en un futuro que no está lejos. Y las alternativas ¿dónde están, en qué consisten? Mirando la cara fingidamente satisfecha de los europeos, llego a la conclusión de que no son posibles, tan pronto, alternativas nacionales propias (vuelvo a decirlo: nacionales, no nacionalistas), y que de la crisis profunda, crisis económica, pero también ética, en la que patinamos, podrán, tal vez —contentémonos con un tal vez—, nacer las necesarias ideas nuevas, capaces de retomar e integrar la parte mejor de algunas de las antiguas, principiando, sin previa definición de antigüedad o modernidad, por recolocar al ciudadano, un ciudadano finalmente lúcido y responsable, en el lugar que hoy ocupa el animal irracional que responde al nombre de consumidor.

16 de abril

Cuánta razón tenía la abuela Josefa: más temprano o más tarde, la verdad siempre acaba por salir a flote, es sólo cuestión de paciencia, de dar tiempo al tiempo, por fin han de caer los disfraces, disiparse las nieblas, separarse lo que había estado confundido, lo cierto se sobrepone a lo falso, el aceite al agua. Creíamos saber, más o menos, gracias a los esfuerzos de los comentaristas de política internacional, con los sovietólogos y kremlinólogos a la cabeza, por qué se había venido abajo la Unión Soviética, aunque siempre mantuviésemos la sospecha de que al análisis le faltaba alguna cosa, quizá incluso lo más iluminador. Esta vez la verdad no ha tenido que esperar siquiera un siglo. Irritado con el hecho de que la revista de Barcelona *Ajoblanco* le atribuyera el Premio Jeta (el significado más directo de la palabra es hocico), Mario Vargas Llosa, entre otras agudezas espirituales de la misma estirpe, atribuye la afrenta a los «nostálgicos del comunismo que no perdonan el impacto de mi prédica liberal en el desplome del imperio soviético». Si la presunción matase, Vargas Llosa debía estar en este momento a la entrada del cielo, intentando convencer a San Pedro de que había sido él, y no otra persona de igual nombre, el autor de algunos buenos libros que se publicaron aquí abajo. Dudando legítimamente, el santo portero quizá acabase por no resistir la tentación de ponerle en la cabeza uno de aquellos gorros de orejas largas con que se escarmentaba a los niños traviesos en la antigua escuela...

17 de abril

A pretexto del quinto centenario del Tratado de Tordesillas, conversación con Torrente Ballester, Miguel Ángel Bassenier, de *El País,* y Torcato Sepúlveda. Faltó un historiador para poner algún orden en las divagaciones de los entrevistados, en particular las mías, que del Tratado sólo tenía un conocimiento de cartilla escolar, a pesar de las lecturas a marchas forzadas a las que tuve que proceder en los últimos días para no hacer demasiado mal papel. Sirvieron las lecturas, por lo menos, para entender algo en lo que nunca había pensado antes: gracias a esa «división» del mundo, en muchos aspectos absurda, contranatural, se evitaron los mil conflictos que fatalmente hubieran llegado a oponer a portugueses y españoles si anduviesen «descubriendo» en los mismos terrenos. Salió, en la conversación, la Leyenda Negra de las atrocidades cometidas por los españoles en el Nuevo Mundo. Para que Miguel Ángel no fuese el único en atormentarse por las culpas de los antepasados, recordé una carta del padre António Vieira a don Alfonso VI, en la que se dice, negro sobre blanco, refiriéndose a Brasil: «Las injusticias y tiranías que se han ejercido sobre los naturales de estas tierras exceden en mucho a las que se hicieron en África. En espacio de cuarenta años se han matado y destruido en esta costa de sertones más de dos millones de indios, y más de quinientas poblaciones, como grandes ciudades; y de esto nunca se vio castigo». Después la conversación derivó hacia temas más actuales, como el futuro de España y Portugal en el cuadro de una Europa económica y políticamente integrada, qué parcela de la división europea del trabajo le corresponderá a cada uno de los países, cosas así. De los cuatro, el único que aún fue capaz de mostrar algún resignado optimismo («¿Dónde está la alternativa?», preguntó) fue Torcato Sepúlveda. Puedo entenderlo: quien está a punto de ahogarse, se agarra a todo lo que puede para mantenerse en la superficie, incluso a la canoa perforada que le arrastrará hacia el fondo.

18 de abril

En la Universidad de Valencia, por invitación del lector de portugués Albano Rojão Saraiva. Al final de la conferencia un alumno, muchacho alto, fuerte, de tipo atlético, que por el aspecto no parecía de los más propensos a sentimentalismos fuera de moda, se aproximó tímidamente y consiguió decir: «Me gustó aquella idea suya de que los libros llevan una persona dentro, el autor». Le agradecí haberme comprendido.

19 de abril

En Palma de Mallorca, en el intervalo entre una conferencia y la siguiente, almuerzo en Valldemossa con Perfecto Cuadrado y María, su mujer. Fue en esta aldea donde vivieron durante algún tiempo Chopin y George Sand, mal sitio para curar una tuberculosis, porque según dice Perfecto, la región es húmeda, de las más húmedas de la isla. No lejos hay un palacio, una casa grande, lo que aquí se llama *possessión,* donde estuvo la celebérrima y lloradísima Sissi... A la gente del lugar debe de haberle gustado la suave criatura. No así la otra, insolente, provocadora, con pantalones y puro; me dice María que las mujeres de aldea se santiguaban a su paso como si fuese la encarnación femenina del demonio.

20 de abril

Confortablemente instalado en el avión que me lleva a casa, leo que en Recife y Olinda los mendigos están comiendo pedazos de cuerpos humanos, restos de operaciones quirúrgicas —vísceras, fetos, pechos, piernas, brazos—, tirados en la basura por los hospitales y clínicas de las dos ciudades. La azafata de a bordo viene a preguntarme si prefiero pescado o carne. Carne, digo yo. Por mucho que se esmeren en prepararlo, no me gusta el pescado congelado que generalmente es servido...

22 de abril

Todo el día leyendo la tesis de doctorado de Horácio Costa, en la Universidad de Yale: *José Saramago: o pe-*

riodo formativo. Notable, simplemente. Por primera vez alguien deja de lado la relativa facilidad de análisis de los libros que publiqué a partir de *Alzado del suelo* para atreverse a penetrar en el casi intocado pequeño bosque de lo que escribí antes, no olvidando incluso *Terra do Pecado,* esa primera y cándida novela que habría salido al público con el título *A Viúva* si no hubiese sido porque el malogrado Manuel Rodrigues, editor de Minerva, que benevolentemente me había acogido en su casa, decidió que tal título no era suficientemente comercial... Leyendo hoy el estudio minucioso y perspicaz de Horácio Costa, todo el pasado se dibujó y volvió a erguirse ante mí. Me sentí de repente muy viejo (atención, viejo de tiempo, no de vida) y pensé sin ninguna originalidad: «Cuánto camino andado».

23 de abril

Finalmente, una librería en Lanzarote. El librero, Norberto, es un hombre joven, aunque prematuramente encanecido, procedente de Zaragoza, que habla de su trabajo con entusiasmo. Compramos algunos libros: Canetti, Magris, Barbara Probst Salomon. También un ensayo de José Antonio Marina, *Teoría de la inteligencia creadora,* que ha sido muy elogiado por la crítica y ya lleva cuatro ediciones desde noviembre del año pasado, cuando se publicó. E *Invención y silencio en el Quijote,* de Ricardo Aguilera, libro que procede de 1971, ahora reeditado. Había también una antología de Eliseo Diego que no compré porque tengo la edición cubana de su poesía, publicada hace diez años. Cuando volví a casa fui a buscar el libro, a hojearlo, como quien reencuentra a un amigo después de una larga ausencia y, de repente, sentí que se me encrespaban piel y pelo. Tenía delante de los ojos aquel breve relato que un día, cuando por primera vez lo leí, me hizo pensar que tendría que saber todo sobre el hombre de quien Eliseo hablaba. Después, me olvidé... Ahora, mientras releía el texto para Pilar, sentí el deseo súbito de escribir la historia de ese hombre. ¿Quién sabe? ¿Quién sabe? Algunos de mis libros no nacieron de manera muy diferente... Dejo aquí las palabras bellísimas y estremecedoras con las que Eliseo Diego habló del portugués Matias Peres:

«Matías Pérez, portugués, toldero de profesión, qué había en los inmensos aires que te fuiste por ellos, portugués, con tanta elegancia y prisa.

»En versos magníficos dijiste adiós a las muchachas de La Habana, y luego, una tarde en que era mucha la furia del tiempo, haciéndole burla a la prudencia, y mientras en el Campo de Marte atronaba la banda militar, te fuiste por el aire arriba, portugués ávido, argonauta, dejando atrás las sombrillas y los pañuelos, más arriba aún, a la región de la soledad transparente.

»¡Qué lejos quedaron las minúsculas azoteas de La Habana, y seis cuerpos tuyos más alto que sus torres y sus palmas, cómo volaban con la furia del viento, portugués, aquella última tarde!

»Y cuando, a la boca del río, habiéndote echado muy abajo aquella misma cólera del aire, te llamaron los pescadores prudentes, gritándote que bajaras, que ellos te buscarían en sus botes, ¿no contestaste, portugués frenético, echando por la frágil borda tus últimos estorbos?

»¡Allá te ibas, Matías Pérez, argonauta, hacia las tristes y plomizas nubes, rozando primero las enormes olas de lo otro eterno, y luego más y más alto, mientras lo tirabas todo por la borda, en tus labios una espuma demasiado amarga!

»¡Audaz, impetuoso portugués, adónde te fuiste con aquella desasida impaciencia mar adentro, dejándonos sólo esta expresión de irónico desencanto y criolla tristeza: se fue como Matías Pérez!

»Huyendo raudo hacia una gloria transparente en demasía, hacia una gloria de puros aires de nada, por la que fue perdiéndose tu globo como una nubecilla de nieve, como una gaviota ya inmóvil, como un punto ya él mismo transparente: ¡se fue como Matías Pérez!»

¿Otro Bartolomeu de Gusmão? ¿Un Baltasar Sete-Sóis sin esperanza de Blimunda en la tierra o que, habiéndola perdido, fue a buscarla donde sabía que ella no podría estar, pero igualmente yendo por ella? Matias Peres, Matias Peres, ¿quién eres tú?

26 de abril

Una carta de Brasil trae en la dirección esta charada geográfica y toponímica: Lanzarote, Islas Canarias, Portugal. Fue verdad, sí, señor, pero sólo entre 1448 y 1450, cuando los portugueses estuvieron en Lanzarote gracias a un tal Maciot de Béthencourt, francés, sobrino de Jean de Béthencourt, quien, habiendo recibido de este tío, primer explorador sistemático del archipiélago, los derechos sobre Lanzarote, los cedió, no sé a cambio de qué, al infante Don Henrique. No duró mucho el dominio: dos años después de haber desembarcado, fuimos puestos fuera de aquí, se dice que por los habitantes. La carta llegó pues atrasada quinientos cincuenta años, pero aún a tiempo de vengarme de otras cartas que recibí, de Francia principalmente, que traían como dirección Lisboa, España...

27 de abril

Llegaron Luciana y Rita, con sus completos apellidos, respectivamente, Stegagno Picchio y Desti... Pacientísimas han venido para trabajar en la preparación de la *opera omnia* (va en latín, que es la manera que encuentro para no tomar estas cosas demasiado en serio) que será publicada por Bompiani. Pero no las dejaré irse de aquí sin que vean la Montaña de Fuego, Los Jameos del Agua, los lugares selectos de esta isla que fue portuguesa (como ha quedado dicho) y que debe su nombre (quedaba por decirlo) al comerciante genovés Lancelotto Malocelli, hacia finales del siglo XIV. En verdad os digo que todos los pasos del mundo se cruzan y entrecruzan, los tiempos vienen y van, sólo los lugares permanecen. Y esperan.

29 de abril

Desperté pensando: «Si no sucediese hoy nada de especial ¿cómo podré escribir para el *Nouvel Observateur* algo que valga la pena? Si fuésemos a la playa con Luciana y Rita, si comiésemos allí, si dejase pasar el tiempo leyendo una novela policiaca, si así pasase el día, ¿cómo podría después describir, a los ojos del público, las horas de un escritor que, en el fondo, tan banalmente las había vivido?». Ya habíamos quedado que llevaría por la mañana a Luciana y Rita a ver los volcanes de Timanfaya, pero eso era oficio de guía turístico, no de escritor, considerando que Timanfaya es el único lugar del mundo, entre los que conozco, donde cobra pleno sentido el cansado dicho de que una imagen vale más que mil palabras. En general, la verdad es muy diferente, son las mil imágenes, sean éstas las que sean, las que necesitan de una palabra que las explique. En este caso, sin embargo, yo mismo sería capaz de poner «cien mil» en lugar de «mil», si no tiraría, simplemente, el diccionario al volcán más próximo. Fuimos y volvimos, Luciana y Rita deslumbradas, hablando sin parar. Rita, que es siciliana, y por lo tanto vehemente, llegó al extremo de jurar: «Al lado de esto, el Etna no es nada».

Yo estuve de acuerdo, aunque pensaba que, no obstante tan radical juicio, hasta para describir el Etna me faltarían palabras... (Me hago cargo ahora de por qué casi no hay paisajes en mis libros: si tengo que escoger entre la piedra que está al lado y la montaña que cierra el horizonte, prefiero la piedra.)

Pasaron las horas y yo, ansioso, esperando una idea aprovechable que apareciese, como un delfín, en la superficie de la consciencia, para pescarla en el rápido instante en que mostrase el dorso brillante. Ahora bien, o porque flagrantemente no servían a los fines de vista, o porque, de tan rápidas, ni me daban tiempo a hacerles puntería, las ideas volvían a sumergirse en la inescrutable profundidad de donde habían subido, dejándome perdido ante la hoja de papel en que había prometido registrar, de manera sucinta, para posterior desarrollo, los asuntos, los episodios, las reflexiones, los temas con los que tendría que rellenar el texto destinado al *Nouvel Obs.* Me acordé entonces de que precisamente hoy, y quizá en la hora precisa en que lo recordaba, se estaría anunciando en Lisboa el lanzamiento de una colección cuyo primer volumen es, en ciento cincuenta mil ejemplares, *Memorial del convento...* Después, por deber de modestia me pregunté si debería mencionar un hecho como éste, de tan ostensivo perfil comercial, pero, habiendo ponderado que los ciento cincuenta mil ejemplares darán de comer a la familia por algún tiempo, decidí proceder como el agricultor que mira el campo que tanto trabajo le dio y hace legítimas cuentas de lo que le rendirá. Como continuación de estos pensamientos, y tal como el agricultor que después de contemplar el campo fue al pomar para ver si estaban madurando los frutos, me senté a trabajar en el *Ensayo sobre la ceguera,* ensayo que no es ensayo, novela que quizá no lo sea, una alegoría, un cuento «filosófico», si este fin de siglo necesita de tales cosas. Pasadas dos horas me pareció que debía parar: los ciegos del relato se resistían a dejarse guiar a donde a mí más me convenía. Así que, cuando esto sucede, sean los personajes ciegos o videntes, el truco es fingir que nos olvidamos de ellos, darles tiempo a que se crean libres, para que al día siguiente, desprevenidos, les echemos otra vez la mano y así en adelante. La libertad final del personaje se hace de sucesivas y provisionales prisiones y liberaciones.

¿Qué otra cosa podría hacer, me pregunté, para redondear el día? Debía una carta de agradecimiento a Horácio Costa, profesor de la Universidad de México, que la semana pasada me envió su tesis de doctorado en Literatura Portuguesa por la Universidad de Yale, con el título *José Saramago: o periodo formativo,* y pensé que la ocasión era excelente. Verdaderamente me sentía más inclinado a no hacerlo hoy, llegué incluso a pensar: «Escribo mañana y pongo la fecha del veintinueve, nadie lo sabrá», pero ahogué la indigna tentación y escribí y feché honestamente la carta. Agradecí la tesis y el privilegio que la misma me concedía de poder reexaminar mi pasado de escritor, cómo él parecía ganar un nuevo sentido a la luz de los días y del trabajo actual, cómo, en resumen, pude recorrer el camino que lleva de la dispersión a la coherencia, quizá ya anunciada, ya prometida, así quiero pensarlo, en el umbral de las primeras páginas que publiqué. Finalmente, con la máxima sinceridad que alcanzo, de esta manera rematé la carta a Horácio Costa: «Pienso en las largas horas, en el vasto estudio, metódico y al mismo tiempo apasionado, que está contenido en estas centenas de páginas y me pregunto: "¿Merezco tanto?". Responderás que sí, que si no lo mereciese no habrías gastado meses y meses de tu vida en él, pero a pesar de eso vuelvo a preguntarme, dudoso: "¿Lo merezco?"».

Firmé, doblé y feché la carta. Eran las siete de la tarde, hasta la hora de irme a la cama no habría, ciertamente, nada más de interés para registrar. Fue entonces cuando llegó el correo, que en Lanzarote es distribuido al final del día. Me traía la revista *Plural* y en ella un bello artículo de un escritor canadiense, Louis Jolicoeur, recordando nuestro encuentro de hace años, en México, en una isla del lago de Pátzcuaro, en mitad de una noche oscurísima, entre sepulturas que tal vez fuesen precolombinas y la negra respiración del agua. Y había también una carta de Argentina, de alguien a quien conocí hace cincuenta años y a quien nunca más volví a ver, mitad emigrante, mitad exiliado político, que en tres largas y apretadas páginas me cuenta su historia, la vida sacrificada de un pobre, la vida dura de un militante de izquierda. Me cuenta que fue a Argentina en el barco *Highland Brigade,* el mismo en que hice viajar a Ricardo Reis cuando regresó a Portugal, después de recibir la noticia de la muerte de Fernando Pessoa...

Leo, releo lo que escribió este hombre de setenta y tres años, llamado José de Jesús Pina, me impresiono como un niño a quien estuviesen recitando una triste y dolorosa historia, y comprendo, finalmente, que, a cambio de lo poco que fuera capaz de dar a este día, de él había recibido lo que, para poder ser, había necesitado de una vida entera.

30 de abril

Desde lo alto del Mirador del Río, con el último sol turbado por la bruma seca aquí denominada calima, como si el cielo estuviese tamizando sobre Lanzarote una tenue ceniza blanca, miramos —Luciana, Rita y yo— la isla de la Graciosa, con sus tres montes casi arrasados por la erosión, restos de volcanes antiguos, el pequeño puerto de pesca, la Caleta del Sebo, la secura absoluta de una tierra exprimida por el viento, calcinada por dentro y por fuera. Miramos, callados, hasta que Luciana dice: «¿Quién imaginaría que aquí colocó Tasso sus jardines de Armida?». Cogido por sorpresa, exclamé: «¿Cómo?». Y Luciana: «Sí, fue aquí, en esta isla de la Graciosa donde Rinaldo se dejó prendar por los encantos de Armida». ¡Ah, los poetas! Un día oyen hablar de una leyenda, encuentran en el mapa un nombre que les agrada, y ahí está: el desierto se convierte en vergel. Rinaldo navega en aquella barca que demanda el minúsculo puerto, mientras Armida, con la última lava ardiente del volcán, prepara sus filtros de amor.

4 de mayo

En París. Salgo por la mañana del hotel, en la Rue Rivoli (en tantos años de venir aquí, es la primera vez que me alojo en la orilla derecha), y de súbito me siento como un extraño en la ciudad. No apenas extranjero, sino extraño, sobre todo extraño. Ni incluso cuando entré en Saint-Michel, centro habitual de mis andanzas parisinas, disminuyó ese sentimiento. Me pareció que había demasiada gente, demasiados anuncios de actos culturales, demasiados libros... Pensé en Lanzarote, donde la gente es escasa, donde los libros sólo hace muy poco han dejado de ser una rareza, donde las manifestaciones culturales importantes se cuentan al año con los dedos, me pregunto cómo es posible vivir allí sin sentir la falta de estas maravillas (o las de Lisboa, en proporción...), y pienso que está bien así, que de todas maneras nunca podría leerlo todo, verlo todo, que uno de mis pequeños volcanes necesitó más tiempo en hacerse que el Arco de Triunfo y que el valle de Guinate no le debe nada a los Campos Elíseos... Notre-Dame está otra vez en obras, la tela de los andamios le da un aire de irremediable fragilidad, de hecho no me apetece entrar, creo que no sería mala idea, durante un tiempo, dejar los monumentos y los museos en paz, olvidarnos un poco de ellos.

Para un día volver a reencontrarlos con ojos desacostumbrados, digo yo.

Por la tarde mesa redonda en el Centro Pompidou. (Había comido con Jorge Maximino, director de Arimage, la organización cultural de la que me llegó la invitación, y le oí las quejas de siempre: falta de apoyos morales y materiales, indiferencia de quien tendría la obligación de ayudar, la sempiterna mezquindad patria...) En la mesa redonda estaban Maria de Lourdes Belchior, Prado Coelho, Paul Teyssier, Gilles Germain. Paul Teyssier, simpáticamente y con una evidente sinceridad, evocó los hechos portugueses, lo que me llevó a comentar que esta constante referencia a nuestros gloriosos antepasados (obstinación nacional que va encontrando seguidores por ahí fuera) convierte a los portugueses en una especie de griegos de ahora que cayesen en la debilidad tonta de vanagloriarse de los Homeros y Platones, de los Pericles y Demóstenes, de los Pitágoras y Epicuros... El tema de la conversación era «Écrire le temps, écrire la ville», por lo tanto se habló de Lisboa. En todos los tonos. Se llegó a compararla con París... Un actor del teatro de Saint-Denis, Frédéric Peyrat, leyó bien un pasaje de *El año de la muerte de Ricardo Reis,* lo que me dio la oportunidad de decir que lo más importante en una ciudad, lo que la distingue verdaderamente de las otras, no es lo que está fuera, en las calles, sino lo que está dentro de las casas, las personas y los interiores, las maneras de vivir. Más que el momento en que somos y estamos, lo que me interesa es la ciudad *en el tiempo,* su crecer de hongo y de cerebro.

Gilles Germain, autor de un libro, que no conozco, inspirado en Pessoa, contó, en cierto momento de su libérrima y bien humorada intervención, que la Avenida da Liberdade quedó interrumpida en su trazado lógico, parada a medio camino, lo que me hizo recordar (pero no lo dije allí, fue un recuerdo que vino y se fue) aquel otro proyecto fantástico de don Juan V de abrir una avenida que, partiendo de la fachada central del convento de Mafra iría hasta el mar... Parece ser nuestro sino: dejar todo a medio camino, o ni eso.

5 de mayo

Empieza en la Sorbona el coloquio sobre Europa, organizado por Bernard-Henry Lévy y Jérôme Clément. La idea —«Europa: ¿y si recomenzásemos por la cultura?»— parece interesante a primera vista. Sólo a primera vista. La pregunta, tal como está formulada, afirma implícitamente la quiebra de la integración de Europa como viene siendo realizada, esto es, planificando la industria, subordinando la economía, unificando la moneda, y sugiere otro camino, por lo demás propuesto explícitamente en una declaración firmada por los dos organizadores: «Hacer de Europa una tierra de creación, de diálogo, con respeto al pluralismo de las ideas, de las religiones y de las comunidades que viven en su territorio desde hace milenios». ¿Quién no estaría de acuerdo? ¿Quién no querría inventar para el continente europeo esa mágica receta que después hasta podría ser llevada al resto del mundo, inaugurándose así, por vía de una promoción voluntarista de la cultura al estatuto de valor universal, una época de paz y concordia, la segunda edad de oro? Sin embargo, recomenzar por la cultura, ¿cómo? En este tiempo en que vivimos existen tres tipos de guerras: las propiamente dichas, las lingüísticas y las culturales. Acabar con las primeras ha sido imposible. En cuanto a las segundas y terceras ¿será exageración decir que en ellas es donde se están jugando realmente los futuros predominios mundiales o, para decirlo de otra manera, el auténtico nuevo orden ideológico mundial? ¿Y cómo dialogarán las culturas en Europa si las contradicciones económicas y las tensiones financieras hacen crujir el edificio europeo por todos los lados? Me permito pensar que Europa está necesitando, en primer lugar, una buena insurrección ética. ¿Será capaz de eso el género de intelectual actualmente en boga? Mis dudas son muchas, la esperanza escasa. Me queda la curiosidad de saber lo que irá a salir de aquí.

Jérôme Clément expuso con claridad apreciable los objetivos del coloquio, después Bernard-Henry Lévy hizo el discurso de apertura. Pesimista como convenía, para despertar las conciencias. Más tarde, en la segunda mesa redonda, *Los fines del comunismo: ¿salimos verdaderamente de él?,* el polaco Bronislaw Geremek se mostró optimista: la política no falló... Afirmó que el comunismo está definitivamente muerto y que los comunistas o ex comunistas que, por la vía democrática, están volviendo al poder, no tendrán otro remedio que continuar la política de los gobiernos conservadores que vayan a sustituir... Extraña concepción la de este antiguo dirigente de Solidaridad: si, en el fondo, nadie cree que el comunismo haya muerto realmente, ¿por qué este deseo de velo diluido en subpolíticas de gestión del mismo y por ahora imperante liberalismo? ¿O se trata simplemente del temor de que el comunismo, habiendo aprendido con los errores y crímenes en su nombre cometidos, empiece un camino nuevo, cumpliendo finalmente (ojalá, ojalá) la idea elemental, a la que siempre vuelvo, expresada en *La sagrada familia:* «Si el hombre está formado por las circunstancias, entonces es necesario formar las circunstancias humanamente»?

En un intervalo, Michèle Gendreau-Massaloux, rectora de la Sorbona, que hace tiempo publicó un ensayo sobre el *Evangelio* en la revista *L'Atelier du Roman,* me dice que ese texto suyo había picado la curiosidad de Mitterrand, a quien ella regaló después el libro. Que Mitterrand lo leyó, al parecer, con agrado. No pude resistir comentar que quizá el motivo tuviese que ver con el hecho de que los franceses llamen Dios a Mitterrand...

6 de mayo

Mesa redonda sobre el tema *¿Tiene sentido la noción de identidad cultural?* Anda medio mundo clamando que la cuestión de la identidad cultural no vale el tiempo que se gasta en discutirla, y acabamos por llegar a la conclusión de que pasa con ella lo mismo que Buffon decía de la naturaleza: «Chassez le naturel, il reviendra au galop»... Cuando llegó mi turno de intervención, empecé narrando el episodio del Carrefour des Littératures, en Estrasburgo, aquella famosa pregunta a la que tuve que responder: «¿Es europea la literatura portuguesa?». No podía haber encontrado mejor introducción: la asistencia se divirtió con el relato, mostrando al mismo tiempo señales evidentes de un saludable malestar... Desarrollé después unas cuantas ideas sobre la noción de pertenencia cultural, siempre dentro de los límites del sentido común, mucho menos apretados de lo que en general se cree. El sentido común es el terreno del cual rehúso salir, simplemente por tener la conciencia clarísima de mis propias limitaciones. Acabé diciendo que vivimos para decir quiénes somos. En francés sonaba bastante mejor: «On vît pour dire qui on est»... Una banalidad, se dirá. Será banal, pero nunca hubo verdad más absoluta.

Almuerzo con Prado Coelho. Conversación suelta, interesante, a corazón abierto (es una pena que no se pueda decir «a cabeza abierta»...). Mil temas y, otra vez, inevitable, Europa. Eduardo, preocupado. Le puse frente a lo que pienso que es su obligación: si tiene dudas, que las exprese francamente, con la misma vehemencia con que hasta ahora pasó noticias de un optimismo casi beatífico. Que no haga como nuestro querido Eduardo Lourenço, que viene dando la dolorosa impresión de no creer ya en el europeísmo que aún se cree obligado a defender.

7 de mayo

Inesperadamente el coloquio terminó bajo una atmósfera de tensión y hostilidad. Primero, alemanes, de un lado y del otro, que no se entendieron. Helma Sanders-Brahms, una cineasta que trabajó con Pasolini en *Medea,* trazó un cuadro negrísimo de la situación cultural alemana, manifestando al mismo tiempo el temor del regreso de cualquier tipo de fascismo. Otro alemán, Joseph Kovan, hombre de edad, pero enérgico, del género «afirmativo», que en 1944 fue deportado a Dachau, protestó airadamente, apoyado por una pequeña parte del público. Pero la alemana, sin perder la serenidad, volvió a la carga, añadiendo nuevos argumentos, llegando incluso a decir que en Alemania, hoy, la palabra «autor» es tomada poco en serio, cuando no es objeto de desconfianza y desprecio: el autor «no trabaja, no produce», lo que hace es cuestionar, perturbar, confundir a las personas... Furioso, Kovan la acusó de estar defendiendo a los terroristas... Y cuando Julia Kristeva apeló a la «cultura-revolución» como respuesta al conformismo cultural reinante en Europa, el mismo Kovan, en tono más moderado, respondió que prefería que esa «cultura-revolución» se llamase «cultura-crítica». Otra observación de Kristeva, según la cual los jóvenes que no tienen acceso a la cultura fácilmente se transforman en *casseurs,* mereció de Kovan la siguiente respuesta: «Romper las lunas de los escaparates de las librerías no significa querer sacar de allí los libros para leerlos...». En mi pobre opinión, Alemania es una herida que no sanará nunca. Alemania: herida de Europa y de sí misma.

Después de haber hablado dos escritores bosnios, de Sarajevo, Jérôme Clément y Bernard-Henry Lévy hicieron el balance del encuentro. (Clément tuvo la amabilidad de citar mi «On vît pour dire qui on est»...) El ministro de Asuntos Exteriores, Alain Juppé, que estaba presente, oyó impasible las directas e indirectas de Bernard-Henry Lévy, durísimo en la apreciación del comportamiento de la Unión Europea en relación al caso bosnio, acusándola incluso de cobardía. Juppé, hábil e inteligente, cerró el coloquio con el discurso europeo que se puede esperar de un ministro de Asuntos Exteriores. Negó la cobardía, pero reconoció la impotencia y la ineficacia. Terminó apelando al diálogo entre políticos e intelectuales... A la sala le gustó y aplaudió. Bernard-Henry Lévy cruzó ostentosamente los brazos, los mantuvo así durante algunos segundos, después movió despacio las manos una contra la otra dos o tres veces, como si aplaudiese (la enmienda era llamativamente peor que el soneto), y volvió a cruzarlos. El aire se cortaba con cuchillo.

8 de mayo

En casa de Jorge Amado. Conversación caudalosa, asuntos todos, sobre todo Brasil. A cierta altura salieron una vez más a colación las probabilidades de un Nobel para la lengua portuguesa... Jorge dice que hay cuatro candidatos: Torga, João Cabral de Melo Neto, él y yo mismo. Expone las razones por las que, en su opinión, ni él ni Torga pueden esperar el codiciado premio. Después explica por qué, entre João Cabral y yo, tengo yo mayores probabilidades. No coincido. Me limito a escuchar, divertido e incapaz de creer que semejante cosa llegue a suceder algún día. Al despedirnos, ya con un pie en el ascensor, y por idea de Zélia y Pilar, firmamos un pacto risueño: si uno de nosotros gana, invita al otro a estar presente...

9 de mayo

En el aeropuerto de Praga nos esperaban Luís Machado, agregado cultural de la embajada y la lectora de portugués, Lucília Ribeiro. Nos llevan a un hotel del centro, en la Václavské Námesti, que significa Plaza Wenceslao. Ostenta tres estrellas este Julis, pero a primera vista no parecía valerlas. No las vale, de hecho. Paciencia. Nos dice Luís Machado, cuando entrábamos en la plaza, que a nuestros portuenses que van a Praga les parece siempre que aquella enorme Wenceslao, con el Museo Nacional en lo alto, es tal cual la Avenida de los Aliados... Le sugerí que propusiese al presidente de la Cámara Municipal de Oporto la hermanación de las dos ciudades, ya que tienen tanto en común.

10 de mayo

Lucília Ribeiro y su marido, Zeferino Ribeiro, nos llevan a dar un paseo por la ciudad. En Vysehrad, un panorama magnífico sobre el Moldava. Fuimos después a visitar las sinagogas. En las paredes interiores de una de ellas están siendo pintados los nombres de judíos —setenta y siete mil, me pareció— muertos en campos de concentración. En otra de las sinagogas encontramos una exposición de dibujos y pinturas de niños judíos. Hay visitantes que lloran ante las imágenes, algunas de una belleza casi insoportable. En un rótulo, al lado, el nombre, las fechas de nacimiento y de muerte, cuando pudieron saberse, el lugar donde la vida acabó: Terezín, Auschwitz... Se dispersaron, hechos ceniza y polvo, los restos de estos pequeños artistas, de algunos de ellos podemos ver fotografías, serían genios esperando crecer, niños sencillamente, niños, niños. Descendemos, en silencio, vamos al cementerio judío que está al lado. Otra vez la sofocante belleza, millares de estelas fúnebres esculpidas, desordenadas por el tiempo, el espacio es pequeño, nos preguntamos dónde están los muertos de tres siglos y medio, están todos aquí, polvo también ellos, confundidos, como en un único cuerpo. Aquí está aquel rabí Loewi, muerto en 1609, de quien se cuentan leyendas: que hizo, con barro, un hombre artificial, el Golem (me acuerdo de haber visto, hace mil años, en el viejo Ginásio, una película, quizá checa, quizá alemana, llamada precisamente *El Golem,* recuerdo el momento tremendo en que el rabí hacía vivir al Golem, al grabarle en la frente unas letras, unas señales cabalísticas); y otra leyenda, aquella que cuenta que la Muerte, cansada de esperar al viejo rabí, ya casi centenario, incansablemente entregado al estudio de los libros de la Ley, se disfrazó de rosa, y fue su nieta, inocente de lo que hacía, quien se la llevó al abuelo, que murió al aspirar el perfume de la flor. No creo que la Muerte haya vuelto nunca a disfrazarse de rosa, fue Muerte para los niños de Auschwitz, sin respeto ni piedad. Cuando salíamos, ya en la calle, vimos que hay pequeñas mesas donde se venden recuerdos para turistas. En una de ellas está el Golem. Compro el Golem, las palabras no están a la venta.

Con Lídia Jorge, a quien fuimos a recibir al aeropuerto, visitamos la Loreta, cuyo elemento central es la Santa Casa. Me explican que, según una tradición medieval, cuando la Virgen murió (es una manera de decirlo, claro), la casa de la Sagrada Familia se mudó, milagrosamente, a la ciudad italiana de Loreto, donde creo que aún se encuentra. Dueña de mil bellezas propias, Praga no descansó mientras no puso aquí una réplica del santo tugurio. Que de tugurio no tiene nada, tantos son los relieves, las pinturas y los estucos figurativos. Para ser la viuda de un carpintero, la Virgen no estaba mal servida de casa. En la entrada, Lucília Ribeiro presentó una tarjeta, por la que, nos prometía ella, tendríamos entradas más baratas. La funcionaria del servicio miró fríamente y dijo que no era válida porque había sido emitida en la época de la República Socialista. Argumentó, la desconcertada Lucília, que la tarjeta había sido revalidada en 1994, como se podía ver por los matasellos y sellos añadidos. La criatura cerró la expresión, respondió a tuertas (Lucília no quiso traducir) y tuvimos que pagar la tarifa alta.

En la cena, Lídia nos dio noticias de la patria: el congreso *Portugal, ¿qué futuro?,* los compañeros de letras, la prensa y la televisión, la desculpabilización del pasado, el manso avanzar de las patas del fascismo. Después, el trabajo de cada uno. Le hablo del *Ensayo,* ella nos habla de la novela que está escribiendo. Que se llama *O Homem do Poente.* Protestamos, nos parece el título débil. Lídia nos da la razón, duda, y después nos dice que había pensado en otro título —*Combateremos a Sombra*—, pero que lo había dejado de lado. Casi la maltratamos... ¿Cómo es posible tener dudas entre los dos títulos? Supongo que la convencimos.

11 de mayo

Castillo de Praga, visita turística obligatoria. Coincidió con un cambio de guardia, ceremonia que nunca conseguí tomar en serio, precisamente a causa del aire seriecísimo que ponen los participantes, sean éstos militares o civiles. Los pasos mecánicos de la tropa, la reverencia pasmada de los asistentes, me exasperan o me dan ganas de reír, según el estado de espíritu. También puede suceder que caiga en una enorme tristeza: es cuando pienso que aquellos muñecos articulados (respeto a las personas, que lo son, pero no los gestos que hacen) irán quizá, un día de éstos, con el alma aterrorizada y la carne despedazada, a volverse súbitamente humanos, terriblemente humanos, como sólo se es en la muerte. Presidiendo el cambio de guardia, en lo alto de las pilastras del gran portón, dos estatuas de piedra negra, gigantescas, bestiales, rematan ferozmente enemigos ya derrumbados. El poder, en el castillo de Praga, no ha perdido el tiempo buscando símbolos, ha ido directamente a las raíces de su naturaleza: crueldad y muerte. Pero el ridículo, loado sea Dios, espía por todas partes. Esta vez iremos a encontrarlo en algunas de las puertas interiores del palacio, bajitas, porque el rey Carlos IV, el omnipresente Carlos IV de Praga, era una figura pequeña, sólo metro y medio de estatura, de lo que evidentemente no tenía la culpa, cada uno es como es, no era en la altura del rey donde estaba lo ridículo, sino en la concavidad rectangular del dintel de la puerta, hecha a propósito para dar pasaje a la corona cuando el rey la llevase en la cabeza... Fuera del palacio, en una calle estrecha a la que llaman Travesía de Oro (a causa, sin duda, de la tradición de que la habitaran alquimistas), en la minúscula casa que tiene el número veintidós, vivió durante algún tiempo Franz Kafka. Ahí terminó *El proceso* y empezó, oh coincidencias, *El castillo...*

No había entradas para *La flauta mágica,* quiere decirse que había, pero sólo para cuando ya no estemos aquí. Me consuelo sabiendo que Mozart, en 1787, atravesó esta calle y entró en este teatro para dirigir *Don Giovanni.*

12 de mayo

Visita a la Feria del Libro, distribuida en tres pisos del Palacio de la Cultura, donde, además, según me dicen, las autoridades checas muestran pocas ganas de organizar actos culturales porque el Palacio es una herencia del socialismo. La impresión general es buena, a pesar de que los editores extranjeros, casi todos, han usado criterios bastante interesados en la selección de las obras presentadas, privilegiando los *best-sellers* de colocación asegurada. La Feria es sobre todo para editoras y agentes literarios, en la línea de la de Frankfurt. Lo que se comprende mejor si llega a confirmarse la información de que los alemanes están decididos a invertir con fuerza por estas zonas.

Repetimos, con Lídia Jorge, la visita a las sinagogas. Más tarde, cuando desde un punto alto contemplábamos el Moldava, comenté que ésta no era la Praga que yo venía esperando encontrar, la ciudad inmutable que la lectura de Kafka me había hecho, crédulamente, imaginar. «En blanco y negro», dice Lídia, definiendo con precisión lo que yo no conseguía expresar. Durante la comida nos contó algo que yo ignoraba completamente: la prehistoria de aquel *D. João II* que no se hizo. Que un día fue convocada a la Comisión de los Descubrimientos por el que entonces era su presidente (un comandante de Marina, antes de Graça Moura), que la invitó a escribir un guión cinematográfico sobre dicho rey, trabajo que sería bien pagado. Modesta, Lídia respondió que no tenía conocimientos históricos suficientes para enfrentarse con una tarea de tal complejidad («Deberías haber aceptado, mujer, la distancia entre un no saber y un saber no es tan grande», le dije yo), y sugirió mi nombre. ¡Qué has dicho! El comandante descargó sobre la mesa una enérgica palmada marinera y cortó: «No estoy interesado en visiones marxistas de la Historia». Asombrada, Lídia aún argumentó, sutilmente, que es posible que no hubiese otro remedio. Una mirada reprensiva y desconfiada castigó su osadía, como si el héroe del mar estuviese pensando: «¿También tú, Bruto?».

13 de mayo

En la universidad, con Lídia Jorge. Los alumnos de Lengua y Cultura Portuguesa, casi todos mujeres, no son muchos (lo que siempre me sorprende es que los haya), pero raramente he visto rostros tan atentos como éstos, incluso cuando después las preguntas no viniesen a diferir de lo que es costumbre en estas ocasiones. Hay que decir, sin embargo, que la sesión —dos horas sin tiempos muertos— principió de manera insólita: ni más ni menos, un alumno quiso saber si los portugueses son supersticiosos. Estuve por preguntarle el motivo de la pregunta, qué informaciones o experiencias propias justificaban la curiosidad, pero preferí contarle un episodio auténtico, ocurrido dos días antes, en el Café-Teatro Viola, donde habíamos asistido a la entrega del Premio de Traducción George Theiner. Habiendo empezado por ocupar una mesa junto al escenario, los portugueses encontraron que estaban situados con excesiva evidencia, sin contar con un enorme jarrón de flores (único en toda la sala) que les impediría la vista del escenario. Decidí buscar otra mesa, pero, entre tanto, la sala se había llenado completamente. Completamente, no. Un poco arriba, a un lado, se encontraba una mesa libre. Nos levantamos con armas y bagajes y nos precipitamos al claro donde nadie había querido (ni intentaba) instalarse. Nos dimos cuenta en seguida por qué: la mesa tenía el número trece. Una conclusión razonable, dije yo entonces al alumno curioso, permite suponer que los checos son supersticiosos y los portugueses no... Este inicio tuvo su lado bueno: se distendieron los ánimos para el resto de la conversación. Se habló de literatura y, después, sin saberse bien por qué, nos encontramos discutiendo, todos, éticas personales y colectivas, identidades nacionales y culturales. Quedó claro que el asunto les preocupaba, y muchísimo.

Por la tarde, con Lucília y Zeferino Ribeiro, fuimos a Lidice. La aldea, arrasada por las tropas nazis el 10 de junio de 1942, es hoy como un parque en el que apenas se reconocen los locales de la iglesia y de la escuela. Esperábamos encontrar las ruinas de una Pompeya devastada por el volcán más terrible que se conoce —la bestia humana— y lo que teníamos delante de los ojos era un valle apacible, cubierto de hierba verde, con árboles aquí y allí, un lugar para transitar tranquilamente, hablando de las bellezas del mundo, de lo bonito que estaba el cielo. Un regato corre entre estrechas márgenes, agua que parece límpida, por lo menos no lleva sangre. Digo a Pilar: «Me recuerda el Jordán, al norte, en el valle de Huleh», y es verdad, nunca vi nada tan parecido. Digo también: «Habría sido preferible que dejasen señalado el trazado de las antiguas calles». Y Pilar: «Como calles que no condujesen a ninguna parte». Sólo más tarde sabremos a qué extremos los alemanes llevaron, por represalia, la destrucción de la aldea: casas arrasadas hasta los cimientos, configuración del terreno modificada, todos los árboles arrancados, profanado el cementerio, Lidice desaparecida de los mapas y de la memoria para siempre. Las órdenes de Hitler fueron claras: «Fusilar a todos los hombres adultos. Transportar a todas las mujeres a los campos de concentración. Entregar a familias de las SS a los niños susceptibles de germanización, los restantes educarlos de otra manera...». Fueron fusilados ese día ciento setenta y tres hombres. Tres balas para cada uno. Después un tiro en la cabeza. Los muertos quedaban donde habían caído. Los condenados siguientes eran traídos y puestos delante de los cadáveres, el pelotón daba unos pasos atrás y disparaba. De las doscientas tres mujeres llevadas al campo de concentración, regresaron, al final de la guerra, ciento cuarenta y tres. De los ochenta y ocho niños, muchos murieron, otros, separados de sus familias, fueron dispersados por Alemania, pocos se salvaron.

Hay una nueva Lidice. Está un poco más allá, en una elevación, al lado de una gran rosaleda hecha con plantas llegadas de todo el mundo. En medio se levanta una explanada semicircular con los blasones y los nombres de los lugares que tuvieron destino semejante al de Lidice, a saber: Oradour, Francia; Marzabotto, Italia; Coventry, Inglaterra; Varsovia, Polonia; Estalingrado, Unión Soviética; Dresde, Alemania; Hiroshima, Japón; Telavag, Noruega; Bande, Bélgica; Distomi, Grecia; Kraguyevac, Yugoslavia. Pensé entonces y escribo ahora: la única, la auténtica hermandad es la de la muerte.

En el hotel me esperaban dos faxes enviados por la editorial Caminho: uno de la Federación de Sociedades de Cultura y Recreo, informándome que me atribuían la Medalla de la Instrucción y el Arte; otro reproduciendo una noticia del *Independente,* según la cual he venido a Praga para encontrarme con Václav Havel y otros pensadores de la Carta de los setenta y siete...

14 de mayo

Fuimos a Terezín, la ciudad que los alemanes transformaron en gueto, la fortaleza que convirtieron en campo de concentración. Cerca de treinta y dos mil hombres y mujeres pasaron por las celdas del fuerte. Murieron ahí más de dos mil quinientas personas, millares de otros presos tuvieron el mismo destino en los campos adonde fueron transferidos. La propia ciudad gueto fue campo de concentración, de judíos checos principalmente. Entre 1941 y 1945, cerca de ciento cuarenta mil personas fueron deportadas a Terezín. Murieron aquí treinta y cuatro mil. Los restantes, ochenta y tres mil vidas, incluyendo millares de niños, fueron a acabar en Auschwitz, Maidanek, Treblinka... Visitamos el cementerio judío, construido al lado del crematorio. De 1942 a 1945 estos hornos redujeron a cenizas a treinta mil víctimas del gueto de Terezín, de la fortaleza y de un campo de concentración próximo, el de Litomerice. Los pájaros cantan en los árboles, no sale humo de la chimenea, hay flores entre las tumbas: la pesadilla terminó hace cincuenta años. Pero no puedo impedirme preguntar: «¿Volverá? ¿No volverá? ¿Vendrán máquinas algún día a levantar y revolver los míseros restos aquí enterrados? ¿Se ha apagado para siempre el fuego en el cual se quisieron quemar no sólo los cuerpos muertos, sino la misma memoria de sus espíritus?».

15 de mayo

Lectura en el Café-Teatro Viola. Fiasco total. Un moderador inglés que parecía dormir, un público tal vez capaz de interesarse si hubiese quien le animase. Lídia y yo leímos lo que teníamos que leer, un cuento, parte de un capítulo, como los colegiales que van a examinarse sin la suerte de una asistencia compuesta por parientes, amigos y partidarios. Después de nosotros, un francés, después del francés un norteamericano, la misma sombría resignación en el ambiente. De este Festival de Escritores, del que el periódico inglés *The Guardian* fue patrocinador, no se puede decir que sucedió todo menos festival, porque no sucedió nada. Autores procedentes de casi todos los países de Europa, occidentales y del este, dinero gastado y perdido. Serían excelentes los objetivos de quien organizó esto, el resultado no lo fue. Madalena Sampaio, del Instituto do Livro, aguantó con estoicismo, en la parte que nos correspondía, las quejas y desánimos por culpas que no habían sido suyas: a lo largo de estos días, todos sus esfuerzos habían tropezado contra la incompetencia de la organización. Inglesa, para que definitivamente conste.

16 de mayo

En el avión a Madrid, un periódico me dice que en Ruanda tiraron a personas dentro de pozos con neumáticos ardiendo. Personas vivas, entiéndase. El catálogo de horrores de este campo de concentración llamado Mundo es inagotable.

19 de mayo

Sueño. Se representa *Blimunda.* El teatro es al aire libre, pero no todo, hay partes que parecen cubiertas. Platea empinada e irregular, acompañando los desniveles del terreno. (No es la primera vez que sueño con un teatro así.) No tengo entrada. Busco un lugar que esté desocupado. No lo encuentro. Subo a una colina desde donde se ve mal (¿recuerdo del gallinero del São Carlos?), hay obstáculos que impiden la visión, arbustos (¿de la lectura de *Teoría de la imaginación creadora* antes de dormir?). No sé por qué voy al escenario, donde ya están otras personas. El público se mantiene en silencio. Después se oyen algunos aplausos. Digo: «Gracias a aquellos que han aplaudido. Han sido pocos, pero son buenos. En cuanto a los otros, sepan que esta obra ya está en la Historia de Portugal (¡!) y que no pueden sacarla de allí aunque se maten». Silencio total. Me encuentro en la cobertura del escenario, formada por pequeñas bóvedas, como hornos de pan. La pintura es blanca. Hay varillas de hierro salientes, de cemento armado. Doblo una de ellas hacia abajo para evitar que alguien se hiera con ella. Imagino este hierro clavado en una barriga. Veo botellas de champán esparcidas por el suelo (¿por haber pasado los ojos por un artículo sobre el espumoso catalán *Codorniu*?), algunas rodeadas de hielo. Deambulo por el espacio del teatro mientras el espectáculo prosigue lentamente. Noto que el público está distraído, pero pienso que se animará cuando aparezca el ángel (de la puesta en escena de Jérôme Savary). Salgo a una especie de terraza. En la terraza, al lado, aparecen tres cantantes del coro. Una de ellas me reconoce y me sonríe. Después se retiran. Me quedo solo, en un espacio que se vuelve cerrado. Una especie de manguera elástica (¿por haber estado regando la huerta?) salta por encima del muro. Agarrándome a ella empiezo a subir. Hay un portón cerrado. Cuando ya voy a pasar por encima de él, alguien lo abre. Pienso que del otro lado veré mejor la escena. No sucede así. Estoy en una calle, es de noche. Viene en mi dirección un hombre muy curvado (¿por haber pensado ayer que me inclino demasiado para comer?) que es el director del teatro. Me dice que el espectáculo acabó muy tarde, a las cinco y media de la madrugada, y que al final había pocos espectadores. Nada más. Que recuerde. Salvo dos enigmas que quedarán por resolver: ¿por qué una de las personas que estaba conmigo, cuando buscaba dónde sentarme, era Gomes Mota? ¿Por qué la persona que me abrió el portón era Francisco Lyon de Castro?

21 de mayo

No sé si los perros tienen sólo instinto, si es lícito designar por manifestaciones de inteligencia propiamente dicha (¿y esto qué querrá decir?) algunas de sus conductas habituales. De lo que no puede haber dudas es de que *Pepe* esté superiormente dotado de lo que llamamos sensibilidad, si no en el sentido humano, por lo menos en aquel que nos permite decir, por ejemplo, que un aparato de precisión está afinado para registrar diferencias o errores levísimos. De un error, precisamente, se trató en este caso, un error del que el perro se dio cuenta que había cometido y que, en el mismo instante, enmendó. La historia se cuenta en menos palabras de las que ya llevo escritas. Estaba sentado, leyendo, cuando oigo un conocido rascar de uñas en una de las ventanas que dan a la terraza: es *Pepe* pidiendo que le abran la puerta. Me levanté y fui a abrir. Entró sin prestarme atención, disparado como una flecha, atraído por los olores de comida que venían de la cocina, donde se preparaba el almuerzo, cuando, de repente, aún a mi vista, se detuvo, se volvió hacia mí, me miró durante dos segundos, con el hocico bien erguido, y sólo después, despacio, continuó su camino. No sucedió nada más que esto, pero nadie me saca de la cabeza que *Pepe* se dio cuenta de que no me había dado las gracias y se detuvo para pedir disculpas...

22 de mayo

Ha muerto Vítor Branco. El mal que le había atacado no dejaba ninguna esperanza, pero su resistencia física y, sobre todo, su extraordinaria fuerza moral, llegaron a hacernos creer que sería posible, si no la curación completa, por lo menos un poco más de vida soportable. No ha sido así. Intento imaginar lo que habrán sido sus últimos meses, el esfuerzo para esconder el sufrimiento, obligando al cuerpo y al espíritu a cumplir sus tareas en la editora, a la que no quiso renunciar nunca, sonriendo con unos ojos ya tristes (de esto me acuerdo, no necesito de la imaginación), y siempre, siempre, irradiando amistad, aunque con la desesperación sorda de quien sabe que no va a tener mucho tiempo para darla y recibirla. Guardaré en la memoria al amigo, al camarada. Para esto sirve la memoria, para conservar vivos a los que lo han merecido, el recuerdo de un hombre bueno. Que es, al final de todas las cuentas, lo único que vale la pena haber sido.

23 de mayo

Wole Soyinka ha dado una entrevista en la que apunta, con toda claridad, sin masticar las palabras, uno de los motivos por los que África se encuentra, por todas partes, a hierro, fuego y sangre. Dice: «Hace cien años, en la Conferencia de Berlín, los poderes coloniales que gobernaban África se reunieron para repartir sus intereses en Estados, en algunos sitios amontonando pueblos y tribus, en otros seleccionándolos, como un tejedor demente que no prestase ninguna atención al paño, color o dibujo de la colcha que está haciendo». Y más adelante: «Debemos sentarnos con una escuadra y un compás y dibujar de nuevo las fronteras de las naciones africanas. Pensamos, cuando se creó la Organización para la Unidad Africana, que podríamos evitar esta redefinición de fronteras, pero el ejemplo de Ruanda nos enseña que no podemos huir por más tiempo a este reto histórico».

Apetece decir que si esto está claro desde siempre aún se ha hecho más claro después de las descolonizaciones. ¿Por qué no hubo entonces el valor, o el simple buen sentido político, para enfrentar y resolver la situación, amenazadora ya, antes de que la máquina del neocolonialismo se pusiese en marcha? No me refiero, evidentemente, a los políticos actualmente en función en las antiguas potencias coloniales, que éstos, precisamente, con mayor o menor evidencia (y ahora la decisiva participación de la potencia imperial por excelencia, Estados Unidos), lo que hacen es lubrificar los engranajes que, poco a poco, irán recuperando el dominio de África. Hablo, sí, de los políticos africanos (aquellos que no hayan sido cómplices o servidores de las «potencias blancas»), que tenían el deber ético e histórico de ir a la raíz de los males, rehaciendo, con sus pueblos, el mapa cultural de África que el colonialismo destrozó, temo mucho que ya sin remedio.

A cierta altura de la entrevista Soyinka recuerda cómo todo el mundo se preocupó por la suerte de los gorilas de Ruanda... Y dice: «De lo que estamos hablando es de un exterminio humano. Hablar de una especie amenazada, hoy, es hablar de los tutsis de Ruanda». Terrible. Me había olvidado (o simplemente no lo sabía, que la gente no está constantemente yendo al atlas a ver dónde están los países con gorilas...), me había olvidado de que aquellos soberbios animales viven en las tierras de Ruanda. La imagen de la hembra asesinada, en película, recorrió el mundo, como recorren el mundo, ahora, las imágenes de la carnicería que allí se está perpetrando. ¿Y entonces? ¿Qué conclusión sacamos? Ninguna especialmente. Que tal vez lleguen a salvarse algunos gorilas...

24 de mayo

Pedí hace tiempo a Roberto Fernández Retamar que me informase sobre aquel famoso Matias Peres que, un día, según contó Eliseo Diego, desapareció en los aires de La Habana para siempre, volando en un globo que él mismo había construido. Quería saber el cómo y el cuándo de tan apetecible historia, pero ahora viene Retamar diciéndome que no sabe nada concreto, que probablemente no pasará de una leyenda sin fundamento real. Me niego a creerlo. La manera como Eliseo relata el episodio no sugiere que se trate de mero capricho poético, de desenfadado aprovechamiento de una historieta nacida sin padre ni madre y, sobre todo, sin protagonista, la idealización, por ventura, de un Matias Peres cualquiera, portugués o no, desaparecido menos heroicamente. El explícito pormenor de la nacionalidad, cuando en La Habana no abundarían ciertamente portugueses, es lo que me hace pensar que este hombre existió. Roberto prometió que averiguaría. Vamos a ver. ¿Quién sabe si no iré a Cuba a descubrir el misterio de Matias Peres? ¿O si no tendré que inventarlo de los pies a la cabeza?

25 de mayo

Sin saber qué palabras lo conducirían a éstas, sin conocer las otras que profirió después, unas exponiendo los datos previos del pensamiento, otras presentando las conclusiones, leo algo que dice Miguel Torga al agradecer el Premio de la Crítica: «Lógicamente yo tenía que haber permanecido cavando mi tierra; ése era mi destino». A primera vista parece que Torga quiso reunir en una misma irremovible fatalidad la lógica y el destino. Sin embargo, lo que él quiso decir, imagino, es que, teniendo en cuenta el fin-del-mundo donde nació (las serranías de Trás-os-Montes) y la dura vida de sus primeros años (una familia pobre), cabría esperarse que de allí saliese, lógicamente, un cavador, nunca un poeta o, cuando mucho, en caso de que la vocación apretase, alguien que, intelectualmente, se quedaría por las cuartetas de pie quebrado para refuerzo de galanteos y animación de recitales y romerías. Sabemos, a pesar de todo, que no siempre las cosas pasan así: la vida va encontrando manera de partirle los dientes a la lógica, y el destino, dudoso en los rumbos, más de lo que se cree, a veces acaba llevando a los mares del sur a quien del norte creía no poder salir. Incluso hubo un tiempo en el que parecía que nadie había nacido en las ciudades grandes, éramos todos de provincias.

El sentido de las palabras de Torga, o mucho me equivoco, guardan más de lo que parece. Equivalen al discurso de cualquier vejez lúcida —«Llegué hasta aquí, hice lo que podía, lástima no haber sabido ir más lejos, ahora ya es tarde»—, pero representan principalmente la conciencia dolorida de que nada dura, quizá algo más la obra que la vida, pero tan poco, y que, en el fondo, lo mismo da a la felicidad, propia y ajena, haber sido capaz de escribir *A Criação do Mundo,* como, con los ojos en el suelo, haber permanecido cavando las tierras del mismo mundo, sin otro deseo y otra necesidad que ver crecer el trigo, moler el grano y comer el pan.

26 de mayo

Conferencia de Luis Landero en la Fundación César Manrique, en Tahiche. De escritor a escritor, me interesaba mucho saber lo que pensaba de sus libros, cómo los imagina y realiza, cómo se las hubo después con el éxito instantáneo de *Juegos de la edad tardía,* su primera novela. Pero, nada más empezar, avisó que no hablaría de literatura, menos aún de aquella que hace. El público se mostró desconcertado, pero se animó cuando Landero dijo que iba a explicar cómo había llegado a ser escritor. Finalmente lo que hizo fue contar su vida, dejando a quien lo oía el trabajo de encontrar el camino que va de la vida a la obra. No creo que lo hayan conseguido: se conoce el punto de partida, se conoce el punto de llegada, pero nada de lo que hay entre ellos. Luis Landero nos divirtió con sabrosas historias, más o menos reales, más o menos inventadas. Una de ellas —la llegada de la coca-cola a la aldea— parecía sacada de una película de Berlanga. Cuando el camión se detuvo en la plaza para la distribución gratis, de promoción, de la bebida, estaba el cura dando clase de catecismo a unos cuantos niños. Usando su autoridad de mentor de almas, impuso a los ansiosos niños la obligación de confesarse antes de ceder al nuevo pecado de gula que invadía España.

Se pusieron los críos en fila en el confesionario, poco a poco el cura fue despachando al grupo. «Yo era el último», cuenta Luis Landero al auditorio suspenso, «y cuando la confesión acabó y corrí a la plaza, el camión ya se había ido». No es imposible que alguno de los asistentes, conociendo los complicados meandros de la psicología, haya pensado que ése trauma infantil fue lo que hizo de Luis Landero un escritor... Después de la conferencia, cuando conversábamos tomando una copa, le dije en tono que no admitía dudas: «Confiesa que el camión estaba aún allí». Él se rió y confirmó: «Así tiene más gracia», y era verdad. Como gracia tuvo aquella otra historia de su viaje a Estados Unidos, cuando una norteamericana se convenció de que él era Federico García Lorca, y con tal convicción que Landero no tuvo más remedio que serlo durante algunos días...

27 de mayo

Con más de un año de retraso salió finalmente el número 9/10 de la revista *Espacio/Espaço Escrito,* de Badajoz, que Ángel Campos Pámpano, su director, decidió dedicar a Juan Goytisolo y, generosamente, también a mí. Por idea de Ángel Campos, cada uno de los agraciados escribió un texto de presentación del otro, lo que, con otra gente, podría caer en un hipócrita y ridículo cambio de insignias. He aquí lo que escribí sobre Goytisolo:

«Fue hace casi treinta años, precisamente en noviembre de 1964, cuando Juan Goytisolo se dio a conocer a los lectores portugueses, en especial a aquellos que sólo por la facilidad relativa de una traducción podían acceder a la literatura española de entonces. En una colección —*Contemporânea*— que ya llevaba cincuenta y nueve volúmenes publicados, de autores portugueses y extranjeros, aparecía, por primera vez, el nombre de un novelista español, que el editor presentaba como perteneciente "a la notable generación realista de los cincuenta, sustancialmente crítica, antifascista y liquidadora de mitos". El libro era *Duelo en el paraíso,* traducido, adecuadamente, como *Luto no Paraíso.* No me acuerdo ahora, ni tengo a mi alcance manera de confirmarlo, si más libros de Juan Goytisolo fueron después publicados por ése u otros editores. Lo que sí sé es que, tras la lectura de *Luto no Paraíso,* perdí durante muchos años el rastro literario de Goytisolo. Cuando más tarde, en virtud de razones que no vienen al caso, fui llevado a conocer de cerca la actualidad cultural española, reencontré, inevitablemente, al autor que había perdido, el cual, mientras tanto, había ido construyendo una obra amplia y poderosa, caracterizada por sucesivas rupturas, tanto temáticas como estilísticas, y éticamente marcada por una implacable revisión axiológica. No fue pequeño ni fácil el trabajo de ponerme más o menos al día con la obra del recuperado autor: apenas puedo decir que estoy perfectamente enterado de la diversidad de niveles de percepción que tal obra en sí misma impone y luego exige del lector.

»Un día, no recuerdo cuándo ni dónde, coincidí con Juan Goytisolo en uno de esos encuentros o congresos, a los que, y quizá con demasiada frecuencia, por mal de nuestros pecados, nos dejamos arrastrar. Alguien nos presentó, una de esas presentaciones huidizas, formales, que para nada sirven. La verdadera presentación la hicimos por nuestra propia cuenta cada vez que circunstancias semejantes volvieron a reunirnos. No hemos hablado mucho Juan Goytisolo y yo, pero mantenemos desde hace algunos años, unas veces hablando desde el estrado, otras oyendo desde la platea, un diálogo que sólo aparentemente se interrumpe, reconociéndonos mutuamente, en esa peculiar conversación nuestra, al mismo tiempo de diferencias y divergencias acaso irresolubles, una comunión de sentimientos e ideas difícilmente traducible con palabras (digo la comunión, no los sentimientos e ideas, que para ésos siempre se encontrarían palabras), que yo designaría, sin ninguna pretensión de rigor, como una conciencia muy clara, y no raramente dolorosa, de la responsabilidad de cada ser humano ante sí mismo y ante la sociedad, tomada ésta no como una abstracción cómoda, sino en su realidad concreta de conjunto de individuos y de personas. Por esto, y por mucho que quedará por explicar, diré que vine a reencontrar a Juan Goytisolo cuando más necesitaba de él, cuando más necesitaba sentirme acompañado, incluso de lejos, incluso con largos intervalos, por una voz fraterna y justa.»

30 de mayo

En Madrid, en la Televisión Española, grabación de un programa que llaman cultural, con el título *Señas de identidad* que, después de Juan Goytisolo (es el título de uno de sus libros), el más elemental de los escrúpulos aconsejaría no usar. El tema, bendito sea Dios, ya de por sí no prometía mucho. Era *Escritores y ciudades* y los escritores convocados —Eduardo Mendoza, Alfredo Bryce Echenique, José María Valverde, Miguel Sáenz, además de quien esto escribe— lo hicimos lo mejor que sabíamos, pero, incluso contando con las artes del montaje, salimos de allí frustrados e indignados. Es imposible hacer algo de enjundia cuando nos sale en la rifa un moderador de este calibre, Agustín-no-sé-qué, que no aprendió nada durante el tiempo que fue corresponsal de la TVE en París y en Roma, emérito fabricante de banalidades o, aún peor, cuando habló de Pessoa y de sus «heterodoxos», de ciudades machos y ciudades hembras, de Lima, pobrecita de ella, sin comunicación con el mar...

1 de junio

Probablemente debería principiar aquí una crónica del aburrimiento. No es la primera vez que percibo que no sé estar en Madrid. Salí para tomar el desayuno, llamé a Encarna Castejón, de *El urogallo* —almorzaremos mañana—, volví a casa, ojeé los periódicos, encontré a Blanca Andreu en la Puerta del Sol, compré un recambio para el bolígrafo (sólo había negro y a mí me gusta el azul), comí en *O faro de Finisterre* (ahora se llama *O'faro Finisterre* para parecer inglés), fui a la FNAC, compré algunos discos (Mozart, Beethoven, Franck, Fauré), volví a casa, leí, hablé con Zeferino, con la SIC (quieren saber qué libros traduje: les dije que se entendiesen con Luciana, que tiene la tesis de Horácio Costa, donde hay una lista casi completa), hablé con José Luis Tafur, productor de cine y ahora también poeta (quizá cenemos mañana, ya con Pilar), y fue todo. Parece mucho y es nada. Esperando que el tiempo pase.

¿Cómo pude hablar de aburrimiento si un periódico portugués me trae la extraordinaria noticia de rumores de golpe de Estado en Portugal? La cosa ya debe de tener algunos días, dado que aparece de pasada en un comentario de Graça Franco (por lo demás de una claridad que se agradece) sobre el Sistema Monetario Europeo, donde se dice que el *Jornal do Brasil,* en *manchette,* insistía en esos rumores. También de paso se refiere a la «prisión del director del SIS», episodio sin duda rocambolesco que yo ignoraba por completo. Se ha llegado al punto de que un periódico austriaco anunciara el regreso al poder de Vasco Gonçalves, llamándole además «ex dictador»...

Son novedades de a kilo. Y, a pesar de todo, no se me va el aburrimiento. A pesar de estas comedias.

2 de junio

ETA ha asesinado a un general. Viudo hacía un año, siete hijos. La televisión mostró a una mujer, vecina, que resumió todo en cuatro palabras: «¿Por qué? ¿Por qué hacen esto?». Para esta pregunta ETA no tiene respuesta. Tiene respuestas, pero ninguna honrada.

3 de junio

El premio Reina Sofía de Poesía Iberoamericana fue para João Cabral de Melo Neto. Salí de la reunión del jurado contento. Me felicitaban como si hubiese sido yo el vencedor. Lo era: había ganado la lengua portuguesa.

4 de junio

Coloquio en Almada, integrado en la campaña electoral para el Parlamento Europeo. La sala estaba llena, pero la sala era pequeña y por lo tanto la gente poca. Los jóvenes se contaban con los dedos de una mano. En la playa debía de haber muchos.

Feria del libro. Paseo por la feria con Carlos Carvalhas. Encontré por el camino, entretenidos en sus sesiones de autógrafos, a Baptista-Bastos, a Yvette Centeno, Orlando da Costa, Luiz Pacheco... Pero no me encontré con Mário Soares que, pocos minutos antes, aún estaba firmando *Intervenções* en el pabellón de la APEL. ¿Le habrían avisado de nuestra presencia, de que inevitablemente teníamos que pasar por allí? Ya le llueve de tantos lados que no valía la pena, realmente, arriesgar que mañana Vasco

Graça Moura denunciase la «connivencia» del presidente de la República con la CDU: «¡Allí estaban abrazándose, después vienen a decirnos que es mentira!».

6 de junio

Un lector atentísimo, de Oporto, me emplaza a restituir a Almeida Garrett lo que, distraídamente, he andado por ahí atribuyendo a Alexandre Herculano, aquellas dolorosas palabras referidas a Portugal: «La tierra es pequeña, y la gente que en ella vive tampoco es grande». Tiene razón el lector y dos veces la tiene: en primer lugar, porque no fue Herculano quien las escribió; en segundo lugar, porque nunca las podría haber escrito. ¿Pues no se estaba viendo que una frase así compuesta sólo podría haber salido de la pluma de Garrett? Luego me equivoqué y no una, sino dos veces: por confiar demasiado en una memoria que ya se va cansando y, falta más grave aún, por falta de atención al estilo que, como sabemos, es el hombre.

Con motivo de la entrega del Gran Premio de Teatro en el Teatro Doña María II, me presenté como «dramaturgo involuntario», pidiendo así disculpa a las personas del oficio por las veces que me he entrometido en su área de trabajo, sin tener para eso la justificación del talento. Hice rápidamente la historia de mis atrevimientos teatrales y terminé diciendo algo en lo que nunca había pensado antes: que la palabra sólo en la escena, en la boca de los actores, es donde se torna completa, total. Podía haber sido una frase para caer bien, pero verdaderamente es lo que pienso.

La entrevista de Miguel Sousa Tavares fue lo que ya me esperaba: mi tenaz y anacrónico comunismo, el *Diário de Notícias,* y si algo más sucedió en ella, no anduvo muy lejos de esto. No saben hablar de otra cosa. Tuve que explicar, una vez más, lo que pasó en el periódico en 1975. No valió la pena: quien me detesta no va a pasar a estimarme después de oír la verdadera revelación de los hechos, y la entrevista, en este particular, estaba siendo hecha precisamente para los que me detestan. A pesar de todo, me comporté como un buen muchachito: ahorré a Miguel Sousa Tavares el recuerdo de la bofetada que el padre aplicó a un periodista cuando fue director de *O Século,* tal como decidí no colocarle ante su estúpida afirmación, hace dos años, en un artículo en el *Público,* de que mi éxito se debía al Partido y a Pilar... Quiero hacerle justicia pensando que será capaz de encarnarse de vergüenza si consigue acordarse de lo que escribió.

7 de junio

Buenas noticias de Italia. El Teatro Alla Scala, de Milán, encargó a Azio Corghi una cantata que se va a llamar *La muerte de Lázaro,* sobre textos del *Evangelio,* del *Memorial* y de *In Nomine Dei.* El estreno será en Semana Santa del año que viene, al mismo tiempo que estará siendo representada *Divara* en el Festival de Ferrara. Se piensa, y sería verdaderamente fabuloso, realizar el espectáculo, en la iglesia de San Ambrosio, en Milán. Recuerdo bien el espacio y es magnífico.

En Coimbra, sesión política, en la facultad de letras, en el teatro Paulo Quintela, organizada por la Juventud Comunista. Mucha gente, más de trescientos estudiantes, algunos profesores. Hice un discurso inesperado, empezando por analizar un anuncio de la Telecel: «Con Telecel usted pasará de cero a miles de millones en un minuto». Quiere decir, usted va en su coche, llama a través de su teléfono móvil y en un minuto hace un negocio suculento. Para convencer mejor, el anuncio exhibe un enorme cuentakilómetros de automóvil en el que los números se sustituyen por símbolos de escudos. Razón tenía Quevedo: «Poderoso caballero es don dinero». Después hablé de Europa y la cultura, de Europa y de nosotros.

8 de junio

Coloquio, esta vez literario, en la Universidad de Aveiro. Sabe bien entrar en un auditorio y verlo lleno, oír aplausos de amistad. Se debatió mucho y bien el *Memorial* y el *Ricardo Reis.* En cierto momento, durante unos segundos que me parecieron no tener fin, empezó a producirse un blanco en mi cabeza, las ideas a hundirse, el cuerpo encharcado de transpiración. No me asusté: de ahí a poco estaba otra vez sano, como si nada hubiese sucedido. Tengo que preguntarle a un médico qué quiere decir esto. Probablemente me dirá que fue resultado de la tensión y de la fatiga, pero lo que me interesa saber es qué mecanismos fisiológicos llevan a transpirar en una situación de éstas y con tal abundancia.

Carlos Reis, que estuvo presente, me entregó una tesis de maestrado de Ana Paula Arnaut, presentada en la Facultad de Letras de Coimbra, sobre el tema *O narrador e o herói na (re)criação histórico-ideológica do «Memorial do Convento»*.

Por la noche, en Viseu, otra vez las elecciones al Parlamento Europeo. Inventé para la sigla PCP otra significación: Partido de los Ciudadanos Preocupados. Pedí a todos, comunistas o no, que nos convirtiésemos, para bien de Portugal, en ciudadanos preocupados... Son libertades que sólo un escritor puede tomarse.

9 de junio

Coloquio en Faro, los mismos temas. *Público* informa que en Coimbra hablé ante medio centenar de personas... Regresé a casa exhausto. Mil kilómetros en automóvil, sólo hoy, unas quince horas hablando, en estos tres días.

10 de junio

Público corrigió: no fue media centena, fue casi medio millar. Otra exageración.

14 de junio

Después de la Feria del Libro de Lisboa, Feria del Libro en Funchal. Organización modesta, criterio escaso. Encuentro aquí a João Rui de Sousa, Angela Almeida, Dórdio Guimarães. También a Ernesto Melo e Castro, que está aquí dando un curso. Asisto a la inauguración de una exposición organizada por Angela Almeida sobre la vida y la obra de Natália Correia.

15 de junio

Coloquio, ni peor ni mejor que otros que he hecho, en el Teatro Baltasar Dias, entre terciopelos rojos, con una platea bien compuesta, pero rodeado por cuatro órdenes de palcos vacíos. Encuentros así, en un teatro como éste, representan un riesgo serio: el de que el pobre escritor se encuentre hablando simplemente para las sillas.

16 de junio

Un verso bellísimo de João Rui de Sousa: «Quien no nos dio amor no nos dio nada».

Ângela Almeida tiene la idea de hacer con mi persona algo del género de la exposición sobre Natália Correia. Me contraigo mentalmente (este tipo de celebraciones me hacen pensar en seguida en mausoleos construidos en vida), empiezo por responder reticentemente, después me muestro más o menos convencido para no desilusionarla, dejando la decisión final para más tarde. Le diré que no y espero que ella comprenderá. O será ella misma quien se olvide.

17 de junio

Paseo de despedida de la isla con Violante, Danilo y Tiago. Los árboles, las aguas y las flores de Madeira se me van a quedar en los ojos y en la memoria, pero oigo la sed y la secura de Lanzarote llamando por mí, desde lejos: «No tenemos nada, no nos abandones».

18 de junio

Día arrasador. Entrevista, por la mañana, con Mario Santos del periódico *Público;* después, comida en la *Voz do Operário,* para recibir de la Federación de las Colectividades de Recreo y Cultura la medalla de Instrucción y Arte; a continuación, en la editorial, fotografías con Eduardo Gageiro; luego, ya en casa, conversación con una alumna de Ohio University, Rachel Harding, y, cuando finalmente me estoy preparando para ir a cenar con Maria Alzira, ya con las piernas trémulas y la cabeza echando humo, llamada de João de Melo. En cierto momento de la conversación opina que los *Cuadernos,* tal como los concebí y voy redactando, dan armas a mis enemigos. Con la serenidad de quien ya lleva mucha vida vivida, le tranquilicé: en primer lugar, mis enemigos no necesitan de armas nuevas, usan bastante bien las antiguas; en segundo lugar, para los amigos es para quienes escribo, no para los enemigos. Lo que cuenta verdaderamente —pero eso no llegué a decírselo— es la conmoción de recibir de manos fraternas una medalla fabricada con el oro de la amistad y de la generosidad. El resto, querido João de Melo, no llega a ser paisaje, o sólo lo es de lodosa envidia.

19 de junio

En la Rua dos Ferreiros, a las siete de la mañana, se pasean dos pavos reales, macho y hembra. Vienen del Jardín de Estrela, adonde regresarán cuando la calle empiece a animarse. No imagino lo que los lleva a dejar los frescos parajes del jardín para venir a catar entre piedras sucias, como si esperasen encontrar, servidos en ellas, los mejores manjares del mundo de los pavos reales. El macho empezó a abrir la cola, pero se arrepintió. Habría sido para nosotros una buena manera de empezar el día que nos va a restituir a Lanzarote. *Pepe,* que nunca debe de haber visto semejantes bichos, apenas podía creérselo.

20 de junio

Entre el correo encuentro una nueva tesis, de una suiza italiana, Clelia Gotti. El tema es *La visione utopica della società umana in José Saramago.* Hojeaba sus páginas cuando, de repente, como por una relación lógica, pensé en el sur, ese lugar de mis utopías transibéricas y me pregunté: «¿Será el sur de tal manera utópico que ni en el sur se encuentra?».

La filosofía de *Pepe* es sencilla, pero exigente. Habiendo escogido esta casa y esta familia para vivir, estableció unilateralmente sus derechos y sus deberes. Entre los deberes está el de ser aseado, simpático, no más impertinente de lo que se espera de un perro. Entre los derechos se encuentran naturalmente la alimentación, el buen trato, cariño tanto cuanto le apetezca dar y recibir, veterinario a la cabecera y la convicción de ser dueño de sus dueños. Esto quiere decir que *Pepe* no soporta que salgamos y le dejemos en casa. Apenas se da cuenta de que ésa es la intención, gruñe enfadado, nos mordisquea los tobillos, tira de nosotros por los zapatos o por los pantalones. Después las protestas crecen, pasa a ladrar, enseña los dientes, aunque sin maldad, a quien le quiera retener. Ya hemos inventado todo un juego de trucos para engañarlo. Generalmente, tras dar una vuelta por la casa, viendo si estamos escondidos, se tranquiliza. Hoy las cosas no sucedieron tan simplemente. Después del escarceo habitual, cuando vio que yo salía, subió a la azotea para continuar protestando de su indignación, trepando al muro que hay para defenderse de las caídas. No lo defendió a él. Fuese por la precipitación del salto, o a causa del viento que soplaba fuerte, o por la acción conjunta de los dos factores, hete aquí que nuestro *Pepe* cae desamparado de la terraza. Fue una caída de unos buenos tres metros de la que, felizmente, salió ileso, sin daños mayores o menores. Yo sólo supe del accidente cuando volví. Me lisonjeó mucho, claro, lo que muestra hasta qué punto los humanos son escasos de sensatez cuando se trata de sus perros.

21 de junio

Carta de la Biblioteca Nacional registrando mi donación de papeles de Rodrigues Miguéis, Casais Monteiro, Aleixo Ribeiro e Massaud Moisés. Me preguntan si quiero que la consulta quede dependiente de mi autorización. No faltaría más. Los documentos no son *míos,* quedarán al cuidado de la Biblioteca Nacional y por lo tanto pertenecen *a todos.* Luego su consulta puede y debe ser libre.

22 de junio

Todos hemos tenido alguna vez la percepción súbita de estar viviendo algo que ya había sido vivido antes, un lugar, un olor, una palabra, el paso de una sombra, una secuencia de gestos. La impresión no se demora, se esfuma en el instante siguiente, pero el recuerdo de ese momento se mantiene, como un animal cazador al acecho de que se repita la ocasión. Los que creen en la metempsicosis dicen que son recuerdos de vidas anteriores, nuestras o ajenas. En el segundo caso supongo que se apuesta por la hipótesis de que las almas, no pudiendo ser infinitas en número, van sucesivamente tomando posesión de cuerpos diferentes y, aunque, en principio, al final de cada vida se concluya la respectiva cuenta corriente, llevándose el saldo a la rúbrica de las ganancias y pérdidas generales, no es del todo imposible que una factura extraviada en el tiempo venga a meterse en la contabilidad del día en que nos encontramos... Los lectores de ficción científica están muy habituados a estas volteretas temporales.

Lo que ya debe de ser muy raro es la sensación de estar viviendo una vida que no es nuestra. Entendámonos: somos quienes éramos, nos reconocemos en el espejo, nos reconocen los demás y, a pesar de todo, sin saber por qué, de repente nos sorprendemos pensando que la vida que vivimos, siendo nuestra vida, no debería serlo a la pura luz de la lógica conjunta de los hechos pasados. Estoy hablando de mí, claro está. Cuando a los sesenta y cuatro años mi vida mudó de los pies a la cabeza (permítaseme una imagen tan poco respetuosa de la eminente dignidad de la persona humana, como antes se decía), no podía imaginar adónde me llevaría lo que entonces pensaba que era una simple bifurcación y finalmente llegó a ser el camino real (¿será necesario explicar a mis virtuosos enemigos que no estoy hablando de éxitos literarios o sociales?). Los días ya vividos no podrían, por lógica, haberme traído a esto, y no obstante heme aquí viviendo una vida que difiere tanto de aquella a la que me había acostumbrado a llamar mía, que de dos una: o esta vida estaba destinada a otro, o soy yo ese otro. Conclusión: tengo aquí un problema ontológico muy serio por resolver.

23 de junio

En un alarde de saludable humor político, sólo disminuido por una dedicatoria demasiado enfática, con alusiones retóricas que no merezco, los electos de la CDU de Mafra ofrecieron a la Asamblea Municipal de dicho lugar un ejemplar del primer volumen de los *Cuadernos de Lanzarote,* recomendando expresamente (entiéndase que a los elegidos de la mayoría) la lectura de la página veinticuatro. En mi opinión, será un esfuerzo perdido. Ellos no saben leer.

25 de junio

Heme aquí, aparentemente, caído en plena contradicción. En la entrevista que di a Mário Santos, hoy publicada, afirmo a cierta altura que «no he vivido nada que valga la pena ser contado». Incluso al lector más distraído habrá de figurársele bastante dudosa la sinceridad de tales palabras, cuando se sabe el uso que vengo dando a estos cuadernos, metódico y casi obsesivo inventario de mis días actuales, como si todo cuanto en ellos me acontece valiese al final la pena. Creo que no hay realmente ninguna contradicción. Una cosa es mirar el pasado en busca de algo que más o menos le haya sobrevivido y por lo tanto merezca ser recordado, otra es registrar simplemente el día a día, sin pensar en ordenar y jerarquizar los hechos, apenas por el gusto (¿o se tratará de una expresión mal disimulada de lo que conocemos como espíritu de conservación?) de fijar, como he dicho, el paso del tiempo. En otras palabras: si yo viviese cincuenta años más y fuese entrevistado por un Mário Santos también cincuenta años más viejo, tengo la seguridad de que le repetiría, con la misma sincera convicción de hoy, olvidado de casi todo cuanto en estos cuadernos escribí: «No he vivido nada que merezca la pena ser contado».

28 de junio

Fernando Sánchez Dragó, escritor soriano, como a él mismo le gusta identificarse, erudito en doctrinas místicas y teosóficas, militante en serio de tales trascendencias, de aquellos que llevan símbolos colgados del cuello, estuvo hoy en la televisión. Por lo demás aparece por ahí mucho, posiblemente porque es necesario de todo para hacer un mundo. A cierta altura del debate, queriendo exaltar las virtudes del silencio total (que, según reveló, él mismo practica un día por semana, con gran perplejidad de su cartero, que no entiende por qué lo atiende mudo como una piedra un destinatario más bien parlanchín), Sánchez Dragó contó una historia hindú que comenzó por anunciar como de gran edificación. Rezaba más o menos así:

«Un día, allá en los confines de la India, nació una criatura parecida a todas las criaturas, pero en seguida se vio que no lo era tanto, o era más que las demás, porque este niño simplemente no hablaba. Creció bien y con salud, tonto no era, muy por el contrario, pues pronto empezó a brillar en sabiduría [Sánchez Dragó no explicó en qué consistía esa sabiduría y cómo, faltando las palabras, ésta pudo manifestarse], y aún no había llegado a hombre hecho cuando ya lo consideraban un *guru.* Iban las personas a la lección, él las miraba, le miraban a él y así fue durante toda su vida. Ya muy viejo, con unos noventa años, murió. Sin embargo [era inevitable, sabiéndose cómo son estas historias] antes de morir habló. Estaba acostado, rodeado de discípulos y delante de él, por la ventana abierta, se veía a lo lejos un monte cubierto de árboles. Entonces, nuestro *guru,* en aquel instante postrero, se incorporó, apuntó con un brazo extendido al bosque tranquilo y pronunció una palabra, una sólo: "Fuego". El monte ardió.»

Aturdidos por tal demostración de las espiritualidades orientales, los compañeros de tertulia de Sánchez Dragó, que eran varios, intelectuales, artistas, con algunos políticos por medio, se quedaron callados y silenciosos. Entre la asistencia se oyeron unos cuantos tímidos aplausos, como de quien no quería romper el encanto del maravilloso acontecimiento. La cámara mostró la expresión complaciente de Sánchez Dragó («Ahí queda ésa», parecía pensar) y la conversación se desvió hacia otros temas menos elevados. No hubo allí un alma lúcida a la que se le ocurriera decir que, a fin de cuentas, la única cosa que el tal *guru* había hecho en la vida había sido quemar un inocente bosque y que para eso, más le valía continuar callado...

29 de junio

El alma del almirante Pinheiro de Azevedo, allí en el paraíso adonde sus diversos méritos la hicieron ascender, debe sentirse, en estos días, exultante de bélica felicidad, como una valquiria. En vida, en un arrebato patriótico que desgraciadamente no cuajó, el digno almirante, siendo como era hombre de mar, afirmó que, si le diesen un batallón, él iría, por tierra, a reconquistar Olivença. Durante los casi veinte años que transcurrieron de la histórica protesta, nadie en la tierra de Brites de Almeida dio un paso para, con armas o sin ellas, pero indispensablemente con agrimensores, colocar la frontera en su sitio. Entretenidos como andaban con Europa, nuestros gobernantes, todos ellos, fueron descuidando lo que parecía que debía ser su deber nacional, presentando como motivo para tan sospechosa indiferencia el argumento, convengamos que irrebatible, de que estando las fronteras europeas en vías de desaparición, no tendría sentido organizar una trifulca por causa de unos cuantos kilómetros cuadrados de tierras donde ya son más los españoles enterrados en doscientos años que portugueses en seiscientos.

Estaban las cosas de esta guisa cuando, quizá por un mensaje astral enviado directamente por la desasosegada alma del almirante, los Amigos de Olivença pulsaron la cuerda patriótica del corazón portugués y pusieron al país en polvorosa. No tanto, pero en fin. Se pensaba, incluso existía el dinero necesario, en reconstruir el puente de Ajuda, sobre el río Guadiana, cuando aparecieron en los periódicos declaraciones indignadas de los Amigos: que se acababa Portugal, que Olivença es nuestra. Y para no quedarse sólo en palabras, despacharon un autobús cargado de socios para ir allí a afirmar nuestra soberanía (no consta que después hayan continuado viaje hasta Bruselas). En esta agitación, fuentes del Palacio de las Necesidades declararon que «Portugal no se puede ver envuelta en ningún proyecto que reconozca la frontera en un sitio sobre el cual no hay consenso». Todo esto, a pesar de que Cavaco Silva y Felipe González, hace cuatro años, hubieran firmado un protocolo para la reconstrucción del puente...

Así estamos. El alma del almirante vigila, atenta, quién sabe si dispuesta a encarnarse en cualquier héroe, de los muchos que tenemos, que se decida otra vez a pedir un batallón. En cuanto a los Amigos de Olivença, yo les daría un consejo simple, incluso no habiéndomelo pedido ellos: si quisieran realmente ser amigos de Olivença que lo sean de la *Olivenza que existe* y que dejen en paz, en la paz del irrecuperable pasado, la *Olivença que fue.*

30 de junio

La palabra al editor. Pedí a Zeferino Coelho que me informase de los resultados de la manifestación contra el aumento de los peajes por el puente y he aquí lo que me escribe:

«Esta cuestión del puente ha sido de las cosas más bonitas que han acontecido por aquí últimamente. El Gobierno, después de haber afirmado a pies juntillas que no daba marcha atrás, echó marcha atrás en toda la línea. El ministro Ferreira do Amaral apareció en la televisión diciendo que había cometido un error, que las protestas tenían una base real y que, en consecuencia, se suspendía el cobro del peaje en el mes de julio (sólo vuelve a cobrarse en septiembre porque en agosto, en los últimos años, el paso es libre); en septiembre se creará un sistema de pases con descuentos para los usuarios diarios.

»Ha sido una primera gran victoria (ya no oía esta palabra hace siglos).

»Por medio de todo esto algunos personajes se revelaron. Destaco a Vasco Graça Moura. Con un lenguaje poco decoroso exigía represión e intransigencia. Criticó al ministro Dias Loureiro por haber aceptado que los policías sólo actuasen después que la Junta de las Carreteras negociase con una comisión de los usuarios del puente. Escribía que quien acepta negociar con "la canalla" *(sic)* sufre las consecuencias.»

Zeferino se refiere también a la «solidaridad manifestada por los camioneros españoles con los camioneros portugueses en la lucha contra el peaje en el puente. Dijeron que, si llegase el caso, bloquearían las fronteras portuguesas».

Yo me pregunto ahora: ¿andará por ahí formándose, como efecto «perverso» de la «integración europea», fuera de todas las previsiones, un «espíritu comunitario» al margen de los «gobiernos europeos» y del «gobierno de Europa»? Sería realmente interesante que anduviesen queriendo hacer una Europa y les saliese otra...

1 de julio

En verdad, nunca imaginé que pudiesen ser tantos. De José Leon Machado, estudiante de la Universidad del Miño, me llega un interesante trabajo, elaborado en el ámbito de la asignatura de Lectura e Interpretación del Texto Literario —*Conflitos de interpretação face ao romance de José Saramago «O Evangelho segundo Jesus Cristo»*—, que presenta, divididas por «radicales» y «moderadas», las opiniones producidas por la Iglesia católica y sus militantes, tanto interna como periféricamente. Sabía ya, por algunos ecos sueltos, que me habían condenado a todas las penas del infierno, pero lo que no imaginaba era que hubiesen sido tantos los jueces y tantos los verdugos. Desde el arzobispo de Braga hasta un cura Minhava de Trás-os-Montes, en artículos, opúsculos y libritos de mayor porte, puede decirse que fue un auténtico «hartaros, villanos». La bibliografía presentada, que con seguridad no agota la materia, menciona veintidós especies, a cual de ellas de más prometedor título. En cuanto a su contenido, variable en virulencia y estreñimiento mental, me he de limitar a pasar aquí un pedacito de incienso de la prosa del dicho padre Minhava: «¡Por deber de oficio tuve que leer un librucho pestilente y blasfemo en el que el soberbio autor se entierra hasta las orejas en las escurriduras que destila como falsario, alevoso y cínico!». Escribiendo de esta manera, tengo la seguridad de que el padre Minhava será mi compañero en el infierno. En jaulas separadas, claro está, no vaya a morderme...

2 de julio

Yvette Biro telefoneó desde París para informarme de la marcha de *La balsa de piedra.* Continúa animada y yo me dejo ir en la corriente. Desde el principio confié en esta mujer. Sea cual sea el resultado de sus intentos para pasar del guión que ya existe a la película que está por existir, me quedaré contento por haber conocido a alguien tan merecedor de confianza. Me dice que habló del proyecto a João César Monteiro y que éste se mostró interesado en realizar la película. Nada definitivo, dado que está ocupado con otro trabajo. Por mi parte, dije a Yvette que no son más de dos o tres los realizadores portugueses a quienes confiaría un libro mío sin reservas y que uno de ellos es João César.

3 de julio

Vista con distancia, la humanidad es una cosa muy bonita, con una larga y suculenta historia, mucha literatura, mucho arte, filosofías y religiones para todos los apetitos, ciencia que es un regalo, desarrollo que no se sabe adónde va a parar, en resumen, el Creador tiene todas las razones para estar satisfecho y orgulloso de la imaginación de que a sí mismo se dotó. Cualquier observador imparcial reconocería que ningún dios de otra galaxia lo habría hecho mejor. Sin embargo, si miramos de cerca, la humanidad (tú, él, nosotros, vosotros, ellos, yo) es, con perdón de la grosera palabra, una mierda. Sí, estoy pensando en los muertos de Ruanda, de Angola, de Bosnia, del Curdistán, de Sudán, de Brasil, de todas partes, montañas de muertos, muertos de hambre, muertos de miseria, muertos fusilados, degollados, quemados, despedazados, muertos, muertos, muertos. ¿Cuántos millones de personas habrán acabado así en este maldito siglo que está a punto de acabar? (Digo maldito, y fue en él en el que nací y vivo...) Por favor, que alguien me haga estas cuentas, denme un número que sirva para medir, sólo aproximadamente, bien lo sé, la estupidez y la maldad humana. Y ya que están con la mano en la calculadora, no se olviden de incluir en la cuenta a un hombre de veintisiete años, de profesión jugador de fútbol, llamado Andrés Escobar, colombiano, asesinado a tiros y a sangre fría, en la célebre ciudad de Medellín, por haber metido un gol en su propia portería durante un juego del campeonato del mundo... Sin duda tenía razón Álvaro de Campos: «¡No me vengan con conclusiones! La única conclusión es morir». Sin duda, pero no de esta manera.

5 de julio

Vi por la televisión, en directo, la caída desastrosa de unos cuantos ciclistas en la llegada de una etapa de la Vuelta a Francia. La imprudencia de un policía que quiso fotografiar a los corredores (la máquina autofoco que utilizaba no le permitió ver que uno de ellos, fuera del encuadramiento del visor, iba en su dirección) fue la causa del accidente: hubo fracturas, conmociones cerebrales, heridas múltiples, sangre... Accidentes los hay a cualquier hora, pero así, captados en directo, transmitidos en el preciso instante en que ocurren, ésos son, con certeza, raros. Y si tomamos éste como ejemplo, tan raros cuanto extraños. Lo que estaba viendo era verdad *ahora,* preví lo que iba a suceder, vi la caída, testimonié el pánico, pero la brutal realidad no me hizo saltar del sofá desde el que *asistía* y desde el que, a continuación, fui beneficiado con repeticiones de la misma grabación y de otras tomadas desde ángulos diferentes, bien en cámara lenta, bien en secuencias entrecortadas con pausas, con *zoom* y sin *zoom*... La realidad del accidente se había convertido inmediatamente en pura imagen, en ejercicio de movimientos, en *découpage* técnico... En otras palabras: en camino hacia la insensibilidad...

7 de julio

Sentir como una pérdida irreparable el acabar de cada día. Probablemente esto es la vejez.

8 de julio

El *Ensayo* salió del atolladero en el que había caído hace ya no sé cuántos meses. Puede caer en otro, pero de éste se ha librado. Hace unos cuantos días que había decidido dejar de lado dos capítulos que se habían convertido en una de aquellas trampas en las que se puede entrar con toda facilidad, pero de donde no se sale. El nuevo rumbo me parecía animador, abría perspectivas. En todo caso, aún no me sentía completamente seguro. De pronto, andando por ahí, hoy, al viento, me sucedió algo muy semejante al episodio de Bolonia, cuando después de meses sin saber lo que podría hacer con la idea del *Evangelio,* nacida en Sevilla, toda la secuencia del libro —en fin, casi toda— se me presentó con una claridad fulgurante. Estaba en la Pinacoteca, había visto las pinturas de la primera sala a la izquierda de la entrada y fue al pasar a la segunda (¿o habrá sido en la tercera?) cuando los pilares fundamentales de la narrativa se me definieron con tal simplicidad que aún hoy me pregunto cómo no había visto antes lo que allí me parecía obvio. No era nada complicado, basta leer el libro. En este caso —el del *Ensayo*— la «revelación» no fue tan completa, pero sé que va a determinar un desarrollo coherente de la historia, antes atascada y sin esperanzas. Todos los motivos que venía dando, a mí mismo y a otros, para justificar la inacción en que me encontraba —viajes, correspondencia, visitas—, podían, a fin de cuentas, resumirse de esta manera: el camino por el cual estaba queriendo ir no me llevaría a ningún sitio. A partir de ahora, el libro, si falla, será por inhabilidad mía. Antes, ni un genio hubiera sido capaz de salvarlo.

9 de julio

Me han hecho miembro del Patronato de Honor de la Fundación César Manrique. A este gesto simpático me gustaría corresponder con algún trabajo útil. Por lo pronto no veo cómo.

12 de julio

Cuando pasaba de una cadena de televisión a otra, me saltaron imágenes de una corrida de San Fermín, en

Pamplona, el exacto momento en el que un toro bajaba la cabeza para recibir el estoque mortal. Salí inmediatamente de la plaza, gracias al poder milagroso del mando a distancia. Me acordé entonces de lo que escribí, hace unos años, acerca de estas fiestas; tres artículos que no deben de haber agradado a ningún español, y menos a los navarros. Imagino que, cuando me los pidieron de *Cambio 16,* estarían esperando cualquier cosa del género de un nuevo Hemingway, pero los cálculos les salieron errados: lo que tuvieron que publicar fue una honesta confesión de incapacidad para entender la *fiesta.* Como se demostrará con este pequeño trecho exhumado de papeles viejos:

«Va a entrar el primer toro, han resonado sordamente los timbales de la presidencia, es la hora. Todos miramos, ansiosos, la bocaza negra del toril. El toro entra en la plaza. Entra siempre, creo. Éste vino con alegre correría, como si, viendo abierta una puerta hacia la luz, hacia el sol, creyese que lo devolvían a la libertad. Animal tonto, ingenuo, ignorante también, inocencia irremediable, no sabe que no saldrá vivo de este anillo infernal que aplaudirá, gritará, silbará durante dos horas, sin descanso. El toro atraviesa corriendo la plaza, mira los tendidos sin entender lo que sucede allí, vuelve hacia atrás, interroga los aires, finalmente arranca en dirección de un bulto que le hace señas con un capote, en dos segundos se encuentra del otro lado, era una ilusión, creía embestir contra algo sólido, que merecía su fuerza, y no era más que una nube. Realmente, ¿qué mundo ve el toro? Estos toreros que se visten de todos los colores, que se cubren de pasamanerías y lentejuelas, que brillan en la arena como cristales preciosos, como figuras de vitral, ¿son así a los ojos del toro, o los ve él como sombras opacas, huidizas, inestables, que surgen de la nada y se esconden en la nada? Imagino que el toro vive en un universo soñado, fantasmal, cubierto de cenizas, en el que el sabor de la hierba y el olor de los pastos serán las únicas referencias apaciguadoras de un mundo vago en el que los árboles son como cortinas oscilantes y las nubes en el cielo grandes bloques de mármol, al mismo tiempo que la luz se va moviendo difícilmente hacia la noche.»

Y éste, además:

«El toro va a morir. De él se espera que tenga fuerza suficiente, debilidad, suavidad, para merecer el título de noble. Que embista con lealtad, que obedezca al juego del matador, que renuncie a la brutalidad, que salga de la vida tan puro como entró en ella, tan puro como vivió, casto de espíritu como lo está de cuerpo, pues virgen va a morir. Tendré miedo por el torero cuando se exponga sin defensa ante las armas de la bestia. Sólo más tarde entenderé que el toro, a partir de un cierto momento, incluso continuando vivo, ya no existe, entró en un sueño que es sólo suyo, entre vida y muerte.»

Ahí queda. Recuerdo que cuando Pilar acabó de leer los artículos sólo me dijo: «No puedes entender...». Tenía razón: no entiendo, no puedo.

13 de julio

Clinton visita oficialmente Alemania. Según los periódicos el presidente de Estados Unidos declaró en Bonn: «Alemania es nuestro socio más significativo para la construcción de una Europa segura y democrática». Si soy capaz de entender lo que leo, deduzco de estas palabras que la Administración norteamericana tiene una idea muy clara de lo que le conviene que sea Europa: un todo conducido por un solo país, una Unión cuya sede real, a su tiempo, estará en Berlín, quedando Bruselas para la burocracia y Estrasburgo para el entretenimiento verbal. Incapaces de una relación directa y equilibrada con todos y cada uno de los países que constituyen Europa, Estados Unidos va a preferir la negociación a dos, entre potencia y potencia. Apuesto doble contra sencillo a que esta Europa será diferente cuando a fin de año termine la presidencia alemana de la Unión Europea. Podrá no notarse a la vista desarmada, que es como generalmente andamos (desarmados de la vista...), pero el tiempo dirá si me engaño.

14 de julio

No creo que hayamos fallado. Fuimos víctimas de una ilusión que no sólo fue nuestra, la de que Portugal fuese capaz de arrancarse a la «tristeza vil y apagada» en la que más o menos siempre ha vivido. Imaginamos que era posible tornarnos mejores de lo que éramos, y fue tanto mayor el tamaño de la decepción cuanto inmensa era la esperanza. Quedó la democracia, nos dicen. La democracia puede ser mucho, poco o casi nada. Escoja cada cual lo que le parezca que corresponde mejor a la situación del país...

De Eliseo Diego:

«La muerte es esa pequeña jarra, con flores pintadas a mano, que hay en todas las casas y que uno jamás se detiene a ver.

»La muerte es ese pequeño animal que ha cruzado el patio, y del que nos consuela la ilusión, sentida como un soplo, de que es sólo el gato de la casa, el gato de costumbre, el gato que ha cruzado y al que ya no volveremos a ver.

»La muerte es ese amigo que aparece en las fotografías de la familia, discretamente a un lado, y al que nadie acertó nunca a reconocer.

»La muerte, en fin, es esa mancha en el muro que una tarde hemos mirado, sin saberlo, con un poco de terror.»

15 de julio

Ayer, sobre las seis de la tarde, después de trabajar desde el almuerzo en una conferencia que tendré que llevar a Canadá, me fui a la Montaña Tersa, hermana frontera y menor de la Montaña Blanca, en tamaño, quiero decir, porque en cuanto a edad deben de andar ambas por la misma, algo así como unos diecinueve millones de años... No iba con la intención de subirla, tanto más cuanto el viento soplaba fuerte y a ráfagas, que es la peor manera de ser soplado cuando se camina. Pero cuando llegué allí, no resistí: desde el principio del mundo se sabe que los montes existen para ser subidos y éste, allí, esperando hace tanto tiempo, hasta había dejado que la erosión lo cavase y recavase, en escalones y hendiduras, en salientes, todo para ayudarme en la ascensión. Me parecía mal volverle las espaldas, por eso subí. Lo peor, como dije, fue el viento. Con los dos pies bien firmes en el suelo y el cuerpo inclinado hacia delante, la cosa no era nada complicada, pero cuando una pierna se levantaba para avanzar el pie, si las manos no tenían a qué agarrarse, digo que llegué a experimentar algunas veces la inquietante impresión de no tener peso...

Otra impresión, aún más extraña que ésa, y que ya me había ocurrido aquel día en que subí la Montaña Blanca, pero en la que después no volví a pensar, fue llegar a unos veinte o treinta metros de la cima y parecerme de repente que la pequeña distancia se había vuelto infinita, imposible de ser traspuesta, no porque la subida fuera más difícil, que no lo era, como luego se comprobó, sino porque la cima del monte, tan próxima, recortada contra el cielo, se presentaba a mis ojos, amenazadoramente, no como el punto que iba por fin a alcanzar, sino como un sitio de paso, de donde tendría que partir otra vez... Que puedan nacer imaginaciones de éstas en las simples montañas de Lanzarote, me lleva a pensar en los fantasmas que sin duda encantan la mente de los alpinistas en serio cuando se aproximan a la frontera entre el mundo de la tierra y el mundo del aire.

16 de julio

A una niña que nació en los últimos días de la guerra civil española le dieron los padres el justo nombre de Libertad. (Digo justo porque está claro que ellos amaban a ambas por igual.) Después la niña se hizo joven, la joven, mujer. Como al fascismo no le podía gustar un nombre así, los sinsabores y contrariedades fueron tales y tantos que la pobre no tuvo otro remedio que pasar a llamarse Josefa. Cuando se entró en la «transición democrática», Libertad quiso recuperar su verdadera identidad. Sólo ahora ha llegado a conseguirlo, al cabo de casi veinte años de insensateces burocráticas, despachada de ventanilla en ventanilla, escribiendo instancias, presentando pruebas, todos los días derrotada por la indiferencia o por la mala voluntad de funcionarios que se reían de ella, regresando todos los días a la carga con estas simples palabras: «Quiero mi nombre». Finalmente ya lo tiene, pero la democracia fue más lenta en restituírselo que el fascismo en quitárselo.

19 de julio

En Tenerife para un curso de verano de la Universidad de La Laguna sobre *Las metáforas del sur,* dirigido por Juan Cruz. El tema era escurridizo, como en seguida se vio. Las metáforas empezaron rápidamente a amedrentarse ante las realidades que emergían y acabaron por huir despavoridas cuando tomó la palabra un senegalés, El Hadji Amadou Ndoye, profesor de Literatura española en Dakar. Fueron diez minutos de informaciones precisas, de números concretos, que permitieron a los asistentes tomar el pulso a la situación africana actual, y sentirla verdaderamente, sin lirismo ni metáforas. Mi participación, que cerró el debate, se centró en dos ideas principales: una, la de que «el peor enemigo del sur es que este mismo permita su propia mitificación»; otra, la de que «el sur es la pobreza», donde quiera que los pobres estén, ahí está «el sur», cualquiera que sea el color de la piel.

21 de julio

Respetuosamente, conservando la ortografía y la sintaxis brasileñas (es lo mínimo que debe hacer quien de los brasileños exige que respeten las suyas), transcribo un pasaje de una carta de Teresa Cristina Cerdeira da Silva:

«Le cuento aún, brevemente, uno de esos deliciosos azares de mi primavera lisboeta. Volviendo tarde y sola del cine, rumbo a casa de Jorge de Sena, en Belém, tomo un taxi y, como de costumbre, inicio una conversación con el chófer. Es, como ya he dicho, un hábito que mezcla curiosidad y necesidad de seguridad que me es dada por esos momentos de intercambio de ideas. El chico era joven, treinta años y pico, y yo le preguntaba lo que sentía al ver aproximarse el 25 de Abril después de veinte años de la Revolución. La respuesta fue escéptica, pero no es que se tratase de uno de esos espíritus reaccionarios o alienados ante la cuestión. Me habló con pena de su padre, que había sufrido horrores durante la dictadura, había estado preso un sinfín de años, torturado y todo lo demás, y cobraba de esos veinte años el ningún reconocimiento que le habían dado. Mi curiosidad multiplicó las preguntas hasta que él me dijo (¡imagine!) que el padre era marinero y había sido apresado en 1936 durante una tentativa de derribar al régimen. Mi corazón daba brincos..., si me hubiese dicho que en vez del padre era el tío, juro que hubiese creído que era el hijo de la Lídia que la ficción no había dejado envejecer... Veía la Lisboa nocturna por la ventana, subíamos Estrela para llegar a Alcântara y yo cerraba los ojos para imaginar la revuelta de los barcos, Daniel, Adamastor y Ricardo Reis, la calle de Alecrim... Todo me salía proustianamente de esa otra taza de té. Sentí inmensa pena cuando llegamos a Belém y me despedí de él como de una página de historia que me llegaba así, de súbito, transmutada por las páginas de una novela que me fascina cada vez más.»

22 de julio

Fernando Venâncio ha resuelto hacer algo como arqueología literaria, desenterrando de *Seara Nova* las críticas que, con juvenil atrevimiento (entonces tenía sólo cuarenta y cinco años...), publiqué en los remotos años de 1967 y 1968. Aún estoy por conocer los motivos que llevaron a Rogério Fernandes a invitarme a realizar una tarea para la que yo, pobre de mí, no podría presentar otras credenciales que haber escrito *Os Poemas Possíveis.* (Me acuerdo bien de haber antepuesto una asustada condición: no hacer crítica de libros de poesía...) Ahora heme aquí ante los fantasmas de opiniones que expendí hace casi treinta años, algunas bastante osadas para la época, como decir que Agustina Bessa-Luís «corre el riesgo muy serio de dormirse al son de su propia música». A pesar de mi inexperiencia y tanto cuanto soy capaz de recordar, creo no haber cometido gruesos errores de apreciación ni injusticias de mayor calibre. Salvo lo que escribí sobre *El delfín* de José Cardoso Pires: muchas veces me he preguntado dónde tendría yo en ese momento la cabeza y no encuentro la respuesta...

24 de julio

Una cosa sería hacer una novela sin personajes, otra pensar que es posible hacerla sin gente. Ésa fue mi gran equivocación cuando imaginé el *Ensayo sobre la ceguera.* Tan grande fue que me costó meses de desesperante impotencia. Tardé demasiado tiempo en comprender que mis ciegos podían pasar sin nombre, pero no podían vivir sin humanidad. Resultado: una buena porción de páginas para la basura.

26 de julio

De Hernau, en Alemania, me escribió hace una semana un biólogo, de treinta y siete años, que trabaja en el ramo (¿es así como se dice?) de la inmunología, informándome que había leído el *Evangelio,* pero que, no estando muy seguro de mis objetivos al escribir este libro, tendría mucho gusto en cambiar conmigo algunas ideas sobre Jesús, Dios y el cristianismo... La carta ha estado por ahí desde que llegó, más o menos a mi vista, y yo sin saber qué destino darle, teniendo en consideración que volver ahora a aquellas profundas cuestiones me tomaría un tiempo que en este momento no me sobra. La situación se complicó hoy mucho con la llegada simultánea de tres cartas de Portugal.

Una de ellas, en cuatro páginas de formato A-4 escritas con una caligrafía cerrada, pequeñita, viene de una señora de sesenta y tres años, que vive en Oeiras, «católica, casada hace cuarenta y un años, mi marido es arquitecto, tenemos siete hijos y catorce nietos», según me informa. Su carta termina con las siguientes palabras: «¡Imagino que no se digne responder a esta pobre criatura aquel que se halla más inteligente que el propio Dios!». Imaginó bien esta señora, no le voy a responder, pero no por la inocentemente irónica razón que da: es sólo porque no se puede discutir con alguien que avanza hacia nosotros armado de una fe hasta tal punto beligerante, que más parece una coraza armada de púas y segurísima de no tener fallas ni hendeduras. Entreténgase esta señora, si aún tiene valor para poner la mano en un libro mío, con lo que sobre Dios escribí el día 23 de febrero de este preciso año: si no entiende lo que ahí está, entonces sospecho que no entiende nada de aquello que juzga creer.

La segunda carta llegó del norte, de Maia, y también la firma una mujer. De lo que extensamente escribe retiro apenas este párrafo: «Soy católica. Mi marido también. Fue él quien me dio *El evangelio según Jesucristo.* Lo leí como una católica lo debe leer: con devoción. Me presentó otra fotografía, que es la suya, la del hombre. Y yo, que también soy humana, me permití ir sacando otras. Le oí un día hablar en la televisión sobre este libro y encontré de nuevo un hombre. Y siento lástima de que otros se hayan creído Dios y lo hayan juzgado y no hayan entendido. Porque ni entienden a Dios ni a los hombres, y ni de uno ni de otro pueden tener el usufructo».

La tercera carta portuguesa viene de Oporto, también la escribe una mujer. Ésta tiene veinticinco años, trabaja como secretaria, estudia por la noche, será una «señora doctora» el año que viene, va a casarse dentro de cuatro días y dice palabras como éstas: «Creo en Dios (soy "protestante"), voto desde siempre al PSD y el día 16 de marzo un examen médico confirmó que mi madre iba a morir. El mundo se puso patas arriba y las certezas absolutas dejaron de tener sentido. Me prestaron su *Evangelio* hace un año. Resolví leerlo, probablemente porque estaba enfadada con Dios [...]. Mi madre murió hace un mes. Continúo creyendo en Dios y es en Él donde encuentro sentido para la vida. No consigo comprender muchas cosas. No consigo comprender las críticas a sus libros por parte de la Iglesia. Si las personas tienen realmente fe y tienen la certeza de sus convicciones, entonces ¿por qué el miedo, el pavor de leer un libro de Saramago? [...]. ¡Mis deseos son que sea feliz!».

Las cartas ahí quedan. Mientras tanto me acudió una idea: poner a estas cuatro personas a hablar unas con otras sobre Jesús, Dios y el cristianismo, como quería el biólogo alemán. Se llaman estos mis corresponsales, respectivamente Bernd, Maria Sofia, Ângela y Raquel Maria. Ya están presentados, pueden empezar a conversar.

28 de julio

Continúa la excavación arqueológica. Ahora ha sido *Público* quien, para su sección «Veinte años después», exhumó, del viejo *Diário de Lisboa,* un artículo que escribí con el título poco original de «Carta abierta a la CIA». Siendo estos cuadernos un diario, me parece que tanto lo pueden ser del día de hoy como del día de ayer, en primer lugar porque el hoy está hecho de todos los ayeres, sean los propios, sean los ajenos y, después, porque veinte años no son nada y las cosas cambian mucho menos de lo que creemos. Razones suficientes para que a estas páginas haya decidido trasladar (palabra adecuada, tratándose de una exhumación) el cuerpo menos mal conservado de mis protestas e indignaciones de entonces. Rezaba así el artículo:

«He visto que Su Excelencia es habilísimo en conspiración, intrigas y golpes de Estado. Lo he visto de lejos y no desearía saberlo de cerca. Ya me basta haber leído que Su Excelencia hizo en Chile la mortandad que por allí ocurrió y ocurre, verificar todos los días qué gobiernos promueve y apoya Su Excelencia, ¡imagine si a mí me habría de gustar que Su Excelencia mandase aquí a sus emisarios e instalase en medio de nuestra rueda su calderón de trucos y brujerías!... Aún ahora está ahí el arzobispo Makarios, con la casa a cuestas, sólo porque Su Excelencia, de acuerdo con el gobierno que instaló en Grecia, entendió que convenía encender en el Mediterráneo un nuevo foco de agitación (perdone Su Excelencia la débil palabra), en un momento en el que, si no interpreto mal, los pueblos de Europa estaban entendiendo que más bondad sacarían de la paz que de las guerras...

»Su Excelencia sufre de vocación fascista. No se ofenda, *please.* Verdaderamente nunca me di cuenta de que Su Excelencia quitase de cualquier país un gobierno de derechas para poner un gobierno de izquierdas... Su Excelencia se enorgullece (¿o ya no se enorgullece, siquiera?) de estimar mucho la democracia, pero estoy por creer que padece de una deformada visión política que le hace desear ver su país cercado de fascismos por todos lados, quizá para que abulten más las cualidades democráticas, cuando no republicanas, que exornan la Gran Nación Americana... Si bien comprendo, Su Excelencia, que vive ocupadísima instalando gobiernos reaccionarios por todas partes y defendiendo los existentes, está satisfecha con el gobierno que tiene. ¡Qué suerte la suya, ahorrándose el trabajo de dar golpes de Estado dentro de casa!

»No crea Su Excelencia que insulto. ¿Cómo me atrevería? Soy un pobre ciudadano portugués que aún no iba a la escuela en 1926 y que vivió todo este tiempo bajo el régimen fascista que Su Excelencia tanto apadrinó y protegió. La diferencia es que mientras Su Excelencia defendía a Salazar y Caetano no me protegía a mí. Nada que yo pidiese o desease, pero, si Su Excelencia se inclinase a respetar a algunos de sus abuelos que lo merecen, tendría escrúpulos en meterse donde no es llamado o a donde lo llaman apenas aquellos que con Su Excelencia acostumbran a cambiar servicios poco limpios. Le hago la justicia de suponer que Su Excelencia, hasta ahora, no se ha ocupado mucho del pueblo portugués. No lo necesitaba. Esto, por aquí, iba andando, unos dominando, otros dominados, pero era un insignificante patio europeo donde sólo de rebote sucedían cosas. Bastaba a Su Excelencia detener en el origen los torrentes: por estos andurriales todo se resumía en aguas estancadas y en una desolación para la que parecía no haber remedio.

»Nosotros hacíamos lo que podíamos para resistir. Y resistimos mucho, si no es confiado afirmarlo a quien ha aplastado otras resistencias. Si no hubiésemos resistido no estaría ahora Su Excelencia tan perpleja y agitada preguntándose cómo ha sido posible que se dignificara de repente un pueblo para el que Su Excelencia miraba con desprecio total y, llegado el caso, con alguna repugnancia. Permita Su Excelencia que le revele un secreto personal: no me pesan nada estos cuarenta y ocho años, me siento fresco y activo como un joven, más activo y fresco incluso que cuando era joven, y me molían el juicio con los loores al Estado Novo. La diferencia (otra diferencia) es que por aquella época Su Excelencia aún no vivía, aunque ya hubiese por ahí quien le anticipase los modos... Su Excelencia (aprovecho la oportunidad para recordarlo) es un simple eslabón de una cadena represiva que tiene, en su tierra, otras mallas: el Ku Klux Klan, por ejemplo, y en ese confrontamiento incluso soy capaz de preferir el Klan... Repare Su Excelencia que ellos usan unas capuchas ridículas, afantochadas, cosa que ya no se aguanta sin carcajadas, al tiempo que los emisarios de Su Excelencia son gente robusta, bien entrenada, que se baña regularmente, habla lenguas extranjeras, siempre con la pistola desenfundada y el golpe de karate a punto... Y esto aún es lo de menos.

»Lo demás, o el resto, está en que Su Excelencia es policía de alto coturno, armado de toda la sapiencia técnica y de una falta de escrúpulos sin límites. Su Excelencia, cuando no puede eliminar, arruina, cuando no puede hacer callar, hace ruido y, siempre que le es posible, destruye a gente honesta para sustituirla por malvados. Su Excelencia sabe que así es y ni siquiera reacciona a las protestas que se levantan de todo el mundo a cada maleficio suyo, ni desmiente las acusaciones que justamente le hacen... ¡Tan seguro está Su Excelencia de su poder! ¡Es de las cosas que más me intrigan, que, siendo Su Excelencia acusado de tantos crímenes, no haya en su país un tribunal que lo juzgue! Ignorante, como sólo un portugués ha podido serlo, muchas veces me he interrogado sobre quién manda realmente en el país de Su Excelencia. La respuesta que he encontrado es simple y vale lo que vale: en mi corto entendimiento, Su Excelencia sirve al capital dentro y fuera de América (Estados Unidos), siempre que sea americano o, no siéndolo, esté a su servicio. Nunca Su Excelencia ha tenido otra regla de conducta. ¿OK?

»Su Excelencia ya ha dado fe (la dio en seguida, ¡pues claro!) de que tenemos en Portugal una revolución. Digamos una revolución pequeña. Teníamos aquí el fascismo que tan bien servía a Su Excelencia, hasta que vino el Movimiento de las Fuerzas Armadas y dio a esto el revés que se ha visto. Su Excelencia se asombró mucho al ver con qué facilidad el tinglado se venía abajo. Permítame que le diga que es ingenuidad suya: el solar parecía que duraría algún tiempo más, pero estaba todo horadado y nosotros habíamos sido, los civiles, quienes, como las hormigas, habíamos trabajado. Algunos murieron en ese trabajo, muchos sufrieron en la prisión, fueron torturados. ¿Tiene Su Excelencia sensibilidad? Buena pregunta. ¿Qué sabe Su Excelencia de eso, cuando es capaz de mirar a ese desgraciado Chile con la satisfacción complaciente de quien hizo una obra perfecta y en ella se contempla?... ¿Y no hay, realmente, quien lleve a Su Excelencia ante el tribunal?

»Decía que hicimos aquí una revolución. Y también digo que Su Excelencia no está nada satisfecho con el desarrollo de las cosas. Para Su Excelencia sólo vale una democracia que sirva obedientemente los intereses del capitalismo y ahora le parece que los portugueses han aprendido demasiado en estos cincuenta años de fascismo. Es verdad: aprendieron precisamente a saber, de todas las maneras, lo que el fascismo es. Le va a resultar difícil a Su Excelencia convencernos para que aceptemos los fascismos que de su mano vienen o quieren venir. Yo no me ilusiono: Su Excelencia tiene, en mi tierra, hace mucho, quien le sirva en sus designios: todos los fascistas que continúan comiendo pan y dando órdenes, todos los que, no siéndolo, van de gorra con ellos, algunos sin enterarse, otros muchos preconcebidamente. Su Excelencia tiene amigos dentro de la plaza. Ya se encontraron todos, ¿no es verdad?, bien en la mesa secreta de las decisiones, bien en las acciones de calle, en las calumnias, en las intrigas, en la bella conspiración, en la compra y venta de los traidores...

»Su Excelencia quizá intente aquí su suerte. Y lo ha hecho tantas veces que una más no hace diferencia para usted y sin duda conviene a sus patrones. Pero consienta que le diga una cosa. Su Excelencia y el mundo se asombran de que esta nuestra florida revolución no acabase en un baño de sangre, ¿verdad? Llevaría mucho tiempo explicar las razones de eso y Su Excelencia no siempre es, al menos, medianamente inteligente. Pero tome nota de que habrá incluso un baño de sangre si Su Excelencia se atreve a intervenir en nuestra vida. Estos pobres portugueses vivieron cincuenta años de fascismo y no quieren más. Supongo que preferirán acabar la vida luchando por lo que ya tienen a volver al dominio de gobiernos como los que Su Excelencia transporta en su catálogo de vendedor ambulante de la contrarrevolución. Tengo la seguridad.

»Emplazo a Su Excelencia a que nos deje en paz. Tenemos aquí mucho que hacer, mucho que trabajar, mucho que soñar. Pero no vamos a dormir, eso no. Si Su Excelencia viniera tendrá que matarnos con los ojos abiertos.»

Al final no valíamos tanto. A ésos y otros señores del mundo les bastó echar una manita trapacera a nuestra natural inclinación al sueño y ahora aquí estamos, veinte años después, medio sonámbulos, sólo atentos al tintineo de los ecus que aún van cayendo de las frondosas ramas europeas. De hecho, de los portugueses nunca se esperó mucho, a los portugueses nunca se les pidió nada. El despertar va a ser atroz. O tal vez no. La gente se habitúa a todo, hasta a no existir...

29 de julio

Llegaron cartas de José Montserrat Torrents, profesor de la Universidad de Barcelona, y de su mujer, Jessica, nombre que ella escribe con *è,* supongo que porque no le gusta que se lo digan a la inglesa, Jéssica, como nosotros, en portugués, pronunciaríamos también. Nos enteramos de que se casaron recientemente, después de las últimas cartas que recibimos de ellos (siempre escriben ambos), pero éstas, donde se esperaría que sólo hubiese lugar para las alegrías de la boda, son el relato de una catástrofe. La región donde tienen su casa de campo fue devastada por la ola de grandes incendios ocasionados por el calor intensísimo que también llegó aquí. Jèssica cuenta así lo que pasó:

«El lunes, día 4 del presente, el fuego arrasó completamente toda nuestra comarca, además de otras zonas de Cataluña. Fue como un instante, una tarde de pánico-lucha-impotencia-indignación, y ni un maldito bombero. Hubo gente que perdió la casa, sólo dos la vida, muchos el ganado. Era horrible oír los gritos de las vacas quemándose. José no estaba en la aldea, había ido a caminar por los Pirineos, y sólo volvería al día siguiente. Un incendio que venía de lejos, de muy lejos, pero tan veloz que los hombres no podían siquiera seguirlo. Hacia las cuatro de la tarde estaba en el campo que linda con nuestra casa. Puse el perro a salvo, más o menos, y los disquetes de [mi] tesis y de los trabajos de José en una mochila, mojé toda la casa y me fui con los demás. Yo, una chica de ciudad que nunca había visto nada igual, allí, transportando agua en baldes para apagar llamas de treinta metros de altura. Pero los campesinos saben muy bien que el fuego con el fuego se apaga y así consiguieron que no entrase en la aldea. Fue toda una tarde y una noche de incertidumbre, de incredulidad, de valor inesperado y de reconciliaciones de vecinos, de aquellos que hacía veinte años que no se hablaban. Ninguna de las casas de la aldea se quemó, pero sí las masías* de los alrededores y todos los árboles que durante tanto tiempo contemplamos y amamos. La tierra desapareció y quedamos nosotros, en el mismo sitio, pero en otro lugar.»

Como siempre acontece en esta época del año, la televisión mostró los incendios. Era verdaderamente asustador ver cómo las llamas subían por los árboles arriba, rugiendo, transformándolas en antorchas, y luego, con una velocidad increíble, pasaban a los árboles próximos, hasta que quedaba abrasada toda la pendiente de una montaña. Este relato de Jèssica, sin embargo, torna la tragedia, súbitamente, más real. Ella casi no describe el incendio, sólo dice, como de paso, unas cuantas palabras ante las cuales la memoria de las imágenes empalidece. Me refiero a los «gritos de las vacas quemándose». Como toda la gente, yo sabía que las vacas mugen, ahora sé que también gritan.

---

* En español en el original.

2 de agosto

Ángel Alonso, de la Compañía de Teatro Catalanas Gags, quiere representar en España, en castellano y en catalán, *In Nomine Dei.* Y afirma que tiene la intención de estrenar ya en marzo del año que viene, y dar nada más y nada menos que treinta representaciones. Parece, por lo tanto, que se va a realizar aquel sueño que tenía: ver un día la pieza en un escenario de teatro, como teatro que es. Pero no la oiré en portugués... Así es la vida, nunca se puede tener todo.

3 de agosto

Mone Hvass, mi traductora danesa, me escribe desde la isla de Tyen (una de las muchas que Dinamarca tiene), adonde me dice haber «huido» hace dos meses, después de entregar al editor la traducción del *Evangelio.* Alquiló una casa con techo de paja, en mitad de un bosque, y divide tranquilamente su tiempo entre la penúltima revisión del manuscrito y el cultivo de las hortalizas. Tengo que confesar que, por un momento, este bosque y esta paja me dieron envidia. Hablar de bosques a quien vive en medio de piedras y cenizas, es como preguntar: «¿Quiere agua?», a alguien que está muriéndose de sed... No es que yo me queje, quede claro: tengo en la memoria árboles más que suficientes, bellísimos y de todos los tamaños, ahora estoy intentando ayudar a la tenacidad de unos cuantos arbustos que por aquí luchan contra el viento y que aprendieron a beber con lentitud la humedad nocturna que aún les viene cayendo del cielo.

Esta carta me hace pensar que nunca dije cómo llegó Mone a ser traductora de mis libros, ella, cuya profesión era, y continúa siendo (lo que tal vez explique mejor la alusión a las hortalizas...), la de botánica. Voy a contarlo ahora en pocas palabras, porque las otras sólo servirían para disminuir la singularidad del cuento. Allá por el año ochenta y siete, estaba Mone en Guiné-Bissau como cooperante, trabajando en el área de su especialidad. Vivía en una cabaña, aislada, ya que los vecinos más próximos, un matrimonio portugués, también cooperantes, vivían a unos dos kilómetros de distancia. Sucedió que esos vecinos, habiendo llegado al final de su etapa, iban a regresar a Portugal y como la choza en que vivían era un poco más sólida y confortable que la de Mone, le sugirieron que se mudase allí después de partir. Mone lo agradeció, pero dijo que no, que prefería continuar donde estaba. Pues bien, pasados algunos días la arruinada cabaña se vino abajo y Mone no tuvo otra solución que coger las simientes y los pocos haberes (es mujer de ir por la vida apenas con lo que lleva puesto), y mudarse. En la nueva casa había dos libros: *Os Lusíadas* y *O Ano da Morte de Ricardo Reis.* No se puede afirmar que Mone dominase entonces el portugués pero, a pesar de eso, valientemente, sola en el bosque, se puso a leer. *Os Lusíadas* la hicieron sufrir mucho, *Ricardo Reis* presumo que un poco menos y ésta quizá haya sido la razón por la que, al regresar a Dinamarca, empezó, después de un tiempo de aplicado estudio, a traducir *Reis.* Fue así. De tan simple y bonita la historia parece inventada y, a pesar de todo, me apetece decir que nunca hubo una verdad más pura.

4 de agosto

Tenemos amigos en casa, Amparo y Víctor, llegados de Sevilla, María del Mar, que vive en Granada. Ninguno de ellos conoce Lanzarote. Los llevamos hoy a la población de Femés, que tiene una vista magnífica sobre

Playa Blanca, con la isla de Fuerteventura al fondo. Después fuimos al Charco de los Clicos. El Charco es una pequeña laguna de aguas verdes en el interior de un cráter, mitad del cual, en tiempos pasados, se despeñó hacia el lado del mar. Poco a poco, con tiempo y paciencia, las olas fueron reduciendo a guijarros menudos y arena negra las gigantescas masas de lava y roca que se hundieron allí. De ellas sólo queda un pedregullo enorme, escenográfico, desbastado por la erosión en sus partes más quebradizas. Forma cuerpo con una plataforma amplia, al ras del agua, perfectamente horizontal, que la marea alta cubre. Mientras Pilar y los amigos se demoraban en el margen de la laguna me fui yo al peñascal a contemplar de cerca el golpear tranquilo de las olas. Pasados algunos minutos caí en que me llamaban desde el camino que sube en dirección al espacio donde se dejan los coches. Empecé a atravesar la playa pedregosa y, en cierto momento, porque tenía que llegar al camino en un punto más abajo y ellos me esperaban arriba, resolví correr. Todo muy natural. A partir de aquí empieza un capítulo más de la historia de las flaquezas humanas. Cuando yo corría, venciendo lo mejor posible la torpeza de la arena y los guijarros escurridizos, pensé que ellos me estarían mirando desde lejos y que alguno de ellos diría con seguridad: «Parece imposible, cómo corre con la edad que tiene». Pensarlo e intentar correr aún con mayor ligereza fue todo uno. Cuando llegué junto a Pilar y a nuestros amigos sucedió lo que esperaba. Dijo Víctor: «De aquí a media docena de años [tiene cuarenta y nueve], ojalá yo sea capaz de correr como te he visto correr ahora». Mostré la sonrisa modesta y complaciente que la situación pedía, como de quien no creía que tal prodigio fuera a darse —y callé lo que debía confesar: que siendo cierto que no había empezado a correr por contar con el comentario de Víctor, cierto era también que había continuado corriendo a pesar de haberlo pensado...

9 de agosto

Días de paseo. El deslumbramiento de los amigos que nos visitan y que acompañamos a conocer la isla mantiene viva y atenta nuestra propia mirada, impidiendo que nos deslicemos poco a poco hacia una percepción rutinaria, de la que resultaría que al volver a los sitios conocidos los encontráramos iguales. Lo cual, pensándolo bien, no hay gran riesgo en que llegue a suceder. Por ejemplo, en los Jameos, por primera vez, vi como un chorro de luz bajaba de un agujero en el techo de la caverna y atravesaba el agua límpida, iluminando el fondo, siete metros abajo, hasta el punto de parecer que podíamos alcanzarlo con las manos. Me acordé, en ese momento, de las últimas palabras que escribí en *Viaje a Portugal:* «Es necesario ver lo que no fue visto, ver otra vez lo que ya se vio, ver en la primavera lo que se vio en verano, ver de día lo que se vio de noche, con sol donde primeramente la lluvia caía, ver el trigal verde, el fruto maduro, la piedra que cambió de lugar, la sombra que aquí no estaba». Nunca había ido a los Jameos de Agua a aquella hora, por eso no había podido ver la luz, aquella paciente luz que regresa todos los días, esperando encontrarme.

Lo mismo va a tener que hacer Víctor si quiere ver La Graciosa. Cuando fuimos al Mirador del Río, había una nube blanca y espesa que cubría totalmente, hasta la altura de nuestros ojos, el brazo de mar que separa las dos islas. De La Graciosa no se veía la más pequeña señal, estaba allí y era como si no existiese. Durante algunos minutos, Víctor, sentado en una piedra, mirando la inescrutable blancura, aún esperó que la nube se disipase. Desistió por fin, la hora del encuentro no era ésta. Era inevitable que pensara en mis ciegos. Como ellos estábamos nosotros, sumergidos en un mar de leche. En todo caso Víctor no perdió completamente su tiempo. Me dijo después que había visto a Dios en el interior de la nube enorme, vestido de judío rico, como en el *Evangelio*...

Expuesto al duro sol, azotado por el viento, a quien vimos hoy en Fuerteventura fue a Miguel de Unamuno. Está en la ladera de un monte, sobre un pedestal blanco, tiene a un lado y otro un muro sencillo, blanco también, mal revocado, aparentemente sin relación con el resto, pero que pusieron allí para evitar que las tierras superiores se desprendan. Miguel de Unamuno no se encuentra al volver la esquina, para llegar a él es necesario darle a las piernas o disponer de un carro de tracción de cuatro ruedas. En la carretera, que pasa a cerca de un kilómetro, no hay ninguna indicación de que la figura a lo lejos represente al hombre a quien Primo de Rivera confinó aquí, en 1924, como castigo por oponerse, con escritos y discursos públicos, a la dictadura. No debe sorprender, por lo tanto, si el viajero no tuvo la prudencia de buscar informaciones antes, que el modesto conjunto arquitectónico pueda ser confundido con la estatua de una Virgen o de una santa patrona de aquellos lugares.

10 de agosto

Un simple comentario de pasada, una pequeña curiosidad sin intención, pueden llevarnos a dudar de algo que hasta entonces nos había parecido claramente manifiesto y sin lugar a equívocos. El tiempo apenas de tomar un café estuvieron aquí Jorge Cruz, el director del Parque de Exposiciones de Braga, y Goretti, su mujer, que han venido a pasar algunos días de vacaciones en la isla. En cierto momento él apuntó hacia el suelo, sonriendo, y preguntó si los ladrillos eran los tales. (Se refería, obviamente, al cómico episodio de la utilización del té en el oscurecimiento de las junturas de mis Brunelleschi...) Confirmé, lacónico, sin más, y cambié de conversación, como si Jorge Cruz (pobre de él, alejado de cualquier mal propósito) hubiese penetrado abusivamente en mi intimidad. Ya antes, aunque de modo vago, alguna que otra alusión de amigos a casos descritos en estos *Cuadernos* me había causado el malestar de quien de repente se da cuenta de haber dicho lo que debería haber callado, unas cuantas insignificancias aparentes que, al final, habrán hecho flagrante lo que desearía mantener oculto. Así, como alguien que, de repente, a sí mismo se viese desnudo en la plaza pública... Pensé entonces que las autoexcavaciones psicológicas a las que algunos autores deleitosamente se entregan en el fondo no adelantan gran cosa, porque es la propia tierra removida la que los volverá a esconder ante nuestra vista. Por el contrario, una sola palabra, a veces, de las que no parecen valer nada, puede ser más peligrosamente reveladora. Anduve el resto del día rumiando tan poco tranquilizadoras reflexiones (¿debería continuar escribiendo estos *Cuadernos*, en el fondo más indiscretos de lo que me convenía?), hasta que vino otro Cruz, Juan, que, comentando en la mesa de cenar el primer volumen de este diario, iluminadoramente me dijo: «Los *Cuadernos* son como tu sombra». Respiré aliviadísimo porque, a fin de cuentas, una sombra es eso sólo, una mancha definida por un contorno personal, nada más. En cuanto a lo que dentro de ella se encuentra, el misterio es el mismo que el de todas las otras sombras del mundo. Y entonces pensé: «Lo que los *Cuadernos* muestran es sólo un contorno. El resto, el interior, es sombra, y sombra continuará siendo».

11 de agosto

Hoy hace un año que *Pepe* apareció. Dimos a este perro abrigo, comida, cariño. Me gustaría saber qué recuerdos conservará aún de sus antiguos dueños, aquellos de quienes huyó o que lo abandonaron. Hoy, viéndolo trotar por aquí, ligero y familiar, es como si nunca hubiese conocido otra casa. En el momento en que esto escribo, está echado a un palmo de mis pies, tranquilo, ahora que las visitas se han ido. Vamos a dejarlo por una semana, hasta que regresemos de Canadá. Entonces volverá a despertarme todas las mañanas: si por casualidad estoy con la mano suspendida fuera de la cama, da señal de su presencia deslizando el cuerpo entero por debajo de ella, desde la cabeza hasta el muñón que le sirve de cola; si no, usa el método más expedito de clavar las patas en el borde del colchón, o incluso en mi brazo, si estoy bastante cerca. Pero su gran amor es Pilar.

12 de agosto

Recibo la revista *Fortuna* (un riquísimo nombre, es la ocasión de decirlo), a la cual, después de mucha insistencia, había enviado hace tiempo un artículo de cuatro páginas (supongo que gratis, dado que nunca se me habló de dinero). Comencé por encontrar extravagante que me hubiesen puesto el texto entre comillas, abriéndolas en la primera línea y cerrándolas en la última, como si de una cita se tratase. Resignadamente medité que esto de las artes tipográficas ya no es lo que era, e iba a dejar la revista a un lado (mi interés por los «diez días en la vida de Champalimaud» o por la «lista de los más ricos de Portugal» era positivamente nulo) cuando percibí que el artículo no terminaba como recordaba haberlo acabado. Fui a ver: de las cuatro páginas del texto habían publicado tres... Peor aún: el título, «¡Que vuelvan los griegos!» había yo llamado el artículo, dejaba de tener sentido, puesto que, precisamente en la pagina omitida, era donde los griegos debían aparecer... El lector (¿pero leerán Champalimaud y los más ricos de Portugal tales cosas?) se quedaría pensando que este escribiente, además de todos los defectos que le reconocen o atribuyen, es incapaz de dar pie con bola. Mandé una carta protestando contra la falta, de cuidado o de respeto, da lo mismo, y me quedo esperando las explicaciones.

Hace dos días el presidente de la Fundación César Manrique, José Juan Ramírez, abogado y persona excelente, me habló de la necesidad ya acuciante de ampliar las instalaciones de la Fundación y de la dificultad para encontrar al arquitecto adecuado. Me preguntó si conocía a Siza Vieira, yo le dije que sí. Y más: que en mi opinión sería el arquitecto capaz de realizar una obra que fuese al mismo tiempo innovadora y respetuosa de la atmósfera y de la estructura particulares de la Fundación. Me ofrecí para escribirle, previniendo, sin embargo, que la respuesta ciertamente se demoraría, considerando las mil ocupaciones de Alvaro Siza. Pues bien. Dos horas después de haber enviado el fax contando la historia, me llegó la respuesta. Que sí, que está dispuesto a venir. No puede prometer nada por lo pronto, pero vendrá a estudiar el asunto sobre el propio terreno. Nos quedamos todos felices y yo halagado de emoción, sólo de imaginar que en Lanzarote tal vez se venga a implantar, en el sentido absoluto del término, un trabajo de Siza Vieira. Sería una buena manera de comenzar a reconquistar la isla para Portugal...

13 de agosto

En Madrid, escala para Canadá. Nos instalamos por una noche en casa de Marisa, nuestro puerto de abrigo permanente, al lado de la Puerta del Sol. Encontramos el predio revuelto a causa de una filmación. Sólo para dar una idea, esta noche habrá una violación en la escalera... La película se llama *Fea,* es *underground* y hecha con escasos duros, según nos informa Marisa, mientras, en la cocina, con una amiga canaria llamada Hortensia, va preparando bocadillos* para el equipo hambriento. Este *underground* madrileño me parece una pura inocencia. Una de las jóvenes actrices sube a saludarme. Por debajo del maquillaje estridente es como un ángel extraviado. Probablemente aún le preocupa lo que la familia pueda pensar de estos libertinajes en la Calle Marqués Viudo de Pontejos...

15 de agosto

Edmonton, en el estado canadiense de Alberta, XIV Congreso de la Asociación Internacional de Literatura Comparada, que en los últimos tres años ha sido presidida por Maria Alzira Seixo. Se encuentra aquí reunida, además de una multitud de caras desconocidas —los congresistas pasan de quinientos—, la fina flor de los especialistas de estas materias en todo el mundo. El tema promete: *Literatura y diversidad: lenguas, culturas, sociedades.* Al principio había sido también anunciada la participación de la escritora canadiense Margaret Atwood, pero finalmente soy el único escritor presente. Me habían informado que hablaría mañana, sin embargo el programa definitivo me acomodó para hoy, en la segunda sesión plenaria. Leí mi conferencia —*Entre el narrador omnisciente y el monólogo interior: ¿será necesario regresar al autor?*—, desarrollo de un ensayo que hace tiempo publiqué en la revista francesa *Quai Voltaire.* No me engaño ni engaño si digo que salió bastante bien. Los aplausos fueron generosos, pero más importantes que ellos fueron las preguntas del final: para concordar o para discordar, los académicos decidieron tomar en serio la exposición simple

* En español en el original.

de unas cuantas opiniones producidas por un escritor en dominio habitualmente reservado a «técnicos». Fue durante ese periodo de preguntas, ya agotado el primer efecto de la siempre providencial adrenalina, cuando, bruscamente, me cayó encima todo el cansancio del viaje. Conseguí aguantar. La presentación, hecha por Wladimir Krysinski, de la Universidad de Montreal, que conocí en Viterbo, lo fue en tales términos que me hicieron pensar mientras él iba hablando: «¡Ah, si lo que tú dices fuese verdad!...».

16 de agosto

Creía yo (y era natural creerlo, la amistad puede mucho) que la iniciativa de la invitación para venir aquí hubiese sido de Maria Alzira Seixo. Me equivocaba. Fue el organizador general del congreso, Milan Dimic, de la Universidad de Alberta, el de la idea. Deberán por lo tanto algunos de mis colegas, allá en la patria (pero ya sé que no lo harán), callar los murmullos y tragar sus fáciles sospechas y más que previsibles acusaciones de favoritismo: Maria Alzira es inocente. Cómplice, eso sí, porque aprobó con alegría la invitación, pero el responsable del delito es un serbocroata bajo, gordo, de voz estentórea, fino como un coral y dotado de un sentido del humor irresistible. ¿Quién sabe, incluso, si no habrá sido ese humor el que le llevó a escogerme entre tantos escritores? A fin de cuentas, ¿quién soy yo? Soy sólo un escritor portugués.

Las sesiones son, en general, serias, se está aquí para trabajar, aunque, por lo que voy oyendo por los corredores, algunos congresistas de la infantería ya anden tramando excursiones más o menos clandestinas a las Montañas Rocosas, que están a cuatrocientos kilómetros de Edmonton. El neófito disciplinado que siempre seré va intentando asimilar las lecciones, sacar algún provecho de las comunicaciones cuyas materias más le interesan, pero se sorprende de que, en cónclave tan sustancioso, sean posibles episodios como el que paso a contar. En una sesión dedicada al tema «Literatura y religión», un chino de la Universidad de Xiangtan presentó una comunicación con el título *Temas bíblicos en la poesía de Pushkin.* Entre esos temas, quizá porque China esté lejos y las ideas occidentales lleguen allí un tanto emborronadas, el académico, de nombre Tie-Fu Zhang, además de algunas que otras inexactitudes graves, cometió el desastroso tropiezo de mencionar un poema de Pushkin cuyo asunto es un pasaje del Corán. Hay que referir que la conferencia, escrita en inglés, había sido leída por un intérprete, toda vez que el conferenciante, además de su propia lengua, sólo hablaba ruso. Lo que después pasó puede resumirse de la siguiente manera: *a)* una ucraniana, en inglés, redujo a migas la comunicación; *b)* a continuación, dio palos un ruso, en francés; *c)* el intérprete, siendo sólo intérprete, no estaba en condiciones de rebatir los ataques; *d)* además de eso, no sabía francés; *e)* el autor no entendía nada de lo que sucedía y sonreía beatíficamente; *f)* el ruso se propuso repetir todo en ruso; *g)* finalmente, el moderador, que era Horácio Costa, los mandó a todos fuera, que se entendiesen como pudiesen y dejasen proseguir la sesión... Que prosiguió, efectivamente, con la lectura, por el mismo Horácio Costa, de su comunicación sobre *Textos religiosos y narrativa contemporánea,* centrada en tres libros: *Live from Gotha* de Gore Vidal, *The Satanic Verses* de Salman Rushdie y el *Evangelio.*

17 de agosto

Llovió todo el día. Con Horácio y Manuel Ulacia fuimos a dar una vuelta por la ciudad. City Hall, la nueva cámara municipal, inaugurada recientemente, es una obra de arquitectura magnífica que me hizo recordar a nuestro Siza Vieira. El espacio interior, cúbico, enorme, definido solamente por líneas rectas, produce una impresión de reposante pureza. Del centro arranca una larga escalinata, de una simplicidad engañosamente elemental. Está allí como lo que es: como una obra de arte. El techo, altísimo, está formado por una pirámide de vidrio. ¿Cómo será esto cuando la nieve esté cayendo? De ahí al museo es un salto, pero la lluvia nos dejó empapados. Sabríamos después que el centro de Edmonton es como una ciudad en duplicado, con circulación y vida subterránea. En el subsuelo se encuentra de todo, tiendas, restaurantes, cines, diversiones. Viviendo Edmonton durante ocho meses debajo de la nieve, los habitantes, por así decir, hibernan... El museo, con excepción de poquísimas pinturas, no vale la pena.

Leila Perrone Moisés hizo hoy su comunicación: *Paradojas del nacionalismo literario en Latinoamérica.* Un auténtico placer para la inteligencia. No puedo, claro está, transcribir aquí sus veintidós páginas, ni me atrevo a resumirlas. Me limito, con la debida venia, a dejar grata constancia de los dos párrafos finales:

«Dependiendo del Otro, como todo el deseo, el deseo de los más nacionalistas de los latinoamericanos es, a menudo, que su cultura sea, no sólo reconocida, sino admirada por el Primer Mundo. Esto afecta la propia producción de la literatura latinoamericana, en la medida en que la recepción internacional le es más favorable cuando ella responde a los deseos de evasión, de exotismo y de folclore de las culturas hegemónicas. Los escritores menos típicos ("typés") no consiguen más que un éxito de estima y alcanzan un público mucho más restringido. El gran público del Primer Mundo quiere que los latinoamericanos sean pintorescos, coloridos y mágicos, tienen dificultad en verlos como iguales no completamente idénticos, lo que, dígase, nos autorizan nuestros orígenes y nuestra historia.

»Condenados a la paradoja, los mejores escritores latinoamericanos comprendieron que podían y debían sacar partido de él. No estando ya en curso las teorías evolucionistas del hombre y de la sociedad, la diversidad y la pluralidad pueden afirmarse sin complejos. Encontrándose la doxa hegemónica actualmente en crisis de legitimidad y de eficacia, la para-doxa latinoamericana puede construir una instancia crítica y libertadora para las propias culturas hegemónicas. Inventada por Europa como un mundo *al lado*, América tuvo siempre esa tendencia, voluntaria o involuntaria, de ser la parodia de Europa. Como toda antigua colonia, América es necesaria a Europa como un espejo. Que el espejo adquiera una perturbadora autonomía, volviéndose deformante, que devuelva una imagen al mismo tiempo familiar y extraña, es ése el riesgo o la fatalidad de toda procreación ilegítima. La venganza del hijo no consiste en rumiar indefinidamente el resentimiento relativo a su origen, sino en reivindicar la herencia y gozarla libremente, en hacerla prosperar, acarreando hacia ella preciosas diferencias lingüísticas y culturales.»

18 de agosto

Entré a mitad de la sesión, discretamente huido de una conferencia irrespirable para la cortedad de mi aliento, y fui sorprendido con la sorpresa feliz de oír hablar portugués. Una joven profesora brasileña discurría sobre la influencia de Baudelaire en algunos poetas brasileños menores, asunto que, francamente, no me habría animado a quedarme si no hubiese sido avisado de que Benjamim Abdala Júnior, de la Universidad de São Paulo, haría alguna referencia a *La balsa de piedra* en su tesis *Necesidad y soli-*

daridad en los estudios de literatura comparada, título que, ya de por sí, me picaba la curiosidad. No entendía bien lo que podrían hacer allí conceptos como «solidaridad», obviamente desprovisto de cualquier tipo de cientificismo. La idea de Benjamim Abdala, al final, se tornó clara, cuando propuso «descentrar perspectivas: vamos a observar nuestras culturas a partir de un punto de vista propio [...]. Ese descentramiento solicita una teoría literaria descolonizada, con criterios propios de valor. En términos de literatura comparada, el mismo impulso nos lleva a enfatizar estudios paralelos, un concepto más amplio que el geográfico y que envuelve simetrías socioculturales. Así, los países ibéricos se sitúan en paralelo equivalente al de sus ex colonias. Al comparatismo de la necesidad que viene de la circulación norte/sur, vamos a desarrollar, pues, el comparatismo de la solidaridad, buscando lo que existe de propio y de común en nuestras culturas. Vemos, sobre todo, dos lazadas, dos perspectivas simultáneas de aproximación: entre los países hispanoamericanos y entre los países de lengua oficial portuguesa».

Iba en esto mucha utopía bien intencionada, mucha *jangada,* mucho reconfortamiento para la desamparada alma de los portugueses, brasileños e hispanoparlantes presentes, puestos a imaginar un mundo sólo suyo, todo en familia, donde no tendrían derecho de entrada los males de esta civilización que se despide, con muchas de sus babélicas lenguas en descomposición y sus exterminadoras estrategias culturales hegemonizantes. Del debate que se siguió sólo había que esperar, por lo tanto, los conocidos e inocuos comentarios palacianos que se usan entre profesores y profesores, endulzando, cúantas veces, bajo el amparo de una urbanidad formal, las más graves diferencias de opinión.

Estábamos en esto, ya moviéndonos en las sillas, preparados para dar la tarde por concluida, cuando de súbito toma la palabra otro profesor brasileño, Flávio Khlote, de la

Universidad de Brasilia. Empezó por decir que no tenía nada que ver con lo que allí había sido dicho por Benjamim Abdala, puesto que no era brasileño, sino alemán, y alemán de generaciones. Como alemán precisamente, perteneciente a una minoría, había sido y continuaba siendo víctima de persecuciones y discriminaciones. Protestó contra el hecho de que, hablándose de literatura brasileña, siempre se omitiese la literatura escrita en Brasil en alemán, en italiano, o japonés, por ejemplo. Citó nombres de escritores alemanes y títulos de libros, todos, según él, importantísimos. Alegó que la conferencia de Benjamim Abdala formaba parte de una amplia conspiración destinada a reconstituir el imperio colonial portugués, proyecto ya en ejecución, como ciertas personas, por lo demás, le habían comunicado confidencialmente en Lisboa. Consideró vergonzoso que la literatura brasileña se iniciase con un texto que ni era literatura ni era brasileño: la *Carta* de Pero Vaz de Caminha. Remató diciendo que no era de extrañar que la literatura brasileña fuese tan pobre, toda vez que tenía por detrás una literatura aún más pobre: la portuguesa.

Desconcertadas, perplejas, las personas presentes se miraban unas a otras con el aire de quien no podía creer lo que estaba oyendo. Al final de la arrasadora diatriba, Benjamim Abdala Júnior intentó argumentar con buenos modos, intentando poner las cosas en sus lugares, pero la réplica del furioso Khlote sobrepasó, en provocación e insolencia, todo cuanto había sido dicho antes. A esta altura mi corazón debía de estar a ciento veinte pulsaciones por minuto. Pedí la palabra y aporreé simplemente al fulano. Como no tengo nada de académico, me permití todas las licencias para usar las palabras que iba considerando más adecuadas, sobre todo las que tuviesen mayor grado de expresividad. Dio resultado. Apenas me callé, temblando como pocas veces en mi vida, con la boca reseca y amarga, Khlote desapareció sin decir tus ni mus. Y cuando me retiraba aún oí a una de las asistentes decir que mi respuesta iba con certeza a dar la vuelta al Brasil...

19 de agosto

Maria Alzira vino a decirme que Steven Tötösy, el secretario general del Congreso, le había comunicado la decisión de publicar mi conferencia en las Actas. Normal, en principio. Se trataba de una cortesía con el invitado. Pero lo que hace singular el propósito es publicarla no sólo en francés, como fue leída, sino también en portugués... Estamos, nosotros, los de la occidental playa lusitana, tan poco acostumbrados a señales de respeto que, tontos, necios, nos conmovemos hasta las vísceras más recónditas del alma.

20 de agosto

No pudiendo viajar hasta las maravillas naturales de las Montañas Rocosas, fuimos a visitar otro prodigio más a mano, el célebre West Edmonton Mall, anunciado por todas partes, incluyendo documentos del Congreso, como el mayor centro de compras y de divertimientos del mundo. De hecho, tal como sucedería con las Montañas Rocosas, ninguna descripción es posible. Supongo que un día entero, incluso a paso acelerado, no sería suficiente para recorrer todo aquel entramado de desfiladeros, restaurantes, valles, surtidores, montañas rusas, planicies, bares, parques acuáticos, playas tropicales, juegos electrónicos, escaleras eléctricas, pistas de patinaje sobre hielo —y tiendas, tiendas, tiendas, tiendas. Millares y millares de personas de todas las edades, por su pie o en carritos eléctricos para ir más deprisa, con una mirada vaga súbitamente excitada por un apetito de compra, caminan por las interminables galerías como obedeciendo a un irresistible tropismo. Sólo de verlas me entra en el cuerpo una tristeza mortal. Asisto a las habilidades de los delfines, contemplo un galeón fondeado en un lago interior por cuyo fondo se deslizan, en carriles, submarinos amarillos, observo las evoluciones de los patinadores, me pongo por mi cuenta a contar los niños que salen violentamente de dentro de un tubo metálico, escurriéndose en el agua, como vomitados, me sorprendo con la playa, suavemente inclinada, donde la ondulación va a morir con una elegancia absolutamente natural gracias a un mecanismo oculto que, más adelante, fabrica olas. Claro que la arena no es arena, es una capa suave de plástico y la atmósfera en humedad y en calor es absolutamente caribeña. Fuera del recinto cálido y húmedo donde se bañan con entusiasmo centenas de personas, el aire es frío como en las Montañas Rocosas. Soy la única corbata en todo el West Edmont Mall.

Terminó el Congreso. En el final de su mandato, entre aplausos, Maria Alzira Seixo fue nombrada presidente de honor de la AILC. De su discurso de clausura, un balance crítico sobre el trienio en que había sido la máxima representante de la Asociación, retuve, y aquí la dejo registrada, una observación que me parece agudísima. Hablando del hecho corriente de que las teorías occidentales sobre Literatura Comparada están siendo seguidas como asunto de fe (la expresión es mía, pero fue ése el sentido de las palabras) por los académicos orientales, recién llegados a estos estudios, Maria Alzira dejó un aviso que hizo sonreír y que espera haga pensar: «¡Universidades de todo el mundo, cuidad de no uniros demasiado...!». Y ella sabe con seguridad de lo que habla.

22 de agosto

Por primera vez en tanto subir y bajar de aviones, pudimos ver, desde lo alto, la casa. Con la familia entera ausente, de vacaciones y Luis trabajando a la hora en que llegábamos, sólo teníamos a *Pepe* para recibirnos. El pobre animal no podía creer que estábamos allí. Saltaba de uno a otro, se enroscaba en nuestros brazos, gemía de un modo casi humano, y los diablos me lleven si no eran lágrimas, de las auténticas, lo que veíamos correrle de los ojos. A este perro, con perdón de la vulgaridad, sólo le falta hablar. Más tarde, conversando con Pilar, manifesté una pena: haber vivido sin perros hasta ahora. En Azinhaga no faltaban, ya se sabe, los hubo en casa de mis abuelos, pero no eran míos, me miraban desconfiados cuando yo aparecía por allí después de una ausencia y sólo pasados unos días es cuando empezaban a tolerarme. Además de eso estaban allí para guardar la casa y la huerta, valían por la utilidad que tenían y sólo mientras la tuviesen. No me acuerdo de que ninguno de ellos llegase a viejo. Pensé en los delfines de Edmonton, tan bien amaestrados y, aunque no me guste ver exhibiciones de animales amaestrados, encontré que alguna razón profunda habrá para que ciertos animales consigan soportar la presencia humana... Perdí esa confianza por la noche, viendo en la televisión cómo un elefante, en un circo, mataba a patadas y golpes de trompa al domador, mientras la música tocaba y el público creía que todo aquello formaba parte del espectáculo. Por la noche, cuando me acosté, extenuado por un viaje de casi veinticuatro horas entre vuelos y esperas de aeropuerto, me costó dormirme: veía a los delfines sonrientes, al elefante enfurecido pisoteando el cuerpo ya destrozado del domador. Fue entonces cuando me acordé de una vieja crónica de 1968, *Os Animais Doidos de Cólera,* en la que imaginé la insurrección de todos los animales y la muerte del último hombre devorado por hormigas, por primera vez luchando no contra la humanidad, sino, ahora ya inútilmente, para defender lo que quedaba de ella... Y también me acordé del poema doce de *El año de 1993,* aquel que acaba así: «Privadas de los animales domésticos las personas se dedicaron activamente al cultivo de flores / De éstas no hay que esperar mal si no damos excesiva importancia al reciente caso de una rosa carnívora»... Alguna cosa está definitivamente equivocada en el ser humano. Me moriré sin saber el qué.

23 de agosto

Luiz Pacheco me envía un artículo que publicó en *O Inimigo* el 29 de abril, sobre el primer volumen de estos *Cuadernos.* Mejor que otros titulados críticos y observadores de ojo de halcón, muestra haber comprendido por qué y para quién estoy escribiendo estas sinceridades. A la postal y a los libros que también envió, tuvo la delicadeza de añadir una colección de reproducciones del retablo de la iglesia de Jesús, de Setúbal. Sólo quien no conozca a Pacheco lo creerá incapaz de atenciones así. Releyendo *O Teodolito,* repasando los *Textos Sadianos* (el título es poco feliz, lo que allí hay no tiene nada que ver con el Sado), pensé: «¿Por qué bulas infernales no está este hombre traducido en España y otras partes?». Verdaderamente, hay por ahí unos cuantos expertos fingiendo de literatos marginales y de escritores malditos que ni le llegan a los tobillos a Pacheco y prosperan, y son aplaudidos, mientras que una de las más fuertes expresiones que conozco de una vida y una obra *al lado* permanece desconocida fuera de las fronteras.

31 de agosto

Trabajos de casa, para el mes que entra, todos ellos sin escapatoria posible: la conferencia sobre José Donoso, el prefacio para *Madrid 1940* de Francisco Umbral, una crónica sobre Beja, un artículo acerca del Parlamento Internacional de Escritores, la versión portuguesa de la conferencia de Edmonton... Y vendrá Baptista-Bastos, para charlar y recoger material e informaciones destinados al libro que la Sociedad Portuguesa de Autores pretende publicar sobre mí... Espero llegar a tener algún minuto para rascarme.

1 de septiembre

Cuánto trabajo, cuánto esfuerzo para conseguir poner en claro las dos o tres ideas de las que se alimenta la conferencia sobre Donoso. Además sospecho que he tomado el camino más cómodo, el de transferirle a él o privilegiar en él unas cuantas preocupaciones que ya eran mías: la igualización y fusión de pasado, presente y futuro en una sola unidad temporal, inestable, simultánemente deslizante en todos los sentidos; la obsesión casi maniática de inventariar el mundo, de no dejar nada sin nombre; la sensación de una caída continua en dirección al vacío, como una *mise en abyme* que empezase en el límite del universo y de ahí fuese descendiendo, nivel tras nivel, plano tras plano, hasta un no ser aberrante, dotado de conciencia y condenado a reconstituir interminablemente su propia caída.

Lo más curioso e inquietante de todo esto es que la circunstancia accidental de tener que reflexionar sobre la obra de otro escritor me ha llevado, inesperadamente, a interrogarme sobre el real valor de los libros que he escrito hasta hoy. Y lo que me dejó asustado fue la obligación de admitir, como simple e incontornable probabilidad, que quizá no valgan mucho, que incluso valgan bien poco...

2 de septiembre

En verdad, ya no se sabe en quién creer. Que los políticos no son ángeles y a los jefes de Estado les falta todo para subir a los altares, es algo que se puede observar todos los días. Nos acostumbramos a vivir con estas obviedades, a comprenderlas y disculparlas, hasta el punto de descontar de la siempre alegada flaqueza humana la mayor parte de las infracciones a los códigos éticos cometidas por la clase política, empezando por el código más simple de todos, aquel que exige el respeto por sí mismo. Normalmente, y a pesar del polvo levantado por las agitaciones paranoicas del poder, creemos notar, con bastante nitidez, la línea delgada que separa de los puros demonios a estas tan poco angélicas criaturas, y con eso nos vamos contentando. Sin embargo, ¿qué se ha de pensar ante un caso como el de Mitterrand, puesto ahora en la picota por acusaciones que parecen irrefutables y dejan hecha migas su imagen de hombre? Aquí, desde lejos —y en una ocasión de cerca, en una cena en la embajada francesa en Lisboa— lo veía como una gran figura política, aunque adivinando, por experiencia de la vida, que, si raspase aquella brillante superficie, algo de sombrío tendría que aparecer; pero de esto, también me lo dice la experiencia de la vida, nadie escapa. Lo que no esperaba era que vinieran a decirme ahora que François Mitterrand, entre los dieciocho y los treinta y un años, haya estado políticamente «a la derecha de la derecha», para usar la expresión de *Le Monde.* La historia está toda en un libro —*Une jeunesse française,* de Pierre Pean—, en el cual se nos explica que Mitterrand trabajó activamente en los servicios de «información» del régimen de Vichy, «redactando fichas sobre el comportamiento político de comunistas, gaullistas y nacionalistas». Que, entre 1936 y 1942, defendía, por escrito, una «revolución nacional», muy parecida a la «revolución pendiente» de los jóvenes falangistas españoles. Que, cuando Francia estaba ocupada por el ejército nazi, Mitterrand proclamaba que tal «revolución» era encarnada por el Mariscal Pétain, que incluso llegó a condecorarlo. Que, durante la guerra civil de España, hasta 1940, fue activo militante de organizaciones con posiciones tradicionalistas, antiparlamentarias y anticomunistas, participando en manifestaciones que reclamaban la expulsión de «metecos y extranjeros».

Equivocarse, todos nos equivocamos, ya se sabe. Sin embargo, ante un principio de vida política tan «prometedor», no parece que sea demasiado atrevimiento preguntarnos qué estaría Mitterrand haciendo hoy si Hitler hubiese ganado la guerra. Probablemente sería presidente de la República Francesa...

5 de septiembre

Eduardo Prado Coelho me pidió un texto para el suplemento que el *Público* va a publicar a propósito de la reunión, este fin de mes, en Lisboa, del Parlamento Internacional de Escritores. El razonable envío fue éste:

«Imaginemos que alguien que no es escritor ni aspira a serlo hace la siguiente pregunta: "¿Para qué va a servir el Parlamento Internacional de Escritores?" E insiste: "¿Para qué ha servido el PEN Club Internacional (que es, por así decir, un parlamento más antiguo)?". Finalmente: "Y los escritores, ¿para qué sirven?".

»La última pregunta, probablemente, es la que tendrá respuesta más fácil: los escritores sirven para escribir. Escriban bien o escriban mal, escriban contra o a favor, escriban solos o mal acompañados —son escritores y basta. El tiempo venidero, como es idea hecha, cribará la obra producida (aunque no se entienda por qué bulas ha de tener siempre el futuro mejor criterio que el presente y el presente siempre mejor gusto que el pasado, sobre todo si pensamos que todo lo presente fue futuro de un pasado y pasado de un futuro). De escritores, como personas, he dicho, por lo pronto. Pero a ellos volveré.

»Las asociaciones sirven para hacer de cuenta que los escritores están juntos. No juntos por razones estéticas, o políticas, o ideológicas o editoriales. Simplemente juntos. Su más avanzada eficacia práctica sería de tipo corporativo, como supongo que sucede con los médicos y los abogados. Las asociaciones de escritores, si no son correas de transmisión de poderes establecidos (por favor, hablo de las asociaciones en general, no de la portuguesa en particular), viven de lo que tienen y lo que tienen es casi nada. De ellas se puede decir que, como "órdenes", no son ricas y como "sindicatos", no son reconocidos. Las asociaciones no tienen fuerza para defender los intereses materiales de los escritores y no siempre están atentas a la defensa de sus derechos morales. Porque, cuántas veces, inoperantes ellas e inoperantes ellos en el ámbito nacional, buscan maneras de enderezar la conciencia cívica y la responsabilidad intelectual en las organizaciones internacionales correspondientes, diluyendo así en una agitación cosmopolita más o menos efectiva su incapacidad local. No creo que sea ofensivo decir que en el PEN Club Internacional van a desaguar muchas de esas frustraciones nacionales, tanto de responsabilidad propia como las que son consecuencia de condiciones externas adversas (de los efectos de tales condiciones está absuelto, por falta de culpa, el PEN Club Portugués). Conclusión de todo cuanto ha quedado dicho antes: no faltan asociaciones, pero los escritores están aislados.

»Y ahora nos llega el Parlamento Internacional de Escritores. (Que no lo tendríamos en Lisboa si Lisboa no fuese, este año, Capital Europea de la Cultura. Que la invitación fue una buena inspiración, no hay que negarlo. Resta ahora ver qué otras iniciativas tomará Lisboa cuando el día 31 de diciembre ponga término a su fiebrón cultural.) Llega así el Parlamento Internacional de Escritores, gracias a eso nos vamos a reunir, nosotros y los de fuera. Por lo que se sabe, se pretende "crear una estructura de intervención y reflexión sobre el lugar de la literatura y del pensamiento en un mundo amenazado cotidianamente por la intolerancia, opresión o violencia de los dogmatismos y fundamentalismos actuales", lo que parece equivaler, más o menos, a una ONU enteramente hecha por intelectuales. (Atención, la ironía es sólo aparente, yo mismo estoy mezclado en esto desde el principio.)

»Pues bien, si se trata realmente de una nueva ONU, es prudente empezar, desde ya, a pensar en el grado de eficacia que tendremos, pues la lección de la ONU, propiamente dicha, está ahí para quitarnos las primeras ilusiones. Cualquiera sabe que la oportunidad y la intensidad de una muestra de autoridad de la ONU (la otra) depende exclusivamente del querer político de unos cuantos países, no de todos. A donde quiero llegar es simplemente a la demostración de una evidencia: la de que el poder realmente intervencionista del Parlamento Internacional de Escritores estará en razón directa del grado de intervención cívica de los escritores *como ciudadanos:* cuanto más intervengan ellos, "cotidianamente", en la vida social (y no apenas literaria, y no apenas artística) de su país y del mundo, más probabilidades tendrá el Parlamento de hacer oír su voz y quizá ayudar a cambiar los peligrosos caminos que, parece que a ciegas, estamos recorriendo.

»Como un día escribí, "el mejor parlamento no es aquel donde se habla, sino aquel donde se oye". El Parlamento Internacional de Escritores tendrá que abrirse a los gritos de dolor y de protesta del mundo, tal como está obligado a atender, ya que ésa es su primera vocación, los dolores y las protestas de quien escribe. No es la literatura la que está enferma, es la sociedad.»

7 de septiembre

Se confirma que la cantata *La muerte de Lázaro* de Azio Corghi, fundamentalmente compuesta sobre los textos del *Evangelio,* y uno u otro pasaje del *Memorial,* será presentada, el año que viene, en la iglesia de San Ambrosio, en Milán. La fecha no podía estar mejor escogida: 14 de abril, Viernes de Pasión... Lo que me pregunto es si la autoridad eclesiástica que dio el *nihil obstat* estará bien enterada de lo que autorizó: la prevalencia del saber simplemente humano de María Magdalena sobre los poderes supremos de Jesús, el absurdo de resucitar a alguien que finalmente volverá a morir. Si hubo distracción en la mesa censora, la culpa no fue de Azio ni mía. El título es clarísimo: de la muerte de Lázaro se trata, no de su resurrección.

8 de septiembre

Estar sentado frente al mar. Pensar que ya no quedan muchos años de vida. Comprender que la felicidad es apenas una cuestión personal, que el mundo, ése, no será feliz nunca. Recordar lo que se hizo y parecer tan poco. Decir: «Si tuviese más tiempo...», y encoger los hombros con ironía porque son palabras insensatas. Mirar la piedra volcánica que está en mitad del jardín, bruta, áspera y negra, y pensar que es un buen sitio para no pensar en nada más. Debajo de ella, claro.

9 de septiembre

Vinieron por aquí dos chicos que querían hablarme de la Biblia. Se anunciaron como jóvenes optimistas, pero no llegaron a decir de qué secta lo eran. Venían vestiditos iguales, camisa blanca con rayitas, lacito al cuello, pantalón gris, lo que hay de más incongruente en Lanzarote. En la mano, la conocida carpetita negra de los ejecutivos. Les corté el discurso, adelantándoles que en esta casa éramos poco de Biblias. Les leí en la cara el desconcierto, pero lo disimularon heroicamente, como buenos candidatos al martirio. Pusieron la sonrisa piadosa que les enseñaron, de pena por esta alma perdida, y allá se fueron a predicar a otra feligresía, olvidándose de sacudir el polvo, que aquí hay mucho, de los negros y brillantes zapatos. Sólo después me acordé de que debería haberles ofrecido el *Evangelio* para que se distrajeran de la apostólica obligación de tener que andar por ahí predicando verdades eternas y mentiras optimistas...

12 de septiembre

Empezando por reclamar la reedición de *Los comediantes* de Graham Greene (a causa de Haití) y de *Tres tristes tigres* de Cabrera Infante (a causa de Cuba), Torcato Sepúlveda, desde su tribuna en el *Público,* invectiva a los intelectuales portugueses, en particular a los escritores, acusándolos de mantenerse callados ante los atropellos, errores y crímenes de las dictaduras de todos los colores, especialmente las que se definieron o definen aún por el uso político-ideológico del rojo. Después de haber tomado distancia para que quepan todos en el retrato, acercarse y pasa a un gran plano: la cara, el nombre y el modo de quien estos *Cuadernos* escribe. Dice Torcato Sepúlveda: «Una dictadura es una dictadura, sea ésta de izquierdas o de derechas. De eso debe convencerse gente como José Saramago, que tanto critica a la Comunidad Europea, a veces con carretadas de razón. Pero la independencia moral le exigiría que no olvidara los amores revolucionarios de su juventud, cuando éstos se transformaron en burocracias estalinistas abyectas. Las imbecilidades diplomáticas de los EUA, que lanzaron a los "barbudos" de Sierra Maestra en los brazos de Moscú, no disculpan connivencias con un bolchevismo "caribeño" que acalla cualquier voz opositora y arrastra a los cubanos, en nombre de una ideología enloquecida, hacia la degradación física y mental».

Me lisonjearía mucho pensar que Torcato Sepúlveda escribió su artículo expresamente para mí (dado que no menciona a ningún otro escritor portugués), pero teniendo en cuenta lo lejos que vivo y el hecho de que el *Público* no se venda en el aeropuerto de Arrecife, estoy obligado a creer que el único propósito de Sepúlveda, además de apelar a la movilización general de la intelectualidad portuguesa, es colgarme del cuello un sambenito con la palabra «desertor». Ahora bien, a Torcato Sepúlveda tengo que informarle que, escribiendo o de viva voz, dije siempre lo que pensaba de los atropellos, errores y crímenes de las dictaduras (castañas, verdes o rojas) y de las democracias (blancas, pardas o azules) de este mundo. Si él no se enteró de ello, mala suerte mía. Pero, puesto que viene ahora hablándome de Cuba (otras veces fue de la Unión Soviética, otras veces fue del *Diário de Notícias...*), le diré que, a pesar de los crímenes, de los errores y de los atropellos de lo que llaman «castrismo», continuaré defendiendo a Fidel Castro contra Clinton, por muy «demócrata» que parezca uno y muy «tirano» que el otro parezca. «A causa de la moral», precisamente, como me exige el mismo Torcato Sepúlveda en el principio y en el final de su artículo.

14 de septiembre

Lanzarote no es la isla de Robinson Crusoe, si bien aún estén aquí por resolver ciertos problemas de comunicación: por ejemplo, no consigo encontrar el *Público* en el aeropuerto de Arrecife... Lo que me salva es mi Viernes. Al contrario del otro, que llegó y trató inmediatamente de acomodarse, éste viene aquí todos los días trayéndome noticias y vuelve luego para ir a buscar más. Mi Viernes es Zeferino Coelho, quedaba por decir. Claro que, en ese vaivén, el pobre no puede cubrirlo todo, para eso tiene sus ayudantes, como ha sido ahora Teo Mesquita que, desde Frankfurt, le envió una tarjeta de entrada en la Feria del Libro que se inaugurará el día 5 de octubre. ¿Y qué tiene la tarjeta, además de lo que se espera que tenga un pase, esto es, la indicación de su utilidad? El tarjetón lleva una cita. ¿Una cita de qué? Pues de la *Historia del cerco de Lisboa.* ¿Y qué dice la cita? Esto, que parece haber sido escrito pensando que un día lo aprovecharía la Feria de Frankfurt:

«Pobre de Costa, que no para de hablar de Producción. La Producción carga con todo siempre, dice él, sí, señor, los autores, los traductores, los revisores, los portadistas, pero si no estuviese aquí la Producción, querría yo ver cuánto les adelantaba la sapiencia, una editora es como un equipo de fútbol, muy florido en la delantera, mucho pase, mucho driblar, mucho juego de cabeza, pero si el portero fuese de aquellos paralíticos o reumáticos se va todo cuanto Marta hiló, adiós campeonato, y Costa sintetiza, algebraico esta vez, La producción es a la editora como el portero es al equipo. Costa tiene razón.»

Hasta ahora, si me preguntasen lo que era la gloria no sabría responder. Hoy ya lo sé: la gloria es tener un pedacito de nuestra prosa en un pase de admisión de la Feria de Frankfurt...

15 de septiembre

Releyendo, ocasionalmente, la conferencia de Luciana Stegagno Picchio en el Instituto de Cooperación Iberoamericana, en Madrid, en mayo del año pasado, cuando la Semana dedicada a este autor, encuentro la afirmación de que *Alzado del suelo* marcó un «paso» en toda mi escritura, tanto en el sentido temporal, como estilístico y de género. Creo que de hecho es así, y yo mismo, sin olvidar el *Viaje*. lo he designado como «libro de cambio», lo que viene a dar más o menos en lo mismo. Pero esta declaración de Luciana, ahora refrescada por la lectura, me lleva a preguntarme si mis novelas no serán, todas ellas, finalmente, no sólo «libros de paso» sino también auténticos «actos de paso» que, implicando obviamente a los respectivos personajes, quizá envuelvan, más de lo que parezca, al propio autor. No digo en todos los casos ni de la misma manera. Por ejemplo: del paso a una conciencia se trata en el *Manual;* del paso de una época a otra creo que está hecho mucho del *Memorial;* en pasos de la vida a la muerte y de la muerte a la vida pasa *Ricardo Reis* su tiempo; paso, en sentido total, es la *Balsa;* paso, más que todos radical, es el que quise dejar inscrito en el *Cerco;* finalmente, si el *Evangelio* no es el paso de todos los pasos, entonces pierda yo el nombre que tengo... De lo que ahí queda no saco conclusiones ni para el sí ni para el no. La primera operación investigadora para acometer sería confrontar las sucesivas fases de mi vida con los libros que las prepararon o de ellas fueran consecuencia... y esto ¿quién lo hará? No yo, porque con seguridad me perdería en el laberinto que inevitablemente estaría enmarañando en el mismo instante en el que empezase a poner en claro las primeras relaciones de causa y efecto...

17 de septiembre

No hace falta que diga que de filósofo no tengo nada: se nota en seguida. Por esa fuerte razón u otras más débiles (es posible que los artículos de João Carlos Espada también hayan ayudado) nunca me interesé por Karl Popper. Y ahora que ha muerto, me pregunto si habré perdido algo de lo que necesitaba para entender el mundo en el que vivo. Creo que no. Las ideas de Popper me llegaron siempre por intermedio de divulgadores, unos que estaban en contra, otros que estaban a favor: nunca fui por trigo limpio a sus libros, suponiendo que de la lección de ellos llegase a hacer mi pan. Sospecho (¿pero quién soy yo para presumir tanto?) que Karl Popper ya pertenecía al pasado cuando aún andaba por ahí, por universidades y coloquios, repitiendo, cansado, pero bien pagado, las virtudes del neoliberalismo. Me dicen ahora las noticias necrológicas que defendía seriamente la idea de que el pasado no determina el futuro y de que el mundo está lleno de infinitas posibilidades. Me parece esto bastante estrambótico y ciertamente contradictorio. Si el pasado no determina el futuro, entonces el presente que somos y vivimos no puede haber sido determinado por ningún momento anterior. A esta objeción quizá él respondiese diciendo que precisamente porque el mundo contiene posibilidades infinitas nos tocó una de ellas, ésta. A lo que apetece contestar que si este presente es la realización de esa posibilidad es porque formó parte, en el pasado, del universo abierto de posibilidades entonces existente. De donde concluyo yo, y de aquí no pienso dar marcha atrás, que el pasado no sólo determina, como no puede evitarlo. Contrariando escandalosamente la voluntad de Popper. Mucho mejor filósofo, para mi gusto, me salió aquel español que inventó el proverbio que dice: «Aquellos polvos traen estos lodos».

19 de septiembre

Desde el nacimiento del trocito de cola que los antiguos dueños le dejaron, hasta la punta del húmedo hocico,

Pepe no mide más de tres palmos. En cuanto a peso, si llega a los siete kilos, será por mucha benevolencia de la balanza. Pues este animalito, que nació para derretirse de ternura ante quien lo quiere bien, este canino que en Portugal llevaría el despectivo apodo de *fraldiqueiro* y que aquí no escapa a que lo llamen faldero, este bichito sin estampa de gladiador fue hoy capaz de enfrentarse con dos perros del doble de su tamaño y obligarlos a batirse en retirada, saliendo ligeramente herido de la pelea. Después soportó con paciencia el tratamiento, como quien ya ha tenido tiempo de aprender que no todo son rosas en la vida, que incluso el pelo más blanco puede llegar un día a tener que mancharse de sangre. Cuando acabé de curarlo, apoyó la cabeza en mis rodillas, semicerrando los ojos, como si quisiese decirme: «Ahora estoy bien».

20 de septiembre

Finalmente el estreno de la *Muerte de Lázaro* no será el 14 de abril, Viernes de Pasión, sino el 12, con repetición el día siguiente. O era mi primera información que estaba equivocada, o fue la jerarquía quien observó la sacrílega coincidencia y la enmendó a tiempo. Será un pecado menos con el que me presentaré al Juicio Final... *Divara* también tiene sus fechas marcadas en el Festival de Música de Ferrara: 7 a 9 de abril. Dos semanas después, el 25, será puesto a la venta el disco. Va a ser un buen mes.

21 de septiembre

Desde Bahía, me escribe Jorge Amado pidiéndome que lo represente en el Parlamento Internacional de Escritores, en el caso de que haya conclusiones, lo que es poco probable: esperemos, sí, que lleguen a tomarse decisiones capaces de transformarse en acciones. De camino me dice que recibió de Nueva York la información (categórica) de que el Nobel de este año será para Lobo Antunes. La fuente de la revelación, cogida no se sabe dónde, es un periodista brasileño que, por lo visto, bebe de buenas fuentes. Ya sabemos que en Estocolmo todo puede suceder, como lo demuestra la historia del premio desde que lo ganó Sully Prud'homme estando vivos Tolstoi y Zola. Buen amigo, Jorge insiste en que su favorito es otro. No falta mucho para saberlo. En cuanto a mí, de Lobo Antunes, sólo puedo decir esto: es verdad que no lo aprecio como escritor, pero lo peor de todo es que no puedo respetarlo como persona. Como no hay mal que por bien no venga, quedaré yo, si se confirma el vaticinio del periodista, con el alivio de no tener que pensar más en el Nobel hasta el fin de la vida.

24 de septiembre

Wole Soyinka no estará presente en la reunión del Parlamento de Escritores en Lisboa. Las autoridades de Nigeria acaban de retirarle el pasaporte en represalia por las declaraciones que había prestado al Tribunal Supremo nigeriano, denunciando la ilegalidad del gobierno militar, que es fruto de la anulación, por el Ejército, de las elecciones presidenciales de junio de 1993, cuando ganó un socialdemócrata, Moshud Abiola, ahora en prisión. La lista de las arbitrariedades no acaba. Al poder —sea militar, civil o eclesiástico— no le gusta nada que un escritor, incluso laureado, ejerza de ciudadano. Y ni es necesario que ese poder sea particularmente autoritario: de Günther Grass, por ejemplo, no se puede decir que sea *persona grata* en la democracia alemana... Excusado sería aclarar aquí que no coloco Cuba y Nigeria en igual plato de la balanza, por eso me duele tanto tener que concluir que no hay, en los hechos, ninguna diferencia entre lo que acontece hoy a Wole Soyinka y lo que ayer aconteció al escritor cubano Norberto Puentes, tampoco autorizado por su gobierno a salir del país.

25 de septiembre

«¡Oh!, aún me faltaba perder esta ilusión más...» (Garrett, *Viagens*).

El otro día fue Mitterrand, ahora es Bertolt Brecht. Leo aquí la noticia de la publicación reciente de un libro, *Vida y mentiras de Bertolt Brecht,* de John Fuegi, que deja desnudo y escurriendo sangre al venerado autor de *Madre coraje.* Que no tuviese obligación de ir de santo por la vida, muy bien, que ser comunista no diese de sí lo suficiente para ponerle a salvo de debilidades de hombre y de vanidades de artista, de acuerdo —pero nunca esperaría leer a su respecto cosas como éstas: «Avaro hasta extremos inconcebibles (negociaba sus porcentajes en los contratos sin consideración por los colaboradores y coautores), vulgar antisemita, escritor despótico e incoherente (incapaz de escribir veinte líneas seguidas, "negrero" contumaz), apreciador de la buena vida (sastres y tejidos de lujo para su "look" proletario, parodias, farras)...». (También se denuncia que llegó a tener seis amantes al mismo tiempo, pero eso, en mi sincera opinión, no me parece un pecado que forzosamente tenga que llevar un alma al infierno de las ideologías.) Sin embargo, todo aquello, que ya es bastante malo, casi pierde importancia comparado con la información de que Brecht, poco tiempo antes de morir, en 1956, «planeaba mudarse a la Alemania libre, para disfrutar de los inmensos derechos de autor que bancos suizos le administraban»... Si es así, lo peor de estos pies no es que hayan sido de barro, es que oliesen mal.

«Después de esta desgracia no me importa ya nada» (Garret, *Viagens*).

26 de septiembre

¡Venga, valientes! Acabo de enterarme de que Portugal rechazó la oferta del presidente de la Comisión de la Unión Europea, Jacques Santer, para ocupar el comisariado de Agricultura. Se trata, tanto como puedo calibrar aquí de lejos, de una actitud loablemente coherente: pues si no tenemos agricultura, ¿para qué diablos queríamos ser comisarios de la misma? Según parece, lo que Cavaco Silva deseaba para Portugal era la cartera de Desarrollo y Cooperación Internacional, para la cual no encuentro en nosotros señales de una irresistible vocación, salvo si la propuesta obedeciese al mismo criterio, la misma línea de lógica pura que llevó a este país sin barcos a organizar una gran exposición internacional sobre el tema *Los océanos...*

28 de septiembre

Una fotografía publicada en *El Mundo,* y probablemente en toda la denominada prensa internacional, me muestra a un joven haitiano levantando por encima de la cabeza, con los dos brazos, un fusil. Al fondo, un tanto desenfocados, se ven algunos otros haitianos que no parecen muy interesados en lo que pasa. El pie de la fotografía dice lo siguiente: «Un joven ofrece un rifle a los *marines* norteamericanos en Cabo Haitiano»... Lo extraño del caso es que no hay un *marine* a la vista. Probablemente los *marines* están por detrás del fotógrafo, no quisieron quedar en la foto. Pues bien, lo normal, en caso de invasiones norteamericanas (cualquiera de ellas sirve), es que sean los fotógrafos los primeros en desembarcar: en su primera acción los soldados americanos nunca avanzan contra el enemigo, se desdoblan lo más artísticamente posible en el campo de los objetivos. En este caso no fue así. La razón quizá la encontremos en un objeto que se encuentra allí en el suelo, a los pies del muchacho del fusil: una calavera, colocada lateralmente, de manera que se puede observar el agujero (¿de bala?) que tiene en el temporal izquierdo. Evidentemente se trata de una fotografía preparada de esas que por lo visto continúan sin avergonzar a los fotógrafos que las manipulan, ni parece que humillen a quien a ellas se presta, sea por dinero, sea por vanidad, o por el gusto sincero de ayudar a aquel señor de la máquina que vino de tan lejos... Esta vez sospecho que los norteamericanos sólo se dispondrán a recibir el fusil de ahí a un poco, sin fotografía, y, sobre todo, sin calavera. El sargento habrá dicho: «Muchachos, apuesto que esto es cosa de vudú. Incluso en Haití los cráneos no andan por ahí a puntapiés por la vía pública. Y ese agujero no tiene ningún aire de ser auténtico. Es posible que hayan ido a buscar la calavera a un cementerio de ésos, le dieron un tiro y después vinieron aquí montando el escenario. Si aceptásemos el arma ahora, eso querría decir que nuestras cabezas no tardarían en quedar como la calavera. El vudú es así». Los soldados se fueron en seguida detrás del fotógrafo dando gracias a Dios por tener un sargento de ese calibre, versado en religiones del Tercer Mundo. Ya se sabía que las fotografías engañan siempre. En ésta los engaños son hasta tal punto transparentes que el lector, aunque satisfecho por haberlos descifrado todos, no puede dejar de pensar, medio triste: «Quisieron hacer de mí un estúpido...».

Sesión inaugural del Parlamento Internacional de Escritores. Los patriotas presentes, indignados, protestaron contra el hecho de que Eduardo Lourenço haya leído su discurso en francés. No me pareció tan escandaloso, dada nuestra vieja obstinación en querer facilitar la vida a quien nos visita, hablándole en todas las lenguas del mundo, conocidas o no... Pero, verdaderamente, hay que estar de acuerdo en que se perdió una oportunidad de imponer el portugués en una reunión en la que, obviamente, debía ser considerada lengua de trabajo. Con tal ejemplo, de ese momento en adelante sólo se habló inglés y francés. Por la tarde, después de una elucidativa exposición sobre la situación en Haití, no sólo la actual sino también la histórica, gastamos la mayor parte del tiempo oyendo a un periodista francés, Patrick Champaigne, explicar lo que deberían hacer los escritores para que su «imagen» diese mejor en la televisión... La atmósfera empezó por tornarse fútil, después, en el desarrollo de la conversación, redundó en grotesca. Durante dos horas, los grandes propósitos del Parlamento Internacional de Escritores se vieron reducidos a los consejos de un especialista de imagen...

29 de septiembre

Por haberme demorado en la editorial Caminho más de lo que contaba, llegué con ligero atraso a la segunda sesión del Parlamento. Apenas entré me salió al paso Graça Vasconcelos, de Lisboa 94, avisándome de que pasaba algo muy grave: el Parlamento no autorizaba la entrada de periodistas en la sala de reunión, con el pretexto de que Taslima Nasrin, la escritora condenada por las autoridades religiosas de Bangladesh, no quería ser incomodada por la comunicación social, porque, se alegaba, no deseaba ser tratada como una «estrella», y sí trabajar en paz con sus colegas. Abriéndome camino por entre los periodistas y fotógrafos que se acumulaban a la puerta, entré en la sala, pero no fui a ocupar mi lugar en la mesa. Me senté entre el público, al lado de José Manuel Mendes, a quien, en voz baja, pedí que me explicase lo que pasaba. Me lo confirmó todo. Decidí entonces enviar un billete a Christian Salmon, secretario general del Parlamento, que había sido el de la decisión. Escribí que no estaba de acuerdo con la exclusión de los periodistas y, por lo tanto, una de dos: o ellos entraban o yo salía. Una azafata llevó el billete, que Salmon leyó y puso de lado, y continuó orientando los trabajos, como si nada pasase. Me dijo José Manuel: «El truco es viejo. Se entera, pero no reacciona. Si no vas allí todo se queda en lo mismo». Me costaba creer, pero los minutos pasaban y Christian Salmon se portaba como si nada hubiese sucedido. Entonces me levanté, di la vuelta a la mesa, me aproximé a Salmon por detrás y le pregunté discretamente si había leído el papel. Que sí, respondió, pero que ahora no era el momento. «El momento es ahora mismo», le dije, «si no lo anuncias tú lo anunciaré yo». Volví a mi lugar. Salmon explicó entonces que iba a leer un billete que yo había enviado a la mesa, aunque, añadió, la decisión ya estuviese tomada y no tendría marcha atrás. Después de haber leído el papel, Christian Salmon redondeó sus razones, insistió en que se pretendía resguardar a Taslima Nasrin de las curiosidades malsanas de los media, terminando por declarar que el Parlamento no estaba dispuesto a ceder a los *diktats* de la prensa. Me levanté y pregunté si aquello significaba que los periodistas no estaban de verdad autorizados a asistir, y él respondió: «Así es». «En ese caso salgo yo», declaré, y abandoné la sala. Me siguieron José Manuel Mendes y dos periodistas que habían conseguido introducirse a tiempo en la sala y habían resistido a todas las presiones para que se retirasen, Torcato Sepúlveda y António Carvalho. Pasados unos minutos salió el escritor argentino Juan José Saer a pedirme que regresase, que mi lugar estaba al lado de mis colegas. Le repetí simplemente que, o los periodistas entraban, o yo me iba a casa. Se siguió una buena media hora de persistentes conversaciones, cuyos altos y bajos llegué a conocer después, y por fin llegó la autorización para que los periodistas entrasen, concediéndose a los fotógrafos y operadores de cámara diez generosos minutos para captar imágenes. Entré y fui derecho a mi lugar, pensando en la falta de sentido común de tantas personas obviamente inteligentes y que al final parecen no entender que la eficacia del Parlamento Internacional de Escritores dependerá, en gran parte, de la ayuda que le sea dada por los medios de comunicación social... (Más tarde, en conferencia de prensa, Taslima Narin declaró que no tenía ninguna responsabilidad en la decisión de excluir a los periodistas y que la confusión se había debido, ciertamente, al hecho de hablar francés Christian Salmon y ella inglés...)

30 de septiembre

Maria Velho da Costa leyó su anunciado informe sobre Timor, país, gente y situación que, se vio en seguida, eran novedad absoluta para muchos de los que allí se encontraban. Temí que una cierta atmósfera poética en la que ella quiso envolver los hechos pudiese distraer la atención de los «parlamentares» de las realidades dramáticas vividas por el pueblo timorense, pero no fue así, como se vio más tarde, por la aprobación de una propuesta para que el Parlamento enviase una delegación de escritores a Timor. Verdad sea dicha que la trágica situación del pueblo de Timor pareció de repente poca cosa ante el informe que vino a continuación, hecho por una periodista ugandesa, Madeleine Mukabano: ahí se alcanzó el horror total. En la sala apenas se podía respirar. Madeleine Mukabano fue testigo presencial de mucho de lo que narró y, a pesar de eso —o tal vez por eso—, pudo describir los acontecimientos con una voz que parecería neutra si el oído no oyese, por debajo de la aparente monocordia, un llanto y una ira que ya deben de haber perdido la esperanza de hacerse oír.

3 de octubre

Volando hacia Santiago de Chile, donde participaré en el homenaje a José Donoso. Esta vez me instalaron en la primera clase de un Boeing 747, una caverna caligaresca a la cual se llega por una empinada escalera de caracol y que más parece sarcófago que habitáculo de gente relativamente viva.

4 de octubre

A la salida del avión de Buenos Aires, en tránsito hacia Santiago, una azafata de Iberia pronuncia mi nombre al despedirse. Sorprendido le pregunté si me conocía y ella respondió: «Claro, no todos los días transportamos a un genio». Conclusión tan rápida cuanto lógica: o éste nuestro confundido tiempo ya no sabe lo que son genios, o éstos simplemente no viajan en avión...

5 de octubre

No encuentro lo que había imaginado. ¿Y qué había imaginado? Algo así como un homenaje nacional, aunque bien sepa que los homenajes a los que llamamos nacionales son siempre mucho más un ejercicio de ficción bien intencionada por parte de algunos que la expresión de un reconocimiento de todos. A pesar de eso, lo que en mi memoria había permanecido de la dimensión cultural (quizá idealizada por nuestras propias esperanzas) del Chile revolucionario me había llevado, con evidente exceso de confianza, a esperar otras grandezas en el homenaje a José Donoso. Al final, la apertura de los actos conmemorativos en la Universidad de Santiago me dejó sabor a poco. Estuvieron presentes unas cuantas entidades oficiales, el rector y un ministro, algunos escritores, sobre todo discípulos literarios de Donoso, estudiantes en número escaso, una pequeña representación del público en general, en fin, lo suficiente apenas para llenar un auditorio que no era grande. La atmósfera fue cálida porque era, en cierto modo, familiar. Leí mi conferencia —*José Donoso y el inventario del mundo*—, que fue generosamente aplaudida, incluso de manera desproporcionada. Lo tomo en cuenta como simple manifestación de gratitud al extranjero que de tan lejos había venido...

6 *de octubre*

El hotel está enfrente del Palacio de la Moneda. Ya no hay tanques disparando, los aviones militares chilenos hicieron su trabajo sucio hace precisamente veintiún años. Miro a los jóvenes que pasan por la calle, me pregunto: «¿Qué pensarán de lo que sucedió aquí?».

7 *de octubre*

La asistencia a los coloquios y mesas redondas ha sido escasa. Algunas estudiantes vinieron a charlar conmigo. En cierto momento, mientras respondía lo mejor que era capaz a las preguntas que me iban haciendo, me encontré pensando, con una especie de angustia: «¿Se podrá de verdad *hablar* de literatura? ¿La literatura es cosa de la cual se *hable*?». En la mesa redonda final (llena la sala porque era la clausura), en la que también fui llamado a participar, conseguí encontrar la manera, un tanto traída por los pelos, de hacer referencia a la *Carta abierta a Salvador Allende* que publiqué en el *Diário de Notícias* en el «Verano caliente» de 1975... No creo que fuera ilusión mía la súbita tensión que se creó en la sala, una tensión, por lo demás, en la que creí notar tanto una ola positiva como una ola negativa. O yo me engaño mucho, o Salvador Allende rehúsa ser enterrado.

8 de octubre

La casa de Pablo Neruda, en Isla Negra, es simplemente un horror. Puede decirse, como disculpa, que tiene poco de casa y mucho de museo, lo que, desde luego, levantaría la cuestión de saber si es posible vivir en un museo. Lo peor es que este museo excede cuantiosamente todo cuanto yo pudiese haber imaginado de acumulación de objetos absurdos, heteróclitos, disparatados, incongruentes, donde, al lado de piezas magníficas se encontrasen, mereciendo crédito y presentación igual, otras de un mal gusto inenarrable, muchas veces cómico, otras veces milagrosamente recuperado en el último instante por un remoto humor surrealista. Lo mejor de Pablo Neruda no es, con certeza, la casa que él inventó para vivir...

Animada cena de despedida en casa de José Donoso. Pilar Donoso tiene el humor sonriente y sabio de la mujer que vive con un hombre de talento y decide que lo más sensato es hacer como que no lo toma enteramente en serio. Si le preguntásemos por qué, creo que respondería más o menos así: «Lo más seguro sería que él abusase si yo me comportase de otra manera...». Después de la cena me encontré, casi sin darme cuenta, en un círculo de vivísima conversación con unos cuantos escritores chilenos, precisamente algunos de los discípulos de Donoso, aquellos a quienes, durante la mesa redonda de hoy, había llamado sus «apóstoles». Entretenido con el debate no reparé en que por dos veces José Donoso tomó lugar cerca de nosotros y por dos veces se retiró sin haber pronunciado palabra. Un poco más tarde alguien dijo: «Ha subido para reposar un poco. Las emociones de estos días le han arrasado». Pilar Donoso sonrió y dijo: «Sólo quiere dejar el campo libre a Saramago». Todos reímos y yo pensé: «Es natural. Un forastero atrae las curiosidades, se supone que trae historias nuevas que contar, e incluso cuando éstas sean las de costumbre, de todos los lugares, siempre las dice con un acento diferente, con otro fraseado, con otros rodeos de estilo. Eso ya es suficiente». Casi al final de la velada, Donoso volvió a aparecer, con un aire de patriarca absoluto que, benévolamente, antes de ir a dormir, quisiese certificar que los muchachos no habían cometido demasiadas diabluras en su ausencia... Agradecido le di un abrazo y regresé al hotel.

10 de octubre

No es frecuente que los médicos, de manera general y pública, hagan comentarios desfavorables respecto a otros médicos: probablemente, después de unos cuantos milenios de secreto profesional, ya traen la deontología en la masa de la sangre. O la aprenden en la facultad con las primeras nociones de fisiología. Pero los escritores, ah, los escritores, con qué gozo apuntan para el disfrute del gentío la simple paja que lastima el ojo del colega, con qué descaro fingen no ver ni percibir la viga que tienen atravesada en el propio ojo. Vergílio Ferreira, por ejemplo, es un maestro en este tipo de ejecuciones sumarias. Que se sepa, nadie las ha pedido, pero él continúa emitiendo sentencias de exclusión perpetua, sin otro código penal que su propio e inconmensurable orgullo, siempre arañado. Me dicen que se decidió finalmente a hablar de mí en *Conta-Corrente,* pero no he ido corriendo a leerlo, ni siquiera con calma tengo intención de ir. La diferencia entre nosotros es conocida: yo no sabría escribir sus libros y él no querría escribir los míos... Ahora me llega la noticia de que Agustina Bessa-Luís se dedica también a estas actividades conjuntas de policía, ministerio público y juez. Declaró que no soy un «gran escritor», que soy apenas «producto de diversas circunstancias»... Ser, o no, yo un «gran escritor» no quitaría ni añadiría nada a la gloria literaria y a la importancia social de Agustina Bessa-Luís, pero eso para ella es insignificante ante la ocasión que le dieron de mostrarse tan revoltosa cuanto le pide la naturaleza. Incluso si yo demoradamente lo explicase, Bessa-Luís no comprendería que nunca pretendí ser un «gran escritor», sino un escritor simplemente. Bessa-Luís tiene los oídos tapados a estas distinciones, tan tapados como parece que estuvo en este caso su entendimiento al dejar a los lectores de la entrevista dada al *Independente* sin saber —porque no las mencionó— de qué circunstancias perversas soy yo mistificador producto. Mucho peor aún, si posible fuera, es que Agustina Bessa-Luís haya callado las circunstancias que hicieron de ella la «gran escritora» que sin duda cree ser...

Felizmente la vida no es siempre tan fea. Tengo aquí una carta de un chico de catorce años, residente en São Jorge de Beira, que leyó el *Memorial* y dice haber encontrado en él un error. Lo dice así, literalmente: «El autor reproduce ciertas palabras que no se utilizan propiamente en un libro, son consideradas lenguaje corriente (argot). Las palabras son las siguientes: "putas". Otras podría haber utilizado: prostituta, meretriz o incluso ramera. El autor podía tener más cuidado con la armonía musical y figuras de estilo, entre otras cosas». El autor leyó, ponderó y resolvió responder como sigue: «Me ha dado mucha alegría ver a un joven de catorce años expresar tan francamente sus opiniones. Sin duda no extrañará que no esté de acuerdo con ellas. Si no le gustó encontrarse con la palabra "putas" en un contexto que plenamente la justifica, entonces no sé lo que irá a pensar cuando tenga que estudiar a Gil Vicente. Espero que sus profesores sepan explicarle que la literatura no se rige por ninguna falsa regla de moralidad vocabular. No se preocupe tanto con las figuras de "estilo" y crea en mí cuando le digo que la armonía "musical" no es lo que supone». A esta carta para Nuno Filipe adjunté fotocopia de su carta, y añadí: «Dentro de unos años vuelva a leerla. Si yo aún estuviera vivo, dígame lo que le ha parecido esa nueva lectura».

12 de octubre

Se dice en Lisboa que el Nobel está en manos de Lobo Antunes. Por lo visto el periodista brasileño, conocido de Jorge Amado, sabía de lo que hablaba. También me dicen que Lobo Antunes ya se encuentra en Suecia.

13 de octubre

El Nobel ha sido para un escritor japonés, Kenzaburo Oé. Finalmente el periodista estaba equivocado. Nelson de Matos incluso había hecho declaraciones a la radio, o a la televisión, no sé bien, dando como habas contadas la victoria de su editado. Afortunadamente el ridículo, pacientísimo, no mata. En lo que a mí respecta, tengo que empezar a pedir disculpas a mis amigos por no ganar el Nobel...

14 de octubre

Me llega de París la gratísima noticia de que José Donoso ha aceptado formar parte del jurado del Premio Unión Latina. Por lo visto el mundo está hecho de presagios, vaticinios, coincidencias y otras brujerías: tantos años sabiendo de José Donoso, sin poder llegar más cerca de él que las páginas de sus libros, salvo un encuentro rápido en una ya distante Feria del Libro de Buenos Aires, y de repente, hete aquí que me llaman de Santiago para hablar de él, y de repente hete aquí que me dicen que lo reencontraré en Roma, con su barba filosófica, su ironía mefistofélica y su incurable hipocondría... Si Donoso no es del género de Carlos Fuentes, que votaba por teléfono (ni una sola vez tuvimos el gusto de verlo en las reuniones del jurado), empezaremos a encontrarnos al menos una vez al año.

Vino a Lanzarote, para entrevistarme, un equipo de reportaje de la TVI. Personal simpático, uno de ellos, Carlos de Oliveira, ya conocido mío. Muchas preguntas: política, religión e, inevitablemente, el Nobel. Ya que mi nombre había andado en lenguas en esta otra especie de bingo, aproveché la ocasión para, de una vez para siempre, poner en claro el asunto, tal como lo veo: en primer lugar, el dinero es de los suecos y ellos lo dan a quien les parece; en segundo lugar hay que acabar con esta historia de ir como con la mano extendida implorando la limosnita de un Nobel; en tercer lugar, es absurdo hacer depender el prestigio de la literatura portuguesa de si se tiene o no se tiene el Nobel; en cuarto lugar, si el cheque fuese, por ejemplo, de diez mil dólares, al planeta de los escritores le importaría poco el mismo; en quinto lugar, y concluyendo, dejémonos de hipocresías y tengamos la franqueza de reconocer que, en esta comedia, lo que verdaderamente cuenta es el dinero.

Naguib Mafuz fue apuñalado. Alá prosigue su divina tarea.

18 de octubre

Álvaro Siza estuvo dos días en Lanzarote y se fue de aquí rendido y deslumbrado. Pero lo mejor es que la hipótesis se va a convertir en realidad: Siza se encargará del proyecto de ampliación de las instalaciones de la Fundación César Manrique. Creo que las personas de aquí (aunque no lo confesasen) esperaban que se les apareciera en el aeropuerto un señor estirado, preocupado con echarles a la cara, con gestos y con palabras, su mundial importancia, y les salió la simplicidad en persona. No podían ni creerlo.

20 de octubre

En Barcelona para el lanzamiento de la traducción de *Casi un objeto.* Mañana empezará el jaleo, el engranaje triturador de las entrevistas. Hoy, todavía tranquilos, cenamos con Josep Montserrat y Jèssica, recién casados. Quien haya reparado en nosotros en el restaurante, es posible que haya pensado o dicho: «Ahí está un bonito cuadro familiar, dos señores de edad cenando con sus hijas...». Se engañaba ese observador. Como engañado estuvo aquel casto eclesiástico de la catedral de Milán que, viéndome deambular por ahí, mirando el arte gótico, con un brazo conyugal por encima del hombro de Pilar, severamente me amonestó: «Inclusive siendo su hija, no es propio en una iglesia».

21 de octubre

Lanzamiento de *Casi un objeto.* Presentación conmovedora de un Basilio Losada afligido por un proceso lento, pero irreversible, de pérdida de visión. Muchos lectores, amigos en cantidad: José Agustín Goytisolo, Manuel Vázquez Montalbán, Eduardo Mendoza, Carmen Riera, Robert Saladrigas, Enrique Vila-Matas, Luisa Castro, Alex Susanna... Y también, deportivamente, allí estaba Mario Lacruz, de Seix-Barral, mi editor desde la primera hora española, que parecía incapaz de decidir qué cara mostrar en la circunstancia, quién sabe si dudoso sobre lo que sucederá cuando el *Ensayo sobre la ceguera* esté listo: ¿continuaré en Seix-Barral? ¿Me iré a Alfaguara?

Las entrevistas no son un engranaje triturador, son peor: una laminadora. Y siempre, al final o al principio, el Nobel, el Nobel, el Nobel...

Con un placer que se imagina, recibo inesperadamente de las manos de Sotelo Blanco, de la editoral Ronsel, un ejemplar de la traducción castellana de *In Nomine Dei.* El libro es bonito y la traducción de Basilio Losada, que ya he hojeado, me parece excelente.

22 de octubre

Madrid. Apenas acabo de poner el pie en Barajas, me llevan derecho a Cibeles, a la Casa de América, para una conferencia de prensa. Rosa Regás y Juan Cruz me presentaron, yo hice mi papel. Después, en el hotel, entrevistas para los periódicos, fuera de él, radio y televisión. Será así hasta el último día, por lo menos es lo que me promete el programa. Pregunto a Juan Cruz si no le parece una exageración tanto ruido a causa de un libro de cuentos publicado hace dieciséis largos años. Me responde simplemente que no. Me parece comprender sus editorialísimas razones. Alfaguara quiere que se sepa, *urbi et orbi,* que este autor es *suyo*...

23 de octubre

Lleno completo para el lanzamiento del libro en una de las librerías Crisol. Noto que me dejé arrastrar esta vez por un tono de comunicación demasiado personal, casi íntimo, como si la asistencia estuviese compuesta sólo por amigos del corazón y bien se sabe cómo, en realidad, son pocos aquellos a quienes considero como tales. La culpa de este peligroso deslizamiento hacia el sensibilismo debe haberla tenido probablemente la fatiga. Al final, y a pesar de los riesgos, creo que valió la pena. El silencio, mientras iba hablando, casi me asustaba, como si los rostros atentísimos del público me estuviesen imponiendo una nueva responsabilidad de la que no podría huir. Hay que decir, además, que este sentimiento empezó a definirse ya en el principio del encuentro, gracias a la presentación de Miguel García-Posada, tan inteligente cuanto generosa. Estuvo Fernando Morán y conocí finalmente a Alfonso de la Serna...

24 de octubre

Los españoles llaman a esto «poder de convocatoria»: el auditorio de la Casa de América estaba repleto, con todos los lugares ocupados y otra tanta gente de pie. Durante la larga entrevista que me hizo la escritora Ángeles Caso ante el público, conseguí acorazarme de autoironía, lo suficiente para que no me sucediese lo mismo de ayer, aquella aflictiva sensación de estar deshaciéndome... Charo López, una actriz excelente y una bellísima mujer, leyó de manera ejemplar, refrenando la emoción y por eso valorizándola, el cuento «Desquite» de *Casi un objeto.* No me engaño: la castración del cerdo provocó un escalofrío a la asistencia...

26 de octubre

Francisco Umbral me iza hoy hasta las nubes en su columna del diario *El Mundo.* Después de desgranar, en mi honra, una sucesión de atributos y cualidades que, puestos así, por escrito, aún me parecen más exagerados, escribe a cierta altura que, con mis «fuertes declaraciones» estoy poniendo en riesgo, «masculinamente», al Nobel. Creo que debe entenderse que, en opinión de Umbral, si la Academia sueca llega a enterarse de lo que voy diciendo del premio, entonces es seguro que no me lo da. Confieso que no había pensado en eso... De cualquier modo no tiene importancia. Lo que sí tiene importancia es que si estuviese escribiendo un libro y alguien de dicha Academia, como posibilidad absurda, se me apareciese diciendo: «No lo escriba y nosotros le damos el premio», tengo absolutamente claro que no necesitaría pensar para encontrar la respuesta acertada: «Guardad vuestro dinero y dejadme acabar lo que tengo que hacer». Y esto, me permito recordárselo a Francisco Umbral, tanto podría ser declarado «masculinamente» como «femeninamente»...

João Cabral de Melo Neto recibió hoy, aquí en Madrid, de manos de la Reina, el Premio Reina Sofía de Poesía Iberoamericana. Me dijo que ha perdido la visión central, sus primeras palabras fueron incluso: «Estoy ciego», y yo sólo pude abrazarlo con fuerza. Más tarde pensé en mis ciegos del *Ensayo* y me parecieron insignificantes ante la realidad punzante de esos ojos perdidos. Ciego, João Cabral, el mayor poeta de lengua portuguesa vivo, con perdón de otros que también son grandes... El discurso de agradecimiento, leído por el embajador de Brasil, fue muy hermoso, de una serenidad profunda, como de alguien que, por encima de los tristes dolores de la vida, está en paz consigo mismo.

29 de octubre

Lisboa: entrega de los Premios Stendhal. Mi propósito de retirarme del jurado se quedó en agua de borrajas. No puedo abandonar el barco después de la aprobación que recibió la propuesta que presenté de que, en el futuro, pasen también a ser considerados los problemas culturales, en particular los efectos de la integración económica y política europea en las diversas culturas nacionales. Una sombra de malestar atravesó la reunión plenaria del jurado cuando dije: «En este momento, el sentimiento más esparcido por Europa, lo sabemos todos, es un sentimiento de perplejidad. Quizá esa perplejidad tenga algo que ver con un rechazo cultural aún en busca de su expresión». Para mí es evidente que, por debajo de los discursos oficiales con obligadas tintas de optimismo, trabaja la inquietud. Pues que se inquieten, que buenos motivos tienen para ello.

30 de octubre

En casa. En medio de la correspondencia que se acumuló durante estos días de ausencia, me encuentro con la respuesta definitiva a la célebre pregunta: «¿Dónde está Dios?». Antes de inventarse la aviación era clarísimo que

Dios habitaba el cielo. Las nubes estaban ahí para adornar su gloria, altas o bajas, tanto daba, pero las más demostrativas, por singular que parezca, eran las más bajitas, cuando por sus intersticios descendían, magníficos, oblicuos rayos de luz. No costaba nada creer que, allá en lo alto, en el espacio invisible, precisamente en el punto de la imaginaria intersección de los haces luminosos, Dios presidía. Después empezó a volarse por encima de las nubes y a continuación se hizo patente que Dios no estaba allí, ni había vestigios de Él en todo el infinito azul. Felizmente alguien tuvo la genial idea de decir que Dios se encontraba en todas partes y que, por lo tanto, no valía la pena buscarlo. La explicación era tan buena que echó a dormir, por muchos años, a nuestra más que legítima curiosidad. Hasta hoy. Hoy estoy en condición de revelar que Dios, usando el seudónimo humano de Alfredo Lopes Pimenta, vive en Riva d'Ave, en un lugar llamado Monte Negro São Mateus. Otra cosa no me atrevo a concluir de unos «versos» que por Él me fueron enviados (supongo que los errores de ortografía, aun así pocos, serán consecuencia de la confusión lingüística que forzosamente existe en la cabeza de un Dios que está obligado a conocer todos los idiomas). Sigue, *ipsis verbis,* esto es, tal cual, la «poesía»:

Llegó a mis oídos
que eras un gran escritor
pero según lo que ya leí
lo que tu escribes no tiene sabor

por eso ve en un vuelo a la tienda
y compra sal y pimienta
y pasa por la droguería
y compra mejor herramienta

porque la que tienes está estropeada
y necesita ser cambiada

como los pañales al bebé
y después de todo hecho
aprende con mi carácter
oh, mi criado José

y si tú fueres inteligente
y también muy coherente
oyes el gallo cantando
pues tu débil evangelio
no ha de llegar a la vejez
ni muletas tiene para andar

porque yo hice el sol y las estrellas
y también todos los planetas
y la tierra puse a girar
y creé todos los animales
y muchas aves y gorriones
y también a ti que me quieres eliminar

por eso repara bien
no digas mal de nadie
y mucho menos de tu Creador
e intenta aprender conmigo
pues soy el mayor amigo
y lo que escribo tiene sabor

y nunca fui a la escuela
ni nunca pedí limosna
y siempre tuve qué comer
pues no vivo en la pereza
ni me alimento de hortalizas
porque en mí está el saber

y ahora para terminar
no intentes desafiarme

como has hecho hasta ahora
y piensa bien en tu vivir
porque a mí no me vas a hacer morir
pero tú en un instante te vas

y a saber dónde vas a caer
si no te quisieres redimir
de tu tan malo proceder
es en el tormento infernal
que te condena el tribunal
y después es tarde para comprender

Ahora sólo me falta recibir, en prosa o en verso, con seudónimo o en nombre propio, una carta del diablo. Mientras tanto, nadie, a partir de ahora, podrá tener dudas: estábamos buscando a Dios en el cielo y Él, finalmente, estaba en Riba d'Ave.

31 de octubre

Todavía a propósito de Dios: tuve hoy la revelación sorprendente, luminosísima, diré incluso deslumbrante, de que si es verdad que no soy «teólogo», como se afanan en recriminarme aquellos a quienes no les gustó el *Evangelio,* «teólogos» tampoco fueron Marcos, Mateos, Lucas y Juan, autores, ellos como yo, de Evangelios...

2 de noviembre

La Laguna, en Tenerife, que yo no conocía, y en cuyo Ateneo di hoy una conferencia, es, urbanísticamente, una ciudad llena de motivos de interés. Ojalá puedan aún salvarla del huracán de la especulación y la ganancia que viene arrasando las Canarias, con la excepción, hasta ahora, de mi isla de Lanzarote. Me dijeron que empieza a surgir allí un nuevo sentido de responsabilidad colectiva, un estado de espíritu más atento a la defensa y al respeto de los bienes arquitectónicos del pasado. Qué así sea. Mientras tanto, es un placer pasear por las calles de La Laguna. Sobre todo por la noche, cuando el tránsito ha desaparecido y las personas no se sabe dónde están. A esas horas, La Laguna es como una ciudad fantasma, una ciudad dotada de modestas pero sensibles bellezas. Misteriosa, callada, a la espera de los habitantes que la merezcan.

Ana Hardisson, una amiga nuestra que es profesora de filosofía en La Laguna, me habló del tema de su tesis de doctorado, un análisis del concepto de «ser humano». Me dijo que, históricamente, lo femenino no llegó a participar en la formación de ese concepto, que lo que llamamos «ser humano» está informado, de modo prácticamente exclusivo, por lo masculino. Recibo esta declaración como un choque. Nunca tal se me había pasado por la cabeza, pero la evidencia del hecho, así a primeras, me parece irrefutable: probablemente el «ser humano», la conclusión ahora es mía, sólo como «hermafrodita» llegará a realizarse, esto es, a volverse real y realmente completo. Como decía mi abuelo Jerónimo, la gente está siempre aprendiendo...

4 de noviembre

Con la impresión de estar repitiendo pasos, gestos y palabras, fui a Arrecife, a la librería —«El Puente», se llama—, para comprar lo que hubiese sobre las Canarias. Esta impresión, difusa pero molesta, notaba yo bien de dónde me venía: de haber andado por ahí, tiempo atrás, ingenuo y lleno de conciencia, comprando libros sobre un cierto rey de

Portugal, para ilustración y beneficio de un mirífico proyecto de serie de televisión que acabó por tener el desenlace que ya se sabe. Claro que la situación de ahora no era la misma: escribir el libro sobre Lanzarote (ese que llevará las fotografías de Arno Hammacher) sólo depende de mí. En todo caso, no obstante, con la ayuda de Norberto —librero de los pies a la cabeza, de los raros que aún saben su oficio— iba examinando y apartando los libros que me parecían útiles, me sentía desagradablemente violentado, como si yo mismo no creyese en lo que me había comprometido a hacer. Sin embargo, son tantos los que creen —Arno cree, Carmélia cree, Pilar cree, Zeferino cree, Juan Cruz cree, Ray cree— que no me queda otra salida que creer yo también y ponerme manos a la obra. Uno de estos días.

5 de noviembre

El correo me trae dos satisfacciones: la antología de la poesía de João Cabral de Melo Neto, *A la medida de la mano,* con introducción y traducción de Ángel Crespo, y el estudio de Luciana Stegagno Picchio para la edición italiana de las *Obras completas* (las mías, si la mención publicitaria no ofende la intratable virtud de nuestros tartufos nacionales...) que Bompiani está preparando, prevista ya la publicación del primer volumen para principios del año que viene.

6 de noviembre

Telefoneó Juan Cruz: la primera edición de *Casi un objeto* está agotada. También esto es una satisfacción.

7 de noviembre

Al deshacer un envoltorio de papeles, de los muchos que vinieron de Lisboa y que, casi pasados dos años, todavía están por abrir, me saltó a las manos una hoja con algunas palabras escritas y tres pequeñas medallas de aluminio pegadas con cinta adhesiva transparente. Observo el papel, parece de cuaderno escolar y la letra, redonda, femenina, dice: «¡Nuestra Señora le ama mucho, Sr. D. José Saramago!». Con exclamación y sin firma. Me había olvidado completamente del aviso, que recibí en la época más inflamada del *Evangelio:* es ésta la mejor caridad, la que esconde la mano y calla el nombre. Traía añadido un papelito, en francés, impreso en azul, con un título que traduzco desenvueltamente: «Lleve siempre consigo la "medalla milagrosa"». Por debajo y continuando en verso, en letrita menuda, el razonamiento traducido a continuación:

«La medalla milagrosa debe su origen a las apariciones marianas de la capilla de la Rue du Bac, en París, en 1830.

»—El sábado 27 de noviembre de 1830 la Virgen Inmaculada se apareció a Santa Catalina Labouré, hermana de la Caridad, y le confió la misión de hacer acuñar una medalla cuyo modelo Ella le reveló.

»Haz acuñar una medalla según este modelo, dijo la Virgen, las personas que la usen con confianza recibirán grandes gracias, sobre todo si la llevan al cuello.

»—La Medalla tuvo inmediatamente una difusión prodigiosa. Innumerables gracias de conversión, de protección y de cura fueron obtenidas.

»Ante todos estos hechos extraordinarios, el arzobispo de París, monseñor QUELEN ordenó una investigación oficial sobre el origen y los efectos de la medalla de la Rue du Bac. He aquí la conclusión:

»"La rapidez extraordinaria *con que esta medalla se propagó,* el número prodigioso *de medallas que fueron acuña-*

das y distribuidas, los beneficios asombrosos *y las* gracias *singulares que la confianza de los fieles obtuvo, parecen verdaderamente las señales mediante las cuales el Cielo quiso confirmar la realidad de las apariciones, la verdad del relato de la vidente y la difusión de la medalla."*

»—En la propia Roma, en 1846, en la secuencia de la conversión retumbante del judío Alphonse Ratisbonne, el papa Gregorio XVI confirmaba con toda su autoridad las conclusiones del arzobispo de París.

»—Por lo tanto, si ama a la Virgen y tiene confianza en su poderosa intercesión:

»—*Lleve siempre* consigo la medalla para vivir en la gracia de Dios y gozar de la protección de la Virgen Inmaculada.

»—*Diga cada día* la invocación de la medalla. La Virgen quiso ser así saludada e invocada: "OH MARÍA CONCEBIDA SIN PECADO, RUEGA POR NOSOTROS QUE A TI RECURRIMOS".

»—Propague a su alrededor la medalla; déla particularmente a los enfermos y afligidos.

»LOURDES Y LA MEDALLA MILAGROSA

»La medalla milagrosa es universalmente conocida. Pero no es suficientemente sabido que las apariciones de la capilla de la Rue du Bac prepararon los grandes acontecimientos de Lourdes. *"La Señora de la Gruta se me apareció tal y como está representada en la medalla milagrosa"*, declaró *Santa Bernadette que llevaba consigo la medalla de la Rue du Bac.*

»*La invocación de la medalla: "OH MARÍA CONCEBIDA SIN PECADO, ROGAD POR NOSOTROS QUE A TI RECURRIMOS", difundida por todas partes por la medalla milagrosa, suscitó el inmenso movimiento de fe que llevó al papa Pío IX a definir,* en 1854, *el dogma de la Inmaculada Concepción. Cuatro años después, la aparición de Massabille confirmaba esta definición romana de una manera inesperada.*

»*Con ocasión del centenario de esta definición,* en 1954, *la Santa Sede hizo acuñar una medalla conmemorativa. En el reverso de la misma, la imagen de la medalla milagrosa y la imagen de la gruta de Lourdes, estrechamente asociadas, subrayaban el lazo que une las dos apariciones de la Virgen con la definición de la Inmaculada Concepción.*

»Así como Lourdes es una fuente inagotable de gracias, la medalla milagrosa continúa siendo el instrumento de la infatigable bondad de Nuestra Señora para todos los pecadores e infelices de la tierra.

»Los cristianos que supieren meditarla encontrarán en ella toda la doctrina de la Iglesia sobre el lugar providencial de María en la Redención, en particular a su mediación universal.

»Capilla de la Medalla Milagrosa
»140, rue du Bac - Paris 7ème
»con licencia del Ordinario.»

Supongo que, a partir de ahora, la Iglesia católica dejará de llamarme nombres feos. De hecho, no faltaría más, habiendo puesto yo así, graciosamente, a su servicio, los *Cuadernos de Lanzarote.* En cuanto a las medallas, por si acaso, porque, como ya decía el almanaque *Borda d'Agua, Deus super omnia,* me quedaré con una. Las otras quedan a disposición de los dos primeros «pecadores e infelices de la tierra» que me las pidan. Que les aproveche, es mi sincero voto.

10 de noviembre

En Inglaterra, participando en una «embajada» de tres escritores lusófonos (no hay duda, odio la palabra) invitados por el Arts Council. Están con nosotros Lya Luft, de Brasil, y Lina Magaia, de Mozambique, además de mi Giovanni Pontiero. El programa empezó en Northampton, con una lectura conjunta (como irán a ser todas) en la Biblioteca Pública de la ciudad. El público no llegó a llenar la pequeña sala, pero Gary McKeone, el responsable del Arts Council que nos acompañará hasta el final, estaba satisfecho: se trataba de un ensayo, el Arts no había organizado nunca un acto de éstos en Northampton.

Después de la comida dimos un pequeño paseo por la ciudad, que es, me dicen, el mayor centro industrial productor de calzado en Inglaterra, y acabamos en una plaza donde había un mercado de aquellos de un solo día, que empezaba a ser levantado. Aún nos dio tiempo para dar una vuelta y verificar que esto de los mercados populares ya no es lo que era, tanto en Northampton, como estaba a la vista, como en Caldas da Rainha, como se ha visto... No obstante, es siempre posible que sucedan sorpresas. Lya, que es la orgullosa abuela de un Juan de seis meses, decidió comprarle una ropita de recuerdo, una de esas cosas a las que nosotros llamamos «mono» y los brasileños no sé cómo. En el hotel, al examinar más detenidamente la prenda, se encontró con una etiqueta inesperada que decía: *Made in Portugal...* Inesperada, sí, habrá sido para ella, pues en lo que a mí respecta, cuando había asistido a la compra allá en el mercado, me había parecido reconocer algo familiar en el patrón, en la forma, en la composición de los colores. Realmente, por más que nos digan los cosmopolitas, las culturas nacionales son una cosa fortísima: un simple mono de niño, en Northampton, era capaz de hacerme llegar, sin rótulos ni proclamaciones, conmovedoras noticias de la patria...

12 de noviembre

De Londres dimos un salto a Oxford para pasar un rato con Miriam, una hermana de Pilar que está allí trabajando y aprendiendo inglés. Aprovecharíamos para conocer por fuera el famoso, casi mitológico vivero universitario, sobre el que, desde hace muchos años, no me faltan luces acerca de sus interiores, si quieren saberlo, desde que vi a Robert Taylor en la educativa película que se llamaba *El estudiante de Oxford...* (Empiezo a creer en lo que dice Rafael Sánchez Ferlosio, que en la vida no hay coincidencias, sino simetrías.) Búsqueda frustrada fue la nuestra, Miriam había ido de paseo a Londres, lo que sólo confirmaba la necesidad simétrica de los encuentros y desencuentros humanos. Felizmente aún pude recuperar un poco de mi antigua confianza en las coincidencias, dado que, gracias a los esfuerzos conjuntos de la casualidad y del destino, conseguimos, de regreso a Londres, cenar con la escurridiza colega de Bob Taylor...

13 de noviembre

Otra vez en Manchester. Ya no somos una «embajada», ahora somos un grupo de amigos. Lina Magaia nos habla con simplicidad de su infancia, de su terrible vida de luchadora, Lya Luft nos cuenta de un mundo social en el que todo parece ser ofrecido, de la dura paga a la que la inmortal fragilidad de los sentidos obliga muchas veces. Bajo las palabras bruscas de Lina se percibe la cólera, en el dulce hablar de Lya aflora una tristeza que pide comprensión. Como escritora, a pesar de sus cincuenta años, Lina aún está en el principio. (Las primeras palabras que le oí fueron: «Espero aprender mucho con usted». ¿Pero qué podría yo enseñar a quien tuvo que enfrentarse con el horror absoluto?) Lya es una novelista de calidad (el libro que ha venido a leer —*Exilio,* ahora publicado en inglés con el título *The Red House*—, por los fragmentos que voy conociendo, me parece excelente). Andamos por aquí los tres, con nuestras vidas, nuestras músicas, ayudándonos mutuamente a no desafinar en este pequeño coro lusófono (vuelvo a decirlo: ¿a quién será capaz de gustarle una tal palabra?) y, en verdad, cuando así estamos, juntos, cordiales, comunicativos, todo nos parece fácil. Mañana, ya se sabe, cada uno en su sitio, despertaremos a la amarga realidad de los intereses oscuros, de las políticas nacionales egoístas, de los viejos y nuevos malentendidos, de los dolores y de los resentimientos más o menos legítimos que continúan intoxicando la denominada «comunidad de lengua portuguesa».

14 de noviembre

La lectura de hoy fue en Bristol, en aquello que deben de haber sido, en otros tiempos, unos antiguos almacenes, a la orilla de un canal. Hoy lo llaman Watershed Media Centre. Más público que en Manchester, pero nada capaz de deslumbrar al curtido viajante que las circunstancias hicieron de mí. Lya retomó su Enano (el tema de la novela es otro, pero la secuencia de los trechos escogidos hace representar en nuestro espíritu esta otra extraña historia, la de un personaje que de hecho no lo es, una alucinación que sólo existe en la imaginación de la narradora). El testimonio de Lina, implacable, hizo estremecerse a todo el mundo. Yo cumplí mi pequeño papel (leo *La balsa de piedra,* recién publicado aquí con el título *The Stone Raft*). Giovanni, fino y sobrio como siempre, nos ayudó a todos.

15 de noviembre

Con Giovanni visitamos por la mañana la pequeña iglesia de San Marcos. Allí mismo, enfrente, está, oscura y enorme, la catedral, que vimos ayer, pero que, para mi gusto, de poco vale en comparación con esta joya de arquitectura sin mácula. Los visitantes deben de ser rareza, un folleto descriptivo de los lugares seleccionados de Bristol ni siquiera de paso la menciona. Feliz por tener compañía, el cuidador nos cuenta la historia de la iglesia, nos habla de los fundadores del hospital que empezó siendo, y nos dice que la iglesia fue mandada arrasar por Enrique VIII, pero que el Lord Mayor de entonces consiguió evitar la destrucción comprándola. Por eso la llaman también iglesia de Lord Mayor... Incluso así, si los nichos interiores están vacíos de estatuas fue porque el rey aún tuvo tiempo para mandarlas retirar. En una de las dos únicas capillas laterales, construida en 1523, de bóveda simplemente deslumbrante, se repite, como elemento heráldico de decoración, un puño cerrado, emblema, si bien entendí, de la corona de Aragón, de donde procedía Catalina, la primera mujer del rey, después repudiada y cambiada por Ana Bolena. (Episodios de la vida real.) En la otra capilla un pequeño cuadro de un vitral flamenco, tan discreto que habría pasado inadvertido si no fuese por el escrúpulo de nuestro guía, muestra el interior de la cocina de una familia paupérrima. Hay un hombre sentado en un taburete, con la ropa hecha harapos, todo alrededor es miserable y triste, pero lo que verdaderamente sorprenderá al observador es otra cosa: del interior de la chimenea, por encima del fuego, cuelgan cuatro piernas humanas, dos de adulto, dos de niño: se adivina que los dueños de las mismas, de quien nada más se ve, están allí sentados, en una especie de trapecio. Un humorista de gusto dudoso tendría razón si dijese: «Son como chorizos colgados del ahumadero», pero lo que aquellos dos están haciendo es calentarse, nada más... (Episodios de la vida real.)

Mesa redonda en la universidad con la presencia de unos treinta alumnos. La discusión fue animada. Me impresionó verificar cómo en Bristol, tan lejos, tan otro mundo, unos cuantos chicos y chicas ingleses trabajan valerosamente esta extraña lengua nuestra que no tendrá mucho que darles, provechos materiales escasos, alguna ocasional belleza y, a pesar de eso, se notaba en sus rostros una gravedad, una atención y un cuidado que sólo podían venirles del corazón. Lya y Lina hablaron de sus geografías propias, una, la de los sentimientos, otra, la de los sufrimientos. Pero la geografía humana, a este respecto, es probablemente una sólo, un valle de lágrimas con un arco iris por encima. La diferencia está en que llueve unas veces hacia un lado, otras veces hacia otro. De los sentimientos de los cuales Lya habla hoy, llegará Lina a hablar un día, si su voz consigue aplacar alguna vez la memoria obsesiva de lo sufrido.

16 de noviembre

En el Arts Council, en Londres, me presentan por sorpresa una gran tarta blanca con palabras de chocolate y errores de ortografía: «Felisidades senhor Saramago». El «cumpleaños feliz» (que siempre detesté) es cantado por doce voces en tres versiones: la lusobrasileña, la mozambiqueña y la inglesa... A Ray-Güde, que vino ayer de Frankfurt para estar con nosotros (otra feliz sorpresa), debe de haberle parecido conveniente no cantar en alemán. Cuando apagué la única vela que había en la tarta, descubrí que al final eran setenta y dos. Tantas. Agradecí como pude, Giovanni tradujo para los ingleses (con lo que el discurso ganó en coherencia), partí la tarta como me competía. Después, como nadie se decidía, Pilar tomó la iniciativa de distribuir las porciones. Bebimos a la salud unos de los otros. Muy cambiada debe de estar Inglaterra para que un escritor portugués, el día de su cumpleaños, haya tenido el privilegio de verse festejado con tal cordialidad.

La lectura fue en el Voice Box del Royal Festival Hall, ante cerca de cien personas. Nada mal. Al final fuimos todos a cenar, toda la *troupe,* más Luís de Sousa Rebelo y Maria Dolores, a un restaurante al otro lado de la calle, extravagante lugar, escondido por un enorme arco de ladrillos, encima del cual pasaban trenes que hacían estremecer, como un terremoto, toda la estructura. Mañana, Vigo.

17 de noviembre

Leo en el *Faro* que el arzobispo de Santiago de Compostela estuvo de acuerdo en restituir a Braga, después de dos años de minucioso expediente canónico, unos cuantos huesos de mártires que de allí habían sido llevados hace ocho siglos por el célebre obispo Gelmírez, a saber, de Santa Susana, San Silvestre y San Cucufate. Dice el periódico, un tanto falto de respeto, que el obispo gallego no se dedicaba apenas a evangelizar infieles: cuando le convenía saqueaba las tierras que estaban bajo su dominio, como era, en el siglo XII, el caso de Braga. De ahí la emigración forzada de los huesos, milagrosos, sin duda, aunque no tanto que tuviesen potencia para hacer prevalecer su santa voluntad: «De aquí no salimos, preferimos quedarnos en Braga». Ahora, salomónicamente, se ha resuelto dividir el bien por las aldeas: mitad de las osamentas continuará en Santiago, la otra mitad volverá a casa. Vendrán los preciosos huesecitos en urnas de metacrilato y plata, custodiadas, como merecen, por nuestro elocuente y apreciado arzobispo Eurico Dias Nogueira. Se me dilata el alma de purísimo gozo espiritual, y me sorprendo incluso pensando si no debería cerrar, vender, abandonar, la casa de Lanzarote, no para volver a Lisboa, qué idea, sino para instalarme en Braga, donde con certeza pasaría a beneficiarme del santo influjo de los bienaventurados restos, aunque, como sabemos, los milagros, cuando nacen, al contrario que el sol, no son para todos.

Otro periódico, *Diario 16,* me informa de que, en Yakarta, adonde fue para participar en la reunión de los dieciocho países miembros del Consejo de Cooperación Económica de Asia y del Pacífico, el presidente de Estados Unidos se limitó a pedir a Suharto que diese una «mayor autonomía» a Timor Este, ignorando claramente, por lo tanto, el rechazo de las Naciones Unidas a reconocer la anexión del territorio por Indonesia. El respeto de Clinton por los derechos humanos es conforme, y obviamente nulo en este caso, cuando iban a ser firmados nada menos que diecisiete contratos entre multinacionales norteamericanas e Indonesia, por un valor equivalente a seis billones de escudos... ¿Derechos? ¿Valores? ¿Ética? Ahórrenmelos, por favor, no me hagan reír.

18 de noviembre

Carmen Becerra, profesora de la Universidad de Vigo, autora de un excelente estudio sobre Torrente Ballester, me presentó con los excesos acostumbrados en estas ocasiones, y yo ataqué mi tema: *¿Será sabio quien se contenta con el espectáculo del mundo?* Como se ve en seguida, continúo martilleando en el pobre Ricardo Reis, que no tiene ninguna culpa de la supina inepcia que Pessoa le obligó a escribir. Mi objetivo era hablar del compromiso en la literatura, mejor dicho, del compromiso cívico y político (no necesariamente partidario) del autor con el tiempo en el que vive. El público, que era numeroso (más de cuatrocientas personas), entendió bien adónde quería llegar, y no hizo después preguntas tontas, como ésta, por ejemplo, oída tantas veces en otros lugares: «¿Entonces usted, ahora, quiere hacer de la literatura un panfleto?». Las señales son claras en Europa: no tardará mucho en que los lectores empiecen a preguntarnos: «Oiga, señor escritor, usted, además de escribir, ¿qué es lo que hace?». Y no adelantará que intentemos responderles, desde lo alto de nuestra supuesta infalibilidad: «Mi compromiso, personal y exclusivo, señor lector, es con la escritura, es con mi obra». Declaraciones así, aparentemente tan ascéticas, ya no causan ningún temor sagrado. El mundo aún está pidiendo libros a los escritores, pero también espera que ellos no se olviden de ser ciudadanos de vez en cuando. En todo caso, lo mejor es no tener demasiadas ilusiones : la doctrina Monroe, aquella del aislamiento, fue inventada por escritores. Los norteamericanos se limitaron a copiarla.

19 de noviembre

Durante una vuelta que dimos por la ciudad vieja, entramos, Pilar y yo, en una librería. Nos acompañaba Marisa Real, directora del Club Faro de Vigo, que fue la entidad que me invitó a venir aquí. Pilar apartaba unos cuantos libros que quería llevar, yo miraba distraídamente los estantes, ansioso por irme de allí, porque Vigo es una ciudad pequeña (sin ofensa al pundonor de quien ahí vive) y mi retrato había salido en los periódicos. Fue entonces cuando se oyó una voz llena, redonda, que ni parecía de portugués, y que decía, con un acento de irritación mal reprimida: «Vosotros ya os lo habéis llevado, pero él es nuestro». Era un hombre alto, canoso, de porte atlético, rostro severo y modos de juez romano, o así me lo hizo ver la súbita sensación que experimenté de haber sido pillado en falta. Tomé el caso en broma, le dije: «Oiga, nadie me llevó. Mudé de casa, de sitio de vivir, pero continúo siendo quien era». Curiosamente él casi no me miraba como si, a pesar de todo, quisiese ahorrarme una acusación de traidor y renegado... Los españoles presentes hacían como que no iba con ellos, cuando mucho pensarían: «Estos portugueses son tan pocos que en seguida protestan cuando les falta uno». Y mientras yo sonreía de modo forzado, pero, en el fondo, indecentemente deleitado, el irritado portugués se fue, diciendo aún: «No os olvidéis, es nuestro». Y ahora era a toda España a quien parecía dirigirse.

No le faltan discípulos a Clinton. Interpelado por periodistas portugueses sobre la venta de armas a Indonesia, Felipe González respondió que no veía en esas provisiones ninguna contradicción con la importancia que los derechos humanos tienen para España... Como si estuviese diciendo al pueblo de Timor: «Vosotros tenéis el derecho de vivir y yo tengo el derecho de vender las armas con que os matan». Probablemente el lenguaje de los políticos es el único real, y nosotros, los que continuamos soñando con una vida de dignidad, no pasamos de unos pobres idiotas...

21 de noviembre

En Lisboa. Zeferino me cuenta que Agustina Bessa-Luís, invitada por un periódico para comentar el que yo la hubiera propuesto para el Premio Unión Latina, respondió más o menos en estos términos: «Muestra que las diferencias ideológicas y políticas pueden no ser un obstáculo para la convivencia», y añadió: «Después de esto empiezo a pensar si no deberé cambiar de ideas...». No le pido tanto, tan sólo que se decida un día de éstos a reconocer que hay unas cuantas cosas acerca de las cuales no tiene la menor idea.

En el Instituto Cervantes, con Ángel Campos Pámpano, alma y corazón de la revista bilingüe *Espacio/Espaço Escrito,* de Badajoz, y Fernando Assis Pacheco, que, de este lado, ayuda a cuidarla desde que nació. Se trataba de llamar la atención de la asistencia (casi toda compuesta por españoles) sobre la importancia de una publicación como ésta. Justamente, dando lo suyo a su dueño, Assis Pacheco recordó la personalidad y la obra de José Antonio Llardent, cuyo amor por la literatura portuguesa le hizo concebir el proyecto que no llegó a ver realizado plenamente.

Cuando la sesión acabó se me aproximó Afonso Praça, de *Visão,* a preguntarme si era verdad que Alvaro Cunhal va a publicar una novela. En la línea, decía, de *Até Amanhã, Camaradas.* Que Cáceres Monteiro, director de la revista, creía tener motivos para suponer que yo formaba parte del secreto. Respondí que era la primera vez que oía hablar de tal asunto, y Praça me observó desconfiando, con todo el aire de quien rehúsa creer. No tuve otro remedio que recurrir a medios de convencimiento que ya están completamente fuera de moda: di mi palabra de honor. Praça me miró con una expresión que tenía todo de irónica piedad: a fin de cuentas, yo no valía tanto como para que conociese, desde la raíz, las acometidas literarias de Alvaro Cunhal. Confieso que me sentí un poquito vejado, como si saber de esas acometidas antes que cualquier otra persona fuese un derecho mío que no hubiese sido respetado...

22 de noviembre

En la editorial Caminho Francisco Melo me confirmó: el día 14 de diciembre será lanzado el libro de Cunhal. Tuve que jurar que no se lo diría a nadie. Y aquí está; ni incluso ahora, en estas tres semanas que faltan, puedo ir dejando por ahí una media palabra, un subentendido, una insinuación mal disfrazada, un guiño de ojo, una sonrisa de enterado: «Espero que comprendan mi discreción...».

Lo que son las cosas. Estaba en el hotel, descansando un poco y, por entretenimiento, puse la televisión. Me salió la TVE, un programa de Euronews sobre Bica. ¿Y no sucedió que de repente me entró en el corazón una especie de saudade punzante e irresistible de un barrio que conozco bien, pero donde nunca viví? Lo más absurdo, sin embargo, es que no pensé siquiera en salir para ir a verlo, con mis propios ojos, aquellas calles empinadas, aquel ascensor de juguete, aquellas tiendecitas arcaicas, aquellas personas sin tiempo... ¿Qué perversión es ésta? ¿Cómo pueden las imágenes llegar a ocupar así el lugar de la realidad?

23 de noviembre

En Lanzarote. Ayer fui a la Asamblea General de la Sociedad Portuguesa de Autores para la elección de nuevos cuerpos gerentes. Presidí por última vez. Me hicieron socio honorario de la Cooperativa. En pocas palabras: me vine abajo, la conmoción hizo presa de mí. Agradecí con la voz estrangulada, aguantando mal el sollozo que me apretaba la garganta. Les dije que esperaba, en el resto de mi vida, no darles nunca motivos para que se arrepintiesen de los aplausos que me brindaban y, si en casos de éstos podían servir prendas o garantías, yo no tenía más para ofrecerles que mi vida pasada. Después conté la historia del portugués de Vigo y terminé diciendo: «Ese hombre tenía razón. Soy vuestro». Nunca fui tan abrazado, nunca vi tantos ojos húmedos. ¿El mundo puede ser esto? ¿Esta especie de corazón único?

24 de noviembre

El cerco continúa. ¿Durante cuánto tiempo resistiré aún? Un francés, Roger Bourdeau, que se presenta como «amigo de largo tiempo» de Manuel Costa y Silva, quiere hacer una película, un cortometraje, sobre «Desquite», el último cuento de *Casi un objeto.* La carta muestra una sensibilidad y una inteligencia nada habituales en estas cuestiones, muy en el tono de aquella que me fue escrita por Yvette Biro cuando manifestó su interés en adaptar al cine *La balsa de piedra.* Respondí a Roger Bourdeau que sí, que puede avanzar con el proyecto. Conservo aún una última línea de defensa, guardada para el momento en que conozca todos los datos del asunto. Curiosamente lo que más me atrae de esta idea es el hecho de tratarse de un cortometraje... También es cierto que las cuatro páginas del cuento no daban para más...

27 de noviembre

¿Podría imaginarse que en Galicia, en la comarca de Xinzo de Limia, frontera con nuestro Miño, tres pequeñas aldeas —Rubiás, Santiago y Meaus—, implantadas en una reducida franja de tres mil hectáreas, vivieron durante cinco siglos independientes de Portugal y España? ¿Qué estarán esperando los historiadores de allí y de aquí, y también los novelistas, para ir a instalarse en el Couto Mixto —como lo llaman los propios habitantes— y contarnos lo que han sido esos cinco siglos de una autonomía colectiva y personal auténtica? Digo autonomía personal y no exagero, toda vez que cada habitante del Couto Mixto podía escoger «nacionalidad» cuando se casaba: para eso le bastaba colocar una P (de Portugal) o una G (de Galicia) —pero no la E de España— en la puerta de su casa... Y como si esto fuese poco, algunos había aún que pintaban en la puerta una cruz, de esta manera eximiéndose a sí mismos de impuestos, como si dijesen, contrariando la prudente palabra de Jesús: «Esta casa pertenece a Dios, y no al César. Y Dios no tiene por qué pagar impuestos al César». ¿Dónde están los novelistas de Galicia? La Unión Europea está necesitando historias de éstas...

29 de noviembre

Ha muerto Fernando Lopes-Graça. Me telefonearon hoy de la TSF, muy temprano, para pedirme, como después verifiqué en el contestador, el cumplimiento de ese deber mediático al que se le da el nombre de testimonio. Dejaron números de teléfono, pero no llamé. Por pudor, me parece. Y ahora acabo de saber, por Carmélia, que Graça murió solo. Creo que esta última soledad me dolió más aún que la propia muerte. No va a faltar quien diga que Lopes-Graça, muriendo a los ochenta y ocho años, había vivido ya su vida. Como frase de consolación quizá sirva para quien se satisfaga con lo que le fue dado. Por mi parte, pienso que nunca acabamos de vivir nuestra vida.

30 de noviembre

Palabras iniciales de la conferencia que fui a dar a Las Palmas, en el Centro Insular de Cultura:

«Vivimos, nosotros, los que habitamos en Canarias, en siete balsas de piedra erguidas por el fuego y ahora ancladas en el mar, si no contamos unos cuantos islotes que son como barcas orgullosas que no hubiesen querido recogerse al puerto. Aunque no crea en el destino, me pregunto si al escribir mi *Balsa de piedra,* la otra, no estaría ya buscando, sin saberlo, la ruta que siete años después me había de llevar a Lanzarote.

»No obstante, la "balsa de piedra" no es sólo el original y particular medio de transporte del que me sirvo para las grandes ocasiones: es también esa parte del mundo que nos lleva y trae desde antes que pudiésemos llamarnos a nosotros propios portugueses y españoles, la vieja Península cargada de historia y de cultura que cometió el prodigio de echarse entera al mar para llevar Europa a donde ella no parecía capaz de ir por sus propias artes e industria. Y si, cinco siglos después, un discreto escritor portugués se atrevió a romper las amarras que nos atan al muelle europeo, fue apenas para intentar persuadir a Europa, y en primer lugar a los portugueses y españoles, de que ya es hora de mirar hacia el sur, de respetar el sur, de pensar en el sur, de trabajar con el sur, y de que la posibilidad de un efectivo papel histórico de los pueblos de la península Ibérica en el futuro depende de su comprensión de que son, por un lado y por el otro de la frontera, continentales, sí, pero también atlánticos y ultramarinos.» Y añadí, rematando así la introducción: «Tal vez puedan entenderlo mejor que nadie estas siete "adelantadas" de Iberia que son las islas Canarias, estas siete balsas caldeadas por dos fuegos, el del cielo y el de la tierra. No hablo aquí de las Azores portuguesas, que casi sólo miran hacia Estados Unidos, ni de Madeira, que no consigue saber hacia dónde debe mirar...».

1 de diciembre

Para el *Jornal de Letras,* a petición de Leonor Nunes, unas cuantas palabras sobre la muerte de Lopes-Graça. Aquí retengo éstas: «Murió el querido Graça, el amigo del corazón, el camarada fidelísimo y leal. Todo eso acabó.

Sí, ya lo sé, el recuerdo, la memoria, la saudade, la remembranza. Esas cosas duran, de hecho, pero, porque duran, cansan. Un día de éstos la evocación de Lopes-Graça sólo causará una leve pena, que disimularemos contando uno de sus mil veces repetidos chistes. Buscaremos entonces a Graça donde verdaderamente siempre estuvo: en sus libros, de un lenguaje purísimo que podría servir de lección a escritores, principiando por éste; en sus discos, pero también en las salas de concierto, que no se le abrieron tanto como deberían mientras vivió. El hombre acabó, no podemos pedirle nada más, pero la obra ahí ha quedado, a la espera de lo que seamos capaces de pedirnos a nosotros mismos. El justo juicio viene siempre después, casi siempre demasiado tarde. Quizá sea ésa la causa del amargor de boca que siento al terminar estas líneas».

2 de diciembre

En el *Avante!* un excelente artículo de Pedro Ramos de Almeida: «El "protectorado" portugués en la Unión Europea». El mote es dado, apenas empezar, por una cita de Diogo Freitas do Amaral, notable por la franqueza. Dice: «Nuestra independencia nacional pasó siempre, históricamente, por la colocación de Portugal bajo la protección de un poder más fuerte». Con tan pocas palabras no se podría decir mejor. Durante siglos ese poder fue Inglaterra, después, tras la Segunda Guerra Mundial, pasó a ser Estados Unidos de América del Norte, ahora es la Unión Europea, mañana será una Alemania, por el momento, más interesada en firmar bases económicas y financieras de su futuro dominio sobre Europa que en hacer demostraciones mediáticas de prestigio político, para que el inglés las vea. Aquellos que ligeramente vienen afirmando que Alemania es un enano político al mismo tiempo que un gigante económico, no tardarán mucho en verse sorprendidos por la rapidez con que ese enano va a crecer... En lo que a Portugal respecta, la diferencia entre las situaciones de dependencia en que vivimos a lo largo de la historia y ésta de ahora está, precisamente, al contrario de lo que pretende Ramos de Almeida, en haber dejado de ser un «protectorado», una vez que Europa, por lo menos visiblemente, no se encuentra hoy dividida por conflictos de potencias y, por lo tanto, como sucedía antes, repartida en áreas de influencia. La amenaza de pérdida de independencia nacional es, consecuentemente, más fuerte que nunca, no por efecto de cualquier tipo de absorción violenta, sino por un proceso lento, de mezquina y servil disolución. Empezando con una cita, Ramos de Almeida remata su artículo con otra: «Cualquier día Portugal ya no es un país, sino un lugar. Y encima de mala compañía...». ¿Quién fue quien escribió este sarcástico y doloroso pronóstico? ¿Un violento y apasionado antieuropeísta? ¿Un retrógrado ultramontano? ¿Un comunista despechado? No, señor, no fue ninguno de ellos: el autor de este arañazo brutal en nuestra conciencia, si aún la tenemos y para alguna cosa nos sirve, fue un escritor portugués llamado Eça de Queiroz...

4 de diciembre

En un artículo de Ângela Caires, publicado en *Visão,* sobre António Champalimaud, leo que el tío Henrique Sommer, en carta con valor testamentario, dirigida a las hermanas Albana y Maria Luísa, les recomendaba que no se olvidasen de distribuir, por Navidad, dos mil escudos a la Sopa de los Pobres de la Feligresía de los Ángeles, de Lisboa. Naturalmente, el generoso Sommer (que en gloria esté) deseaba que no sufriese cambio, después de su óbito, la beneficente práctica que había instituido. ¿Quién podría imaginar que esta información, escrita al correr de la pluma, vendría a lanzar una luz nueva sobre mi biografía secreta? De hecho, no fueron pocas las veces, en la época de la adolescencia, que ocupé un avergonzado lugar en la cola de los aspirantes a la sopa y al cuarto de pan que se servían en aquel embotellado y lúgubre edificio frontero a la iglesia de los Ángeles... Más o menos por esa altura debo de haber aprendido en la clase de física y química de la Escuela Industrial de Afonso Domingues el principio de los vasos comunicantes, pero sólo hoy ha sido cuando he conseguido entender, sin reservas mentales ni dudas formales, cómo se efectúa la transmisión de la riqueza y del bienestar de los que están encima para con los que están abajo, de los mil escudos al cuarto de pan, de la hartura a la falta. Por muchos que fuesen sus pecados, Henrique Sommer nunca se quedaría en el infierno, siempre habría una escudilla de sopa para sacarlo de allí...

5 de diciembre

Descansadamente, a un capítulo por día, y a veces menos, estoy releyendo, muchos años después de la primera vez, que había sido la única hasta ahora, el *Doktor Faustus* de Thomas Mann. Todo en él me parece nuevo, sólo muy de tarde en tarde la memoria reconoce en lo que voy leyendo ciertas ideas, ciertas emociones, ciertas atmósferas captadas antes, y aun así de un modo vago, como si la imagen que en ese tiempo registré hubiese sido percibida a través de una niebla que no me dejase ver más que contornos difusos, borrones, presentimientos. Ahora, en no sé qué página, se me ocurrió pensar que la lectura de este *Doktor Faustus* debería ser firmemente desaconsejada a quien quiera que se propusiese consagrarse al trabajo de escribir, no, obviamente, porque no sacase beneficio de ella, sino porque ciertamente, al terminarla se le caerían los brazos de desánimo, porque en el silencio de su casa, con espejo o sin él ante sí, se preguntaría: «¿Vale la pena después de esto?». Hablo contra mí, que si lo hubiese releído a tiempo, probablemente habría escogido otra vida. Ahora ya no hay remedio, el mal está hecho...

6 de diciembre

Leído en Thomas Mann. Schleiermacher (1768-1834), que fue teólogo en Halle, definía la religión como «el sentido y el gusto del infinito». Si Dios consigue entrar en esto, entonces, digo yo, entrará apenas como un cuento breve, como un resumen para memorizar o como un pedazo de bramante sucesivamente trenzado, destrenzado y vuelto a trenzar para hacernos de cuentas que somos capaces de atar el todo al todo, imaginándole unos principios y unos fines que puedan dar algún significado a quien se encuentra en medio de todo, en medio del tiempo, en medio del universo nosotros, sin más instrumento que la razón, sin más recurso que fiarnos de ella. A mí la definición de Schleiermacher me conviene: todos cabemos allí dentro, los ateos y los que no lo son tanto. Lo que está clarísimo es que nadie cree menos en Dios que los teólogos...

Cuánto me gustaría haber estado en Coimbra, en la Semana Social Católica, para oír criticar a Eduardo Lourenço este capitalismo que desgraciadamente nos gobierna. Cuánto habría aplaudido palabras como éstas: «Lo que hay de nuevo en el mundo contemporáneo no es el hecho, ni siquiera el grado de inhumanidad, que la persistencia del hambre, de la enfermedad, de la total exclusión de millones de hombres [habría preferido que dijese seres humanos] de un mínimo de dignidad o hasta de posibilidad de supervivencia revela, sino el hecho de que ese fenómeno coexista con el espectáculo de una civilización aparentemente dotada de todos los medios, de todos los poderes para abolirla». Con una violencia que no es de su natural (lo que muestra a qué punto habrá llegado su exasperación), Eduardo Lourenço apartó la cortina beatífica de los optimismos finalistas y mostró lo que hay detrás de ella: el espectáculo monstruoso del mundo en que vivimos. Sólo no entiendo lo que quiso decir cuando afirmó que «el capitalismo no cumplió las promesas que hizo décadas atrás». Que yo sepa, el capitalismo no hizo ni hace promesas, ni entonces ni nunca, y ésa, me permito decirlo, es su honestidad, la única: no promete nada. Ahora sólo falta que Eduardo Lourenço decida proclamar, en alto y con buen sonido, que es urgente regresar al pensamiento socialista, que no existe otro camino que pueda restituirnos, de forma plena, o al menos satisfactoria, un sentido humano, humano auténticamente, de dignidad y de solidaridad. Y que —digo yo ahora— no debemos aceptar que la justa acusación y la justa denuncia de los innumerables errores y crímenes cometidos en nombre del socialismo nos intimiden: nuestra elección no tiene por qué ser hecha entre socialismos que fueron pervertidos y capitalismos perversos de origen, sino entre la humanidad que el socialismo puede ser y la inhumanidad que el capitalismo siempre ha sido. Aquel «capitalismo de rostro humano», del que tanto se habló en décadas anteriores, no pasaba de una máscara hipócrita. A su vez, el «capitalismo de Estado», funesta práctica de los países llamados del «socialismo real», fue una caricatura trágica del ideal socialista. Pero ese ideal, a pesar de tan pisoteado y escarnecido, no murió, perdura, continúa resistiendo: tal vez por ser, simplemente, aunque como tal no venga mencionado en los diccionarios, un sinónimo de la esperanza.

7 de diciembre

De *Historia del cerco de Lisboa* (1989): «[...] en mi discreta opinión, señor, todo cuanto no sea vida es literatura, La historia también, La historia sobre todo, sin querer ofender, Y la pintura, y la música, La música va resistiéndose desde que nació, ahora va, ahora viene, quiere librarse de la palabra, supongo que por envidia, pero vuelve siempre a la obediencia, Y la pintura, Oiga, la pintura no es más que literatura hecha con pinceles [...]».

Del *Doktor Faustus* (1947): «Música y lenguaje, según él [Adrian Leverkühn], andaban juntos: en la realidad formaban una cosa sólo: el lenguaje era música, la música, lenguaje y, separadas, cada una de ellas se esforzaba por llegar a la otra, la imitaba, tomaba de ella los medios de expresión, pues cada una intentaba sustituir a la otra siempre».

El Eclesiastés tenía razón: «Lo que fue, aún será; lo que fue hecho, se hará: no hay nada nuevo bajo el sol. Nadie puede decir: "Aquí está una cosa nueva", porque ella ya existía en los tiempos pasados».

Un pie en la realidad, que es verdad probablemente, otro pie en la imaginación, que es mentira necesariamente.

8 de diciembre

Reflexión después de la lectura del ensayo *Il viaggio come metafora della conoscenza nel «Manual de Pintura e Caligrafia»*, de Roberto Mulinacci: todo viaje es imaginario porque todo viaje es memoria.

9 de diciembre

De unos días para acá me está dando vueltas de modo recurrente, obsesivo, un sueño que es, creo yo, una variante de otro que muchas veces soñé en tiempos pasados. En aquella época el sueño consistía en estar hojeando, pasando sucesivas páginas impresas, muchas páginas, que yo *sabía* que había escrito, pero que no conseguía leer, aunque no hubiese duda de que se trataba de palabras portuguesas. La diferencia, ahora, es que las palabras son de una lengua que *parece* portuguesa o, mejor dicho, en mi sueño tengo la certeza de que las palabras son portuguesas, todas ellas, pero las encuentro deformadas, hay letras que *veo* que están allí en el lugar de otras, sin embargo no consigo *ver* qué palabra fue, por este proceso, escondida en el interior de aquella que los ojos ven. De todo esto resulta un fuerte sentimiento de inquietud, tantalizante, que roza la angustia, como alguien que, en el umbral de una puerta, hiciese esfuerzos continuos para entrar sin conseguirlo... El análisis más obvio de este sueño no dejaría de explicarlo como la consecuencia de estar viviendo rodeado del castellano por todos los lados, como una isla en el centro de otra isla, pero la curiosa verdad es que ninguna de esas palabras enigmáticas me *parece* española. En el caso de que el sueño vuelva, intentaré estar atento para ver si entiendo mejor lo que todo esto significa, pero lo más probable, después de lo que aquí queda escrito (si los psicoanalistas tienen razón), es que el sueño no regrese...

11 de diciembre

Volando de Lanzarote a Madrid, en pleno cielo, por lo tanto en lugar más propicio a revelaciones que la confusa y mal avenida tierra donde se dice que tales cosas han sucedido, me sobrevino, no como a Alberto Caeiro «un sueño como una fotografía», pero sí la percepción de una hipótesis cosmogónica que me parece merecedora de alguna atención. Mi proposición inicial, que me atrevo a considerar indiscutible, es la de que Dios creó el universo porque *se sentía solo.* En todo el tiempo anterior, esto es, desde que la eternidad empezó, *había estado* solo, pero, como no *se sentía* solo, no necesitaba inventar una cosa tan complicada como es el universo. Con lo que Dios no había contado es que, incluso ante el espectáculo magnífico de las nebulosas y los agujeros negros, el tal sentimiento de soledad persistiese en atormentarlo. Pensó, pensó, y al cabo de mucho pensar hizo a la mujer, *que no era a su imagen y semejanza.* Después, habiéndola hecho, vio que era bueno. Más tarde, cuando comprendió que sólo se curaría definitivamente del mal de estar solo acostándose con ella, verificó que era aún mejor. Hasta aquí todo muy propio y natural, no era necesario ser Dios para llegar a esta conclusión. Pasado algún tiempo, y sin que sea posible saber si la previsión del accidente biológico ya estaba en la mente divina, nació un niño, ése sí, *a imagen y semejanza de Dios.* El niño creció, se convirtió en joven y en hombre. Ahora bien, como a Dios no le pasó por la cabeza la simple idea de crear otra mujer para dar al joven, el sentimiento de soledad que había afligido al Padre no tardó en repetirse en el hijo, y ahí entró el diablo. Como era de esperar, el primer impulso de Dios fue acabar ahí mismo con la incestuosa especie, pero le entró de repente un cansancio, un fastidio de tener que repetir la creación porque, de hecho, el universo no le parecía ya tan magnífico como antes. Se dirá que, siendo Dios, podía hacer cuantos universos quisiese, pero eso equivale a desconocer la naturaleza profunda de Dios: lógicamente había hecho éste porque era el mejor de los universos posibles, no podía hacer otro porque forzosamente tendría que ser menos bueno que éste. Además de eso, lo que Dios ahora menos deseaba era verse otra vez solo.

Se contentó por lo tanto con expulsar a sus deshonestas y malagradecidas criaturas, jurándose a sí mismo que no las perdería de vista en el futuro, ni a la perversa descendencia, en caso de que la tuvieran. Y fue así que empezó todo. Dios tuvo por lo tanto dos razones para conservar la especie humana: en primer lugar, para castigarla, como merecía, pero también, oh divina fragilidad, para que ella le hiciese compañía.

12 de diciembre

En Roma. El Premio Unión Latina ha sido para Vincenzo Consolo. Después de la primera vuelta, en la que, como era natural, cada miembro del jurado empezó por votar al autor que había propuesto, se vio claramente que el escritor que seguía en el orden de preferencia era Consolo. De ahí a la unanimidad sólo hubo un paso.

13 de diciembre

Conversación con alumnos y profesores, más de un centenar de asistentes, en el Centro de Estudios Brasileños, en la Piazza Navonna. Para no huir a la regla hablé de más (pasó de dos horas), pero creo que no aburrí a nadie. Maria Lúcia Verdi, la directora del Centro, comentaba conmigo al final: «Qué bueno debe de ser decir exactamente lo que se piensa, sin más preocupación que el respeto debido a quien oye, pero sin que esa precaución lo haga callar». Le respondí que hay un momento en el que comprendemos que todo fingimiento es infame.

Habiendo Dios, hay sólo un Dios. De Él, de ese Dios único, es de quien habrían provenido las revelaciones que llevaron al judaísmo, al cristianismo y al islamismo. Ahora bien, como esas revelaciones, sea en el espíritu, sea en la forma, no son iguales entre sí (y deberían serlo, toda vez que nacieron de la misma fuente), se infiere que Dios es histórico, que Dios es simple Historia. Con otras palabras: cuando la Historia necesita de un Dios, lo fabrica.

14 de diciembre

Cuando nos dirigíamos a la Embajada de Portugal, donde esta vez se haría la entrega del premio, Vincenzo Consolo me dijo que Leonardo Sciascia le había hablado un día de la estima que tenía por mi trabajo: «Su escritura y su personalidad», fueron las palabras de Consolo. Me quedé muy feliz porque podría esperar todo menos que me diesen en Roma un premio así, pero melancólico también porque Sciascia (con quien nunca me encontré) ya no está aquí para agradecerle el buen juicio que se hacía de mí...

Decidí retirarme del jurado del Premio Unión Latina. Por ningún motivo especial, tan sólo por cansancio, o por entender que cinco años decidiendo sobre méritos ajenos habían ido a desaguar en una pregunta: «¿Con qué derecho?». Deseo al escritor portugués que me sustituirá una satisfacción igual a la que tengo yo por el hecho de haber representado a Portugal en un foro literario con tanto de discreción cuanto de seriedad.

19 de diciembre

El mundo cambia, pero menos de lo que parece. Va para unos veintitrés o veinticuatro años, no recuerdo ahora si en la *Capital* o en el *Jornal do Fundão,* publiqué una crónica (un tanto sibilina como tenían que ser en la época) a la que llamé «Juegan las blancas y ganan». En ella me extrañaba (o fingía extrañarme) que en los problemas del juego de damas, por debajo de la representación de las piezas en el tablero, siempre apareciesen esas palabras: juegan las blancas y ganan. Después de unos cuantos rodeos tácticos, destinados a llevar más convincentes aguas a mi molino, y con una inocencia obviamente falsa, preguntaba: ¿por qué nunca se dice juegan las negras y ganan, o juegan las blancas y pierden? Y remataba así: «Una frase en una página de periódico, media docena de palabras insignificantes, impersonales, y si se va a ver, hay en ellas motivo de sobra para la reflexión. Sólo me falta recomendar al lector que aplique el método en su día a día: tome las palabras, péselas, mézalas, vea la manera como se unen, lo que expresan, descifre el airecito bellaco con que dicen una cosa por otra y venga a decirme si no se siente mejor después de haberlas desollado...».

Pasados tantos años, continúo pensando que a las palabras hay que arrancarles la piel. No hay otra manera para entender de qué están hechas. La vieja crónica me vino a la memoria cuando estaba leyendo en un periódico de aquí la noticia de que Mario Conde iba a ser oído por el juez instructor del proceso promovido contra él y otros ex administradores del Banco Español de Crédito, o Banesto, como es más conocido. Decía el periodista: «Frente a frente, durante diez o veinte horas, Mario Conde y Manuel García Castellón van a protagonizar uno de esos episodios de nuestra historia democrática que permanecerán en la retina de todos los españoles. Sin más testigos que el procurador Florentino Ortín, el abogado Mariano Gómez de Liaño y Teresa, la secretaria...». La transcripción acaba aquí, lo que sigue no interesa. Las palabras que tenemos que desollar ahora son sólo éstas. Observemos entonces los nombres: Mario es, claro está, casi por antonomasia, Mario Conde,

Manuel no se satisfaría con ser García, es también Castellón, Florentino es indudablemente Ortín, Gómez de Liaño está ahí para redondear el sentido de Mariano. ¿Y Teresa? Teresa es simplemente eso, Teresa, la secretaria... Primera conclusión: tratándose de una subalterna, de una inferior («Teresa, tráigame un café»), los apellidos son dejados de lado porque complicarían la fluidez de la comunicación... Muy bien. Tiremos ahora un poco más de la piel de las palabras, no nos preocupemos con la sangre que corre, este sadismo es de los buenos. ¿Y si en vez de secretaria fuese secretario, si en vez de mujer fuese hombre? El autor del artículo ¿habría escrito, por ejemplo, Alfonso, el secretario? ¿O le habría añadido todos los apellidos, como al hombre se debe...? Meditemos, hermanos.

20 de diciembre

No sé si decirlo. No sé si decir que he venido a París, no sé si decir que participé por primera vez en la asamblea de la Academia Universal de las Culturas y que en ella avancé palabras críticas, tan protestativas cuanto doloridamente patrióticas. Si lo digo, ¿qué dirán? Que no debía decirlo, que debería haber dicho otra cosa, todo menos que fui a París y que me recibieron en la Academia aquélla. Por lo tanto no digo que infelizmente Jorge Amado no estaba, pero que estaban, entre otros de los que no tenía noticia anterior, Elie Wiesel, Umberto Eco, Wole Soyinka, Paul Ricoeur, Jacques Le Goff, Ismail Kadaré, Jorge Semprún. Tampoco digo que conocí con gusto y provecho al libanés Amin Maalouf, al tunecino Mohamed Talbi, al israelita Joseph Ciechanover, unos cuantos otros de aquí y de allá, de los que no haré mención para no alargar más lo que no digo. Me limitaré a decir unas cuantas palabras de aquellas que no dije:

«Cuando se pide a un portugués una definición breve de su país, las explicaciones previsibles, dejando de lado alguna diferencia de pormenor, son, invariablemente, dos: la primera, ingenua, optimista, proclamará que jamás existió bajo el sol otra tierra tan notable y tan admirable gente; la segunda, por lo contrario, corrosiva y pesimista, niega esas sublimadas excelencias y afirma que, últimos entre los últimos en el continente europeo desde hace cuatro siglos, en esa situación todavía hoy nos complacemos, incluso cuando proclamamos querer salir de ella.

»Intentan los optimistas encontrar en todo razones para que los portugueses puedan vanagloriarse de una identidad, de una cultura, de una historia alegadamente superiores, como si Historia, Cultura e Identidad, cualquiera que sea el grado de comparabilidad recíproca admisible, no fuesen radicalmente inseparables, en causa y efecto, de la propia relación social, conflictiva o armoniosa, de los seres humanos en el tiempo.

»Ya los pesimistas, propensos, en general, a una percepción relativizadora de los hechos, afirman que la Historia y la Cultura portuguesas, proyectadas en la época de los Descubrimientos en todas las direcciones del globo, no fueron, después de ellos, y hoy, en el umbral de integraciones de todo tipo que se anuncian arrasadoras, igualmente no parecen, esa Historia y esa Cultura, bastante sólidas para defender, preservar e intensificar la identidad de un pueblo que, con demasiada frecuencia, cae en la simpleza de enorgullecerse de vivir dentro de las más antiguas fronteras de Europa, como si el hecho, innegable, se debiese exclusivamente a méritos propios y no, como la Historia enseña, a los azares de la geografía y a la evidente insignificancia estratégica de la región.»

Tampoco dije:

«A lo largo de cuatro siglos vivimos lo que podría denominarse la expresión endémica de una subalternidad cultural, atravesada por brotes agudos de intervención extranjera directa, como fue el caso del proconsulado de William Beresford, el general inglés que fue a Portugal en 1809, con la misión de reorganizar el ejército desmantelado como consecuencia de la primera invasión napoleónica, y que en el país se mantuvo hasta 1820, ejerciendo un poder que fue, primero riguroso, después abusivo y finalmente dictatorial. Del mismo aliado británico nuestro vendría más tarde, en 1890, la brutalidad y la humillación del Ultimátum, sin duda un episodio menor en el cuadro mundial de las disputas coloniales de la época, pero que se configuró como ocasión para una de aquellas erupciones de pasión patriótica con las que, de tiempo en tiempo, intenta equilibrarse vitalmente la habitual pasividad portuguesa. Se llegó al punto de promover una suscripción nacional para la compra de navíos de guerra, pero, siendo tan escasos los recursos del país, no dio para más que para la adquisición de un crucero, construido en Italia, que entró en Lisboa siete años después. Tenía razón Antero de Quental cuando escribió, en medio del más indignado ardor de las manifestaciones públicas, estas lúcidas e implacables palabras que deberían habernos servido de lección para el futuro: "Nuestro mayor enemigo no es el inglés, somos nosotros mismos...".»

Igualmente no dije:

«Acabados de salir de una larga y traumatizante guerra colonial, habría sido deseable que los portugueses hubiesen podido pensar sobre sí mismos, examinando su pasado y su presente, para después, por los caminos de una conciencia críticamente nueva, acordar el paso con la Modernidad, siendo, sin embargo, primera condición de este ajuste nuevo la elección y desarrollo de más amplias capacidades de autorregeneración, y no la simple adopción, voluntaria o forzada, de modelos ajenos que, a final de cuentas, ya lo sabemos demasiado, sirven mejor a los intereses ajenos.

»Sin embargo, la Historia tenía prisa, la Historia no podía esperar que los portugueses se detuviesen para pensar en sí mismos, haciendo algo parecido a un examen de su sentido histórico, un trabajo serio de reflexión colectiva que les permitiese identificar claramente las causas estructurales, y también ideológicas y psicológicas, de su tendencia a aceptar ser, como por una especie de determinismo congénito, un socio menor, y en cierta manera en eso se satisfacen, tal vez porque esa subordinación les permite, por un lado, ejercitar la pasión de la lamentación y de la protesta contra las constantes incomprensiones e injusticias de los poderosos, pasión ésta a la que se añade un cerrarse en sí mismos a que llaman orgullo nacional y, por otro lado, persistir en interpretaciones mesiánicas del destino portugués, actualizándolas y adaptándolas, mejor o peor, a las nuevas realidades exteriores.

»Bastará recordar el *Mensaje* de Fernando Pessoa, ahora retomado por nuevos visionarios de todas las edades, por ventura de una manera menos primariamente "patriótica", difícilmente adoptable por aquellos otros, los pragmáticos, que se preocupan, sobre todo, de memorizar y repetir, como si fuese suyo, el discurso europeo oficial, abandonando, por anticuados, los sueños pessoanos de un imperio espiritual portugués, excepto en los casos en los que tal discurso se muestre aún ideológicamente ventajoso para uso interno, incluso así mucho más con el objetivo de ornamentar con citas literarias la banalidad de la nueva retórica política que por convicta adhesión a esos retardados mesianismos.»

Lo que viene a continuación tampoco fue dicho:

«Interesante, sin embargo, será observar cómo unos y otros, los visionarios y los pragmáticos, coinciden en una visión finalmente providencialista: mientras los primeros insisten en colocar en un tiempo sucesivamente retrasado la Hora en la que Portugal se *encontrará* a sí mismo, los otros, prosiguiendo un recorrido mental semejante, colocan sus esperanzas en los lucros materiales de la Unión Europea, gracias a lo cual, con mínimo esfuerzo propio y como por un efecto mecánico de "arrastramiento", consecuencia del proceso integrador general, todos los problemas portugueses se *hallarán* resueltos, con las evidentes ventajas del dinero fácil, del corto plazo, de las fechas a la vista, en lugar de la infinita espera de un infinito futuro.

»Considerado todo, creo que puede decirse, en cuanto a los primeros, que les es bastante indiferente lo que Portugal llegue a ser, siempre que *sea* (incluso presentándose tan poco nítido el *ser* que es posible deducir de sus nebulosas especulaciones); en cuanto a los segundos, tampoco esa cuestión les parece importante, porque, no teniendo una idea precisa de lo que Portugal podría ser, están decididos a transformarlo *en otra cosa* lo más deprisa posible y, estando tan faltos de imaginación creadora, no serán capaces de hacer nada mejor que pagar, a cualquier precio, el modelo europeo *prêt-à-porter,* donde el cuerpo portugués tendrá que entrar, por gusto o a la fuerza, según las exigencias de cada momento, reduciéndolo en lo que sobre o estirándolo hasta la completa ruptura social y cultural.»

Y finalmente no dije:

«Portugal no ha sido capaz, hasta hoy, ni parece preparado para hacerlo, de definir y ejecutar un proyecto nacional propio, obviamente encuadrable, siendo las cosas lo que son, en la Unión Europea, pero no exclusivamente tributario de ella, porque una definitiva dependencia económica (salvando lo que en la palabra *definitivo* hay de demasiado categórico) no dejará de acarrear una dependencia política y cultural no menos definitiva. Lo que, con el transcurso del tiempo, empezó por incipientes intereses dinásticos, después continuado por razones imperiosas de estrategia militar, será inevitablemente consolidado por la lógica de hierro de los condicionamientos políticos y culturales que resultarán de una organización planificada, no sólo de la produccción y de la distribución, sino también del consumo...

»No parecen estas evidencias perturbar excesivamente a los gobernantes europeos. Menos aún, quizá, a los gobernantes portugueses, si tengo en cuenta la respuesta dada por uno de ellos —hoy festejado comisario de la Unión Europea—, al serle apuntados los peligros de una disminución de la soberanía nacional por efecto de la aplicación del Tratado de Maastricht: "Aún el siglo pasado un Gobierno portugués no llegó a tomar posesión por haberse opuesto a ello el almirante de una escuadra inglesa fondeada en el Tajo...". Y sonrió al decirlo, probablemente porque, a partir de ahora, las órdenes, hiriendo o no la legitimidad de los gobiernos y la dignidad de los pueblos, van a pasar a ser dadas por un civil... y desde Bruselas.»

Realmente no sé si decirlo. Es que tendría que decir que vine a París, que vine a la asamblea de la Academia Universal de las Culturas, y eso ya se sabe que no puede ser dicho. No faltaría más.

22 de diciembre

Llegó la revista mexicana *Plural,* aquel anunciado número sobre el autor de los *Cuadernos de Lanzarote* y otras obras. Registrar el hecho me da la ocasión de agradecer públicamente a cuantos en ella escribieron (de México, de España, de Uruguay, de Brasil, de Portugal), a saber, por el orden en que aparecen publicados los textos respectivos: Adrián Huici, Saúl Ibargoyen, José Manuel Mendes, Fernando Venâncio, Teresa Cristina Cerdeira da Silva, Eduardo Lourenço, E. M. de Melo e Castro, Rodolfo Alonso, Ángel Crespo, Fermín Ramírez y Claudia San Román. Durante horas, o días, o semanas, estas personas anduvieron pensando en el autor de los *Cuadernos de Lanzarote* y después escribieron sobre él, en este caso para hablar bien. Cuánto se lo agradezco. En este momento no encuentro mejor manera de expresarles mi gratitud que poniendo aquí los versos de una canción española recientemente oída:

El amor es una barca
Con dos remos en el mar
Un remo lo mueven mis manos
Otro lo mueve el azar.

Quien dice amor, también diría obra o vida. Escribir sobre lo que otro ha escrito es, casi siempre, un acto de amor, e incluso cuando la tinta es, o parezca que es, la del odio, probablemente, si bien buscásemos, encontraríamos, allá en el fondo, una cierta porción de amor que la envidia y el despecho acabaron por aniquilar. En este *Plural* está mi remo —obra, vida— remando tan derecho cuanto sabe y puede, y está también el remo del *azar,* esa casualidad feliz que trajo a mi existencia tantos y tan inteligentes, tan sensibles amigos.

23 de diciembre

Recibo tres ejemplares del libro de Francisco Umbral, *Madrid 1940,* para el cual escribí la introducción que paso a transcribir, tentado por la idea de que, juntando el tiraje suyo al tiraje de estos *Cuadernos,* casi alcanzaremos las estrellas... He aquí lo que digo:

«España tiene mil puertas, muchas más que las del castillo de Barba Azul, que no pasaban de siete. Pero, así como a la humanidad quizá fuese posible compendiarla en una persona única, a partir de la cual, después, invirtiendo taumatúrgicamente la operación, volveríamos a encontrar la multiplicidad inicial, también esas mil puertas de España, tejido laberíntico por excelencia, podrían ser convertidas en las siete puertas simbólicas del cuento de Perrault, atenuado o no su horror final por las revisiones del mito. Sean mil o siete, las puertas de España se abren, una tras otra, para la sangre, para las armas, para los tesoros, para las rosas, para el sol deslumbrante, para las lágrimas, para la sombra. Se dirá que de estas contradicciones, relativamente soportables en lo cotidiano, agónicas en las crisis, se hizo y hace la historia de todos los pueblos, no sólo la de España. Así es, pero las medidas de España oscilaron siempre entre lo excelso y lo terrible, como un péndulo que pareciese implacable simplemente porque no pudo escoger otro camino.

»Este libro de Francisco Umbral, novela de lo acontecido o reinvención literaria de hechos, descubre con violencia, como quien desbridase una llaga para alcanzar el fondo del mal, la más trágica puerta de la España moderna: la guerra civil. Que el título de la obra no nos engañe al aparentar situarnos, temporalmente, en el año siguiente al del término del conflicto y, localmente, en el martirizado Madrid. La verdad de las páginas de Umbral es otra: la guerra no acabó, la guerra va a continuar, abarca toda España y no sólo un espacio habitado entre Fuencarral y Carabanchel. Los bombarderos descansan en el suelo, las banderas se han recogido en los cuarteles, pero la guerra prosigue, una guerra larval, de exterminio insidioso, lento, que procede la mayoría de las veces a ocultas, escondiéndose en cámaras abominables de tortura, detrás de puertas que sólo se abren para dejar entrar y salir a la muerte.

»Tal ajuste de cuentas, frío, cruel, para ser metódicamente desarrollado, necesitaba un nuevo protagonista: el delator. Esos seres, hechos de abyección, envidia y odio, herederos y continuadores de un espíritu inquisidor que siempre prosperó en la península Ibérica, habían hecho ya su trabajo sucio durante la guerra, pero ahora, cuando la línea del frente dejó de separar a los combatientes, cuando los uniformes y las insignias, por ser todos del mismo lado, el de los vencedores, dejaron de servir para distinguir a los "malos" de los "buenos", es cuando se ofrecía, de par en par, repleto de promesas, el triunfo social y seducciones de poder, el campo de acción del delator ideológico, o simplemente vengativo, o ambicioso simplemente. Qué oscuras razones habrán llevado a Francisco Umbral a escoger para desempeñar el miserable papel de delator "dispuesto a todo" a un aspirante al ejercicio de las letras, con algunas pruebas dadas en periódicos de provincia, no lo sabemos. Es cierto que para su Mariano Armijo, de regreso a Madrid después de haber vivido la guerra "en zona nacional y tranquila", tanto le daba, en principio, ir a instalarse en periódicos como en negociados, en editoriales como en escuadrones de policía, pero, empezando por ejercitarse en un poco de todo, no tardará en encontrar su auténtica vocación: denunciante por la pluma. Umbral, conocedor completo de las telas mortales en las que se enreda la vida, procura entender al personaje. Identifica las causas de su perversión, enumera sus desvíos, expone el itinerario de sus fragilidades (sin olvidar aquellas que, a pesar de todo, son todavía sello de humanidad) pero el juicio final no es por eso menos implacable: ningún delator merece perdón, a nadie le será lícito conceder la gracia del olvido.

»Esta historia de la continua degradación de un espíritu, que alcanza el último grado de bajeza al servirse conscientemente de los demás, creo que la ha escrito Francisco Umbral como una protesta contra el olvido, contra lo que llamamos "la corta memoria de los pueblos". Los hechos están ahí, tan trágicos en sí mismos que el novelista casi podría haberse limitado a encadenarlos en una intriga lineal que diese satisfacción más o menos lógica a las expectativas del lector. Sin embargo, ni la intriga es lineal, ni el lenguaje —el estilo incomparable de Umbral— se contentó con ser mero soporte de un curso narrativo. Este nido de escorpiones entrelazados, mordiéndose unos a los otros, que fue la primera España franquista, ha encontrado en Francisco Umbral un analista valiente y frontal: que nadie se atreva ahora a decir "no sabía", o "sí, oí hablar, pero son historias que pertenecen al pasado". Puro engaño. Por mucho que pueda doler a aquellos que aún se obstinan en confiar en que un día se ha de humanizar la especie a la que pertenecemos, Mariano Armijo es inmortal. No lo olvidemos.»

24 de diciembre

Santana Lopes salió del Gobierno, ha pasado a la reserva de candidatos a futuros jefes. Me pregunto qué tendré yo que ver con estos enredos, si vivo en Lanzarote. De hecho la noticia no me dio frío ni calor. Sean cuales sean las causas, esta dimisión no cambia nada. De los políticos que continúan, dentro del Gobierno o que apoyan al Gobierno, empezando por Cavaco Silva (de quien se dice que también está con las maletas hechas, lo que me parece una patraña), está justificado decir que unos serán más Santanas que Lopes y otros más Lopes que Santanas, pero todos son Santana Lopes...

25 de diciembre

Hace cerca de un mes apareció por aquí otro perro, una perra *terrier* de Yorkshire, de raza pura. No sabemos de dónde vino, hasta ahora no ha aparecido nadie a reclamarla, a pesar de haber informado inmediatamente a la policía y a la asociación protectora de animales. *Pepe* empezó recibiéndola con desconfianza, perplejo ante el tamaño diminuto de la intrusa, después, confundido por las libertades y descaros que desde el principio se permitió, como si la casa fuese suya.

Ahora empieza a mirarla con un aire que clasificaría de resignada benevolencia, supongo que dispuesto a esperar a que ella se convierta en aquello que él ya es: un perro serio, maduro, consciente de su papel de guarda y protector de la familia. Dice Marga, la veterinaria, que la perrita aún no ha cumplido un año, por lo tanto *Pepe* tendrá que esperar... O no. Algo me dice que la perra no se quedará con nosotros. Cualquier día se nos aparecerán los dueños: un bichito de éstos vale ciento cincuenta mil escudos, no es ningún desperdicio. No fue ése el caso de *Pepe,* evidente producto de una irregularidad de apareamiento. *Pepe,* cuando apareció, era un perro infeliz, abandonado. Esta fulana no, impertinente, irresponsable, o se perdió o huyó. Y poco le importa que los dueños lloren el dinero perdido y el amor extraviado, lo que quiere es que le rasquen la barriga.

26 de diciembre

Me dicen que en Nápoles existe la costumbre, no sé si de siempre o de estos días, de mandar traer un café y pagar más de lo que se consumió. Por ejemplo, cuatro personas entran, se sientan, piden cuatro cafés y dicen: «Y tres más en suspenso». Pasado un rato aparece un pobre a la puerta y pregunta: «¿Hay algún café en suspenso?». El empleado mira el registro de los adelantados, verificando el saldo y dice: «Sí». El pobre entra, bebe el café y se va, supongo que agradeciendo la caridad. A mí me parece bien esto. Se trata de una solidaridad barata, es verdad, pero si este espíritu se fortalece acabaremos por ir al restaurante y pagar dos comidas, entrar en una zapatería y pagar dos pares de zapatos, comprar un pollo y dejar dos pagados, y todo por el estilo. Además, parece que no vamos a tener otro remedio. Como el Estado cumple cada vez menos y cada vez peor sus obligaciones para con los ciudadanos, les tocará a éstos hacerse cargo de la sociedad antes de que nos volvamos todos, excepto los ricos y riquísimos, en pobres de pedir, y por lo tanto sin nadie que nos pague un cafelito.

27 de diciembre

Mi último acto como presidente de la Asamblea General de la SPA (que lo soy hasta el 31 de diciembre) debe de haber sido éste de enviar a los cuatro principales partidos españoles (Partido Socialista Obrero Español, Partido Popular, Izquierda Unida y Convergencia y Unión) una carta pidiendo que no sea aprobada en las Cortes una propuesta de enmienda a la Ley de Propiedad Intelectual, presentada por el PP y CiU, en el sentido de que la comunicación de emisiones de radio y televisión en lugares públicos esté exenta del pago de derechos. El PP y CiU pretenden, de esta manera, mandar a criar malvas la Convención de Berna, de la que España es signataria. En caso de que las Cortes españolas lleguen a aprobar la desastrosa enmienda, y considerando lo fácilmente que prosperan los malos ejemplos, no tardará mucho que el precedente contagie a Portugal, donde la Procuraduría General de la República continúa abundando en idéntico y aberrante parecer. Felizmente los tribunales portugueses se han decidido hasta ahora por el acatamiento de la Convención. La votación en las Cortes está prevista para hoy y ya lleva el voto favorable del Senado. Temo mucho que, gracias a la gula de los electores del Partido Popular y de Convergencia y Unión (porque es de eso de lo que se trata, nada más), los bares, cafés, restaurantes, hoteles, etcétera, hayan salido vencedores. Entre los votos, por otra parte siempre dudosos, de unos cuantos artistas y compositores y los de la multitud de aquellos que vendrán a lucrarse con la enmienda, los partidos proponentes encontrarán que la elección es obvia, fácil y conveniente. Queda por saber cómo se comportarán el PSOE e Izquierda Unida. ¿Habrán sido leídas las cartas? Lo dudo. Y si lo fueron, ¿qué atención les dieron? Calculo que poca... Tanto más cuando yo no voto en España.

29 de diciembre

La enmienda no prosperó. Por escasa diferencia de votos, es verdad, pero no prosperó. La «mayoría de izquierda», la que existe, pero no funciona, funcionó esta vez...

30 de diciembre

He estado estos días esforzándome por dar suficiente satisfacción a la correspondencia que recibo, sabiendo de antemano que los resultados, como de costumbre, irán a quedar más acá de los deseos, es lo mismo que querer vaciar el mar con un balde... Con casi dos meses de retraso conseguí responder hoy a una carta de un lector alemán que vive en Portugal. Lo que le escribí importa poco, no vale la pena ponerlo aquí, pero su carta sí, me es gratísimo transcribirla. No tiene más errores de ortografía ni muestra más dificultades de expresión de los que tendrían y mostrarían las cartas de algunos millones de portugueses... Reza así:

«Hace cinco minutos leía su artículo en la revista *Merian* de Alemania. [Se trata de un texto crítico sobre la vida portuguesa que publiqué ahí en 1993.] ¡Puedo firmar ese artículo absolutamente! Oh, disculpe, olvidaba presentarme. Me llamo Tom Hamann, soy alemán y vivo en Portugal hace un año y medio. Me gusta mucho el país. ¿Por qué? No sé. Es un sentimiento solamente. Vine por aquí la primera vez con dieciséis años y tengo un sentimiento mucho más fuerte por Portugal que por Alemania. Ahora intento hacer una vida aquí, con mi mujer (ella es suiza). Vivimos en unas tiendas sobre un terreno de amigos portugueses. Hacemos trabajos pequeños (limpiar, pintar, etcétera) y también negocios pequeños (vendemos cosas en los mercados, etcétera) ¿Alcanza? ¡Alcanza!

»Su artículo dibuja un cuadro muy exacto de la situación aquí en Portugal. Siento y pienso lo mismo. ¡Es una pena! Conozco Portugal hace quince años y ¡el país ha cambiado mucho! Europa va a matar la identidad y el corazón de Portugal. Dinero, negocio y burocracia no hacen la vida, pero matan los sentimientos y los sueños. No sé si a usted le interesan mis sentimientos, pero tenía que escribir esto. Pinto un poco sólo para mí y porque leía su artículo ahora voy a mandar unas fotografías de mis cuadros. ¡Si a usted le gustan tendré mucho placer! Buena suerte y energía, y haga el favor de no cerrar nunca la boca. Gracias.»

Yo soy el agradecido, Tom Hamann. Y le prometo que no cerraré la boca...

31 de diciembre

Escribo entre las doce de la noche y las doce de la noche. La Península ya entró en 1995, aquí aún nos quedan veinte minutos de 1994 para vivir. En Canarias no hacemos las cosas por menos: necesitamos veinticuatro campanadas para pasar de un año a otro. Los amigos que vinieron de Portugal y de España miran desconfiados los relojes, por poco dirán que no saben dónde se encuentran. De uno de ellos, Javier Rioyo, periodista y escritor, sé que durmió hace diez años en el Hotel Bragança de Lisboa, en la cama que fue de Ricardo Reis. El tiempo es una tira elástica que se estira y se encoge. Estar cerca o lejos, allá o acá, sólo depende de la voluntad. En la Península ya se apagaron los fuegos artificiales. La noche de Lanzarote es cálida, tranquila. ¿Nadie más en el mundo quiere esta paz?

TERCER CUADERNO
(Diario III-1995)

A Pilar
A José Manuel Mendes

2 de enero de 1995

Así como vino, así se fue. No vinieron a reclamarla los dueños, simplemente saltó el muro bajo y desapareció. Más o menos a esa hora, en La Santa, debatíamos con amigos la grave cuestión del nombre que tendríamos que ponerle. Saltó el muro y desapareció, fue la noticia que nos dio Juan José cuando volvimos a casa, al final de la tarde. Buscarla en medio de estos campos pardos, ennegrecidos, no sería diferente a buscar una aguja en un pajar. Aún así, batimos los alrededores hasta que se hizo de noche. Desapareció la perrita, a la que llamé impertinente e irresponsable, dejándonos con esta pregunta: ¿qué impulso subió de su interior o qué tentaciones del mundo la llevaron a abandonar el buen trato y el cariño que le dábamos, a renunciar a la fiesta de vivir que fueron para ella las semanas que estuvo con nosotros?

3 de enero

No tengo la culpa de que el *Evangelio* vuelva tantas veces a estas páginas. Quienes lo traen aquí son los lectores, a los que les gustó y a los que lo detestaron, aquellos que fueron tocados en el corazón y aquellos a quienes se les revolvió la bilis. Esta carta ha llegado de Israel y la firman Martha y Yakov Amir. Supongo que son marido y mujer. Me agradecen la «gran experiencia espiritual» que representó, para ellos, la lectura de la novela, me alaban por el conocimiento que demuestro tener de las «condiciones» del país, llegan incluso al punto de decir: «Es como si usted estuviese en Israel hace años y supiese más sobre él que muchas personas que han pasado la vida entera aquí». Después me preguntan por qué situé el nacimiento de Jesús en la Semana Santa en vez de en la época en la que la Iglesia lo situó, en diciembre. Les responderé con lo que ya ni siquiera es un punto discutible: que la fecha del 25 de diciembre sólo desde el siglo IV es celebrada como Nacimiento de Cristo y que la elección del día, hecha por las antiguas autoridades cristianas, obedeció a razones prácticas y simbólicas. En el Imperio Romano ese día marcaba el principio de las saturnales, que eran las fiestas más populares del año. También astronómicamente ese día era importante porque el sol de invierno empezaba a regresar al cenit de los cielos de verano. Tras la muerte literal y simbólica del invierno el ciclo de las estaciones continuaba y la vida recomenzaba. Situar en esa época el nacimiento de Jesús significaba, en el plano simbólico, que la vida se renovaba y que el renacimiento espiritual era posible.

En cuanto al hecho de que Jesús nazca en Semana Santa, supongo que son bastante convincentes (lo son para mí) las razones que sugieren dos pasajes evangélicos. El primer pasaje (Lucas, 2, 8) se refiere a los pastores y dice así: «Había pastores en la misma región, que velaban y guardaban las vigilias de la noche con su rebaño». (No es creíble, pienso, que en invierno los rebaños pasasen las noches al aire libre...) El segundo pasaje (Lucas, 2, 41-42) es aún más explícito: «Iban sus padres [de Jesús] todos los años a Jerusalén en la fiesta de la Pascua; / y cuando cumplió los doce años, subieron a Jerusalén, conforme a la costumbre de la fiesta». (No creo que sea forzar el texto y concluir, siguiendo la lógica, que Jesús cumplía años precisamente durante la Pascua, coincidiendo por lo tanto su cumpleaños con la subida a Jerusalén.)

4 de enero

La perra está nuevamente en casa. No volvió por su pie, porque, incluso queriéndolo, no hubiera sabido dar con el camino, la primera vez la trajo la casualidad. La encontraron Pilar y Javier, cerca de aquí, en medio de la carretera. Tuvo suerte. Es verdad que en estos sitios el tránsito es menos que moderado, pero un conductor, como hay tantos, desatento o indiferente, podía haber acabado con su vida. Ya le hemos dado nombre, ha pasado a llamarse *Greta*, puede ser que con un nombre de persona se deje convencer de que forma parte de la familia. Éste era uno de los nombres en debate, y ella lo escogió: con el alborozo del inesperado encuentro Pilar gritó *¡Greta!*, y ella volvió la cabeza...

5 de enero

Leo los *Diálogos sobre el mito de Antígona y el sacrificio de Abraham*, de Pierre Boutang y George Steiner. En la introducción de Boutang hay una referencia a una conversación que Steiner mantuvo con Remis Jahanbegloo, en 1992, en la que expresa el «pesimismo profundo que le inspiran nuestro siglo y el mundo moderno, el dominio norteamericano, pero también la probabilidad de una situación imperial de Alemania en la nueva Europa». Está bien que sea George Steiner quien lo diga: a él no se le puede llamar ignorante, conservador o comunista... Es cada vez más necesario afirmar, con toda claridad, que en ningún momento de la Historia (y éste en el cual vivimos no es excepción) el mundo habrá sido el mejor de los mundos posibles. Y que no serán los supuestos beneficios de un progreso y de un desarrollo como los entiende y administra el señor de nuestros destinos —el poder financiero internacional—, los que convertirán el mundo en un lugar simplemente decente en el que, a pesar de todo, mereceríamos vivir. En cuanto al dominio norteamericano, creo que es una invencible fatalidad: conocemos las causas, no ignoramos sus intenciones, y nada de eso ha sido suficiente para que supiésemos resistir a los metódicos procesos de compresión y laminación cultural de que estamos siendo objeto, con nuestras culturas históricas perdiendo rápidamente la espesura vital y la cohesión. En una Europa incapaz de cuestionarse a sí misma, la postura hoy más común es la de una resignación que ha tocado fondo. Excusado será decir que ningún estado de espíritu podría convenir mejor a un proyecto imperial alemán que ha dejado de tomarse el trabajo de disfrazarse: aún el juego está en los inicios, y ya lo hemos perdido...

6 de enero

La sugestión que hice en Lisboa, de que el Premio Stendhal, para justificar mejor el nombre que tiene, se interesase también por las cuestiones culturales, ha tomado por un desvío que la va a apartar del ámbito de los medios de comunicación social, en los que supuse ventajoso mantenerla. Mi idea continúa pareciéndome simple y efectiva: no entiendo por qué los *media* europeos se han aplicado exclusiva y obsesivamente en comentar, con mejor o peor provecho y fortuna, el proceso de integración de Europa en sus aspectos económicos, financieros y políticos, dejando de lado el análisis de las consecuencias que va a tener en la cultura, algunas ya visibles, otras bastante previsibles. Sugería por lo tanto que la prensa, la radio y la televisión fuesen requeridas para orientar igualmente el foco de sus atenciones hacia las cuestiones culturales en el plano general europeo, como en el nacional y particular. De lo que se va a tratar, me informa ahora Dorio Mutti, presidente de la Fundación Adelphi, organizadora del Premio Stendhal, es de analizar los proyectos culturales (en los dominios literarios, arquitectónicos, sociales, etcétera) ya en curso en Europa, tras lo que serán propuestos al jurado tres o cuatro finalistas. Es algo, pero no alcanza los objetivos de la sugestión que presenté: llevar al conocimiento y al debate públicos los problemas culturales resultantes de la integración europea.

7 de enero

Monstruos... Ni Frankenstein, ni Drácula, ésos son unos pobres inocentes hechos de papel y celuloide, cuando parece que matan, no han matado, cuando parece que mueren, resucitan, tanto fingen la muerte como fingen la vida, probablemente por eso no tenemos el valor de matarlos de una vez. Los auténticos monstruos son otros, duermen sin pesadillas, toman el desayuno con la familia, se quejan de cuánto les cuesta el esfuerzo cotidiano, pero qué remedio, un hombre tiene el deber de cuidar de los suyos, de la educación de los hijos, y después salen a la calle, conversan con los amigos y los conocidos, leen el periódico y sacuden la cabeza, dolorida por el estado en el que se encuentra el triste mundo en el que viven. A algunos les gusta la música, algunos cultivan flores, tienen animalitos domésticos, sufren y se alborozan a causa de su club de fútbol, y hay hasta los que, en este tiempo de poca y mal sentida fe, continúan frecuentando la iglesia. Hoy van a cerrar unos negocios, en primer lugar una partida de fetos humanos originarios de Rusia, que serán exportados a Alemania y a Japón, donde tienen gran necesidad de ellos las industrias de cosmética: ciertas cremas de belleza y ungüentos del mismo estilo no son nada si no llevan su fetito tierno. El otro negocio pendiente que hoy rematarán es un suministro de riñones y córneas en excelentes condiciones, que algunas clínicas occidentales pagan a cualquier precio en bien de pacientes que necesitan trasplantes y que están dispuestos a pagarlos. Fui a ver en el mapa dónde queda Urqueira, población de la que nunca había oído hablar, y me precio de conocer bastante bien el país en que nací, tierra de suaves costumbres, como toda la gente sabe. Está allí mismo, al norte del distrito de Santarém, a unos diez kilómetros de Vila Nova de Ourém. Tiene una Caja de Crédito Agrícola que, según se descubrió y la policía investiga, formaba parte de una red de falsificación de medios de pago a traficantes de órganos humanos. Gracias a Dios, imagino, los directores de la Caja nunca tocaron con sus honestas manos los fetos congelados: sólo hacían la contabilidad, emitían cheques y guardaban las comisiones. Para la educación de los hijos, claro.

8 de enero

Hace tiempo prometí a Lakis Proguidis, para su *L'atelier du roman,* un ensayo sobre Ernesto Sábato, para el cual incluso tenía título, ya que, como es mi incorregible propensión, bautizo siempre a la criatura antes de que ella haya nacido. Se llamaría *O Olhar Sobrevivente.* El condicional está ahí diciendo que la promesa no llegó a ser cumplida. Quizá regrese un día a ese proyecto, pero nunca antes de liberarme de la legión de ciegos que me rodea. Es posible que el título se me ocurriera, siguiendo desconocidos caminos, de aquella «mirada superviviente» que, en sentido literal, existe en el *Ensayo sobre la ceguera*. Esto y por diferentes vías, el *Informe sobre ciegos* del mismo Sábato (en el cual el número de ciegos no cuenta comparado con los del *Ensayo...*), es lo que probablemente me habrá llevado al título de ese otro «ensayo» que ha quedado por escribirse.

Se me ocurren estos recuerdos al terminar de leer la recensión que Ignacio Echevarría hace del libro *Diálogos sobre el mito de Antígona y el sacrificio de Abraham,* al que hice referencia hace pocos días, y de otro libro, también mencionado en la misma ocasión, *George Steiner en diálogo con Ramin Jahanbegloo.* No conozco con suficiencia bastante la obra de Steiner para confrontar puntos de vista míos con los de Echevarría. En todo caso, me parece reductora y parcial una lectura que atribuye a Steiner el propósito de recuperar el sentido perdido del mundo «a través de la experiencia estética, de la restitución de una trascendencia que emana de la obra de arte». Bien ingenuo sería Steiner, me parece, si pusiese en la experiencia estética, por más sublime que fuese, las esperanzas que tenga (si es que las tiene) de dar sentido a un mundo que él mismo declara que ha dejado de ser el suyo. Ni veo cómo se transitaría de la percepción de una supuesta trascendencia de raíz estética a aquello que, a final de cuentas, es el motivo conductor del pensamiento de Steiner, condensado en estas palabras suyas: «Todas mis categorías son éticas». Partiendo de aquí creo que se vuelven claras las razones por las que George Steiner se considera a sí mismo un «superviviente», razones que serán semejantes, si no analizo mal, a las que creo haber encontrado en Sábato, semejantes también a las de Leonardo Sciascia, semejantes también a las de Günter Grass... Al final, quizá el mundo debiese prestar un poco más de atención a lo que todavía tienen para decirle los «supervivientes». Antes de que se acaben...

9 de enero

Doscientas veinte millas al noreste de Lanzarote la fuerte marejada hizo naufragar un barco de pesca portugués. Leo que, entre los tripulantes marroquíes y portugueses, han muerto veinte pescadores. El barco era de Sesimbra y se llamaba *Menino de Deus*. Me han dicho que Dios y Alá están en todas partes, como es propio de dioses. No dudo que lo estén, pero no salvaron a sus hijos...

11 de enero

Carlos Câmara Leme, del *Público,* me pidió, a propósito de la próxima publicación de una edición crítica de los poemas de Ricardo Reis, unas palabras que recordasen las circunstancias en las que los leí por primera vez. Escribí lo siguiente:

«No era risueña, y con seguridad no era franca completamente. Me refiero a la escuela. Se llamaba Afonso Domingues, vecina inmediata de la iglesia de la Madre de Dios, pared con pared con el Asilo de María Pía, que era donde se corregían los muchachos malos de aquel tiempo. La escuela era industrial, pero está claro que no preparaba industriales: preparaba gente para los talleres. También, habiendo en la familia suficientes haberes y cumplidos los necesarios exámenes de admisión a las escalas siguientes —Instituto Industrial e Instituto Superior Técnico—, se podía llegar a ingeniero. La mayor parte tenía que contentarse con los cinco años básicos de maestría industrial (que podía ser cerrajería mecánica, cerrajería metálica o carpintería) y lanzarse a la vida. Llevaba unas luces generales de matemáticas y de mecánica, de dibujo de máquinas, de física y química, de francés, de ciencias naturales, lo suficiente de portugués para escribir sin errores y literatura. Sí, en los remotos años treinta se aprendía literatura portuguesa en la enseñanza industrial. Ahora quien dice literatura, dice biblioteca: la Afonso Domingues tenía una biblioteca, un lugar oscuro y misterioso, con altos estantes acristalados y muchos libros allí dentro. En esto de libros, mis amores (estaba en la edad, tenía cerca de dieciséis o diecisiete años) me encaminaban sobre todo hacia la Biblioteca Municipal del Palacio de las Galveias, en Campo Pequeno, pero fue en Xabregas, en la Escuela de Afonso Domingues, donde empezó a escribirse *El año de la muerte de Ricardo Reis*. Un día, en una de mis incursiones en la biblioteca de la escuela (estaba llegando el fin de curso) encontré un libro encuadernado que tenía dentro, no un libro como se espera que un libro sea, sino una revista. Se llamaba *Athena* y fue para mí como otro sol que hubiese nacido. Quizá alguna vez sea capaz de describir esos momentos. Lo que ciertamente no conseguiré explicar es la razón por la que me conmovieron tan profundamente las odas de Ricardo Reis allí publicadas, en particular las que empiezan por *Seguro asiento en la columna firme / De los versos en los que quedo*, o *Pongo en la altiva mente el fijo esfuerzo*, o *Mejor destino que el de conocerse / No goza quien miente goza*. En ese momento (ignorante como era) creí que realmente existía o había existido en Portugal un poeta que se llamaba Ricardo Reis, autor de aquellos poemas que, por la misma época, me fascinaban y asustaban. Pero fue años más tarde, pocos, a principio de los años cuarenta, cuando Adolfo Casais Monteiro publicó una antología de Pessoa (entonces ya sabía yo eso de los heterónimos), unos cuantos versos de Ricardo Reis se me impusieron como una divisa, un timbre de honor, una regla imperativa que iba a ser mi deber, para todo y siempre, cumplir y acatar. Eran éstos:

Para ser grande, sé entero: nada
Tuyo exageres o excluyas.
Sé todo en cada cosa. Pon cuanto eres
En lo mínimo que haces.
Así en cada lago la luna entera
Brilla, porque alta vive.

»Duró unos años. Hice lo que pude para no quedar atrás de lo que se me ordenaba. Después comprendí que no podían llegarme las fuerzas para tanto, que sólo algunos serían capaces de *ser todo en cada cosa*. El mismo Pessoa, que fue de verdad grande, aunque con otra manera de grandeza, nunca fue entero... Así pues... No tuve otro remedio que tornarme humano.»

12 de enero

Y van tres. Sospecho que los perros de Lanzarote están diciéndose el secreto unos a otros. Ahora es una perra de una raza a la que aquí llaman sato, de color amarillo tostado, de patas cortas y cola resplandeciente, con una cabeza lindísima y tierna. Tiene una cadera derrengada, de algún golpe que recibió. Desde hace tres días no se va de nuestra puerta. Le dimos comida y agua, que empezó por no tocar. Temblaba, asustada. Después se fue tranquilizando, comió y mató la sed. *Pepe* y *Greta* no fueron simpáticos al principio, pero no tardaron mucho en aceptarla, tras el acostumbrado ceremonial de rodeos, refunfuños y olfateos. La situación ahora es ésta: la perra pasa la noche aquí, por la mañana sale, anda por ahí el día entero y regresa al caer de la tarde. Hoy traía compañía: una perra grande, esbelta, negra, de patas altas y orejas nobles. Contra el deseo de Pilar no las quise dejar entrar, ni a la una ni a la otra, pero encontraron manera de saltar el muro subiendo a unas piedras que están del lado de fuera. Mirando, por casualidad, desde la ventana del despacho, di con la perra negra en medio del jardín, mientras que la amarilla levantaba interrogativamente el hocico hacia mí, imagino que era para ver si yo me enfadaba. De la perra grande no tenemos nada que temer: su casa está abajo, al final de la cuesta. Le apeteció dar un paseo, encontró a la amiga, ésta le dijo: «Anda ven, conozco unas personas muy simpáticas», y vino a ver qué tal. Pero el problema ahora es la sato: Pilar dice que va contra su religión echar a la calle a un animal que la ha buscado, mucho menos si tiene algún achaque. Hoy, mientras cenábamos, los tres perros gozaron de una hermosa camaradería. Habían comido, les parecía que el mundo era formidable. ¿Qué le vamos a hacer?

José Manuel Mendes me pregunta, al final de una carta: «¿Qué tal va el *Ensayo*? Voy a responderle con una palabra simple: «Avanza». Probablemente pensará: «En fin... ya era hora».

13 de enero

La experiencia personal y las lecturas sólo valen lo que la memoria haya retenido de ellas. Quien haya leído con alguna atención mis libros sabe que, más allá de las historias que van contando, lo que allí hay es un continuo trabajo sobre los materiales de la memoria o, para decirlo con más precisión, sobre la memoria que voy teniendo de aquello que, en el pasado, fue memoria sucesivamente añadida y reorganizada, en busca de una coherencia propia en cada momento suyo y mío. Tal vez esa deseada coherencia sólo empiece a dibujar un sentido cuando nos aproximamos al final de la vida y la memoria se nos presenta como un continente a redescubrir.

15 de enero

Hablo contra mí: lo mejor que a veces los libros tienen son los epígrafes que les sirven de credencial y carta de navegación. *Casi un objeto,* por ejemplo, quedaría perfecto si sólo contuviese la página que lleva la cita de Marx y Engels. Lamentablemente la crítica salta por encima de esas excelencias y va a aplicar sus lupas y sus escalpelos a lo menos merecedor que viene después. No fue ése el caso de un cierto crítico que, atento a la materia, no dejó pasar en vano el epígrafe de *Historia del cerco de Lisboa,* aquella que dice: «Mientras no alcances la verdad no podrás corregirla. Sin embargo, si no la corrigieres, no la alcanzarás». Son palabras del *Libro de los consejos,* confirmaba con toda la seriedad, movido, probablemente, por una reminiscencia, de directa o indirecta vía, del *Leal consejero* de Don Duarte. Conviene decir que son también palabras del *Libro* las que irán a servir ahora de epígrafe al *Ensayo sobre la ceguera,* que está en curso. Éstas rezan así: «Si puedes mirar, ve. Si puedes ver, repara». Espero que el bien intencionado crítico, habiendo reflexionado sobre la profundidad de esta aseveración, no se olvide, con idéntica circunspección, de mencionar la fuente, salvo si, esta vez, cogido por súbita desconfianza o científico escrúpulo, se decide a preguntar: «¿Qué diablo de *Libro de los consejos* es éste?».

16 de enero

El *Libro de los consejos* no existe.

17 de enero

Siempre se muere demasiado temprano. Miguel Torga abandona el mundo a los ochenta y siete años, después de una larga y dolorosa enfermedad. Dirán los piadosos que fue un alivio para él, los resignados que ya había vivido bastante, los pragmáticos que su obra estaba hecha.

Todos tienen razón, ninguno la tiene por entero —si mi opinión sirve para algo. Porque hay una diferencia entre estar muerto Torga y estar Torga vivo. Tal vez ya no tuviese mucho que decir: llega siempre el momento en el que la energía de la palabra se agota. Además, sabemos que la muerte no podrá borrar ninguna de las palabras que escribió. Lo que extingue la vida y sus señales no es la muerte, sino el olvido. La diferencia entre muerte y vida es ésa. Lo que cuenta para nosotros, en este caso, es otra diferencia mucho más humana: la diferencia entre estar y no estar. Podía Torga no escribir una línea más —pero estaba ahí. Y ahora ha dejado de estar.

No conocí a Miguel Torga. Nunca le busqué, nunca le escribí. Me limité a leerlo, a admirarlo muchas veces, otras no tanto. Fue sólo de lector mi relación con él. Algunas veces, en estos últimos tiempos, nuestros nombres aparecieron juntos, y siempre que eso sucedía no podía evitar el pensamiento de que mi lugar no estaba allí. ¿Por una especie de superstición inducida por la persona que fue y por la obra que creó? No creo. El motivo es ciertamente mucho más sutil de lo que se podría deducir de un mero balance de cualidades suyas y defectos míos. Me parecía que había en Torga algo que a mí me gustaría tener, y no tenía: el derecho ganado por una obra con una dimensión en todos los sentidos fuera de lo común, la música profunda de una sabiduría que había nacido de la vida y que a la vida volvía, para tornarse, ambas, más ricas y generosas. Que Torga no era generoso, me dicen. Pero yo hablo de otra generosidad, la que se entraña en ese movimiento de vaivén que en rarísimos casos une al hombre a su tierra y la tierra toda al hombre.

Demasiado temprano murió Miguel Torga. Comprendo ahora cuánto me habría gustado conocerle. Demasiado tarde.

18 de enero

Soy, simplemente, una persona con algunas ideas que le han servido de razonable gobierno en todas las circunstancias, buenas o malas, de la vida. Se suele decir que el mejor partido para un creyente es comportarse como si Dios estuviese siempre mirándole, situación, me imagino, que ningún ser humano tendrá condición para aguantar, salvo que ya esté muy cerca de volverse, él mismo, Dios. De todas maneras, y aprovechando el símil, lo que he hecho es imaginar que esas tales ideas mías, estando dentro de mí como deben, también están fuera —y me observan. Y realmente no sé lo que será más duro: si prestar cuentas a Dios, por intermedio de sus representantes, o a las ideas, que no los tienen. Según consta, Dios perdona todo, lo que es una excelente perspectiva para los que en él creen. Las ideas, ésas, no perdonan. O vivimos nosotros con ellas, o ellas vivirán contra nosotros —si no las respetamos.

19 de enero

Me llegó una carta de Italia, de un autor teatral llamado Francesco di Maggio, que me informa que está trabajando en las crónicas de *Las maletas del viajero* y *De este Mundo y del Otro,* con vista a un espectáculo sobre el tema de la infancia y de la memoria, destinado a niños y también a programas de promoción de lectura en las bibliotecas. Tiene título: *Dieci storie di José...* Di Maggio me dice que ha trabajado con Yannis Ritsos, el autor de *Crisótemis,* y ahora se propone venir a Lanzarote para charlar conmigo. No hay dudas, el teatro me persigue...

Como era de esperar, la perra sato se ha quedado haciendo compañía a *Pepe* y a *Greta...* Ahora son tres los perros que andan por casa. De vez en cuando *Pepe* se irrita con *Greta,* que es el más impertinente de los seres vivos, la persigue con toda la ferocidad de que es capaz, pero es fingiendo, no llega nunca a morderla. La descarada responde ladrando con un tono de tal manera agudo que parece perforarnos los oídos. Por fin se rinde y hacen las paces. A todo esto asiste impávida *Chica* —ha sido el nombre que le hemos dado—, con la serenidad de quien ya ha visto mucho mundo y comido el pan que el diablo de los perros amasó... Digo que son tres los perros, pero de vez en cuando aparece en el jardín la perra negra, aquella grande, de piernas altas. A mí me parece bien. Una amistad no se acaba sólo porque los amigos estén viviendo en casas diferentes.

20 de enero

Una empresa productora de películas inglesa quiere saber si aún se encuentran libres los derechos de adaptación cinematográfica de *La balsa de piedra.* Las cosas se complican, por lo tanto. Primero, mi estimada Yvette Biro, de Nueva York, ahora estos del otro lado del canal de la Mancha. No sé adónde irá esto a parar. Evidentemente la prioridad la tiene Yvette, y no es ni va a ser mi intención retirarla. Lo mejor es que se entiendan unos con los otros y luego veremos.

21 de enero

Sobre la fotografía:

Las manos levantan la cámara fotográfica a la altura de los ojos y el mundo desaparece. Rápido o despacio, según el grado de urgencia o de provocación de la imagen que va a ser captada, el movimiento de las manos respondió a un estímulo visual. Ahora, por detrás del visor, el ojo hará reaparecer, no el mundo, sino un fragmento del mismo, lo poco que puede caber en un rectángulo cuyos lados, como láminas insensibles, cortan y cercenan el cuerpo de la realidad. En aquel último e ínfimo instante que precede al disparar del objetivo, y como si a lo largo de las líneas que imperativamente limitan el visor existiese una red de microscópicas conductas, el mundo exterior aún intentará penetrar en el espacio que le fue retirado, para dejar en él una señal de su obliterada dimensión. Fragmento de un todo o de su apariencia, cada fotografía, a su vez, es fragmento de fragmentos y, por un movimiento de aproximación y expansión en todas las direcciones, al mismo tiempo que por el movimiento contrario de conversión al punto de resolución que finalmente es, se vuelve, en la imagen única que presenta, lectura múltiple del mundo. Pero eso, sólo más tarde nos será mostrado, cuando la imagen aprehendida haya pasado, *revelada,* al papel. Entonces sabremos verdaderamente lo que habíamos visto cuando y donde apenas creíamos no haber hecho más que mirar.

Esparcimos las fotografías delante de nosotros, las disponemos por temas, asuntos, afinidades, queremos que unas hagan preguntas y otras respondan, desearíamos que contasen una historia, aunque sea breve, aunque no llegásemos a conocer el final. Pero parece que es del natural de las imágenes, aunque tomadas de un mismo objeto y en un periodo mínimo de tiempo, que se resistan a perder su identidad: cada una de ellas querrá ser, por supuestas y exclusivas virtudes suyas, el alfa y el omega, no sólo de la comprensión de sí misma, sino también de todos los desciframientos posibles del espacio invisible que la rodea, de esa ausencia representada por la blancura de los márgenes. Lo que la fotografía no puede mostrar es, precisamente, lo que daría sentido de realidad a lo que estuviera mostrando. Por eso quizá sea correcto afirmar que el ojo que ve la fotografía, justamente por ser fotografía lo que ve, no es el mismo, aunque sea lo mismo, que miró y vio una parte del mundo para fotografiarla.

22 de enero

Sobre rostros y manos:

Hay quien fotografía rostros buscando en sus trazos el camino hacia un espíritu que se cree que habita por detrás de ellos; hay quien se contenta con captar la superficie plana y obvia de una belleza o de una fealdad inexplicables en sí mismas; hay quien acepta dejarse sorprender por la fotografía que hizo, tal como espera que vaya a sorprenderse el observador de la misma. Más allá de una imagen ¿qué será entonces el rostro para el fotógrafo? ¿Un discurso, una voz, una pluralidad de discursos y de voces? Expresivos hasta la frontera de lo inefable, los rostros son lo que más fácilmente mostramos y lo que más frecuentemente ocultamos. Los rostros sólo son verdaderamente auténticos cuando están desprevenidos: el miedo, la cólera, un impulso que no puede vigilarse, expresan la verdad total de un rostro. En situaciones no extremas el rostro es casi siempre, y sólo, *un cierto rostro referido a una cierta situación*. Por eso es capaz de revestirse tan fácilmente de expresiones *útiles,* simulando un sentimiento que no experimenta, una emoción cuando el pulso se mantiene firme y el corazón sosegado, un interés cuando está indiferente. O lo contrario.

Siendo, sin duda, instrumentos de la voluntad, de la necesidad o del deseo, las manos son, incomparablemente, más libres que el rostro. Componemos la expresión de la cara, no guiamos la expresión de las manos y, si en alguna ocasión lo intentamos, en seguida recuperan su autónomo modo de ser, contradiciendo muchas veces, sin que nos demos cuenta, lo que el rostro, artificiosamente, quiera hacer creer. Dicen los antropólogos que a las manos, en gran parte, debemos el cerebro que tenemos. No cuesta nada creer que sea así, tan fácil es saber lo que un cerebro es, sólo por ver lo que hacen las manos.

24 de enero

Cavaco Silva anunció su retirada política: que dejará la presidencia del PSD después del congreso del partido y que no será candidato a primer ministro en las elecciones legislativas, en octubre. Sobre la elección para la presidencia de la República, el año que viene, no dijo una palabra. El silencio podría significar que conservará esa carta de reserva, a la espera de que las circunstancias la conviertan en triunfo, pero lo más probable es que sea este silencio el refugio que aún le queda a quien se resiste en reconocer su descalabro político. Además es dudoso que después de la guerra de sucesión que va a empezar, con precarios primeros vencedores y vencidos no resignados, un PSD dividido, mal curado de la larga orfandad de Sá Carneiro y ahora bajo el trauma de un abandono inesperado, estuviese de humor pacífico para presentar como su candidato a la presidencia de la República a alguien que, o mucho me engaño, va a ser señalado como responsable de todos los males presentes y futuros del partido. Nunca estimé a este hombre, pero confieso que me gustaría conocer el recorrido mental, los movimientos de la razón y de la psique que lo han llevado a tomar esta decisión. Caso singular: al anunciar su retirada, Cavaco Silva se ha convertido en un sujeto relativamente interesante...

25 de enero

A causa de un artículo publicado en *Der Spiegel*, el escritor turco Yashar Kemal ha sido procesado por las autoridades de su país bajo la acusación de «propaganda separatista». Imagino que el «crimen» del autor de *Memed* habrá sido una toma de posición en defensa de los curdos y contra el implacable exterminio de que vienen siendo víctimas ante la indiferencia de la llamada comunidad internacional. A la OTAN, tan intransigente defensora de libertades ajenas cuando eso sirva de provecho al interés de las suyas, no le causan ningunas náuseas tener en su seno un país cuyo gobierno comete todos los días crímenes contra la humanidad. Y si un escritor se levanta y dice la palabra necesaria, aquella que podría, si fuese escuchada, ayudar a limpiar y reconstruir el honor perdido, el Estado, esa creación sobre todas monstruosa, le sale diciendo que es traición y separatismo y mete al escritor en la cárcel. Yashar Kemal todavía no está preso, pero quizá no tarde en estarlo. Así va el mundo en el que tenemos la dicha de vivir.

26 de enero

Una buena noticia. El programa radiofónico inglés *Pensamiento del día*, hasta ahora reservado a teólogos y sacerdotes, decidió conceder también unos minutos a los ateos que profesen públicamente su fe en la inexistencia de Dios. Según leo, la BBC habla del ateísmo como «una de las grandes fes de la humanidad». Pues no está mal visto, no, señor. Como ni la existencia ni la inexistencia de un Dios pueden ser probadas y demostradas, todo se resumirá en tener fe en una o en otra... Por mi parte, ya se sabe: me quedo con aquella que ya tenía. Y agradezco a la BBC su respeto por el ateísmo, se le llame fe, filosofía o ética. El nombre es lo de menos, lo que cuenta es la actitud.

27 de enero

Continuamos en la misma onda. José Felicidade Alves acaba de publicar un libro —*Jesús de Nazaret según los testimonios de la primera generación cristiana*— que, según él mismo dice, habrá sido más o menos suscitado por la lectura de (mi) *Evangelio*. Por una lectura discrepante, añádase. No se pronuncia sobre «la parte literaria» de la novela por «no ser extremadamente sensible» a ese aspecto (declaración desconcertante, traída por alguien que precisamente es asesor literario de una editora...), Felicidade Alves, aunque de acuerdo con los malos tratos que di a Dios, considera que no mostré suficiente acatamiento por la «figura respetable que es Jesús de Nazaret». Dice más: que el Jesús de mi libro «es un imbécil, un indeciso». Por muchas y distintas razones estimo a José Felicidade Alves, pero estas palabras me dejaron perplejo. ¿Qué demonio de lectura habrá hecho de la novela para concluir que hice de Jesús un «imbécil»? Indeciso, quizá, por las mismas razones que cualquiera de nosotros lo podrá ser ante circunstancias que nos excedan, y ¿qué mayor exceso que verse un pobre ser humano a vueltas con Dios? ¿Pero «imbécil»? ¿Será «imbécil» el chiquillo que discute con el escriba en el Templo? ¿Será «imbécil» el hombre capaz de vivir y compartir un amor como el de María Magdalena? ¿Será «imbécil» el taumaturgo que renuncia a resucitar a Lázaro porque esa resurrección no sería más que un truco, una prestidigitación, una demostración gratuita del poder de Dios? ¿Será «imbécil» el agonizante que, clavado en la cruz adonde Dios le condujo, lúcidamente grita: «Hombres, perdonadle porque no sabe lo que hace»? Felicidade

Alves dice que leyó la novela dos veces. Le agradezco el escrúpulo, pero desde ahora me permito sugerirle, si tuviera paciencia para tanto, que la lea aún una tercera. Con la condición, si me lo permite también, de ir reparando más sobre el hombre que se llama Jesús y menos sobre el «Hijo de Dios» que se va a llamar Cristo...

29 de enero

Sucede con las «contradicciones» lo mismo que en los últimos años sucedió con la «cultura». De tanto haberse dicho que «todo es cultura», casi acabó por perderse en la práctica y en la comunicación la noción de relatividad de los diferentes actos y productos culturales. También, al afirmar que «todo son contradicciones», nos quedamos a la espera de que nos dispensen de la obligación de identificarlas y analizarlas. Es patente que vivimos en un mundo en el que cohabitan, y muchas veces se confunden, dos tendencias principales de organización de la sociedad: una, evidente, es la globalización; otra, difusa, es la fragmentación. En general las afirmaciones de identidad y las reivindicaciones de tipo nacionalista han venido de grupos étnicos y lingüísticos caracterizados, cuando no de bien definidas nacionalidades, que la Historia de una manera u otra sumergió. Se preguntará cómo se explica que en un mundo que avanza hacia la formación de gigantescos conjuntos económicos, estratégicamente concebidos y dotados de medios de captación y seducción de masas hasta hace pocos años inimaginables, haya surgido este súbito apetito de afirmación propia, particular, que ha hecho estallar y fragmentarse países que parecían consolidados, armónicamente articulados en sus partes por la convivencia e interdependencia de los ciudadanos. A esta pregunta respondería con otra: si está claro que el individuo «se liberó» (entendidos como factores de esa liberación los movimientos de contestación de los últimos treinta años), ¿cómo se podría esperar que el «placer» personal resultante de la afirmación de una diferencia determinada no vaya a ser, directa o indirectamente, absorbido, reelaborado y, más tarde o más temprano, reivindicado, bajo distintas formas, por la conciencia colectiva?

31 de enero

La publicación de lo que escribí sobre mi descubrimiento de Ricardo Reis me hizo recordar, con una intensidad inhabitual, la vieja Escuela de Afonso Domingues, en especial los talleres de cerrajería mecánica, los de los primeros años, iluminados por altos ventanales que daban a la calle de la Madre de Deus, los otros interiores, pero todos con luz natural. Ahora mismo soy capaz de ver con la memoria los tornos del taller en el que trabajé, las fresas, los tornos mecánicos, oigo el rugir del fuego en la forja, los golpes del martillo con el que teníamos que modelar un grueso cilindro de hierro incandescente, hasta hacer del mismo una esfera más o menos perfecta, según la habilidad y la fuerza de cada uno. Siento en la cara el vapor que subía del balde de agua cuando le metíamos dentro, para ganar temple, un hierro al rojo, paso las manos por el tejido azul del mono para que con el sudor no se me escurra el mango del martillo. Afilo el ángulo del corte de las navajas del torno, le pongo calzas para que el ataque del filo se haga a la altura justa, veo enroscarse las limaduras, ya gruesas y dentadas, ya finas y lisas, según el adelantamiento y el esmero del trabajo, detrás de mí aparece el Maestro Vicentino para ver cómo se está comportando el aprendiz de tornero. Había dos profesores más de taller, Teixeira, Teixeirinha le llamábamos por ser bajo, que llegó a darme, benévolamente, en la minúscula casa en la que vivía, en Alfama, lecciones de álgebra y con el que, algunos años después, ya adulto, «conspiré» un poco, y Gião, del último curso, hombre gordo, alto, de pocas palabras y ninguna confianza. Con el Maestro Vicentino me aconteció una historia. El primer trabajo que nos entregaban era limar un pedazo de vigueta, de cerca de un palmo de largo, manteniendo lo más rigurosamente posible la sección cuadrada. No era fácil. Manejar una lima con perfecta horizontalidad requiere firmeza, sobre todo equilibrio de fuerzas entre la mano que va moviendo la lima hacia delante y hacia atrás y la mano que se apoya en el otro extremo. Si ese equilibrio fallaba, si la lima basculaba hacia abajo o arriba, en lugar de una superficie plana nos salía una superficie curva, combada, que la escuadra denunciaba inmediatamente. Era imposible engañar a la escuadra. A mí el trabajo no me salió del todo mal, las caras de la vigueta se presentaban paralelas, las aristas vivas, los ángulos exactos, el conjunto brillaba por todos los lados. Lo malo es que tenía en una de las extremidades un pequeño defecto, una limadura gruesa había excavado en el hierro, por su propia cuenta, un surco profundo que se resistía a todos los esfuerzos. De la presentación y aprobación del trabajo dependía el paso a obra más compleja. Resolví entonces disimular el estigma poniéndole encima un dedo empapado en masilla consistente y le mostré el hierro al Maestro Vicentino. Él lo miró, movió la cabeza y apuntó al extremo defectuoso. Volví a mi puesto, limpié un poco, pasé otra vez el dedo por el maldito surco y volví al examen. El profesor repitió la mímica, añadiéndole una palabra: Esto. Entonces comprendí. El profesor Vicentino estaba dispuesto a aceptar que yo no pudiese alcanzar la perfección, pero no que le presentase una pieza sucia. Volví a mi lugar, limpié y pulí el hierro con todo cuidado y se lo llevé. Ahora está bien, dijo.

1 de febrero

Un viejo sueño que regresó. Me rodean grandes arquitecturas inacabadas, pórticos, columnatas, bóvedas de enormes vanos, arcos que se entrelazan. El trabajo ornamental en la piedra me parece a veces «renacentista», a veces «barroco». No son ruinas, es una obra gigantesca que no llegó a ser terminada. Mi papel en el sueño es recorrerla de un extremo al otro, subir y bajar escaleras, buscar perspectivas, asombrarme. Siempre solo. No hay imágenes esculpidas. Por otra parte, estas construcciones no tienen carácter religioso. Si tuviese que definirlas diría que hay en ellas algo de las falsas ruinas de Hubert Robert y de las prisiones de Piranesi... ¿Qué querrá decirme este sueño? ¿Qué estaré diciendo yo al soñarlo?

2 de febrero

Reveo las pruebas del segundo volumen de estos *Cuadernos*. No altero nada, las correcciones introducidas son de naturaleza meramente formal. Me pregunto: «¿Viví mejor este año? ¿Lo dicen estas páginas?». Cuando me pregunto si viví «mejor», no me refiero, obviamente, a las condiciones materiales de la existencia, me refiero, sí, al tenor y gravedad de los errores que cometí, a la injusticia de juicios que haya formulado, a la irresoluble dificultad en comprender y ser comprendido. Por mucho que se diga, un diario no es un confesionario, un diario no pasa de una manera incipiente de hacer ficción. Quizá pudiese llegar incluso a ser una novela si la función de su único personaje no fuese la de encubrir a la persona del autor, servirle de disfraz, de parapeto. Tanto en lo que declara como en lo que reserva, sólo aparentemente aquél coincide con éste. De un diario se puede decir que la parte protege al todo, lo simple oculta lo complejo. El rostro mostrado pregunta disimuladamente: «¿Sabéis quién soy?», y no sólo no espera respuesta, sino que tampoco está pensando en darla.

3 de febrero

¿Hacia dónde va la música? Esto me preguntaba mientras oía, en el auditorio de los Jameos del Agua (ese asombroso tubo volcánico donde se diría que los sonidos están desprendiéndose de la propia roca), la tercera sinfonía de Henrik Górecki, un compositor polaco nacido en 1939, de quien no había tenido noticia hasta hoy. Según el calendario, esta música, siendo de 1976, es contemporánea, pero lo que está claro, incluso para un mal informado como yo, es que su estética fluctúa por encima de todas las épocas, con preferencia por el canto gregoriano y por una especie de neoprimitivismo modal. Lo más curioso, sin embargo, es que esta composición de Górecki se haya convertido en un auténtico objeto de culto en los dos o tres últimos años, principalmente, según parece, entre el público joven. Que no era el que se encontraba en los Jameos del Agua: el ochenta por ciento de la asistencia se componía de turistas de edad, para quienes cualquier música probablemente serviría, siempre que el concierto estuviese incluido en el programa de animación de la agencia de viajes... No sé si me gustó lo que oí, necesitaría por lo menos una audición más para poner algun orden en mis contradictorias impresiones. En sentido riguroso, clásico, del término, no se trata de una *sinfonía:* lo que Górecki nos propone son tres movimientos (lento: *sostenuto tranquilo ma cantabile;* largo: *tranquilissimo, cantabilissimo, dolcissimo, legatissimo;* y lento: *cantabile semplice*), con participación vocal en todos de una soprano. Cómo puede agradar esto a un público criado con biberones de *rock* duro es para mí un misterio. La pieza tiene como subtítulos *De los cantos de aflicción* o *De las lamentaciones,* y es, si no me equivoco demasiado (caso bien fácil de suceder), menos una sinfonía, aunque en amplísimo sentido, que una cantata para voz sola. Voy a escribir a Mário Vieria de Carvalho. En estos casos, como se decía en la aldea, lo mejor, siempre, es ir a fuente limpia.

4 de febrero

No me acuerdo, desde que ando en este oficio, de haber dado tanto uso a los diccionarios. Y no es porque las dudas, ahora, sean más frecuentes o más incómodas que antes: lo que sucede es que se me viene haciendo exigentísima la necesidad de estar cerca de *mis* palabras. En este ir al diccionario «con mano diurna y nocturna», como recomendaba Camilo Castelo Branco, lo malo es cuando llego a saber cosas que habría preferido ignorar, como me sucedió hoy, al buscar en «portugal» algo más que pudiese sustituir, al menos para mi uso particular, las detestadas palabras que son «lusófono» y «lusofonía». No encontré nada que sirviese y vine de allí peor de lo que había ido: fui por lana y salí trasquilado. Es que la palabra «portugalización», además de ser, como debe, limpia y honestamente, «el acto o efecto de convertir en portugués», también significa, o significó, «en cierta prensa belga, la entera subordinación de una nación a otra, menteniendo apenas un simulacro de independencia». El estigma nos viene del siglo XIX, pero felizmente la situación cambió mucho desde entonces, hoy nadie pretendería calumniarnos de vasallajes semejantes... Censúrese por lo tanto a José Pedro Machado por la falta de patriotismo que demostró al recoger, entre tanta palabra útil, esta mancha que macula el puro rostro de la Patria. Lo que no entiendo es por qué justamente los belgas dieron en menospreciarnos de esta manera. ¿O la cosa fue tan evidente que hasta un belga tenía que enterarse de ella? Espero que de aquí a un tiempo, a valones y flamencos se les ocurra mirarse en un espejo, para ver cómo, entre tanto, se les ha puesto la cara...

5 de febrero

En la escuela primaria, algunas ingenuas y crédulas personas que enseñaban siguiendo los libros, me explicaron que el hombre, además de ser un animal racional, era también, por la gracia y benevolencia de Dios, el único que podía enorgullecerse de tal privilegio. Pues bien, siendo aquellas primeras lecciones las que más perduran, incluso cuando a lo largo de los años creamos haberlas olvidado, anduve casi toda la vida asido a la convicción de que, a pesar de unas cuantas contrariedades de mayor o menor peso, la especie en la que nací usaba realmente la cabeza como aposento y despacho de la Razón. Es cierto que un tal Goya, sordo y sabio, filósofo sin nunca haber estudiado filosofías, me había avisado de que el sueño de la dicha Razón acostumbra a engendrar monstruos, pero yo argumentaba, para conmigo, que sí, señor, no se podía negar la aparición periódica de fantasmas de cualquier tamaño y carácter, pero eso sólo sucedía precisamente cuando la Razón, cansada de razonar, se dejaba rendir por la fatiga y hundirse en el sueño, esto es, cuando se ausentaba de sí misma. Ahora, llegado a estos días, los míos y los del mundo, me veo ante dos probabilidades únicas: o la Razón, en el hombre, no ha hecho más que dormir y engendrar monstruos, o el hombre, siendo indudablemente un animal entre los animales, es, también, indudablemente, el más irracional de todos ellos. Con gran disgusto, me inclino hacia la segunda posibilidad, y no por ser enfermizamente propenso a filosofías pesimistas y negativas, sino porque el escenario del mundo, desde todos los puntos de vista, me parece una demostración clara de la irracionalidad humana. El sueño de la Razón, ese que nos convierte en irracionales, hace de cada uno de nosotros un pequeño monstruo. De egoísmo, de fría indiferencia, de desprecio cruel. El hombre, por mucho cáncer y mucho sida, por mucha sequía y mucho terremoto, no tiene otro enemigo sino al hombre.

6 de febrero

Recuerdo y registro. Hace tiempo, con otros autores alemanes y extranjeros, fui hasta Wolfenbüttel, pequeña ciudad situada a unos noventa kilómetros de Hannover, para hablar allí del arte de la novela y de los diversos artificios de los que los escritores se sirven para convencer al mundo de que continúa valiendo la pena creer en las virtudes y malicias de la imaginación. Por cualquier misterioso motivo, que no llegué a dilucidar, ningún escritor español había sido invitado al coloquio, caso muy de extrañar, pues es de lo más común, en los últimos años, encontrar presencias y señales de España a todo lo ancho del planeta, por lo menos hasta donde yo he podido llegar, como si hubiésemos regresado a los tiempos de Felipe II, cuando el sol no conseguía ponerse más allá del castellano imperio... Así, en aquella magnífica biblioteca barroca de Wolfenbüttel, donde a lo largo de los días, con mayor o menor convicción y provecho, ante un público tan atento cuanto formal, los debates se cruzaron, fui, pesada responsabilidad, el único escritor ibérico presente. Sin embargo, infinitos como los caminos del destino son las moradas de los hombres y aquella ausente España, sin voz ni voto en el concilio, acabó por surgirme durante un descenso a la caverna de Alí Babá, que son los tesoros bibliográficos de Wolfenbüttel. Allí estaba ella, en la figura de un mapa antiguo, con fecha de 1572 (otra vez Felipe II...), trazado por un renombrado y meticuloso cartógrafo alemán cuyo nombre mi memoria fatigada no retuvo. En su pequeño apartamento, con vistas al mar, estaba allí también Portugal, aquel de 1572, precisamente el año en el que Camoens, contra viento y marea, vio finalmente publicadas sus *Lusíadas*. Ahora bien, no fue necesario haber sido dotado de antenas especiales en el nacimiento, o de una segunda visión, para, ante los trazos, las señales, los nombres de las ciudades, montes y ríos, percibir que el tiempo y el mundo son una cosa solamente, que los ojos del cartógrafo, del poeta y del viajante acaban siempre por encontrarse y reconocerse en el mapa, en la página, en el camino, en la misma búsqueda de un sentido.

7 de febrero

Por experiencia propia he observado, en su trato con autores a quienes el destino, la fortuna o la mala suerte no permitieron el beneficio de un título académico, pero que, no obstante, produjeron obra merecedora de alguna atención, que la actitud de las universidades suele ser de una benévola y sonriente condescendencia, parecida a la de los adultos, cuando son razonablemente sensibles, en su relación con los niños y los viejos, con aquéllos porque aún no saben, con éstos porque ya olvidaron. Gracias a esta generosa disposición, algunos profesores de Letras, en general, y de Teoría de la Literatura, en particular, han acogido con simpatía —pero sin que se dejen conmover en sus certidumbres científicas— mi osada afirmación de que la figura del Narrador no existe, y de que sólo el Autor ejerce función narrativa real en la obra de ficción, cualquiera que ésta sea: novela, cuento o teatro. Y cuando (yendo a buscar auxilio a una dudosa, o por lo menos problemática, correspondencia de las artes) me atrevo a observar que entre un cuadro y la persona que lo contempla no hay otra mediación que no sea la del pintor, y que no es posible localizar una figura de narrador en el *Guernica* o en la *Ronda de noche,* me responden que, siendo las artes distintas, distintas también tendrían que ser las reglas que las definen y las leyes que las gobiernan. Esta respuesta parece ignorar el hecho, a mi ver fundamental, de que no hay, objetivamente, ninguna esencial diferencia entre la mano que dirige el pincel o el vaporizador sobre el soporte y la mano que dibuja las letras en el papel o las hace aparecer en la pantalla del ordenador, que una y otra son, con adiestramiento y eficacia semejantes, prolongamientos de un cerebro y de una conciencia, manos que son, una y otra, herramientas mecánicas y sensitivas capaces de composiciones y ordenaciones, sin más barreras o intermediarios que los de la fisiología y de la psicología.

8 de febrero

Llegaron ejemplares de una nueva edición del *Viaje a Portugal,* en rústica y sin ilustraciones. Se ha realizado por fin mi sueño de siempre (que Pilar, hace unos años, en conversación con Zeferino, reanimó): ver este libro al lado de sus hermanos, igualito a ellos, sin tratamiento especial. Hasta ahora el *Viaje* necesitaba de un lugar diferente en el estante, un espacio más alto para poder acomodar su estatura de álbum rico. A partir de hoy los lectores ya pueden andar por ahí con él debajo del brazo, familiarmente, despreocupados de los cuidados requeridos por el papel *couché* y por el satinado de las imágenes. Catorce años después de su primera publicación, el *Viaje* es un libro como otro cualquiera. Sea pues bienvenido a la comunidad de los libros comunes.

9 de febrero

Para la historia de la aviación. En Badajoz le han dado hoy nombre a una calle. El motivo, la causa, el pretexto, la razón o como quiera llamársele, tienen ya más de cincuenta años, y muy fuertes habrán sido para sobrevivir a los olvidos acumulados por dos generaciones, justificados éstos, en general, por el hecho de que la gente tiene más en qué pensar. No diré yo que los habitantes de Badajoz se tomaron este medio siglo y pico transmitiéndose unos a los otros el certificado de una deuda que un día tendría que ser pagada, lo que digo es que algún *badajoceño* escrupuloso debe de haber tenido un remordimiento más o menos en estos términos: «Muchos de los que hoy viven estarían muertos, otros no habrían llegado a nacer». Parecerá un enigma de la esfinge y en el fondo es sólo una historia de aviación. Hace cincuenta y tantos años, durante la guerra civil, un aviador republicano recibió la orden de bombardear Badajoz. Fue, sobrevoló la ciudad, miró hacia abajo. ¿Y qué vio cuando miró hacia abajo? Vio gente, vio personas. ¿Qué hizo entonces el guerrillero? Desvió el avión y fue a soltar las bombas al campo. Cuando volvió a la base y dio cuenta del resultado de la misión, comunicó que le parecía haber matado una vaca. «¿Y Badajoz?», le preguntó el capitán. «Nada, allí había personas», respondió el piloto. «Bueno», dijo el superior, y, por imposible que parezca, el aviador no fue llevado a consejo de guerra... Ahora hay en Badajoz una calle con el nombre de un hombre que un día tuvo gente en la mira de sus bombas y pensó que ésa era justamente una buena razón para no soltarlas.

Llueve después de cuatro meses sin caer una gota. El viento empezó soplando hacia el noroeste ayer al principio de la noche. Esta mañana, nubes bajas, grises, avanzaban de la zona de Femés. Hacia el este el cielo aún estaba medio descubierto, pero el azul ya tenía un tono aguado, señal de lluvia en breve. A mediodía el viento creció, las nubes descendieron más, empezaron a caer por las laderas de los montes, casi rozando el suelo y, en poco tiempo, cubrieron todo el horizonte de aquel lado. Fuerteventura desapareció en el mar. La primera lluvia se limitó a unas dispersas y finas gotas, menos que una llovizna, un polvo de agua, pero quince minutos después ya caía en hilos continuos, después en cuerdas gruesas que el viento iba empujando en nuestra dirección. Vimos avanzar la lluvia en cortinas sucesivas, pasaba delante de nosotros como si no tuviese intención de detenerse, pero el suelo resecado respiraba ávidamente el agua. El más puro de todos los olores, el de la tierra mojada, nos embriagó durante un instante. «Qué bonito es el mundo», dije yo. Pilar, en silencio, apoyó la cabeza en mi hombro. Ahora son las ocho de la tarde, continúa lloviendo. El agua ya debe de haber llegado a las raíces más profundas.

10 de febrero

No hay quien entienda a los perros. Desde que apareció por aquí la perra *Rubia* (le cambiamos el nombre, éste es el que le va bien a su figura), *Greta*, por celos, falta de respeto o inmerecida envidia, le declaró guerra total. Los escarceos que las dos han armado en esta casa, sólo vistos y oídos. Por parte de *Rubia,* discreta y tranquila, habría paz, pero *Greta* no le ha dado, en todo este tiempo, un minuto de descanso. Le ladraba de la mañana a la noche, hocico contra hocico, irritada porque la otra se tumbaba, irritada porque se acercaba a nosotros, irritada porque le hacíamos fiestas, irritada porque le dábamos comida. Decíamos: «Esto no puede continuar, a ver si alguien quiere quedarse con *Rubia*», lo que sería la mayor de las injusticias, puesto que la de mal comportamiento era la otra —y hete aquí que hoy por la mañana dimos con las dos en el más hermoso juego que se pueda imaginar, una abajo, otra arriba, fervorosamente empeñadas en un esparcimiento que sólo ellas deben de conocer. El juego y sus secretas razones. Ahora mismo, mientras escribo, aquí están las dos, rodando, calladas y afelpadas, sobre las alfombras, felices, apresuradas, insistentes, como si quisiesen recuperar el tiempo que habían perdido en vanas querellas. Un conflicto que tenía visos de terminar con la muerte o el apartamiento de una de las contendientes está resuelto. No sé cómo. ¿Qué conversaciones habrán tenido estas dos la noche anterior, mientras la casa dormía? Si preguntase a *Pepe* qué piensa del caso, siendo perro también él, estoy seguro de que me respondería: «Yo soy hombre, de mujeres no entiendo nada...».

12 de febrero

Una periodista argentina, de origen polaco, Saba Lipszyc, ha venido hasta aquí para hacerme una entrevista. Estará cuatro días en Lanzarote y aprovechará para ver las vistas. Me pregunto por qué acepto distraerme del trabajo para ponerme a charlotear durante horas sobre lo que ya ha sido dicho y redicho, como quien da vueltas a un chicle que perdió todo el sabor y sólo continuamos masticándolo porque las mandíbulas le encontraron la gracia. Según cálculos, la conversación no va a durar menos de unas ocho horas. Pero, ya sé, la culpa será sobre todo mía. Estoy como alguien a quien hubiese sido dada una azada para cavar un metro cuadrado de terreno. Al lado están otros cavadores con azadas semejantes, pero en terrenos mucho mayores. Las preguntas de las entrevistas —cavar es dar una entrevista— son iguales para todos, la diferencia está en el terreno de cada uno. Probablemente bastarían cuatro respuestas para que mi metro cuadrado pusiese todas las raíces a la vista, pero, para que no parezca que yo trabajo tan poco mientras otros tienen aún por delante tanta tierra que remover, continúo cavando, hasta lo más hondo. Vamos a ver lo que saldrá de aquí, si Saba Lipszyc ha venido a concretar el proyecto que dice, publicar un libro con ésta y otras entrevistas que ha hecho, supongo que igualmente largas: veré entonces qué figura hace, en medio de las elegantes extensiones que otros trabajaron, el agujero donde yo me he enterrado.

13 de febrero

Tres minutos para un programa de televisión sobre María de Molina, que fue reina de Castilla en la época de nuestro rey D. Dinis. Como de mí nadie esperaría comentarios históricos dignos de tal nombre, ni yo los había prometido, me limité a expresar una obviedad: que a veces la Historia parece un sueño que estuviésemos intentando recordar y que, en ese esfuerzo, al mismo tiempo que vamos consiguiendo poner a la vista algunos pormenores ocultos, vamos tambien modificando el propio sueño, alterándose, por lo tanto, no sólo en su significación inmediata como en su sentido profundo. Vamos de historia en historia como vamos de sueño en sueño.

14 de febrero

No se apaciguan. Ahora es una carta de un lector de Barreiro, Rijo de apellido y de expresión*, que me manda abrir los ojos y me dice que si quiero edificar y consolidar mi lugar en los Cielos, debo huir de la idolatría y frecuentar la iglesia evangélica más próxima. Éste no es católico, por lo

* Juego de palabras intraducible. Rijo, en este caso apellido, significa «áspero, severo, rígido». *(N. del T.)*

tanto. En todo caso se nota que tampoco es de los que mastican las palabras. En cierta altura de la carta, el tono es claramente conminatorio. Dice: «Dios no exige nada de nadie, cumple su ley quien quiere, y un día usted va a ver que fueron, son y serán muchos sus cumplidores, sea usted uno de ellos, pare con ese libro, el tiempo está escaseando, está en la hora, yo aviso, yo aviso, yo aviso». A continuación, para mi edificación, me da dos referencias del *Apocalipsis*. Fui a ver y es así como reza el 3,1: «Escribe al ángel de la Iglesia en Sardis: El que tiene los siete espíritus de Dios, y las siete estrellas, dice esto: Yo conozco tus obras, que tienes nombre de que vives, y estás muerto». Nada más claro: primero, él, esto es, Aquél, leyó el *Evangelio;* segundo, yo, que creía estar vivo, estoy en realidad muerto. Pero lo que viene a continuación, el 3,3, es muchísimo peor: «Acuérdate, pues, de lo que has recibido y oído; y guárdalo, arrepiéntete. Pues si no velas, vendré sobre ti como ladrón, y no sabrás a qué hora vendré sobre ti». Pues esto, hablemos con franqueza y rectamente, es intimidación, es amenaza pura, es caso de policía; no sólo él, Aquél, vendrá como un ladrón, como no me avisará de lo que viene dispuesto a hacerme. A pesar de esa inquietante incógnita, me tranquiliza la certeza de que, por mucho que se esfuerce, no podrá hacer gran cosa, puesto que, según el 3,1, ya estoy muerto. Qué vida. Cada vez tengo más claro que los dioses fueron hechos todos a imagen y semejanza de los hombres y que él, Aquél, tuvo poca suerte con los que lo inventaron.

15 de febrero

Tampoco se apaciguan los españoles dueños de bares y establecimientos congéneres. Rechazada por el Congreso de los Diputados la enmienda que retiraría de la Ley de Propiedad Intelectual la obligación de pagar derechos por la emisión, a través de la radio y de la televisión, de obras protegidas por la misma ley, se disponen ahora a recaudar medio millón de firmas de propietarios de establecimientos del ramo con el propósito de modificarla. No sé si una iniciativa de este tipo, de tan radicales objetivos, se encuentra contemplada en las leyes españolas (y estoy en blanco también en cuanto a las leyes portuguesas), pero, en el caso de ser así, tengo ya una idea: recoger las firmas de medio millón, qué estoy diciendo, de cinco millones, de diez millones, de veinte millones de ciudadanos pagadores de impuestos, para acabar con los impuestos. Ardo en curiosidad por ver cómo responderían a tan incuestionable demostración de la voluntad popular los señores diputados y los señores gobiernos...

16 de febrero

Por favor, sueños de éstos, no. Sueño que estoy durmiendo en la posición en que me quedé dormido, que despierto en la media luz del amanecer y veo el cuarto, la puerta que da al corredor, la otra que da al cuarto de baño, la ventana no, porque estoy de espaldas a ella. Quiero moverme, levantarme, pero me doy cuenta de que el cuerpo no me obedece, hago un esfuerzo, otro, es inútil, soy como una piedra, siento una gran angustia, me digo que no puedo continuar así, y esto dura, dura, el cuerpo inmóvil, la voluntad impotente, entonces entra Pilar en la habitación, me parece que vienen con ella dos o tres niños, acaso serán los perros, en ese momento, sí, consigo moverme un poco, después, como si estuviese levantando todo el peso del mundo, consigo echar a un lado las mantas de la cama, me levanto un poco, Pilar dice cualquier cosa, yo le respondo, en fin, aliviado, vuelvo a echarme y me duermo otra vez para continuar soñando otros sueños. Más tarde, cuando realmente me despierto, estoy en la misma posición en que desperté en el sueño, veo la habitación, la puerta que da al corredor, la otra que da al cuarto de baño, la ventana no, porque estoy de espaldas a ella.

17 de febrero

A mí estas cosas me asombran, casi me dejan sin palabras y desconfío de que las pocas que quedan no serán de las más apropiadas. El muchachito que anduvo descalzo por los campos de Azinhaga, el adolescente vestido de mono que desmontó y volvió a montar motores de automóviles, el hombre que durante años calculó pensiones de jubilación y subsidios de enfermedad, y que más adelante ayudó a hacer libros y después se puso a escribir algunos, ese hombre, ese adolescente y ese muchachito acaban de ser nombrados Doctor *honoris causa* por la Universidad de Manchester. Allá irán los tres en mayo, a recibir el grado, juntos e inseparables, porque sólo así es como quieren vivir. Tan inseparables y juntos que, incluso ahora, cuando estoy buscando palabras atinadas para dejar noticia del honor que me han hecho, estoy también, con el bieldo en las manos, limpiando la pocilga de los cerdos de mi abuelo Jerónimo y rodando válvulas en un torno. Benedetto Croce decía que toda la Historia es historia contemporánea. La mía también.

El Premio Stendhal se liberó finalmente de la exclusiva fijación economicista y política en la que, desatento al nombre con que lo bautizaron, había ido viviendo hasta ahora. La propuesta que hice en diciembre del año pasado, en Lisboa, parece haber dado frutos. Para empezar, se reconoce que el proceso cultural ligado a la construcción europea se encuentra en estado de letargia. Claro que la creación de un premio no lo arrancará de su morboso sueño, pero al menos no continuaremos, como hasta ahora, atribuyendo premios congratulatorios y fingiendo que el dormido apenas descansa entre dos esfuerzos. El nuevo premio se denomina *Europa y la cultura,* y en su fundamentación se leen las siguientes palabras: «Ser europeo es, en primer lugar, aprender a vivir, en la diferencia, con sus vecinos. Esto significa dialogar y cooperar, establecer una relación en la que cada uno existe porque reconoce la existencia de los otros, en la que cada uno se define y expresa gracias a su cultura, en que cada uno construye su autonomía y su identidad, al mismo tiempo que reconoce en los otros el derecho y la posibilidad de construir igualmente su autonomía y su identidad». Se dirá que todo esto es bastante obvio. Simplemente no conviene confundir lo obvio con el hecho adquirido, como tantas veces sucede. Se nos llena la boca con el derecho de cada uno a su diferencia, pero, en el día a día, lo negamos o lo contrariamos con cualquier pretexto.

Excusado sería decir que no espero milagros. Pero ya no es poco que el premio pueda servir para que la respuesta de los señores eurócratas a la palabra *cultura* no sea siempre *televisión,* que a eso, o poco más, se han limitado los debates culturales de los comisarios. Basándose en la circunstancia de que hubiera sido yo el «inspirador» de la nueva iniciativa de la Fundación Adelphi, que es la promotora del Premio Stendhal, Dorio Mutti, su presidente, me pide que asuma la presidencia del *Comité* «Europa y la cultura». La cordialidad y la diplomacia de la invitación son evidentes (por aquí mandaría siempre la buena educación que se empezase), pero no lo aceptaré: en el honroso lugar deberá ser puesto alguien con peso europeo y que esté jugando en el respectivo campeonato, lo que, como se sabe, no es mi caso.

18 de febrero

Perú y Ecuador están desavenidos, desde hace dos semanas, a causa de unos cuantos kilómetros cuadrados de selva amazónica que ambos juran a pies juntillas pertenecerles. Como siempre sucede en estos episodios, el conflicto ha sido motivo para que los «profesionales» del patriotismo de ambos lados salgan a la calle en manifestaciones de apoyo más o menos histéricas, con la habitual abundancia de banderas, himnos gloriosos, burguesas peinadas, mujercitas lanzando besitos y criaturitas esperando crecer para ir, también, a la guerra. Sin olvidar los títulos inconsecuentes y garrafales de la prensa. Ahora he sido beneficiado con dos minutos del discurso del señor Fujimori en la televisión, que para alguna cosa ha de servir. No me acuerdo haber asistido en toda mi vida a un espectáculo político más sórdido, a una demagogia más repugnante. El que estaba allí era simplemente un traficante queriendo pasar por persona seria. Ahora se dice que los dos beligerantes acordaron aquello que se llama «suspensión de las hostilidades», excelente propósito que llevará, o no, a la resolución del tal conflicto de fronteras. Mientras tanto, se anuncia que van por quinientos los muertos, heridos y desaparecidos, unos más mártires que los otros, según el punto de vista, pero todos sacrificados en los altares de las respectivas patrias. Para que Perú y Ecuador hiciesen las paces ha sido necesario primero levantar una buena pila de cadáveres, sobre la cual los señores presidentes ya podrán firmar el tratado de ajuste definitivo de la frontera. Dos preguntas ahora: la paz, a la que inevitablemente se llegará algún día, ¿no podría haber sido conseguida antes? ¿Ha sido necesario que mueran estúpidamente unas cuantas centenas de hombres y mujeres que *no tenían nada que ver* con el asunto? Y una pregunta más: ¿no se descubrirá una ley universal que juzgue y condene a los responsables de tales crímenes, que no lo son menos contra la humanidad por ser cometidos en nombre de las patrias? Se podría empezar, ya que estaríamos con las manos en la masa, por estos presidentes de Ecuador y de Perú, últimos de la infinita lista de criminales del mismo tipo a quienes se deben las páginas más desgraciadas de la historia de la humanidad.

Propuesta para un debate sobre los nacionalismos: el enemigo no es la Nación, sino el Estado.

19 de febrero

Visión cosmogónica de un escritor de cierta edad que no se resigna a no saber *dónde* vive: ¿y si el universo no fuese más que un cuerpo, nuestra galaxia una célula, el sistema solar un átomo, el sol su núcleo, y la tierra uno de sus electrones? ¿Qué seres serían esos que vivirían encima de un electrón?

20 de febrero

Una vez más. Soy un europeo escéptico que aprendió todo su escepticismo con una profesora llamada Europa. Sin hablar de la cuestión del «resentimiento histórico», a la que soy especialmente sensible, pero que, en cualquier caso, puede ser ultrapasada, rechazo la denominada «construcción europea» por lo que lleva de constitución premeditada de un nuevo «sacro imperio germánico», con objetivos hegemónicos que sólo nos parecen diferentes de los del pasado porque han tenido la habilidad de presentarse camuflados bajo ropajes de una falsa consensualidad que finge ignorar las contradicciones subyacentes, las que constituyen, querámoslo o no, la trama en la que se movieron y continúan moviéndose las raíces históricas de las diversas naciones de Europa. La Unión Europea parece no querer comprender lo que está pasando en la ex Unión Soviética, ni siquiera, a pesar de estar tan a la vista de sus miopes ojos, en los Balcanes, para no hablar de lo que irá a pasar mañana en África, espacio ya anunciado de los grandes conflictos del siglo XXI, si una oportuna estrategia de hegemonías compartidas no instaura allí un colonialismo de nuevo tipo... La cuestión política principal de nuestro tiempo debería ser el respeto por las naciones y la dignificación de todas las minorías étnicas, como medio de prevenir los nacionalismos xenófobos, reconociendo en cada pueblo su capacidad propia de ensanchar sus potencialidades creativas, naturalmente en diálogo con los otros pueblos, pero sin sujeciones de ninguna especie.

21 de febrero

Si la Unión Europea fuese lo que dice ser, ninguno de los países que la integran tendría que temer la sombra de un vecino económicamente más poderoso, porque las estructuras comunitarias estarían ahí para velar por el equilibrio general y resolver las tensiones locales. Pero la Unión Europea, como he dicho, es la versión moderna del viejo juego de las hegemonías, sólo en apariencia diluidas de manera que se dé a cada país pequeño la ilusión de ser parte importante del conjunto. El problema, hoy, está en que nadie, siendo pequeño y pobre, quiere aceptar la evidencia de su pobreza y de su pequeñez. Por eso no se aproximan ni se encuentran los países atrasados del sur, cada uno de ellos viviendo el sueño del día en el que sea admitido en casa de los ricos, incluso cuando sólo sea para abrir la puerta a los invitados, a quienes envidia, y servir un coñac que después intentará beber a escondidas.

22 de febrero

Clasificar a un escritor como escritor tipo de su país me parece un abuso y una simplificación, sólo explicables por la inclinación a la pereza de pensar de la que casi todos padecemos. Decir, por ejemplo, como ya he leído, que Fernando Pessoa es el escritor tipo de Portugal, sin antes tomarse el trabajo de conocer algo de los demás, tanto de los del presente como de los del pasado, es una liviandad intelectual. Con la agravante adicional de que Pessoa, siendo de hecho tan portugués, lo fue de un modo contrario a lo que, teniendo en cuenta las ideas hechas que corren sobre Portugal, debería ser nuestro «escritor tipo»...

Son tan *reales* los hechos que llamamos de la realidad, como reales son los *efectos* de una ficción.

23 de febrero

Dijo que venía y de verdad vino. Francesco di Maggio estuvo aquí ayer y hoy volverá. Expuso con entusiasmo y precisión sus proyectos: uno, en el que la selección de los textos estará orientada a niños de los ocho a los catorce años; el otro, destinado a adultos, por lo tanto de elección más amplia, con el objetivo de estimular la lectura. Estuve de acuerdo, sobre todo a partir del momento en que me di cuenta de la importancia que para este joven de menos de cuarenta años tiene la palabra en la comunicación teatral. Las «piezas» serán interpretadas por un actor (dos en algunos casos) y con la participación de niños, pero no reduciéndolos, como tantas veces vemos que sucede, a meros figurantes, elementos de decoración o simulacro de una necesidad participativa. Lo más interesante, en lo que a mí respecta, es verificar, con otros ojos, que muchas de mis viejas crónicas tienen condiciones tanto formales como de contenido para servir de algún provecho a los intereses de la gente menuda, para quienes, con serios motivos, siempre me declaré incapaz de escribir... Me acuerdo de que una de las peores humillaciones de mi vida fue conocer la perentoria sentencia pronunciada por Zé, hijo de Maria da Graça Varela Cid, a quien había hecho llegar las tres páginas de mi *Historia para niños:* «No sabe escribir para niños». (La repetición fue inevitable.) Y ahora se me aparece por aquí un Francesco di Maggio declarando, implícitamente, lo contrario. ¿A quién he de creer?

Me llega de Brasil, de Santa Catarina, una novela de un joven autor llamado Fábio Bruggemann. El título es *A Lebre Dói como Uma Faca no Ouvido*. Estas siete palabras, dispuestas en este orden, no forman *ningún* sentido objetivo. Siendo así, ¿por qué me parecen tenerlo *todo*? ¿Qué parte de mí *sabe y supo siempre* lo que esto quiere decir?

24 de febrero

Para mí, filosóficamente (si puedo tener la pretensión de usar tal palabra), el presente no existe. Sólo el tiempo pasado es el que resulta tiempo *reconocible,* el tiempo que *viene* no se detiene, no queda presente. Por lo tanto, para el escritor que yo soy, no se trata de «recuperar» el pasado, y mucho menos de querer hacer con él lección para el presente. El tiempo vivido (y apenas él, desde el punto de vista humano, es tiempo *de facto*) se presenta unificado a nuestro entendimiento, simultáneamente completo y en crecimiento continuo. De ese tiempo que así se va acumulando es del que somos el producto infalible, no de un inaprensible presente.

25 de febrero

¿Qué es, o quién es, Portugal? ¿Una Cultura? ¿Una Historia? ¿Un Durmiente Inquieto? ¿Por qué sucede que, cuando se habla de Portugal, siempre han de ser invocadas su historia y su cultura? Si estuviéramos hablando de otro país, la historia y la cultura suya sólo serían traídas a la conversación si fuesen ésos los temas para debatir. Tal vez esta necesidad de apelar constantemente a la historia y a la cultura portuguesas provenga de un cierto carácter inconcluso (no en el sentido que siempre será el de cualquier proceso continuo, sino en el sentido de una permanente «suspensión») que ambas parecen presentar. De la historia de Portugal siempre nos da ganas de preguntar: ¿por qué? De la cultura portuguesa: ¿para qué? De Portugal mismo: ¿para cuándo? O: ¿hasta cuándo? Si estas interrogaciones no son gratuitas, si, por el contrario, expresan, como creo, un sentimiento de perplejidad nacional, entonces nuestros problemas son muy serios. ¿Cómo explicar esta «somnolencia», que es también «inquietud», sin caer en destructivos negativismos? ¿Cómo evitar que la «antigua y gloriosa historia» continúe sirviendo de última y estéril compensación de todas nuestras frustraciones? ¿Cómo resistir a la tentación falaz de sobrevalorar lo que hace algunos años se creyó que era «una cierta renovación cultural», haciendo de ella una coartada o una cortina de humo? ¿O hemos llegado ya tan bajo que, después de haber desistido de explicarnos, ni nos tomamos el trabajo de justificarnos?

26 de febrero

Ayer por la noche, como despedida, Francesco di Maggio dio un recital para la familia reunida y algunos invitados. Recital de prosa, entiéndase, obra de una cariñosa conspiración entre él y Pilar. Cuando noté lo que iba a suceder, detesté en seguida la idea, pues, por mi causa, unas cuantas personas iban a tener que mostrarse interesadas durante una hora de lectura, cuando lo más probable sería que estuviesen pensando en sus asuntos y sólo por una resignada condescendencia parecerían atentas a los míos. Finalmente creo que les gustó. Francesco leyó media docena de crónicas, sin exageraciones de «interpretación», discreto de gestos, apenas modulando las palabras. Oír aquellas páginas, que ya llevan escritas un buen cuarto de siglo, me causó cierto estremecimiento. Mucho mayor, no sería necesario decirlo, cuando recordaban episodios de la vida del niño que fui: la imagen, para mí eterna, del abuelo Jerónimo caminando bajo la lluvia, la ida a la feria de Santarém para vender los lechones, el juramento que entonces me hice a mí mismo de no morir nunca... Ciertamente, tendrá que buscarme en esas crónicas quien de verdad me quiera conocer.

1 de marzo

En Lisboa para un congreso de Antropología Literaria organizado por el Instituto de Psicología Aplicada. Confieso que no tenía la más remota idea del objetivo o del contenido de esta disciplina, para mí totalmente nueva. Había leído, con toda la atención de que soy capaz, el texto, sin firmar, de presentación del respectivo programa, pero no pude adelantar gran cosa. De él retuve apenas, por ser, aun así, de más fácil comprensión, las siguientes palabras: «La fertilización cruzada de Literatura, Artes, teoría de la Cultura, Psicoanálisis, en sus saberes, por lo menos en cuanto a sus perplejidades, originan *eso* a lo que aquí se llama Antropología Literaria». Es cierto que no me dejaron más informado en cuanto a la sustancia real del asunto, pero siempre podría dar una definición si me la pidiesen. Enorme fue, por tanto, mi alivio, cuando noté que ni Eduardo Lourenço ni Luciana Stegagno Picchio sabían más que yo y no les importaba declararlo públicamente. Lo hicieron en sus conferencias inaugurales que, por ya estar escritas, no pudieron beneficiarse de las luces suplementarias facilitadas por Frederico Pereira, director del ISPA, en el discurso de apertura. Luciana hizo reír a todo el mundo cuando contó que, indecisa sobre si debería aceptar o no la invitación, resolvió, desde Roma, pedir socorro a Eduardo, quien, desde Vence, le respondió así: «Antropología literaria es lo que has estado haciendo toda la vida». Sea o no sea, lo cierto es que las conferencias de uno y de otro harían la misma excelente figura en cualquier congreso simplemente literario.

2 de marzo

Hoy fue mi turno de confesar en público la ignorancia que, a pesar de las ayudas recibidas ayer, no había quedado disipada. Para ser exacto, dos ignorancias. La segunda hacía referencia al tema de la mesa redonda en la que me hicieron participar: *Ficción: procesos y modelos en la narrativa.* Declaré, con franqueza, que no sabía en qué consistía eso que se designaba como «modelo en la narrativa» y que, si tal cosa existiese, ciertamente no la utilizaría. Augusto Abelaira, que conmigo estuvo en la mesa redonda, abundó en idéntica opinión y así gastamos el tiempo, él y yo, hasta su remate natural, esto es, cuando nos pareció que estaban agotadas todas las formas de decir que no sabíamos lo que allí se había querido que explicásemos.

3 de marzo

Encontré a Joaquim Benite en la Baixa. Me preguntó si tenía algo para él (entiéndase: alguna pieza para el Teatro de Almada), y yo, a mi vez, le pregunté si no había recibido *In Nomine Dei,* que le había enviado cuando se publicó. Que sí, pero que no lo había leído por pensar que se trataba de un libreto para ópera. Le expliqué que era *en verdad* una pieza y entonces me prometió que iba a leerla. Cuando nos separamos me entretuve pensando durante un minuto si un libreto no será, también, suficientemente, una pieza.

Leo en el *Jornal de Letras* una curiosa afirmación de Vergílio Ferreira, entresacada de un volumen de *Conta-Corrente* por Fernando Venâncio. Dice Vergílio: «Los autores más traducidos son normalmente los autores menores, o sea, los que hablan a la mediocridad de la generalidad humana». A pesar de aquel cauteloso normalmente, que está allí, para admitir, con alguna mala voluntad, que a veces no será tanto así, no resistí la tentación de sacudir un poquitín la frase para ver qué más le saltaría de dentro, además de lo que estaba ya a la vista. Hete aquí lo que salió: «Los autores menos traducidos son normalmente los autores mayores, o sea, los que no hablan a la mediocridad de la generalidad humana...». Y esto: «Los autores más traducidos son anormalmente los autores menores, o sea, los que hablan a la mediocridad...». Y aún: «Los autores menos traducidos son normalmente los escritores mayores, o sea, los que no hablan...». Ante este surtido de posibilidades no creo que sea un despropósito preguntar: ¿si Vergílio Ferreira tuviese tantas traducciones como Dostoievski, habría escrito lo que escribió? ¿O aquello ha sido uno más de los acostumbrados y atormentados gemidos vergilianos? ¿Acepta así Vergílio Ferreira aparecer a los ojos del lector atento como el zorro de la fábula? ¿Son las traducciones, para él, como las uvas altas, de donde sólo caen engañosas parras que los escritores menores toman como suculentos granos de uva? ¿Cómo es posible que un espíritu como éste se rebaje a tan mezquinas contabilidades?

4 de marzo

Día de lluvia y frío en Braga. Coloquio de inauguración de la Feria del Libro, con la escritora española Soledad Puértolas y Luísa Mellid Franco, que fue la moderadora. A pesar del mal tiempo, que habrá retenido a mucha gente en casa, el auditorio estuvo lleno durante las dos horas que el coloquio duró. Soledad Puértolas habló en castellano (la suerte de los españoles es que los portugueses sean tan benévolos...) y fue escuchada con la mayor atención. Debe haberse ido satisfecha con el público de Braga. En cuanto a mí, porque no tenía ningún libro reciente que pudiese servirme de bastón, resolví levantar un poco más el velo que aún cubre el *Ensayo sobre la ceguera* y desarrollar algunas reflexiones a propósito. A medida que iba hablando se me hacía cada vez más claro cuánto me inquieta el pesimismo de este libro. *Imago mundi* lo llamé, ya en conversación con Luiz Francisco Rebello, visión aterradora de un mundo trágico. Por esta vez la expresión del pesimismo de un escritor de Portugal no va a manifestarse por los canales habituales del lirismo melancólico que nos caracteriza. Será cruel, descarnado, ni el estilo estará presente para suavizarle las aristas. En el *Ensayo* no se lagrimean las penas íntimas de personajes inventados, lo que allí se estará gritando es este interminable y absurdo dolor del mundo.

6 de marzo

Me escribe un artista plástico (no hay duda, tenemos falta de palabras: no pasaría por la cabeza de nadie designar a un músico como artista musical, pero a un artista que dibuje, pinte o esculpa le llamamos plástico, no obstante los otros sentidos, nada artísticos que la palabra también tiene: explosivo y sustancia química con base en polímeros orgánicos...), indio *cherokee,* como él mismo quiso presentarse, que vivió ocho años en México y ahora vive en Bélgica. Entre otras declaraciones igualmente arrebatadas, demasiado excesivas para ser transcritas aquí, me dice que, si fuese Rockefeller, me daría un millón de dólares por haber escrito *Ricardo Reis*... Va a exponer, en junio próximo, en la Galería Módulo, de Lisboa, y me pide que le autorice a utilizar algunos pasajes de la novela como complemento, leyenda o comentario a sus obras. Se llama Jimmie Durham y, evidentemente, puede contar con la autorización. Si la exposición se inaugura a principios de junio (por esas fechas estaré en Lisboa por causa de la Feria del Libro), espero tener ocasión para ver de qué modo se conjugan las palabras que escribí con las imágenes y las figuras nacidas en otra imaginación. No hay duda de que don Fernando Pessoa continúa teniendo mucha vida...

7 *de marzo*

Es notorio que las industrias culturales de los países poderosos, servidas por un uso avasallador de los medios de comunicación de masas, que convertirá en obsoleto el recurso a acciones directas, ha reducido a mero papel de figurantes a los países que, por falta de medios tecnológicos y financieros, no pueden responder con la misma moneda y por lo tanto están condenados a lo que llamaré un primer grado de invisibilidad. A estos países no los saben ver aquellos otros. Es más: no los quieren ver. Es necesario que quede claro ante los ojos de toda la gente que las hegemonías culturales de hoy resultan, fundamentalmente, de un no siempre sutil proceso de evidenciación de lo propio y de ocultación de lo ajeno, impuesto como algo ineludible, y que cuenta con la resignación, muchas veces con la complicidad, de las propias víctimas. ¿Será necesario todavía recordar que las geoestrategias modernas no son sólo económicas y militares, sino también, de un modo mucho más sinuoso, lingüísticas y culturales?

9 de marzo

De repente fue como si millones de personas hubiesen despertado de un largo sueño sorprendidas por la admirable revelación de ser europeas, sin que antes lo hubiesen percibido, o teniendo de esa cualidad una percepción apenas tácita, no problemática. Súbitamente, cada europeo se vio a sí mismo como una copia actualizada de aquel personaje de Molière que descubrió, con deslumbramiento, que, sin saberlo, estaba haciendo prosa desde que había nacido. Y ahora me apetece preguntar: ¿dónde estaba Molière cuando escribió *Le bourgeois gentilhomme*? En sentido amplio, geográficamente, estaba en Europa, mas ampliamente aún en el planeta Tierra. Mientras tanto, si verdaderamente quisiéramos llegar a él tendríamos que abandonar esas grandezas superiores y buscarlo en Francia, o ni siquiera en Francia: probablemente en París, que es ahí donde viviría, culturalmente, Jean-Baptiste Poquelin... De hecho, ¿qué sabría Molière de la Europa teatral de su tiempo? Admito que no le fuesen desconocidos los nombres y las obras de sus contemporáneos próximos, pero, para no salirnos del arte en que floreció, es lícito preguntar si Lope de Vega y Calderón de la Barca, por ejemplo, alguna vez fueron lecturas suyas. Lo que esta duda pretende poner en evidencia es que Molière fue, sobre todo, si no exclusivamente, un producto de la cultura francesa y que es en esa estricta relación donde su obra se define, construye y proyecta, apareciéndonos después como expresión de un cierto espíritu francés sin paralelo en el resto de Europa, excepto como imitación. Europa no hizo a Molière, no podría haberlo hecho, bajo pena de haber generado una especie de Frankenstein cultural, monstruosamente heterogéneo y, en relación a la identidad, irreconocible. Como en tantos otros casos, fue lo particular lo que se convirtió en universal, y ésa es la buena dirección, no la inversa, con la cual se tendería inevitablemente a uniformizar los tipos y a borrar las diferencias.

10 de marzo

Me piden de *A Capital* una declaración a propósito del segundo aniversario de la muerte de Manuel da Fonseca. Digo que sí, que escribiré algo y, cuando cuelgo el teléfono, me pregunto si la periodista (se llama Ana Fonseca, quizá sea de la familia) sabrá que mis relaciones con Manuel da Fonseca, en los últimos años, fueron prácticamente inexistentes. Si sabrá también que no me cabe ninguna culpa en el corte de una amistad que, por otro lado, no llegó nunca a ganar sustancia, sobre todo a partir de la publicación de *Alzado del suelo*. Le contaré, no obstante, una pequeña historia, antigua, de principios de los años setenta, cuando, como otros amigos y conocidos (Baptista-Bastos, Manuel de Azevedo, Ribeiro de Melo y algunos más) almorzábamos regularmente en un restaurante del Barrio Alto, el Regional de Coimbra o, simplificando, el trece, que era el número del portal. Manuel da Fonseca iba de vez en cuando y cuando llegaba se acababan nuestras conversaciones: nos deleitábamos oyéndolo, tanto daba que los casos que contaba fuesen nuevos o viejos, lo importante era la voz, el tono, la sustancia profunda que hacía de cada palabra un tesoro. Un día, acabada la comida y pospuesto el resto de la conversación, Manuel da Fonseca pidió su cuenta y la camarera del restaurante, Esmeralda, que evidentemente no participaba de nuestro placer, gritó hacia la barra: «¡Ciérrenme la cuenta del parlanchín!». Yo era, en aquel tiempo, bastante ingenuo, tenía veleidades de Quijote y, al oír el disparate, me levanté de la mesa y fui a dar una amonestación a la aturdida criatura: que aquel «parlanchín» era un gran escritor, que no podía admitir semejante falta de consideración, que a partir de aquel día no ponía más los pies en el restaurante. Lo dije y lo cumplí. Algún tiempo después, sin embargo, supe que Manuel da Fonseca, obviamente más sabio y curtido que yo, continuaba yendo a comer allí, como si no hubiese pasado nada. No tuve más remedio que tragarme la indignación y regresar a una mesa donde se comía por treinta escudos, con derecho al postre gratis de unas cuantas historias maravillosas...

Espero que Manuel da Fonseca no esté ahora en el cielo de los escritores, que de ciencia muy cierta sé que es una réplica exacta de lo que fue su mundo mientras vivieron. Que esté, sí, en el cielo de los lectores, que ése es cielo auténtico. Y que les vaya contando sus historias, mientras me llegue el turno de ocupar mi lugar, olvidándonos, ambos, de lo que absurdamente nos separó.

11 de marzo

Toda la mañana con seis escritores jóvenes de la Península. (Aquí se dice que vienen de la Península las personas que nos llegan de España. Los portugueses, que no se preocupen: Portugal tiene derecho a su propio nombre.) El viaje fue organizado por la Fundación Santa María, institución particular de carácter cultural que se dedica especialmente a la difusión de la literatura infantil y juvenil. Todos trabajan en esa área, aunque no de modo exclusivo. A dos de ellos ya los conocía del encuentro en

Mollina. Querían saber todo cuanto me aconteció e hice, desde que nací como escritor y como persona. Era como si buscasen la receta mágica, o no tanto, que hace pasar a alguien del anonimato en las letras (siempre relativo) a las letras de la fama (relativa siempre). Les hablo de trabajo y de disciplina, les digo que no tener prisa no es incompatible con no perder el tiempo, que el pecado mortal del escritor es la obsesión de la carrera, ilustro todo esto con mi propia vida, valga ella lo que valga, y no me olvido de añadir que para todo se necesita suerte: la suerte grande de que los lectores nos descubran a tiempo o, menor suerte ésta, que nos descubran aunque ya sea demasiado tarde para que lo sepamos.

12 de marzo

En Milán, en el hotel, pongo la televisión para saber cómo va el mundo. En cierto momento, después de salirme italianos, alemanes, franceses, luxemburgueses y norteamericanos, me aparece una estación japonesa emitiendo combates de sumo. El sumo, según la enciclopedia, «es un deporte tradicional que consiste en la lucha entre dos adversarios dentro de un círculo trazado en el suelo, del cual uno de los dos luchadores debe expulsar al otro, pudiendo hacerlo lo mismo por medio de empujones o de puntapiés. Algunos de los golpes utilizados se asemejan al judo. Los luchadores de sumo siguen un régimen alimenticio especial, siendo hombres habitualmente con más de cien kilos». Esto es lo que dice la enciclopedia, pero mi suerte fue tanta que no vi cualquier especie de lucha, no vi golpes de judo, ni un simple puntapié. Vi, sí, un juego de empujones, una mole de carne contra otra mole de carne. Después de una larga preparación, los combates se resolvían en pocos segundos, los suficientes para que doscientos treinta kilos se llevasen por delante, a empujones, ciento ochenta, como fue el caso. Imagínese lo que podrá ser un hombre con casi un cuarto de tonelada de peso... El recinto estaba lleno de japoneses y japonesas de tamaño normal que aplaudían no sé a qué. No hay que extrañar la ignorancia: soy un occidental espiritualmente bastante insignificante, torpe a las trascendentales sabidurías del Oriente.

13 de marzo

Conferencia de prensa de Ferrara Musica para anunciar la próxima representación de *Divara*. Estaban presentes Mauro Melli, director artístico del Festival, Mimma Guastoni, directora de la Casa Ricordi, Azio Corghi, Will Humburg. No había sólo periodistas, las preguntas procedieron tanto de ellos como de otros asistentes. Marco del Corona, periodista del *Corriere della Sera* quiso saber si las posiciones que antes defendí (condena de los conflictos religiosos como última expresión de una miseria ideológica, respeto de las diferencias, defensa de la bondad como principio básico de una relación auténticamente humana) no sonaban como voces clamando en el desierto. Le respondí que un desierto en el que aún suenen voces no está completamente desierto... Después de la reunión, Mauro Melli me informó que el periódico católico *Avvenire* ya ha empezado a protestar contra la anunciada presentación en la Semana Santa de la cantata de Corghi, *A Morte de Lázaro,* sobre un pasaje del *Evangelio según Jesucristo:* dicen que no sólo la representación de un Lázaro que no resucita es blasfema, como es inoportuno y provocador hacerlo en plena Semana Santa y en una iglesia, la de San Marco... Que protesten. Mientras protesten estarán, en fin, sin saberlo, tratando de cosas serias. ¿Qué dirán estos catolicones del tiempo de la otra señora cuando descubran que los espectadores de *Divara* podrán tomar parte en el bautizo de los anabaptistas que en cierto momento se desarrolla en el escenario?

14 de marzo

Mirándolo por encima todo parecía normal. Media hora antes, ya iniciado el descenso, habíamos sido informados de que estaba lloviendo en Lanzarote. Me imagino lo que los turistas pensarán: que sus esperanzas de ocio y sol estaban yéndose, literalmente hablando, aguas abajo. En cuanto a los residentes, que simplemente regresaban a casa, tengo la seguridad (hablo por mí) de que, en lo íntimo, aplaudieron la noticia: desde octubre del año pasado no llovía en la isla. La impresión de habernos posado en un lago fangoso (era lo que la pista inundada parecía), y no en tierra firme, fue la primera señal de que el proveedor celeste de las lluvias había exagerado. Pero aún nos faltaba por saber cuánto. Tuvimos que esperar unos buenos diez minutos dentro del avión mientras se decidía adónde deberíamos ser llevados, porque, según la primera información recibida, la terminal de llegadas se encontraba inundada. No encontraron alternativa: asperjando agua y lodo, el autobús, después de dos o tres paradas por el camino, nos transportó al caos. La terminal era un enorme charco, había turistas descalzos empujando, agua adentro, sus carritos, otros pescaban, no hay otra manera de decirlo, los equipajes que habían quedado en las cintas rodantes, ahora inmovilizadas y todos, más o menos, parecían esperar que lo peor ya hubiese pasado. Me abrí camino en busca de fondeadero, pensando vagamente en lo extraordinario que era el silencio de dos o tres centenas de personas que allí se encontraban, ninguna protesta, sólo perplejidad y desconcierto y también una paciencia que habitualmente no se ve en turistas contrariados. Tal vez muchos de ellos aún tuviesen en el recuerdo las inundaciones de este invierno en sus países. Realmente, en comparación, esto no pasaba de un buche de agua. Fuera, mientras difícilmente caminaba, atascándome en un cieno, ora espeso, ora casi líquido, me acordé del tiempo en el que, niño, me gustaba atravesar las tierras bajas entre el Almonda y el Tajo después que las aguas de la riada se hubieran retirado... Conseguí, por asombroso milagro, el único taxi a la vista. El conductor me dijo que había llovido torrencialmente durante una hora, que había sido de meter miedo, que había carreteras cortadas, que sólo podríamos llegar a Tías dando la vuelta por San Bartolomé. Por mí, ni que la vuelta fuese por el infierno, lo que yo quería era llegar a casa. Anduvimos un kilómetro hacia el interior y la tierra estaba seca, allí no había llovido... Lanzarote es así: o todo o nada. Viene una nube, escoge un sitio, suelta cuanto lleva dentro, arrasa, se lo lleva todo por delante, sin ningún dolor por la tierra sedienta que está ahí mismo al lado.

Palabras de Fernando Savater: «Fui un izquierdista sin crueldad y espero llegar a ser un conservador sin vileza». Ya sabemos que cualquier frase retirada de su contexto tiene grandes probabilidades de ser malentendida, pero ésta, así de redonda, así de completa, así de acabada, con todos los predicados en los lugares exactos y su inconfundible sujeto, difícilmente se prestará a equívocos. Deduzco de lo que dice Savater que es *natural* que un izquierdista sea cruel (él afirma que no lo fue) y que es igualmente *natural* que un conservador sea vil (él espera no llegar a serlo). Deduzco y me quedo confundido. ¿Se tratará de un mero juego de palabras, de los tantos con que Fernando Savater se divierte y algunas veces consiguen divertirnos a nosotros? No lo creo. La frase fue sentida, pensada, está allí como una moralidad ejemplar, como si dijese: «Aprendan conmigo». Un espíritu sarcástico dirá que son las declaraciones típicas de todo izquierdista *défroqué* (de hecho no es raro oírse de sus bocas comentarios de este jaez), pero no por eso el anunciado viaje ideológico de Savater (nótese que la primera parte del camino ya la anduvo) dará menos que pensar. Me recuerda aquella otra frase muy usada, parece que de uno de los Alexandre Dumas, creo que el padre, que paternalmente nos avisaba: «Quien no haya sido revolucionario a los veinte años, no tiene corazón; quien lo sea después de los cuarenta, no tiene cabeza». Estas suaves palabras, como las de Fernando Savater, son un certificado de autoóbito firmado por él mismo, una norma para el conformismo experto bajo la apariencia de una sabiduría que pretende meter todo en el mismo saco, una especie de agua bendita universal destinada a limpiar el espíritu de las manchas que en él había dejado la irresponsable juventud. Leyendo cosas como éstas, y cada vez se van leyendo más, dan ganas de odiar a los viejos.

15 de marzo

Llegó Baptista-Bastos. Viene a recoger elementos para un libro que la Sociedad Portuguesa de Autores proyecta publicar sobre este habitante de Lanzarote, a propósito del Premio Consagración que me será entregado en mayo: entrevista, elección de fotos antiguas y modernas, sucesos de la vida y del trabajo. Adivino que voy a hablar más de lo que es necesario porque no todos los días me aparecen aquí ocasiones de practicar la lengua... Con el fin de preparar los espíritus le llevé a El Golfo, a Femés, a Famara, a La Geria: fue fácil notar que hay un enamorado más de Lanzarote. Y todavía le falta ver lo mejor.

Leo en los periódicos que Do Muoi, secretario general del Partido Comunista de Vietnam, declaró, en la apertura del congreso de la asociación de escritores de allí, que el arte y la literatura deben permanecer bajo la orientación del partido, que «la libertad de creación literaria y artística es la libertad de servir al pueblo», que «la literatura nunca está separada de la política». Pregunta mía, urgente: ¿no hay por allí nadie que vaya a explicarle a este hombre que acaba de precipitarse, cabeza, tronco y miembros en el mismo fatal engaño en el que tropezaron y se hundieron otros dirigentes comunistas, con las conocidas consecuencias? La revolución vietnamita, será inútil decirlo, es merecedora de toda la admiración y de todo el respeto, pero no es así como la defenderán. Dice Do Muoi que las artes son un factor importante en la guerra que Vietnam mantiene «contra las fuerzas hostiles que intentan desunirnos para acabar con nuestro régimen». Como vivo en este mundo, no dudo para nada de la existencia de tales fuerzas hostiles, ni de que sea ése su objetivo, pero verifico, una vez más, que la Historia, por mucho que se esfuerce, no encuentra a quien sea capaz de recibir sus lecciones a tiempo y hora. El resultado de éstos y semejantes comportamientos ha sido que se perdieran las literaturas y las revoluciones.

16 de marzo

Baptista-Bastos dice que la entrevista valió la pena. Yo, como de costumbre, lo dudo, quizá porque ya esté cansado de oírme. Lo que para los demás aún parece novedad, se ha vuelto para mí, con el paso del tiempo, en caldo recalentado. O peor, me amarga la boca la seguridad de que unas cuantas cosas sensatas que acaso haya dicho en la vida no tendrán, al echar las cuentas, importancia ninguna. ¿Y por qué habrían de tenerla? ¿Qué significado tendrá el zumbido de las abejas en el interior de la colmena? ¿Les sirve para comunicarse? ¿O es un simple efecto de la naturaleza, la mera consecuencia de estar vivo, sin previo convencimiento ni intención, como un manzano da manzanas sin tener que preocuparse de si alguien irá o no a comérselas? ¿Y nosotros? ¿Hablamos por la misma razón que transpiramos? ¿Apenas porque sí? El sudor se evapora, se lava, desaparece, más tarde o más temprano llegará a las nubes. ¿Y las palabras? ¿Cuántas permanecen? ¿Por cuánto tiempo? Y, finalmente, ¿para qué?

17 de marzo

Mañana de paseo, mañana de palabras. Conozco a Baptista-Bastos hace muchos años, somos amigos desde entonces, por lo tanto hemos conversado muchas veces, pero nunca de esta manera, con esta franqueza, vaciando el saco. Una isla, incluso no estando desierta, es un buen sitio para hablar, es como si estuviese diciéndonos: «No hay más mundo, aprovechad antes de que este resto se acabe». Le llevé al Mirador del Río, a los Jameos del Agua, a Timanfaya, le ofrecí todo esto como si fuese mío, el paisaje, el mar, el cielo, el viento. Mañana volverá a Lisboa, a sus viejos lugares, a Ajuda, donde nació, a Alfama, donde vive, y ahí, lo mejor que yo puedo desearle es que cierre los ojos de vez en cuando y pida a la memoria la gracia de restituirle aquellas sombras de nubes que pasaban por debajo de nosotros en la falda de la montaña frontera a la Graciosa, a las cuestas púrpura de Famara, al crepúsculo, entre la neblina, la boca enorme de la Caldera de los Cuervos, el dibujo japonés de dos palmeras sobre la cadera acostada de una colina. Que esa memoria no le falte y gozará de la vida eterna.

19 de marzo

Revolviendo en antiguos papeles se me vino a las manos la presentación que, hace doce años, escribí para el catálogo de una exposición de João Hogan. La releí, sonreí por algunas ingenuidades, pero me pareció que no era justo hacerla regresar a la oscuridad del cajón de donde había salido, sin darle la oportunidad de someterse a otros juicios que no hubiesen sido los míos, evidentemente sospechosos de parcialidad, o los de Hogan, que nunca me dijo lo que pensó del escrito. Por eso queda aquí:

«Sobre el caballete el pintor ha colocado una tela blanca. La mira como a un espejo. La tela es aquel único espejo que no puede reflejar la imagen de lo que está ante sí, de aquello con lo que se confronta. La tela sólo mostrará la imagen de lo que apenas *en otro lugar* es encontrable. Es eso la pintura. La pintura no está en el espejo blanco y opaco que es la tela. La pintura no está, siquiera, en el mundo que, por todos los lados, rodea tela, caballete y pintor. La pintura está, entera, en la cabeza del pintor. Al pintar, el pintor no ve el mundo, ve la representación de él en la memoria que de él tiene. La pintura es, en suma, la representación de una memoria.

»João Hogan, pintor, está en su estudio. Son cuatro paredes apretadas, un capullo minúsculo de silencio, cerrado a su vez por un claustro antiguo. Los cuadros se apoyan unos sobre otros, se apuntalan como placas geológicas, bajan del techo como severos jardines suspensos, forman un laberinto de tres dimensiones, por ventura inextricable. No faltarían, al correr de la comparación, otras analogías: es el brujo en su caverna, es el creador creando universos nuevos para enmendar los antiguos, es Fausto convocando los espíritus. Al final, es sólo, y basta, João Hogan, pintor. Se mueve despacio, tranquilo, en el reducido espacio desahogado que aún le queda, todos sus pasos y actitudes son rigurosos, precisos, ninguna exuberancia, la palabra breve, si tiene que decirla, la sonrisa sosegadamente irónica, de mansa ironía, porque a sí mismo primeramente se habrá juzgado y, habiéndolo hecho, ha entendido que no necesitaba de otro tribunal ni de otro reo. A esto se llama, a veces, sabiduría.

»Se habla fácilmente de la sabiduría del filósofo, del sabio, del escritor, no se habla de la sabiduría del pintor. Y, a pesar de todo, un artista como éste, que parece estar trabajando desde el principio del mundo, transporta, en el gesto que incluso antes de llegar a la tela o al papel es ya trazo y color, un cúmulo de experiencias, un saber que trasciende la simple técnica que tiene que haber en el dibujar y en el pintar, para localizarse en las capas profundas donde el inconsciente personal y colectivo en todo momento está procurando las formas y las voces de su expresión posible. La pintura, como Leonardo da Vinci dijo un día, es realmente cosa mental.

»Pero, en João Hogan, la expresión de esas voces y de esas formas recorre caminos que le llevan, simultáneamente, a buscar reproducir el sentido máximo de las cosas (o la máxima concentración del sentido que tienen) y el despojo de todo el sentido (o el instante primitivo, si no la primitiva mirada, en la que las cosas no tienen más sentido que serlo). Son dos extremos que se tocan, es una contradicción aparente. Intentaré ser más claro.

»De toda la obra de João Hogan escojo uno de sus paisajes de suburbio o un amontonamiento de piedras, ahí donde no se divisa un rostro humano, un mero rastro de paisaje, excepto, tal vez, por aquí y por allí, el afloramiento impreciso de un color, de un volumen, acaso ya obra de las manos, acaso todavía un accidente natural. En rigor, tal paisaje no existe en la realidad. El pintor, como ya se ha dicho, representa en el cuadro la memoria, ahora reelaborada por la conciencia, de una memoria de paisaje. Vemos colinas redondas, cubiertas de verde, no de verdura, vemos peñascales cortados por planos, no pedreras. Entendámonos: no es de paisaje de lo que estamos tratando aquí, sino de pintura, no es el parecido lo que debemos buscar, sino lo profundo. João Hogan no se ofrece para guiar al contemplador del cuadro por un cierto arrabal de Lisboa, lo que João Hogan propone es un lugar de pintura. Cualquier coincidencia entre esto y aquello será siempre fortuita e irrelevante.

»Pues bien, este paisaje, que justamente es confluencia de memorias, espacio de reunión acumulativa, foco de sugestiones y llamadas —este paisaje viene a definirse en síntesis esencial por vía de un proceso selectivo que precisamente hace de la verdura el color verde y de la pedrera corte y plano. Entonces, y es aquí donde reside la resuelta contradicción entre los puntos de partida y el punto de llegada, es cuando el cuadro aparentemente *dice menos* pero *expresa más*, y el paisaje surge delante de nuestros ojos como si *nadie* lo hubiese visto antes, como si fuese nuestra la primera mirada que lo encuentra y en ese mismo acto lo muestra. El arte de João Hogan es, como por una especie de prodigio inesperado, el arte de la primera mirada.

»Por su propio, natural camino, Hogan alcanza, doblemente, la raíz de la pintura y la raíz del ser. El mundo en que nos introduce está, casi siempre, deshabitado. Pero es un mundo en expectativa, un mundo que espera sus hombres, o porque éstos aún no han nacido o porque de él han sido retirados. Sin embargo, no olvidemos que ante este paisaje solitario estuvo el hombre que lo creó. Fue de él la primera mirada. Nos cabe ahora a nosotros poder ver lo que él ya vio: los hombres que habitarán, por derecho, este lugar. De pintura, como se ha dicho. De vida, como se añade. Que todo es lo mismo.»

En conjunto no está mal. Y a propósito: ¿cómo pintaría João Hogan, si aún estuviese vivo, esta isla de Lanzarote?

20 de marzo

José Manuel Mendes, que ya ha leído el segundo volumen de los *Cuadernos* se preocupa con mis, por lo visto, demasiado frecuentes alusiones a lo que él llama la «muerte propia», mencionando incluso dos pasajes del libro que considera estremecedores. No creo que lo sean tanto así, salvo para naturalezas predispuestas a sufrir de una especie de vértigo mental semejante a aquel otro, físico, que nos asalta cuando nos asomamos sobre un abismo. Si hablo de la «muerte propia» es en ocasiones en las que no hablar equivaldría a esconderme, y eso no me gusta a mí: prefiero, tanto cuanto me es posible, mirar de frente a la Vieja Señora de la Guadaña, y decir claramente lo que pienso y siento, no a ella, que es sorda, sino a mí mismo. Intento ser, a mi manera, un estoico práctico, pero la indiferencia, como condición de la felicidad, nunca tuvo lugar en mi vida, y si es cierto que busco obstinadamente el sosiego del espíritu, también es cierto que no me liberé ni pretendo liberarme de las pasiones. Procuro habituarme sin excesivo dramatismo a la idea de que el cuerpo no sólo es *finible,* como de cierto modo es ya, a cada momento, finito. ¿Qué importancia tiene eso, sin embargo, si cada gesto, cada palabra, cada emoción son capaces de negar, también en cada momento, esa finitud? En verdad, me siento vivísimo cuando me toca tener que hablar de la muerte...

21 de marzo

En sentido amplio, aunque la afirmación pueda parecer algo presuntuosa, la *Historia del cerco de Lisboa* (que en breve va a ser, por fin, reeditada) es un libro contra los dogmas, esto es, contra cualquier propósito de enarbolar como definitivo e incuestionable aquello que precisamente siempre definió lo que llamamos condición humana: la transitoriedad y la relatividad. Sin olvidar que los dogmas más nocivos ni siquiera son los que como tal fueron expresamente enunciados, como es el caso de los dogmas religiosos, porque éstos apelan a la fe, y la fe no sabe ni puede discutirse a sí misma. Lo malo es que se hayan transformado en dogmas laicos lo que, por su misma naturaleza, nunca aspiró a tal. Marx, por ejemplo, no dogmatizó, pero no faltaron después pseudomarxistas para convertir *El capital* en otra biblia, cambiando el pensamiento activo por la glosa estéril o por la interpretación viciosa. Ya se ha visto lo que sucedió. Un día, si fuésemos capaces de deshacernos de los antiguos y férreos moldes, la piel que parecía vieja y al final no nos dejó crecer, volveremos a encontrarnos con Marx: tal vez un «reexamen marxista» del marxismo nos ayude a abrir caminos más generosos al acto de pensar. Que tendrá que empezar por buscar respuestas a la pregunta fundamental: «¿Por qué pienso como pienso?». Con otras palabras: «¿Qué es la ideología?». Parecen preguntas de poca monta y no creo que haya otras más importantes...

22 de marzo

Cada poeta entiende la libertad de manera diferente, supongo. Tal como el hombre vulgar, esos que no son poetas. Pero no creo que la libertad del poeta (por muy alto que la pongan) sea más dura de conquistar que la del hombre común. Y además éste tiene muchas menos compensaciones.

Hay aves que se pasan la vida diciendo: «¡Ah, si yo quisiese...!», y nunca levantan vuelo, sólo andan. Probablemente lo mejor será nacer sin alas y hacerlas nacer y crecer a nuestra propia costa. Soñar que volamos es señal de crecimiento.

Sólo escribo sobre aquello que no sabía antes de haberlo escrito. Debe de ser por eso por lo que mis libros no se repiten. Me voy repitiendo yo en ellos, porque, aun así, de lo poco que continúo sabiendo, lo que mejor conozco es éste que soy.

23 de marzo

Lo que solemos llamar «compromiso del escritor» no debería ser determinado simplemente por el carácter más o menos «social» o «socializante» de la tendencia, del grupo o de la escuela literaria en la que se inscribió o en la que lo metieron. El compromiso no es del escritor como tal, sino del ciudadano. Si el ciudadano es escritor, se añadirá a su ciudadanía personal una responsabilidad pública. No veo dónde podrán irse a buscar argumentos para eludir esa responsabilidad.

24 de marzo

Maria Alzira Seixo me dice que empecé a pagar por haber estado tanto tiempo en la cresta de la ola y da como indicio de un paso hacia el fondo de la misma la reacción que estos *Cuadernos* han provocado en unos cuantos modestísimos portugueses, cuyo virtuoso recato he escandalizado con la exhibición impúdica de mis «triunfos» literarios y sociales... Como si esto fuese poco me cuenta de alguien que, habiéndole ella hablado de que ando a vueltas con una novela donde hay una porción de ciegos, declaró rotundamente que Ernesto Sábato ya había hecho cosa parecida lo que, dicho a la llana, significa que, en la opinión de este policía de las costumbres, debo de haber caído en flagrante delito de imitación o plagio... No importa que el tal censor no haya leído una sola palabra del *Ensayo,* si cabe no ha hecho más que oír hablar de *Sobre héroes y tumbas,* pero nada de eso cuenta ante la ocasión de insinuar que mis ciegos provienen en línea torcida de los ciegos de Sábato. Más discreta de lo que debería, Maria Alzira no me dijo de quién venía la perfidia. Es una pena. Callar el nombre del autor de una calumnia no sirve al calumniado, sirve, sí, al calumniador porque le asegura la impunidad. Mañana me encuentro por ahí al sujeto y es capaz de darme un abrazo, una palmadita en la espalda, de amigo, y yo no sabré que se trata de un pequeño bellaco.

25 de marzo

Lanzarote no es siempre el paraíso. Ayer amanecimos con el cielo cubierto por la calima, un aire espeso y lúgubre que transporta hacia aquí, por encima de cien kilómetros de océano, el polvo del Sahara, y nos pone al borde de la sofocación. El avión que vino de Madrid y a Madrid debería llevarnos fue, por prudencia, desviado a Las Palmas. Durante seis horas esperamos en el aeropuerto a que el tiempo aclarase, a que otro avión estuviese disponible, a que otra tripulación se apiadase de los frustrados viajeros. Perdimos el vuelo de unión a Lisboa, tuvimos que dormir en Madrid. El resultado fue que llegamos hoy a Lisboa, casi a la hora de la sesión de clausura de los *Diálogos ccon el País,* que debía presidir. Fui un «presidente» cansado a más no poder, que entró en el Hotel Altis para cumplir la misión para la que había sido convocado, pero el cansancio se me pasó en seguida ante la cordialidad (cordialidad es poco, me parece que la palabra exacta es afecto) con que los amigos me acogieron. Hice un discurso breve, que se asentó en tres puntos principales: si como partido nos cristalizamos, es hora de que nos descristalicemos; si no hemos reflexionado lo necesario, empecemos a reflexionar ya, antes de que sea demasiado tarde; si es verdad que los partidos socialistas se han movido hacia el centro, cosa que ni ellos mismos se atreven a negar, entonces el espacio de la izquierda, todo él, tendrá que ser ocupado por los partidos comunistas. Las propuestas, suponiendo que merezcan esa denominación, obviamente simple y simplemente obvia, fueron bien acogidas, quizá también por haberlas envuelto en un cierto tono de humor que debe de haber sonado como herejía fuerte a algunos oídos políticamente más puritanos. No habrán sido muchas las reuniones del Partido en las que se hayan oído tantas y tan saludables risas.

27 de marzo

En Alicante, para un seminario dirigido por el director de *Le Monde Diplomatique,* Ignacio Ramonet, sobre el tema *Información, comunicación y sociedad. Virtudes y peligros de la democracia mediática.* Le recuerdo a Ramonet que no entiendo nada de ese mundo misterioso de las «autopistas de información», de los «cd-rom» y del «internet», que soy como un salvaje venido de otra época, de otros parajes tecnológicos, capaz, cuando mucho, de poner los dedos en las teclas correctas y pasmarse después con lo que sucede. Me responde que lo que él espera de los conferenciantes invitados (Eduardo Haro Tecglen y John Berger, además de mí) es «una mirada por encima», expresión lisonjera que, en mi caso, decidí allí mismo traducir por la contraria: «una mirada por debajo»... Enfrentaré, pues, valientemente, el tema que me fue destinado, confiado en que los completos conocimientos de Ignacio Ramonet suplan los inevitables desfallecimientos de los míos. Él hablará de las grandes rupturas tecnológicas actuales, de la conexión con la industria (el vicepresidente de Estados Unidos de América del Norte, Al Gore, afirmó recientemente que la información es la industria del siglo XXI...) y de los sueños futuristas y utópicos propuestos por los teóricos de la llamada «comunicación total». Yo intentaré responder con mi propia visión de esas utopías. Pesimista, ya se sabe.

29 de marzo

Al margen del seminario, Ignacio Ramonet estuvo hoy por la mañana en la Facultad de Derecho de Alicante para dar una conferencia. Fui allí también, para aprender, y aprendí mucho más de lo que contaba. Ya ayer, en la conferencia de apertura del seminario, impartida por Ramonet, yo había empezado a entender que el mundo en el que estoy tiene poquísimo que ver, en estos particulares, con aquel en el que creía vivir. Para decirlo de una manera que toda la gente entienda: todavía me encuentro en el Tercer Mundo de la información... No soy el único, sin embargo. En el principio de su discurso, Ignacio Ramonet contó algo que la asistencia entera desconocía y a mí me dejó sin aliento. Dijo él que, al contrario de lo que se cree, ni una sola imagen del genocidio de los tutsis de Ruanda ha llegado a ser vista: no la mostraron los fotógrafos, no la mostraron los cámaras de televisión. De un millón de tutsis muertos, víctimas de las carnicerías, no hemos llegado a ver un solo cadáver. Aquellos millares de seres que veíamos arrastrándose por los caminos en dirección a la frontera del Zaire, eran hutus y no tutsis. Aquellos que a nuestra vista morían de hambre y de todas las enfermedades en los campamentos zairenses no eran tutsis, sino hutus. Los alimentos, los medicamentos, la ayuda del sensible corazón del «mundo occidental», todo fue a parar a las manos de los hutus, no los recibieron los tutsis. El éxodo, impresionante fue de hutus que huían del ejército tutsi procedente del exterior, y no, como pensábamos, de tutsis intentando escapar de la carnicería. Quiere decir: nos apiedamos de los masacradores, no de los masacrados. Por lo tanto, hemos sido engañados. Parece que la información también sirve para esto. Y nosotros, ¿qué hacemos? Volvemos la página, pasamos a la noticia siguiente, donde otro engaño nos espera.

No hablo de mi conferencia, que creo que fue bien. Asistió mucha gente, aplaudieron, pero lo más importante ya había sido dicho por Ignacio Ramonet en la Facultad de Derecho. Lo que me pregunto es si la impresión causada por sus palabras en los jóvenes estudiantes de leyes habrá sido lo bastante fuerte para que ellos, mañana, rehúsen ser meros servidores de la Gran Ley Hipócrita que rige el mundo.

Joaquín Manresa, el joven sociólogo que lleva a su espalda todo el peso de la organización del seminario, nos dijo que Roberto Fernández Retamar, presidente de la Casa de las Américas, está en Alicante. Desencuentros de horas, teléfonos que no responden, recados que no llegan a su destino, van a impedir que nos encontremos. Tuve pena de perder esta excelente ocasión de tener noticias directas de Cuba, además de estar con alguien a quien estimo y admiro.

30 de marzo

En los cinco metros de faxes que estaban esperándonos en casa encontramos la información de que Jorge Amado ganó, por unanimidad, el Premio Camoens. Finalmente. Este fruto necesitó de unos cuantos otoños para madurar... Lo que me alegra es pensar que el voto de los jurados brasileños no habrá sido dado con más entusiasmo que el de los portugueses. Y me atrevo a sospechar (para no decir que lo doy por cierto) que de Brasil procedían, en años pasados, los obstáculos a un premio que llegó manifiestamente fuera del horario anunciado. Vale más tarde que nunca, dirá el optimismo de aquellos que nunca sufrieron injusticias. Pero ésos no pueden saber cuánto ellas duelen.

31 de marzo

A propósito de la próxima representación de *Divara* en el Festival de Ferrara, la revista italiana *Panorama* me hace algunas preguntas, a saber:

a) ¿Por qué, por parte de alguien que se afirma ateo, tan gran interés por las cuestiones religiosas?;

b) ¿*Divara* denuncia la intolerancia religiosa en el siglo XVI, o es una metáfora de la actualidad?;

c) ¿Cuál es el mayor merecimiento y el mayor peligro de la fe?;

d) Si la fe religiosa comporta la conversión de quien no cree, ¿puede un hombre de fe ser realmente tolerante?;

e) Teniendo en cuenta las amenazas del integrismo, ¿es posible esperar que llegue un tiempo de respeto por las diferencias de raza, opinión y religión?;

f) ¿Qué piensa del antagonismo, subrayado por el Papa en su reciente encíclica, entre «ley de Estado» y «ley moral»?

g) Finalmente ¿en qué cree?

Con la seguridad de que me voy a repetir, pero con igual certeza de que la repetición nunca perjudicará a la claridad, he aquí lo que respondí:

a) A mí lo que me sorprende es precisamente el poco interés que los ateos demuestran en general por los asuntos religiosos. Sólo porque un día se declararon ateos pasaron a comportarse como si la cuestión hubiese quedado definitivamente arrinconada. Mi punto de vista es diferente. El hecho de que yo niegue la existencia de Dios no hace que la Iglesia católica desaparezca, ni tiene seguramente ninguna influencia en las convicciones (en la fe, quiero decir) de sus fieles. La religión es un fenómeno *exclusivamente* humano, por lo tanto es natural que provoque la curiosidad de un escritor, aun siendo ateo. Además de eso, hay una evidencia que no debe ser olvidada: en lo que respecta a la mentalidad soy un cristiano. Así pues, escribo sobre lo que hizo de mí la persona que soy.

b) Desgraciadamente *Divara* no puede ser entendida como una mera reconstitución histórica ni como una metáfora. El estado del mundo nos muestra cómo la evocación de manifestaciones de intolerancia ocurridas hace cuatro siglos tiene una flagrante actualidad. Realmente da que pensar lo poco que aprendemos con la experiencia.

c) El mayor merecimiento de la fe, como ideología que es, está en la capacidad de hacer que seres humanos se aproximen unos a otros. Su mayor peligro se encuentra en el orgullo de considerarse a sí misma como única y exclusiva verdad, y por lo tanto ceder a la voluntad de poder, con todas sus consecuencias.

d) La fe religiosa no comporta apenas la voluntad de conversión de quien no cree, comporta también la voluntad de conversión de aquellos que siguen otra religión. Actitud, a mi ver, totalmente absurda. Si hay Dios, hay un solo Dios. Luego todos los modos de adorarle se equivalen. Por eso mismo un creyente, cualquiera que fuese su religión, debería ser un ejemplo de tolerancia. No es así, como todos los días se ve. Y oso decir que nadie es más tolerante que un ateo.

e) El integrismo no es sólo islámico, la intolerancia no es practicada apenas por aquellos que van matando en nombre de Alá. Hoy mismo, sin llegar a los crímenes que manchan su pasado, la Iglesia católica continúa ejerciendo una presión abusiva sobre las conciencias. Respeto por la diferencia de raza, de opinión y religión no lo preveo para un futuro inmediato, ni siquiera próximo. Continuaremos siendo intolerantes porque no queremos comprender que no basta ser tolerante. Mientras seamos incapaces de reconocer la igualdad profunda de todos los seres humanos no saldremos de la desastrosa situación en que nos encontramos.

f) La historia de la humanidad es un proceso continuo de transformación de valores. Es verdad que el tiempo que vivimos se caracteriza por la desaparición de valores tradicionales, sin que aparezcan, de una forma clara, valores nuevos, capaces de informar éticamente las sociedades. Sin embargo, ese antagonismo apuntado por el Papa no es de hoy, sino de siempre. ¿Alguna vez, en la Historia, la «ley de Estado» coincidió con la «ley moral»? ¿O será que el pensamiento de Juan Pablo II se orienta ahora en el sentido de una «cristianización» de los Estados laicos? Si es así debería empezar, tal vez, por «cristianizar» su propio Vaticano.

g) Creo en el derecho a la solidaridad y en el deber de ser solidario. Creo que no hay ninguna incompatibilidad entre la firmeza de los valores propios y el respeto por los valores ajenos. Estamos todos hechos de la misma carne sufriente. Pero también creo que todavía nos falta mucho para llegar a ser verdaderamente humanos. Si lo llegamos a ser alguna vez...

1 de abril

El Colectivo Andersen de literatura infantil y juvenil, una asociación de profesores que tiene sede en Las Palmas, vino a Lanzarote a celebrar, en la Fundación César Manrique, el VII Día del Libro Infantil de Canarias. Me habían invitado hace tiempo para dar, el día 30 de marzo, la conferencia inaugural, pero la hora tardía en que llegaba de Alicante no lo permitió. Me pusieron, por lo tanto, para la clausura. Como el tema del encuentro era la Edad Media, ya se sabe que tendría que hablar del *Cerco de Lisboa,* pero el meollo de la conferencia lo armé a partir de una frase, ya aquí citada antes, de un cierto filósofo español, más conocido como pintor, que se llamó Goya... La frase, puesta por debajo del grabado que la ilustra, es ésta: «El sueño de la razón produce monstruos...». No necesito decir cómo me fueron de útiles los monstruos que traje de Alicante.

Mucho universo, mucho espacio sideral, pero el mundo es realmente una aldea. ¿Pues no me dijeron en la Fundación César Manrique que Roberto Fernández Retamar, con quien irremediablemente nos habíamos desencontrado en Alicante, llegaría esta tarde a Lanzarote, para dar una conferencia sobre José Martí? Llegó de hecho, nos telefoneó al final del día y vendrá mañana a cenar. No voy a dejar escapar la ocasión de volver al asunto de aquel Matias Peres, portugués, toldero de profesión, que un día desapareció en los cielos de La Habana...

2 de abril

De Cuba se habló lo suficiente para saber que las dificultades continúan. Se nota, nos dice Retamar, en lo inmediato, una cierta mejoría, atribuible a la mayor flexibilidad del mercado de productos alimenticios, pero sin efectos realmente visibles en la situación económica global. Las recientes crisis, todavía en desarrollo, de México y de Canadá, países que, contrariando desde el principio las presiones diplomáticas y económicas de Estados Unidos, han tenido una actitud colaboradora en relación a Cuba, traerán, ciertamente, dificultades nuevas. También en nada ayudarán a la isla las previsibles mudanzas políticas de España resultantes de la probable victoria del Partido Popular en las próximas elecciones generales. A pesar de tantas y tan sombrías nubes, Roberto y su mujer, Adelaida, no han perdido el sentido del humor: entre risas nos cuentan que un importante intelectual mexicano (nada más y nada menos que Carlos Fuentes), con quien habían estado hacía pocos días en España, les preguntó si iban a regresar a Cuba...

Tal como me había prometido, volví al asunto de «mi» Matias Peres. Empecé por pedirle a Pilar que leyese *Una ascensión en La Habana,* y después, todos de acuerdo en cuanto a la belleza de la descripción de Eliseo Diego, llamé la atención de Roberto y de Adelaida hacia las informaciones objetivas, por lo menos así las considero yo, contenidas en el texto: *a)* Matias Peres era portugués; *b)* fabricaba toldos; *c)* era poeta *(«en versos magníficos dijiste adiós a las muchachas de La Habana»)*; *d)* cuando subió a su globo *«la banda militar atronaba en el Campo de Marte»*; *e)* en cierto momento el viento le hizo bajar *(«te llamaron los pescadores prudentes, gritándote que bajaras, que ellos te buscarían en sus botes»)*... Esto no se inventa, insistí. Además de eso, aquella «expresión de irónico desencanto y criolla tristeza», como Eliseo la definió: «Se fue como Matias Peres», no tendría significado sin la existencia real de un hombre con ese concreto nombre y ese concreto apellido. Algún escéptico, aunque dispuesto a admitir la probabilidad de una tal existencia y la posibilidad de una tal ascensión, dirá que apellido y nombre le parecen mucho más de gallego que de portugués, pero otro Matias ya hemos tenido, Aires de apellido (que no sólo es gallego, sino también castellano), y portugués fue por entero, aunque nacido en São Paulo... Benévolamente rendido a mis razones, Roberto prometió que iba a hacer todo para llegar a los fundamentos «históricos» del episodio. Que yo vaya, después, a escribir la novela del desventurado aeronauta, ya será otra cuestión. Si Retamar no pudiera cumplir lo prometido, será porque lo desviaron del compromiso las grandes aflicciones de su Cuba. Son ellas, sin duda, en los difíciles tiempos que allí se viven, mucho más importantes que todos los aeronautas, pasados, presentes y futuros. Para que de la Revolución cubana no venga también a decirse: «¡Se fue como Matías Pérez!».

4 de abril

En Turín para un encuentro en la Universidad sobre el tema *El imaginario en las literaturas mediterráneas* y un debate sobre *El papel del escritor en el umbral del siglo XXI.* Pablo Luis Ávila y Giancarlo Depretis nos ofrecen la hospitalidad de su casa, que tanto tiene de española (Pablo es granadino) e italiana (Giancarlo es piamontés) como de portuguesa: la colección de barros alentejanos y del Miño, en particular de Estremoz y Barcelos, es de las más ricas y completas que he visto. Pablo y Giancarlo están felices porque después de años y años de una lucha obstinada, con altos y bajos de esperanza y frustración, han logrado finalmente que a su universidad se incorporase un Lectorado de portugués. Y Giancarlo, que a partir del próximo año lectivo, ocupará la cátedra de Literatura portuguesa, me dio el aire de quien saborea sobriamente una justa victoria que, siendo suya, es mucho más de aquello que su enseñanza irá a beneficiarse: la literatura portuguesa, precisamente. Conversando después acerca de esto y de lo otro, Pablo me dijo que Berlusconi y Fini alcanzan el sesenta por ciento en las previsiones de voto, pero hoy leí en *La Repubblica* que, según D'Alema, secretario general del PDS (ex PCI), no sólo no sobrepasan el cuarenta y cuatro por ciento, como que irá a ser el PDS el primer partido. Me parece esto una peligrosa manera de colocar la cuestión: ¿qué adelanta que el PDS llegue a ser el primer partido italiano si, siendo Fini y Berlusconi, en lo inmediato y para el futuro próximo, aliados naturales, van a poder formar gobierno, incluso de minoría? La impresión que recogí de las conversaciones que mantuve con diferentes personas a lo largo de este día es que hay un nítido avance de las tendencias fascistas en Italia. Algunos de mis interlocutores se manifestaron preocupados con la apatía de los intelectuales italianos ante el cambio repentino de un proceso político que, en cierto momento, llegó a parecer que se encaminaba en el sentido de la izquierda.

5 de abril

Para el encuentro sobre el «imaginario» se reunieron dos italianos (Giuseppe Conte y Sebastiano Vassalli), una francesa (Jacqueline Risset), un español (Juan José Millás) y un portugués (éste). Faltó el tunecino que estaba invitado, Amin Maalouf. No creo que hayamos avanzado gran cosa en el territorio que debíamos explorar. Ya se sabe que los escritores, sobre todo cuando son sólo de lo que afectadamente llamamos «creación literaria», siempre están más inclinados a hablar para su propio reflejo en el espejo que llevan delante de sí que de aquello que en el mismo espejo los rodea, y que es, en sentido más que figurado, el «fondo» real de su trabajo. No sorprende, por tanto, que Conte haya hablado de la poesía como de una cosa en sí, que Vassalli haya afirmado que a los escritores no les queda más que *«raccontare il nulla»* («contar la nada»), que Risset haya decidido volver a la cansadísima cuestión de la independencia del artista frente a las ideologías. Juan José Millás dio simplemente la espalda al tema y discurrió, con ese tono de irónica sorna que le caracteriza, sobre sus propias imaginaciones, las de la infancia y las de ahora, tomando como materia inmediata de análisis su reciente novela *Tonto, muerto, bastardo e invisible*. En lo que a mí respecta, poco entrenado en especulaciones de este calibre y, por temperamento, nada propenso a ellas, me atreví a poner en duda la posibilidad de un debate conclusivo sobre el asunto. Me parecía, dije, que era simplificar en exceso declarar, sin más, que son «mediterráneos» países como España, Francia e Italia, para no hablar ya de Portugal que está, entero, en el Atlántico. Porque si es cierto que, según la lección de Fernand Braudel, el Mediterráneo terrestre estará donde los olivares estuvieren, todos los países mencionados, incluyendo el nuestro, sólo en una mitad serían mediterráneos, y ahora menos que la mitad, si tenemos en cuenta la rapidez con que los olivos están siendo arrancados. Cité el caso de Gonzalo Torrente Ballester, gallego, que declaró que no es hombre del sur, sino del norte, recordé que Claudio Magris, triestino, no escribió sobre el Po, sino sobre el Danubio, sugerí, intentando ser aún más claro, que es expresión de un incurable eurocentrismo nuestro concepto de «literaturas mediterráneas», formado, todo él, y limitado, por la influencia de la herencia cultural grecorromana. La presencia de Amin Maalouf habría servido para mejorar el debate, porque colocaría en la balanza el punto de vista del Mediterráneo del sur, el cual, por su parte, no lo olvidemos, es el norte de África... E incluso así, Túnez no es Marruecos, ni Egipto es Argelia, por mucho que de *mil y una noches* se haya alimentado el «imaginario» de todos ellos. A la objeción de que, a pesar de todo, debía ser posible hablar de «literatura mediterránea» del mismo modo que se habla de «literatura latinoamericana» o de «literatura angloamericana», respondí que tanto en un caso como en otro es evidente la existencia de una «unidad» lingüística, proporcionada, respectivamente, por el castellano y por el inglés (es interesante verificar que el concepto «literatura hispanoamericana» no acostumbra a abarcar la literatura brasileña), al paso que el Mediterráneo siempre se caracterizó por ser, en todos los sentidos, tiempos y acepciones, una inextricable Babel...

El debate sobre *El papel del escritor* sirvió después para que Giuseppe Conte insistiese en la poesía como quintaesencia de purezas y refugio contra las fealdades del mundo, para que Sebastiano Vassalli declarase que es únicamente un contador de historias, sin obligación, como escritor, de intervenir en la sociedad, para que Millás y yo (ibéricos, por lo tanto premodernos, por lo tanto prehistóricos...) afirmásemos nuestra incomprensión ante posturas que más nos parecían provenir de otro planeta. A cierta altura, después de que Conte, en un arrobo lírico, hablara de las armonías futuras de un mundo plurirracial, le dije que por ahí no llegará a donde quiere. Verdaderamente, ya estamos viviendo (siempre vivimos) en un mundo plurirracial: para verlo así bastará imaginar a los ricos como blancos, a los que tienen un pasar como grises y a los pobres como negros... En fin, a Jacqueline Risset, mujer fina y simpática que además de novelista y poeta es especialista en Dante, me limité a hacerle observar que la *Divina comedia* es, por excelencia, y excelentemente, una obra ideológica...

¿No han valido la pena los encuentros de Turín? Por el contrario, valieron, y mucho. Y llegamos a conocer, con pruebas en la mano, algunas de las razones por las que el fascismo avanza.

7 de abril

En Ferrara, para la presentación en Italia de *Divara* con la orquesta y la compañía del Teatro de Münster, bajo la dirección de Will Humburg, y la misma puesta en escena de Dietrich Hilsdorf. Siento en el ambiente una cierta inquietud: ¿cómo reaccionará al tumulto, a la violencia de esta *Divara* un público de provincia habituado a las comodidades sin sorpresa de la ópera lírica, en la que la muerte, en el momento de aparecer, viene adornada, invariablemente, de gorjeos floridos? Yo estoy tranquilo, en parte porque soy quien menos arriesga, pero también porque no puedo creer que este público, cualquier público, donde quiera que sea, se muestre insensible a la fuerza avasalladora de la música de Corghi, a la puesta en escena provocadora de Hilsdorf, a la dirección apasionada de Humburg. Mientras tanto, mientras la hora de la verdad no llega, se juntaron en un salón del Teatro Comunale unas cuantas personas para un debate sobre la intolerancia religiosa: Mario Miegge, de la Universidad de Ferrara, Valerio Marchetti, de la Universidad de Bolonia, Ugo Gastaldi, historiador, autor de una *Historia del anabaptismo,* Franz Josef Jacobi, director del Museo de la Ciudad de Münster, y quien por estos cuadernos responde. La cosa no resultó tan pacífica como se esperaba, teniendo en cuenta que no había nadie allí para defender la intolerancia, religiosa o cualquier otra. La llama saltó porque dije, a cierta altura del debate, respondiendo a la interpelación de una persona del público, que el problema no se resolverá mientras no aprendamos a reconocer y a respetar las diferencias, todas las diferencias, que distinguen a los seres humanos unos de los otros. Qué fuiste a decir. Me saltó del lado Valerio Marchetti, tipo ejemplar de persona que ama la discusión por la discusión, protestando que la reivindicación de la diferencia está llena de efectos perversos, que por uno de esos efectos se llegó al arianismo nazi, que a donde es necesario ir es a la indiferencia, estado final en el que las diferencias se apagarían precisamente porque todo se habría vuelto indiferente. La salva de artillería me habría dejado arrasado si no hubiese sido por el encallecimiento que tengo ganado a costa de la vida y de debates mucho más duros que éste. Sosegadamente aclaré y desarrollé mis puntos de vista y rematé pidiendo que me fuese explicado de qué modo sería posible llegar a la indiferencia sin pasar, antes, por aquello que precisamente falta: el reconocimiento, la aceptación de la diferencia. Valerio Marchetti respondió que no tenía nada que añadir y la sesión acabó fríamente, después de que Mario Miegge, hombre simpático, cordial, hubiese aún intentado conciliar los opuestos pensamientos de los controversistas, jugando un poco con la manía discutidora del colega, por lo visto habitual. En fin, la intolerancia aún tiene una larga y próspera vida por delante.

Vimos, en el Castelo Estense, una exposición sobre Lucchino Visconti. Importante, pero melancólica. Mucho juego de luz y sombra, mucho encuadramiento, mucho efecto escenográfico, pero aquellas fotografías, aquellas maquetas, aquellos figurines, aquellos carteles, todo me pareció como embalsamado, tocado por el mismo dedo que empujó a Visconti fuera de este mundo.

Soy tan rico en amigos que siempre se me aparecen donde más gustaría tenerlos. Además de Carmélia, que viajó con nosotros desde Turín, llegarán hoy, para el espectáculo, Zeferino Coelho y Ana, Ray-Güde, María y Javier con Teresa, otra hermana de Pilar que aún no había entrado en estas páginas y que es responsable del servicio de prensa del Festival de Música de Granada. Mañana vendrá Filipe de Sousa.

8 de abril

Al final, no había motivos para temer. La respuesta del público fue entusiasta, la sala estuvo aplaudiendo durante casi quince minutos, Azio sonreía feliz como un *bambino,* yo disfrazaba la conmoción, haciendo de cuentas que de experiencias como ésta se amasa mi pan de cada día. Al final los portugueses querían saber: «¿Y Lisboa cuándo?», pregunta evidentemente retórica porque, como nadie ignora, las comunicaciones con la capital portuguesa son muy difíciles.

En el Palazzo dei Diamanti, la exposición *Gauguin y la vanguardia rusa*. Cuadros traídos del Ermitage de San

Petersburgo y del Museo Pushkin de Moscú, dibujos y esculturas. Bien organizada, con un catálogo exhaustivo, la exposición muestra hasta qué punto fue determinante la influencia de Gauguin en la obra de los vanguardistas rusos, particularmente en Mijaíl Larionov y Natalia Goncharova, los más importantes de ellos. Entramos después en la Pinacoteca, donde lo excelente, lo bueno y lo mediocre conviven en las mismas paredes, pero donde fui a encontrar la imagen más fuerte, más impresionante de cuantas me tocaron esta mañana: una pequeñísima tabla, menos de un palmo cuadrado, pintada por Antonio da Crestalcore, de quien, en tantos años de museos, nunca había oído hablar, y que trabajó en Bolonia desde 1478 y murió entre 1513 y 1525. Se trata de un *Descendimiento de la cruz,* tratado con minucias de miniaturista obsesivo, con todos los trazos necesarios, exactos, rigurosos, pero en los que el color nunca es enfriado por la sequedad del dibujo. Los rostros son casi caricaturescos, parece que han sido achatados en el sentido vertical. Las figuras ocupan el tercio inferior de la tabla, como si hubiesen sido empujadas hacia allí por los montes del Gólgota y por el peso de las tres cruces. El brazo derecho de Cristo descansa en los hombros de María Magdalena. Cuánta pena siento de que el papa Wojtyla no venga a sentarse aquí, en un intervalo de sus encíclicas, a mirar esta pintura: quizá entendiese que el espíritu es, admirablemente, una creación de la carne. Fuimos después al Palazzo Schifanoia, a ver los frescos de los *Meses* de Francesco del Cossa y Ercole dei Roberti, pero yo llevaba conmigo el recuerdo vivo de aquel otro «cuadro más hermoso del mundo», para colocar, en mi museo imaginario, al lado del *San Jorge matando al dragón* de Vitale da Bologna, que en Bolonia está, y de los dos paisajes de Ambrogio Lorenzetti que pueden ser vistos en Siena. Cuadros todos ellos pequeños, para poder caber en el corazón.

12 de abril

Nunca agradeceré lo bastante a Azio Corghi las alegrías que viene dándome. Ahora ha sido su cantata *La muerte de Lázaro,* interpretada en Milán, en la iglesia de San Marco, por el coro del Teatro alla Scala, sobre textos extraídos del *Memorial,* del *Evangelio* y de *In Nomine Dei*. Una actriz, Maddalena Crippa, fue una magnífica «voz recitante», encarnando a María de Magdala, aquella que osó decir a Jesús: «Nadie en la vida tuvo tantos pecados que merezca morir dos veces». Antes del concierto, que incluía también algunos *Motteti per la Passione* y *Tre core sacri* de Petrassi, el párroco de San Marco, don Marcandalli, tomó la palabra. Ya nos habían llegado rumores de que así sería; antes de que la herejía retumbase bajo las santas bóvedas habría que tranquilizar a los fieles. Don Marcandalli empezó por decir que la decisión de permitir la ejecución de la cantata en aquella iglesia había sido tomada por quien, en la Curia, tenía competencia y autoridad para tal (no fueron exactamente estas palabras, pero el sentido sí), después entró en el meollo del asunto: reconoció que el texto evangélico del episodio era tratado «con cierta fidelidad», excepto, claro está, en su final, al ser negada la resurrección. «Me parece comprensible», declaró el párroco, «que el autor, no siendo creyente, no acepte el misterio de la Resurrección. Un teólogo ortodoxo vivo dice que "la muerte es la evidencia de la historia, la Resurrección es el secreto de la fe". Pues bien, Saramago no tiene el don de la fe». Lo mejor, sin embargo, viene ahora: «¿Pero no podrá este concierto convertirse en una especie de "preevangelización", casi como una nueva forma de Cátedra de los no creyentes, iniciativa tan querida por el cardenal arzobispo de Milán, Carlo Maria Martini?».

Esta Iglesia católica, realmente, se las sabe todas: siempre ha de encontrar la manera de llevar el agua a su molino... Sea como sea, si don Marcandalli esperó oír balar indignadas a sus ovejas contra los blasfemos autores, se quedó frustrado: los aplausos fueron muchos y los bravos recompensaron el atrevimiento. Al final dejé a don Marcandalli completamente desconcertado: fui a saludarlo y a agradecerle la hospitalidad de su iglesia...

17 de abril

Que se respete el sufrimiento de quien sabe próxima la muerte. Perdónense las debilidades, las cobardías de las últimas horas, cuando la percepción del fin hará desmoronarse el edificio de una entereza construida en el tiempo fácil en el que la salud y el uso soberano de un poder casi hacían creer en la posibilidad de ser, finalmente, eterno... Mientras tanto, me pregunto si no habrá algo de indecoroso en la obsesión por la que pasa Mitterrand, en estos sus últimos días, de modelar la estatua con la que quiere entrar en el panteón de los franceses ilustres. No ha mandado edificar él mismo el túmulo que le habrá de acoger, como Mausolo en el siglo IV antes de Cristo, pero le veo manipular, muy conscientemente, la prensa y la televisión de hoy, sirviéndose de su enfermedad como de un abrepuertas para la admiración universal, para una especie de piedad magnificente que lo convertirá, así parece creerlo, en una figura impar de su tiempo. Cuando ahora le han preguntado si le gustaría que fuese dado su nombre a la gran biblioteca inaugurada junto al Sena (capacidad: cuarenta millones de libros; costo: doscientos mil millones de escudos), Mitterrand respondió: «No me importa lo que suceda cuando ya no esté aquí». A buen entendedor pocas palabras, la traducción al lenguaje de la franqueza no parece difícil: evidentemente es eso lo que Mitterrand espera que suceda. Me atrevo incluso a imaginar que su alma no tendrá sosiego mientras no le cumplan la voluntad. Sólo que no se atreve a pedirlo en vida.

18 de abril

La devastación continúa. Ahora le ha llegado el turno de marchar de este mundo a Nataniel Costa. Debía no ser necesario decir hoy quién fue Nataniel Costa, y yo mismo me siento absurdo al dejar aquí unos cuantos datos de su vida: que nació en el Algarve, que escribió un libro, *Contos da Aldeia e do Mar,* que siguió la carrera diplomática, jubilándose como embajador, que estaba casado con Celeste Andrade, la autora de la excelente novela que es *Grades Vivas*. De Nataniel se puede pensar que el gran lector que fue acalló en él al escritor que podría haber sido. Nunca encontré otra persona para quien la lectura representase tanto, hasta el extremo de constituirse, por sí sola, en acción creativa. Lo conocí en el antiguo Café Chiado, hacia la segunda mitad de los años cincuenta, cuando Humberto d'Ávila me introdujo en un círculo de gente intelectual y más o menos conspiradora que allí se reunía. (Tiene historia esta generación mía. Un día estaba yo solo, creo que leyendo el periódico, con el café delante, esperando que llegase alguno de los amigos con quienes acostumbraba a encontrarme, cuando paró un taxi en la puerta y de él sale Ávila. Entra, mira en torno, pone la vista en mí, viene y me dice: «Tengo dos billetes para el recital de Pierre Fournier, en São Carlos. ¿Quiere aprovecharlo?». Humberto d'Ávila hacía crítica musical, de ahí las dos entradas y, habiendo irrumpido en el café, confundido, quizá por el paso brusco de la luz a la sombra, no debió ver quién mereciese más la segunda entrada... Lo cierto es que invitó a una persona con la cual nunca había intercambiado una palabra y, ese gesto de impulsiva generosidad, nunca se lo agradeceré lo bastante. Así que fuimos, por primera vez en la vida me encontré sentado en la platea del São Carlos, Cenicienta que fue al baile y aún cree que está soñando. Tocaba para mí uno de los mayores violonchelistas de aquellos tiempos, y al día siguiente Ávila me presentaba a Fernando Piteira Santos, y a continuación al resto de la compañía a medida que iban apareciendo. Así fue.) Nataniel Costa formaba parte del grupo. Era, por aquellos tiempos, director literario de la editorial Estudios Cor, nos hablaba mucho de los autores que escogía para la colección Latitude y me daba, ya entonces, la impresión de que había leído todo cuanto generalmente valía la pena en la historia de las literaturas antiguas y modernas. Un día anunció que iba a opositar al Ministerio de Asuntos Extranjeros, donde fue admitido, como todos contábamos. Y vino la primera colocación en el exterior. Entonces, un caer de tarde, cuando el grupo, poco a poco, se iba dispersando y recogiéndose a sus penates, o a tomar fuerzas para la bohemia nocturna, Nataniel me pidió que saliésemos juntos porque quería hablar conmigo. El destino procede siempre así, de repente nos pone la mano en el hombro y espera que volvamos la cabeza y lo miremos de frente. Dimos unos cuantos pasos en dirección de la librería Sá da Costa y Nataniel me dijo: «Como usted sabe voy a ser destinado a Francia. Continuaré dirigiendo desde allí las colecciones de la editora, pero necesito de alguien que oriente las cosas aquí. ¿Quiere quedarse en mi puesto?». Se me cayó el alma a los pies y pesaba tanto que tuve que detenerme allí mismo. Me acuerdo que dije apenas: «Creo que sí, podemos probar». Había aún una pregunta que yo quería hacer, pero no sabía cómo. Nataniel adivinó cuál era y, serenamente, anticipó la respuesta: «Claro que no faltan personas que desearían que se lo propusiese, pero es una cuestión de confianza y ésa la tengo en usted. Otros tratarían de aprovechar la situación para darme un navajazo por las espaldas y echarme de la editora». Así empecé a trabajar en Estudios Cor. Al principio, después del empleo que entonces tenía en la Compañía Previdente, luego jornada completa, durante doce años de dedicación total, con algunos gustos y no pequeños disgustos. En cuanto a navajas, en toda la vida sólo las había usado en la aldea, cuando era un niño, para tallar flautas de caña y dar forma a barcos de corcho. Trabajos de mucha responsabilidad en los que también fui digno de confianza. Gracias, Nataniel. Si hubiera una editora en el otro mundo y usted viene de embajador a éste, quédese tranquilo, yo me hago cargo de todo.

19 de abril

La moda prendió. Ahora ha venido el señor Robert McNamara a pedir perdón por la guerra contra Vietnam, de la que fue, como es sabido, el principal responsable. Leo en los periódicos que ha llegado al extremo sentimental de derramar unas cuantas lágrimas para beneficio de los espectadores de las televisiones norteamericanas... Ya vimos al presidente de Alemania pidiendo perdón a los judíos, al Papa disculpándose porque la Iglesia católica condenara a Galileo (se olvidó de Giordano Bruno, quemado vivo), al rey de España mesándose los cabellos por el genocidio cometido por Cortés y sus semejantes —ahora viene McNamara golpeándose el pecho y diciendo: «Hicimos mal». Cuando estalló la crisis de Vietnam, explica, aquella región era «tierra desconocida» para la Administración norteamericana. Los principales peritos en cuestiones del sudeste asiático, añade, habían sido apartados de sus cargos durante la persecución de McCarthy en los años cincuenta y, ni el propio McNamara, ni el secretario de Estado, Dean Rusk, ni el consejero nacional de Seguridad, McGeorge Bundy, ni el principal asesor militar del presidente Kennedy, Maxwell Taylor, habían pisado alguna vez tierra vietnamita ni conocían su cultura y su historia. Pues bien, digo yo ahora, teniendo en cuenta el comportamiento de

Estados Unidos desde entonces y hasta este día en que estamos, es lícito pensar que los norteamericanos no avanzaron gran cosa en materia de conocimientos básicos, en cuanto a Vietnam, por cierto, pero también en cuanto al resto del mundo.

21 de abril

Nueva York. Venía suponiendo una conversación difícil con inmigración, como sucedió hace trece años, cuando el funcionario del servicio quiso saber si a mí me parecía realmente que el comunismo era una solución para los problemas de la humanidad. Ahora se limitaron a echar una miradita rápida al pasaporte, lo sellaron sin una palabra. Después, en la aduana, me preguntaron: «¿Ocupación?». Respondí: «Soy escritor». Me obsequiaron con una sonrisa e hicieron un gesto como si estuviesen abriéndome la puerta. Fue bonito, me gustó, pero con un cierto malestar, como si hubiese usado un truco para engañarlos.

No sé quién tuvo la idea de meterme en este hotel. Se llama Chelsea, tiene tradiciones para dar y tomar, tanto literarias como artísticas, por estos corredores anduvieron Sarah Bernhardt, Bette Davis, Janis Joplin, Arthur Miller, otro Arthur, C. Clarke, escribió aquí *2001,* yo qué sé cuántos más, pero ahora es, simplemente, una espelunca. Aguantar aquí las cuatro noches que tendré que pasar en Nueva York, merecería una medalla que no estoy dispuesto a ganar. De rabia me metí temprano en la cama, con los husos desarreglados, tanto los horarios como los del humor. Ya estaba acostado, cuando vinieron a traerme a la habitación, tardíamente, de parte de Harcourt Brace, que es mi casa editora, un cesto con frutos... Menos mal. Así no tenía que ser otro que diese la razón al refrán que dice: «Quien se acuesta sin cena, toda la noche rabea». Pero mañana alguien va a tener que explicarme por qué estoy obligado a que se me aparezca por aquí el fantasma de Sarah Bernhardt.

22 de abril

Con la benévola asistencia de Irwin Stern, profesor de la Columbia University, entrevista al *Washington Post,* con motivo de la publicación, en estos días, de la traducción de la *Balsa de piedra*. Larga y minuciosa, me refiero a la entrevista. Pero la buena impresión que el periodista, David Streitfeld, me estaba causando (era patente que me había leído, y con atención) se fue río abajo al preguntarle, al final, cuándo iba a ser publicada nuestra conversación y me respondió que saldría ya no me acuerdo a cuántos de mayo, en un suplemento dedicado a la literatura *hispanic,* lo que aquí significa literatura hecha por naturales u oriundos de los países de expresión castellana de esta parte del mundo, viviendo en Estados Unidos. Le hice ver que no soy un escritor *hispanic,* que no soy ni *hispanic* ni *spanish,* pero sí *portuguese writer,* como ayer tuve ocasión de decir al señor del aeropuerto. Embarazado, se disculpó, ésa era la información que le habían dado, ahora entendía la diferencia, realmente no tenía sentido. Quedó en hablar con el jefe. Por su lado, Irwin Stern me prometió que seguirá de cerca el asunto, pero yo dudo que sus cuidados puedan evitar el disparate: un perfecto norteamericano, tipo McNamara, por ejemplo, va siempre hasta el fin, le duela a quien le duela. Cuando se estrella con la nariz en la pared y se da cuenta de que se equivocó en el camino, fija en nosotros unos ojos cándidos, redondos, infantiles, y confiesa que realmente nunca había estado *allí,* que no sabía nada de la historia y de la cultura de Vietnam... Pide disculpas, jura que no volverá a suceder. Tontos seríamos si nos lo creyésemos. Mañana cambio de hotel.

23 de abril

Me dijeron que Humphrey Bogart frecuentaba mucho el bar de este Gramecy Park Hotel al que me he venido. Escaldado como venía del Chelsea, empecé a temer los efectos de esta celebridad en la estructura del edificio, pero en seguida respiré: la habitación, a pesar de ser pequeña y de techo bajo, parece segura y es confortable.

Almuerzo con Yvette Biro. Larga conversación sobre la adaptación cinematográfica de *La balsa*. Su entusiasmo no desmaya, yo me dejo ir con la corriente. Cena agradable con Drenka Willen, de la editorial, todavía nerviosísima por causa de la cuestión del Chelsea, y también con Yvette.

24 de abril

Desayuno en el hotel con Susan Sontag, de quien ya está acordado que presentaré en Madrid, dentro de mes y medio, una novela, *El amante del volcán,* que retoma la conocida historia de Nelson y Emma Hamilton, trasladando y concentrando la intriga en el ambiente político y social del Nápoles de entonces. O sea, no se trata de la mera repetición de unos cuantos cuadros sentimentales más o menos previsibles, sino de una inmersión a fondo en la sociedad napolitana y en sus juegos de poder. A Susan Sontag apetece llamarla simplemente La Sontag, como acostumbran los italianos cuando se refieren a las grandes cantantes de ópera. Susan, que yo sepa, no canta, pero parece tener la misma fuerza, el mismo lírico vuelo, la misma arrebatada pasión, la misma presencia irrefutable. Lo más curioso es que, contradiciendo absolutamente esta impresión, no se encuentra en ella ningún asomo de teatralidad, ninguna presunción, sus gestos son naturales siempre, el tono siempre acertado. Había coincidido con ella una vez, hace un buen par de años, en una mesa redonda del Salón del Libro de Turín. Por aquella época me pareció arrogante, impertinente, incluso presuntuosa. Para decirlo todo con una palabra, me desagradó. Pero hoy, mientras la oía hablar con tanta sencillez de su trabajo, mientras respondía yo a su interés por el mío, pensé cuántas veces sucede que no prestamos atención suficiente no sólo al tiempo que pasa, sino a las personas que éste nos va trayendo y después llevando, dejándonos, frecuentemente, el sabor amargo de las ocasiones perdidas.

Tras otra dilatada entrevista, ésta para la Associated Press (un joven nervioso y simpático llamado Niko Price), almuerzo con algunos profesores de la New York University. A continuación, en compañía de Irwin Stern, un salto a la Columbia University para una charla rápida en el Camões Center, un minúsculo enclave portugués en el babilónico laberinto de las instalaciones de la universidad. Desde una ventana se veía Harlem y era como otro mundo, un sur colocado donde no es costumbre encontrarlo: al norte, precisamente, de Manhattan. La conversación, finalmente, no fue rápida, como esperaba, pero tan sólo porque, cuando tengo que hablar en público, no acostumbro a hacer distinción entre las diez personas que están y las mil que nunca estarían ahí. Será quizá porque no me gusta quedar a deber. Pero no conseguí evitar mi propia melancolía: pese a la buena voluntad de cuantos allí se encontraban y mi propio esfuerzo, me parece que no valió la pena.

Comprendí hoy, finalmente, lo fácil que resulta tener comportamientos de racista. El restaurante donde iba a cenar con Umberto Eco, Furio Colombo, Yvette Biro y algunos otros amigos, quedaba allá abajo, en el West Broadway. A pesar de ser un larguísimo tirón, decidí hacer el camino a pie, pero a cierta altura confundí Broadway con West Broadway y me di cuenta de que me había perdido. Me puse entonces a cruzar y recruzar el Soho, a ver cómo podría recuperar la dirección exacta, primero apenas preocupado porque estaban esperándome en el restaurante, después inquieto con el aspecto lúgubre, sórdido de las calles casi desiertas, donde la propia luz de las farolas, en lugar de tranquilizarme, como era su obligación, me parecía una amenaza más. Fue entonces cuando, avergonzadamente, sentí algo que se asemejaba mucho al miedo, porque las personas que pasaban a mi lado eran negras, de modo que las tres veces que pedí ayuda para una orientación, tuve la precaución cobarde de escoger blancos, como si de ellos no pudiese venir ningún mal... Cuando por fin entré en el restaurante tuve la recepción calurosa que siempre está reservada al último en llegar. Pero sólo yo podía saber que no la merecía.

25 de abril

El taxista que me lleva a la Grand Central Station me pregunta si soy español: algo le debería haber sonado de ese género en los oídos. Del género ibérico, puesto que no admitió la posibilidad de que fuese argentino o mexicano. Le respondí como debía, ya que de la patria no hay que renegar nunca. Entonces veo abrirse en el espejo retrovisor una sonrisa feliz, centellear una mirada deslumbrada y oigo, deformada por una pronunciación atroz, mucho peor de lo que había sido la mía, la mágica palabra: «Eusébio». Sorprendido, creyendo haber oído mal le pedí que repitiese y repitió: «Eusébio, Eusébio...». Tantos años pasados sobre sus tiempos de gloria, nuestro Eusébio de Mozambique aún tiene quien le recuerde en el Nuevo Mundo. Y por si esto fuese poco, un taxista, de quien no llegué a saber su origen, sabía que era portugués...

Entre Nueva York y New Haven el tren, casi tan lento como el del valle de Vouga, atraviesa un inmenso basurero. Va el forastero contando con visiones campestres, a la americana, aunque no fueran de gran alcance, porque no todo es Tejas o Arizona, y lo que se le aparece a un lado y a otro de la vía férrea son basuras, detritos de toda especie, siniestros cementerios de automóviles, plásticos de múltiples tamaños y colores, almacenes abandonados, fábricas que fueron y dejaron de ser, como si una grave crisis hubiese caído sobre la región. Sólo conseguí sosegarme tres horas más tarde, cuando llegué a New Haven, donde estaba esperándome el profesor David Jackson, a quien conocí en Santa Bárbara, hace unos años. Respondiendo a mi pregunta, me dijo que de hecho muchas industrias han sido trasladadas al sur, que el desempleo en la región es grande. No soñé, por lo tanto...

Dimos una vuelta por la Yale University, que así se llama. Fue aquí donde Horácio Costa defendió su tesis de doctorado sobre *El período formativo* de este ahora visitante: me acordé de él cuando almorzaba con algunos de los profesores que participaron en el jurado y que, alegando que a la tesis le faltaba el indispensable soporte bibliográfico, hicieron la vida negra al pobre doctorando. Horácio Costa no tenía la culpa de que hasta ahí nadie se hubiese interesado seriamente por lo que anduve haciendo en los años de eclipse, pero los meritorísimos profesores no daban un paso atrás: una tesis en buena y debida forma, una tesis que se respete, requiere de bibliografía y ésta no la tenía. Se tomaron su tiempo en reconocer que el trabajo de Horácio Costa hasta en eso tendría que ser innovador. Inauguraba la bibliografía que no existía.

Esta Yale University fue construida en los años treinta, los de la Gran Depresión, cuando la mano de obra, incluso la más calificada, no tenía otro remedio que alquilarse barata. La arquitectura seudomedieval, seudogótica, hace sonreír: es como si hubiesen querido transportar hasta aquí, en un solo conjunto, Oxford y la Abadía de Westminster... Es todo falso, pero el conjunto acaba por volverse aceptablemente armonioso y por fin se encuentra natural circular entre edificios que, si no los miramos de demasiado cerca, parecen haber sido traídos del siglo XV inglés... Ya indiscutiblemente del siglo en que estamos es la Biblioteca de Libros Raros. Por fuera no se distingue de lo que estamos habituados a encontrar en un centro comercial cualquiera: paredes sin ventanas, ciegas, hechas de placas que a la vista parecen cemento descolorido. Sólo después de entrar notamos que se trata de una piedra traslúcida, probablemente artificial, pues los colores parecen demasiado ricos y variados para ser naturales. La claridad exterior transforma las paredes del edificio en cuatro enormes paneles difusamente coloridos, como si nos encontrásemos dentro de un caleidoscopio. ¿Dónde está entonces la biblioteca? La biblioteca es la gran estructura metálica que ocupa la parte central, una especie de enorme andamio negro que sube casi hasta el techo y se entierra suelo abajo muchos metros. En una plataforma amplia que la rodea por los cuatro lados se encontraban expuestos objetos tan diferentes como un ejemplar de la *Biblia* de Gutenberg (en todo el mundo existen dieciséis), una tosca bandera norteamericana, obra de costura elemental de Gertrude Stein, el diploma del Premio Nobel concedido a Eugene O'Neill, otro de quien ahora no me acuerdo del nombre, quizá Sinclair Lewis, unos cuantos fósiles escogidos, una rosa roja resecada que, creyendo en la explicación del letrerito, fue besada por Liszt... Son exposiciones temporales, organizadas de acuerdo a criterios que, por la muestra, tienen mucho de misterioso... Más tarde David Jackson me contará, con tono resignado, que hasta ahora ha visto rechazadas todas sus propuestas para hacer que aquí se admitan libros portugueses que le parecen dignos de entrar en la exclusiva biblioteca: ninguno ha sido considerado bastante raro como para venir a ocupar un lugar en este Olimpo.

Pero la Biblioteca de Libros Raros no es la única maravilla de la Universidad de Yale. No lejos de ahí se ve una escultura de la artista chinoamericana Maya Lin, que es una de las cosas más bellas en que he puesto los ojos. Imagínese una enorme piedra oscura, maciza, de sección elíptica horizontal, tallada alrededor en forma de copa. De un orificio practicado en la superficie superior lisa, más o menos donde estará situado uno de los focos de la elipse, brota un naciente de agua que se derrama por igual en la piedra, como una fina película, y va escurriendo por los bordes de la arista viva, de manera uniforme, con un discreto rumor de cascada de jardín. Acariciada continuamente por la toalla de agua que cubre la piedra, una espiral de números grabados cuenta la historia de las mujeres que frecuentaron esta universidad: desde 1874, cuando no fueron más que trece, hasta 1994, cuando ya sobrepasaron ampliamente las cinco mil... Nunca la simplicidad ha sido tan elocuente. Separarme de la *Biblia* de Gutenberg no me costó más que irme de esta piedra, de este cuerpo femenino que el agua protege, incluso cuando no me resisto a tocarla con la punta de los dedos. Me consolé después en la Yale University Art Gallery (atención, museo de la Universidad, no de New Haven), que bien me gustaría tener en Lisboa. Y tuve tanta suerte que me encontré allí una pintura más para colocar en mi museo particular del «cuadro más bello del mundo»: un *San Antonio tentado por el diablo* del Maestro de la Observancia, que anduvo pintando por Siena a mediados del siglo XV.

Al final de la tarde, en un aula de la universidad, David Jackson presentó al conferenciante, que cumplió la obligación lo mejor que pudo. Había claveles en las manos y en las solapas, traídos por Pedro Faria, el joven y simpático empresario de limusinas que estaba el otro día esperándome, con la viceconsulesa de Portugal, cuando desembarqué en el aeropuerto J. F. Kennedy y que, generosamente, quiso venir con la familia a asistir a la conferencia. Jamás podría imaginar que encontraría claveles en New Haven este día. Pues ahí estaban, veintiún años después, apenas porque alguien aún no ha perdido la memoria. No es sólo Eusébio...

26 de abril

En tren a Springfield, viaje tranquilo, a través de campos de poca belleza y ciudades de ninguna. Se repite la basura a lo largo de la vía férrea, tan continuamente que acabé por tener ojos apenas para ella... Me esperaba el profesor José Ornelas, de la Universidad de Massachusetts, en Amherst. Almorzamos en un restaurante italiano, al son de fados de Amália Rodrigues: la expansión de la cultura lusíada navega viento en popa, el escritor no hacía aquí ninguna falta. José Ornelas me dice que siempre que hay portugueses sale a relucir el disco. Por la tarde fue la conferencia, que salió en la forma de costumbre, y por lo tanto también con alguna cosa de disco... José Ornelas y Gloria, su mujer, puertorriqueña, me invitaron a que cenase en su casa. Tienen una hija, Ariana se llama, de unos doce años, que tocó un poco en su piano después de cenar. Nerviosa ante la visita, se equivocó algunas veces. Todos la animamos, como debíamos, pero no se conformó. Cuando me despedí para dormir (la hospitalidad incluía el pernoctar), ella fingió que estaba buscando unos zapatos en un armario, y fue de rodillas por el suelo, con la cabeza metida allí dentro, como me dio las buenas noches, con una voz que no podía disimular las lágrimas. Pobre Arianita, allí perdida en medio de su disgusto, al que sólo el tiempo sabrá dar remedio. ¿De cuánto tiempo va a necesitar para olvidarlo? ¿Unas horas? ¿Unos días? ¿Quién sabe si de aquí a muchos años no le dolerá aún este recuerdo?

27 de abril

José Ornelas me llevó en coche a Cambridge. Campos ahora bien cultivados, grandes macizos de árboles. De estrechas y sinuosas, las carreteras que mi compañero escogió, podían ser portuguesas... Mejor así: tuvimos paz para charlar y mirar el paisaje. Pero este día tan bien empezado llegó a ser arrasador, con una conferencia en la Universidad de Harvard, por la tarde, y otra en Dartmouth, por la noche. En Harvard, de pie en medio de la escalera exterior de uno de los edificios de la universidad, un estudiante leía nombres ante un micrófono. Pregunté a Fátima Montero, que iba a llevarme a Dartmouth, qué significaba aquello. Me respondió que era una manera de conmemorar los cincuenta años del final de la Segunda Guerra Mundial, que los nombres que se oían eran de víctimas del nazismo y que en aquel mismo instante otros estudiantes, en otras universidades, hacían lecturas como ésta. No se me ocurrió preguntarle qué nombres eran los tales. ¿De soldados norteamericanos muertos en combate? ¿De niños, mujeres y hombres exterminados en los campos de concentración? ¿De los civiles de todas las edades muertos por los bombardeos de las ciudades? Después me pregunté si también llegarán a ser dichos así, alguna vez, los nombres de los millones de vietnamitas muertos por otros soldados norteamericanos: me pareció que no... Como los rusos no dirán los nombres de los que murieron en sus propios campos de concentración, como nosotros no diremos los nombres de los africanos que matamos en doce años de guerra colonial...

Después me puse a imaginar que quizá fuese una buena purga mental leer en todos los países del mundo, sin excepción, de modo que pudiesen ser oídos en todo el mundo, los nombres de las víctimas inocentes de las que somos responsables: podía ser que esa cantilena alucinante nos curase del vicio de matar...

En Dartmouth, además de los estudiantes, había emigrantes portugueses, casi todos llegados de New Bedford. Pude, por lo tanto, dejar un poco de lado los temas literarios y hablar de algunas cuestiones prácticas y vulgares: de política, por ejemplo. Esta vez el anfitrión académico fue el profesor Francisco Sousa, a quien tratan aquí como Frank, conocido mío desde Santa Bárbara (también fue allí donde encontré a David Jackson por primera vez), creo que en el ochenta y cuatro, cuando visité esa universidad gracias a la buena voluntad de Mécia de Sena, en compañía de Maria de Lourdes Belchior, Maria Velho da Costa, Vergílio Ferreira. Era el tiempo en el que la escuela aún me parecía risueña y franca... Francisco Sousa recordó que en aquellos días (era entonces estudiante) él había sido mi conductor. Lo fue, si él lo dice, pero yo, por más que recurriese a la memoria, no conseguía verlo sentado ante aquel volante... En cualquier caso, cuando entré en el hotel y me tiré extenuado encima de la cama, la memoria me servía para tan poco que llegué a dudar de mi propia existencia.

28 de abril

En Providence, en la Brown University, con Onésimo Teotónio Almeida. Lo hice lo mejor que supe, espero haber hecho lo suficiente. Respondí a todas las preguntas, demoradamente, como es mi costumbre, pero con claridad y simplicidad: este escritor, que tiene fama y gajes de egocéntrico y orgulloso, se convierte en la más desarmada de las criaturas siempre que tiene que hablar de su trabajo. Desde hoy por la mañana, cuando me recogió en Dartmouth, Onésimo ha sido mi constante custodio, llave que me abrió todas las puertas. Pero, con una delicadeza de espíritu poco común, discretamente, se retiró de la primera fila cuando el encuentro empezó, dejándome con los que allí estaban para oírme. Terminada la función fuimos a cenar (uno de mis vecinos de mesa decidió contarme toda su vida, sueños literarios incluidos...), después todavía pasé un rato de la velada en casa de Onésimo y Leonor, pero la fatiga acumulada me obligó a recogerme al hotel cuando la fiesta más prometía.

29 de abril

Muy temprano, antes del tren para Nueva York, Onésimo me llevó a visitar la tienda de un inmigrante portugués —Friends Market, «Tienda de los amigos», se llama— que es el más desconcertante lugar que se puede encontrar por estos rumbos. En aquellos viejos estantes continúa viviendo el cuerpo y el alma de un país rural que casi ya sólo tiene existencia en la memoria de mi generación. Lo mejor de todo esto, sin embargo, es el hombre que está detrás del mostrador: le habita el mismo espíritu que tuve la fortuna de descubrir en antiguas andanzas por la patria, el espíritu de Daniel São Romão y su mujer en Rio de Onor, el de António Guerra y su hermana en Cidadelhe, el del trabajador de Torre da Palma, el del director del Museo de Faro, una manera de ser generoso sin alarde, de ser bueno sin ostentación... Onésimo me señala una hilera de sumas clavadas en el alzado de una secretaría, divididas por clientes, antiguas muchas de ellas, como está diciéndolo el tono amarilleado del papel. Cuando pregunto si aún tiene esperanza de que un día lleguen a ser pagadas, el dueño de la tienda encoge los hombros: «No tienen importancia...». Al despedirnos me ofrece periódicos de Portugal, otros que son obra esforzada e ingenua de la colonia portuguesa de Massachusetts. Onésimo sonríe, está habituado: «Es así», dirá después, «da sin que le pidan». De esta misma especie dadivosa es también un poeta de aquí, João Teixeira de Medeiros, nacido en Fall River, en el remotísimo año de 1901, que hace versos como quien respira y a quien a António Aleixo ciertamente le habría gustado conocer. Onésimo me ofreció un libro suyo, *Del tiempo de mí,* que organizó y prefació, y del que dejo esta muestra:

En el momento en el que encuentre
La verdad que me cabe,
Dejaré de preguntar
A quien responder no sabe.

Para el catálogo de las coincidencias. Onésimo me había dicho ayer: «Mire que hay un pasaje del segundo volumen de sus *Cuadernos* que parece descender en línea directa de un libro de Kierkegaard. Voy a ver si le consigo una fotocopia». Prometió y cumplió. El libro es *Either/Or,* la página, en la traducción publicada por la Princeton University Press, es la doscientos ochenta y dos, y dice así: «La historia puede ser trazada desde el principio del mundo. Los dioses estaban aburridos y por eso mismo crearon al hombre. Adán estaba aburrido porque estaba solo, y Eva fue creada. El aburrimiento de ambos cubrió el mundo y aumentó en la proporción del aumento de la población. Adán estaba aburrido solo; después Adán y Eva se aburrieron juntos; después Adán y Eva y Caín y Abel se aburrieron *en famille;* después la población del mundo aumentó y los pueblos se aburrieron *en masse*». Bien, con la mano puesta sobre todas las escrituras sagradas habidas y por haber, juro que de Kierkegaard sólo leí, hace muchísimos años, *La desesperación humana* traducida por Adolfo Casais Monteiro, en la edición de la Livraria Tavares Martins. Siendo así, y jurado queda que así es, ¿cómo fue posible que este lego en filosofías escribiera lo que está en las páginas cuatrocientos veintisiete y cuatrocientos veintiocho de los dichos segundos *Cuadernos*? Responda quien pueda.

30 de abril

Mucho me gustaría que las piadosas almas portuguesas dedicasen a gente más necesitada su potencia salvacionista y sus habilidades catequizadoras, tanto las de tipo lisonjero como las de género fulminatorio, dejando en paz esta ya perdida alma. Tenía esperándome una de esas cartas que vienen siéndome escritas en santa emulación, a ver quién gana el cielo por haber llevado al redil a esta oveja extraviada. Así reza (palabra en este caso adecuadísima) la misiva de éste mi nuevo ángel de la guarda, que vive en Anadia:

«Le va a extrañar y no poco el contenido de esta carta. Y, a pesar de todo, la escribo. Para decirle que leí su *Memorial del convento,* leí también las críticas (negativas o positivas) a su *Evangelio según Jesucristo*. De todo ello me quedé con la sólida impresión —con la certidumbre— de que José Saramago es un agnóstico y asumido. Mucha gente lo es también, como usted. Pero quiero decirle que el hecho de haber una multitud de personas que no creen en Dios, eso no invalida la certeza de Dios. Ni de Jesucristo. Ni de Nuestra Señora. Ni del juicio de nuestras acciones en el tribunal de Dios. Ni la seguridad *segurísima* del Infierno, o del Purgatorio o del Paraíso. Usted se estará sonriendo de la "simplicidad de alma" de esta "almita" que le está escribiendo. Sonría, si quiere. Pero lo que este "simplirritón" está escribiendo son cosas más evidentes, más seguras, más reales que el propio suelo que Saramago pisa, que el propio aire que Saramago respira... Un día —¿de ahora en cuántos años, meses, semanas o días, José Saramago?—, usted dejará el mundo de los vivos e irá a comparecer ante el Juicio de Dios. Irá solo. Sin amigos, ni protegidos, ni familiares, ni partidarios. Solo. Espantosamente solo, apenas acompañado de sus acciones, buenas o malas. Será juzgado por Dios —y en ese juicio se decidirá todo su destino futuro, para toda la Eternidad. ¿Paraíso? ¿Infierno? Crea o no en lo que le escribo—, es esto, exactamente, lo que le sucederá a usted, a todos nosotros. Acérquese, por lo tanto, a Dios mientras hay tiempo, Saramago. Porque un día podrá ser irremediablemente tarde. Claro que usted siente que, si se acerca a Dios, se estará apartando de todo aquello que es enemigo de Dios. Y eso supone problemas, ¿no es así? Pero hay una manera "sencilla": pedir a la Virgen Santísima y al Corazón de Jesús que resuelvan este dilema por nosotros. Y Ellos lo resolverán, si quisiéramos que Ellos lo resuelvan. ¿Se acuerda aún del Ave María? Voy a repetírselo: "Dios te salve, María, llena eres de gracia, el Señor es contigo, bendita tú eres entre todas las mujeres y bendito es el fruto de tu vientre, Jesús. Santa María, madre de Dios, ruega por nosotros, pecadores, ahora y en la hora de nuestra muerte. Amén". Repita esta oración como lo hacía hace sesenta años, Saramago. Y verá que no se arrepiente.»

Agradezco los consejos. Una cosa, sin embargo, me sorprende mucho: que sea necesario pedir ayuda a la Virgen Santísima y al Corazón de Jesús para dejar de ser comunista. Algunos conozco que resolvieron la dificultad sin recurrir a medianeros tan altamente colocados, les bastó mirar el gallo del campanario y ver que el viento estaba cambiando. Y más me sorprende: quien haya leído esta carta pensará que mi corresponsal de Anadia me conoce desde niño, pues de otra manera no se entendería por qué está tan seguro de que yo andaba rezando avemarías hace sesenta años. Pues no, señor, ni él me conoce ni yo alguna vez recé en mi vida. Pero, en fin, un consejo se retribuye con otro. Dado que del *Evangelio* sólo leyó las críticas, hágame el favor de ir ahora a leer el librito: ayudará al autor a vivir y sabrá de qué está hablando. Y si vuelve a escribirme, otro favor le pido todavía: no me mande más estampitas del Corazón de Jesús. El hombre que Jesús fue debía merecerle un poco más de respeto.

2 de mayo

Afonso Praça, de *Visão,* me telefoneó desde Lisboa. Quería saber si voy a ser candidato del PCP a la presidencia de la República... Que la extraordinaria «revelación» había aparecido en una revista cuyo primer número acaba de salir, *Indiscreta,* mal nombrada en su título, pues indiscreción sería no guardar un secreto que en este caso no existe. Me hizo reír enormemente el disparate, pero pensé después: «Estas cosas no se inventan de buenas a primeras. Alguien debe de haber echado el rumor a correr, a saber con qué intenciones». Quizá las conozca algún día.

6 de mayo

Madrid, escala a Manchester. Leo que el escritor turco Yashar Kemal está siendo juzgado en Estambul por «atentar contra la unidad del Estado», lo que, simplemente, significa que tuvo el valor de criticar al gobierno por la forma como ha tratado la cuestión curda. Kemal se arriesga a nada menos que cinco años de prisión. Razón me parece tener cuando digo que el enemigo es el Estado, no la Nación. La polvareda levantada a propósito en los debates sobre los «nacionalismos» sólo sirve para ocultar la verdadera fuente de los males: la intrínseca violencia del Estado.

Como es costumbre nos acuartelamos en casa de Marisa Márquez. Pues bien, sucedió que más o menos dos horas después de habernos instalado necesitamos salir y, en ese momento, una súbita duda me hizo preguntar: «¿Dónde está el ordenador? No me acuerdo de haberlo subido». Dijo Pilar: «Ni yo». Lo buscamos y no estaba. «Quizá se haya quedado en el taxi», dijo uno de nosotros. «O en la calle», dijo otro. Sea como sea, lo di inmediatamente por perdido. En el fondo no me importaba mucho: nunca me había entendido bien con el sujetito, siempre con caprichos (él, no yo), averías pequeñas, averías grandes (en mi opinión las averías, en un ordenador, son siempre averías grandes), alguna vez tendría que suceder que desapareciese de mi vista, por decisión propia o de su destino. Bajamos, animándonos mutuamente con la esperanza de un más que improbable milagro, podría ser que estuviese abandonado en la acera, entre dos coches aparcados, podía ser que encontrásemos debajo de la puerta de la calle un billete del taxista, honesto hombre, diciendo: «Está conmigo, no se preocupen». Nada. Yo dije: «Voló», y noté en mi voz una especie de malévola alegría. Sucede, sin embargo, que Pilar es la menos resignada de las criaturas del orbe, por eso no me sorprendió que propusiese: «Vamos a la policía, puede ser que sepan algo». La policía está exactamente delante, a unos cincuenta metros, y allá fuimos, Pilar con la esperanza intacta, como es su naturaleza, yo escéptico e irónico, como conviene a una persona que ha aprendido con la edad. A la puerta de la policía, con aire que parecía casual, estaban unos cuantos hombres, todos de paisano. Nos aproximamos, yo dos pasos por detrás de Pilar, como quien no cree en el éxito de la diligencia y deja el desdoro a quien quiso aventurarse. Pilar hizo la pregunta: «Si un maletín negro, con un ordenador dentro...». Dijo uno de los policías: «Ah, ¿era un ordenador...?», y el alivio se le leía en la cara, no necesitaba de palabras. Fueron necesarias después, sí, para comprender lo que había sucedido. Alguien vio el maletín en medio de la calle, negro, amenazador, y llamó a la policía, podría darse el caso de que fuera una bomba. La policía fue, miró, rodeó el objeto con todos los cuidados, con cuidados aún mayores se lo llevó y, ahora, si entendí bien lo que se decía, estaba allí dentro, debajo de una campana de vacío mientras la brigada de dinamiteros acudía a poner el acontecimiento en claro... Trajeron el maletín, se abrió el maletín, era realmente un ordenador. Que, no tengamos dudas, habría desaparecido si en Madrid no anduviesen explotando bombas. De hecho, más valía haberlo perdido: hubiese sido señal de que ETA no existía...

7 de mayo

En Manchester, para recibir el grado de Doctor *honoris causa* (Doctor of Letters). Giovanni Pontiero y Juan Sager, nuestros grandes amigos, profesores de la universidad, nos esperaban en el aeropuerto. Antes de instalarnos en el hotel, en Manchester, dimos un paseo por el parque de la aldea de Didsbury, donde Juan y Giovanni viven. Es un espacio bellísimo, con grandes y frondosos árboles, extensos céspedes, una extraordinaria profusión de flores. Sería el paraíso recuperado si la malvada serpiente no estuviese allí, exactamente al lado, en forma de autopista: el paso ininterrumpido de los automóviles y de los camiones produce un zumbido fuerte, una especie de ronquido continuo, al cual los residentes parece que ya se han habituado. Poco a poco vamos volviéndonos sordos, como ya nos estamos volviendo ciegos.

8 de mayo

Comimos en Prestbury, con el medievalista Jeremy Lawrance, la cordialidad en persona, otra vez mencionado en estas páginas, y Marta, su mujer, que es colombiana. En Prestbury hay una iglesia normanda del siglo XI que, en novecientos años, nunca ha debido de ser restaurada. Los santos de la fachada, roídos por el viento, quemados de tanto frío y tanto sol, parecen despedirse del mundo, están allí como si mirasen las piedras funerarias del cementerio que los rodea, escogiendo el sitio donde irán finalmente a descansar del esfuerzo de vivir, quién sabe si al lado de un último resto de los antiguos imagineros que los esculpieron. Fuimos después a Styal, a visitar una hilatura de principios del siglo XIX, movida, en aquel tiempo, por energía hidráulica. La rueda aún funciona. Sus dimensiones son verdaderamente impresionantes, como una enorme turbina de nuestros días. Se movía despacio, el agua levantada de abajo por las palas iba escurriendo por la superficie del gigantesco cilindro y yo me sentía como hipnotizado, no quería salir de allí. Me acordaba de cierta novela de George Eliot, pensé que me gustaría volver a leerla después de tantos años, creo que hoy sería capaz de entender mejor los sueños y las tristezas de ese inolvidable personaje que es el tejedor Silas Marner. Allí adentro funcionan, por electricidad, algunos telares. Hay letreros que aconsejan a los visitantes no permanecer en el lugar más que quince minutos. Por causa del ruido, dicen. Los tejedores de aquella época trabajaban aquí doce horas...

10 de mayo

Me informa Luís de Sousa Rebelo de que ha sido éste el primer grado *honoris causa* conferido en Inglaterra a un escritor portugués. Incluso siendo la vanidad el pecado que me ha de llevar al infierno, como no se cansan de decírmelo algunos teólogos de la prensa, me quedé satisfecho. Pero lo más asombroso de cuanto aquí pasó fue que mi presentador, el profesor B. S. Pullan, en el discurso laudatorio de costumbre, entendió que no debía omitir dos de los atributos intelectuales más discutidos del doctorando: ser ateo y comunista. Me pregunté entonces, y ahora me pregunto, si alguna vez habrán sido pronunciadas tales palabras entre las venerables paredes de Withworth Hall. Lo cierto es que, o fuese por la violencia de la revelación o por motivos naturales propios, uno de los profesores que asistían al acto, antiguo secretario de la Universidad, sufrió un desmayo y tuvo que ser llevado, primero en brazos, después en silla de ruedas... La ceremonia prosiguió (no me competiría a mí interrumpirla), los ingleses se comportan de acuerdo con las tradiciones: por encima de todo, la flema. Ante el accidente sucedido al compatriota y ante el fenómeno moral a quien estaban distinguiendo.

Al final de la tarde, conferencia y firma de libros en la Librería Waterstone, con la excelente ayuda de la profesora Amelia Hutchinson, de Salford, fidelísima en la interpretación y traducción de mis palabras.

11 de mayo

Otra vez en Madrid, para el lanzamiento de una nueva edición de *Viaje a Portugal.* En la Puerta del Sol me encuentro a una asesora de cultura de la Comunidad de Madrid que se me presentó para decir que acababa precisamente de redactar un informe favorable a la representación de *La noche,* con puesta en escena de Joaquín Vida. Como lo que está en causa es una cuestión de subsidios y las elecciones municipales están en puertas, vamos a ver lo que irá a salir de aquí.

12 de mayo

Por primera vez supe lo que es un «desayuno de trabajo». (Por primera vez no: me estaba olvidando de Frankfurt, aquel en el que un periodista me preguntó lo que pensaba de la muerte del comunismo...) Durante, antes o después, está claro que los periodistas siempre comen alguna cosa, sobre todo los que se alimentan de las respuestas dadas a los compañeros. En cuanto al pobre del entrevistado (porque para eso está allí, para dar la entrevista), si no tuvo el cuidado de confortar previamente el estómago, se levantará de la mesa aún con más apetito del que tenía cuando se sentó.

A mediodía, en la Universidad Complutense, conferencia breve (y bastante floja) en el ámbito del Encuentro Luso-Español sobre Literatura y Traducción, organizado por Luísa Mellid Franco.

13 de mayo

Almorzamos con Enrique Barón Crespo y Sofía Gandarias, su mujer, pintora, que va a hacer mi retrato. Se habló de la época de la transición política en España y, en cierto momento, entró en la conversación la tentativa de golpe de Estado del 23 de febrero, el asalto a las Cortes del coronel Tejero. Enrique estaba allí. Nos explicó lo que sucedió entonces, con sabrosos pormenores de los que nunca habíamos oído hablar. Me pregunto por qué no se ha hecho todavía una película sobre este episodio: muchos de los principales actores están vivos y no faltan los comparsas para llevar a la historia su propio grano de sal, como aquel guardia civil que decía: «Y yo metido en esto, cuando hasta voté a los socialistas...».

14 de mayo

Presentación de *Viaje a Portugal* en la Librería Crisol. Allí estaban los amigos (Juan José Millás, Basilio Losada, Eduardo Sotillos) para decir de la obra lo que al autor más le gustaría oír... Acabadas las palabras, firmados unos cuantos libros, fuimos de allí a Lhardy, donde nos esperaba, para quien lo quisiese, un *cocido a la madrileña,* aceptable cuando mucho, que hizo renacer en mí la saudade del auténtico cocido a la portuguesa, aquel de hace cuarenta o cincuenta años. Eduardo Naval contó el caso de una mujer que iba leyendo en un tren *Casi un objeto* y a quien él, su traductor, y por lo tanto informado de los qués y porqués de lo que allí se narraba, explicó que el cuento «Silla» describía la caída de Salazar. ¿Qué respondió ella? Que no, señor, que el cuento era así como en el cine mudo y que eso de Salazar no pasaba de un truco del editor para vender más libros...

15 de mayo

Dulce Chacón me habla de la posibilidad de una lectura del *Año de 1993* por José Luis Gómez, en el Teatro de la Abadía. La idea me agradó muchísimo. Hace pocos años asistimos, Pilar y yo, en El Escorial, a una interpretación auténticamente extraordinaria de José Luis: el monólogo *Azaña,* constituido por un montaje de textos (entrevistas, discursos, correspondencia) de ese político. Fue una noche de aquellas que no se olvidan. Imaginar el *1993* leído por José Luis Gómez me puso ansioso como un niño...

16 de mayo

En tren, camino de Murcia. Recuerdo el parque de Didsbury, los grandes árboles, los céspedes, cien flores en cada palmo de tierra. Aquí es el reino de la sequedad y de la sed. La vía férrea se arrastra a lo largo de cuestas desérticas, donde no se vislumbra ni una paja de hierba. Hay *cuevas,* que son vivienda de gente, como es común en el sur de España, pero aquí es como si los habitantes hubiesen sido obligados a refugiarse en estos agujeros para huir a las dos lumbres que implacablemente van calcinando las tierras: la del sol y la de los incendios.

Reencuentro de otros amigos queridos: Victorino Polo, Sagrario Ruiz. Hoy hubo mesa redonda. La buena voluntad de los participantes no fue bastante para salvarla y yo, cansado del viaje y de viajes, no tuve cabeza para resumir las cuatro intervenciones, muy diferentes en la forma y en el contenido, encontrarles un hilo capaz de unirlas y concluir satisfactoriamente. A pesar de eso, la asistencia fue simpática.

17 de mayo

Al final, el tema de la conferencia que me trajo a Murcia —*La ilusión democrática*— no provocó el debate que yo estaba esperando sobre las apariencias (que también son realidades) y las realidades (que también son apariencias) de lo que llamamos democracia. Tal vez por cansancio de la política española actual, los asistentes prefirieron llevar la discusión hacia la literatura. No salimos mal, ni ellos, ni yo, pero no era eso lo que deseaba.

19 de mayo

En Badajoz para una conferencia literaria (en la que metí toda la política que pude...) y para una sesión de autógrafos (durante más de una hora, en la librería, mientras firmaba y conversaba con los lectores, estuvieron cantando para mí José Afonso, Mísia, Madredeus...). Es de aquí, de Badajoz, la editora que publicará dentro de este año *El año de 1993,* en traducción de Ángel Campos Pámpano. Se llama Ediciones del Oeste y hace libros de una calidad gráfica verdaderamente excepcional. El editor, Manuel Vicente González, me habla de su trabajo con simplicidad, como si no pudiese entrar en su cabeza siquiera la idea de hacer libros de otra manera...

20 de mayo

De Badajoz a Lisboa en automóvil. La entrada por el Puente 25 de Abril, a pesar de la desfiguración de que vienen siendo víctimas las colinas de la ciudad, continúa ofreciendo una vista asombrosa a quien llega. *Una barbaridad,* como sonoramente exclamó hace años un español que viajaba en el autobús que me traía de Sevilla. Venía sentado en la butaca inmediatamente posterior a la mía, no había dado ninguna señal de presencia durante el viaje y, de súbito, cuando el autobús entró en el puente y Lisboa se le ofreció, hermosísima, a los ojos, hételo aquí exclamando irresistiblemente: *¡Qué barbaridad!* Examino hoy mis propios sentimientos y concluyo que también yo estoy aquí de visita. «Qué maravilla», pienso, «y esto está siempre aquí cuando estoy lejos...». Confieso que me dio alguna envidia.

21 de mayo

En la Feria del Libro un lector quiere saber por qué pongo la puntuación «al contrario» y si no hay peligro de que los lectores empiecen también a escribir así. Le respondo que no, que da demasiado trabajo hacer las cosas «al contrario», incluso cuando se trate de una simple puntuación.

22 de mayo

La Sociedad Portuguesa de Autores atribuyó premios: fue homenajeado el compositor Joaquim Luís Gomes, recibió el premio de revelación la realizadora de cine Teresa Vilaverde, y Manoel de Oliveira, además de quien esto escribe, fueron, por decirlo así, «consagrados». Transcurrió en el Casino de Estoril, con discursos sensatamente breves, esculturas de Lagoa Henriques para llevar a casa, mucha música ruidosa y dos canciones que valieron la velada: una de Jorge Palma, cuya línea melódica me recordó el espíritu de Jacques Brel, insólita por lo tanto para los tiempos y los gustos de hoy; la otra sobre un poema de José Carlos Ary dos Santos, *El país de Eça de Queiroz,* de repente regresados, el poeta y el novelista, del otro mundo, para dar una bofetada en la cara de cada uno de los presentes: cien años han pasado, un siglo, señoras mías y señores míos, y en la siempre postergada tierra portuguesa continúan prosperando gloriosamente los Abranhos, los Acácios, los Dâmasos Salcede, los Gouvarinhos macho y hembra, los Palmas Cavalão, en fin, usando las palabras durísimas de Ary dos Santos, «los maricuelas y los trapaceros». La música de Nuno Nazareth Fernandes, con carácter de tango burlesco, acentuó la sarcástica violencia de los versos, esos que ciertamente hicieron sufrir a Ary hasta las lágrimas cuando los escribía. La interpretación de Simone fue espléndida: por la vehemencia, por la pasión, por el propio dolor del cuerpo cantante. Como el orden del programa determinó que la entrega de mi premio fuese inmediatamente a continuación, nadie debe de haberse extrañado, conociéndome, que aprovechase la ocasión para expresar el voto de que no continuemos viviendo en el «país de Eça de Queiroz» durante otros cien años...

23 de mayo

Una lectora en la Feria: «¿El año que viene tendremos más *Cuadernos*?». Respondo medievalmente como de costumbre: «En habiendo vida y salud no faltando...». Y ella: «Es que quiero leer en ellos la noticia del Premio Nobel...». Pongo la cara de siempre, sonrisa forzada, tonta y de poco caso, le agradezco la gentileza del deseo y paso a firmar el libro que el lector siguiente me presenta. «Yo también...», dice éste, que oyó el rápido cambio de palabras. Esta vez me quedo sin saber qué sonrisa poner. El tercer lector, felizmente, es de los silenciosos.

25 de mayo

Voy subiendo el Chiado. Pasa a mi lado rápidamente una mujer (no llegué a verle la cara) y me lanza con voz sibilante: «Rayos te partan». Dos horas más tarde, aún en el Chiado, charlamos, Pilar y yo, en una esquina, con Carlos Albino Guerreiro, cuando dos hombres se aproximan. Uno de ellos, que se me presentó como padre Geraldo, de Funchal, me dijo unas frases bonitas respecto al *Evangelio*. Una cosa valió por la otra. Y el conjuro de la bruja no cayó...

27 de mayo

Comí con Jacinto Manuel Galvão, que vino de Mogadouro, donde vive, para hablar acerca de su proyecto de tesis sobre el tema *Historiografía Cultural en las novelas de J. S.* La idea me parece interesantísima. Según él, su trabajo empezará por el trazado de elementos fundamentales de la cultura portuguesa, como es un matriarcado recalcado por un patriarcado que se ha venido imponiendo a lo largo de los siglos gracias al cristianismo, religión marcadamente patriarcal. El matriarcado quedó presente en la religión popular, en el sueño, en la saudade, en el sentimentalismo, en el mito del encubierto... Dice también que he procurado operar en mis libros un diálogo de desmontaje de esos elementos de nuestra cultura, sobre todo a través de una crítica sarcástica a la moralidad portuguesa, cobarde y egoísta, de una religiosidad farisaica. Probablemente todo esto es cierto. Durante el almuerzo no se habló tanto de la tesis como de mi vida, de las razones conocidas o intuidas para hacer lo que hago, de las andanzas buenas y malas por las que pasé. Quizá después de dos horas de conversación, que más fue monólogo mío, el autor había conseguido mostrar lo que hay de persona propia en ficciones que, literalmente hablando, no tienen nada de autobiográficas. Ése fue mi objetivo y eso, creo, era lo que quería Jacinto Galvão: que yo *me explicase*.

30 de mayo

A Jacinto Simões, nuestro médico y nuestro amigo, no se le puede hacer una simple visita de amistad: pide inmediatamente que le traigan las fichas clínicas, sin prestar atención a nuestras protestas de que no habíamos ido allí para eso. Salimos con abrazos y la obligación de ejecutar sin demora la extensa lista de análisis y radiografías con que nos cargó.

1 de junio

En Madrid, para la reunión del jurado del Premio Reina Sofía de Poesía Iberoamericana. Ganó, y muy bien, el español José Hierro.

Espero que le llegue un día el turno a Ángel González, para mí el mejor poeta español vivo, por quien, mientras forme parte del jurado, continuaré batiéndome. De él dejo aquí un breve y sutil poema llamado *Siempre que lo quieras:*

Cuando tengas dinero regálame un anillo,
cuando no tengas nada dame una esquina de tu boca,
cuando no sepas qué hacer vente conmigo
—pero luego no digas que no sabes lo que haces.

Haces haces de leña en las mañanas
y se te vuelven flores en los brazos.
Yo te sostengo asida por los pétalos,
como te muevas te arrancaré el aroma.

Pero ya te lo dije:
cuando quieras marcharte ésta es la puerta:

se llama Ángel y conduce al llanto.

Para quien no lo sepa y tenga pereza de ir a preguntar al diccionario, *haces* significa lo mismo *fazes* como *feixes...*

2 de junio

Una lectora en la Feria del Libro: «Cuando hace diez meses quedé desempleada, después de treinta años de trabajo, fue la lectura de sus libros la que me permitió aguantar el choque...».

También en la Feria. Palabras oídas de paso a un adolescente que iba conversando con un amigo de la misma edad: «A mí los libros que me gustan son los de las personas que piensan». Me maravillé: ¿todavía hay de eso?

3 de junio

En un descanso de las sesiones de la Asamblea del Sector Intelectual del Partido, Mário Pereira me dice que le gustaría llevar a escena *In Nomine Dei* en el Teatro Nacional y quiere saber si la pieza está libre de compromisos. Le respondo que sí, está libre, y que a mí también me gustaría verla alguna vez en un escenario, pero al mismo tiempo le manifesté todas las dudas de que el D. María quiera alguna vez representar una obra mía. Concluí diciendo que le autorizaba a llevar con el asunto hacia delante y que quedaba en espera de noticias. Que nunca llegarán, apuesto.

6 de junio

Dos casos más de la Feria del Libro. El primero fue que pasó por el pabellón de la editorial Caminho alguien que, hablando en nombre de la Asociacion de Deficientes de las Fuerzas Armadas, manifestó el deseo de que yo fuese a dar allí una conferencia, justificando la idea con el hecho de que escribiera un libro sobre un deficiente de las fuerzas armadas: Baltasar, evidentemente, con su mano amputada... El segundo caso fue el de que un israelita me felicitara por mis conocimientos sobre el judaísmo. Agradecí la amabilidad mientras mentalmente agradecía, una vez más, las sabias y generosas ayudas de Sam Levy cuando yo marcaba el paso en el umbral del *Evangelio.*

7 de junio

Creíamos que Jacinto Simões se daría por satisfecho con los exámenes que nos había mandado hacer y cuyo resultado era el más normal del mundo, pero eso sería no conocerlo. Acordándose de un cierto malestar físico que sentí hace precisamente un año, en Coimbra, y que con grave imprudencia registré en estos *Cuadernos,* me dice ahora que podía haberse tratado de una extrasístole y que, para salir de dudas, me hará un electrocardiograma de veinticuatro horas. Protesto diciendo que soy de piedra y cal, pero él es como Santo Tomás: necesita ver para creer... Me enternecen estos cuidados.

10 de junio

Hace tres días que voy de entrevista en entrevista: con una profesora eslovaca, Miroslava Petrovská; con nuestro Carlos Reis, para la Universidad Abierta; con un periodista alemán, Egon Koch; y finalmente una de esas conversaciones de televisión, sin ton ni son, que el montaje acabará por convertir en una charada, pero que sirvió para mostrarme cómo una persona puede llegar a marearse por escuchar su propia voz. Entretanto, durante veinticuatro horas anduve con un aparato suspendido del cinturón y unos cuantos electrodos pegados al pecho, todo para saber, explicadamente, cómo está comportándose mi corazón. Yo insisto en que está bien, capaz de subir otra vez la Montaña Blanca sin refunfuñar. Veremos lo que el registro dice.

12 de junio

En Madrid, para el lanzamiento del libro de Susan Sontag *El amante del volcán*. En una entrevista que dio a *El País* declara que sus escritores preferidos son Juan Goytisolo y José Saramago. Lance la primera piedra el fariseo que presume de no gustar de halagos semejantes...

13 de junio

Oviedo. Lleno completo: doscientas personas, otras tantas de pie. Ambiente invulgarmente afectuoso. Oviedo tiene dos brazos abiertos y un corazón de amigo. Uno de los días más perfectos que me acuerdo de haber vivido como escritor «parlante»...

14 de junio

Almuerzo con Susan Sontag, Juan Goytisolo, Vicente Molina Foix, Juan Cruz, José Luis Gómez. Se habla de libros, de teatro, de personas, de personajes. Goytisolo me cuenta que un cierto poeta portugués, de visita en Marraquech, donde Juan vive una parte del año, se mostró indignadísimo cuando él le habló bien del *Año de la muerte de Ricardo Reis:* «¿Cómo es posible que te guste ese libro, cuando Saramago hace de Ricardo Reis un heterosexual?». Discretamente, a pesar de haberlo preguntado, Goytisolo no quiso decirme de quién se trataba. Sólo dijo que la persona en cuestión trabaja en Bruselas, supongo que en la Comunidad Europea. Creíamos que la raza de los militantes puros y duros se había extinguido, y ahí los tenemos, impolutos, poetas en Bruselas, homosexuales fanáticos...

Al final de la tarde, en el Círculo de Bellas Artes, presentación del libro de Susan. En la mesa todos los del almuerzo, con excepción de José Luis Gómez. En mi interpretación, *El amante del volcán* es una reflexión oblicua sobre la muerte, ya patente, tal vez de modo involuntario, en el obsesivo espíritu coleccionista de Lord Hamilton: la melancolía de las colecciones, el coleccionismo como principio de muerte. Recordé uno de los pasajes más impresionantes de la novela, aquel que se refiere a una estatua de Venus capaz de oír, no de hablar o ver, sólo oír, y mostré la simetría de esta «anormalidad» con los cuatro últimos capítulos del libro, aquellos en que «hablan» del otro lado de la vida, tan muertas ya como el muerto mármol, Catherine, primera mujer de Lord Hamilton, la propia Ema y, finalmente, Eleonora da Fonseca Pimentel, la portuguesa de Nápoles, personaje episódico en la novela.

15 de junio

En un gesto de amistad hispanoportuguesa José Luis García-Sánchez me dedicó su última película, *Suspiros de España (y Portugal),* una bien contada historia de pícaros modernos, los dos últimos frailes de un convento en ruinas que se van a conquistar la vida y la riqueza después de la muerte del viejo abad. Acaban tan míseros como empezaron. Hoy fue el estreno y a mí me aplaudieron como si fuera el autor de la obra: me conmueve el cariño con el que toda la gente me trata aquí. En el fondo, creo, quizá sea una simple cuestión de dar y recibir. Si nosotros, portugueses, *decidiésemos* que España nos gustase, si ellos, españoles, *decidiesen* que Portugal les gustase, el sentimiento de mutua gratitud que consecuentemente se crearía reduciría a nada los recelos de ayer y las desconfianzas de hoy. Con la condición, por nuestra parte, ya se sabe, de que no nos dejen los ríos secos... Para que, durante algunos años más, podamos continuar diciendo, como el viejo abad exclamó en el momento de irse de este mundo, ante un paisaje magnífico, de río y de montañas: «La Vida, ¡qué esplendor!».

16 de junio

Regresamos a casa después de cerca de dos meses de ausencia. *Pepe* casi enloquece de alegría, *Greta* poco menos, *Rubia* es menos expansiva, pero se ve que también está contenta. La correspondencia acumulada me aterroriza. No podré responder a todas estas cartas (y a las de antes), el tiempo no me llega, y a pesar de todo no evitaré pensar en las personas que me escriben, en la sinceridad, en la entrega, en la confianza de todas ellas, en el derecho que yo mismo les reconozco de esperar que les responda, simplemente por haberme escrito y porque una palabra que vino del corazón no debería quedar sin eco.

18 de junio

He vuelto al *Ensayo*. Con la disposición firme de llevarlo esta vez al final, cueste lo que cueste. Durante todo el tiempo que anduve fuera, amigos y conocidos no pararon de preguntarme por mis ciegos. Ha llegado el momento de que ellos respondan por sí mismos.

20 de junio

Me telefonea Joaquim Benite, interesado en poner en escena *In Nomine Dei* en el Teatro de Almada, donde, en años anteriores, viví, con *La noche* y *Que haré con este libro,* algunas de las más bellas horas que puedo recordar. Le narré la conversación que tuve con Mário Pereira, de la cual no espero mucho pero que, de todos modos, representa para mí un compromiso. Le dije que volveríamos a hablar en el caso de que el Nacional decida no poner la pieza. Daré a Mário Pereira un plazo razonable para la respuesta que tendrá que darme. ¿Pero qué es un «plazo razonable» en estas cosas de teatro...?

Jimmie Durham me mandó una lista de veinticuatro pequeños trechos de *Ricardo Reis* que servirán de leyendas a las obras que va a exponer en la Galería Módulo. Me pregunto qué unión podrá existir, o crearse, sensorial o intelectualmente, entre la mayor parte de ellas y el tipo de expresión plástica de sus trabajos, por lo menos los que conozco por fotografías. No estaré en Lisboa durante el periodo de la exposición, pero espero un día poder aclarar esta duda. Para mi ilustración, añado.

21 de junio

Mone Hvass, la traductora danesa, me da noticias de unas cuantas palabras (arrasadoras...) de Soren Vinterberg, crítico del *Politiken,* sobre el *Evangelio:* «Si José Saramago no fuese tan humano, sin duda le tendrían que haber llamado un contador divino». ¿Y esto, caray?

23 de junio

Claro que sé algunas cosas, pero lo importante no es eso. Lo que cuenta realmente no es lo que sé, sino lo que intuyo.

27 de junio

De José-Augusto França me llega esta carta:

«Leí sus *Cuadernos II* en una isla más o menos vecina, Terceira, adonde fui, por António Dacosta, conmemorado en fiestas del Espíritu Santo que recorre la isla, de Imperio en Imperio, de orilla a orilla, y de música a música, con panes adecuados. Leí y amistosamente colaboro, para el volumen III: "Recibí hoy carta de Fulano de Tal, mi exactísimo coetáneo, como ambos sabemos *(et néanmoins amis)* diciéndome que, habiendo leído por los aires, camino de la isla Terceira (de donde tampoco es) el segundo volumen de mis *Cuadernos* de otro archipiélago, por la página once (leyó hasta la doscientas sesenta y ocho, qué larga es la ruta) se apresura a confirmarme, garantizarme, asegurar, por lo que sabe de esas cosas y tiempos, que el *Memorial* es entera y vivamente una obra de historia, con información necesaria y segura, cuanto aciertan las ciencias humanas. La prueba es que le ha recomendado la lectura a sus estudiantes de Historia del Arte para entender, por dentro del tiempo, cómo Mafra había sido construido; y que, hace pocos años aún, profesor invitado en la Sorbona, hizo un curso de maestría sobre dicha novela, sobre su imaginario también y, por así decir, informativo. Y añade amistosamente el estimable corresponsal que en tal opinión persiste y la firma o enseña*".»

Consoladora misiva, digo yo, venida de quien de tales cosas tanto sabe. Obsérvese, mientras tanto, cómo ella, la carta, se parece a una caja china o a una muñeca rusa, materiales y objetivas antepasadas de la *mise en abîme,* porque, o van entrando unas en las otras como madres que sucesivamente regresasen a la barriga de las madres, o unas de las otras van saliendo hasta volver a repoblarse el mundo, obra

---

* Juego de palabras intraducible entre *assina* («firma») y *ensina* («enseña»). *(N. del T.)*

de madres (de padres también) y de manos. Fue éste, en verdad, el caso, que quedaron mis manos sopesando, después de la lectura, una antigua y leal amistad, y siendo nosotros tan absolutamente contemporáneos (nacidos en aquel mismo día 16 de noviembre de 1922, él en Tomar, yo en Azinhaga), y además de eso predestinados a trabajar (con abisal diferencia de escalón y responsabilidad), muchos años después, en un renombrado *Diccionario de la pintura universal* (en el cual con perplejidad y disgusto busqué y no encontré a Antonio da Crestalcore, «el mejor pintor del mundo»), no es de extrañar que, a partir de las palabras «Recibí hoy...», José-Augusto França escriba en estos cuadernos terceros como si directamente de mí se tratara. Con mi venia y agradecimiento, tomó la palabra y el espacio. Que lo haga muchas veces y por muchos años y buenos.

4 de julio

Rubia desapareció hace algunos días. No creo que vuelva. Hay que reconocer que esta casa nunca fue verdaderamente *suya*. A pesar del cariño con que la tratábamos, siempre me dio la impresión de estar pensando *en otra cosa*. En la libertad, probablemente. Allá en la aldea ya me decían que «gallina silvestre no quiere gallinero»... Pues sí. Para *Rubia* esta casa era como un gallinero y ella había nacido para ser silvestre. O si no para vivir un tiempo aquí, un tiempo allí, sin demasiados lazos ni excesivos amores. Buena suerte.

10 de julio

Joaquín Vida nos dice finalmente que, con respecto a *La noche,* nada que hacer. Es cierto que la Comunidad de Madrid le concedió una subvención para el montaje de la pieza, pero el Ministerio de Cultura, al que una subvención complementaria había sido también pedida, sacudió la cabeza negativamente. No era ésta la pieza mía que más deseaba ver en un escenario español, pero tengo pena de que el proyecto se haya quedado en agua de borrajas, sobre todo por la decepción de Joaquín, que estaba tan entusiasmado.

11 de julio

Se me había olvidado registrar que telefoneé al profesor Jacinto Simões pocos días después de volver a casa, para saber cómo se encontraba finalmente este corazón. «Como una máquina», me respondió él, satisfecho. Ya se lo decía yo... A fin de cuentas, ¿quién puede saber más de un corazón que aquel que lo lleva dentro?

15 de julio

Pausa de veinticuatro horas en el *Ensayo* para presentar en Las Palmas el libro de Juan Cruz *Exceso de equipaje,* que es una brillante demostración del arte del fragmento intimista y de la observación de lo cotidiano inmediato. Me hizo bien el revulsivo, alivié la tensión que me están causando los ciegos, conocí gente simpática e inteligente, reencontré amigos, como el poeta Manuel Padorno y Toni, Luz y María del Carmen, las profesoras del Colectivo Andersen.

19 de julio

Recibo una hermosa carta de María del Carmen Vallejo de la Fe, una de las profesoras de Las Palmas con quien estuve hace cinco días en la presentación del libro de

Juan Cruz. Habla con entusiasmo del trabajo del Colectivo, de su vida, de su pasión por los libros y por las personas, y escribe sabrosamente de esta manera (vaya en su propio castellano para que se entienda *mejor*):

«Debo pedirle disculpas por esta carta tan extensa. Oficialmente era para enviarle las fotos de las Jornadas de Lanzarote y agradecerle su conferencia; pero me temo que ha degenerado en una "amalgama informativa" que nadie me ha pedido.

»—¡Es que me encanta escribir! —me excuso yo.

»—Muy bien, señora mía. Es usted muy dueña —se me contesta—. Pero ¿qué le importan a la gente sus aficiones literarias? Puede usted escribir; como puede ponerse cursi con el arco iris, pongamos por caso.

»Pero tengo aún otro argumento: sencillamente, no puedo escribir una carta "a secas". Las palabras se me deslizan, describiendo todo lo que veo y vertiendo en ellas mi "filosofía mágico-cotidiana". ¿Me creerá usted si le digo que eso es todo? Se lo agradecería.

»Mis escrúpulos se han convertido en una masa de harina que se hincha por momentos. ¿Estará bien, estará mal, que alguien reciba semejante carta de una desconocida? Podría decir que yo tampoco escribo al primer desconocido que se cruza en mi camino; pero no es verdad: sí que lo haría. Le escribiría incluso a una piedra; siempre y cuando ese desconocido y esa piedra tengan algo que me mueva a dirigirme a ellos.»

Y todavía:

«Termino con una pequeña leyenda sobre Lanzarote: su paisaje se parece al de la luna; y esto enfurece al Espíritu de la Isla que tiene un genio muy vivo. Él insiste en que es la luna que se parece a la isla; cosa que ella tampoco acepta. Y así, discutiendo sobre quién se parece a quién, pasan eternamente las noches. Hasta que, al amanecer, sale el sol y los manda callar.»

Son seis páginas así: cálidas, afectuosas, espontáneas. ¿Será posible responderle con dos palabras rápidas de agradecimiento, un simple «recibido, pero no era necesario apresurarse». Cuando me refiero a los problemas que me crean mis corresponsales, sé perfectamente de lo que estoy hablando.

28 de julio

Me llegaron, por intermedio de la revista *Visão,* noticias de la exposición de Jimmie Durham. El único homenaje que puedo prestarle, en este momento, y a su trabajo, es transcribir, con la debida venia, la crítica de Ruth Rosengàrten:

«De origen cherokee, Jimmie Durham está comprometido hace más de dos décadas (no sólo como artista plástico, sino tambien como activista político) en la cuestión de la identidad cultural de los indios americanos y en su relación con los lenguajes hegemónicos de la cultura euroamericana. Su trabajo como artista se inspira en una mezcla personal de levedad e ira, poesía y pasión.

»Esta primera exposición de Jimmie Durham en Portugal funciona como instalación (recorrido) y como colección de piezas individuales. Una de las piezas fue terminada, de una forma sorprendentemente dramática, en público, y documentada en vídeo, juntando así una dimensión temporal y de *performance* a un cuerpo de trabajo heteróclito por vocación.

»El lema de la exposición es *El año de la muerte de Ricardo Reis,* de José Saramago. "El mejor libro que he leído [...] y también la historia del mundo en la primera mitad de nuestro siglo" (Jimmie Durham). No existe una relación ilustrativa entre las esculturas y las citas anexas a ellas; pero sí una relación neutralizante entre ellas, prestándoles así una cierta resonancia poética. De esta manera se convierten, tanto las palabras como los objetos disonantes que componen las esculturas, en fragmentos de un bricolaje, aparentemente construido con rapidez y urgencia.

»La posible distinción entre la cultura y la naturaleza ("lo crudo y lo cocido") se disuelve a través de una áspera conjunción de elementos: palabras (garabatos), pedazos de madera, piedras, hierros, espejos, loza, ropa. Pero la rudeza de las obras encubre su fundamento sofisticado y contemplativo, así como un hilo de ironía, cuya función es primariamente crítica.»

8 de agosto

Pepe Dámaso, un conocido pintor canario que vive en Las Palmas, autor de obra importante, y ahora empeñado en un trabajo sobre Fernando Pessoa, me cuenta que César Manrique le decía que las formas de las tradicionales chimeneas domésticas de las Canarias fueron traídas por marineros portugueses del Algarve. Que se parecen, no hay duda, pero lo que me pregunto es si unas y otras no tendrán antes su origen en Marruecos.

Adiós, portugués. Leo que Mozambique se adherirá en noviembre a la Comunidad Británica. Probablemente con África del Sur ahí al lado y una relación de (inter)dependencia económica que de ahora en adelante se volverá cada vez más impositiva, Mozambique no tenía otra solución. El Gobierno de Lisboa afirma que la decisión, por confirmarse, no pone en causa el portugués como lengua oficial, pero sólo los ingenuos serán capaces de creérselo. Dentro de veinte años la lengua portuguesa se convertirá en Mozambique en un idioma cuando mucho superviviente, y si nosotros mismos fuéramos entonces aún supervivientes, será el momento de reservar en el presupuesto del Estado algún dinero destinado a la creación y manutención de uno o dos lectorados de portugués, para uso de mozambiqueños excéntricamente interesados en idiomas exóticos.

9 de agosto

Terminé ayer el *Ensayo sobre la ceguera,* casi cuatro años después del surgimiento de la idea, suceso ocurrido el día 6 de septiembre de 1991, cuando, solo, almorzaba en el restaurante Varina da Madragoa, de mi amigo António Oliveira (apunté la fecha y la circunstancia en uno de mis cuadernos de tapa negra). Exactamente tres años y tres meses después, el 6 de diciembre de 1994, anotaba en el mismo cuaderno que, transcurrido todo ese tiempo, ni cincuenta páginas había conseguido escribir: había viajado, fui operado de una catarata, me mudé a Lanzarote... Y luché, luché mucho, sólo yo sé cuánto, contra las dudas, las perplejidades, los equívocos que en todo momento se me iban atravesando en la historia y me paralizaban. Como si esto no fuese bastante, me desesperaba el propio horror de lo que iba narrando. En fin, acabó, ya no tendré que sufrir más. Sería ahora el momento de hacer la pregunta que a ningún escritor le gusta: «¿Qué ha quedado de esa primera idea?». (No nos gusta porque preferiríamos que el lector imaginase que el libro nos salió de la cabeza ya armado y equipado.) De la idea inicial diré que quedó todo y casi nada: es verdad que escribí *lo que* quería, pero no lo escribí *como lo* había pensado. Basta comparar la *inspiración* de hace cuatro años con aquello que el *Ensayo* llegó a ser. He aquí lo que entonces anoté, sin ninguna preocupación de estilo: «Empiezan a nacer niños ciegos. Al principio sin alarma: lamentaciones, educación especial, asilos. A medida que se comprende que no van a nacer más niños con visión normal, el pánico se instala. Hay quien mata a los hijos al nacer. Con el pasar del tiempo van muriendo los "visuales" y la proporción "favorece" a los ciegos. Muriendo todos los que aún tenían vista, la población de la tierra esta compuesta de ciegos tan sólo. Un día nace un niño con la vista normal: reacción de extrañeza, algunas veces violenta, mueren algunos de esos niños. El proceso se invierte hasta que —tal vez— vuelva al principio una vez más». Compárese... En cuanto a la palabra *inspiración* que ahí atrás quedó, aclaro que la utilicé en sentido estrictamente neumático y fisiológico: la idea estaba fluctuando por ahí, en el oloroso ambiente del Varina da Madragoa, yo *la inspiré,* y fue así como el libro nació... Después, pensarlo, hacerlo, sufrirlo, ya fue, como tenía que ser, obra de *transpiración...*

10 de agosto

Llegaron a Lanzarote y los instalamos aquí en casa, José Luis García Sánchez y Rosa León. Vinieron para el estreno, en Canarias, de *Suspiros de España (y Portugal),* que él dirigió. Motivos para el viaje, apenas los de la amistad, puesto que no es costumbre de los realizadores de cine andar detrás de sus películas, estrenándolas aquí y allí. No sé cómo se agradece esto. Rosa y José Luis se salieron de su trabajo, viajaron de Madrid a Lanzarote, mucho más para festejarme a mí que para lo que iban a recibir, ellos, aplausos. Revisando y corrigiendo el *Ensayo* no podré hacerles toda la compañía que debería, pero hoy dimos una rápida vuelta por la isla, de la que saqué una extraña impresión: encerrado en casa tanto tiempo, caí en que me inquietaba el mundo exterior.

18 de agosto

Allá fueron, una copia para Zeferino Coelho, otra para Maria Alzira Seixo, él porque es el editor, ella por haber escogido el *Ensayo* para tema del estudio que prometió escribir para un volumen que Giulia Lanciani está preparando sobre el autor de estos *Cuadernos*. De aquí a pocos días ya sabré lo que piensan estos primeros lectores. Primeros, después de Pilar, claro está. ¿Y qué dijo Pilar? Que el libro es bueno. ¿Lo será? Lectora exigente y con criterio es ella, sin duda, pero siempre temo que se deje ilusionar (engañar, cegar), aunque sea un poco, por los sentimientos.

Un pensamiento que me tiene ocupado estos días: hace veinte años llamé «ensayo de novela» al *Manual de pintura y caligrafía* (la designación sólo aparece en la primera edición, la de Moraes), hoy pongo punto final a una novela a la que di el nombre de *Ensayo*. Veinte años de vida y de trabajo para dar, por decirlo así, al mismo sitio: de falta de persistencia y sentido de orientación no podrán acusarme...

19 de agosto

Con el título de *El rostro y el espejo o la pintura como memoria,* escribí hoy para el catálogo de la exposición que Sofía Gandarias va a presentar en Lisboa el siguiente breve texto, en el cual se verá que aún no he podido liberarme completamente de los ciegos del *Ensayo* y que ciertas ideas del *Manual* se mantienen constantes:

«El pintor está delante del espejo, no sesgado o a tres cuartos, conforme se quiera designar la posición en la que acostumbra a colocarse cuando decide escogerse a sí mismo como modelo. La tela es el espejo, es sobre el espejo donde las pinturas irán a ser extendidas. El pintor dibuja con el rigor de un cartógrafo el contorno de su imagen. Como si él fuese una frontera, un límite, se convierte en su propio prisionero. La mano que pinta se ha de mover continuamente entre los dos rostros, el real y el reflejado, pero no tendrá lugar en la pintura. La mano que pinta no puede pintarse a sí misma en el acto de pintar. Es indiferente que el pintor empiece a pintarse en el espejo por la boca o por la nariz, por la frente o por la barbilla, pero debe tener el cuidado supremo de no principiar por los ojos porque entonces dejaría de ver. El espejo, en este caso, mudaría de lugar. El pintor pintará con precisión lo que ve sobre aquello que ve, con tanta precisión que tenga que preguntarse mil veces, durante el trabajo, si lo que está viendo es ya pintura, o será apenas, aún, su imagen en el espejo. Correrá por lo tanto el riesgo de tener que seguir pintándose infinitamente, salvo si, por no haber podido soportar más la perplejidad, la angustia, resuelve correr el riesgo mayor de pintar finalmente los ojos sobre los ojos, perdiendo así, quién sabe, el conocimiento de su propio rostro, transformado en un plano sin color ni forma que será necesario pintar otra vez. De memoria.

»Las telas de Sofía Gandarias son estos espejos pintados, de donde se extrajo, recompuesta, su imagen, o donde, oculta, aún se mantiene, quizá bajo una capa de luz dorada o de sombra nocturna, para entregar al uso de la memoria el espacio y la profundidad que le conviene. No importa que sean retratos o naturalezas muertas: estas pinturas son siempre lugares de memoria. De una memoria visual, obviamente, como se espera de cualquier pintor, pero también de una memoria cultural compleja y riquísima, lo que ya es mucho menos común en un tiempo como el nuestro, en el que las miradas, sea de lo cotidiano, sea del arte, parecen satisfacerse con discurrir simplemente por la superficie de las cosas, sin darse cuenta de la contradicción en que se encuentran, confrontadas con una mirada científica moderna que transfirió su campo principal de trabajo hacia lo no visible, sea éste el astronómico o el subatómico.

»Para Sofía Gandarias un retrato nunca es sólo un retrato. Algunas veces parecerá que ella se propuso contarnos una historia, relatarnos una vida, cuando, por ejemplo, rodea a su retratado de elementos figurativos cuya función, o intención, se ha de suponer alegórica, como un jeroglífico cuyo desciframiento más o menos rápido dependerá del grado de conocimiento de las respectivas llaves por parte del observador. Es transparente, por ejemplo, el significado de la presencia de la pirámide maya en el retrato de Octavio Paz, o de una Melina Mercuri atada al Partenón, lo es mucho menos el de Graham Greene mirando por una ventana con los cristales partidos, o el de Juan Rulfo amarrado a las tumbas de Comala. Encarada desde este punto de vista, la pintura de Sofía Gandarias, con independencia de su altísimo mérito artístico y de su evidente calidad técnica, podría ser entendida como un ejercicio literario para iniciados capaces de organizar los símbolos mostrados y, por lo tanto, completar, a nivel propio, la enigmática propuesta del cuadro. Se trataría de una consideración flagrantemente reductora, en todo caso absuelta por la propia inmediatez de la literatura, si la pintura de Sofía Gandarias no fuese lo que, de modo superior, es: la singularidad de una memoria de relación.

»De doble relación, añadiré. La del retratado y la de su circunstancia expuesta en la distribución de los elementos pictóricos secundarios del cuadro, y en los que naturalmente se apreciarán cuestiones como la semejanza, la pertinencia, la concatenación plástica; y otra, a mi ver no menos importante, que es la relación cultural que Sofía Gandarias, la pintora, pero sobre todo la persona de ese nombre, mantiene con la circunstancia vivencial e intelectual de sus retratados. Aquí se trata claramente de pintura, pero se trata también de la expresión intensísima de una memoria cultural particular. Más que, simplemente, pintar retratos de figuras llamadas públicas, lo que Sofía Gandarias hace es convocar uno por uno a los habitantes de su memoria y de su cultura, aquellos a quienes ella misma llama "las presencias", transportándolos a una tela donde tendrán el privilegio de ser mucho más que retratos, porque serán las señales, las marcas, las cicatrices, las luces y las sombras de su mundo interior.

»Hay melancolía en esta pintura. La melancolía de sabernos fugaces, transitorios, pequeños cuerpos ruinosos que se apagan cuando apenas han empezado a brillar. El fondo casi siempre oscuro de los cuadros de Sofía Gandarias es una noche, los rostros y los símbolos que como satélites los rodean son apenas nuestros pálidos y humanos fulgores. El mundo es lo que somos, y esta pintura uno de sus sentidos.»

20 de agosto

Zeferino Coelho telefoneó para decirme que le gustó el libro. El autor apreció saberlo y se dijo a sí mismo que, ahora sí, el *Ensayo* está terminado. Pero Zeferino también avisó que el disquete que le envié, junto con lo escrito, y que debería contener la novela, estaba en blanco... Mi falta de maña para lo informático ha sido confirmada una vez más. Felizmente, José Serrão, responsable de los asuntos gráficos de la editora, me dio, por teléfono, paso a paso, con paciencia y competencia, las instrucciones que antes yo me había saltado y cambiado. Me quedé felicísimo, como un niño, cuando pude comprobar que, finalmente, la novela había sido copiada enterita del disco duro a un disquete. Pero en seguida me pregunté: ¿copiado, cómo? ¿Y cómo ha sido posible que el paso de uno a otro haya sido prácticamente instantáneo?

Que la novela esté por ahí, en algún sitio dentro del ordenador, donde mis ojos no pueden llegar, lo admito, tengo que admitirlo. Pero que se encuentre ahora en este objeto tosco de plástico y metal que sujeto con dos dedos y que, a la vista, no difiere en nada de cuando estaba vacío, eso es lo que no consigo que me entre en la cabeza. ¿Más de trescientas páginas, más de cien mil palabras, están metidas aquí dentro? Me digo: *están, pero no son*. Están porque las reencuentro cada vez que quiera leer el disquete en el ordenador, pero al mismo tiempo no son porque no pueden existir ahí como *palabras,* tienen que ser otra cosa, algo inaprensible, algo volátil, como (extraña semejanza ésta) las palabras dentro del cerebro. No *están* y, con todo, *son*. Qué monólogo no tendría Hamlet para decir si Shakespeare viviese hoy...

28 de agosto

Había acabado de escribir una carta a Susan Sontag, había acabado de meterla en el sobre con un catálogo de pinturas de Sofía Gandarias, donde hay un cuadro sobre Sarajevo en el que aparecen los retratos de Susan y de Juan Goytisolo. Era la última tarea de la mañana. Salí a la terraza para ver el mar, para respirar el viento, para ver cómo van creciendo los árboles. Después entré, me senté delante del televisor, lo encendí, era la hora de saber lo que estaba pasando en el mundo. Me encontré directamente en una calle de Sarajevo. No había visto ni oído al presentador del noticiario, me encontré de golpe con el horror. Gente despedazada, miembros amputados, un hombre deshecho, doblado por la mitad del cuerpo sobre una defensa metálica de la acera, con mitad del torso arrancado, alguien sin pies que era llevado a rastras dejando detrás de sí dos regueros de sangre, un herido caído de espaldas que levantaba los brazos y los movía lentamente. Treinta y tantos muertos. No aguanté. Lloré mientras las imágenes terribles se sucedían, lloré por aquellos desgraciados, lloré por mí mismo, por esta impotencia, por la inutilidad de las palabras, por la absurda existencia del hombre. Sólo me consuela saber que todo esto acabará un día. En ese último instante, el último ser humano vivo podrá decir, por fin: «No habrá más muerte». Y tendrá que decir también: «No valió la pena haber habitado este lugar del universo».

29 de agosto

Si la ética no gobierna a la razón, la razón despreciará a la ética...

1 de septiembre

De regreso de un viaje a Bolivia y Argentina mis cuñados María y Javier traen el periódico *Clarín* del 30 de agosto. En él viene la noticia de que va a ser presentada al Parlamento peruano una nueva ley de turismo que contempla la posibilidad de entregar la explotación de zonas arqueológicas importantes, como Machu Picchu y la ciudadela preincaica de Chan Chan, a empresas privadas, mediante concurso internacional. *Clarín* llama a esto «la loca carrera privatista de Fujimori». El autor de la propuesta de ley es un tal Ricardo Marcenaro, presidente de la Comisión de Turismo y Telecomunicaciones e Infraestructura del Congreso peruano, que alega lo siguiente, sin necesitar de traducción: «En vista de que el Estado no ha administrado bien nuestras zonas arqueológicas, ¿qué pasaría si las otorgáramos a empresas especializadas en esta materia que vienen operando en otros países con gran efectividad?». A mí me parece bien. Que se privatice Machu Picchu, que se privatice Chan Chan, que se privatice la Capilla Sixtina, que se privatice el Partenón, que se privatice Nuno Gonçalves, que se privatice la catedral de Chartres, que se privatice el *Descendimiento de la cruz* de Antonio da Crestalcore, que se privatice el Pórtico de la Gloria de Santiago de Compostela, que se privatice la cordillera de los Andes, que se privatice todo, que se privatice el mar y el cielo, que se privatice el agua y el aire, que se privatice la justicia y la ley, que se privatice la nube que pasa, que se privatice el sueño, sobre todo si es el diurno y con los ojos abiertos. Y, finalmente, para florón y remate de tanto privatizar, privatícense los Estados, entréguese de una vez por todas su explotación a empresas privadas mediante concurso internacional. Ahí se encuentra la salvación del mundo... Y, metidos en esto, que se privatice también a la puta que los parió a todos.

3 de septiembre

Ya he encontrado el título para el libro que tengo que escribir sobre Lanzarote, aquel que será ilustrado con las fotos de Arno Hammacher. Se llamará *Titerroigatra,* que era el nombre que daban a su isla los naturales y habitantes, antes de haber aparecido por aquí Lancelotto Malocello y sus genoveses, a principios del siglo XIV. Poner en el título el nombre actual de la isla me parecía que iba a convertirlos, a ella y a él, en insignificantes, de la misma familia de cuantas útiles guías turísticas hasta hoy se compusieron. No será necesario decir que también estaba influyendo fuertemente en mi rechazo el hecho patente de que son ya de Lanzarote estos *Cuadernos...* Una aclaración anticipada, antes de que me vengan con preguntas: nadie sabe hoy cuál era el significado de Titerroigatra...

5 de septiembre

Dentro de pocos días se publicará en Inglaterra un libro explosivamente polémico, si el asunto interior llega a corresponder a la muestra exterior, esto es, al título anunciado: *El carcomido corazón de Europa: la guerra sucia en la Europa monetaria*. El autor se llama Bernard Connolly y forma parte del ciertamente calificado grupo de altos funcionarios que están encargados de gobernar la política monetaria de la Unión Europea. Se presume, por lo tanto, que sea alguien que sabe lo que dice. ¿Y qué dice? Dice, por ejemplo, que el Sistema Monetario Europeo es una «monstruosidad económica» y la unión monetaria un «peligroso logro». Y va más lejos: anuncia que la unión monetaria conducirá a una batalla abierta entre Francia y Alemania para conseguir la hegemonía en la Unión Europea. A la Comisión no le gustaron vaticinios y opiniones tan contrarias a sus gustos y entregó el caso al *Comité* de disciplina. Pues bien, independientemente de la sustancia y del mérito de los fundamentos objetivos que asistan al funcionario rebelde (por lo demás seguidor declarado de Margaret Thatcher) para haber formulado tan sombríos pronósticos (llega incluso al punto de decir que tales conflictos y contradicciones podrán resultar en guerra), aquello que, a mi ver, debería merecer toda nuestra atención es la emergencia cada vez más exigente de la cuestión en la que todo el mundo piensa, pero de la que poquísimos tienen el valor de hablar sin disimulos: la hegemonía sobre Europa. Que Alemania se haya convertido, por así decir, en candidato «natural» a esa hegemonía es algo tan flagrante que parece haber adquirido ya un estatuto de fatalidad ineludible; que Francia empiece a reaccionar desesperadamente ante la perspectiva de continuar, en el cuadro europeo, siendo lo que es hoy, apenas el mayor de los menores, y ver agravada su dependencia política —todo esto es un episodio más del viejo juego llamado «quién-manda-en-

Europa», al que, ingenuamente, algunos políticos «integracionistas» pensaron poder cambiar las reglas. Y si, como decía Eduardo Guerra Carneiro de los antiguos tiempos, «esto está todo revuelto», es el momento de preguntarnos si las bombas atómicas que París va a hacer explotar en el Pacífico no se destinan, al final, a ser oídas en Bonn.

Tiempos difíciles para los cristianos. No porque los romanos estén mandándolos otra vez a los circos, a matar el hambre de los leones, sino porque las fiebres oportunistas de lo que se entiende por «políticamente correcto» alcanzan al propio texto fundacional del cristianismo, esto es, el Nuevo Testamento. Una nueva traducción inglesa, que saldrá próximamente, va a eliminar las referencias a Dios Padre, el Hijo del Hombre se convierte en «lo humano», los judíos ya no son los culpables de la muerte de Jesús. A causa de las connotaciones racistas la Oscuridad dejará de equivaler al mal y el principio del padrenuestro, por así decir, se hace hermafrodita, pierde su carácter milenariamente machista, quedando como sigue: «Padre nuestro y Madre nuestra que estáis en los cielos». En fin, que para que los zurdos no se sientan ofendidos se suprimieron las alusiones a la mano derecha de Dios. Si el objetivo de tan drásticas modificaciones es salvar las religiones cristianas del proceso de decadencia en que se encuentran, no creo, observador curioso que soy de estas formas superiores de ideología, que la manera de salir de la dificultad sea quitar una religión y poner otra en su lugar. Tal como venían sucediendo las cosas, por su paso propio y natural, siempre era posible alegar que, perdida la religión, el mito fundador permanecería, mientras que ahora, por el camino que llevan, ni las alteraciones antedichas salvarán la religión, ni el mito podrá sobrevivir después de ellas.

6 de septiembre

Empiezo a sorprenderme de estar vivo. Supongo que es lo que deberán también sentir los muñecos en las barracas de feria cuando perciben que sus compañeros están siendo tumbados por los aficionados al tiro al blanco que, menos mal, no siempre están dotados de buena puntería. Otro tirador hay, llamado Muerte, de quien se podrá decir todo, menos que sea aficionado. Éste es un profesional donde los haya, con larga experiencia, cuando apunta acierta infaliblemente. Ahora ha derribado a Isabel Colaço después de haberla hecho pasar por algunos meses de sufrimientos atroces. A pesar de que sabíamos que eran nulas las esperanzas de curación, la noticia nos causó el choque de una desgracia inesperada. Me acordaré de Isabel Colaço, de su entusiasmo, si la palabra adecuada no fuera mejor pasión, de cuando vino aquí para presentar su proyecto de documental y, después, con João Mário Grilo y Clara Ferreira Alves, discretamente, llevando a cabo, sin hacerse notar, su trabajo de productora, como si no hubiese sido ella el generoso motor de la idea y el artífice que la hizo concretizarse. Los agradecimientos que entonces le expresé me saben ahora a poco: es siempre así, quedamos siempre a deber alguna cosa a quien ha muerto.

7 de septiembre

Baptista-Bastos me envió la introducción que escribió para el libro que la SPA va a publicar sobre mí y que él, con un espíritu de camaradería que ya no es de este tiempo, había aceptado organizar. A Baptista-Bastos no se aplica el viejo dicho escéptico: «¿Quién es tu enemigo? El oficial del mismo oficio». A otros sí, que no son nombrados en el texto, pero que él apunta como se apunta a una jauría. Son suyas estas claras y directas palabras: «Soy testigo de las envidias mal escondidas y, también, de las declaradas; de los silencios, de las omisiones, de los juegos de palabras hechos con su patronímico; de las calumnias y de las infamias con que algunos han pretendido manchar su trabajo y "justificar" el éxito». Nada que yo no supiese ya o no adivinase, pero es bueno que haya sido puesto así escrito, para que conste, para que los lectores inocentes sepan de qué repugnante masa está hecha una parte de la clase literaria portuguesa. Con esas palabras y lo mucho más que aún dice, por demás generoso y cordial, Baptista-Bastos va a atraer sobre sí las iras de aquellos en cuyas tristes cabezas enfiló las caperuzas de la ignominia. No le importa, alega que tiene las espaldas anchas, y es verdad que las tiene, las físicas y las morales. De las físicas no me podría enorgullecer yo tanto, en cuanto a las otras supongo que soy un digno semejante suyo. Porque es necesario tenerlas, y fuertes, para conseguir sobrevivir al mismo tiempo y en los mismos sitios con personas que, por ejemplo, no tienen vergüenza de transformar Saramago en Saragago, como si sólo eso les estuviese faltando para alcanzar una gloria cualquiera, atrancados existencialmente en casa como si tuviesen miedo al mundo o sentados ante una infortunada mesa de café, digna de las atenciones de Nicolau Tolentino, para no ir más lejos... No pensarán estos ulcerados de envidia que quizá, quién sabe, si yo tuviese el habla normal, no sería el escritor que decidí ser. Será oportuno decirles que les salió el tiro por la culata...

8 de septiembre

Ya tengo la opinión de Maria Alzira Seixo referente al *Ensayo*. Le ha gustado, me lo dijo por teléfono, allá desde su playa de Odeceixe donde estaba pasando un reanimador mes de agosto, y ahora me regala con seis páginas de un lúcido y sensible análisis, destinadas al *Jornal de Letras*. No las voy a transcribir, claro está, y no me atrevería a resumirlas. Apenas transcribo, un tanto al azar, un cierto pasaje del artículo: «Que el lector repare todavía en la forma en que esta ceguera epidémica corresponde a un mar de blancura luminosa y no a las tradicionales tinieblas de la privación de vista, y cómo, desde el punto de vista poético y simbólico, Saramago nos guía a través de esa perdición en la luz por los caminos abarrotados de la inmundicia física y moral de una comunidad inorgánica y carente [...]». Dije que tomé estas palabras al azar, lo que obviamente no es verdad. Lo que quise fue dejar constancia de la reflexión que ellas me habían suscitado, a saber: la posible verificación de una simetría entre la situación ahí descrita (una «blancura luminosa» avanzando *ciega* «a través de caminos abarrotados de inmundicia física y moral») y el actual consumo, ya poco menos que obsesivo, de los productos denominados de higiene y limpieza corporal, viviendo nosotros, como estamos viviendo, intoxicados por todas las contaminaciones imaginables, en medios donde la basura ha pasado a ser soberano señor. Salimos a la calle puros y luminosos, lavados de la cabeza a los pies, desodorizados, perfumados, y caminamos, otra vez ciegos, por las ciudades, por las playas, por los campos de un mundo que nosotros mismos estamos convirtiendo en estercolero. Después de haber destruido la naturaleza, arruinamos el medio tecnológico y cultural fuera del cual nunca más seremos capaces de imaginar la vida...

10 de septiembre

El impulso inicial fue para agradecer a António Guterres. En catorce palabras, simple cada una de ellas, y simplísimas todas juntas, me había revelado la naturaleza última de la política, descubrimiento que hasta ahora se me había antojado, excepto en momentos de engañosa ilusión que me llevaban a conclusiones opuestas, como inaccesible a las virtudes cognoscitivas de mi entendimiento. Al proclamar que «la política suele ser el arte de, en primer lugar, no decir la verdad», Guterres me abrió los ojos. Me mostró lo ingenuos que somos al tomar como verdades, al menos aceptables, el discurso incontinente que brota de la boca de los políticos, esos *artistas de la mentira* (según la definición de Guterres). Me mostró hasta qué punto llegaba mi error cuando imaginaba que las advertencias morales, ciertamente escuchadas a través del agujero del confesionario (Guterres es católico militante, hombre de misa), deberían ser para él algo más que unas cuantas fórmulas huecas en las que la muerte de la letra estaría preanunciando la agonía del espíritu. Anda su Iglesia, hace una cantidad de años, pregonando que la verdad nos hará libres, y Guterres no sólo no le da oídos, sino que viene aquí afuera a enorgullecerse de las falsedades que todos los días profiere, visto que, colocado ante el dilema que sería, por ejemplo, decir la verdad o callarla, se decidió a usar las palabras que la niegan y provocarnos con ellas. ¿Y nosotros? Nosotros nos callamos, nos parece natural que un político se ría de nosotros así, en la cara, probablemente porque, en el fondo, admitimos que somos merecedores del escarnio. Pero lo peor de todo todavía no ha sido que Guterres haya declarado que la política es, en primer lugar, el arte de no decir la verdad, lo peor ha sido que después de haberlo dicho no apareció, que yo sepa, un solo político, de la izquierda a la derecha, que lo corrija, que no, señor, que la verdad tendrá que ser el objetivo único y último de la política. Por la simple razón de que sólo de esa manera podrán salvarse ambas: la verdad por la política, la política por la verdad.

12 de septiembre

Así va el mundo. Leo en los periódicos que agentes secretos franceses planearon, en 1985, inyectar un virus en los ecologistas de Greenpeace, como forma de provocarles diarrea y fiebre amarilla. El objetivo era impedirles llegar al área sur del Pacífico, donde iban a realizarse experiencias nucleares... El proyecto acabaría por quedar en un cajón, imagino que por no disponer en ese momento el Gobierno francés de enfermeros suficientemente entrenados para convertirse en invisibles, para ir despacito, con falsa confianza, clavar la jeringuilla en el culo de los «revoltosos» de Greenpeace, gente sobremanera insensata, enemiga declarada del progreso y una nulidad desde el punto de vista estético, toda vez que tan pertinaces se han mostrado en no apreciar la fulgurante belleza de una explosión atómica. Mi curiosidad, ahora, está en saber quién aprendió de quién: si el Gobierno francés, con los asaltantes callejeros que nos amenazan con una jeringuilla infectada, o si fueron los dichos asaltantes quienes, con pruebas dadas y aprovechamiento evidente, pasaron por los cursos de adiestramiento bacteriológico de los servicios secretoinfecciosos franceses...

13 de septiembre

La perra a la que llamamos *Negra,* la amiga de nuestra desaparecida *Rubia,* apareció hoy en casa y en el más inesperado de los lugares: la azotea. Encontró abierta la puerta del sótano que dà al jardín (saltar el muro, para ella, con las patas altísimas que tiene, es un juego de niños), subió la escalera del patio interior (probablemente, antes de eso, dio una vuelta por la biblioteca, que está en el sótano), y desde allí, por la otra escalera, fue a instalarse en la azotea, de donde tuvimos que sudar la gota gorda para hacerla salir.

La pobre es pacífica, no muerde, ni siquiera ladra, apenas pide que la quieran bien. Tumbada en un rincón nos miraba como si estuviese diciendo: «Dejad que me quede». Lo más extraño fue el comportamiento de *Pepe* y de *Greta:* se aproximaban a ella sin sombra de hostilidad, resoplaban, la olían, después nos miraban: «¿Qué vamos a hacer con esto?», parecían preguntar. Esta *Negra,* que otro nombre debe de tener allá en la casa donde malvive, está siendo el remordimiento de Pilar. Quedó claro lo que le costó verla partir, tan flaca, tan sucia, con la cola triste, deteniéndose de vez en cuando para mirar atrás. Cualquier día la tenemos aquí otra vez. No me sorprendería si Pilar, ese día, bajase indignada la cuesta para decir dos verdades a los dueños de la perra. Y tampoco quedaría nada sorprendido si ella volviese de allí, después del sermón, con la *Negra* detrás de ella...

14 de septiembre

Maria Alzira Seixo llegó hoy, viene a pasar unos días con nosotros. Cada vez que voy al aeropuerto a esperar un amigo portugués tengo la curiosa impresión de estar recibiéndolo en el propio umbral de la casa, como si toda la isla de Lanzarote fuese mi propiedad, y no apenas estos dos mil y pocos metros cuadrados colgados en lo alto de la cuesta que desciende de Tías hasta Puerto del Carmen... Más curioso aún es el sentimiento de responsabilidad que me obliga a desear que el visitante sólo se lleve de aquí buenos recuerdos, esto es, que, día y noche, el tiempo, el cielo, el mar y el paisaje hayan estado perfectos, que el viento no haya soplado demasiado, que ningún turista distraído o mal educado haya tirado en el camino una lata de *coca-cola* o un paquete de cigarrillos vacío, que ningún residente —canario, peninsular o extranjero— haya infringido el código no escrito que le manda comportarse como ejemplo de civismo cotidiano, que por eso, me parece a mí, es por lo que tenemos el privilegio sin precio de vivir en este lugar. A Maria Alzira le gustó la casa («Vivida como si ya fuese de generaciones», dijo), se sorprendió ante la vista del mar y la isla de Fuerteventura, y yo apenas conseguía disimular la emoción de verla aquí. Acepto que otras casas lo sean tanto, pero ninguna lo será más que ésta: una puerta abierta de par en par para los amigos, como acostumbra a decirse, pero también, en casos como éste, igualmente tentada a cerrarse para retenerlos...

Al final de la tarde entró en mi casa otro portugués. Venía en la portada de la edición de bolsillo inglesa del *Manual de pintura y caligrafía*. No sé de quién fue la idea de utilizar este autorretrato de João Hogan para rostro de mi libro, pintura que pertenece, según se informa en una nota introductoria, a la colección de Augusto Capelas Reimão, ni por qué vías llegó el cuadro al conocimiento del editor, pero lo cierto es que haberlo visto fue mi segunda gran satisfacción del día. Hace meses, para que no se perdiese, copié en estos cuadernos la presentación que en tiempos escribí para una exposición de Hogan, ahora ha venido él a visitarme a Lanzarote. La vida ata siempre sus hilos, incluso cuando para ello tenga que esperar a la muerte.

17 de septiembre

Fui con Maria Alzira al Timanfaya calculando que asistiría a la repetición de una manifestación de asombro, que es la reacción común, aunque expresada diferentemente, conforme a los temperamentos y las sensibilidades, a la que me tienen acostumbrado en aquel sitio los afortunados que, por visitarme, llevan esta isla de regalo. Asombrada se mostró, no podía ser excepción, pero por primera vez me encontré delante de alguien que vio en aquellas extensiones de lavas y cenizas, en aquellos cráteres que parecen estar esperando estallar otra vez para abrir camino al fuego, no apenas la visión arrebatadora que se ofrece a los ojos de toda la gente, sino la propia muerte de la tierra. La impresión de Maria Alzira fue tal que tuvo que resolverse en lágrimas. Al principio no lo noté, pensé, estúpido de mí, que se trataba de un mero enfriamiento causado por el aire acondicionado del automóvil, pero poco después el primero y discreto sollozo se convirtió en llanto abierto y convulso, que yo no sabía cómo consolar. Le pedía que observase cómo en la superficie de las montañas quemadas ya los líquenes empezaban a fabricar vida, royendo la lava para hacer con ella, en doscientos años, tierra fértil, pero ella me respondía: «Pero no ves que la tierra está muerta *ahora,* para qué quiero saber cómo será de aquí a doscientos años...». Tenía razón. Con todo, pienso que también tengo alguna: no creo que de aquí a doscientos años valga la pena ir a Timanfaya para ver lo que puede ser visto en cualquier parte. De todos modos, ya sé que en mi próxima visita a los volcanes volveré a oír la voz desolada de Maria Alzira llorando sobre la muerte de la tierra...

18 de septiembre

Me dice José Manuel Mendes que «nunca he ido tan lejos en la reiteración de un escepticismo radical» como en este *Ensayo* que está esperando ver la luz. Así es, de hecho. En todas las demás novelas mías, desde el *Manual de pintura y caligrafía,* pero sobre todo desde *Alzado del suelo,* es común encontrar expresiones de escepticismo, en general vehiculadas por las observaciones y comentarios del narrador irónico, pero en todos los casos se trata de un escepticismo localizado, referido sólo a las situaciones, a las intrigas, a los enredos descritos y que, por así decir, dejaba alrededor de sí como una balaustrada protectora (¿de esperanza?, ¿de ilusión?, ¿de ingenuidad?) que debería evitar cualquier desastrosa caída. El escepticismo del *Ensayo sobre la ceguera* es radical porque se enfrenta, esta vez directamente, con el mundo. Dirán algunos que el escepticismo es una enfermedad de la vejez, un achaque de los últimos días, una esclerosis de la voluntad. No osaré decir que este diagnóstico esté completamente equivocado, pero diré que sería demasiado cómodo querer escapar a las dificultades por esa puerta, como si el estado actual del mundo fuese simplemente consecuencia de que los viejos sean viejos... Las esperanzas de los jóvenes no consiguieron nunca, hasta hoy, hacer el mundo mejor, y la acedía renovada y añadida de los viejos nunca fue tanta que llegase para hacerlo peor. Claro que el pobre mundo, pobrecito él, no tiene culpa de los males que sufre. Lo que llamamos estado del mundo es el estado de la desgraciada humanidad que somos, inevitablemente compuesta por viejos que fueron jóvenes, de jóvenes que han de ser viejos, de otros que ya no son jóvenes y todavía no son viejos. ¿Culpas? Oigo decir que todos las tenemos, que nadie puede enorgullecerse de ser inocente, pero me parece que semejantes declaraciones, que aparentemente distribuyen justicia por igual, no pasan, si acaso, de espurias recidivas mutantes del denominado Pecado Original, sólo sirven para diluir y ocultar, en una imaginaria culpa colectiva, las responsabilidades de los auténticos culpables. Del estado, no del mundo, sino de la vida.

19 de septiembre

En dos suculentas y compactas páginas, con una caricatura de Levine que me muestra sentado en la península Ibérica como en una barca, con los remos en las manos, *The New York Review of Books* habla de *La balsa de piedra* y pasa revista a las otras novelas publicadas en Estados Unidos, a saber, el *Memorial,* el *Reis* y el *Evangelio*. La crítica de Davil

Gilmour es excelente, bien informada y desprovista de prejuicios, incluso cuando el autor se refiere a mis convicciones de comunista. Es siempre útil saber cómo nos ven *los demás*. En especial cuando no son *los nuestros*...

24 de septiembre

En el tiempo de las ciencias ingenuas, cuando las metáforas poéticas apenas ya podían resistir la invasión avasalladora de las incipientes verdades experimentales, se creía que el Universo estaba formado por esferas huecas de cristal, las cuales, girando unas dentro de las otras, producían unos sonidos maravillosos, trascendentes, a los cuales, excusado sería decirlo, se le daba el nombre de música de las esferas. Nunca nadie tuvo la fortuna de escuchar los miríficos sonidos, pero durante muchísimos años esta confianza en las virtudes cognitivas de la imaginación todavía continuó alimentando las inspiraciones más fáciles de los poetas y la fantasía de niño que, de una manera o de otras, cada uno de nosotros va intentando defender y guardar dentro de sí.

No hay en los siete cielos, en el infinito espacio, esa cuadrícula temporal a la que llamamos las cuatro estaciones del año. No hay primavera en la Cabellera de Berenice, no hay verano en la Cruz del Sur, no hay invierno en el Serpentario. Ni se sabe, entre la estrella Alderamín y la estrella Deneb, lo que el otoño sea. Y, a pesar de todo, la música de las esferas, por más prodigiosa que en este momento esté pareciendo a los oídos de otros mundos, sería para los nuestros, probablemente, chirrido y cacofonía, porque le falta, y no lo conocerá nunca, el rumor inefable de unos pasos humanos caminando sobre una alfombra de hojas caídas, debajo de árboles que se van desnudando despacio, como alguien que acabó su trabajo y busca un lugar donde dormir. Ésta es, por excelencia, la música del otoño.

Tenía otro designio, llevaba otro destino, no ese de caminar, absorto, sobre hojas secas, pero vi el bosque y entré en él, era el crepúsculo final de la tarde, cuando ya no resta en el cielo ningún color de violeta y de rosa, es el instante de la primera sombra nocturna, también la tierra llegó al cabo de la jornada y deja caer los brazos, suspirando. Nadie se me apareció preguntando lo que quiero de allí, no vinieron a tocarme las espaldas y a asustarme los fríos dedos del bosque, ni la expulsión sería justa ni la angustia es merecida. Lo que hago, inocente de mayor culpa, no es sino esto, andar como perdido en torno a un árbol gigantesco, avanzar sin guía entre una cortina de troncos y un laberinto de nieblas, sólo para oír el ruido de las hojas que los pies mueven, estas duras, secas, abarquilladas hojas de plátano que el verano quemó por dentro y el otoño sacudió de las ramas. Cuando paro, el son para también y queda en espera, callado, como si me espiase. Será en uno de estos silencios que oiré, finalmente, nítida y precisa, la primera gota de lluvia.

También este sonido faltaba a la música de las esferas. Esparcido, leve, como si no pretendiese más que anunciarse, el aguacero que inaugura el otoño resuena como arena fina salpicada sobre el follaje alto que aún se agarra a las ramas, después las gotas han de engrosar y harán sobre el tapete vegetal un rumor sordo, semejante al redoble de un tambor remoto, hasta transformarse en un murmullo líquido continuo, el agua reblandeciendo las hojas, las hojas embebiéndose de agua. Esta abundancia sólo más tarde vendrá, mientras la lluvia es apenas el tranquilo refresco de la noche iniciada, y yo puedo, con los pies metidos en las hojas que brillan en la oscuridad, sentir lo que aún faltaba para empezar el otoño, el olor caliente de la tierra mojada, ese olor vertiginoso que hace vibrar las narices de todos los animales y que ninguna palabra ha sido capaz de explicar hasta hoy. Se dice que es la tierra llamándonos. Más exacto sería decir que somos nosotros pidiéndole que se quede, porque en ese instante la reconocemos plenamente, porque respiramos su olor más profundo, el de la conjunción creadora del polvo y del agua, el lodo y la lama, el caldo de la vida. Y decir, también, que de las cuatro estaciones del año es ésta la más sabia, porque ella es la que conoce el hacer y el deshacer, el concluir y recomenzar, el primero de los principios y el último de los fines. Y otra vez el principio, hasta que todo acabe.

27 de septiembre

Ginebra, reunión del *comité* de la sección *Realidad y sociedad europea* del Premio Stendhal. Ayer, durante la cena, lord McGregor, presidente del *comité,* hombre simpático y cordial, me pidió, risueñamente, que le explicase los cómos y los porqués de mi puntuación... Hice la habitual exposición sobre las analogías entre el discurso musical propiamente dicho y el habla, constituidos ambos, exclusivamente, por sonidos y pausas, y defendí para el discurso escrito una construcción del mismo tipo, que tenga en cuenta más la voz que dentro de la cabeza del lector *dice* que lo que los ojos que simplemente *ven.* No tengo la seguridad de haberlo convencido, y a quienes estaban tampoco, pero nos divertimos bastante. Menos divertida fue la conversación sobre la situación actual y el previsible futuro de Europa: la inquietud corroe las huestes comunitarias.

29 de septiembre

Me había prometido a mí mismo no volver a hablar aquí de la Cámara Municipal de Mafra y de sus procedimientos «democráticos» y «culturales», pero hoy, removiendo antiguos papeles en busca de una entrevista que en tiempos di y donde creía haber dejado cierto pedacito de oro de elocuencia, inesperadamente me encontré con las dos páginas y media que leí en la biblioteca del Convento con ocasión de una visita que hizo el presidente de la República y a la cual fui invitado por motivos que entonces deberían haber parecido obvios a todo el mundo. Fueron esas páginas las que, tiempo después, llegaron a servir a la concejala de Cultura para denunciar que yo había insultado y calumniado al buen pueblo mafrense y a la excelente villa de Mafra. Toda vez que sin esas palabras mías, efectivo cuerpo del delito, el proceso no quedaría completo, aquí las dejo hoy, para edificación y entretenimiento de aquellos que, a pesar de todo, continúan leyéndome:

«Mafra empezó por ser, para mí, un hombre desollado. Tenía siete u ocho años cuando mis padres me trajeron aquí, de excursión con algunos vecinos. El desollado era, y continúa siéndolo, aquel San Bartolomé que está ahí dentro, sujetándose con la mano derecha, mientras el mármol dure, la piel arrancada. Me acuerdo de la complacencia del guía, en esa altura, que se alargaba en minuciosas consideraciones sobre la manera como el escultor había reproducido en la piedra la triste flacidez de la piel desgarrada y la mísera carne expuesta. Como si tal fuese necesario para que no olvidase esa imagen de pesadilla, encontré, más tarde, en el Museo de Arte Antiguo, al que me gustaba llamar de las Janelas Verdes, al mismo pobre santo desollado, esta vez de la mano de un pintor, Luca Giordano, el *Fa Presto*.

»Muchos años después, allá por el final del ochenta o principios del ochenta y uno, estando de paso por Mafra y contemplando una vez más estas arquitecturas, me encontré, sin saber por qué, diciendo: "Un día me gustaría poder meter esto en una novela". Fue así como el *Memorial* nació.

»Entre lo mucho que entonces leí —porque rápidamente me di cuenta de que sabía mucho menos de la época de lo que había empezado por creer—, me impresionó la célebre carta del abad de Tibães, en parte transcrita en un librito de Camilo Castelo Branco, y que más tarde leí entera, en la que el dicho abad, invitado para asistir a la consagración de la basílica, se excusó con durísimas palabras, resumiendo sus razones en aquello que, a su entender, significaban las cinco letras de Mafra: la M de muertos, la A de asados, la F de fundidos, la R de robados, la A de arrastrados. Así veía aquel abad benedictino a los millares de desgraciados que, más o menos de toda la tierra portuguesa, vinieron a esta obra, forzados por la voluntad del Señor D. Juan V. No quiero, ni por asomo, insinuar que en el desahogo de esta indignación tan santa hayan pesado celos de la orden de San Benito a causa del estupendo edificio del que iban a gozar los franciscanos...

»Tiene el tiempo de bueno el hacernos olvidar los sufrimientos, los nuestros propios, felizmente, pero sobre todo los ajenos. De ahí que no deba sorprendernos que incluso las mejores descripciones del Monumento de Mafra abunden en informaciones sobre la cantidad de puertas y ventanas, de peldaños de las escaleras, número de campanas, peso de las piedras principales y otras menudencias, y olviden los mucho más de mil obreros que, por accidente o enfermedad, aquí perdieron la vida y dejaron los huesos. Al final no sería benéfico para la salud del espíritu andar todo el tiempo con la infinita carga de muertos del pasado a las espaldas, como si, cada uno de ellos y todos juntos, debiesen ser los jueces de nuestras faltas y los carceleros de nuestras libertades.

»Olvidemos pues a los muertos. Sin embargo, ya es mala señal y gravísima enfermedad del espíritu, que tanto deseáramos saludable, olvidar, con la facilidad con que está sucediendo entre nosotros, lo que esos muertos hicieran. O, peor aún, despreciarlo. La satisfacción de estar vivo y de crear durante el poco tiempo que por aquí andamos, se vuelve autocomplacencia mezquina si, de paso, olvidamos o maltratamos la herencia multiforme de quienes antes que nosotros vivieron y crearon, fuesen ellos los ignorados obreros de Mafra o el arquitecto que diseñó la obra. El respeto por el patrimonio está, probablemente, en relación directa con el don —me permito llamarlo así— de recordar. A quien crea que al gobierno y manutención de la vida debe bastar la memoria que cada uno guarda de sí mismo, podemos compararlo a un charco de aguas estancadas. Hay vida en ese charco, no se puede negar, pero es una vida precaria, porque ningún agua, ida desde un naciente a un montante, lo estará alimentando y estará cerrada en sí misma, esa vida frágil, porque de allí no ha podido salir ninguna corriente que vaya a fecundar las tierras a su paso. Querámoslo o no, somos sólo la memoria que tenemos. Un pueblo que va perdiendo su memoria propia está muerto y aún no lo sabe, y más muerto aún si se prepara para adoptar, como suyas, memorias que le son extrañas, convirtiéndolas en estancado y, también él mortal, presente.

»El patrimonio, si así puedo expresarme, es un estado de espíritu: vale lo que el espíritu valga, ni un céntimo más, ni un céntimo menos. Y el de Portugal, me refiero al espíritu, claro está, parece valer bien poco en los tiempos que corren y para las personas que somos.»

Fue así como yo calumnié e insulté al pueblo de Mafra. Deseo a la señora concejala una larga vida, por lo menos que el tiempo le dé para aprender a entender lo que oye y a comprender lo que lee...

Elie Wiesel, nuestro presidente en la Academia Universal de las Culturas, envió a todos los miembros una carta pidiendo que le expresasen su opinión sobre los ensayos nucleares franceses, con el fin de poder manifestar ante Jacques Chirac una posición común de la Academia sobre la cuestión. En mi respuesta digo que no creo que Francia necesite realmente, por razones militares o científicas, hacer explotar bombas atómicas en los tiempos de hoy, salvo si pretende, de ese modo, hacerse recordar ruidosamente en la orquesta política europea; digo que es lamentable que haya escogido el bombo como su instrumento; digo que es igualmente lamentable que el Gobierno francés no sea capaz de ver que la Francia de la que Europa necesita es *la otra,* aquella que, estúpidamente, habíamos imaginado eterna, la de la cultura y del humanismo; pregunto si no fue para ser oída en Bonn por lo que Francia ha experimentado esta bomba, como si el objetivo fuese avisar a Alemania: «Somos una potencia, queremos ser vuestro igual en el gobierno de Europa». Finalmente remato diciendo, como si lo estuviese diciendo Kohl: «Demasiado tarde, Marianne...».

30 de septiembre

En el principio era el Lápiz. Había también la Pluma, un palito fino, cilíndrico, en general pintado de color asalmonado, llevando en la punta propia el Plumín. Pero la Pluma tenía sus días de mal humor, soltaba borrones inesperados y trágicos, paraba a propósito en las fibras del Papel, de donde de repente se libertaba, respingando maliciosa. El Lápiz era de otro temperamento, colaboraba mejor, y si a veces sucedía que se le rompía la Mina, nos quedaba como ganancia la pequeña embriaguez de sentir la fragancia de la madera que el Afilalápices iba sacando en volutas, y aquel otro olor, el del Grafito, fuerte, sensual, anunciador de los pecados futuros. Dígase, no obstante, por respeto a la verdad, que la Tinta en nada quedaba atrás en estas titilaciones de la pituitaria, y quiza las sobrepasase, si no es invención y obra de la memoria el olor ácido que me acaba de llegar ahora mismo a la nariz.

Había los Lápices de Color y el de Escritura, o de Escribir, y aunque no lo llamásemos así, era simplemente el Lápiz, por antonomasia. El Lápiz tenía números, el Tres duro, el Dos blando. Del Uno y del Cuatro nunca se supo, sin duda pertenecían a los dominios prohibidos del defecto o del exceso, privilegio de las clases adelantadas, umbral de mayoridades. Además de número, el Lápiz tenía nombre, se llamaba Faber. Algunos de nosotros, más instruidos en hechos trascendentes, hablábamos con temerosa veneración de unas divinidades inaccesibles al común, cuyos nombres —Caran d'Âche, Koh-i-Noor— nos causaban místicos estremecimientos.

Pues bien, en ese tiempo, me sucedía que soñaba con los Lápices. Eran docenas de ellos que se derramaban sobre hojas de papel que yo sabía que habían sido escritas por mí y que, en el sueño, podía leer, pero que después no conseguía recordar. Daría hoy mucho por conocer lo que estaría en esos inmateriales papeles irremediablemente perdidos, y también algo a cambio de la resolución de este enigma: si todos aquellos Lápices, suponiendo que eran de la marca Faber corrientes, acudían así de numerosos para compensarme de la frustración de nunca haber poseído uno de los otros, o si, por el contrario, fui rico sin saberlo, rico de Koh-i-Noor y Caran d'Âche, aunque sin ningún provecho: incluso soñando, nunca una sola palabra fue escrita con ellos. Hasta hoy.

2 de octubre

Como se esperaba, el Partido Socialista ganó las elecciones. António Guterres tiene ahora la ocasion de cambiar de ideas en cuanto a la naturaleza, función y práctica de la política: convertirla en instrumento de la verdad, en vez de ganzúa de mentiras. ¿Lo hará? No creo. Los malos hábitos pueden mucho y el tiempo de las revoluciones se ha acabado. Y aunque no hubiese acabado... ¿Alguien es capaz de imaginar aquella que sería la mayor de las revoluciones, la revolución de decir simplemente la verdad?

5 de octubre

José Donoso presenta hoy en Madrid, en la Casa de las Américas, su nueva novela, *Donde van a morir los elefantes,* que no he tenido aún la ocasión de leer. Su editor y el mío, Juan Cruz, decidió pedirme unas palabras breves para ser leídas durante la sesión. Son éstas:

«En el ámbito de las circunstancias objetivas y subjetivas de la historia social y política de Chile y de sus clases altas y media en los últimos cuarenta años, los libros de José Donoso son una mirada sin complacencia, falta de piedad, que en ningún momento se deja distraer por las seducciones delicuescentes con las que suelen adornarse las decadencias, siempre fácilmente novelables. Aunque sea tan apasionadamente romántico el temperamento del escritor, y quizá también del hombre. Creo que es exacto decir que en José Donoso coexisten, y menos mal que no pacíficamente, el realismo de una razón que se mueve de manera recta en dirección a la fría objetividad y el romanticismo convulso de un desesperado sentimiento de la realidad. El resultado ha venido a ser la obra trascendente y vertiginosa a la que se está prestando homenaje.

»Vértigo y trascendencia son, por lo tanto, en mi opinión, los factores valorativos superiores que dan a la obra de Donoso su carácter eminentemente singular. Pero el vértigo, en su caso, no proviene de laboriosas experimentaciones formales en el plano del lenguaje, a las que Donoso no recurre, aunque se debe señalar lo que hay de resueltamente revolucionario en su trabajo sobre las estructuras externas de la novela. Tampoco la trascendencia deberá ser entendida como una presencia metafísica, explícita o insinuada, de cualquier tipo. En las novelas de José Donoso no existe Dios, o existe tanto menos cuanto más lo nombran o invocan. Este vértigo y esta trascendencia son sólo humanas, terriblemente humanas. El vértigo del hombre donosiano se origina en la descarnada observación de sí mismo, la trascendencia es la mirada generada por la conciencia obsesiva de su propia inmanencia.»

La comunicación social portuguesa, en particular prensa y radio, se ha comportado una vez más con acendrado patriotismo, pregonando a los cuatro vientos las calidades que adornan a aquellos a quienes llama, con un rasgo verdaderamente creativo, «nominados» o «candidatos» al Premio Nobel de Literatura. Está visto que si hasta hoy ningún escritor portugués consiguió embolsarse el famoso cheque y colgar el colorido y dorado diploma en la pared de su despacho, la culpa la tiene la Academia Sueca, y doblemente la tiene, porque ni demuestra conocer la literatura que se hizo y se hace en nuestro jardín plantado a orillas del mar, según la justa y perfumada definición del inmortal Tomás Ribeiro, ni cumple la obligación elemental de leer los periódicos y escuchar la radio de Portugal, que, desesperados, ven, cada año, despreciados sus patrióticos esfuerzos de información y persuasión de las duras cabezas nórdicas. Desatentos, desagradecidos, los suecos van dando el premio a quien bien entienden, después de leer, a lo largo de cada año, minuciosamente, los periódicos del país que ya se habían hecho la idea de galardonar. El año pasado, por ejemplo, lo sé de buena fuente, los académicos de Estocolmo no hicieron otra cosa, de la mañana a la noche, que leer periódicos japoneses... Y durante este año, de buena fuente lo he sabido, todo ellos tuvieron que seguir cursos acelerados de lengua irlandesa para poder entender las explicaciones que las emisoras de radio de la verde Erín preventivamente iban dando sobre los méritos literarios y las virtudes personales de Seamus Heaney... De todo esto hay que sacar una conclusión: escritores, los tenemos (sin duda magníficos), literatura, la tenemos (obviamente estupenda), nuestra poca suerte es que todavía la comunicación social portuguesa no ha encontrado la manera de hacerse oír en Estocolmo. En todo caso, creo que debo ser comprensivo con mis compatriotas que se fatigan en las redacciones: todos los periódicos y radios del mundo, rivalizando, hicieron lo que pudieron en favor de sus autores, y sólo los irlandeses fueron los que acertaron. ¿Por qué habríamos nosotros de ser más que los otros...? (Aclaración: para no ofender inmerecidamente a la provincia, no he usado, en todo este razonamiento, la palabra *provincianismo.*)

En Játiva (o Xàtiva, como se escribe en valenciano) hay un retrato de Felipe V, duque de Anjou y rey de España, que está puesto cabeza abajo. Tan grave atentado contra el equilibrio de las monarquías tiene una justificación histórica. Durante la guerra de Sucesión, a principios del siglo XVIII, la ciudad, movida no sé por qué intereses, decidió tomar partido por otro pretendiente al trono español, Carlos de Austria, y vino a sufrir, desastrosamente, las consecuencias de la derrota de su preferido: el despechado y rencoroso Borbón mandó arrasar la ciudad. Tampoco sé de quién fue y de cuándo data la idea de poner a un rey a hacer el pino, pero lo cierto es que desde hace muchos y muchos años es ésa la posición de la aborrecida efigie. Ahora, el alcalde de Játiva, ciertamente estimulado por las vueltas de la última moda en las *passerelles* políticas y religiosas internacionales (la moda de pedir perdón por crímenes, atropellos e injusticias cometidos en el pasado), ha hecho saber que si la Casa Real española quisiera ver a su antepasado con la cabeza en su sitio, tendrá que ir allí el príncipe de Asturias, heredero de la corona, y también Felipe, para presentar a la corporación municipal y al pueblo reunido contritas y formales disculpas. Veremos cómo se deslindará el conflicto. Si la cosa se hace, quizá el precedente pueda llegar a aprovechar a los tristes habitantes de nuestro Castelo Rodrigo, que también tiene, pero éstas contra su voluntad, las armas reales invertidas en la muralla del castillo: fue el castigo por apoyar a Beatriz de Castilla contra D. João I. Extintos como supongo que están los Aviz, la duda estriba en saber quién va a pedir ahora disculpa por esta desconsideración de seis siglos de edad. Si yo fuese de Castelo Rodrigo, juro que ya habría enderezado las reales armas: aunque sólo fuera para ver si alguien se atrevía a ponerlas otra vez patas arriba.

6 de octubre

Todo discurso, escrito o hablado, es intertextual y apetecería, incluso, decir que nada existe que no lo sea. Pues bien, siendo esto, creo, una evidencia de lo cotidiano, lo que estoy haciendo en mis novelas es buscar los modos y las formas de convertir esa intertextualidad general literariamente productiva, si me puedo expresar así, usarla como un personaje más, encargado de establecer y mostrar nexos, relaciones, asociaciones entre todo y todo.

7 de octubre

Confieso que he tenido alguna dificultad para comprender la resistencia de muchas personas a entender que son, esencialmente, el pasado que tuvieron. Aunque con cierta resistencia, son capaces de aceptarlo en el plano individual, porque más o menos se reconocen inseparadas e inseparables de su pasado propio, pero, en el plano colectivo proceden como si, en cada momento, sólo estuviesen viviendo el presente que cada momento precariamente es, y el pasado estuviese constituido por una secuencia de momentos discontinuos, cada uno de ellos apenas su propio presente, con principio y fin en sí mismo. Ahora bien, nosotros avanzamos en el tiempo como una inundación avanza: el agua lleva detrás de sí agua, por eso se mueve y es eso lo que la mueve.

8 de octubre

Con el tiempo y el uso, hasta los más dinámicos movimientos acaban por transformarse en sistemas estáticos. Poco a poco, de una manera tantas veces imperceptible, han venido transitando de la vida activa y creadora al fastidio y a la inmovilidad. Sólo no han entrado en definitivo apagamiento aquellos que han sido capaces de aceptar, o incluso suscitar, dentro de sí, mientras la lenta disgregación general transcurría, la aparición de señales a las que llamaré negación positiva y que, exactamente por haber acelerado el proceso, han podido salvaguardar las energías necesarias para prevenir y soldar peligrosas rupturas, mientras el nuevo cuerpo naciente iba buscando y ordenando sus propias configuraciones, su identidad propia.

10 de octubre

Vi en la televisión el celebradísimo *Drácula de Bram Stoker*, de Coppola. Gente sensible e inteligente que conozco cayó rendida de rodillas ante esta película, y yo, que creo no estar totalmente carente de corazón y de cerebro, me descubrí reaccionando con repugnancia e irritación a una historia que, en mi pobre entender, no pasa de una intelectualización sublimatoria de la crueldad y del dominio, finalmente justificados en nombre de fuerzas interiores a las que, en los días de hoy, sólo por abuso continuamos llamando inconscientes.

11 de octubre

Cavaco Silva ha salido del PSD y ha anunciado su candidatura a la presidencia de la República. Para no escapar a los tópicos de cualquier candidato, tanto de los pasados como de los futuros, ya ha empezado por prometer que será «el presidente de todos los portugueses». Como quien dice: «Lo que queda atrás, atrás queda». Si Portugal no ha perdido del todo la vergüenza, este hombre inculto y autoritario nunca será presidente de la República. Pero si, por un absurdo, lo llegase a ser, presidente «mío» no sería, fuesen cuales fuesen las circunstancias. En tal caso, exigiría simplemente de los servicios de secretaría del Palacio de Belém que retirasen mi nombre de los ficheros que allí tienen. No querría tener que rechazar el saludo a un presidente que fue primer ministro del Gobierno que ejerció censura sobre un libro. No está en mis fuerzas evitar la existencia de los «dráculas», pero nada podrá obligarme a estrecharles la mano.

13 de octubre

José Juan Ramírez y Fernando Gómez Aguilera, de la Fundación César Manrique, vinieron a poner en mi conocimiento un proyecto, ya en estado de elaboración adelantado, al menos en sus líneas generales. Se tratará de un encuentro pluridisciplinar sobre la cultura portuguesa, que se realizará aquí, en Lanzarote. La idea me dejó conmovido, hasta las raíces profundas de un sentimiento de patria propia y única que el alejamiento no ha hecho ni hará disminuir: después de cinco siglos de ausencia, mi Portugalito va a regresar a esta isla para decir quién es hoy y lo que estuvo haciendo durante tantos años. Y si los puritanos vigilantes de mi vanidad, siempre celosos, siempre midiendo con el metro de la modestia los excesos del ego saramaguiano, tuvieran esta vez la bondad de permitirme un poquito de presunción, osaré decir (¿por qué no?) que alguna responsabilidad debe de tener este residente en Lanzarote en las razones que han llevado a la Fundación César Manrique a concebir, sin esperar contrapartidas y mucho menos reclamarlas, un proyecto tan generoso.

16 de octubre

En Lisboa, para el lanzamiento del *Ensayo sobre la ceguera* y lo demás que se verá. Firmar libros, dar entrevistas, repetir lo ya redicho, preguntarme una y muchas veces si vale la pena y, a pesar de esto, continuar, porque me diré a mí mismo que lo debo hacer. Miguel Torga no concedía autógrafos, Herberto Helder no da entrevistas: en cuanto a mí, aunque me pusiese a buscarlas, sé que no encontraría razones para no firmar a un lector un libro que escribí y para no explicarle por qué y cómo lo hice. Es una debilidad, lo reconozco, pero me acuerdo de lo que decía mi eterna abuela Josefa, a propósito de otras historias: «Lo que la cuna dio, la tumba se lo lleva», lo cual, aplicado a mi cuna y a mi caso, significa que cuando nací, en aquella calle de Azinhaga a la que llaman Lagoa, ya estaba predestinado para llegar a dar autógrafos y entrevistas, cosa en la que ni la dicha y confiada abuela creería, viendo con qué competencia yo mudaba la paja de las pocilgas y desnucaba a los conejos con un golpe seco de mano. ¡Ay, los destinos!

17 de octubre

El Círculo de Lectores cumple veinticinco años de vida. Con Inês Pedrosa y Fernando Rosas, fui invitado para decir una palabras sobre la suerte del libro en este pasaje de siglo y milenio, cercado por la informática por todos los lados, directamente amenazado por los internets. El problema, avisé, no está en que llegue a perderse el libro, sino la curiosidad. Se escribió y se leyó en bloques de arcilla, más en papiros, mucho más en pergaminos, muchísimo en papeles, y siempre la curiosidad fue lo que condujo al ser humano a escribir y a leer. La cuestión del soporte no es, por lo tanto, decisiva, aunque (¿cómo no reconocerlo?), siendo, como somos, hijos culturales del papel, nos resistimos a imaginar un mundo que, por cubrirse de pantallas de ordenador, haya hecho desaparecer el libro. Sea como sea, siempre será preciso imprimir lo que se escribió, y no consta que la «escritura inmaterial» que actualmente manipulamos y consumimos haya llevado a una disminución del consumo de papel en el mundo: los anuncios de impresoras concurren en seducción con los anuncios de automóviles...

18 de octubre

La noticia del año: existen en Portugal cinco millones y medio de analfabetos funcionales, cinco millones y medio de personas que comprenden mal lo que leen, cuando no lo comprenden del todo, cinco millones y medio de personas incapaces de hacer una operación aritmética elemental, cinco millones y medio de personas que no consiguen expresar por escrito una simple idea... ¿Qué futuro va a ser el nuestro?

19 de octubre

En Ferrol, en Galicia. Una conferencia a la que di un título poco visto: *¿Para qué sirve un escritor?* Lo que yo quise comunicar (y creo haberlo hecho con alguna claridad) fue que el escritor no debería servir (con el debido respeto) *apenas* para escribir, que con la elección de tal oficio se le multiplicaron las responsabilidades que ya tenía como ciudadano, que siendo verdad que a él nadie le obliga a ser militante de un partido, tampoco es menos cierto que la sociedad necesita algo más que profesionales competentes en las múltiples actividades que generó y que, en sus diversos niveles, la dirigen. «¿Otra vez el compromiso?», preguntó alguien del público y yo respondí: «Sí, otra vez el compromiso, si quisiéramos darle ese nombre. El error de los escritores (otra vez con el debido respeto), en los últimos treinta años, ha sido haber negado un empeño simplemente social con miedo a ser acusados de estar vendiendo la literatura a la política. El resultado, si el juego de palabras me es permitido, es que no tenemos ahora quien nos compre...».

21 de octubre

Con Sérgio Ribeiro y Maria José paseo reposante hasta Zambujal, donde tienen una casa. Este Zambujal, uno de los muchos lugares con el mismo nombre que existen en Portugal (*zambujal* es bosque de azamboeros, especie de olivo silvestre: me acuerdo de que entre los jóvenes de mi época, en Azinhaga, ser dueño de un palo de azamboero era casi una aristocracia), este Zambujal, decía, queda en el concejo de Ourém (por apropiación, a mi ver abusiva, de un nombre al que sólo la antigua villa tendría derecho, dejó de haber Vila Nova de Ourém, ahora llaman Ourém a todo), y es un sitio tranquilo, media docena de casas sencillas, en las faldas de la sierra de Aire. Para satisfacer la curiosidad de Pilar, después de una primera visita que hizo hace muchos, cuando era teresiana, fuimos al santuario de Fátima. Oraban los altoparlantes como de costumbre y, como de costumbre, se arrastraban de rodillas los pagadores de promesas por la pasarela de piedra felizmente lisa y pulida, amparados por parientes o amigos. Si estuviese Jesús allí tengo la certeza de que les diría: «Dios no puede querer esto». Y diría más: «Levantaos. No bajéis la cabeza. A Dios hay que mirarlo de frente».

22 de octubre

Fuimos a visitar el yacimiento de huellas de saurópodos de la Pedreira do Galinha, en el flanco oriental de la sierra de Aire, a diez kilómetros de Fátima. Están allí hace ciento setenta y cinco millones de años, cuando aún no había milagros. Las huellas (copio esta información de un benévolo folleto) «fueron dejadas en sedimentos carbonatados finos, de gran plasticidad, depositados en medio subacuático litoral de pequeña profundidad. La continuidad de la deposición permitió que se acumulasen gran cantidad de sedimentos calcáreos que posteriormente fueron transformados en las capas de roca exploradas en la pedrera. Se pueden observar varias centenas de huellas, muy bien conservadas, organizadas en pistas, una de ellas con ciento cuarenta y siete metros de largo, considerada la más extensa pista de dinosaurio conocida». De las diligencias para frenar la exploración de la pedrera y de las dificultades para conseguirlo, nos habló con emoción y vehemencia Sérgio Ribeiro. A Ourém, a estos sitios, a estos paisajes Sérgio los quiere tanto como a las niñas de sus ojos.

23 de octubre

En Madrid, para la apertura de los cursos de la Escuela de Letras. Durante la conferencia, improvisada y sin que lo hubiese pensado antes, me encontré alertando al público de jóvenes aspirantes a escritor contra una profesionalización excesiva. Dije más o menos esto: «Sería incoherente de mi parte oponerme a que un escritor coma de lo que escribe, pero sí me parece muy mal que continúe escribiendo cuando no tiene nada que decir». Les quedó el aviso, que también dejo aquí consignado, para mi propio gobierno.

26 de octubre

Coloquio en la Biblioteca Municipal de Vila Franca de Xira. Dos estudiantes querían entrevistarme después de la sesión, creo que para el periódico de su escuela. Sin querer atender a razones (salgo hacia Oslo mañana temprano), argumentaban en tono conminatorio que otros escritores que habían ido antes les habían concedido entrevistas. Una de ellas me miraba con un aire duro, fulminador, como si yo fuese el último de los últimos. Reprimí lo que antes se designaba como respuesta torcida y, lo más pacíficamente que pude, les dije que, si querían, me mandasen las preguntas a Lanzarote. Sospecho que la chica malhumorada es admiradora de Manuela Moura Guedes y le ha copiado el estilo...

27 de octubre

En Oslo, para la Feria del Libro. Tiempo gris, lluvioso, de ese que inclina a reflexiones melancólicas, como haberme imaginado conversando con mis padres, tres personas de edades parecidas, arrugas y pelo blanco, sin diferencia, ellos queriendo saber en qué persona me he convertido, yo confesándoles que les dejé ir de la vida sin conocerlos verdaderamente. Habría sido una conversación que nunca hubo entre padres e hijos desde que el mundo es mundo.

28 de octubre

Odd Karsten Krogh, de la editora Cappelen, que me acompañaba en la visita a la Feria, me llevó a un ordenador donde se encontraba instalado el CD-Rom de una gran enciclopedia. Amablemente, para darme gusto, pidió a la operadora que seleccionase «Portugal» y, acto seguido, fui servido no sólo con el mapa, la bandera y el escudo de mi país, sino también con el himno patrio, un tanto gangoso, es cierto, pero perfectamente reconocible. ¿Será preciso decir que el provinciano ingenuo de Azinhaga que en el fondo continúo siendo tuvo que disimular la conmocioncita que le hizo cosquillas en la nariz?

Contar a vida de todos y de cada um, así titulé la conferencia que vine a dar aquí. Retomé para eso algunas ideas simples sobre la relación entre la ficción y la historia, así ordenadas para esta ocasión:

«1. Vengo a hablaros de historia y de ficción, vengo a hablaros, sobre todo, de las ambiguas relaciones que mantienen en los últimos tiempos, una con la otra, la ficción y la historia, hasta el punto de preguntarnos si no habrá en la historia demasiada ficción y, por otro lado, equilibrando la duda, si habrá en la ficción suficiente historia. Os parecerá tal vez esto un mero juego de palabras, pero espero, si consigo llevar hasta el final mis raciocinios antes de que se acabe vuestra paciencia, reunir unas cuantas razones que defiendan el tema y lo absuelvan de las primeras sospechas.

»Consideremos, en primer lugar, la historia como ficción. Se trata de una proposición aparentemente temeraria, que podría incluso introducir de modo subrepticio la insinuación de que no hay diferencias sustanciales entre ficción e historia. Concluiríamos, en este caso, haciendo nacer un nuevo caos, que todo en el mundo sería ficción, que nosotros mismos no seríamos más que productos siempre cambiantes de todas las ficciones creadas y por crear, tanto las nuestras como las ajenas. Seríamos, simultáneamente, los autores y los personajes de una Ficción Universal sin otra realidad que haberse constituido como una especie de mundo paralelo. A pesar de que reconozca que existe en lo que acabo de decir algo del espíritu de la paradoja, intentaré exponer algunos argumentos, acaso dignos de atención.

»Desde luego, de acuerdo con esa hipótesis, la primera tarea del historiador sería seleccionar hechos, trabajando sobre aquello que denominaré *tiempo informe,* quiero decir, ese Pasado al que apetecería llamar puro y simple, si eso no fuese una contradicción en términos. Recogidos los datos considerados necesarios, la segunda tarea del historiador sería organizarlos de modo coherente, obedeciendo o no a objetivos previos, pero, en cualquier caso, transmitiendo siempre una idea de ineludible necesidad, como la expresión de un destino. No olvidemos que tales selecciones de actos se ejercen, por lo general, sobre consensos ideológicos y culturales concretos, lo que hace de la historia, entre los diversos ramos del conocimiento, el menos capaz de sorprender.

»Es indiscutible que el historiador estará obligado, siempre y en todos los casos, a escoger hechos de hechos. Es igualmente obvio que, al proceder a esa elección, tendrá que abandonar deliberadamente un número indeterminado de datos, algunas veces en nombre de razones de clase o de estado, o de naturaleza política coyuntural, otras veces acatando, conscientemente o no, las imposiciones de una estrategia ideológica que necesite, para justificarse, no *de la* historia, sino *de una* historia. Ese historiador, en la realidad, no se limitará a *escribir* historia. *Hará* historia. El historiador, desde que es consciente de las consecuencias políticas e ideológicas de su trabajo, tiene que saber que el tiempo que así estuvo *organizando* va a aparecer a los ojos del lector como una lección *magistral,* la más magistral de todas las lecciones, ya que el historiador surge allí como definidor de un cierto mundo entre todos los mundos posibles. En ese otro acto de creación, el historiador decidió lo que del Pasado era importante y lo que del Pasado no merecía atención.

»Algunas veces, no obstante, este poder autoritario parece que no es bastante para liberarnos de aquel *horror al vacío* que, siendo una de las características de los pueblos primitivos, también se encuentra en no pocos espíritus cultivados. Un historiador como Max Gallo empezó a escribir novelas para equilibrar por la Ficción la insatisfacción que le causaba lo que consideraba una impotencia real para expresar en la Historia el Pasado entero. Fue a buscar a las posibilidades de la Ficción, a la imaginación, a la elaboración sobre un tejido histórico definido, lo que había sentido que le faltaba como historiador: la complementariedad de una realidad. No estaría muy lejos de este sentimiento, supongo yo, el gran George Duby, cuando, en la primera línea de uno de sus libros, escribió: *Imaginemos que...* Precisamente aquel imaginar que antes había sido considerado pecado mortal por los historiadores positivistas y sus continuadores de diferentes tendencias.

»He oído que existe una crisis de la historia, tan grave que amenaza matarla, o la ha matado ya... Si es así —y yo no soy nadie para osar pronunciarme sobre tan trascendente cuestión—, me pregunto si tal crisis no será causa directa, aunque no única, del resurgimiento, en condiciones diferentes y con diferentes resultados estéticos, de aquello a lo que, a mi ver erradamente, continuamos llamando "novela histórica". Y si no se tratará, finalmente, de una expresión particular de otra crisis más amplia: la de la representación, la crisis del propio lenguaje como representación de la realidad.

»Ahora bien, si la crisis existe (la de la Historia u otra, general, de la que aquélla sería apenas una manifestación parcial), si en todo cuanto nos rodea es posible encontrar conexiones con esta impresión de final de tiempo que estamos sintiendo, quizá se haga más claro por qué volvemos hacia la novela llamada "histórica", llevados por una ansiedad que sin duda haría sonreír con algún desprecio intelectual, si estuviesen todavía en este mundo, los que, en el siglo pasado, fervorosamente creían en el progreso. Nos mirarían con piedad desdeñosa, nos preguntarían cómo ha sido posible que, de las sólidas certezas que ellos tenían, haya nacido esta inseguridad que nosotros tenemos.

»2. Soy autor de un libro que se llama *Viaje a Portugal*. Se trata de una narrativa de viaje, como tantas que se escribieron en los siglos XVII y XVIII, cuando Europa empezó a viajar dentro de Europa y los viajeros describían sus experiencias y aventuras, produciendo de camino algunos documentos literarios preciosos, incluso para el estudio de la historia de las mentalidades. Con un espíritu afín viajé por Portugal, con ese espíritu escribí *Viaje a Portugal*.

»El libro no es, por lo tanto, un derrotero, una guía de viajantes, aunque, necesariamente, contenga mucho de lo que se espera encontrar en ese tipo de textos. Se habla de Lisboa, de Oporto, de Coimbra, de las ciudades de mi país, se habla de aldeas, de paisajes, de artes, de personas. Ahora imaginemos que el autor decidió hacer un nuevo viaje para, terminado éste, escribir otro libro, pero que, en este segundo viaje no visitará ninguno de los lugares por los cuales había pasado en el primero. Quiero decir, en este segundo viaje el autor no irá a Lisboa, no irá a Oporto, no irá a Coimbra, no irá a ningún lugar donde ya haya estado. Con todo, le parece que, con toda legitimidad, podrá tornar a dar a ese nuevo libro el título de *Viaje a Portugal,* porque de Portugal continuaría tratándose... Llevemos más lejos el juego y la imaginación, que el autor haga un tercero, un cuarto, un quinto, un décimo, un centésimo viaje, obedeciendo siempre al principio de nunca ir a donde ha ido antes, y que escribirá otros tantos libros en los que, por fin, inevitablemente, dejará de haber cualquier alusión a nombres de lugares habitados, nada a no ser la simple descripción de una imagen aparentemente sin puntos de identificación con la entidad cultural e histórica a la que damos el nombre de Portugal. La última pregunta será ésta: ¿puede el centésimo libro todavía llamarse *Viaje a Portugal*? Respondo afirmativamente: podemos y debemos llamarlo *Viaje a Portugal,* aun cuando el lector no consiguiese reconocer en él, por más atento que estuviese a su lectura, el país que le había sido prometido en el título...

»3. Este juego, aunque a primera vista no lo parezca, tiene mucho que ver con la relación que mantenemos con la historia. La historia tal como fue escrita o —repitiendo la provocación— tal como la *hizo* el historiador, es el primer libro. No olvido, obviamente, que el mismo historiador podrá hacer, él propio, otros viajes al tiempo por el que antes viajó, ese tiempo que, gracias a su intervención, fue dejando de ser *tiempo informe,* fue pasando a ser Historia y que las nuevas percepciones, los nuevos puntos de vista, las nuevas interpretaciones irán tornando cada vez más densa y sustancial la imagen histórica que del Pasado nos venía siendo dada. Pero es en las grandes zonas oscuras que siempre existirán, incluso en lo que suponemos conocido, donde el novelista tendrá su campo de trabajo.

»Creo bien que lo que está subyacente a estas inquietudes es la consciencia de la imposibilidad de una reconstitución plena del Pasado. No pudiendo reconstituirlo, somos tentados —lo soy yo— a *corregirlo.* Cuando digo corregir el pasado no es en el sentido de enmendar los hechos de la Historia (no podría ser ésa la tarea de un novelista), pero sí, si se me permite la expresión, *introducir* en ella pequeños cartuchos que hagan explotar lo que hasta ahí había parecido indiscutible: con otras palabras, sustituir *lo que fue* por lo que *podría haber sido*. Se argumentará, ciertamente, que se trata de un esfuerzo inútil, porque lo que hoy somos no resulta de lo que podría *haber sido,* sino de lo que efectivamente *fue*. Mientras tanto, si la lectura histórica operada por la novela fuera una lectura crítica, esa operación podrá provocar una inestabilidad, una vibración temporal, una perturbación causadas por el confrontamiento entre lo que sucedió y lo que podría haber sucedido, como si, saludablemente, los hechos empezasen a dudar de sí mismos...

»4. Son dos las actitudes posibles para el novelista que escogió, exclusiva u ocasionalmente, los caminos de la Historia: la primera, discreta y respetuosa, consistirá en reproducir, a la par y al paso, los hechos históricos conocidos, siendo la ficción, en este caso, mera servidora de una fidelidad que se desea a salvo de acusaciones de falta de rigor de cualquier tipo; la segunda, más osada, llevará al autor a entretejer en un tejido ficcional, en el que se mantendrán predominantes, los datos históricos que le servirán de soporte. En un caso como en el otro, sin embargo, estos dos vastos mundos, el mundo de las verdades históricas y el mundo de las verdades ficcionales, aparentemente inconciliables, serán armonizados por la instancia narradora.

»Reside aquí, a mi ver, la cuestión esencial. Conocemos al narrador que procede de manera imparcial, que va diciendo lo que sucede, conservando siempre su propia subjetividad fuera de los conflictos de los que es espectador y relator. Hay, sin embargo, otro tipo de narrador, mucho más complejo, un narrador en todo momento sustituible, que el lector reconocerá a lo largo de la narración, pero que muchas veces le dará la impresión extraña de ser otro. Este narrador inestable podrá incluso ser el instrumento o el soplo de una voz colectiva. Será igualmente una voz singular que no se sabe de dónde viene y rehúsa a decir quién es, o tiene la suficiente maña para llevar al lector a identificarse con él, a ser, de algún modo, él. Y puede, finalmente, pero no explícitamente, ser la voz del propio autor: es que éste, fabricante de todos los narradores, no está reducido sólo a saber lo que sus personajes saben, él sabe que sabe y quiere que eso se sepa...

»Gracias a esta forma de concebir, no tan sólo el tiempo histórico, sino el tiempo *tout court* —proyectándolo, por así decir, en todas las direcciones—, me permito pensar que mi trabajo en el campo de la novela ha sido capaz de producir algo como una oscilación continua en la que el lector directamente participa, gracias a una continua provocación que consiste en negarle, por procesos que son siempre de raíz irónica, lo que primero le había sido dicho, creando en su espíritu una impresión de dispersión de la materia histórica en la materia ficcionada, lo que no sólo no significa desorganización de una en otra como aspira a ser una reorganización de ambas.

»5. Admito que la declaración inicial, la de que el historiador es un seleccionador de textos, parezca demasiado cruda y chocante. Diré entonces, en términos más técnicos, citando a un teórico de la literatura, que "el historiador realiza una rarefacción de lo referencial, creando una especie de malla larga, perfectamente tejida, pero que envuelve espacios de oscurecimiento o de reducción de los hechos". Bien, desde este punto de vista, me parece bastante pertinente decir que la historia se nos presenta como un pariente próximo de la ficción, visto que, al "rarefacer lo referencial", procede a omisiones voluntarias de las que irán a resultar modificaciones en el panorama del periodo observado, con la forzosa consecuencia del establecimiento de relaciones diferentes entre los hechos "supervivientes". Además, es interesante verificar cómo ciertas escuelas históricas recientes han empezado a *sentirse* inquietas en lo referente al rigor efectivo de una historia como la que venía siendo hecha. Leyendo a esos historiadores, tenemos la impresión de estar ante novelistas dados a temas históricos, no porque escriban historia novelada, sino porque reflejan una insatisfacción tan profunda que, para aquietarse, tuvo que abrirse a la imaginación, una imaginación que mantendrá como soporte esencial los hechos de la historia, pero que abandonará su antigua exclusiva relación con ellos, de sujeción resignada al imperio en el que se habían constituido. No faltará quien considere que, por esta vía, la historia se ha vuelto menos *científica*. Es una cuestión en cuya discusión no me atrevería a participar. Como novelista me basta pensar que siempre será mejor ciencia aquella que sea capaz de proporcionarme una comprensión doble: la del Hombre por el Hecho, la del Hecho por el Hombre.

»6. Cuando miro el pasado mi más fuerte impresión es la de estar ante un inmenso *tiempo perdido*. La Historia, y también la Ficción que busca en la Historia su sujeto, son, de alguna manera, viajes a través del tiempo, recorridos, definiciones de itinerarios. A pesar de tanta historia escrita, a pesar de tanta ficción sobre casos y personas del pasado, es ese tiempo enigmático, al que llamé *perdido,* el que continúa fascinándome. Para dar sólo un ejemplo, me interesa, claro está, la batalla de Austerlitz, pero me interesaría mucho más conocer las pequeñas historias que fueron consecuencia de esa Historia de formato grande, alcanzar una comprensión real de las innumerables e ínfimas historias personales, de ese tiempo angustiosamente *perdido e informe,* el tiempo que no retuvimos, el tiempo que no aprendimos a retener, la sustancia mental, espiritual e ideológica de la que finalmente estamos hechos.

»Es fácil decir —yo mismo cedí algunas veces a la comodidad de tan flagrante tautología— que, siendo cierto que nada existe fuera de la Historia, toda la Ficción es, y no puede dejar de serlo, *histórica*. Pero no han faltado espíritus sarcásticos que han insinuado que un novelista que trabaja literariamente sobre la historia procede así por necesidad de evasión, por incapacidad de entender el presente y de adaptarse al mismo, de lo que resultaría que la *novela histórica* es el más acabado ejemplo de fuga de la realidad... Es una acusación tan fácil cuanto habitual. Por el contrario, es precisamente una conciencia intensísima, casi dolorosa, del presente, lo que lleva al novelista que soy a mirar *en dirección* del pasado, no como un inalcanzable refugio, sino para conocer más y, sobre todo, para conocer mejor. No estoy diciendo nada original. En su libro *El Mediterráneo,* Fernand Braudel escribe, con la simplicidad de una revelación, algunas líneas que resumen cuanto aquí tengo dicho: "La historia no es otra cosa que una constante interrogación de los tiempos pasados, en nombre de los problemas, de las curiosidades y también de las inquietudes y angustias con que nos rodea y cerca el tiempo presente".

»Obsérvese cómo tal definición podría ser transportada, palabra por palabra, a la novela. Diré igualmente que la *novela histórica,* también ella, "no es otra cosa que una constante interrogación de los tiempos pasados, en nombre de los problemas, de las curiosidades y también de las inquietudes y angustias con que nos rodea y cerca el tiempo presente". Siendo así, Historia y Novela serían tan sólo expresiones de la misma inquietud de los hombres, los cuales, como múltiples Janos bifrontes, vueltos a una y a otra parte, y del mismo modo que intentan desvelar el oculto rostro del futuro, porfían en buscar, en la impalpable niebla del tiempo, un pasado que constantemente se les escapa y que hoy, tal vez más que nunca, querrían integrar en el presente que aún son.

»Benedetto Croce escribió un día: "Toda la historia es historia contemporánea". Es también, a la luz de estas palabras reveladoras, que he ido realizando mi trabajo de escritor, aunque reconozca que el maestro merecía un alumno más capaz y que la lección tendría el derecho de esperar frutos más sabrosos.»

Asistieron unas cincuenta personas, lo que, para un autor portugués, y considerando la hora matinal en que el programa me encajó, no es para hacer desprecio. Al final hubo preguntas, lo que siempre es una buena señal, y creo que dejé las cuestiones más o menos aclaradas, gracias, sobre todo, a la paciente y competente ayuda de los intérpretes y traductores, Teresa Olsen, una portuguesa que vive aquí, y Bard Kranstad, un escritor noruego.

Visita al museo de Edvard Munch, con Åase Gjerdrum, directora del departamento de ficción extranjera de Cappelen, y Odd Karsten. Munch es conocido sobre todo por el cuadro *El grito,* pero grito y gemido es su pintura toda, poblada por seres melancólicos y sufridores. En estos cuadros se llora por morir y por ver morir. Una muchacha desnuda sentada en una cama es la imagen de una desesperación y de una soledad que nunca esperaron remedio. Munch es un Cézanne más triste, un Van Gogh más trágico, un Gauguin sin ilusiones de paraíso. Después del almuerzo, Åase Gjerdrum nos dejó porque tenía que ir a acompañar a otro escritor extranjero, y fuimos, Odd y yo, al museo de los barcos vikingos y a otro en el que se muestran la famosa balsa *Kon-Tiki* y el no menos barco de papiro *Ra II*. Las negras y esbeltas embarcaciones del siglo IX me impresionaron mucho más, las imaginé en alta mar sabiendo sus temerarios navegantes tan poco de ciencia náutica y sin tener nadie en algún sitio, con el ojo avizor, para echarles una mano en caso de naufragio. Thor Heyerdhal y sus compañeros se arriesgaron mucho (quién soy yo para dar una opinión...), pero tenían a medio mundo, por lo menos, siguiendo su viaje. Fue un día de mucha ilustración. Por la noche cenamos en un restaurante llamado Kloster («Convento»...), a la luz de gruesos cirios y con imágenes de la Iglesia ortodoxa rusa en las paredes... Bebimos un vino portugués, el *Pasmados,* que cuesta en Noruega una fortuna.

29 de octubre

Antes de la partida hacia Lisboa, paseo por los alrededores de Oslo con Bendik Rugaas, que es el director de la Biblioteca Nacional Noruega, un compañero excelente, discretamente caluroso, como yo aprecio. Nos contamos nuestras vidas y quedamos amigos. Me llevó a la torre de saltos de esquí, una cosa altísima que parece tocar el primer cielo y tiene forma de escultura futurista. Sólo mirando desde arriba se puede tener una idea (sólo la idea, nada más) de lo que será deslizarse por aquella rampa a una velocidad de vértigo y lanzarse por el aire, volando y cayendo sobre la vertiente cubierta de nieve. He visto muchos de estos saltos en la televisión, pero sólo ahora he podido *entender*. Bendik dijo con una sonrisa: «Esquiar es nuestra religión nacional, y esta torre, la catedral».

30 de octubre

Como el romero de la canción de Elis Regina que, igualito a mí, no sabía rezar, fui a mostrar la mirada al doctor Mâncio dos Santos: Nuestra Señora de Aparecida, para estos casos, no sirve. Resultado del examen: tendré que mudar de gafas. Recibí además tres o cuatro disparos de láser en la lente que está sustituyendo al cristalino del ojo izquierdo, el que fue operado de catarata. Me enteré de que, con el pasar del tiempo, el iris va perdiendo un poco de su «pintura» natural, el pigmento desprendido se deposita sobre la lente y empieza a empañar la visión. El láser resolvió el problema en un instante. Pero en la próxima visita le tengo que preguntar cómo se procedía en la era de la piedra tallada, antes de que se inventara este tiro al blanco sin arco ni flecha.

2 de noviembre

Me dijeron que en el lanzamiento del *Ensayo* estuvieron presentes entre quinientas y seiscientas personas. De hecho costaba creer lo que los ojos veían: aquella sala del Hotel Altis, enorme, completamente llena de gente amiga, nada más que para ver y oír al autor y al presentador, que lo fue, bellísimamente, Francisco José Viegas. «Venga, venga, todo eso es *marketing*, es propaganda y publicidad...», gruñeron con certeza mis enemigos domésticos, como les llama Zeferino Coelho. Sí, publicidad, la misma publicidad carísima, sofisticada y avasalladora que los editores usan desde el *cursus publicus* del emperador Augusto: enviar invitaciones por correo. Claro que en mi caso no se debe olvidar la acción del departamento de *agitprop* del Partido, cuya eficacia movilizadora, esta vez, consiguió llevar hasta allí, imagínese, a un primer ministro, António Guterres...

3 de noviembre

Al final de la tarde, Almada, Taller de Cultura, un espacio desahogado, bien aprovechado, pero donde resulta penoso permanecer mucho tiempo, a causa del tráfico atronador que corre continuamente por la avenida de al lado. Durante más de dos horas estuve firmando *Ensayos*, unos quinientos ejemplares, según me dijeron después, con una expresión de piedad, cuando el último lector se retiró. Me dolía el pulgar y el índice, me dolía la muñeca, creo incluso que llegó a dolerme, probablemente por efecto reflejo, mi vieja epicondilitis, aquella de la que sufrí algún tiempo cuando jugaba al tenis, la de años que han pasado ya sobre eso. La epicondilitis, aclaro para quien no lo sabe, es una osteítis del epicóndilo, el tal epicóndilo es el saliente más externo de la extremidad inferior del húmero. Por así decir una especie de dolor de codo sin celos...

4 de noviembre

Regreso a casa. Por la noche la televisión da la noticia: Isaac Rabin ha sido asesinado. Asesinado por un joven fanático judío, a quien las obsesiones de una ortodoxia nacional religiosa acababan de transformar en el criminal sonriente que fugazmente surgió en la imagen. No faltará en Israel gente que aplauda el acto, como en el País Vasco son aplaudidos esos muchachos y muchachas que gritan «¡ETA, mátalos!», mientras insultan y apedrean a los ciudadanos pacíficos que se manifiestan contra el secuestro de un empresario, José María Aldaya, que fue raptado por la organización terrorista hace más de siete meses. Es la sustancia criminal de los fascismos que vuelve a prosperar, es la ceguera de la razón que continúa. Al oír la noticia no pude evitar pensar: «Al menos no fue obra de un palestino. La posibilidad de una paz en Oriente Medio se habría acabado ahí». E incluso así...

6 de noviembre

Dejé señal, en estos *Cuadernos,* de mi paso, en abril, por el Camoens Center, el enclave portugués de la Columbia University, como lo llamé. Escribí entonces: «La conversación, finalmente, no fue rápida, como esperaba, pero tan sólo porque, cuando tengo que hablar en público, no acostumbro a hacer distinción entre las diez personas que están y las mil que nunca estarían ahí. Será quizá porque no me gusta quedar a deber. Pero lo que no conseguí evitar fue mi propia melancolía: pese a la buena voluntad de cuantos allí se encontraban y mi esfuerzo, me parece que no valió la pena». Finalmente, quizá haya valido. Acabo de recibir la revista del Centro (*Camões Center Quarterly,* Volumen 5, números 3 y 4, 1995, Editor: Donzelina A. Barroso) con la transcripción completa de la conferencia; son ocho densísimas páginas, a dos columnas largas, que me hicieron estremecer: «¿Hablé tanto?». ¿Qué irán a pensar del interminable razonamiento los otros portugueses que por allí pasaron y que salen conmigo en el mismo número de la revista (Carlos Gaspar, António Nogueira Leite, António Vitorino, Rui Machete, Vítor Martins, Ana Vicente, Roberto Carneiro, António Barreto, Miguel Bensaúde y Helder Macedo), ellos que tan sobriamente se manifestaron, como ha quedado demostrado en el espacio que ocupan? Quiero que me conforte la idea optimista de que en ocho páginas de prosa compacta siempre será posible encontrar algo de valor y que, por lo tanto, de aquellos compatriotas que benevolentemente se dieron al trabajo de leer «lo que este tipo dijo», alguno concluya que no perdió del todo el tiempo. Lo que sería señal, finalmente, de que acabé de ganar un poco del mío.

7 de noviembre

No hay un Camoens sin dos. Ayer llegó la revista, hoy vino el premio. Al final de la mañana telefoneó desde Lisboa Urbano Tavares Rodrigues, informándome de que me había sido atribuido el Premio Camoens, por voto unánime de un jurado del que formaban parte, además de él, del lado portugués, Maria Idalina Resina Rodrigues y Carlos Reis, y del lado brasileño Affonso Romano de Sant'Anna, Antônio Torres y Márcio de Souza. El alma no se me cayó a los pies porque aún la llevo bien agarrada al cuerpo. Hace dos años, el 2 de julio de 1993, en estos *Cuadernos,* y en la secuencia del comentario un tanto irónico que hacía a las rotatividades obligatorias del Premio Camoens, escribí, después de haber aclarado que no me movía ningún «desdén, falso o verdadero»: «De sobra sé que no seré nunca citado en la hora de las deliberaciones». Lo dije con total sinceridad porque, verdaderamente, jamás se me había pasado por la cabeza llegar a ser, algún día, objeto de ponderación y consideración por parte de los jurados de este premio. Me equivocaba, lo imposible ha vuelto a suceder. Durante todo el resto del día y por la noche entrada, el teléfono no paró de sonar: los amigos, felices como yo, o aún más, los periódicos, la radio y la televisión queriendo que les dijese cómo se sentía el premiado y, el pobre de mí, casi sin palabras y, las que conseguían salir, bastante insignificantes... Presencia de ánimo sólo creo haberla tenido para decir a Manuel Maria Carrilho que las felicitaciones de un ministro de Cultura a este escritor que soy, después de haber tenido que soportar a un Santana Lopes y a un Sousa Lara, me sonaban a 25 de Abril...

8 de noviembre

No hay dos Camoens sin tres. Ayer por la noche, cuando, al teléfono, agradecía las felicitaciones y los abrazos de un amigo, oí a una mujer que gritaba en el terreno baldío al lado de la casa: «¡Un perro rabioso, un perro rabioso...!». Salí al jardín tan pronto como me fue posible, pero Pilar ya estaba allí. A sus pies había una mancha oscura con todo el aspecto de ser un perro... Lo era y de rabioso, el pobre, no mostraba ningún indicio. La mujer de los gritos se había asustado, simplemente. El perro agitaba despacito la cola y levantaba la cabeza, pidiendo que le atendiesen. Hambriento, sediento, sucio como cualquier perro vagabundo. Lo trajimos al interior, lo pusimos ante agua y comida, pero el miedo, como sucede siempre en estos casos, le paralizaba. *Pepe* gruñía, nada satisfecho con la intrusión. *Greta* lanzaba los ladridos agudos de los que sólo ella parece tener el secreto. El pelo del recién llegado, lanoso, tenía tonos de gris, algo de negro, pardo y castaño, un poco de amarillo tostado aquí y allá y, toque inesperado de gracia, una mancha blanca en el pecho, como una corbata. A primera vista se diría que es un caniche, pero la cabeza maciza, la quijada larga, los ojos oblicuos, y también la altura de los miembros, recordaban más a un perro de presa canario, aunque su aspecto lanoso pudiese hacer pensar también en un perro de aguas. Pilar hizo la pregunta que ya se esperaba: «¿Nos quedamos con él?». Estaba claro que sí, que íbamos a quedarnos con el bicho, y ella añadió: «Apareció en el día de tu premio, vamos a llamarlo *Camoens*». En este momento en que escribo, *Camoens* ya parece otro: ha ido al veterinario, está limpio, trasquilado, desparasitado. A partir de ahora, ésta será la casa del mundo en la que más frecuentemente, todos los días, se va a decir el nombre del poeta. Sería una falta de respeto si no supiésemos que a él le trataron muchas veces peor que a un perro...

Aquel mozo de catorce años, residente en São Jorge da Beira, que me escribió hace poco más de un año (véase *Cuadernos II,* 10 de octubre), reprendiéndome por el uso, a su parecer inconsiderado, de la palabra «putas» en el *Memorial del convento,* y a quien me permití aconsejar la lectura formativa de las obras de Gil Vicente, me escribe ahora para comunicarme que tuvo la curiosidad de leer algunos libros del autor del *Llanto de Maria Parda,* en los cuales «fundamentó», palabra suya, mi razón. Actualmente, Nuno Filipe es alumno del Seminario Mayor de Guarda, donde sospecho que la adquisición de los indispensables conocimientos evangélicos esté enfrentándose con algunas dificultades, dado que, esta vez, viene a preguntarme «el porqué de cuatro evangelios en la Iglesia». Más serio que esto es lo que me dice a continuación, que «no concuerda con dogmas porque todo tiene que tener una explicación...». Para futuro sacerdote, si es ésa su intención, no va nada mal... En fin, le daré las explicaciones pertinentes que a mi alcance estén, pero temo mucho que, a causa de ellas, Nuno Filipe acabe con una nota pesadamente negativa en los exámenes. Me animan sus palabras finales: «Espero que responda a mis preguntas y no se desanime. No dude en escribirme al seminario, porque ya no existen los regímenes antiguos de fiscalizar las cartas». Benditos sean, pues, los regímenes modernos. Lo haré lo mejor que pueda.

12 de noviembre

Como era de esperar, el premio levantó algunos ecos en la república de las letras lusitanas. Varios y contradictorios tuvieron éstos que ser, porque las cabezas, allí, son muchas y numerosamente diferentes unas de las otras. Las hubo concordantes, las hubo resignadas, las hubo benévolas, las hubo estúpidas. A Agustina Bessa-Luís le pareció el premio «bien atribuido», David Mourão-Ferreira lo consideró «muy justo», para José Cardoso Pires «no fue un error, aunque otros autores no estén tan distantes», Vergílio Ferreira dijo que «no tenía comentarios que hacer». La palma de la victoria, sin embargo, se la llevó José Correia Tavares, por una gracia inexplicable del cielo vicepresidente de la Asociación Portuguesa de Escritores que se excusó de pronunciarse, alegando la ponderada razón de que «él [el premiado] dejó voluntariamente de ser socio de la institución hace por lo menos veinte años». A pesar de todo, la sutil, la despierta, la sagacísima criatura, un coral como ya se van encontrando pocos, consideró oportuno y conveniente recordar al periodista curioso que de la misma Asociación de Escritores yo había recibido unos cuantos premios, a saber: el de novela, el de teatro, el «Vida literaria», respectivamente, subrayó, por valor de dos millones, uno y cinco millones de escudos. Expuesta, así, a la clara luz del día mi (por lo visto) sospechosa contabilidad, no daba opinión personal...

13 de noviembre

El *Público* embistió contra el jurado por no haber leído (con excepción de Urbano Tavares Rodrigues) el *Ensayo sobre la ceguera*. Para aclarar las cosas, Carlos Reis escribió una carta al periódico explicando que el Premio Camoens no se atribuye a un libro, sino al conjunto de la obra de un autor. (Añado, por mi propia cuenta, que el *Ensayo* había aparecido en las librerías menos de dos semanas antes de la decisión...) Hasta aquí el caso no sale fuera de las rutinas de la comunicación: primero, hay un periódico que produce un comentario o da una noticia; segundo, considerándose directa o indirectamente capacitado, alguien escribe al director del periódico para refutar o para aclarar. En general, estas pequeñas guerras las gana el periódico, no porque acierte siempre, sino porque tiene siempre la última palabra e incluso, cuando no le quede más remedio que reconocer la razón del reclamante, siempre encontrará una manera de desfigurarla o descalificarla. A mí, lo que en este episodio verdaderamente me sorprende es la nota de la redacción que antecede a la publicación de la carta de Carlos Reis: dice el *Público,* con gravedad ofendida, que «no concuerda con el actual régimen legal impositivo del derecho de respuesta porque éste restringe la libertad de prensa»... Yo me pregunto: ¿en qué un derecho de respuesta, impositivo o no, obviamente sólo ejercible *a posteriori,* podrá restringir la libertad de prensa, ejercida, no menos obviamente, *a priori*?... ¿Puede un efecto disociarse de su causa? ¿Puede la causa venir después del efecto?

15 de noviembre

En Madrid, para presentar el libro de Fernando García Delgado, *La mirada del otro,* que ganó el Premio Planeta. El libro finalista, *Las fuentes de la vida,* de Lourdes Ortiz, fue presentado por Gonzalo Torrente Ballester. Tarde agradable, amigos reencontrados, dos autores felices.

16 de noviembre

Encuentro en el contestador automático las voces de Eduardo Lourenço y de Baptista-Bastos, uno llamando desde Providence, el otro desde Lisboa, y ambos diciendo cosas bonitas sobre el *Ensayo*. No podía desear mejores regalos de aniversario. Y como éstos son de los que se deben guardar, aquí quedan, cuidadosamente transcritos. El estilo es de hecho el hombre: las llamadas son, cada una de ellas, el retrato psicológico de quien las hizo. He aquí lo que dice BB: «Soy Baptista-Bastos, para Zé. Zé Saramago, querido amigo, verás, te estoy llamando por lo siguiente: es que has escrito una gran novela. La acabé de leer ayer, con gran cuidado, con gran placer, y has escrito una grandísima novela, y el resto es conversación. Es para decirte esto y darte un gran abrazo, que las felicitaciones son para mí porque he leído una gran novela. Otro gran abrazo para ti, Zé, y un beso para Pilar». De Eduardo Lourenço: «Buenos días, mi querido José. Debo de ser el último en darte las felicitaciones por el Premio Camoens. Ya he intentado telefonear, pero nunca te pillo. Un premio más que merecido. Voy a escribirte a propósito del libro, de tu libro, que me dejó perplejo y que me gustaría comentar contigo, por carta o en público. Desde ya, repito, es un libro de mucho impacto y de mucha importancia. Merecía ser discutido por aquel país, y no solamente. Un gran abrazo. Eduardo». Gracias, amigos, gracias en nombre de esta alma reconfortada.

17 de noviembre

Hay un adepto del Betis Balompié, conocido club de fútbol de Sevilla, que siempre aparece en los juegos con una caja de cartón, un *tetra-brik,* para usar el lenguaje actual. Qué tendría dentro de aquella cajita tan cuidadosamente traída y llevada era lo que debían de estar preguntándose amigos, conocidos e indiferentes, después de haber percibido que no se trataba de leche para la úlcera nerviosa, ni agua para las grandes sequedades andaluzas, ni vino para celebrar las victorias o suavizar los disgustos de las derrotas. El misterio ha sido ahora desvelado: la caja contiene cenizas humanas. El adepto del Betis cumple con devoción y puntualidad el último deseo de su fallecido padre: seguir asistiendo a los juegos del querido club, incluso no teniendo ya voz para gritar ni manos para aplaudir... Ante esto, creo que tendremos que concluir que Marx sabía bien poco de lo que hablaba cuando filosofó sobre la alienación...

19 de noviembre

Para un libro que va a ser publicado sobre Mário Soares y la cultura, escribí lo siguiente:

«Cinco millones y medio de analfabetos funcionales en un país de diez millones de habitantes son demasiadas pesadillas para cualquier gobernante y, en particular, para un presidente de la República, toda vez que él está obligado a ser, por propósito, cuando no por definición, presidente de todos o, con más rigor, presidente para todos. En la hora de dejar, por imperativo constitucional, la función más alta del Estado, que durante diez años desempeñó, el presidente Mário Soares probablemente hará el balance de su magistratura, ponderando los aciertos y los errores, los suyos propios, sin duda, pero también los del país que es el suyo, sin olvidar las ilusiones perdidas y las frustraciones más o menos dolorosas que son la expiación de todo hombre, sea él presidente o ciudadano común. Un balance tal, para ser completo no podrá ignorar lo que fue la acción política anterior a Mário Soares, esto es, desde la revolución que nos trajo la libertad y la posibilidad de una democracia hasta la primera elección que le convirtió en presidente. En todo aquello que es hoy Portugal, se encuentra, más que cualquier otra, la marca indeleble, positiva o negativa, en blanco o gris, de la persona de Mário Soares y de sus ideas y prácticas políticas, tanto en el plano nacional como en el europeo. Ese balance político, que ardientemente deseo poder oír o leer, en ningún caso deberá representar un adiós a la vida pública. Tal como lo entiendo, representaría, eso sí, la asunción del significado personal y público de una vida que ininterrumpidamente ha acompañado, y en no pocos momentos determinó de forma decisiva el rumbo de la vida colectiva portuguesa. Representaría, igualmente, el modo más abierto y generoso de avanzar en el camino donde más me agradaría encontrarlo a partir del día en que deje el cargo de presidente de la República y sus condicionamientos constitucionales, tácticos o apenas prudentes: la lucha, como simple y pedestre ciudadano, por la supervivencia cultural de Portugal.

»Por más que a las orejas nos griten los pregoneros de la llamada modernización, casi todos ellos meros adventicios deslumbrados por el ejercicio de un poder al final más fácil de lo que imaginaban, nuestra tierra está enferma de gravedad, como enferma también está nuestra democracia, tan livianamente invocada cuando se trata de llamar al voto. Aquellos cinco millones y medio de analfabetos funcionales, convendría no olvidarlo, son, en su gran mayoría electores. Electores que van a votar sin haber percibido, con suficiente claridad, el contenido real de las propuestas políticas, sociales y económicas de los partidos, electores a quienes, cuántas veces, porque honestamente no se les podría aplaudir la conciencia de la opción, bajamente se les va lisonjeando el *instinto,* como si el *no saber* fuese, finalmente, una expresión superior de sabiduría. No le faltan a Portugal problemas, pero el menor no es ciertamente la cuestión cultural colectiva, esto es, nacional, ante cuyas dimensiones pierde algún sentido, por ejemplo, la habitual e interminable discusión sobre el dinero público destinado a subsidiar el teatro, el cine o la ópera. La enfermedad está en la raíz. Las hojas, cuando marchitas, los frutos, cuando insípidos, representan solamente las señales más evidentes del mal profundo que nos está corroyendo.

»La cultura portuguesa, aquella que, según el lenguaje tecnocrático de estos tiempos, se ha venido procesando y desarrollando en los niveles superiores de la creación artística y literaria y de la investigación científica, tuvo siempre en Mário Soares, en tanto que presidente de la República, no sólo al observador atento al que, en todo caso, el cargo obligaba, sino la presencia calurosa e interventora de alguien que, por vocación y ejercicio es, y fue siempre, un hombre de cultura. A partir de la hora en que deje el palacio de Belém, Mário Soares no tendrá que cumplir el deber protocolario, para él siempre grato, de proferir discursos, inaugurar congresos y entregar premios. Dejará los escenarios y las sillas de respaldo alto, se convertirá en un simple ciudadano portugués entre ciudadanos portugueses. Rindo homenaje, como escritor que soy, a este presidente de la República para quien la cultura nunca fue palabra vana ni pretexto demagógico. Y, como el ciudadano que por encima de todo me precio de ser, llamo al ciudadano Mário Soares para que, a partir de ese día, ya liberado de las trabas institucionales, ponga su prestigio personal y su influencia cívica al servicio de la batalla por una educación y por una formación seriamente entendidas. Es el futuro de los portugueses lo que está en juego. Por muy importantes que sean las memorias políticas que Mário Soares llegue a escribir, es todavía hacia el futuro del País donde deberá mirar. Será una manera también de continuar siendo presidente. La mejor de todas».

21 de noviembre

En la televisión *Il Gatopardo,* de Visconti. El plano inmediatamente anterior al baile: una panorámica tomada de Donna Sfugata, con la cámara moviéndose de la izquierda hacia la derecha, a partir de la calle donde está el palacio, después la villa vista desde arriba, las casas en la cuesta, el valle, las montañas y, finalmente, subiendo hasta mostrar, en el otro lado, unos cuantos hombres trabajando en el campo, tan rápidamente vistos que no se llega a saber si estaban cavando o partiendo piedra. La imagen siguiente, sin transición, es la del salón del palacio de Palermo: un mar de cabezas bailando...

22 de noviembre

Paz en Bosnia. ¿Paz en Bosnia?

25 de noviembre

Sobre Fernando Pessoa:

«Era un hombre que sabía idiomas y hacía versos. Se ganó el pan y el vino poniendo palabras en lugar de palabras, hizo versos como los versos se hacen, esto es, arreglando palabras de una cierta manera. Empezó llamándose Fernando, persona como todo el mundo. Un día se le ocurrió anunciar la aparición inminente de un super Camoens, un Camoens mucho mayor que el antiguo, pero, siendo una criatura conocidamente discreta, que solía andar por la calle de Douradores con gabardina clara, corbata de lazo y sombrero sin plumas, no dijo que el super Camoens era él mismo. Menos mal. En el fondo un super Camoens no va más allá de ser un Camoens mayor, y él estaba de reserva para ser Fernando Pessoa, fenómeno nunca antes visto en Portugal. Naturalmente su vida estaba hecha de días, y de los días sabemos que son iguales pero no se repiten, por eso no sorprende que en uno de ellos, al pasar Fernando delante de un espejo, en él hubiese notado, de reojo, a otra persona. Pensó que había sido una ilusión óptica más, de las que siempre están sucediendo sin que les prestemos atención, o que la última copa de aguardiente le había caído mal al hígado y a la cabeza, pero, por cautela, dio un paso atrás para confirmar si, como es voz corriente, los espejos no se engañan cuando muestran algo. Por lo menos éste se había engañado: había un hombre mirando dentro del espejo, y ese hombre no era Fernando Pessoa. Era incluso un poco más bajo, tenía la cara tirando a moreno, completamente afeitada. Con un movimiento inconsciente Fernando se llevó la mano al labio superior, después respiró con infantil alivio, el bigote estaba en su sitio. Muchas cosas se pueden esperar de las figuras que aparezcan en los espejos, menos que hablen. Y como éstos, Fernando y la imagen que no era la suya, no iban a quedarse allí eternamente mirándose, Fernando Pessoa dijo: "Me llamo Ricardo Reis". El otro sonrió, asintió con la cabeza y desapareció. Durante un momento el espejo se quedó vacío, desnudo, pero inmediatamente surgió otra imagen, la de un hombre delgado, pálido, con el aspecto de quien no va a tener mucha vida para gozar. A Fernando le pareció que éste debería de haber sido el primero, sin embargo no hizo ningún comentario, sólo dijo: "Me llamo Alberto Caeiro". El otro no sonrió, asintió apenas, desmayadamente, dándole la razón y se fue. Fernando Pessoa se quedó a la espera, siempre había oído decir que no hay dos sin tres. La tercera figura tardó unos segundos, era un hombre del tipo de aquellos que tienen salud para dar y tomar, con el aire inconfundible de ingeniero titulado en Inglaterra. Fernando dijo: "Me llamo Álvaro de Campos", pero esta vez no esperó que la imagen desapareciese del espejo, se apartó de él, probablemente cansado de haber sido tantos en tan poco tiempo. Esa noche, en la alta madrugada, Fernando Pessoa se despertó pensando si el tal Álvaro de Campos se habría quedado en el espejo. Se levantó y lo que estaba allí era su propia cara. Dijo entonces: "Me llamo Bernardo Soares", y volvió a la cama. Fue después de estos nombres y algunos más cuando a Fernando le pareció que era hora de ser también él ridículo y escribió las cartas de amor más ridículas del mundo. Cuando ya iba muy adelantado en los trabajos de traducción y de poesía, murió. Los amigos le decían que tenía un gran futuro por delante, pero él no debe de haberlo creído, tanto es así que decidió morir injustamente en la flor de la edad, a los cuarenta y siete años, imagínese. Un momento antes de finar pidió que le diesen las gafas: "Dame las gafas", fueron sus formales y finales palabras. Hasta hoy nunca nadie se ha interesado por saber para qué las quiso, así se vienen ignorando o despreciando las últimas voluntades de los moribundos, pero parece bastante plausible que su intención fuese mirarse en un espejo para saber quién, finalmente, estaba allí. No le dio tiempo la parca. Además, no había ni espejo en el cuarto. Este Fernando Pessoa nunca llegó a tener verdaderamente la seguridad de quién era, pero a causa de esa duda nosotros vamos consiguiendo saber un poco más quiénes somos.»

28 de noviembre

Día de lluvia. Al final de la tarde el cielo se entreabrió por el lado del poniente. Tenía un color verde pálido. Después las nubes se pusieron rojas (una de ellas era como una bigornia incandescente) y volvieron violeta el mar.

29 de noviembre

Anduve yo, por aquí y por allí, quejándome de la falta de conciencia democrática de la Cámara Municipal de Mafra... Acabo de saber, ahora mismo, que el alcalde de Torremolinos, cuyo nombre, dicho queda para ilustración y gozo de los que vendrán, es Pedro Fernández Montes (el de Mafra lleva Ministro en el apellido), se negó a poner a una plaza de la ciudad el nombre de Picasso, alegando que el artista «había sido un comunista que luchaba contra el fascismo» y que «paz y lucha contra el fascismo no se conjugan»... Tienen mucha suerte los pobres de espíritu: van todos al cielo.

30 de noviembre

En Sevilla, para la reunión del jurado del Premio de Narraciones Breves Alberto Lista. Que yo recuerde, en tantos viajes, en tantas horas de avión, nunca me había encontrado con nubes como las que cubrían hoy una parte de Andalucía. Eran cúmulos enormes, altísimos, que trepaban cielo arriba y en medio de los cuales el avión pasaba como si lentamente estuviese navegando entre fiordos.

Visita a una exposición italiana, traída de Roma, del Castello Sant'Angelo, sobre un tema muy en boga en estos últimos tiempos: *Los ángeles*. Mediocre, para no decir algo peor. Empieza con cuatro sospechosísimas vasijas griegas en las que se muestran unos amores alados, que se insinúa son los antepasados de los ángeles de la «mitología» cristiana. Después, cuando el menos informado de los visitantes espera verse beneficiado con un recorrido histórico y estético que, pasando por el arte romano, lo llevaría hasta la actualidad, he aquí que le obligan a dar un salto por encima de una cantidad de siglos para ir a caer de golpe en un barroco de tercera categoría. Si creemos en esta exposición, el románico, el gótico y el renacimiento no existieron, ni siquiera angélicamente. En compensación, para que no faltara el toque de la modernidad, aparecían también, haciendo de angelitos, unos cuantos hierros batidos, unas cuantas chapas recortadas, felizmente ya tocadas de herrumbre. Arrobados, los visitantes paseaban como si tuviesen alas ellos mismos. Entretanto fui presentado a la madre abadesa del Real Monasterio de San Clemente, que es donde la exposición se muestra: el presentador tuvo la prudencia de no decir que el presentado era el autor de *El evangelio según Jesucristo*. Gracias a esa precaución pude ser contemplado con una sonrisa complacida y prácticamente angelical de la excelente señora.

1 de diciembre

Ha muerto Fernando Assis Pacheco. La noticia me conmovió profundamente. No éramos lo que se llama amigos, pero había entre nosotros relaciones muy cordiales, de simpatía y respeto mutuos, y la admiración que sentía por él no la siento por muchos. Murió de aquel corazón que desde hacía años le venía amenazando. Murió en una librería, probablemente el lugar que él mismo habría escogido para cuando tuviese que salir de la vida.

Ganó «mi candidato», si así puedo llamar a alguien de quien no conocía más que el cuento que de él había leído. Curiosamente ese concursante había empezado por no recibir ningún voto de los otros cuatro miembros del jurado. Entró en liza porque, después de la primera vuelta de votación (en la que sólo había tenido mi apoyo), se me ocurrió proponer que cada uno de los miembros del jurado pudiese añadir, a esa primera selección, en caso de no constar en ella, el cuento que personalmente considerase mejor. Así se hizo y, gracias a esta propuesta, justificada, aunque no inocente (*pro domo mea,* como tuve el cuidado de prevenir, pero igualmente aprovechada por otro miembro del jurado), «mi candidato» triunfó...

Encuentro en el hotel a un hombre con quien me había cruzado hace ocho años, en Zafra, en un restaurante de carretera, pausa obligatoria de los autobuses para el almuerzo y refrigerio de los pasajeros. Me pidió entonces un autógrafo. Yo iba a Sevilla, donde Pilar estaba esperándome, él seguía hacia Lisboa donde, con el libro en la mano, repetiría los pasos de Ricardo Reis... Ocho años después volvíamos a encontrarnos, yo con Pilar al lado, él con todos mis personajes femeninos en la memoria: «Dígame dónde están», me pedía ahora, «dígame dónde está Blimunda, dónde está Lídia, dónde está Marcenda, dónde está Madalena, dónde están las mujeres de la balsa de piedra...». Y yo le respondía, con la impresión de estar creyendo realmente en lo que decía: «Andan por ahí...».

2 de diciembre

«Cuadernos de Roldán» es un grupo de poetas andaluces, buena gente, amante de la poesía y militante convicta del culto a Baco, que no acostumbra a salir en las revistas de cultura ni en los suplementos de los periódicos importantes. A mí, a pesar de que ya no escribo versos y de ser bastante parco en el beber, me hicieron socio del gremio, quiero decir, inquilino, que así es como nos designamos en la cofradía. Si fuésemos una academia con asientos personales, mi silla tendría el número sesenta. Nació el grupo en una taberna de Sevilla, llamada Roldán, y en ella continúan reuniéndose los inquilinos entre nubes de humo y vasos que no duran llenos, intercambiando chistes y combinando las próximas acciones de campo, porque estos poetas son de los itinerantes: por ejemplo, fueron a Lisboa por la época de mi elevación al inquilinato... Publican unos cuadernitos que casi nos caben en la palma de la mano, pequeñas joyas de gráfica artesanal en las que salen a la luz los poemas que van escribiendo, casi siempre en loor de los lugares a donde llevan su amor popular por la poesía: Aljarafe, Lisboa, Onuba, Salamanca, Ronda, Toledo, la misma Sevilla, Triana que está enfrente, Úbeda, Guadalupe, Málaga... Otros *Cuadernos* trataron otros temas: *De trovos y artes de todas suertes, Juglaría de taberna, Poetas de San Lorenzo, De Ntra. Sra. Manzanilla, De amores, Del arte de birlibirloque, Cántico, Primavera-pasión, De cantes flamencos, Heterodoxos, Erotismo, Entrefiestas...* El último cuaderno, lanzado estos días, está dedicado a Cuba. Me pidieron que dijese unas palabras en la sesión pública de homenaje que hoy se realizó. Y hubo música, el Coro Tomás Luis de Vitoria, dirigido por José Martos Hierro, interpretó canciones españolas del Renacimiento. Al final de todo fui compensado con una salutación personal: una canción portuguesa del siglo XV, anónima, sobre estos simples versos:

Mis ojos van por el mar
Mirando van Portugal
Mis ojos van por el río
Mirando van Portugal.

Las miradas invisibles. Museo de Bellas Artes de Sevilla. Murillo: *Santo Tomás de Villanueva dando limosna*. En el rincón inferior izquierdo de la pintura está una mujer sentada en el suelo, teniendo delante de sí al hijo. Mientras en la parte central del cuadro se ve al santo ejercer su caridad con otro mendigo, el niñito muestra a la madre la moneda que de él había recibido: es impresionante la intensidad de su mirada, una mirada que no se ve... Caracciolo: *La degollación de Juan Bautista*. De perfil, pero volviendo un poco la cara hacia el interior del cuadro, Salomé contempla la cabeza del Bautista. El párpado está cerrado, el globo ocular casi no se nota, pero se percibe hasta qué punto la mirada de esta mujer es dura y apasionada. Queda aquí, con palabras, una «descripción», pero será necesario ir allí para saber realmente de lo que se trata. Estas imágenes, sí, éstas valen más que mil palabras...

4 de diciembre

José Joaquín Parra Bañón, un arquitecto de Sevilla, vino a enseñarme su proyecto de tesis de doctorado, cuyo tema será, ni más, ni menos, lo que él designa como «pensamiento arquitectónico en la obra de José Saramago». Que Monsieur Jourdain (para citarlo una vez más) anduvo haciendo prosa sin darse cuenta desde que aprendió a hablar, ya lo sabíamos, pero lo que yo nunca habría esperado era que se pudiese encontrar en mis libros algo que no sólo mereciese ser llamado «pensamiento arquitectónico» como podría interesar a un *arquitecto,* hasta el punto de hacer de tal «pensamiento» objeto de tesis doctoral. Escéptico al principio de la conversación, acabé por rendirme a los argumentos de José Joaquín Parra y ahora lo que siento es una enorme curiosidad. Pero tendré que esperar dos años...

5 de diciembre

Regreso a casa. En el avión leo que un ex soldado de la unidad checa de la FORPRONU (Fuerza de Protección de la ONU) en Croacia, acusado de llorar y, con este acto, «amenazar la moral militar», puede llegar a ser condenado a prisión perpetua: cuando se encontraba en un puesto de control militar, rogó, con lágrimas en los ojos, a unos milicianos serbios que no le matasen. Por este horrendo «crimen» se arriesga el desgraciado a pasar el resto de la vida en la prisión. «Es un cobarde», acusaron los coroneles checos, «¡imagínese que el ejemplo cunde y tendríamos ahí a todo el ejército bañado en lágrimas!». Desde un punto de vista paisano, me parece que no sería una mala idea: los ejércitos del mundo, todos ellos, llorando como madalenas, aunque no del todo arrepentidas, sus pecados y sus crímenes, sino también sus humanas cobardías...

6 de diciembre

A propósito de «moral militar», transcribo del *Avante!* encontrado al llegar, que a su vez lo aprovechó de *Le Monde diplomatique,* un fragmento de la autobiografía del general norteamericano Smedeley Darlington Butler, publicada en 1935. Dice este héroe del Nuevo Mundo: «Pasé treinta y tres años y cuatro meses en el servicio activo de la fuerza militar de mayor movilidad de nuestro país: el cuerpo de *marines*. Ocupé todos los puestos de oficial, de alférez a general de división y, durante ese periodo, consagré la mayor parte de mi tiempo sirviendo al gran capital, Wall Street y los banqueros, como hombre de mano de alta categoría. Resumiendo, fui un malhechor a sueldo del capitalismo. Fue así como contribuí, en 1914, para hacer de México, y especialmente de Tampico, un lugar seguro para los intereses petrolíferos americanos. Ayudé a Haití y a Cuba a convertirse en lugares suficientemente respetables para que los hombres del National City Bank fuesen allí a ganar dinero. Entre 1909-1912, en Nicaragua, participé en la depuración en beneficio del banco internacional Brown Brothers. En 1916 hice llegar la luz a la República Dominicana a cuenta de los intereses azucareros norteamericanos. En 1913 creé las condiciones para que Honduras acogiese a las compañías frutícolas de Estados Unidos. En China, en 1927, velé para que la Standard Oil se pudiese ocupar de sus actividades sin ser importunada». Y el bravo militar (éste no era de los que lloran) remata así su confesión: «Tengo la sensación de que podría haber ganado por puntos a Al Capone. Diciéndolo mejor, él apenas podía practicar su bandolerismo en tres barrios de la ciudad, mientras nosotros, los *marines,* operábamos en tres continentes». El general Butler, que en paz descanse, fue modesto al compararse con el *gangster:* a su lado Al Capone, tan calumniado y perseguido, no pasó de un niño del coro...

7 *de diciembre*

A finales de julio enterré en una maceta dos semillas de algarrobo. A pesar de mis cuidados de regadío y atención cotidiana, uno de ellos se echó a perder, pero el otro, pasado un mes, cuando yo ya desesperaba de verle asomar los cotiledones tiernos, rompió finalmente la oscuridad de la tierra, como una pequeña y frágil esperanza. En este momento tiene siete hojitas crespas, verde oscuro, con sus bordes irregulares y ondulados. De tan lenta, casi no consigo verla crecer, pero crece. Cuando llegue la primavera la llevaré al sitio donde llegará a ser un árbol. Un día tendrá diez o quince metros de altura. Habré, entonces, probablemente, perdido la mía...

9 de diciembre

Para bien y para mal todo cuanto se cuente de los editores es siempre menos de lo que debería ser contado. Cuando un autor, por ejemplo, piensa que su editora no le está dedicando las atenciones que cree merecer, probablemente habría que informarle que la editora lo ha clasificado en octavo grado de una escala de consideración editorial, que va de uno a diez y que, por lo tanto, deberá estar muy agradecido por no haber sido colocado en el noveno lugar, e incluso en el último. Sobre todo, que evite preguntar por qué motivo no es él el primero: se arriesgaría a que le mostrasen los deprimentes resultados anuales de las ventas de sus libros... Un autor prudente no hace preguntas de ésas, se resigna a lo que le digan y a lo que le paguen, y si, a pesar de la prudencia le falta sensatez, le queda el recurso de creer en la inmortalidad para llegar a cobrar la diferencia.

Todavía peor es cuando los editores tienen opiniones y mucho peor cuando las expresan. No me refiero ya a aquellas palabras dolorosas, tantas veces pronunciadas: «Sentimos tener que comunicarle que su libro, que leímos con mucho interés, no tiene cabida en las colecciones (o en el espíritu, o en la política) de nuestra editora». Al principio el autor ingenuo confía en la sinceridad de ese discurso y guarda en el corazón el consuelo de que su obra, al menos, fue leída «con mucho interés». Imaginemos, sin embargo, que, por fortuna, el libro cabía en la colección, o en el espíritu, o en la política de la editora: aún así, el peligro continúa acechando en la persona de ciertos editores, capaces de aprovechar la oportunidad para hacer público que el autor, simplemente, no sabe lo que hace. A mí me aconteció esta humillación con Michael Naumann que, un día, en su propia casa, delante de invitados, declaró alto y con buen tono que el Baltasar de *Das Memorial,* al contrario de lo que yo había escrito, no había muerto en las hogueras de la inquisición y vivía, feliz y contento, con su Blimunda. Intenté explicar que sería imposible que alguien, en aquellas circunstancias, atado a un poste y con una hoguera enorme a los pies, pudiera escapar con vida, pero Michael Naumann me miró severamente y repitió: «¡Si yo digo que no murió, es porque no murió!». Las personas que allí estaban, cultas todas e ilustradas, me miraron con piedad desdeñosa y dieron la espalda al escritor que, habiendo podido sobrevivir al examen de la crítica, caía fulminado por su desacuerdo con el editor. Desde entonces he vivido preguntándome si, de hecho, no me habré equivocado, si realmente me habré olvidado de escribir las líneas que faltaban, aquellas que describirían la liberación de Baltasar, la fuga, la felicidad con Blimunda. Y confieso que me da un gran placer pensar que existe un lector para quien todo esto sucedió: Michael Naumann, mi editor de la casa Rowohlt.

10 de diciembre

Palabras de presentación para una exposición de pinturas cuya venta se hará en beneficio de obras sociales de Lanzarote:

La mano izquierda no nació con suerte. A causa de ese nombre (izquierda, siniestra), es como si fuese ella la culpable de todas las maldades de este mundo, y tan poco digna de confianza suelen considerarla que, según un dicho corriente, en el caso de que la mano derecha dé alguna cosa, conviene que la izquierda no lo sepa. En principio la intención del dicho es bastante loable, porque con él se pretende impedir que las personas anden por ahí enorgulleciéndose de las bondades que practiquen, pero lo cierto es que a nadie se le ocurrió decir hasta hoy que la mano derecha no deberá saber lo que la izquierda da... Ninguna palabra es inocente.

Felizmente hay palabras para todo. Felizmente existen algunas que no se olvidarán de recomendar que quien da debe dar con las dos manos, para que en ninguna de ellas quede lo que a otras debería pertenecer. Así como la bondad no tiene por qué avergonzarse de ser bondad, así la justicia no deberá olvidarse de que es, por encima de todo, restitución, restitución de derechos. Todos ellos, empezando por el derecho elemental de vivir dignamente. Si a mí me mandasen disponer por orden de precedencia la caridad, la justicia y la bondad, el primer lugar se lo daría a la bondad, el segundo a la justicia y el tercero a la caridad. Porque la bondad, por sí sola, ya dispensa la justicia y la caridad, porque la justicia justa ya contiene en sí caridad suficiente. La caridad es lo que resta cuando no hay bondad ni justicia.

Pintar es dar a ver. Por lo tanto, dar lo que se pintó es dar dos veces. Y si es verdad que en general se pinta con la mano derecha, no es menos verdad que la mano izquierda estuvo allí presente, en el acto de creación. Cuando Miguel Ángel, en el techo de la Capilla Sixtina, hizo extender la mano derecha de Dios para que el hombre naciese, la mano que él tocó, ya humana, fue la izquierda. Llamemos, entonces, si queremos, caridad a la mano derecha, por ser más fácil y la más común, a la mano izquierda llamémosla bondad, por ser tan rara, pero la justicia que a ambas deberá gobernar, es en la razón donde se ha de encontrar. La relación humana tendrá que ser obra de la razón para que pueda ser, conjuntamente caritativa, bondadosa y justa.

11 de diciembre

Sin comentarios. La película, o vídeo, o como se llame (de estas magias entiendo poco) que João Mário Grilo, en enero, vino a hacer a Lanzarote sobre el autor de los *Cuadernos,* pasó finalmente por la RTP. El magno acontecimiento se produjo hace tres días. En el programa, la exhibición estaba prevista para las ocho y media de la tarde, pero, sin aviso, decidieron empezarla a las siete treinta y dos. Como el vídeo dura unos cincuenta minutos está claro que quien encendió el televisor a la hora anunciada no encontró lo que quería. De Lisboa me informan que el brillante hecho se debió a la transmisión de un partido de fútbol cuya hora de inicio había sido alterada. Sin comentarios.

14 de diciembre

En Oviedo, para un encuentro organizado por la Fundación Municipal de Cultura sobre el tema *50 Propuestas para el próximo milenio*. Los proponientes invitados fueron cinco: tres filósofos (Gustavo Bueno, Gabriel Albiac y Antonio Escohotado), un economista y urbanista (Luis Racionero) y un novelista (éste). Cuando hace unos meses recibí la invitación, me puse a imaginar lo que habría sucedido si, en el año de 995, en Oviedo, o en uno de estos sitios de Asturias, a alguien se le hubiese ocurrido la idea de reunir a cinco letrados (ciertamente todos teólogos, porque filósofos de otros saberes no los habría entonces, y los economistas, los urbanistas y los novelistas aún estaban por inventar), con el objetivo de presentar propuestas para los próximos mil años. Independientemente de la circunstancia de que por aquellos días, en Europa, se había puesto en circulación la voz de que el mundo se acabaría en cinco años, y de que, por tanto, de nada iba a servir cuanto allí se dijese, es más que dudoso que las eminentes cabezas teológicas reunidas en Oviedo acertasen con una sola de sus propuestas. Esto me llevó a no pensar más en el milenio que está por llegar y a formular propuestas apenas para mañana, cuando se supone que aún estaremos casi todos vivos. Me permití compararlas a un puente que, a mi ver, tal vez sea necesario empezar a construir, si queremos alcanzar la otra orilla del río, allí donde, un día, se construirán los magníficos palacios prometidos en las propuestas de mis colegas. Me limité, por lo tanto a sugerir: 1. Desarrollar hacia atrás, esto es, hacer aproximarse a la primera línea de progreso las cada vez mayores masas de población dejadas en la retaguardia por los modelos de desarrollo actualmente en uso. 2. Crear un nuevo sentido de los deberes de la especie humana, correspondientes al ejercicio pleno de sus derechos. 3. Vivir como supervivientes, esto es, comprender, de hecho, que los bienes, las riquezas y los productos del planeta no son inagotables. 4. Impedir que las religiones continúen siendo factores de desunión. 5. Racionalizar la razón, esto es, aplicarla de modo simplemente racional. 6. Resolver la contradicción entre la afirmación de que cada vez estamos más cerca unos de los otros y la evidencia de que cada vez nos encontramos más apartados. 7. Definir éticas prácticas de producción, distribución y consumo. 8. Acabar de una vez con el hambre en el mundo, porque eso ya es posible. 9. Reducir la distancia, que aumenta cada día, entre los que saben mucho y los que saben poco. En mi décima propuesta preconizaba un «regreso a la filosofía» (a pesar de ser lego en la materia), pero la retiré cuando vi que mis compañeros, felizmente de acuerdo en cuanto a lo esencial, discordaban resueltamente en las particularidades, que es donde las cuestiones realmente se deciden...

16 de diciembre

Verdaderamente, no sé qué pensar. Leo y releo la declaración del primer ministro portugués en la reunión de Madrid, cuando se debatía el nombre de la futura moneda única europea, abro, incrédulo, los ojos, pero las palabras dichas por él no se mueven, imperturbables, cada una está puesta en su lugar, y todas juntas hacen un sentido. Sobre el sentido no tengo dudas. Realmente sería imposible tenerlas cuando se lee la declaración de António Guterres: «De acuerdo con lo de euro. Cuando Jesucristo decidió crear su Iglesia, dijo a Pedro, para responsabilizarlo del futuro de la misma, que él era su piedra y sobre ella la fundaría. Tú eres euro y sobre este euro edificaremos nuestra Europa». Un espíritu cristiano, como el de Guterres, católico fervoroso y pacticante, sólo por sarcasmo, en aquella situación, para aquellos fines y por aquellos medios, se debería expresar así. Pero fue con la mayor seriedad con la que él dijo lo que dijo, y yo aquí estoy sin entender qué demonio de idea tendrá António Guterres, finalmente, de lo que su Jesús anduvo haciendo en este mundo...

17 de diciembre

Interesantes declaraciones del presidente de la República a *Público*. Considera «fundamental» la construcción de la Unión Europea, pero «no para ser una Europa dominada por el Bundesbank o por el sistema financiero internacional». Y añadió: «Si Europa no se convierte en un espacio de solidaridad, en el cual cada país tenga voz y voto y en el que el Parlamento Europeo tenga la autoridad y pueda representar la opinión pública europea, entonces la Europa por la que siempre luché tendrá poco sentido». Tendrá el peor de los sentidos, diría yo. Sin duda Mário Soares fue un buen presidente, pero, por las muestras, promete llegar a ser un ex presidente aún mejor...

18 de diciembre

Eduardo Lourenço me envía la revista *Viragem* (número 19/20, Enero/Junio de 1995), donde viene la comunicación leída por él en diciembre del año pasado, en la II Semana Social del Movimiento Católico de Profesionales. Me la envía, dice, «por mera curiosidad, pero también porque de algún modo mis elucubraciones tienen algo que ver con el malestar crítico de tu ficción». Esto es lo que le respondí:

«De aquí a unos años (no me atrevo a imaginar cuántos: ¿cincuenta?, ¿cien?), un cominero literario (si aún queda algún ejemplar de la especie), encontrando, sabe Dios cómo, tu intervención en Coimbra, sentirá curiosidad por averiguar qué efectos ella habría producido en la sociedad portuguesa de los noventa. Encontrará unas noticias de prensa, unas citas al gusto del periodista de turno, tal vez aún unas imágenes del orador hablando y poco más. Quiere decir: lo que no encontrará será precisamente aquello que buscaba: *los efectos*. Si fuera un ingenuo, se quedaría sorprendido: "¿Cómo es posible? ¿Se dijo esto y nada cambió?". Después, mirando su propio momento, una de dos: o el cambio se dio entre tanto, y ésa sería su gran suerte, o no hubo cambio ninguno, ni ahora ni entonces, y tanta suerte tuvo él en este juego como la tenemos nosotros hoy.

»Sé que un desierto en el cual una voz clama ha dejado de ser un desierto. En cierta manera, sólo en cierta manera. Porque si no hubiese allí orejas que la oigan, el desierto, apenas la voz se calle, vuelve a ser el desierto que era. ¿Tendrá aquel país remedio? ¿Habrá manera de que los políticos lleguen alguna vez a entender tus palabras? En privado, con las puertas cerradas, lo más cierto es que te den la razón, pero, después harán precisamente lo contrario, alegando (si en eso todavía pierden el tiempo) que no pueden, pobres de ellos, por sí solos, contrariar la marcha del mundo. Pero están contentos por que tú existas, te aplauden, te lisonjean, te condecoran, te llevan en palmitas. Lo que no harán nunca es arriesgar su propia seguridad osando llevar ideas como ésas a la política.

»Hasta mi isla llegaron aquel diciembre algunos ecos de tu intervención. Los registré en los *Cuadernos* del día seis. Ahora, leído íntegramente tu magnífico y valiente texto, me siento feliz por no haber dejado pasar en silencio ese grito a los sordos oídos de la patria. Pienso que a veces te sentirás desesperado. Si te sirve de consuelo, te digo que el jardín de esta casa, por la noche, debajo del cielo oceánico, acostumbra a ser mi lugar de desahogos. En voz alta, para que yo mismo los oiga.»

20 de diciembre

Luz Caballero, una de las simpáticas profesoras del Colectivo Andersen, de Las Palmas, trajo a Lanzarote, a este *pueblo* de Tías donde vivo, veintiún *niños y niñas* entre los doce y los catorce años de edad que, durante algunas semanas, bajo su orientación, trabajaron en dos crónicas mías, *Historia para niños* y *El lagarto*. Además de haberlas transformado, como era de esperar, en tebeos (que voy a guardar con el mismo cariño que dedico al libro organizado por los estudiantes de la Escola Secundária Carlos Amarante, de Braga, en marzo del año pasado), hicieron, en directo, por la radio, una lectura dramatizada del *Lagarto,* a la que no faltaron los efectos sonoros ambientales. Durante hora y media, en la biblioteca municipal, conversé con niños que me miraban de frente y preguntaban con inteligencia. Me dijo después Luz Caballero que la mayor parte de estos *niños* vive en medios sociales y familiares difíciles, con todas las consecuencias conocidas. No sé cómo serán dentro de diez años: hoy me gustaron.

22 de diciembre

Carmélia, que vino con su madre a pasar las fiestas con nosotros, nos trajo el último número del *Jornal de Letras,* dedicado, en parte, a Fernando Assis Pacheco. Leo sus poemas que aparecen, inéditos, e irresistiblemente pienso que Tolentino, si viviese en este tiempo, tendría por fuerza que escribir así. Espero que se encuentren muchos más inéditos como éstos en los papeles que Assis Pacheco dejó: hay obras tan fecundas que continúan creciendo después de la muerte de su autor. Véase este soneto, por ejemplo, que sólo ahora *ha sido escrito:*

El cuerpo mal tallado, en cuyo abdomen
creció un aneurisma durante años
que por fin lo condena a la cirugía
vascular de emergencia transportado

con terror de sirenas por dos hombres
de bata blanca amables que intentan
llevar hacia delante el duro carromato
va a ver señor Pacheco es sólo un susto

llega a Santa María bromeando
pero a la vista de la sala queda mudo
donde le afeitan ya sumariamente

veinte minutos más y el ascensor
lleva al pobre del cuerpo hasta el cuchillo
no piensa en otra cosa: su entierro.

Al final, la comarca gallega de Xinzo de Limia no es frontera con nuestra provincia del Miño, como por un lapsus escribí el 27 de noviembre del año pasado (*Cuadernos - II.* página 417), sino a la de Trás-os-Montes. Así me lo aclaró un lector, José Enes Gonçalves, natural del concejo de Montalegre y residente en Oporto, quien, no satisfecho con poner lo cierto en el lugar equivocado, me envía fotocopias de dos folletos sobre la historia y las gentes del Coto Misto: *Interesante historieta del Coto Mixto con una Digresión Político-Social-Religiosa,* de Delfín Modesto Brandón, ex juez civil y gubernativo de dicho Coto, Imprenta de Tierra Gallega, La Coruña, 1907; y *Povoações Mistas da Raia Transmontano-Galaica segundo o Inquérito de 1876. Comunicação apresentada à 7.ª secção do Congresso Luso-Espanhol do Porto - 1942*, por J. R. dos Santos Júnior, profesor extraordinario de la Facultad de Ciencias de Oporto, Imprensa Portuguesa, Oporto, 1943. (Prueba de que el error, como es común decirse del espíritu, sopla donde quiere, lo tenemos ahí, en la insolente errata que se exhibe en el frontispicio del librito de Santos Júnior: 1876 en vez de 1786...) Hace un año pedí a historiadores y novelistas ir al Coto Misto: como era de esperar, nadie se presentó. Al enviarme ahora estos folletos el lector está, evidentemente, sugiriéndome que me haga cargo yo del asunto. Es, por así decir, un encargo, y a mí me gustan los encargos, pero lo más seguro es no (poder) aceptar éste. Necesitaría viajar a aquellos parajes distantes, pasar allí dos o tres semanas, o más, rebuscar en los archivos, comprender las mentalidades, hacerme cargo de lo que haya de herencia perenne en las mudanzas de generaciones, inventar una intriga plausible. En todo caso, nunca nadie diga de esta agua no beberé... Tampoco había pensado en los anabaptistas de Münster, y escribí *In Nomine Dei*. Tampoco mi querido Azio Corghi había pensado en ellos y compuso *Divara*.

23 de diciembre

Hoy, procedente de Funchal, desembarcó, una vez más, la línea descendente de la primera familia que formé:

mi hija Violante, los nietos, Ana, que aún tiene fresca la tinta de su diploma en ingeniería informática, y Tiago, once años vivísimos que prometen, además del yerno Danilo. Vinieron a juntarse a los de la casa y a los amigos llegados de Portugal para celebrar estos días. En el significado más exacto y directo de la palabra, vamos a *hacer* la fiesta. Ningún día es festivo por haber ya nacido así: sería igual a los otros si no fuésemos nosotros quienes lo *hiciésemos* diferente.

26 de diciembre

Violante y los suyos me dieron, como regalo de Navidad, un caballo de madera, de cuerpo esbelto y piernas articuladas. Parece un potro juguetón cogido en los prados aún tendrá que crecer mucho, pero, del suelo a las puntas de las orejas, ya va pasando de dos palmos de altura. Va a hacer buena compañía a sus semejantes que, poco a poco, han venido invadiéndome la casa. De barro, de madera, de cuero, de hierro, de bronce, de plata, de latón, aquí hay de todo. Han venido de la India, de Uzbequistán, de Canadá, de Brasil, de Cabo Verde, de Marruecos, del Alentejo, de un lugar cualquiera de África... ¿Por qué tengo estos caballos? Yo mismo no lo sabía hasta el momento en que comencé a tomar apuntes para lo que un día ha de ser *El libro de las tentaciones*. La ocasión es buena para dejar aquí adelantadas las líneas que relatan el caso y el descubrimiento:

«¿Y los caballos? La historia de los caballos es más triste. Una tía mía, de nombre Elvira, hermana de mi madre, estuvo casada con un Francisco Dinis que era guardia de la heredad de Mouchão de Baixo, parte del Mouchão dos Coelhos, en la orilla izquierda del Tajo (tendré que escribir un día cómo se hacía la travesía del río en la barca de Gabriel, o Garviel, una especie de gigante de pelo blanco, corpulento como un San Cristóbal, rojo de sol y aguardiente). Ser guardia de la heredad era pertenecer a la aristocracia de la llanura: escopeta de dos cañones, birrete verde, faja encarnada, zapatos con reborde. Y caballo. En tantos años —son muchos si los contamos de los ocho a los quince— nunca aquel tío me hizo subir a la silla y yo, supongo que por orgullo, nunca se lo pedí. Un hermoso día, no me acuerdo ya por qué vías y pretextos (quizá por recomendación de una hermana de mi padre, Vasalia que servía en Lisboa, en casa de los Formigais de la Rua dos Ferreiros, en Estrela), se alojó en el Casalinho, que así se llamaba la casa de mis abuelos, en las Divisiones, una señora, "amiga", como entonces se decía, de un comerciante cualquiera de Lisboa. Que estaba débil, que necesitaba de descanso, y allí estaba gozando de los buenos aires de Azinhaga, mejorando, con su presencia y su dinero, la alimentación de la casa. Con esta mujer, cuyo nombre no soy capaz de recordar, tenía yo unas riñas y unos juegos cuerpo a cuerpo que siempre acababan tirándola yo (debía de tener, por entonces, unos catorce años) encima de la cama, pecho contra pecho, pubis contra pubis, mientras la abuela Josefa, por lista o por inocente, se reía y decía que yo tenía mucha fuerza. La mujer se levantaba sofocada y encarnada, afirmando que si fuese en serio no se dejaría vencer. Tonto fui yo, o rematadamente ingenuo, que nunca osé tomarle la palabra... La unión de ella con el tal comerciante era cosa aceptada, estable, como se probaba con la hija de ambos, una niñita de unos seis años, también aireándose con la madre. Mi tío Francisco Dinis era pequeñito, tieso como un huso, bastante calavera en casa, pero la docilidad en persona siempre que tuviese que tratar con patrones, superiores y gente de ciudad. No era de extrañar, por lo tanto, que rodease de atenciones especiales a la visitante, aunque de una manera que a mí me parecía mucho más servil que simplemente respetuosa. Un día este hombre, que en paz descanse, queriendo demostrar lo mucho que quería a las visitas, cogió a la tal niña, la puso encima del caballo y, como palafrenero de una princesa, la paseó ante la casa de mis abuelos, mientras yo, en silencio, sufría el disgusto y la humillación. Años después, en una excursión de fin de curso, monté en uno de aquellos melancólicos caballos del Sameiro, esperando que él pudiese devolverme lo que yo había perdido, y apenas puedo imaginar: la nerviosa alegría de una aventura. Demasiado tarde: el rocinante del Sameiro me llevó a donde quiso, paró cuando le apeteció y no volvió la cabeza cuando me dejé escurrir de la silla, tan triste como aquel día. Hoy tengo imágenes de caballos por toda la casa, quienes las ven me preguntan si soy jinete, cuando la verdad es que aún sufro los efectos de la caída de un caballo que nunca monté.»

31 de diciembre

Ha sido un buen año. Y no encuentro mejor manera de decirlo que recordar lo que aquí escribí en un día de julio de 1993: «¿Qué buenas estrellas estarán cubriendo los cielos de Lanzarote? La vida, esta vida que, inapelablemente, pétalo a pétalo, va deshojando el tiempo, parece, estos días, haberse detenido en el "me quiere"...».

Cuadernos de Lanzarote terminó de imprimirse
en octubre de 1998, en Litográfica Ingramex, S.A.
de C.V. Centeno 162, Col. Granjas Esmeralda,
C. P. 09810, México, D.F.